U0942607

Yilin Classics

雾都孤儿

[英国] 查尔斯·狄更斯 著
何文安 译

译林出版社

图书在版编目(CIP)数据

雾都孤儿 / (英) 查尔斯 · 狄更斯 (Charles Dickens) 著; 何文安译. —南京: 译林出版社, 2017.6 (2024.9 重印)
(经典译林)
书名原文: Oliver Twist
ISBN 978-7-5447-6869-6

Ⅰ. ①雾… Ⅱ. ①查… ②何… Ⅲ. ①长篇小说-英国-近代 Ⅳ. ①I561.44

中国版本图书馆 CIP 数据核字 (2017) 第 052203 号

书　　名　**雾都孤儿**
作　　者　〔英国〕查尔斯 · 狄更斯
译　　者　何文安
责任编辑　鲍迎迎　王振华
责任印制　颜　亮
原文出版　The New American Library of World Literature, 1961
出版发行　译林出版社
地　　址　南京市湖南路 1 号 A 楼
邮　　箱　yilin@ yilin. com
网　　址　www. yilin. com
印　　刷　南京爱德印刷有限公司
开　　本　880 毫米 × 1240 毫米　1/32
印　　张　12.5
插　　页　4
字　　数　353 千
版　　次　2017 年 6 月第 1 版
印　　次　2024 年 9 月第 23 次印刷
书　　号　ISBN　978-7-5447-6869-6
定　　价　44.00 元

译林版图书若有印装错误可向出版社调换
订购热线: 025-86633278　质量热线: 025-83658316

CONTENTS · 目录

前言

关于狄更斯和他的小说艺术,心里早有一些想法,趁写这篇前言之便,说出来,就正于广大狄更斯爱好者。

《雾都孤儿》是狄更斯第二部长篇小说。这位年仅二十五岁的小说家决心学习英国现实主义画家威廉·荷加斯(William Hogarth,1697—1764)的榜样,勇敢地直面人生,真实地表现当时伦敦贫民窟的悲惨生活。他抱着一个崇高的道德意图:抗议社会的不公,并唤起社会舆论,推行改革,使处于水深火热中的贫民得到救助。正因为如此,狄更斯历来被我国及前苏联学者界定为"英国文学史上批判现实主义的创始人和最伟大的代表"。对此,我有一些不同的见解:文学艺术是一种特殊的社会意识形态,它必然是社会存在的反映。但是,我们决不能把反映现实的文学都说成是现实主义文学,把"现实主义"的外延无限扩展。事实上,作家运用的创作方法多种多样,因人而异,这和作家的特殊气质和性格特点密切相关。狄更斯的创作,想像力极为丰富,充满诗的激情,他着意渲染自己的道德理想,处处突破自然的忠实临摹,借用一句歌德的话:它比自然高了一层。这和萨克雷、特洛罗普等坚持的客观、冷静、严格写实的方法有显著的区别。

试以《雾都孤儿》为例,(一)个性化的语言是狄更斯在人物塑造上运用得十分出色的一种手段。书中的流氓、盗贼、妓女的语言都切合其身份,甚至还用了行业的黑话。然而,狄更斯决不作自然主义的再现,而是进行加工、提炼和选择,避免使用污秽、下流的话语。主人公奥立弗语言规范、谈吐文雅,他甚至不知偷窃为何物。他是在济贫院长大的孤儿,从未受到良好的教育,所接触的都是罪恶累累、堕落不堪之辈,他怎么会讲这么好的英文呢?

这用“人是一切社会关系总和”的历史唯物主义观点是无法解释的。可见，狄更斯着力表现的是自己的道德理想，而不是追求完全的逼真。（二）在优秀的现实主义小说中，故事情节往往是在环境作用下的人物性格发展史，即高尔基所说的“某种性格、典型的成长和构成的历史”。然而，狄更斯不拘任何格套，想要多少巧合就安排多少巧合。奥立弗第一次跟小偷上街，被掏兜的第一人恰巧就是他亡父的好友布朗罗。第二次，他在匪徒赛克斯的劫持下入室行窃，被偷的恰好是他亲姨妈露丝·梅莱家。这在情理上无论如何是说不过去的。但狄更斯自有天大的本领，在具体的细节描写中充满生活气息和激情，使你读时紧张得喘不过气来，对这种本来是牵强的、不自然的情节也不得不信以为真。这就是狄更斯的艺术世界的魅力。（三）狄更斯写作时，始终有一种“感同身受的想像力”（sympathetic imagination），即使对十恶不赦的人物也一样。书中贼首、老犹太费金受审的一场始终从费金的心理视角出发。他从天花板看到地板，只见重重叠叠的眼睛都在注视着自己。听到对他罪行的陈述报告，他把恳求的目光转向律师，希望能为他辩护几句。人群中有人在吃东西，有人用手绢扇风，还有一名青年画家在画他的素描，他心想：不知道像不像，真想伸过脖子去看一看……一位绅士出去又进来，他想：准是吃饭去了，不知吃的什么饭？看到铁栏杆上有尖刺，他琢磨着：这很容易折断。从此又想到绞刑架，这时，他听到自己被处绞刑。他只是喃喃地说，自己岁数大了，大了，接着就什么声音也发不出来了。在这里，狄更斯精心选择了一系列细节，不但描绘了客观事物，而且切入了人物的内心世界，表现了他极其丰富的想像力。他运用的艺术方法，不是“批判现实主义”所能概括的。我倒是赞赏英国作家、狄更斯专家乔治·吉辛（George Gissing，1857—1903）的表述，他把狄更斯的创作方法称为“浪漫的现实主义”（romantic realism）。我认为这一表述才够准确，才符合狄更斯小说艺术的实际。

最后还要讨论一下 E. M. 福斯特在他的名著《小说面面观》中对狄更斯人物塑造的贬低。据他说，狄更斯只会塑造“扁形人物”，而不会塑造“浑圆人物”，在小说艺术上属于“较低层次”。事实真是这样吗？试以《雾都孤儿》中的南希为例，作一番研究分析。我认为，南希这个人物有无比丰富、复杂的内心世界，远比 E. M. 福斯特所称羡的一切“浑圆人物”更富于立体感和活跃的生命力。南希是个不幸的姑娘，自幼沦落贼窟，并已成为第二号贼首赛克斯的情妇。除了绞架，她看不到任何别的前景。但是，她天良未泯，在天真纯洁的奥立弗身上，看到往日清白的自己，同情之心油然而生。她遵奉贼首之命，冒称是奥立弗的姐姐，硬把他绑架回贼窟时，内心充满矛盾。归途中，她和赛克斯谈起监狱绞死犯人的事，奥立弗感觉到南希紧攥着他的那只手在发抖，抬眼一看，她的脸色变得煞白。后来，她冒着生命的危险偷偷地给梅莱小姐和布朗罗通风报信，终于把奥立弗救了出来。梅莱和布朗罗力劝南希挣脱过去的生活，走上新生之路，但南希不忍心把情人赛克斯撇下。赛克斯在得知南希所作所为后，他只能持盗匪的道德标准，把南希视为不可饶恕的叛徒，亲手把她残酷地杀害。狄更斯在给这两个人物取名时是有很深的用意的，南希（Nancy）和赛克斯（Sikes）英文缩写是 N 和 S，正是磁针的两极。他俩构成一对矛盾，既对立又统一，既相反又相成，永远不可分离。南希离不开赛克斯，宁愿被他杀害也不肯抛弃他；而赛克斯也离不开南希，一旦失去她，他就丧魂失魄，终于在房顶跌落，脖子被自己的一条绳子的活扣套住而气绝身死。南希的形象复杂、丰富又深刻，不但不是“扁平”的，而且达到极高的艺术成就。

狄更斯的小说经得起各种现代批评理论的发掘和阐释，不断产生发人深省的新意，将永久保持读者的鉴赏兴趣和专家们的研究兴趣。

薛鸿时

一九九八年五月于

中国社会科学院外国文学研究所

第一章

讨论奥立弗·退斯特的出生地点以及有关他出生的种种情形。

在某一个小城，由于诸多原因，对该城的大名还是不提为好，我连假名也不给它取一个。此地和无数大大小小的城镇一样，在那里的公共建筑物之中也有一个古已有之的机构，这就是济贫院。本章题目中提到了姓名的那个人就出生在这所济贫院里，具体日期无需赘述，反正这一点对读者来说无关紧要——至少在目前这个阶段是这样。

这孩子由教区外科医生领着，来到了这一个苦难而动荡的世界，在很长一段时间里，仍然存在着一件相当伤脑筋的问题，这孩子到底是不是能够有名有姓地活下去。如果是这种情况，本传记很有可能会永无面世之日，或者说，即便能问世也只有寥寥数页，不过倒也有一条无可估量的优点，即成为古往今来世界各国现存文献中最简明、最忠实的传记范本。

我倒也无意坚持说，出生在贫民收容院这件事本身乃是一个人所能指望得到的最美妙、最惹人羡慕的运气，但我的确想指出，此时此刻，对奥立弗·退斯特说来，这也许是最幸运的一件事了。不瞒你说，当时要奥立弗自个儿承担呼吸空气的职能都相当困难——呼吸本来就是一件麻烦事，偏偏习惯又使这项职能成了我们维持生存必不可少的事情。好一阵子，他躺在一张小小的毛毯上直喘气，在今生与来世之间摇摆不定，天平决定性地倾向于后者。别的且不说，在这个短暂的时光里，倘若奥立弗的周围是一班细致周到的老奶奶、热心热肠的大娘大婶、经验丰富的护士以及学识渊博的大夫，毫无疑义，他必定一下子就被结果了。幸好在场的只有一个济贫院的老太婆，她已经叫不大容易到手的一点啤酒弄得有些晕乎乎的了，外加一位按合同办理这类事情的教区外科医生。除此之外,没有旁人。奥立弗与造化之间的较量见了分晓了。结果是,几个回合下来,奥立弗呼吸平稳了,打了一个喷嚏,发出一阵高声啼哭,作为一名男婴,哭声之响是可以想见的,要知道他在远远超过三分十五秒的时间里还始终不曾具有嗓门这样一种很有用处的附件。他开始向全院上下公布一个事实:本教区又背上了一个新的包袱。

奥立弗刚以这一番活动证明自己的肺部功能正常,运转自如,这时,胡乱搭在铁床架上的那张补钉摞补钉的床单飒飒地响了起来,一个年轻女子有气无力地从枕头上抬起苍白的面孔,用微弱的声音不十分清晰地吐出了几个字:"让我看一看孩子再死吧。"

医生面对壁炉坐在一边,时而烤烤手心,时而又搓搓手,听到少妇的声音,他站起来,走到床头,口气和善得出人意料,说:

"噢,你现在还谈不上死。"

"上帝保佑,她可是死不得,死不得。"护士插嘴说,一边慌慌张张地把一只绿色玻璃瓶放进衣袋里,瓶中之物她已经在角落里尝过了,显然十分中意。"上帝保佑,可死不得,等她活到我这把岁数,大夫,自家养上十三个孩子,除开两个,全都得送命,那两个就跟我一块儿待在济贫院里好了,到时候她就明白了,犯不着这样激动,死不得的,寻思寻思当妈是怎么回事,可爱的小羊羔在这儿呢,没错。"

这番话本来是想用做母亲的前景来开导产妇,但显然没有产生应有的效果。产妇摇摇头,朝孩子伸出手去。

医生将孩子放进她的怀里,她深情地把冰凉白皙的双唇印在孩子的额头上,接着她用双手擦了擦脸,狂乱地环顾了一下周围,战栗着向后一仰——死了。他们摩擦她的胸部、双手、太阳穴,但血液已经永远凝滞了。医生和护士说了一些希望和安慰的话。希望和安慰已经久违多时了。

"一切都完了,辛格密太太。"末了,医生说道。

"呵,可怜的孩子,是这么回事!"护士说着,从枕头上拾起那只绿瓶的瓶塞,那是她弯腰抱孩子的时候掉下来的。"可怜的孩子。"

"护士,孩子要是哭的话,你尽管叫人来找我,"医生慢条斯理地戴上手套,说道,"小家伙很可能会折腾一气,要是那样,就给他喝点麦片粥。"他戴上帽子，还没走到门口，又在床边停了下来，添上了一句，“这姑娘还挺漂亮，哪儿来的？”

“她是昨天晚上送来的，”老婆子回答，“有教区贫民救济处长官的吩咐。有人看见她倒在街上。她走了很远的路，鞋都穿成刷子了。要说她从哪儿来，到哪儿去，那可没人知道。”

医生弯下腰，拿起死者的左手。“又是那种事，”他摇摇头说，“明白了，没带结婚戒指。啊。晚安。”

懂医道的绅士外出吃晚饭去了，护士本人就着那只绿色玻璃瓶又受用了一番，在炉前一个矮椅子上坐下来，着手替婴儿穿衣服。

小奥立弗真可以称为人靠衣装的一个杰出典范。他打从一出世唯一掩身蔽体的东西就是裹在他身上的那条毯子，你说他是贵家公子也行，是乞丐的贫儿亦可。就是最自负的外人也很难确定他的社会地位。不过这当儿，他被裹进一件白布旧罩衫里面，由于多次使用，罩衫已经开始泛黄，打上印章，贴上标签，一转眼已经正式到位——成为教区的孩子——济贫院的孤儿——吃不饱也饿不死的苦力——来到世上就要尝拳头，挨巴掌——个个藐视，无人怜悯。

奥立弗尽情地哭起来。他要是能够意识到自己成了孤儿，命运如何全得看教区委员和贫民救济处官员会不会发慈悲，可能还会哭得更响亮一些。

第二章

介绍奥立弗·退斯特的成长教育以及衣食住行情况。

接下来的八个月，或者说十个月，奥立弗成了一种有组织的背信弃义与欺诈行为的牺牲品，他是用奶瓶喂大的。济贫院当局按规定将这名孤儿嗷嗷待哺、一无所有的情况上报教区当局。教区当局一本正经地咨询济贫院方面,眼下“院内”是否连一个能够为奥立弗提供亟需的照料和营养的女人也腾不出。济贫院当局谦恭地回答说,腾不出来。鉴于这一点,教区当局很慷慨地决定,将奥立弗送去“寄养”,换成别的说法,就是给打发到三英里以外的一处分院去,那边有二三十个违反了济贫法的小犯人整天在地板上打滚,毫无吃得太饱,穿得过暖的麻烦,有一个老太婆给他们以亲如父母的管教,老太婆把这帮小犯人接受下来,是看在每颗小脑袋一星期补贴七个半便士的分上。一星期七个半便士,可以为一个孩子办出一流的伙食,七个半便士可以买不少东西了,完全足以把一只小肚子给撑坏,反而不舒服。老婆子足智多谋,阅历丰富,很懂得调理孩子这一套,更有一本算计得非常老到的私账。就这样,她把每周的大部分生活费派了自己的用场,用在教区新一代身上的津贴也就比规定的少了许多。她居然发现深处自有更深处,证明她本人是一个非常了不起的实验哲学家。

人人都知道另一位实验哲学家的佳话,他自有一套马儿不吃草也能跑得好的高见,还演证得活龙活现,把自己一匹马的饲料降到每天只喂一根干草。毫无疑问,要不是那匹马在即将获得第一份可口的空气饲料之前二十四小时一命呜乎,他早就调教出一匹什么东西都不吃的烈性子骏马来了。接受委托照看奥立弗·退斯特的那位女士也信奉实验哲学,不幸的是,她的一套制度实施起来也往往产生极其相似的结果。每当孩子们已经训练得可以依靠低劣得不能再低劣的食物中少得不能再少的一部分活下去的时候,十个之中倒有八个半会出现这样的情形:要么在饥寒交迫下病倒在床,要么一不留神掉进了火里,要不就是偶然之间给呛得半死,只要出现其中任何一种情况,可怜的小生命一般都会被召到另一个世界,与他们在这个世界上从未见过的先人团聚去了。

在翻床架子的时候,没有看见床上还有教区收养的一名孤儿,居然连他一块倒过来,或者正赶上洗洗涮涮的时候一不留神把孩子给烫死了——不过后一种事故非常罕见,洗洗涮涮一类的事在寄养所里可以说是绝无仅有——发生这样的事,偶尔也会吃官司,很有趣,但并不多见。陪审团也许会心血来潮,提出一些棘手的问题,要不就是教区居民公然联名提出抗议。不过,这类不识相的举动很快就会被教区医生的证明和干事的证词给顶回去，前者照例把尸体剖开看看，发现里面空无一物（这倒是极为可能的），后者则是教区要他们怎么发誓他们就怎么发誓，誓词中充满献身精神。此外，理事会定期视察寄养所，总是提前一天派干事去说一声，他们要来了，到他们去的时候，孩子们个个收拾得又干净又光鲜，令人爽心悦目，人们还要怎么样。

不能指望这种寄养制度会结出什么了不得的或者是丰硕的果实。奥立弗·退斯特的九岁生日到了，眼见得还是一个苍白瘦弱的孩子，个子矮矮的，腰也细得不得了。然而不知是由于造化还是遗传，奥立弗胸中已经种下了刚毅倔强的精神。这种精神有广阔的空间得以发展，还要归功于寄养所伙食太差，说不定正是由于这种待遇，他才好歹活到了自己的第九个生日。不管怎么说吧，今天是他的九岁生日，他正在煤窖里庆祝生日，客人是经过挑选的，只有另外两位小绅士，他们仨真是穷凶极恶，居然喊肚子饿，一起结结实实挨了一顿打，之后又给关了起来。这时候，所里那位好当家人麦恩太太忽然吓了一跳，她没有想到教区干事邦布尔先生会不期而至，此时他正在奋力打开花园大门上的那道小门。

"天啦。是你吗，邦布尔先生？"麦恩太太说着，把头探出窗外，一脸喜出望外的神气装得恰到好处。"苏珊，把奥立弗和他们两个臭小子带到楼上去，赶紧替他们洗洗干净。哎呀呀，邦布尔先生，见到你我真是太高兴了，真——的。"

这不，邦布尔先生人长得胖，又是急性子，所以，对于如此亲昵的一番问候，他非但没有以同样的亲昵作出回答，反而狠命摇了一下那扇小门，又给了它一脚，除了教区干事，任谁也踢不出这样一脚来。

"天啦，瞧我，"麦恩太太说着，连忙奔出来，这功夫三个孩子已经转移了，"瞧我这记性，我倒忘了门是从里边闩上的，这都是为了这些个小乖乖。进来吧，先生，请进请进，邦布尔先生，请吧。"

尽管这一邀请配有一个足以让任何一名教区干事心软下来的屈膝礼，可这位干事丝毫不为所动。

"麦恩太太，你认为这样做合乎礼节，或者说很得体吧？"邦布尔先生紧握手杖，问道，"教区公务人员为区里收养的孤儿的教区公务上这儿来，你倒让他们在花园门口老等着？你难道不知道，麦恩太太，你还是一位贫民救济处的代理人,而且是领薪水的吗?”

“说真的,邦布尔先生,我只不过是在给小乖乖说,是你来了,他们当中有一两个还真喜欢你呢。”麦恩太太毕恭毕敬地回答。

邦布尔先生一向认为自己口才不错,身价也很高,这功夫他不但展示了口才,又确立了自己的身价,态度也就开始有所松动。

“好了,好了,麦恩太太,”他口气和缓了一些,“就算是像你说的那样吧,可能是这样。领我进屋去吧,麦恩太太,无事不登三宝殿,我有话要说。”

麦恩太太把干事领进一间砖砌地面的小客厅,请他坐下来,又自作主张把他的三角帽和手杖放在他面前的一张桌子上。邦布尔先生抹掉额头上因赶路沁出的汗水,得意地看了一眼三角帽,微笑起来。一点不错,他微微一笑。当差的毕竟也是人,邦布尔先生笑了。

“我说,你该不会生气吧? 瞧,走了老远的路,你是知道的,要不我也不会多事。”麦恩太太的口气甜得令人无法招架。“哦,你要不要喝一小口,邦布尔先生?”

“一滴也不喝,一滴也不喝。”邦布尔先生连连摆动右手,一副很有分寸但又不失平和的派头。

“我寻思你还是喝一口,”麦恩太太留心到了对方回绝时的口气以及随之而来的动作,便说道,“只喝一小口,掺一点点冷水,放块糖。”

邦布尔咳嗽了一声。

“来,喝一小口吧。”麦恩太太乖巧地说。

“什么酒?”干事问。

“哟,不就是我在家里总得备上一点的那种东西,赶上这帮有福气的娃娃身体不舒服的时候,就兑一点达菲糖浆,给他们喝下去,邦布尔先生。”麦恩太太一边说,一边打开角橱,取出一瓶酒和一只杯子。“杜松子酒,我不骗你,邦先生,这是杜松子酒。”

“你也给孩子们服达菲糖浆,麦恩太太?”调酒的程序很是有趣,邦布尔先生的眼光紧追不舍,一边问道。

“上天保佑,是啊,不管怎么贵,”监护人回答,“我不忍心看着他们在我眼皮底下遭罪,先生,你是知道的。”

“是啊,”邦布尔先生表示赞同,“你不忍心。麦恩太太,你是个有同情心的女人。”（这当儿她放下了杯子。）“我会尽快找个机会和理事会提到这事，麦恩太太。”（他把酒杯挪到面前。）“你给人感觉就像一位母亲，麦恩太太。”（他把掺水杜松子酒调匀。）“我——我十分乐意为你的健康干杯，麦恩太太。”他一口就喝下去半杯。

“现在谈正事，”干事说着，掏出一个皮夹子，“那个连洗礼都没有做完的孩子，奥立弗·退斯特，今天满九岁了。”

“老天保佑他。”麦恩太太插了一句嘴，一边用围裙角抹了抹左眼。

“尽管明摆着悬赏十英镑，后来又增加到二十镑，尽管本教区方面已经尽了最大努力，应该说，最最超乎寻常的努力，”邦布尔说道，“我们还是没法弄清楚他父亲是谁，也不知道他母亲的住址、姓名，或者说有关的情——形。”

麦恩太太惊奇地扬起双手，沉思了半晌，说道，“那，他到底是怎么取上名字的？”

干事正了正脸色，洋洋得意地说，“我给取的。”

“你，邦布尔先生。”

“是我，麦恩太太。我们照着 ABC 的顺序给这些宝贝取名字，上一个是 S——斯瓦布尔，我给取的。这一个是 T——我就叫他退斯特，下面来的一个就该叫恩文了，再下一个是维尔金斯。我已经把名字取到末尾几个字母了，等我们到了 Z 的时候，就又重头开始。”

“乖乖，你可真算得上是位大文豪呢，先生。”麦恩太太说。

“得了，得了，”干事显然让这一番恭维吹捧得心花怒放，“兴许算得上，兴许算得上吧，麦恩太太。”他把掺水杜松子酒一饮而尽，补充说：“奥立弗呆在这里嫌大了一些，理事会决定让他迁回济贫院，我亲自过来一趟就是要带他走，你叫他这就来见我。”

“我马上把他叫来。”麦恩太太说着，特意离开了客厅。这时候，奥立弗脸上手上包着的一层污泥已经擦掉，洗一次也就只能擦掉这么多，由这位好心的女保护人领着走进房间。

“给这位先生鞠个躬，奥立弗。”麦恩太太说。

奥立弗鞠了一躬，这一番礼仪半是对着坐在椅子上的教区干事，半是对着桌上的三角帽。

“奥立弗,你愿意跟我一块儿走吗?”邦布尔先生的声音很威严。

奥立弗刚要说他巴不得跟谁一走了事,眼睛一抬,正好看见麦恩太太拐到邦布尔先生椅子后面,正气势汹汹地冲着自己挥动拳头,他立刻领会了这一暗示,这副拳头在他身上加盖印记的次数太多了,不可能不在他的记忆中留下深刻的印象。

“她也跟我一起去吗?”可怜的奥立弗问。

“不,她走不开,”邦布尔先生回答,“不过她有时会来看看你。”

对这个孩子说来,这完全算不上一大安慰,尽管他还很小,却已经能够特意装出非常舍不得离开的表情。要这个孩子挤出几滴泪水也根本不是什么太难的事情。只要想哭,挨饿以及新近遭受的虐待也很有帮助。奥立弗哭得的确相当自然。麦恩太太拥抱了奥立弗一千次,还给了他一块奶油面包,这对他要实惠得多,省得他一到济贫院就露出一副饿痨相。奥立弗手里拿着面包,戴上一顶教区配备的茶色小帽,当下便由邦布尔先生领出了这一所可悲的房屋,他在这里度过的幼年时代真是一团漆黑,从来没有被一句温和的话语或是一道亲切的目光照亮过。尽管如此,当那所房子的大门在身后关上时,他还是顿时感到一阵稚气的哀伤,他把自己那班不幸的小伙伴丢在身后了,他们淘气是淘气,但却是他结识的不多的几个好朋友,一种只身掉进茫茫人海的孤独感第一次沉入孩子的心田。

邦布尔先生大步流星地走着,小奥立弗紧紧抓住他的金边袖口,一溜小跑地走在旁边。每走两三百码,他就要问一声是不是“快到了”。对于这些问题,邦布尔先生报以极其简短而暴躁的答复,掺水杜松子酒在某些人胸中只能唤起短时间的温和大度,这种心情到这会儿已经蒸发完了,他重又成为一名教区干事。

奥立弗在济贫院里还没呆上一刻钟,刚解决了另外一片面包,把他交给一位老太太照看,自己去办事的邦布尔先生就回来了,他告诉奥立弗,今天晚上赶上理事会开会,理事们要他马上去见一面。

奥立弗多少给这个消息吓了一跳,一块木板怎么是活的①,他显然一无所知,完全搞不清楚自己究竟应该笑还是应该哭,不过,他也没功夫去琢磨

---

① 在英语里,“理事会”和“木板”二词同形。

这事了。邦布尔先生用手杖在他头上敲了一记,以便使他清醒过来,落在背上的另一记是要他振作些,然后吩咐他跟上,领着他走进一间粉刷过的大房间,十来位胖胖的绅士围坐在一张桌子前边。上首一把圈椅比别的椅子高出许多,椅子上坐着一位特别胖的绅士,一张脸滚圆通红。

“给各位理事鞠一躬。”邦布尔说道。奥立弗抹掉在眼睛里打转的两三滴泪水,他看见前面只有一张桌子,没有木板,只好将就着朝桌子鞠了一躬。

“孩子,你叫什么名字?”高椅子上的绅士开口了。

奥立弗一见有这么多绅士不禁大吃一惊,浑身直哆嗦,干事又在背后捅了他一下,打得他号啕大哭。由于这两个原因,他回答的时候声音很低,而且很犹豫,一位穿白色背心的先生当即断言,他是一个傻瓜。应该说明,预言吉凶是这位绅士提神开心的一种重要方法。

“孩子,”坐在高椅子上的绅士说道,“你听着,我想,你知道自己是孤儿吧?”

“先生,你说什么?”可怜的奥立弗问道。

“这孩子是个傻瓜——以前可能就是。”穿白背心的绅士说。

“别打岔。”最先发话的那位绅士说道,“你无父无母,是教区把你抚养大的,你知道不知道?”

“知道,先生。”奥立弗回答时哭得很伤心。

“你哭什么?”穿白背心的绅士问道。是啊,这确实太不可理解了,这孩子能有什么值得哭的?

“我希望你每天晚上作祷告,”另一位绅士厉声说,“为那些养育你,照应你的人祈祷——要像一个基督徒。”

“是,先生。”孩子结结巴巴地说。刚刚发言的那位先生无意间倒是说中了。要是奥立弗为那些养育他,照应他的人祈祷过的话,肯定早就很像一个基督徒了,而且是一个出类拔萃的基督徒。可他从来不曾作过祷告,因为根本没有人教他。

“行了。你上这儿来是接受教育,是来学一门有用处的手艺的。”高椅子上那位红脸绅士说。

“那你明天早晨六点钟就开始拆旧麻绳[1]。”白背心绅士绷着脸补充了一句。

为了答谢他们通过拆旧麻绳这么一个简简单单的工序，把授业和传艺这两大善举融为一体，奥立弗在邦布尔的指教下又深深地鞠了一躬，便被匆匆忙忙带进一间大收容室，在那里，在一张高低不平的硬床上，他抽抽搭搭地睡着了。好一幅绝妙的写照，活现了仁慈为怀的英国法律。法律毕竟是允许穷人睡觉的。

可怜的奥立弗。他何曾想到，就在他陷入沉睡，对身边的一切都毫不知晓的情况下，就在这一天，理事会作出了一个与他未来的命运息息相关的决定。不过事情就这样定了。具体内容如下：

该理事会诸君都是一些练达睿智的哲人，当他们关心起济贫院来的时候，立刻发现了一个等闲之辈绝对看不出来的问题——穷人们喜欢济贫院。对于比较卑贱的阶级，济贫院是一个名副其实的公共娱乐场所，一家不用花钱的旅店，三顿便饭带茶点常年都有，整个是一个砖泥结构的乐园，在那里尽可整天玩耍，不用干活。“啊哈！”看来深知个中缘由的理事先生们发话了，“要想纠正这种情况，得靠我们这班人了，我们要立即加以制止。”于是乎，他们定下了规矩，凡是穷人都应当作出选择（他们不会强迫任何人，从来不强迫），要么在济贫院里按部就班地饿死，要么在院外来个痛快的。为此目的，他们与自来水厂订下了无限制供水的合同，和粮商谈定，按期向济贫院供应少量燕麦片，配给的情况是每天三顿稀粥，一礼拜两次发放一头洋葱，逢礼拜天增发半个面包卷。他们还制定了无数涉及妇女的规章制度，条条都很英明而又不失厚道，这里恕不一一复述。鉴于伦敦民事律师公会[2]收费太贵，理事们便厚道仁慈地着手拆散穷苦的夫妇，不再强迫男方跟以往一样赡养妻小，而是夺走他们的家室，使他们成为光棍。单凭以上两条，如果不是与济贫院配套，社会各阶层不知会有多少人申请救济。不过理事会的先生们都是些有识之士，对这一难题早已成竹在胸。救济一与济贫院、麦片粥挂上了钩，就把人们吓跑了。

---

① 用来填塞船板缝，属于囚犯和穷人的工作。

② 以前伦敦专门处理遗嘱、结婚、离婚的机构。

奥立弗·退斯特迁回济贫院的头六个月,这种制度正处于全力实施之中。一开始花销颇大,殡葬店老板开出的账单很长,又要把院内贫民穿的衣裳改小,才喝了一两个礼拜的稀粥,衣服就开始在他们那枯瘦如柴的身上哗啦啦地飘动起来。济贫院的人数毕竟和社会上的贫民一样大为减少,理事会别提有多高兴。

孩子们进食的场所是一间宽敞的大厅,一口铜锅放在大厅一侧,开饭的时候,大师傅在锅边舀粥,他为此还特意系上了围裙,并有一两个女人替他打杂。按照这样一种过节一般的布置,每个孩子分得一汤碗粥,绝不多给——遇上普天同庆的好日子,增发二又四分之一盎司面包。粥碗从来用不着洗,孩子们非用汤匙把碗刮得重又明光铮亮了才住手。进行这一道工序的时候(这绝对花不了多少时间,汤匙险些就有碗那般大了),他们坐在那儿,眼巴巴地瞅着铜锅,恨不得把垫锅的砖也给吞下去,与此同时,他们下死劲地吸着手指头,决不放过可能掉落下来的汁水粥粒。男孩子大都有一副呱呱叫的好胃口。三个月以来,奥立弗·退斯特和同伴们一起忍受着慢性饥饿的煎熬。到后来实在饿得顶不住了,都快发疯了,有一名男童个子长得比年龄大,又向来没有经历过这种事情(他父亲开过一家小饭铺),阴沉着脸向同伴们暗示,除非每天额外多给他一碗粥,否则难保哪天晚上他不会把睡在他身边的那个孩子吃掉,而那又偏巧是个年幼可欺的小不点。他说话的时候眼睛里闪动着一副野性的饥饿目光,孩子们没有不相信的。大家开了一个会,抽签决定谁在当天傍晚吃过饭以后到大师傅那里去再要一点粥,奥立弗·退斯特中签了。

黄昏来临,孩子们坐到了各自的位子上,大师傅身着厨子行头,往锅边一站,打下手的两名贫妇站在他的身后。粥一一分发到了,冗长的祷告念完之后便是花不了多少时间的进餐。碗里的粥一扫而光,孩子们交头接耳,直向奥立弗使眼色,这时,邻桌用胳膊肘轻轻推了他一下。奥立弗尽管还是个孩子,却已经被饥饿与苦难逼得什么都顾不上,铤而走险了。他从桌边站起来,手里拿着汤匙和粥盆,朝大师傅走去,开口时多少有一点被自己的大胆吓了一跳:

“对不起,先生,我还要一点。”

大师傅是个身强体壮的胖子,他的脸刷地变白了,好一会儿,他愕然不解地紧盯着这个造反的小家伙，接着他有点稳不大住了，便贴在锅灶上。帮厨的女人由于惊愕，孩子们则是由于害怕，一个个都动弹不得。

“什么！”大师傅好容易开了口，声音有气无力。

“对不起，先生，我还要。”奥立弗答道。

大师傅操起勺子，照准奥立弗头上就是一下，又伸开双臂把他紧紧夹住，尖声高呼着，快把干事叫来。

理事们正在密商要事，邦布尔先生一头冲进房间，情绪十分激昂，对高椅子上的绅士说道：

“利姆金斯先生，请您原谅，先生。奥立弗·退斯特还要。”

全场为之震惊，恐惧活画在一张张脸孔上。

“**还要！**”利姆金斯先生说，“镇静，邦布尔，回答清楚。我该没有听错，你是说他吃了按标准配给的晚餐之后还要？”

“是这样，先生。”邦布尔答道。

“那孩子将来准会被绞死，”白背心绅士说，“我断定那孩子会被绞死。”

对这位绅士的预见，谁也没有反驳。理事会进行了一番热烈的讨论。奥立弗当下就被禁闭起来。第二天早晨，大门外贴出了一张告示，说是凡愿接替教区，收留奥立弗·退斯特者酬金五镑，换句话说，只要有人，不论是男是女，想招一个徒弟，去从事任何一种手艺、买卖、行业，都可以来领五镑现金和奥立弗·退斯特。

“鄙人平生确信不疑之事，”第二天早晨，穿白背心的绅士一边敲门，一边浏览着这张告示说道，“鄙人平生确信不疑之事，没有一件能与这事相比，我断定这小鬼必受绞刑。”

穿白背心的绅士到底说中了没有，笔者打算以后再披露。如果我眼下贸然点破，奥立弗·退斯特会不会落得这般可怕的下场，说不定就会损害这个故事的趣味了（假定它多少有一些趣味的话）。

第三章

叙述奥立弗·退斯特差一点得到了一个并非闲差的职务。

奥立弗犯下了一个亵渎神明、大逆不道的罪过，公然要求多给些粥，在以后的一个礼拜里，他成了一名重要的犯人，一直被单独关在黑屋子里，这种安排是出自理事会的远见卓识与大慈大悲。乍一看起来，不无理由推测，倘若他对白背心绅士的预见抱有适度的敬重之意，只消把手帕的一端系在墙上的一个铁钩上，把自己挂在另外一端，保准将一劳永逸地叫那位贤哲取得未卜先知的名望。不过，要表演这套把式却存在一个障碍，就是说，手帕向来就被定为奢侈之物，理事会一道明令，便世世代代从贫民们的鼻子底下消失了。这道命令是他们一致通过，签字盖章，郑重其事地发布出去的。另一个更大的障碍则是奥立弗年幼无知。白天，他只知伤伤心心地哭，当漫漫长夜来临的时候，他总要伸出小手，捂住眼睛，想把黑暗挡在外面，他蜷缩在角落里，竭力想进入梦乡。他不时颤栗着惊醒，身子往墙上贴得越来越紧，他仿佛感到，当黑暗与孤独四面袭来时，那一层冰冷坚硬的墙面也成了一道屏障。

仇视"本制度"的人不要以为，奥立弗在单独禁闭的这段时间享受不到运动的好处，社交的乐趣，甚至宗教安慰的裨益。就运动而言，这时候正值数九寒天，他获准每天早晨到石板院子里的唧筒下面去沐浴一番，邦布尔先生在场照看，为避免奥立弗着凉，总是十分殷勤地拿藤条抽他，给他一种全身火辣辣的感觉。谈到社交方面，他间天一次被带进孩子们吃饭的大厅，当众鞭笞，以儆效尤。每天傍晚，祷告时间一到，他就被一脚踢进那间黑屋子，获准在那儿听一听孩子们的集体祈祷，借以安慰自己的心灵，可见他远远谈不上被剥夺了宗教慰藉的益处。理事会特意在祷告中加了一条,呼吁孩子们祈求上帝保佑,让他们成为高尚、善良、知足、听话的人,切不可犯下奥立弗·退斯特所犯的那些个罪孽和劣行,这一番祈祷明确宣布他处于恶势力的特别庇护之下,纯系魔鬼亲自开办的工厂制造出的一件产品。

奥立弗就是处于这么一种吉星高照、备受关怀的境地。一天早晨,烟囱清扫夫甘菲尔先生走到这边大街上来了,他心里一直在盘算如何支付欠下的若干房租,房东已经变得相当不耐烦了。甘菲尔先生的算盘敲得再精,也凑不齐所需要的整整五镑这个数目。这一道算术难题真是逼得他走投无路,他手里拿着一根短棍,轮番地敲敲自己的脑门,又抽一下他的驴,经过济贫院时,他的眼睛攫住了门上的招贴。

"呜——唔。"甘菲尔先生冲着驴子发话了。

驴子这会儿完全是一副心不在焉的模样,它可能正在寻思,把小车上的两袋烟灰卸下来以后,是不是可以捞到一两棵白菜帮子作为犒赏,因此,它没有听见这道命令,依然磨磨蹭蹭地往前走。

甘菲尔先生咆哮起来,冲着它的脑袋就是一通臭骂,重点针对它的眼睛。他赶上前去,照着驴脑袋就是一下,幸亏是头驴,换上其他畜生肯定已经脑袋开花了。接着,甘菲尔先生抓住笼头狠命一拧,客客气气地提醒它不要自作主张,这才让它掉过头来。甘菲尔先生随后又在驴头上来了一下,要它老老实实呆着,等他回来再说。甘菲尔先生把这一切搞定了,便走到大门口,读起那份招贴来了。

白背心绅士倒背着双手站在门边,他刚刚在会议室里抒发了一番意味深长的感想。他先已目睹了甘菲尔先生与驴子之间发生的这一场小小的纠纷,又见那家伙走上前来看招贴,不禁怡然自得地微笑起来,他一眼就看出甘菲尔先生正是奥立弗所需要的那一类主人。甘菲尔先生将这份文件细细看了一遍,也微笑了:五英镑,不多不少,正中下怀。至于随这笔钱搭配的那个孩子,甘菲尔先生知道济贫院的伙食标准,料定他将是一件合适的小行头,正好用来清扫烟囱。为此,他又将招贴从头到尾,逐字看了一遍。然后,他碰了碰自己的皮帽,算是行礼,与白背心绅士攀谈起来。

"先生,这地方是不是有个小孩,教区想叫他学一门手艺?"甘菲尔先生说。

“是啊,朋友,”白背心绅士面带俯就的微笑,说道,“你觉得他怎么样?”

“假若教区乐意他学一门轻巧手艺的话,扫烟囱倒是一个蛮受人尊敬的行当,”甘菲尔说,“我正好缺个徒弟,我想要他。”

“进来吧。”白背心绅士说。甘菲尔在后边耽搁了一下,他照着驴头又是一巴掌,外带着又使劲拽了一下缰绳,告诫它不得擅自走开,这才跟着白背心绅士进去,奥立弗第一次见到这位预言家就是在这间会议室里。

听甘菲尔重说了一下他的心愿之后,利姆金斯先生说道:“这是一种脏活啊。”

“以前就有小孩子闷死在烟囱里的。”另一位绅士说道。

“那是因为要让他们下来,在点火前,把稻草弄湿了,”甘菲尔说道,“那就尽冒烟不起火。要催小孩子下来,五花八门的烟根本不顶事,只会把他熏睡过去,他正巴不得呢。小鬼头,犟得要死,懒得要死,先生们,再没有比一团红火更灵的了,他们一溜小跑就下来了。先生们,这太厚道了,就是说,万一他们粘在烟囱上了,烘烘脚板,他们赶紧就得下来。”

白背心绅士似乎叫这一番辩解逗得乐不可支,然而,他的满心欢喜立即让利姆金斯先生的一个眼神给打住了。理事们凑到一块儿,磋商了片刻,嗓门压得很低,旁人单单听到几句,“节省开支”,“账面上看得过去”,“公布一份铅印的报告”。一点不假,这几句话之所以能听出来,也是由于重复了好多遍和特别强调的缘故。

密谈总算停了下来,理事们回到各自的座位,又变得庄重起来,利姆金斯先生说道:“我们考虑了你的申请,我们不予采纳。”

“绝对不行。”白背心绅士说。

“坚决不同意。”其他的理事接上来说。

有人说已经有三四个学徒被甘菲尔先生的老拳脚尖送了命,一段时间以来他就背上了这么个小小的恶名。他心想,理事会真说不清是怎么回事,他们可能认为这件题外的事会影响正在进行的交易。果真如此的话,这和他们办事的一贯作风差得也太远了。尽管如此,他倒也并不特别希望重提那些流言蜚语,只是双手将帽子扭过去倒过来,从会议桌前缓缓往后退去。

“那,你们是不想把他交给我喽,先生们?”甘菲尔先生在门边停了下来,问道。

“是的，”利姆金斯先生回答，“最低限度，鉴于这是一种脏活，我们认为必须降低补贴标准。”

甘菲尔先生的脸色豁然开朗，他一个箭步回到桌前，说道：

“给多少，先生们？说啊。别对一个穷人太狠心了吧。你们给多少？”

“我应该说，最多三镑十先令。”利姆金斯先生说。

“十个先令是多给的。”白背心绅士说。

“嗨。”甘菲尔说道，“给四镑钱，先生们。只消四镑，你们就永久跟他了结啦。中。”

“三镑十先令。”利姆金斯先生毫不松口。

“得得。我还个价，先生们，”甘菲尔急了，“三镑十五先令。”

利姆金斯先生回答得斩钉截铁：“一个子儿也不多给。”

“你们是在要我的命啊，先生们。”甘菲尔犹豫起来。

“呸。呸。胡说。”白背心绅士说，“就是一个子儿不补贴，谁拿到他也算拣了便宜了，你这个蠢家伙，带他走吧。这孩子对你再合适不过了。他时时都离不开棍子，这对他大有好处，而且管饭也花钱不多，这孩子打出世以来还没喂饱过呢。哈哈哈！”

甘菲尔先生目光诡谲地看了一眼围坐在桌子跟前的理事们，发觉一张张面孔都挂着笑容，自己脸上也渐渐绽开了一丝微笑。买卖谈成了。邦布尔先生立刻接到命令，由他当天下午，将奥立弗和有关合同转呈治安推事，办理审批手续。

为了贯彻这一决定，小奥立弗解除了禁闭，还奉命穿上了一件干净衬衫，弄得他莫名其妙，他刚完成这一项非同寻常的健身运动，邦布尔先生又亲手为他端来一碗粥，外加二又四分之一盎司的节日面包。看到这副吓人的场面，奥立弗顿时伤伤心心地大哭起来，他顺理成章地以为，理事会准是要宰了他派用场，否则绝不会用这种办法来把他填肥。

“别把眼睛哭红了，奥立弗，好好吃东西，不要忘恩负义，”邦布尔先生端着架子说道，“你要去当学徒了，奥立弗。”

“当学徒，先生。”孩子战战兢兢地说。

“是啊，奥立弗，”邦布尔说，“你没爹没妈，这么多善良的正人君子，他们可都是你的父母，奥立弗，为了送你去当学徒，自谋生路，长大成人，教区花了三镑十先令呢——三镑十先令,奥立弗!——七十先令——一百四十枚六便士硬币!——就为了一个顽皮的孤儿,一个不讨人喜欢的孤儿。”

邦布尔先生的口吻令人肃然起敬,说完这番话,便停下来歇歇气,可怜的孩子伤心地发出一阵阵抽泣,滚滚泪水从脸上掉落下来。

“唉唉。”邦布尔先生的调子不那么高了,眼见自己的口才效果颇佳,他心里真舒坦。“好啦,奥立弗。用袖子把眼睛擦一擦,别让眼泪掉进粥里,奥立弗,这可是蠢透了的事。”这话倒是不假,粥里的水已经够多的了。

在去治安公署的路上,邦布尔先生嘱咐奥立弗,他要做的事就是显得高高兴兴的,当推事问他想不想去学徒的时候,就回答说他太想了。对这两条命令,奥立弗答应照办,再说邦布尔先生还客客气气地暗示,倘若任其一条出了漏子,到时候怎么处置他,可就谁也说不准了。到了治安公署,奥立弗被关进一间小屋,邦布尔要他在那儿呆着,等自己回来叫他。

这孩子在小房间里呆了半小时,一颗心怦怦直跳,这段时间刚过,邦布尔先生突然把头伸了进来,连三角帽也没戴,高声说道:

“喂,奥立弗,我亲爱的,跟我去见推事大人。”邦布尔先生说着换了一副狰狞可怕的脸色,压低声音补了一句,“记住我对你说的话,你这个小流氓。”

听到这种多少有些前后矛盾的称呼,奥立弗天真地打量起邦布尔先生的面孔来,然而那位绅士没容他就此发表观感,就立刻领他走进隔壁一间房门开着的屋子。屋子十分宽敞,有一扇大窗户。在一张写字台后面,坐着两位头上抹着发粉的老绅士,一位在看报,另一位借助一副玳瑁眼镜,正在端详面前放着的一小张羊皮纸。利姆金斯先生站在写字台前的一侧,甘菲尔先生脸都没擦干净,站在另外一边,两三个长相吓人的汉子穿着长统马靴,在屋子里踱来踱去。

戴眼镜的老绅士冲着那张羊皮纸片渐渐打起吨来。邦布尔先生把奥立弗带到桌子面前站定,接下来有一个短暂的间隔。

“大人,就是这个孩子。”邦布尔先生说道。

正在看报的老绅士抬起头来看了一眼,扯了扯另一位的衣袖,那位老先生这才醒过来。

“噢,就是这个孩子吗?”老绅士发话了。

“就是他,先生。”邦布尔答道,“向治安推事大人鞠一躬,我亲爱的。”

奥立弗直起身子,毕恭毕敬地鞠了一躬。他的目光停留在治安推事头上的发粉上,心里一直在纳闷,是不是所有的推事大人生下来头上就有那么一层白花花的涂料,他们是不是因为有这玩艺才当上推事的。

“哦,”老绅士说道,“我想,他是喜欢扫烟囱这一行了?”

“大人,他喜欢着呢。”邦布尔暗暗拧了奥立弗一把,提醒他识相些,不要说不喜欢。

“那么,他乐意当一个清扫夫啰,是吗?”老绅士盘问道。

“要是明天我们让他去干别的什么营生,他准会马上溜掉,大人。”邦布尔回答。

“这个人就是他的师傅吧——你,先生——要好好看待他,管他的吃住以及诸如此类的事情——是不是啊?”老绅士又说。

“我说能做到,就一定能做到。”甘菲尔先生倔头倔脑地答道。

“你说话很粗鲁,朋友,不过看起来倒是一个爽快的老实人。”老绅士说着,眼镜朝这位奥立弗奖金的申请人转了过去。甘菲尔那张凶相毕露的面孔本来打着心狠手辣的烙印,可这位治安推事一半是眼神不济,一半是想法天真,所以,是人都能看出的事,却不能指望他也看得出来。

“我相信自个儿是这样,先生。”甘菲尔先生说话时眼睛一瞟,样子实在恶心。

“这一点,我丝毫也不怀疑,朋友。”老先生回答。他把鼻梁上的眼镜扶扶正,四下里找起墨水壶来。

奥立弗的命运到了一个关键时刻。倘若墨水壶是在老绅士想像中的地方,他就会把鹅毛笔插下去,然后签署证书,奥立弗也就一径被人匆匆带走了。可墨水壶偏偏是在老绅士的鼻子底下,接下来,他照例满桌子都找遍了,还是没有找到。就在他一个劲地往前找的时候,目光落在了奥立弗·退斯特那张苍白而惊恐的脸上。虽说邦布尔在一旁递眼色警告他,掐他,奥立弗全然不顾,目不转睛地望着未来的主人的丑恶嘴脸,那种厌恶与恐慌交融在一起的神情任何人也不会看错,哪怕是一位眼神不济的治安推事。

老先生停了下来,放下鹅毛笔,看看奥立弗,又看了看利姆金斯先生,这位先生装出在吸鼻烟,一副愉快而又若无其事的样子。

“孩子。”老先生从写字台上俯下身来，说道。这声音吓了奥立弗一跳，他这种反应倒也情有可原，听听这话有多温和就是了，然而没有听熟的声音总是叫人害怕的，他不住地打着哆嗦，眼泪夺眶而出。

“孩子，”老绅士说，“瞧你，脸都吓白了。出什么事了？”

“干事，离他远一点儿，”另一位推事说着，放下报纸，饶有兴致地向前探出身子。“行了，孩子，告诉我们是怎么回事，别害怕。”

奥立弗扑地跪下来，双手紧紧地握在一起，哀求他们把自己送回那间黑屋子去——饿死他——揍他——高兴宰掉也行——就是不要打发他跟那个可怕的人走。

“呃，”邦布尔先生说道，他抬起双手，眼珠朝上翻了翻，神情庄重得非常令人感动。“呃，奥立弗，阴险狡猾、心术不正的孤儿我见得多了，你是其中最无耻的一个。”

“闭嘴，干事。”邦布尔先生刚把带“最”字的形容词说出来，第二位老绅士便说道。

“对不起，大人，”邦布尔先生说道，他怀疑自己是不是听错了。“您指的是我吗？”

“不错，闭上你的嘴巴。”

邦布尔先生惊得目瞪口呆。竟然喝令一位教区干事闭嘴。真是改天换地了。

戴了一副玳瑁眼镜的老绅士看了自己的同事一眼，那一位意味深长地点点头。

“这些契约我们不予批准。”老绅士将那张羊皮纸往旁边一扔，说道。

“我希望，”利姆金斯先生结结巴巴地说，“我希望两位大人不要单凭一个孩子毫无理由的抗议，就认为院方有管理不善的责任。”

“治安推事不是专管排难解纷的，”第二位老绅士厉声说道，“把孩子带回济贫院去，好好对待他，看来他有这方面的需要。”

这天傍晚，白背心绅士非常自信、非常明确地断言，奥立弗不光要受绞刑，而且还会被开肠剖肚，剁成几块。邦布尔先生闷闷不乐，有些神秘地直摇脑袋，宣称自己希望奥立弗终得善报。对于这一点，甘菲尔先生回答说，他希望那小子还是归自己，尽管他大体上同意干事的话，但表达出来的愿望似乎完全相反。

第二天清晨，公众再次获悉：重新转让奥立弗，任何人只要愿意把他领走，可获得酬金五镑。

第四章

奥立弗得授新职，初次踏进社会。

举凡大户人家，遇到一个优越的位置，比方说财产、名分的拥有、复归、指定继承或者是预订继承，摊不到一个正在成长发育的子弟身上的时候，有一种非常普遍的做法，就是打发他出海谋生。依照这一个贤明通达的惯例，理事会诸君凑到一起，商议能否把奥立弗交给一条小商船，送他去某个对健康极其有害的港口。这似乎成了处置他的最好办法了。船长没准会在哪一天饭后闲暇之时，闹着玩似地用鞭子把他抽死，或者用铁棒把他的脑袋敲开花，这两种消遣早已远近驰名，在那个阶层的绅士中成了人人喜爱的娱乐，一点不稀罕。理事会越是琢磨这个事情，越是感到好处真是说不尽，所以他们得出结论，要把奥立弗供养成人，唯一有效的办法就是赶快送他出洋。

邦布尔先生领了差事，在城里四处奔波，多方打听有没有哪一位船长或者别的什么人需要一个无亲无故的舱房小厮。这一天，他回到济贫院，准备报告这事的进展，刚走到大门口，迎面碰上了承办教区殡葬事务的苏尔伯雷先生。

苏尔伯雷先生是个瘦高个，骨节大得出奇，一身黑色礼服早就磨得经纬毕露，下面配同样颜色的长统棉袜和鞋子，鞋袜上缀有补丁。他那副长相本来就不宜带有轻松愉快的笑意，不过，总的来说，他倒是有几分职业性的诙谐。他迎着邦布尔先生走上前来，步履十分轻快，亲昵地与他握手，眉间显露出内心的喜悦。

“邦布尔先生，我已经给昨儿晚上去世的两位女士量好了尺寸。”殡葬承办人说道。

“你要发财啦，苏尔伯雷先生，”教区干事一边说，一边把拇指和食指插进殡葬承办人递上来的鼻烟盒里，这鼻烟盒是一具精巧的棺材模型，做得十分别致。“我是说，你要发财啦，苏尔伯雷。”干事用手杖在对方肩上亲亲热热地敲了敲，又说了一遍。

“你这样认为？”殡葬承办人的嗓音里带有一点似信非信，不尽了然的意思。“理事会开的价钱可太小啦，邦布尔先生。”

“棺材也是这样的。”干事答话时面带微笑，这一丝微笑他掌握得恰到好处，以不失教区大员的身份为原则。

苏尔伯雷被这句话逗乐了，他自然不必拘谨过头，便不歇气地打了一长串哈哈。“得，得，邦布尔先生，”他终于笑够了，“是这话呀，自打新的供给制实施以来，棺材比起以前来说，是越做越窄，越做越浅啰。话说回来，邦布尔先生，我们总还得有点赚头才行，干得呱呱叫的木料就是挺花钱的玩艺儿，铁把手呢，又全是经运河从伯明翰运来的。”

“好啦，好啦，”邦布尔先生说，“哪一行都有哪一行的难处。当然赚得公平还是许可的。”

“当然，当然。”殡葬承办人随声附和着。“假如我在这笔或那笔买卖上没赚到钱的话，您是知道的，我迟早也会捞回来——嘿嘿嘿！”

“一点不错。”邦布尔先生说。

“可我也得说说，”殡葬承办人继续说道，又拣起刚才被教区干事打断的话题来，“可我也得说说，邦布尔先生，我现在面对的情况极其不利，就是说，胖子死得特别快，一进济贫院这道门，最先垮下去的就是家道好一点，常年纳税的人。我告诉你吧，邦布尔先生，只要比核算人出三四英寸，就会亏进去一大截，尤其是当一个人还得养家糊口的时候。”

苏尔伯雷先生说话时愤愤不平，像是吃了大亏的的样子。邦布尔先生意识到，再说下去势必有损教区体面，得换个题目了。这位绅士立刻想起了奥立弗·退斯特，便把话题转了过去。

“顺便说一下，”邦布尔先生说道，“你知不知道有谁想找个小厮，啊？

有一个教区见习生，眼目下跟一个沉甸甸的包袱似的，我应该说，是一盘石磨，吊在教区脖子上，对不对？报酬很可观，苏尔伯雷先生，很可观呢。”邦布尔扬起手杖，指指大门上边的招贴，特意在用巨型罗马大写字母印刷的“五英镑”字样上咚咚咚敲了三下。

“乖乖。”殡葬承办人说着，一把拉住邦布尔制服上的金边翻领。“我正想和您谈谈这档子事呢。您是知道的——喔，哟哟，这扣子好漂亮，邦布尔先生。我一直没注意到。”

“是啊，我也觉得挺漂亮，”教区干事自豪地低头看了一眼镶嵌在外套上的硕大的铜纽扣，说道，“这图案跟教区图章上的一模一样——好心的撒玛利亚人在医治那个身受重伤的病人①。苏尔伯雷先生，这是理事会元旦早晨送给我的礼物。我记得，我头一回穿上身是去参加验尸，就是那个破了产的零售商，半夜里死在别人家门口的。”

“我想起来了，”殡葬承办人说，“陪审团报告说，是死于感冒以及缺乏一般生活用品，对不？”

邦布尔点了点头。

“他们好像把这事作为一个专案，”殡葬承办人说，“后面还加了几句话，说是倘若承办救济的有关方面当时——”

“胡扯。瞎说。”教区干事忍不住了。“要是理事会光去听那班什么都不懂的陪审团胡说八道，他们可就有事情干了。”

“千真万确，”殡葬承办人说，“可不是。”

“陪审团，”邦布尔紧握手杖说道，这是他发起火来的习惯，“陪审团一个个都是些卑鄙下流的家伙，没有教养。”

“就是，就是。”殡葬承办人说。

“不管是哲学还是政治经济学，他们也就懂那么一点，”邦布尔轻蔑地打了一个响指，说道，“就那么点。”

“确实如此。”殡葬承办人表示同意。

“我才看不起他们呢。”教区干事一张脸涨得通红。

---

① 《新约圣经·路加福音》第十章：“只有一个撒玛利亚人，行路来到那里，看见他就动了慈心，上前用油和酒倒在他的伤处，包裹好了。”现用来指乐善好施的人。

“我也一样。”殡葬承办人附和道。

“我只希望能找个自以为是的陪审团，上济贫院呆上一两个礼拜，”教区干事说，“理事会的规章条款很快就会把他们那股子傲气给杀下去。”

“随他们的便吧。”殡葬承办人回答时深表赞许地微笑起来，想平息一下这位满腔激愤的教区公务员刚刚腾起的怒火。

邦布尔抬起三角帽，从帽顶里取出一张手巾，抹掉额头上因刚才一阵激怒沁出的汗水，又重新把帽子戴端正，向殡葬承办人转过身去，用比较平和的语气说：

“喂，这孩子如何？”

“噢。”殡葬承办人答道。“哎，邦布尔先生，你也知道，我替穷人缴了好大一笔税呢。”

“嗯。”邦布尔先生鼻子里发出了响声。“怎么？”

“哦，”殡葬承办人回答，“我想，既然我掏了那么多钞票给他们，我当然有权利凭我的本事照数收回来，邦布尔先生，这个——这个——我想自个儿要这个孩子。”

邦布尔一把拉住殡葬承办人的胳膊，领着他走进楼里。苏尔伯雷与理事们关起门来谈了五分钟，商定当天傍晚就让他带奥立弗到棺材铺去“见习”——这个词用在教区学徒身上的意思是，经过短期试用之后，只要雇主觉得能叫徒弟干很多活，而伙食方面也还合算的话，就可以留用若干年，高兴叫他干什么就叫他干什么。

傍晚，小奥立弗被带到了“绅士们”面前，他得知当天夜里自己就要作为一个普通的济贫院学童到一家棺材铺去了。倘若他去了以后诉苦抱怨，或者去而复返，就打发他出海去，不管到时候他是淹死还是被打烂了脑袋瓜，这种情况是完全可能的。听了这些话，奥立弗几乎毫无反应。于是，他们众口一词地宣告他是一个无可救药的小坏蛋，命令邦布尔先生立即把他带走。

说起来，世间一应人等当中，如果有谁流露出一丝一毫缺少感情的迹象，理事会理所当然会处于一种满腔义愤、震惊不已的状况，然而，这一回他们却有些误会了。事情很简单，奥立弗的感受并非太少，而应当说太多了，大有可能被落到头上的虐待弄得一辈子傻里傻气，心灰意懒。他无动于衷地听完这一条有关他的去向的消息，接过塞到他手里的行李——拿在手里实在费不了多大劲，因为他的行李也就是一个牛皮纸包，半英尺见方，三英寸厚——把帽檐往下拉了拉，又一次紧紧拉住邦布尔先生的外套袖口，由这位大人物领着去一处新的受难场所。

邦布尔先生拖着奥立弗走了一程，教区干事直挺挺地昂着头往前走，对他总是不理不睬，因为邦布尔先生觉得当差的就应该是这副派头。这一天风很大，不时吹开邦布尔先生的大衣下摆，把奥立弗整个裹起来，同时露出上衣和浅褐色毛绒裤子，真的很风光。快到目的地了，邦布尔先生觉得有必要审视一下奥立弗，以便确保这孩子的模样经得起他未来的主人验收，便低下头，带着与一个大恩人的身份非常协调、相称的神气看了看。

"奥立弗。"邦布尔说。

"是，先生。"奥立弗哆哆嗦嗦地低声答道。

"先生，把帽子戴高一些，别挡住眼睛，头抬起来。"

奥立弗赶紧照办，一边还用空着的一只手的手背利落地抹了抹眼睛，可是当他抬起头来，看着自己的领路人时，眼里还是留下了一滴泪水。邦布尔先生狠狠地瞪了他一眼，这滴眼泪便顺着脸颊滚了下来，跟着又是一滴，又是一滴。这孩子拚命想忍住泪水，却怎么也止不住。他索性把手从邦布尔先生的袖口上缩回来，双手捂住面孔，泪珠从他纤细的指头缝里涌泻而出。

"得了。"邦布尔先生嚷起来，又猛然停住脚步，向这个不争气的小家伙投过去一道极其恶毒的目光。"得了。奥立弗，在我见过的所有最忘恩负义、最心术不正的男孩当中，你要算最最——"

"不，不，先生，"奥立弗哽咽着说，一边紧紧抓住干事的一只手，这只手里握着的就是他非常熟悉的藤杖。"不，不，先生，我会变好的，真的，真的，先生，我一定会变好的。我只是一个小不点儿，又那么——那么——"

"那么个啥？"邦布尔先生诧异地问道。

"那么孤独，先生。一个亲人也没有。"孩子哭叫着。"大家都不喜欢我。喔，先生，您别，别生我的气。"他拍打着自己的胸脯，抬眼看了看与自己同行的那个人，泪水里包含着发自内心的痛苦。

邦布尔先生多少有些诧异，他盯着奥立弗那副可怜巴巴的模样看了几秒钟，嘶哑地咳了三四声，嘴里咕噜着什么"这讨厌的咳嗽"，随后吩咐奥立弗擦干眼泪,做一个听话的孩子。他又一次拉起奥立弗的手,默不作声地继续往前走去。

殡葬铺老板刚关上铺子的门面,正在一盏昏暗得与本店业务十分相称的烛光下做账,邦布尔先生走了进来。

“啊哈。”殡葬承办人从账本上抬起头来,一个字刚写了一半。“是你吗,邦布尔?”

“不是别人,苏尔伯雷先生,”干事答道,“喏。我把孩子带来了。”奥立弗鞠了一躬。

“喔。就是那个孩子,是吗?”殡葬铺老板说着,把蜡烛举过头顶,好把奥立弗看个仔细。“苏尔伯雷太太。你好不好上这儿来一下,我亲爱的?”

苏尔伯雷太太从店堂后面一间小屋里出来了,这女人身材瘦小,干瘪得够可以的了,一脸狠毒泼辣的神色。

“我亲爱的,”苏尔伯雷先生谦恭地说,“这就是我跟你说过的那个济贫院的孩子。”奥立弗又鞠了一躬。

“天啦,”殡葬铺老板娘说道,“他可真小啊。”

“唔,是小了一点。”邦布尔先生打量着奥立弗,好像是在责怪他怎么不长得高大些。“他是很小,这无可否认。可他还要长啊,苏尔伯雷太太——他会长的。”

“啊。我敢说他肯定会长的。”太太没好气地说。“吃我们的,喝我们的,不长才怪呢。我就说领教区的孩子划不来,他们本来就值不了几个钱,还抵不上他们的花销。可男人家倒总觉得自己懂得多。好啦!小瘦鬼,下楼去吧。”老板娘嘴里念叨着,打开一道侧门,推着奥立弗走过一段陡直的楼梯,来到一间潮湿阴暗的石砌小屋。这间起名“厨房”的小屋连着后面的煤窖,里边坐着一个邋遢的女孩,脚上的鞋已经磨掉了后跟,蓝色的绒线袜子也烂得不成话了。

“喂,夏洛蒂,”苏尔伯雷太太跟在奥立弗身后,走下楼来说道,“把留给特立普吃的冷饭给这小孩一点。他早上出去以后就没回来过,大概不用给他留了。我敢说这孩子不会这也不吃,那也不吃——小孩,你挑不挑嘴啊?”

奥立弗一听有吃的,立刻两眼放光。他正馋得浑身哆嗦。他回答了一句不挑嘴,一碟粗糙不堪的食物放到了他的面前。

要是有这样一位吃得脑满肠肥的哲学家,他吃下去的佳肴美酒在肚子里会化作胆汁,血凝成了冰,心像铁一样硬,我希望他能看看奥立弗是怎样抓起那一盘连狗都不肯闻一闻的美食,希望他能亲眼看一看饥不择食的奥立弗以怎样令人不寒而栗的食欲把食物撕碎,倒进肚子。我更希望看到的是,这位哲学家本人在吃同样的食物的时候也有同样的胃口。

"喂,"老板娘看着奥立弗吃晚饭,嘴上不说,心里可吓坏了,想到他今后的胃口更是忧心忡忡,"吃完了没有?"

奥立弗看看前后左右,可以吃的东西没有了,便作了肯定的回答。

"那你,跟我来吧。"苏尔伯雷太太说着,举起一盏昏暗而又肮脏的油灯,领路朝楼上走去。"你的床铺就在柜台底下,我看,你该不会反对睡在棺材中间吧?不过你乐意不乐意都没关系,反正你不能上别的地方去睡。快点,我没功夫整个晚上都耗在这儿。"

奥立弗不再犹豫,温顺地跟着新女主人走去。

第五章

奥立弗结识新同事,平生第一次参加葬礼就冒出了一些和他主人的买卖颇不适宜的想法。

奥立弗单独留在棺材店堂里,他把灯放在一张工作台上,怀着敬畏的心情怯生生地环顾四周,不少年龄大得多的人也不免产生同样的心情。一口未完工的棺材放在黑黝黝的支架上,就在店堂中间,每当他游移的目光无意中落到这可怕的东西上面,看到它是那样阴森死寂,一阵寒颤立刻传遍全身,他差一点相信真的看见一个吓人的身影从棺材里缓缓地抬起头来,把自己吓疯过去。一长列剖成同样形状的榆木板整整齐齐靠在墙上,在昏暗的灯光下,就像一个个高耸肩膀、手插在裤兜里的幽灵似的。棺材铭牌,木屑刨花,闪闪发亮的棺材钉子,黑布碎片,疏疏落落撒了一地,柜台后面的墙上装饰着一幅形象逼真、色彩鲜明的画:两个职业送殡人脖子上系着笔挺的领结,守候在一扇巨大的私人住宅门旁,一辆灵车从远处驶来,拉车的是四匹黑色的骏马。店铺里又闷又热,连空气也似乎沾上了棺材的气味。奥立弗的一条破棉絮给扔在柜台底下凹进去的地方,那地方看上去跟坟墓没什么两样。

使奥立弗感到压抑的不仅仅是这些令人沮丧的感觉。他孑然一身,呆在一个陌生的场所,众所周知,处于这么一种境地,就是我们当中的佼佼者有时也会感到凄凉与孤独。这孩子没有一个需要他去照看的朋友,或者反过来说,也没有朋友可以照看他。他并不是刚刚经历了别愁离恨,也不是因为看不到亲切熟悉的面容而觉得心里沉甸甸的。尽管如此,他依然心情沉重,在缩进他那狭窄的铺位里去的时候,仍然甘愿那就是他的棺材,他从此可以安安稳稳地在教堂墓地里长眠了,高高的野草在头顶上轻盈地随风摇曳,深沉的古钟奏响,抚慰自己长眠不醒。

清晨,奥立弗被外面一阵喧闹的踢打铺门的声音惊醒了,他还没来得及胡乱穿上衣服,那声音又愤怒而鲁莽地响了大约二十次。当他开始拉开门闩的时候,外边不再踢了,有个声音说道:

"开门,开不开?"那声音嚷嚷着,它与刚才踢门的那两只脚属于同一个人。

"我马上就来,先生。"奥立弗一边回答,一边解开链条,转动钥匙。

"你大概就是新来的伙计,是不是?"透过锁眼传来的声音说道。

"是的,先生。"

"你,多大了?"那声音问。

"先生,我十岁。"

"哼,那我进来可要揍你一顿。"那声音说。"看我揍不揍你,走着瞧吧,济贫院来的黄毛小子。"那声音许下这一番亲切诺言,便吹起了口哨。

对于奥立弗来说,"揍"是一个极富表现力的字眼,这一过程他领教过无数次了,因而丝毫不存侥幸心理,管他是谁,反正那个声音的主人是要极其体面地履行诺言的。奥立弗的手颤抖着抽下门闩,打开铺门。

奥立弗朝街的两头看了看,又看了一眼街对面,他以为刚才透过锁眼跟自己打过招呼的陌生人想暖暖身子,已经走开了,因为他没看见其他人,只看见一名大块头的慈善学校学生,坐在铺子前面的木桩上,正在吃一块奶油面包。大块头用一把折刀把面包切成同嘴巴差不多大小的楔形,又异常灵巧地全部投进嘴里。

“对不起,先生,”奥立弗见没有别的客人露面,终于开口了,“是你在敲门吗?”

“我踢的。”慈善学校学生答道。

“先生,你是不是要买一口棺材?”奥立弗天真地问。

一听这话,慈善学校学生立刻现出一副狰狞可怕的样子,宣称倘若奥立弗以这种方式和上司开玩笑的话,过不了多久就需要一口棺材了。

“照我看,济贫院,你还不知道我是谁吧?”慈善学校学生一边从木桩上下来了,一边摆出开导别人的派头继续说道。

“是的,先生。”奥立弗应道。

“我是诺亚·克雷波尔先生,”他说,“你就属我管,把窗板放下来,你这个懒惰的小坏蛋。”说罢,克雷波尔先生赏了奥立弗一脚,神气活现地走进店铺去了,这副派头替他增光不少。要让一个身材粗笨、面容呆板、大头鼠眼的小伙子显得神气十足,在任何情况下都不是件容易的事,更何况在个人尊容方面替他增加魅力的又是一尊红鼻子和一条黄短裤。

奥立弗取下一扇沉甸甸的窗板,摇摇晃晃地往屋子侧面的一个小天井里搬,这些东西白天放在那里,哪知刚搬头一扇就撞坏了一块玻璃。诺亚先是安慰他,担保说“有他好瞧的”,接着也放下架子,帮着干起来。不一会儿,苏尔伯雷先生下楼来了,紧跟在后的是苏尔伯雷太太。奥立弗果然“有好瞧的”,应了诺亚的预言,之后便与这位年轻的绅士一起下楼吃早饭。

“诺亚,靠火近一点,”夏洛蒂说道,“我从老板的早饭里给你挑了一小块熏肉留起来。奥立弗,把诺亚先生背后的门关上。你的饭我放在面包盘的盖子上面了,自己去拿吧,这是你的茶,端到箱子边上去,就在那儿喝,快一点,他们还要你去拾掇铺子呢。听见了吗?”

“听见了吗,济贫院?”诺亚·克雷波尔说。

“唷,诺亚,”夏洛蒂话头一转,“你这人真怪。你管他干吗?”

“干吗?”诺亚说道,“哼,因为一个个都由着他,这儿可不行。不管是他爹还是他妈，都不会来管他了。他所有的亲戚也由着他胡来。喔，夏洛蒂。嘻嘻嘻！”

“喔，你这个怪人！”夏洛蒂不禁大笑起来，诺亚也跟着笑了，他俩笑够了之后，又傲慢地看了奥立弗一眼，这功夫他正呆在离火炉最远的角落里，哆哆嗦嗦地坐在一只箱子上，吃着特意给他留下的馊臭食物。

诺亚是慈善学校的学生，不是济贫院的孤儿。他不是私生子，顺着家谱可以一直追溯到他的境遇不佳的双亲，母亲替人洗衣服，父亲当过兵，经常喝醉酒，退伍的时候带回来一条木头假腿和一份抚恤金，数额为每天两个半便士，外带一个很难说清的尾数。邻近各家店铺的学徒老是喜欢在大街上用一些不堪入耳的诨名来嘲笑诺亚，诸如“皮短裤”啦，“慈善学堂”啦什么的，他一一照单全收，概不还价。现在可好，命运把一个连名字都没有的孤儿赐给了他，对这个孤儿，连最卑贱的人都可以指着鼻子骂，诺亚饶有兴致地对奥立弗来了个如法炮制。这件事十分耐人寻味，它向我们表明，人的本性是多么的美妙，同样美好的品质从不厚此薄彼，既可以在最出色的君子身上发扬，又可以在最卑污的慈善学校学生的身上滋长。

奥立弗在殡葬承办人的铺子住了有个把月了。这一天打烊以后，苏尔伯雷夫妇正在店堂后面的小休息室里吃晚饭，苏尔伯雷先生恭恭敬敬地看了太太几眼，说道：

“我亲爱的——”他正打算说下去，见太太眼睛朝上一翻，知道兆头不对，赶紧打住。

“咦。”苏尔伯雷太太厉声说道。

“没什么事，亲爱的，没什么。”苏尔伯雷先生说道。

“呃，你这个可恶的东西。”苏尔伯雷太太说。

“哪里，哪里，我亲爱的，”苏尔伯雷先生低声下气地说，“我以为你不高兴听呢，亲爱的。我只是想说……”

“呃，你想说什么都别告诉我，”苏尔伯雷太太打断了他的话，“我算老几，拜托了，别来问我。我不想插手你的秘密。”苏尔伯雷太太说这话的时候发出一阵歇斯底里的狂笑，预示着后果将是非常严重的。

“不过，亲爱的，”苏尔伯雷说道，“我想向你讨教呢。”

“不，不，你不用来问我的意见，”苏尔伯雷太太大动感情，“你问别人去。”又是一阵歇斯底里的大笑,苏尔伯雷先生吓了个半死。这是夫妇间的一种极为寻常而又受到普遍认可的程序,通常都很灵验。苏尔伯雷先生当即告饶,请求太太特别恩准,允许自己把话说出来,苏尔伯雷太太其实很想听听是什么事。经过短短三刻钟不到的拉锯战,太太总算大发慈悲,予以批准。

“亲爱的,这事关系到小退斯特,”苏尔伯雷先生说道,“这是个漂亮的小男孩,亲爱的。”

“他理当如此,吃饱了喝足了嘛。”太太这样认为。

“亲爱的,他脸上有一种忧伤的表情,”苏尔伯雷先生继续说,“这非常有趣,他可以做一个出色的送殡人,亲爱的。”

苏尔伯雷太太的眼睛朝天上翻了一下,显然颇感意外,苏尔伯雷先生注意到了这一点,便接着说下去,没有给贤惠的夫人留下插话的机会。

“亲爱的,我不是指参加成年人葬礼的普通送殡人,而是单单替儿童出殡用的。让孩子给孩子送殡,亲爱的,那该有多新鲜。你尽管放心,这一招效果保准不赖。”

苏尔伯雷太太对于办理丧事可以说颇具鉴赏力,听到这个新颖的主意也大为吃惊。可是,照直承认不免有失体面,事已至此,她只好非常严厉地问,这样浅显的一个建议,他这个做丈夫的干吗事先没想到呢?苏尔伯雷先生来了个顺水推舟,认定这是对他这个点子的默认。事情当场定下来,干这一行的秘诀须马上传授给奥立弗,鉴于这个目的,老板下一次外出洽谈生意,奥立弗就得跟着一起去。

机会很快就来了,第二天清晨,吃过早饭大约半个小时,邦布尔先生走进了铺子。他将手杖支在柜台上,把他的大皮夹子掏出来,从里边拈出一张纸片,递给苏尔伯雷。

“啊哈。”苏尔伯雷先生眉开眼笑,看了一下纸片说道,“订购一口棺材,哦?”

“先订一副棺材,后面还有一套葬礼,由教区出钱。”邦布尔先生一边回答,一边紧了紧皮夹子上的皮带,这皮夹子跟他人一样胀鼓鼓的。

“贝登,”殡仪馆老板瞧了瞧那张纸片,又看看邦布尔先生,“我从来没听说过这个名字。”

邦布尔摇摇头，答道:“一个很难对付的家伙，苏尔伯雷先生，非常非常之顽固，恐怕是太得意了，老兄。”

“得意，喔?”苏尔伯雷冷笑一声，大声说道。“真是的，这也太过分了。”

“噢，是啊，真叫人恶心，”教区干事答道，“真缺锑[①]，苏尔伯雷先生。”

“是这么回事。”殡葬承办人表示同意。

“我们也是前天晚上才听说这家人的，”教区干事说，“他们的情况我们本来不知道，有个住在同一幢房子里的女人找到教区委员会，要求派教区大夫去看看，那儿有个女人病得很重。大夫到外面吃饭去了，他那个徒弟(一个很机灵的小伙子)，把药装在一个鞋油瓶子里，捎给了他们。”

“啊，倒真利索。”殡葬承办人说。

“利索是利索啊，”干事回答，“可结果呢，老兄，这些个家伙真是反了，你知道他们有多忘恩负义?嗯，那个男的带回话来，说药品与他妻子的病症不合，因此她不能喝——先生，他说不能喝。疗效显著又符合卫生的药，一个星期以前才有两个爱尔兰工人和一个运煤的喝过，效果蛮好——现在白白奉送，分文不取，外带一个鞋油瓶子——老兄，他倒回话说她不能喝。”

这桩恶行活生生地展现在邦布尔先生心目中，气得他满面通红，狠命地用手杖敲打着柜台。

“哟，”殡葬承办人说，“我从——来——没——”

“先生，从来没有。”教区干事吼了起来。“真是闻所未闻。喔，可现在她死了，我们还得去埋，这是地址姓名，这事越快了结越好。”

邦布尔先生由于为教区感到不平，激愤之下险些把三角帽戴反了，然后三脚两步跨出店门去了。

“唷，奥立弗，他发那么大火，都忘了问问你的情况。”苏尔伯雷目送教区干事大步走到街上，说道。

“是的，先生。”奥立弗答道。邦布尔来访的时候，他一直小心翼翼地躲得远远的，他一听出邦布尔先生的嗓音，从头到脚都抖起来了。话说回来，他倒也用不着想方设法避开邦布尔先生的视线。这名公务人员一直将白背

---

① 邦布尔本来想说“缺德”(antinomian，反对遵从道德律法的)，却与“缺锑”(antimonial)一词用混了。

心绅士的预言铭记在心，他认为，既然殡葬承办人正在试用奥立弗，他的情况不提也好，一直要等到为期七年的合同将他套牢了，他被重新退回教区的一切危险才能一劳永逸、合理合法地解除。

“嗨，”苏尔伯雷先生拿起帽子说，“这笔生意越早做成越好。诺亚，看着铺子。奥立弗，把帽子戴上，跟我一块儿去。”奥立弗听从吩咐，跟着主人出门做生意去了。

他们穿过本城人口最稠密的居民区，走了一程，接着加快脚步，来到一条比先前经过的地方还要肮脏、破败、狭窄的街上，他们走走停停，找寻他们此行的目标居住的房子。街道两边的房屋又高又大，然而非常陈旧，住户都是赤贫阶层，不用看偶尔遇到的几个男人女人脸上的苦相，光是看看这些房子破败的外观就可以看出这一点。行人拢着双臂，弓腰驼背，走路躲躲闪闪。大多数房子带有铺面，可是都关得紧紧的，一派衰朽破败的样子，只有楼上用来住人。有些房屋因年久失修，眼看要坍倒在街上，就用几根大木头一端撑住墙壁，另一端牢牢地插在路上。就连这些无异于猪栏狗窝的房子看来也被某些无家可归的倒霉蛋选中，作为夜间栖身的巢穴，因为许多钉在门窗上的粗木板已经撬开，留下的缝隙足以让一个人进进出出。水沟阻塞不通，恶臭难闻，正在腐烂的老鼠东一只西一只，就连它们也是一副可怕的饿相。

奥立弗和他的老板要找的这一家到了，大门敞开着，上面既没有门环，也没有门铃拉手。老板吩咐奥立弗跟上，什么也别怕，自己小心翼翼地摸索着穿过漆黑的走廊，爬上二楼。他在楼梯口踉踉跄跄地撞上了一道门，便用指节嘭嘭嘭地敲了起来。

开门的是一个十三四岁的女孩。殡仪馆老板一看室内的陈设，就知道这正是他要找的地方，便走进去，奥立弗也跟了进去。

屋子里没有生火，却有一个男人纹丝不动地蜷缩在空荡荡的炉子边上，一位老妇人也在冷冰冰的炉子前放了一张矮凳，坐在他身边。屋子的另一个角落里有几个衣衫褴褛的小孩。有个什么东西用毯子遮盖着，放在正对门口的一个小壁龛里。奥立弗的目光落到了那上边，禁不住打起哆嗦来，身子不由自主地和老板贴得更紧了，尽管上面盖着毯子，这孩子却依然意识到那是一具尸体。

那男人面容瘦削，显得十分苍白，头发和胡子已经灰白，两眼充满血丝。老太婆满脸皱纹，仅有的两颗牙齿突出，挡住了下唇，目光炯炯有神。奥立弗吓得连头也不敢抬，这两个人看上去和他在屋外见到的老鼠实在太相像了。

“谁也不许走近她，”殡仪馆老板正要往壁龛走去，那男的猛地跳了起来，“别过去。他妈的——你要想留条活命，就别过去。”

“别说傻话，伙计，”殡葬承办人对各式各样凄惨悲凉的事情早已见惯不惊，“别说傻话了。”

“我跟你说，”那男的紧握拳头，狂暴地用脚跺着地板——“我跟你说，我不能让她入土，她在那儿得不到安宁，蛆虫会打扰她的——不是吃掉她——她已经成了空心的了。”

老板没有答理这一番咆哮，从口袋里掏出一副卷尺，跪下来，在尸体旁边量了一会儿。

“啊。”那个男子在死者的脚边跪了下来，泪水奔泻而出。“跪下吧，跪下吧——你们都来跪在她身边。听好啦。我说她是饿死的。我一点也不知道她的身体有多差，一直到她这次得了热病，后来她的皮肤连骨头都包不住了。屋子里没有生火，也没有点蜡烛，她是死在黑暗之中——在黑暗之中啊。尽管我们听得到她在喘气，叫孩子们的名字，可她连孩子们的脸都看不见。为了她，我上街要饭，他们却把我投进了监狱。我回来的时候，她已经死了，我心里的血全都干涸了，是他们把她活活饿死的啊。我当着上帝发誓，这事上帝都看见了。是他们把她饿死的。”他伸出双手揪住自己的头发，随着一声狂叫，在地板上打起滚来，两眼发直，唾沫糊住了他的嘴唇。

孩子们吓得魂不附体，放声大哭。只有那个老太婆仿佛对这一切都充耳不闻似的，一直没有开口，她恐吓着要他们静下来，把直挺挺倒在地上的那个男子的领带松开，然后摇摇晃晃地朝殡仪馆老板走过来。

“她是我女儿，”老妇人朝尸体摆了摆头，像白痴一样乜斜着眼睛说道，在那种场合里，这个动作甚至比死亡本身还要可怕。“天啦，天啦。嘀，真是奇怪，我生了她，当时我也不年轻了，现在还活得好好的，快快活活的，可她却躺在那儿，冷得硬邦邦的。天啦，天啦——想想这事吧。真像是一场戏——真像是一场戏。”

可怜的老人叽哩咕噜地说着，以她那种令人毛骨悚然的幽默格格地笑起来，殡仪馆老板转身就走。

“等一等，等一等。”老妇人高声说道，有点像自说自话，“她下葬是明天、后天，还是今天晚上？我都替她收拾好了，你知道，我也得去。给我送一件大的斗篷来，要穿上很暖和的，天气可真冷。去以前，我们还得吃点面包，喝点酒啊。千万别小气，送点儿面包来——只要一个面包一杯水就够了，我们会有面包的，亲爱的，是不是啊？”她急切地说，殡仪馆老板又想往门外走，被她一把拉住了大衣。

“是的，是的，”殡仪馆老板说道，“当然会有的，你要什么都有。”他挣脱了老妇人的拉扯，领着奥立弗，匆匆忙忙走了。

第二天（这户人家已经得到了半个四磅面包和一块奶酪的救济，是邦布尔先生亲自送来的），奥立弗和他的主人又一次来到丧家。邦布尔已经先到了，还带来四个济贫院的男人，准备扛棺材。老太婆和那个男子破烂的衣衫外披了一件旧的黑斗篷，光溜溜的白木棺材拧紧了，四个搬运夫扛上肩，往街上走去。

“喂，老太太，您老可得走好。”苏尔伯雷凑近老妇人耳边低声说道。“我们已经晚了一点，叫牧师老等就不好了。走起来，伙计们——能走多快走多快。”

搬运夫肩上本来就没什么分量，一听这话，便快步小跑，两个送葬的亲属尽力不落在后头。邦布尔先生和苏尔伯雷大步流星走在前面，奥立弗的两条腿比起老板的来可差远了，只得在旁边跑。

然而，情况并不像苏尔伯雷先生预料的那样，他们大可不必如此匆忙。他们来到教堂墓园一个僻静的角落时，牧师还没有到场，那地方长满荨麻，教区居民的墓穴也修在那里。教区文书正坐在安葬器具室里烤火，他似乎认为一个钟头之内牧师是来不了的。于是他们便把棺材放在墓穴边上。天上飘起一阵冷冽的细雨。这幅景象引来了一群穿得破破烂烂的孩子，他们吵吵嚷嚷地在墓碑之间玩起捉迷藏来，忽而兴趣又变了，在棺材上面跳来跳去。两个亲属耐心地守候在一旁。苏尔伯雷先生和邦布尔与教区文书有私交，便和他坐在一起烤火看报。

就这样过了一个多小时，忽见邦布尔先生、苏尔伯雷，还有那位文书，终于一起朝墓地奔过来,紧接着牧师出现了,一边走一边穿白色的祭服。邦布尔先生挥起手杖,赶跑了一两个小孩,以撑持场面。那位令人敬畏的绅士把葬礼尽力压缩了一番,不出四分钟就已宣讲完毕。他把祭服交给文书,便又走开了。

“喂,毕尔,”苏尔伯雷对掘墓人说,“填上吧。”

填墓倒不是什么难事,墓穴装得满满的,棺材最上面离地面只有几英尺。掘墓人把泥土铲进去,用脚随便跺了几下,扛起铁铲就走,后面跟着那群孩子,他们叽叽喳喳地抱怨着这游戏结束得也太快了。

“哎哎,伙计,”邦布尔在那个鳏夫背上拍了拍,说道,“他们要关墓地了。”

那男子自打来了以后就一直伫立在墓穴旁边,没有挪过地方,这时,他猛地一愣,抬起头,目不转睛地打量着和自己打招呼的这个人,朝前走了几步,便昏倒在地。那个疯疯癫癫的老太婆对失去斗篷深感痛惜(斗篷已由棺材店老板收回),无暇顾及到他。于是大家往他身上泼了一罐冷水。等他醒过来,送他平平安安走出教堂墓地,这才锁上大门,各自散去。

“喂,奥立弗,”在回去的路上,苏尔伯雷老板问道,“你喜欢不喜欢这一行?”

“还好,先生,谢谢你,”奥立弗颇为犹豫地回答,“并不特别喜欢,先生。”

“啊,奥立弗,你早晚会习惯的。”苏尔伯雷说道,“只要你习惯了,就没事啦,孩子。”

奥立弗满腹疑窦,不知道苏尔伯雷先生当初习惯这一套是不是也花了很长时间。不过,他想还是不去打听这个问题为妙。在回殡仪馆的路上,他一直在捉摸自己的所见所闻。

第六章

叙述奥立弗被师兄诺亚的辱骂所激怒，奋起自卫，诺亚吓了一大跳。

一个月的试用期结束了，奥立弗正式当上了学徒。眼下正是疾病流行的有利时节，用商界的行话来说，棺材行情看涨。几个星期之间，奥立弗学到了很多经验，苏尔伯雷先生的点子别出心裁，果然立竿见影，甚而超出了他最为乐观的估计。当地年纪最大的居民都想不起有哪个时候麻疹如此盛行，对儿童的生命形成如此严重的威胁。小奥立弗多次率领葬礼行列，他配上了一条拖到膝盖的帽带，使城里所有做母亲的都生出一份说不出的感动和赞赏。奥立弗还陪同老板参加了绝大多数为成年人送葬的远征，以便操练作为一个干练的殡葬承办人所必备的庄重举止和应对能力，他在无数次机会中观察到，一些意志坚定的人在经受生离死别考验时表现出令人羡慕的顺从与刚毅。

比方说，苏尔伯雷收到了一张替某一位有钱的老太太或者老绅士举行葬礼的定单，死者身边围了一大帮侄儿侄女，这些人在死者患病期间满腔悲痛，甚至在大庭广众之中也全然控制不住，背地里却再欢喜不过了——个个踌躇满志，谈笑风生，无拘无束地打诨逗趣，就跟没有什么惹他们心烦的事情发生一样。男士们以绝代英雄般的镇定克制着丧妻的痛苦，做妻子的表面上为丈夫换上了丧服，但决非出自忧伤，她们内心早已盘算好了，穿上去既要尽量得体，又要尽可能增添魅力。看得出来一些在葬礼进行中痛不欲生的女士、先生一回到家里便恢复过来，没等喝完茶已经安之若素了。这一切细看起来，颇为令人开心，而且极富教益，奥立弗将这一切看在眼里，内心十分佩服。

尽管我是奥立弗·退斯特的传记作者,但却毫无把握断言,在这些正人君子的榜样感召下,他变得逆来顺受了,不过有一点我可以毫不含糊地肯定,好几个月来,面对着诺亚·克雷波尔的欺凌和虐待,他一直忍气吞声。诺亚待他比当初厉害多了。眼看新来的小家伙步步高升,配上了黑手杖和帽带,自己资格比他老,却照旧戴着松饼帽,身穿皮短裤,不由得妒火中烧。夏洛蒂因为诺亚的缘故,对他也很坏。苏尔伯雷太太看出丈夫想和奥立弗联络感情,成了他的死对头。所以一头是这三位,另一头是生意兴隆的殡葬业务,奥立弗处在二者之间,他的日子完全不像被错关进啤酒厂谷仓里的饿猪那样舒服惬意。

现在,我即将写到奥立弗的经历中非常重要的一节了,这一段表面上看可能微不足道,但却间接地使他整个未来的景况和道路发生了极其巨大的变化,必须记录下来。

一天,奥立弗和诺亚照着平日开晚饭的时间一块儿下楼,来到厨房,共同享用一小块羊肉——一段重一磅半,毫无油水的羊颈子,那功夫夏洛蒂给叫出去了,其间有一个短暂的间隔,饥饿难熬,品行恶劣的诺亚·克雷波尔盘算了一番,更有价值的高招八成是想不出来了,那就戏弄一下小奥立弗吧。

诺亚打定主意要开这么一个无伤大雅的玩笑,他将双脚跷到桌布上,一把揪住奥立弗的头发,拧了拧他的耳朵,阐发了一通自己的看法,宣布他是一个"卑鄙小人",而且宣称自己将来看得到他上绞架,这桩值得期待的事件迟早会发生云云。诺亚把各式各样逗猫惹狗的话题全搬了出来,凡是一个出言不逊、心理病态的慈善学校学生想得出来的都说了。然而这些辱骂一句也没有收到预期的效果——把奥立弗惹哭。诺亚还想做得更滑稽一些。时至今日,许多有一点小聪明、名气也比诺亚大得多的人,每当想逗逗趣的时候往往也会来这一手。诺亚变得更加咄咄逼人了。

"济贫院,"诺亚说,"你母亲还好吧?"

"她死了,"奥立弗回答,"你别跟我谈她的事。"

奥立弗说这句话的时候涨红了脸,呼吸急促,嘴唇和鼻翅奇怪地翕动着,克雷波尔先生认定,这是一场嚎啕大哭即将爆发的先兆。他的攻势更凌厉了。

“济贫院,她是怎么死的?”诺亚说道。

“我们那儿有个老护士告诉我,是她的心碎了,”奥立弗仿佛不是在回答诺亚的问题,而是在对自己讲话,“我知道心碎了是怎么回事。”

“托得路罗罗尔,济贫院,你真是蠢到家了,”诺亚看见一滴泪水顺着奥立弗的脸颊滚下来,“谁让你这么哭鼻子?”

“不是你,”奥立弗赶紧抹掉眼泪答道,“反正不是你。”

“噢,不是我,嗯?”诺亚冷笑道。

“对,不是你,”奥立弗厉声回答,“够了。你别跟我提起她,最好不要提。”

“最好不要提?”诺亚嚷了起来,“好啊。不要提。济贫院,别不知羞耻了。你妈也一样。她是个美人儿,这没得说。喔,天啦。”说到这里,诺亚表情丰富地点了点头,同时还运足气力把小小的红鼻头皱拢来。

“你知道,济贫院,”诺亚见奥立弗不作声,说得更起劲了,嘲弄的语调中夹带着假装出来的怜悯,这种腔调最叫人受不了,“你知道,现在已经没有办法了,当然,你那时也是没办法,我对此深感遗憾,我相信大家都是这样,非常非常同情。不过,济贫院,你得知道,你妈是个里里外外烂透了的贱货。”

“你说什么?”奥立弗刷地抬起头来。

“里里外外烂透了的贱货,济贫院,”诺亚冷冷地回答,“她死得正是时候,不然的话,现在可还在布莱德维感化院做苦工,或者是去流放,要么就是给绞死了,这倒是比前面说的两种情况更有可能,你说呢?”

愤怒使奥立弗的脸变成了深红色,他猛地跳了起来,把桌椅掀翻在地,一把卡住诺亚的脖子,拼命推搡,狂怒之下,他牙齿咬得格格直响,用尽全身气力朝诺亚扑过去,把他打倒在地。

一分钟之前,这孩子看上去还是个沉静、温柔的小家伙,因备受虐待而显得无精打采,现在他终于忍无可忍,诺亚对他死去的母亲的恶毒诬蔑使他热血沸腾。他直挺挺地站在那里,胸脯一起一伏,目光炯炯有神,整个形象都变了。他扫了一眼伏在自己脚下的这个使自己吃尽苦头的胆小鬼,以一种前所未有的刚强向他挑战。

“他会杀死我的!”诺亚哇哇大哭,“夏洛蒂,太太。新来的伙计要打死我了！救命啦！来人啦！奥立弗发疯啦！夏——洛蒂！”

与诺亚的呼号相应答的是夏洛蒂的一声高声尖叫，更响亮的一声是苏尔伯雷太太发出的，前者从侧门冲进了厨房，后者却在楼梯上停住了，直到她认为继续往下走与保全性命并不矛盾才下去。

“噢，你这个小坏蛋!”夏洛蒂尖叫着，使出吃奶的力气一把揪住奥立弗，那副劲头差不多可以与体格相当强壮又经过特别训练的男子媲美。“噢，你这个忘——恩——负——义的杀——人——犯，恶——棍!”夏洛蒂每停顿一次，便狠命地揍奥立弗一拳，并发出一声尖叫，在场的人都感到过瘾。

夏洛蒂的拳头绝对不是轻飘飘的那种，苏尔伯雷太太却担心在平息奥立弗的怒气方面仍不够有效，她冲进厨房，伸出一只手挽住奥立弗，另一只手在他脸上乱抓。诺亚借助这样大好的形势，从地上爬起来，往奥立弗身上挥拳猛击。

这种剧烈的运动不可能搞得太久，不多一会儿，三个人便累了，抓也抓不动了，打也打不动了，他们把不断挣扎、叫喊，但丝毫也没有被制服的奥立弗推进垃圾地窖，锁了起来。这事一办妥，苏尔伯雷太太便瘫倒在椅子上，放声大哭起来。

“老天保佑，她又犯病了。”夏洛蒂说道，“诺亚，我亲爱的，取杯水来，快些。”

“哦！夏洛蒂，”苏尔伯雷太太强打起精神说道。诺亚这时已经在太太的头上、肩膀上泼了些水，太太只觉得空气不够，凉水又太多了点。“哦！夏洛蒂，真是运气啊，我们没有全都被杀死在自己的床上。”

“啊！真是运气呢，夫人，”夏洛蒂很有同感，“我只希望老板记住教训，别再招这些个坏蛋，他们天生就是杀人犯、强盗什么的。可怜的诺亚，夫人，我进来的时候，他差一点儿没被打死。”

“可怜的孩子。”苏尔伯雷太太怜悯地望着那个慈善学校的学生，说道。

诺亚背心上的第一颗纽扣想必也和奥立弗的帽顶差不多高了，他听到这一句对他表示同情的话，竟然用手腕内侧抹起眼睛来，哭得挺叫人同情，鼻子里还直哼哼。

“这可怎么好?”苏尔伯雷太太高声嚷起来，“你们老板不在家，这屋子里一个男人都没有，不出十分钟，他就要把门踢倒啦。”奥立弗对那块木板猛踢猛撞，使这种可能性大大增加。

“天啦，天啦！夫人，我不知道，”夏洛蒂说道，“除非派人去叫警察。”

“要不叫当兵的。”克雷波尔先生出了个点子。

“不，不，”苏尔伯雷太太想起了奥立弗的老朋友，“诺亚，到邦布尔先生那儿跑一趟，告诉他照直上这儿来，一分钟也别耽搁。别找你的帽子了。要快。你一边跑，一边弄把刀子贴在那只打青了的眼睛上，可以消肿。”

诺亚没再多说，立刻以最快的速度出发了。这功夫路上的人见到这样的场面准会吓一大跳，一个慈善学校的学生没命地从街道上狂奔而去，头上连帽子也没戴，用一把折刀捂在一只眼睛上。

第七章

奥立弗继续反抗。

诺亚以最快的速度在大街上狂奔，一口气跑到济贫院门口。他在那儿歇了一两分钟，以便酝酿精彩的抽噎，堆上一脸令人难忘的眼泪与恐惧，然后砰砰砰地冲着小门敲起来。开门的是一个上了年纪的贫民，即便是在他自己的黄金时代里，看到的也只是一张张惆怅哀怨的面孔，可骤然见到这么一副苦脸，也惊得连连后退。

“唉，这孩子准出了什么事。”老人说道。

“邦布尔先生！邦布尔先生！”诺亚喊了起来，一副失魂落魄的样子，声音又响亮又激动，不光是一下就钻进了邦布尔本人的耳朵里——真巧，他就在附近——还吓得他连三角帽也没顾得上戴，便冲进了院子——这可是一种稀罕而又值得注意的情形，证明哪怕是一名教区干事，在某种突如其来的强力刺激下，也会有一时半会显得张皇失措，并且忘记个人的尊严。

“喔，先生，邦布尔先生。”诺亚说道，“奥立弗，先生——奥立弗他——”

“什么？什么？”邦布尔先生迫不及待地插了进来，他那金属一般的眼睛里闪过一道欢乐的光彩。“他该没有逃走吧？诺亚，他没溜掉吧，是不是？”

“不，先生，不，溜是没溜，但他发疯了。”诺亚答道，“先生，他想杀死我，接着又想杀夏洛蒂，再往下，就是老板娘了。喔！痛死我啦！这有多痛，您瞧瞧。”说到这里，诺亚把身子扭来绞去，做出各种各样的姿势，跟鳗鱼似的，好让邦布尔先生明白，奥立弗·退斯特的血腥暴行造成他严重的内伤，此刻正忍受着最最剧烈的疼痛。

诺亚眼看邦布尔先生完全被自己报导的消息吓呆了，便大叫他被打得遍体鳞伤，声音比刚才大了十倍，更增强了原有的效果。他又看见一位身穿白背心的绅士正从院子里走过，料定自己轻而易举就可以把这位绅士吸引过来，并激起他的义愤。他的哀歌唱得越发凄惨了。

这位绅士的注意力果真很快就被吸引住了，他刚走了三步，便怒气冲冲地转过身，问那个小杂种在嚎什么，邦布尔先生干吗不给他点颜色瞧瞧，那样一来倒是很可能使这一连串嚎哭弄假成真。

“先生，这是一个可怜巴巴的免费学校的学生，”邦布尔先生回答，“他差一点惨遭杀害——先生，只差一点点——就被小退斯特杀死了。”

“真有这事？”白背心绅士骤然停住脚步，大声说道，“我早就知道了。从一开始我就觉察到一种奇怪的预兆，那个厚颜无耻的小野人迟早会被绞死。”

“先生，他还想杀掉家里的女佣呢。”邦布尔先生面如死灰地说。

“再加上老板娘。”克雷波尔先生插了一句嘴。

“诺亚，你好像说还有老板，是吗？”邦布尔先生添上了一句。

“不，老板出门去了，要不然他没准已经把他给杀了，”诺亚回答，“他说过想这么干。”

“啊？竟然说他想这么干，是不是，我的孩子？”白背心绅士问。

“是的，先生。”诺亚答道，“先生，老板娘想问一声，邦布尔先生能不能匀出时间马上去一趟，抽他一顿——因为老板不在家。”

“当然可以,我的孩子,当然可以,”白背心绅士亲切地微笑起来,在个子比自己还高出三英寸左右的诺亚头上拍了拍,“你是一个乖孩子——一个非常乖的孩子。这个便士是给你的。邦布尔,你这就带上你的藤杖到苏尔伯雷家去,你就看着办好了,邦布尔,别轻饶了他。”

“哦,我不会轻饶了他,您放心。”干事一边回答,一边整理着缠在藤杖末梢上的蜡带,这根藤杖是教区专门用来执行鞭刑的。

“也叫苏尔伯雷别放过他。不给他弄上点伤疤和鞭痕制服不了他。”白背心绅士说。

“我记住了,先生。”干事答道。这功夫,邦布尔先生已经戴上了三角帽,藤杖也整理好了,这两样东西的主人感到很满意,这才与诺亚·克雷波尔一起,直奔苏尔伯雷的棺材铺而来。

在这一边,局势仍不见好转。苏尔伯雷现在还没回来,奥立弗一个劲地踢着地窖的门,锐气丝毫未减。既然苏尔伯雷太太和夏洛蒂把凶残的奥立弗说得那么可怕,邦布尔先生认为还是先谈判一番,再开门进去为妙。他在外面照着门踢了一脚,以此作为开场白,然后把嘴凑到锁眼上,用深沉而又颇有分量的声音叫了一声:

“奥立弗!”

“开门,让我出去!”奥立弗在里面回答。

“奥立弗,你听出声音来没有?”邦布尔先生说。

“听出来了。”

“先生,你就不怕吗?我讲话的时候,难道你连哆嗦都没打一个,先生?”邦布尔先生问。

“不怕!”奥立弗毅然答道。

答话与邦布尔先生所预期的以及他素来得到的相差太大了,他吓了一大跳。他从锁眼跟前退回去,挺了挺身子,惊愕地依次看了看站在旁边的三个人,没有吱声。

“噢,邦布尔先生,您知道,他准是发疯了,”苏尔伯雷太太说道,“没有哪个孩子敢这样跟您说话,连一半也不敢。”

“夫人,这不是发疯,”邦布尔沉思了半晌,答道,“是肉。”

“什么?”苏尔伯雷太太大叫一声。

“是肉,夫人,是肉的问题,”邦布尔一本正经地回答,“夫人,你们把他喂得太饱啦,在他身上培养了一种虚假的血气和灵魂,夫人,这和他的身份极不相称。理事们,苏尔伯雷太太,都是些注重实际的哲学家,他们会告诉你的。贫民们要血气或者是灵魂来干什么?让他们的肉体活着已经绰绰有余了。要是你们让他尽吃麦片粥的话,这种事情绝不会发生。”

“天啦,天啦!”苏尔伯雷太太失声叫了起来,一双眼睛虔诚地仰望着厨房的天花板。“好心好意反得了这么个结果。”

苏尔伯雷太太对奥立弗的好心就是把各种龌龊不堪的、别人都不吃的残羹剩饭慷慨地施舍给他。面对邦布尔先生的严词责难,她都抱着温柔敦厚、自我奉献的态度。其实平心而论,苏尔伯雷太太无论在想法上、说法上,还是在做法上都是无可非议的。

“啊!”邦布尔先生待那位女士的目光重又落到地面上才说道,“依我所见,目前唯一办得到的事就是让他在地窖里关一两天,等他饿得有几分支不住了再放他出来,从今儿个起,直到他满师都只给他吃麦片粥。这孩子出身下贱,天生一副猴急相,苏尔伯雷太太。照看过他的护士、大夫告诉我,他母亲吃尽了苦头,费了好大力气,才跑到这儿来,换上随便哪一个正派女人,早就没命了。”

邦布尔的议论进行到这儿,奥立弗听出,接下来的嘲讽又会冲着他母亲去了,便又开始狠命地踢门,把别的声音全压住了。就在这个节骨眼上,苏尔伯雷回来了。两位女士将奥立弗的罪行逐一道来,她俩专挑最能激起他上火的言词,大肆添油加醋。老板听罢立刻打开地窖,拎住奥立弗的衣领,一眨眼就把造反的学徒拖了出来。

奥立弗的衣衫在先前挨打的时候就被撕破了,脸上青一块,紫一块,抓伤了好些地方,头发乱蓬蓬地搭在前额上。然而,满面通红的怒容仍没有消失,他一被拉出关押的地方便瞪大眼睛,无所畏惧地盯着诺亚,看上去丝毫没有泄气。

“瞧你个兔崽子,你干的好事,是不是?”苏尔伯雷搡了他一下,劈头就是一记耳光。

“他骂我妈妈。”奥立弗回答。

“好啊,骂了又怎么样,你这个忘恩负义的小混蛋?”苏尔伯雷太太说道,“那是你妈活该,我还嫌没骂够哩。”

“她不是那样的。”奥立弗说道。

“她是。”苏尔伯雷太太宣称。

“你撒谎!”奥立弗说。

苏尔伯雷太太放声大哭,眼泪滂沱而下。

面对太太洪流一般的泪水,苏尔伯雷先生不得不摊牌了。每一位有经验的读者保准都会认定,倘若他在从严惩罚奥立弗方面稍有迟疑,按照夫妻争端的先例,他就只能算是一头畜生,一个不通人情的丈夫,一个粗人;就男子汉的标准而言,只能算一件拙劣的赝品。各色各样合适的名目太多了,本章篇幅有限,无法一一细说。讲句公道话,他在自己的权力范围内——这个范围并不太大——对这孩子还算厚道,这也是由于利益所在,也可能是由于老婆不喜欢奥立弗。不管怎么说吧,这洪水般的眼泪使他无计可施,他当即拳脚齐下,把奥立弗痛打了一顿,连苏尔伯雷太太本人都觉得心满意足,邦布尔先生也完全用不着动用教区的藤杖了。当天余下的时间里,奥立弗被关进了厨房里间,只有一只唧筒和一片面包与他作伴。夜里,苏尔伯雷太太先在门外东拉西扯地说了半天,那番恭维话决不是为了纪念奥立弗的母亲,诺亚和夏洛蒂一左一右,在一旁冷言冷语,指指点点,接着苏尔伯雷太太往屋子里探头看了一眼,命令奥立弗回到楼上那张阴惨可怕的床铺里去。

黑洞洞的棺材店堂一片凄凉死寂,奥立弗独自呆在这里,直到此刻,他才将这一天的遭遇在一个孩子心中可能激起的感情宣泻出来。他曾面带蔑视的表情听凭人们嘲弄,一声不吭地忍受鞭笞毒打,因为他感觉得到,自己内心有一种正在增长的尊严,有了这种尊严,他才坚持到了最后,哪怕被他们活活架在火上烤,也不会叫一声。然而此时,四下里没有一个人看到或者听到,奥立弗跪倒在地,双手捂着脸,哭了起来——哭是上帝赋予我们的天性——但又有多少人会这般小小年纪就在上帝面前倾洒泪水!

奥立弗纹丝不动,跪了很久很久。当他站起来的时候,蜡烛已经快要燃到下面的灯台了。他小心翼翼地看了看四周,又凝神听了一下,然后轻手轻脚地把门锁、门闩打开,向外面望去。

这是一个寒冷阴沉的夜晚。在孩子眼里,连星星也似乎比过去看到的还要遥远。没有一丝儿风,昏暗的树影无声地投射在地面上,显得那样阴森死寂。他轻轻地又把门关上，借着即将熄灭的烛光，用一张手帕将自己仅有的几件衣裳捆好，随后就在一条板凳上坐下来，等着天亮。

第一束曙光顽强地穿过窗板缝隙射了进来，奥立弗站起来，打开门，胆怯地回头看了一眼——迟疑了一下——他已经将身后的铺门关上了，走到大街上。

他向左右看了看，拿不准该往哪儿逃。他想起往常出门曾看到运货的马车吃力地往那边小山开去，就选了这一条路。他踏上一条横穿原野的小路，知道再往前走就是公路了，便顺着小路快步走去。

奥立弗走在这条小路上，脑海里清清楚楚地浮现出邦布尔先生头一次把他从寄养所领出来的情景，那时自己贴在邦布尔的身边，连走带跑地往济贫院赶。这条路一直通向寄养所那幢房子。想到这一层，他的心剧烈地跳起来，差一点想折回去。然而他已经走了很长一段路，这样做会耽误不少时间。再说，天又那样早，不用担心被人看见，因此他继续朝前走去。

奥立弗到了寄养所。大清早的，看不出里面有人走动的迹象。奥立弗停下来，偷偷地往院子里望去，只见一个孩子正在给一处小苗圃拔草。奥立弗停下来的时候，那孩子抬起了苍白的面孔，奥立弗一眼就把自己先前的伙伴认出来了。能在走以前看到他，奥立弗感到很高兴，那孩子虽说比自己小一些，却是他的小朋友，常在一块儿玩。他们曾无数次一起挨打，一起受饿，一起被关禁闭。

“嘘，狄克。”奥立弗说道。狄克跑到门边，从栏杆里伸出一只纤细的胳膊，跟奥立弗打了个招呼。“有人起来了吗?”

“就我一个。”狄克答道。

“狄克，你可不能说你见过我，”奥立弗说，“我是跑出来的。狄克，他们打我，欺负我。我要到很远很远的地方去碰碰运气，还不知道是哪儿呢。你脸色太苍白了。”

“我听医生对他们说，我快死了，”狄克带着一丝淡淡的笑容回答，“真高兴能看到你，亲爱的，可是别停下来，别停下来。”

“是的，是的，我这就和你说再会。狄克，我还要来看你，一定会的。你会变得非常快乐的。”

“我也这么盼着呢，”那孩子答道，“是在我死了以后，不是在那以前。

我知道大夫是对的，奥立弗，因为我梦见过好多回天堂和天使了，还梦见一些和气的面孔，都是我醒着的时候从来没有看见过的。亲我一下吧，”他爬上矮门，伸出小胳膊搂住奥立弗的脖子，“再见了，亲爱的。上帝保佑你。”

这番祝福发自一个稚气未尽的孩子之口，但这是奥立弗生平第一次听到别人为他祈祷，他往后还将历尽磨劫熬煎，饱尝酸甜苦辣，但他没有一时一刻遗忘过这些话语。

第八章

奥立弗徒步去伦敦，途中遇见一位颇为古怪的小绅士。

奥立弗到达小路尽头用来挡牲口的栅栏，重新上了公路。眼下是八点钟光景。尽管离城已经差不多有五英里了，他仍然时而跑几步，时而溜到路旁篱笆后面去躲一躲，生怕有人赶上来把他捉回去，这样一直折腾到中午。他在一块路碑旁边坐下来歇歇气，第一次开始盘算究竟上何处谋生为好。

他身边就是路碑，上面的大字表明此地距伦敦七十英里。伦敦，这个地名在奥立弗心中唤起了一连串新的想像。伦敦！——那地方大得不得了！——没有一个人——哪怕是邦布尔先生——能在那里找到自己。过去他常听济贫院里一些老头讲，血气方刚的小伙子在伦敦压根儿不愁吃穿，在那个大都市里，有的谋生之道是土生土长的乡巴佬想像不到的。对于一个无依无靠，如果得不到帮助就只能死在街头的孩子来说，伦敦是最合适的去处。这些东西从奥立弗脑海里掠过，他从地上跳起来，继续朝前走去。

到伦敦的距离缩短了足足四英里有余，到底还要走多久才能到目的地的念头冒了出来。他顾虑重重，步伐也随着放慢下来，心里老在琢磨自己到那儿去有些什么本钱。他有一片干面包和一件粗布衬衫，包袱里有两双长袜，口袋里还有一个便士——那是在一次葬礼后苏尔伯雷给的，那一次他发挥得异常出色。“一件干净衬衫，”奥立弗寻思着，“穿上肯定很舒服，两双长袜子，打过补丁，也还行，一个便士也挺不错。不过，这些东西对于冬天里走七十英里的路，可帮不了什么大忙。”但奥立弗的想法和大多数人碰上这类情形时一样，对于自己的难处，心中一点不糊涂，也不是漠然对待，却往往想不出任何行之有效的方法。奥立弗想了好半天仍不得要领，便把小包袱换换肩，拖着沉重的双腿往前走。

一天下来，奥立弗走了二十英里，饿了啃两口干面包，渴了喝几口从路旁住户家里讨来的水。夜幕降临了，他拐进一片牧场，偷偷钻到一个干草堆底下，决定就在那里过夜。一开始他吓得心惊肉跳，晚风呜呜咽咽，一路哀号着掠过空旷的原野，他又冷又饿，孤独的感觉比以往任何时候都更加强烈，然而，他毕竟走得太疲倦了，不一会儿就睡着了，把烦恼忧愁全都抛到了脑后。

第二天早晨醒来的时候，他简直冻僵了，也饿得熬不过去了，他只好在经过的头一个村子就用那枚便士换了一个面包。他走了不到十二英里，夜幕就又垂落下来。他的双脚肿了，两条腿软得直哆嗦。又一个夜晚在阴冷潮湿的露天里度过，情况更糟糕了，当他天亮以后登上旅途时，几乎得要爬着走了。

他在一座陡坡下停住，一直等到一辆公共马车驶到近前。奥立弗求外座上的乘客给几个钱，可是没有几个人理睬。有人要他等一会，待马车上坡了，再让他们瞧瞧，他为了半个便士跑得了多远。可怜的奥立弗竭力想跟上马车跑一小段路，然而由于疲乏，双脚肿痛，他连这一点也做不到。那几位外座乘客一看，又把半个便士放回钱包去了，并宣称他是一只懒惰的小狗，不配得到任何赏赐。马车嘎嗒嘎嗒地走了，只在车后留下一团烟尘。

有几个村子里张挂着油漆的大木牌，上面警告说，凡在本地行乞者，一律处以监禁。奥立弗吓坏了，巴不得尽快离开这些村子。在另外一些村子，他站在旅店附近，眼巴巴地望着过往的每一个行人，老板娘照例要支使某个四下里闲逛的邮差来把这个陌生的孩子撵走，她断定这孩子是来偷东西的。若是上一户农家去讨点什么，别人十有八九会吓唬他，说是要唤狗出来咬他。他刚在一家铺子门口探了探头，就听见里面的人在议论教区干事如何如何——奥立弗的心好像一下子跳到了他的口中——而这往往是一连好几个钟头唯一进到他嘴里的东西。

说真的，要不是碰上一位好心肠的收税员和一位仁慈的老太太，奥立弗的苦难可能已经结束了，落得和他母亲一样的下场，换句话说就是，他必定已经死在通衢大道上了。那位收税员请他吃了一顿便饭，老太太有一个孙子，因船只失事流落异乡，她把这份心情倾注到可怜的孤儿身上，把拿得出来的东西都给了他——不仅如此——还说了一大堆体贴而亲切的话语，洒下了浸满同情与怜悯的泪水，此情此景胜过奥立弗以往遭受的一切痛苦，深深地沉入了他的心田。

奥立弗离开故乡七天了。这天一大早，他一瘸一拐地走进小城巴涅特。各家各户的窗户紧闭着，街道上冷冷清清，还没有人起来做当天的生意。太阳升起来了，霞光五彩缤纷。然而，朝霞仅仅是使这个孩子看到，他自己是多么的孤独与凄凉，他坐在一个冰冷的台阶上，脚上的伤口在淌血，浑身沾满尘土。

沿街的窗板一扇扇打开了，窗帘也拉了上去，人们开始来来去去。有几位停下来，打量了奥立弗两眼，有的匆匆走过时扭头看看。没有一个人接济他，也没有人费心问一声他是怎么上这儿来的。他没有勇气去向人家乞讨，便一动不动地坐在那里。

他蜷作一团，在台阶上坐了一阵子，街对面有那么多的酒馆，他感到有些纳闷（在巴涅特，每隔一个门面，或大或小就是一家酒馆），他无精打采地看着一辆辆马车开过去，心想这倒也真怪，他拿出超过自己年龄的勇气和决心，走了足足七天的路，马车却毫不费事，几个小时就走完了。就在这时，他猛一定神，看到几分钟前漫不经心从自己身边走过的一个少年又倒转回来，这功夫正在街对面仔仔细细地上下打量自己。奥立弗开初一点没在意，但少年一直盯着他看，奥立弗便抬起头来，也以专注的目光回敬对方。那孩子见了，就穿过马路，缓步走近奥立弗，说道：

"哈罗。伙计，怎么回事啊？"

向小流浪者发问的这个孩子同奥立弗年龄相仿，但样子十分古怪，奥立弗从来没有见到过。他长着一个狮头鼻，额头扁平，其貌不扬，像他这样邋遢的少年确实不多见，偏偏他又摆出一副十足的成年人派头。就年龄而言，他个子偏矮，一副罗圈腿，敏锐的小眼睛怪怪的，帽子十分潇洒地扣在头上，好像随时都会掉下来似的，要不是戴的人自有一套妙法，帽子保准经常掉下来，他时不时地猛一摆头，帽子便重新回到老地方去了。他身上穿着一件成年人的上衣，差点儿拖到脚后跟，袖口往胳臂上挽了一半，以便让两只手从袖子里伸出来，看样子是为了能把手插进灯芯绒裤子的口袋里去，事实也是如此。他整个是一个派头十足、装模作样的年轻绅士，身高四英尺六英寸，也许还不到，脚上穿一双高帮皮鞋。

“哈罗。伙计，怎么回事啊？”这位奇怪的小绅士对奥立弗说道。

“我饿极了，又累得要死。”奥立弗回答时泪水在眼睛里直打转，“我走了很远的路，七天以来我一直在走。”

“走了七天。”小绅士叫了起来，“喔，我知道了，是铁嘴的命令吧？不过，”他见奥立弗显出迷惑不解的神色，便又接着说，“我的好伙——计，恐怕你还不知道铁嘴是怎么回事吧。”

奥立弗温驯地回答，他早就听说有人管鸟的嘴巴叫铁嘴。

“瞧瞧，有多嫩。”小绅士大叫一声，“嗨，铁嘴就是治安推事，铁嘴要你开步走，并不是一直向前，那可是上去了就下不来的。你从来没踩过踏车？”

“什么踏车？”

“什么踏车。嗨，就是踏车——就是石瓮里的那种，用不了多大地方就能开动起来的。老百姓日子不好过的时候，倒是蛮兴旺，要是老百姓还过得去，他们就找不到人手了。嗳嗳，你想吃东西，我包下了。我手头也不宽裕——只有一个先令，外带半便士，不过，管他呢，我请客了，站起来吧。起来。开步走。乖乖。”

小绅士扶着奥立弗站起来，一块儿来到附近的一家杂货店，在那里买了好些熟火腿和一个两磅重的面包，或者用他的话来说，就是“四便士麦麸”。小绅士露了一手，他把面包心掏了一些出来，挖成一个洞，然后把火腿塞进去，这样火腿既保持了新鲜，又不会沾上灰尘。小绅士把面包往胳肢窝下边一夹，领着奥立弗拐进一家小酒馆，到里面找了一间僻静的酒室。接着这位神秘的少年叫了一罐啤酒，奥立弗在新朋友的邀请下，狼吞虎咽地大吃起来，吃的过程中，陌生少年的目光十分专注，时不时地落到他身上。

“打算去伦敦？”小绅士见奥立弗终于吃好了，便问道。

“是的。”

“找到住处了没有?”

“还没哩。”

“钱呢?”

“没有。”

古怪的少年吹了一声口哨,尽力摆脱肥大衣袖的牵绊,把手插进口袋里。

“你住在伦敦吗?”奥立弗问。

“不错。只要不出远门,就住在伦敦,”少年说道,“我琢磨你今儿晚上还想找个地方睡觉,是不是?”

“是啊,真的,自从我离开家乡以来,就没睡过安稳觉。”

“你也别为这点小事揉眼睛了,”小绅士说道,“今儿晚上我得去伦敦,我知道有一位体面的老绅士也住在那儿,他会给你安排一个住处,一个钱也不收你的——就是说,只要是他认识的随便哪一位绅士介绍的,都行。他是不是认识我? 喔,不。完全不认识。门都没有。肯定不认识。”

小绅士微笑起来,似乎想暗示末了几句说的是反话,是说着玩的,他一边说,一边喝干了啤酒。

有个落脚的地方,这个突如其来的提议太诱人了,叫人无法谢绝,尤其是紧跟着又来了那位老先生提出的保证,完全可以断言,他会毫不拖延地为奥立弗提供一个舒适的位置。接下来的谈话进行得更为友好,更加推心置腹,奥立弗从中了解到,这位朋友名叫杰克·达金斯,乃是先前提到的那一位绅士的得意门生。

单看达金斯先生的外貌,并不足以说明他的恩人替那些受他保护的人谋取到了多少福利,不过,达金斯的交际方式倒是相当轻浮油滑,进而又承认自己在一帮亲密朋友中有个更出名的绰号,叫“逮不着的机灵鬼”,奥立弗得出结论,对方由于天性浪荡不羁,早就把恩人在道德方面的训诫抛到脑后去了。出于这种印象,他暗暗下定决心,尽快取得那位老绅士的好感,要是机灵鬼大致上应了自己的猜测,果真无可救药的话,就一定要敬而远之。

由于约翰·达金斯反对天黑以前进入伦敦,当他们走到爱灵顿税卡时,已经快十一点了。他们经过安琪尔酒家到了圣约翰大道,又快步走过到沙德勒街泉水戏院就到头的那条小街，通过伊克茅士街，柯皮斯路，走下伦敦贫民院旁边的小巷，再经过以前叫“绝境中的哈雷”的古迹，过小红花山，到了大红花山。机灵鬼吩咐奥立弗一步也别落下，自己飞一般朝前跑去。

尽管奥立弗一门心思盯住自己的向导，却仍然好几次不由自主地往经过的街道两侧偷眼望去。他从来没有见到过比这儿更为肮脏或者说更为破败的地方。街道非常狭窄，满地泥泞，空气中充满了各种污浊的气味。小铺子倒是不少，仅有的商品好像只有一群群的孩子，那些孩子这么晚了还在门口爬进爬出，或者是在屋里哇哇大哭。在这个一片凄凉的地方，看起来景气一些的只有酒馆，一帮最下层的爱尔兰人扯着嗓子，在酒馆里大吵大闹。一些黑洞洞的过道和院落从街上分岔而去，露出几处挤在一起的破房子，在那些地方，喝得烂醉的男男女女实实在在是在污泥中打滚。有好几户的门口，一些凶相毕露的家伙正小心翼翼地往外走，一看就知道不是去干什么好事或者无伤大雅的事。

奥立弗正在盘算是否溜掉为妙，他俩已经到了山脚下。他的那位向导推开菲尔胡同附近的一扇门，抓住奥立弗的一条胳臂，拉着他进了走廊，又随手把门关上了。

“喔，喂。”随着机灵鬼的一声口哨，一个声音从下面传了过来。

机灵鬼答道：“李子全赢。”

这看来是某种表示一切正常的口令或者暗号什么的。走廊尽头的墙上闪出一团微弱的烛光，一个男人的面孔从一个旧厨房的楼梯栏杆缺口露了出来。

“你是两个人来的？”那个男子把蜡烛挪远一些，用一只手替眼睛挡住光，说道。“那一个是谁？”

“一个新伙伴。”杰克·达金斯把奥立弗推到前面，答道。

“哪儿来的？”

“生地方。费金在不在楼上？”

“在，他正在挑选手帕。上去吧。”蜡烛缩了回去，那张脸消失了。

奥立弗一只手摸索着，另一只手紧紧地抓住自己的同伴，高一脚低一步地登上又黑又破的楼梯，他的向导却上得轻松利落，可见他对这一路相当熟悉。他推开一间后室的门，拖着奥立弗走了进去。

这间屋子的墙壁和天花板因年深日久，满是污垢，黑黝黝的。壁炉前面放着一张松木桌子。桌子上有一个姜汁啤酒瓶，里面插着一支蜡烛，还有两三个锡铅合金酒杯，一块奶油面包，一只碟子。火上架着的一口煎锅里煮着几段香肠，一根绳子把锅绑在壁炉架上。一个枯瘦如柴的犹太老头手拿烤叉，站在旁边，一大团乱蓬蓬的红头发掩住了他脸上那副令人恶心的凶相。他裹着一件油腻腻的法兰绒长大衣，脖子露在外面。看来他既要兼顾炉子上的煎锅，又要为一个衣架分心，衣架上挂着许多丝手绢。几张用旧麻袋铺成的床在地板上一张挨一张排开。桌子周围坐了四五个比机灵鬼小一些的孩子，一个个都摆出中年人的架式，一边吸着长长的陶制烟斗，一边喝酒。机灵鬼低声向犹太老头嘀咕了几句，这帮孩子都围了上去，跟着又一起把头转了过来，冲着奥立弗嘻嘻直笑，犹太老头也一样，一只手握着烤叉，转过头来。

“费金，就是他，”杰克·达金斯说，“我朋友奥立弗·退斯特。”

老犹太露出大牙笑了笑，向奥立弗深深鞠了一躬，又握住奥立弗的手，说自己希望有幸和他结为知己。小绅士们一见这光景，也都叼着烟斗，围了过来，使劲和他握手——尤其是他们之中替奥立弗接过小包袱的那一位。一位小绅士极为热心地替他把帽子挂起来，另一位来得更是殷勤，竟把双手插进他的衣袋里，为的是省去他睡觉时掏空腰包的麻烦，因为他已经非常累了。要不是费金的烤叉大大方方地落在这班热心小伙子的头上、肩膀上，这一番殷勤可说不准会献到哪儿去。

“见到你我们非常高兴，奥立弗——非常非常，”费金说道，“机灵鬼，把香肠捞起来，拖一个桶到火炉边上，让奥立弗坐。啊，我亲爱的，你是在看那些手帕吧，哦。这地方手帕可真不少，是不是？我们正在选一选，打算洗一下。就这么回事，奥立弗，没别的。哈哈哈！”

后面几句话引来一阵喝彩，快活老绅士的那班得意门生乐得大喊大叫。吆喝声中，他们开始吃饭。

奥立弗吃了分得的一份，费金给他兑了一杯热乎乎的掺水杜松子酒，叫他赶紧喝下去，还有一位绅士等着要用杯子。奥立弗照办了。顿时，他感到自己被人轻轻地抱起来，放到麻袋床铺上，不一会儿便陷入了沉睡。

第九章

有关快活老绅士和他那班得意门生的若干新细节。

第二天上午，奥立弗从酣然沉睡中醒来，天已经不早了。屋子里没有别的人，犹太老头正在用一口耳锅煮早餐的咖啡。他匀匀缓缓地用铁匙搅动着咖啡，一边悠闲地打着口哨。时不时地，只要楼下有响动，他便要停下来听一听，直待放心了，才又继续在口哨的伴奏下，像刚才一样搅拌咖啡。

奥立弗已经醒了，却还没有完全清醒过来。一般说来，在沉睡和清醒中间存在着一种盹困恍惚的状态，眼睛半睁半闭，对周围发生的事情似醒非醒，在短短五分钟里梦见的东西比起五个晚上紧闭双眼、对一切浑然不觉中所梦见的还要多。在这种时候，人对于自己的内心活动理应十分明了，并且对于它的巨大威力形成某种模糊的意识，它一旦从肉体躯壳的桎梏中挣脱出来便可以超脱尘世，不受时间、空间的限制。

奥立弗恰好处于这么一种状态。他睡眼朦胧地望着费金，听他低声吹着口哨，连汤匙碰撞锅边的响声都能辨别。与此同时，在他的内心，同样的感觉却与他认识的几乎每一个人都产生了无数的联想。

咖啡煮好了，费金把锅放到炉台上，站在那里，犹豫了一会儿，像是不知如何是好的样子。接着他转过身来望着奥立弗，叫了几声他的名字，他没有回答，叫谁看了都会以为他还在睡觉。

费金心里踏实了，他轻手轻脚地走到门边，把门锁上。接着，奥立弗感觉他好像是从地板上某个暗处抽出一个小盒子，小心翼翼地放在桌上。他打开盒盖，朝里面看去，眼睛里闪出了光彩。他把一张旧椅子扯到桌前，坐下来，从盒子里取出一只贵重的金表，上边的珠宝钻石亮光闪闪。

“啊哈。”费金耸了耸肩，令人恶心地咧着嘴笑起来，把脸整个扭歪了。

“好聪明的小狗。好聪明的小狗。还真撑到底了。没有告诉牧师东西在哪儿。也没告发老费金。他们干吗要供出来？那样做绞索不会松开，也不会晚一分钟拉上去。不，不，不。好家伙。好家伙。”

费金这样那样叽哩咕噜地念叨着，骨子里说的都是一回事，他重新把表放回原处，又接连从盒子里拿出至少半打别的东西，以同样的兴趣观赏着，除了戒指、胸针、手镯，还有几样珠宝首饰质地考究、做工精细，奥立弗连名字也叫不出来。

费金把这些小首饰收起来，又取出一个小得可以握在掌心之中的东西。那上面似乎刻了一些蝇头小字，费金把那个东西平放在桌子上，用手挡住亮光，专心致志看了老半天。他似乎终究没看出什么，只好放下，身子往椅子上一靠，喃喃地说：

“死刑真是件妙不可言的事儿。死人绝不会忏悔，死人也绝不会把可怕的事情公之于世的。啊，对于我们这一行也有好处。五个家伙挂成一串，都给绞死了，没有一个会留下来做线人，或者变成胆小鬼。”

费金絮絮叨叨地说着，又黑又亮的眼睛原本一直出神地望着前面，这时却落到了奥立弗脸上，那孩子睁着一双好奇的眼睛，正默默地盯着他。尽管目光的交汇只是一瞬间的事——也许是想像得到的最短促的一瞬间吧——老头儿却已经意识到，有人注意到了自己。他啪地关上盒子，一手拿起桌上的一把切面包的刀，狂暴地跳了起来。他一个劲地打着哆嗦，连吓得要命的奥立弗都看得出那把刀在空中晃悠。

“怎么啦？”费金说道，“你干吗监视我？你怎么醒了？你看见什么了？说出来，小子。快——快！当心小命！”

“先生，我再也睡不着了，”奥立弗柔顺地回答，“如果我打搅了您的话，我感到非常抱歉，先生。”

“一个钟头以前，你没醒过来吧？”费金恶狠狠地瞪了孩子一眼。

“我还没醒。没有，真的。”奥立弗回答。

“你说的是真话？”费金的样子变得更狰狞了，杀气腾腾地叫道。

“先生，我发誓，”奥立弗一本正经地答道，“没有，先生，真的没醒。”

“啐，啐，我亲爱的，”费金骤然恢复了常态，把切刀拿在手里晃了几下，放回桌子上，似乎想借此表明他拿起刀来不过是玩玩，“亲爱的，我当然有数啰，我只是想吓唬吓唬你。你胆子不小，哈哈！胆子不小啊，奥立弗。”犹太人嘻嘻一笑，搓了搓手，眼睛却依然不很放心地朝那只盒子看了一眼。

“亲爱的，你看到这些个宝贝了？”费金踌躇了一下，手放在盒子上，问道。

“先生，是的。”

“啊。”费金脸上白了一大片，“它们——它们都是我的，奥立弗，是我的一丁点财产。我上了岁数，全得靠它们哩。大家伙管我叫守财奴，我亲爱的——不就是个守财奴吗，就这么回事。”

奥立弗心想，这位老绅士准是一个不折不扣的吝啬鬼，他有那么多金表，倒住在这么脏的地方。他又一想，老头对机灵鬼和另外几个孩子挺喜欢，兴许花了不少钱，但他只是恭恭敬敬地望了犹太人一眼，问自己是不是可以起来。

“当然，我亲爱的，当然可以，”老绅士回答，“等一等，门边角落里有一壶水，你带过来，我给你弄个盆，你洗洗脸，亲爱的。”

奥立弗爬起来，走到房间另一头，略一弯腰，把壶提了起来，当他回过头去的时候，盒子已经不见了。

他刚洗完脸，又照着费金的意思，把盆里的水泼到窗户外面，把一切收拾停当，机灵鬼和另一个精神焕发的小伙伴一块儿回来了，昨天晚上奥立弗看见他抽烟来着，现经正式介绍，才知道他叫查理·贝兹。四个人坐下来共进早餐，桌子上有咖啡，机灵鬼用帽顶盛着带回来一些热腾腾的面包卷和香肠。

“嗯，”费金暗暗用眼睛盯住奥立弗，跟机灵鬼聊了起来，“亲爱的孩子们，今儿早上你们恐怕都在干活，是吗？”

“可卖力了。”机灵鬼回答。

“整个豁出去了。”查理·贝兹添了一句。

“好小子，好小子。”老犹太说，“你弄到了什么，机灵鬼？”

“俩皮夹子。”小绅士答道。

“有搞头吗？”老犹太急不可耐地问。

“还不赖。”机灵鬼说着，掏出两只钱包，一只绿的，一只红的。

“好像不该这么轻,”费金仔仔细细地点了一下里面的东西,说道,“做得倒真漂亮利索。他可真是把好手,不是吗,奥立弗?”

“先生,是这样,真机灵。”奥立弗说道,查理·贝兹先生一听这话立刻放声大笑,弄得奥立弗莫名其妙,他看不出眼前发生的事有什么好笑的。

“你弄到什么了,亲爱的?”费金冲着查理·贝兹说道。

“抹嘴儿。”贝兹少爷一边说,一边掏出四条小手绢。

“好,”费金仔细地查看着手绢,“还都是上等货色,很好,不过,查理,你没把标记做好,你得用一根针把标记挑掉。我们来教教奥立弗。好不好,奥立弗,呃?哈哈哈!”

“先生,如果你愿意的话。”奥立弗说。

“你也希望做起手绢来跟查理·贝兹一样得心应手,是不是啊,亲爱的?”费金说道。

“先生,”奥立弗答道,“我真的非常想学,只要你肯教我。”

贝兹先生觉得这一句答话中含有某种妙不可言的滑稽意味,不禁又噗哧一声笑起来,这一阵笑声正好碰上他刚喝下去的咖啡,咖啡立刻走岔了道,差一点没把他呛死。

“他真是嫩得可笑。”查理缓过劲来以后说,为自己举止失礼向在场的各位表示歉意。

机灵鬼没有答茬,他替奥立弗把额前的头发扒下来,遮住眼睛,说他要不了多久就会懂得多一些了。快活的老绅士发现奥立弗脸红了,便改变话题,问今天早晨刑场上看热闹的人多不多?听那两个少年的答话,两人显然都在那儿,他们怎么有时间干那么多的活,奥立弗自然对此感到纳闷。

吃过早餐,快活老绅士和那两个少年玩了一个十分有趣而又极不寻常的游戏,过程是这样的:快活老绅士在一个裤兜里放上一只鼻烟盒,在另一个里面放了一只皮夹子,背心口袋里揣上一块表,表链套在自己脖子上,还在衬衫上别了一根仿钻石别针。他将外套扣得严严实实,把眼镜盒子以及手巾插在外套口袋里,握着一根手杖,在屋子里走来走去,模仿一班老先生平日里在街上四处溜达时的那副派头,时而在壁炉边上停一停,时而又在门口站一站,看上去谁都会以为他正全神贯注地在看商店的橱窗。每隔一会儿,他便朝前后左右看看,提防着小偷,依次把每个口袋都拍一拍,看自己是不是丢了东西，那神气非常可笑也非常逼真，奥立弗一直笑啊，笑得泪水顺着脸颊滚了下来。在这段时间里，两个少年紧紧尾随在他身后，动作敏捷地避开他的视线，他每次回过头来都不可能觉察到他俩的举动。终于，机灵鬼踩了老绅士一脚，或者说偶然踢了一下他的靴子，查理·贝兹从后面撞了他一下，在这一刹那，他俩以异乎寻常的灵巧取走了他的鼻烟盒、皮夹子、带链子的挂表、别针、手巾，连眼镜盒也没落下。倘若老绅士发觉任何一个口袋里伸进来一只手的话，他就报出是在哪一个口袋，游戏又从头来过。

这套游戏翻来覆去做了无数次，这时，有两位小姐前来看望小绅士们，其中一个叫蓓特，一个叫南希。她们都长着浓密的头发，乱蓬蓬地挽在脑后，鞋袜也颇不整洁。她俩或许并不特别漂亮，可脸上红扑扑的，显得非常丰满、健康。两位姑娘举止洒脱大方，奥立弗觉得她们的确算得上非常出色的姑娘了，这一点倒是毋庸置疑的。

两位来客逗留了好一会儿，有一个姑娘抱怨说，她身体里面冷得慌，酒立刻端了出来，谈话转而变得十分欢乐，富有教益。最后，查理·贝兹提出，该去遛遛蹄子了。奥立弗猜出这肯定是法语“出去逛一会”的意思，因为紧接着，机灵鬼和查理便与两位女郎一块儿出去了，那位和蔼的老犹太人还体贴地给了他们零花钱。

“嗳，亲爱的，”费金说道，“这日子可真舒坦，不是吗？他们要到外面去逛一天呢。”

“他们干完活儿了没有，先生？”奥立弗问。

“对呀，”费金说，“是那么回事，除非他们在外面碰巧找到什么活了。他们才不会白白放过呢，亲爱的，你放心好了。跟他们学着点儿，你得学几招，”他用煤铲在炉子边上敲打着，为的是增加话的分量。“他们要你做什么你就做什么，所有的事都要听他们的指点——尤其是机灵鬼，我的宝贝儿。往后他自个儿会成为一个大人物的，只要你学他的样，他也会让你成为大人物的——亲爱的，我的手绢是在口袋外面吗？”费金说着骤然停了下来。

“是的，先生。”

“看看你能不能把手绢掏出来，又不被我发现，就像今天早晨做游戏时他们那个样子。”

奥立佛用一只手捏住那只衣袋的底部，他看见机灵鬼就是这样做的，另一只手轻轻地把手帕抽了出来。

“好了没?”费金嚷道。

“喏,先生。”奥立弗说着,亮了一下手帕。

“你真是个聪明的孩子,亲爱的。”快活的老绅士赞许地在奥立弗头上拍了拍,“我还没见过这么伶俐的小家伙呢。这个先令你拿去花吧。只要你照这样干下去,就会成为这个时代最了不起的人了。上这边来,我教你怎么弄掉手帕上的标记。”

奥立弗弄不懂了,做做游戏,扒这位老绅士的衣袋,为何将来就有机会成为大人物。不过,他又一想,老犹太年纪比自己大得多,肯定什么都懂,便温驯地跟着他走到桌子跟前,不多一会儿就专心致志地投身于新的学业之中了。

第十章

叙述奥立弗对新伙伴的品格日趋了解,他长了见识但代价高昂。本章不长,但在这部传记中却十分重要。

好些日子了,奥立弗一直呆在老犹太的屋子里,挑去手帕上的标记(每天都有数不清的手帕带回来),间或也参加前面讲过的那种游戏,那可是两个少年和老犹太每天早晨照例要做的。到后来,他开始感到闷得慌,巴望上外面透透新鲜空气,并且诚心诚意地向老绅士央求过多次,要他让自己与两个伙伴一块儿到外面干活去。

奥立弗对老先生毫不含糊的德性已经有所了解,他越加急切地盼着干点活。夜里,只要机灵鬼或者查理·贝兹空着手回来,费金总是要慷慨激昂地数落好逸恶劳一类坏习惯的可悲之处,连晚饭也不让吃就打发他们睡觉去,以便向他俩灌输勤勉度日的道理。一点不假,有一次,费金甚至闹腾到打得他俩滚下楼梯的地步,但这不过是他的善意规劝发挥得有些过火罢了。

一天早晨,渴望已久的奥立弗终于得到了允许,两三天以来,需要加工的手帕已经没有了,伙食也变得相当糟糕。或许是出于这两个原因吧,老先生答应了他的请求,管它是不是呢,反正老先生告诉奥立弗可以去,并把他置于查理·贝兹和机灵鬼这一对哥们的共同监护之下。

三个孩子出发了。跟往常一样,机灵鬼把衣袖卷得高高的,帽子歪戴着。贝兹少爷双手插在口袋里,一路上挺悠闲。奥立弗走在中间,心里琢磨着他们这是在上哪儿去,自己先要学的是哪一行手艺。

他们走路时的步态非常懒散,十分难看,纯粹是闲荡,奥立弗不多一会儿就意识到,两个同伴存心哄骗老先生,根本不是去干活的。再说,机灵鬼有一种坏习惯,他老是把别的小孩头上的帽子抓起来,扔得远远的;查理·贝兹则在财产所有权方面表现出某些概念含混不清,从路边的摊子上连偷带拿,将好些苹果、洋葱塞进衣袋里,他的几个衣袋大得出奇,好像他整套衣服里四面八方都有夹层似的。这些事看上去太丢人了,奥立弗刚想尽量婉转地宣布自己要想办法回去了,就在这时候,机灵鬼的举动发生了一个神秘的变化,将他的思路骤然引向了另一个方面。

这当儿,他们正从克拉肯韦尔广场附近一个小巷里走出来,真奇怪,名称改来改去,到现在还有人管这个广场叫"绿地",机灵鬼猛然站住,将指头贴在嘴上,一边轻手轻脚地拉着两个同伴退后几步。

"什么事?"奥立弗问道。

"嘘!"机灵鬼回答,"看见书摊边上那个老家伙了没有?"

"是街对面那位老先生?"奥立弗说,"是的,看见了。"

"他正合适。"机灵鬼说道。

"姿势蛮好。"查理·贝兹少爷仔细看了看。

奥立弗惊奇不置地看看这一位,又看看那一位,但已经无法再问什么了,两个少年鬼鬼祟祟地溜过马路,往奥立弗已经注意到的那位老绅士身后靠去。奥立弗跟着他们走了几步,因为不知道应该上前还是退后,便站住了,他不敢出声,只是望着那边发呆。

老先生面容非常可敬,头上抹着发粉,戴一副金边眼镜,深绿色外套配黑色的天鹅绒衬领,白裤子,胳膊下夹着一根精致的竹手杖。他从摊子上取了一本书，站在原地看了起来，就好像是坐在自己书斋的安乐椅里一般。老绅士本人的确很可能也是这种感觉。照他那副出神的样子来看，他眼睛里显然没有书摊，没有街道，也没注意到那帮孩子，一句话，什么都抛到脑后去了，心思全在他正在一字一句读的那本书上，读到一页的末行，又照老样子从下一页的顶行开始，兴致勃勃认认真真地读下去。

奥立弗站在几步开外，眼睛睁得再大不过了，他看到机灵鬼把手伸进老绅士的衣袋，从里面掏出一块手帕。他又看见机灵鬼把东西递给查理・贝兹，最后，他俩一溜烟地转过街角跑掉了，此时，他感到何等的恐惧与惊慌啊。

刹那间，金表、珠宝、老犹太，整个的谜全涌入了孩子的脑海。他迟疑了一下，由于害怕，血液在浑身血管里奔泻，他感到自己仿佛置身于熊熊燃烧的烈火中；慌乱恐惧之下他悄然走开，接着，他自己也不知道是怎么回事，便撒开腿没命地狂跑。

这一切都发生在短短的一分钟里。就在奥立弗开始跑的一瞬间，那位老绅士把手伸进口袋里，没有摸到手绢，猛然掉过头来。他见一个孩子以这么快的速度向前飞跑，自然认定那就是偷东西的人了。他使出全身力气，呼喊着"抓贼啊！"便拿着书追了上去。

不过，吆喝着抓贼，抓贼的并不只是这位老绅士一个人。机灵鬼和贝兹少爷不希望满街跑引起公众注意，俩人一拐过街角，就躲进第一个门洞里去了。不多一会儿，他们听到了叫喊声，又看见奥立弗跑过去，便分毫不差地猜到了随后发生的事情，俩人极为敏捷地蹦了出来，高呼着"抓贼啊！"跟诚实的市民们一样参加了追捕。

尽管奥立弗受过一班哲学家的熏陶，然而在理论上，他对于自我保护乃天地间第一法则这一条美妙的格言却一无所知，如果他知道这一点，或许就会对这类事有所准备了。他完全没有了主意，便越发惊慌，他一阵风似地朝前奔去，那位老绅士，还有机灵鬼和贝兹两人，吼声震天地在后面追。

"抓贼啊！抓贼啊！"这喊声里蕴藏着一种魔力。听到喊声，生意人离开了柜台，车夫丢下了自己的马车，屠户扔掉了托盘，面包师抛下了篮子，送牛奶的撂下了提桶，跑腿的扔下了要送的东西，学童顾不上打弹子，铺路工人摔掉了鹤嘴锄，小孩子把球板扔到了一边。大家一齐追了上来，杂沓纷乱,你推我挤;人们扭扯着,喊的喊,叫的叫,拐弯时撞倒了行人,闹腾得鸡飞狗跳。大街小巷,广场院落,喊声四处回荡。

“抓贼啊! 抓贼啊!”上百人齐声响应。每转过一个街口,人群便会增大一轮。他们一路飞跑,踩得泥浆四溅,人行道咚咚直响。木偶戏正演到节骨眼上,全体观众却丢下了主角潘趣。打开窗户跑出门来,人们一拥而上,加入了奋勇争先的人群,齐呼“抓贼啊! 抓贼啊!”给这喊声里注入了新的活力。

“抓贼啊! 抓贼啊!”人类胸怀中向来就有一种极为根深蒂固的征服欲。一个快要憋过气去的苦孩子,为了抢在追兵的前头,累得气喘咻咻,满脸恐惧,眼含痛苦,大滴大滴的汗珠顺着脸颊滚下来,每一根神经都绷得紧紧的。人们赶上来了,一步步逼近了,眼看他渐渐没有力气了,吆喝却更加起劲,四处欢声雷动。“抓贼啊!”嗨,即使是出于怜悯,看在上帝分上,也务请逮住他。

终于抓住了。多美妙的一击。他倒在人行道上。人们按捺不住地团团围住他,刚赶到的争先恐后往里挤,都想瞅一眼。“一边请请。”“让他透点空气吧。”“胡扯。他根本不配。”“那位先生呢?”“喏,朝这边街上来了。”“替这位先生让个地方。”“先生,是这孩子吗?”“是的。”

奥立弗倒在地上,浑身糊满了污泥尘土,嘴里淌血,两眼惊慌地打量着围在身边的无数面孔,这时候,那位老绅士叫跑在头里的那班人热情地拖着推着让进了圈子。

“是的,”老绅士说,“恐怕就是这个孩子。”

“恐怕!”人群低声咕哝着,“真是妙极了。”

“可怜的孩子,”老绅士说道,“他受伤了。”

“先生,是我把他撂倒的,”一个粗手大脚的家伙凑上来,“我一拳打在他嘴上,手都碰伤了。是我逮住他的,先生。”

那家伙咧嘴笑了笑,碰了一下自己的帽子,巴望着替自己的一番劳苦捞点什么。老绅士厌恶地扫了他一眼,又忐忑不安地向周围看了看,似乎想竟自离去。要不是这当儿有一位警官挤进人群(遇上这类案子,警官一般总是最后一个到场),一把揪住奥立弗的衣领,老绅士很可能已经离开了,从而引发新一轮追逐。

“喂，起来。”警官粗声嗄气地说。

“先生，不是我。真的，真的，是另外两个孩子。”奥立弗两手紧紧地扣在一起，回头看了看，说道，“他们就在附近哪个地方。”

“不，不，他们不在啰，”警官本来想说句反话，可偏偏说中了。机灵鬼和查理·贝兹早就钻进遇到的头一个大杂院逃之夭夭。“喂，起来。”

“您别伤着他了。”老绅士同情地说。

“喔，不，我不会的。”警官答应着，一把便将奥立弗的外套几乎从背上扯了下来，以此作为证明。“哼，我可知道你们这一套，别想骗我。你倒是起不起来，你这小混蛋？”

奥立弗挣扎着爬起来，站都站不稳，当下便被人揪住外套衣领快步沿街拖走了。老绅士走在警官身边。这帮人当中，凡是有本事的都抢先几步，不时回过头来，看看奥立弗。孩子们发出胜利的欢呼声，朝前走去。

第十一章

讨论治安推事范昂其人以及他办案方式的一个小小的例子。

这桩案子发生在首都警察局的一个赫赫有名的分局的辖区内，而且与这个分局近在咫尺。人群得到的满足仅仅是簇拥着奥立弗走过两三条街，到一个叫做玛当山的地方为止。他被人押着走过一条低矮的拱道，登上一个肮脏的天井，从后门走进即决裁判庭。这是一个石砌的小院，他们刚进去就迎面碰上一个满脸络腮胡、拎着一串钥匙的彪形大汉。

“又是什么事啊？”他漫不经心地问。

“抓到一个摸包的。”看管奥立弗的警察答道。

“先生，你就是被盗的当事人？”拎着钥匙的汉子又问。

“是的，我正是，”老绅士回答，“不过，我不能肯定就是这孩子偷走了手绢。我——我不想追究这事了。”

“得先去见见推事再说，先生，”拎钥匙的汉子回答，“长官他马上就忙完了。过来，你这个小家伙，真该上绞架。”

这番话是向奥立弗发出的一道邀请，他一边说一边打开门，要奥立弗进去，在里面一间石砌的牢房里，奥立弗浑身上下给搜了一通，结果什么也没搜出来，门又锁上了。

这间牢房的形状和大小都有些像地窖，只是没那么亮，里面龌龊得叫人受不了。眼下是星期一上午，打星期六夜里开始，这里关过六个醉汉，现在都关到别的地方去了。不过，这不是什么问题。在我们的警察局里，每天夜里都有无数男男女女因为芝麻绿豆大的罪名——这“罪名”一说值得关注——就给关进了地牢，与此相比，新门监狱那些经过审讯、定罪、宣判死刑的最最凶暴残忍的在押重罪犯的囚室简直算得上宫殿了。让怀疑这一点的人，无论是谁，来比较一下吧。

钥匙在锁孔里发出咔哒一声响，这时候，老绅士看上去几乎与奥立弗一样沮丧，他长叹了一口气，看了看手里的书，书是无辜的，然而所有的乱子又都是因它而起。

“那孩子长相上有一种什么东西，”老绅士若有所思地缓步踱到一边，用书的封皮敲击着自己的下颚，自言自语地说，“某种触动我、吸引我的东西。他会不会是无辜的呢？他似乎有些像——这个，这个，”老绅士骤然停住了，两眼凝视着天空，紧接着又高声说道，“天啦——我从前在哪儿见过的，跟他的长相很相似？”

老绅士沉吟了半晌，带着同样苦苦思索的神色走进后面一间面向院子的接待室，默默地走到一个角落，将多年来一直掩藏在沉沉大幕后的无数张面孔唤回到心目中。“不，”他摇了摇头说，“这一定是想像。”

他又一次回顾这些面孔。他已经将它们召唤到了眼前，要把遮挡了它们如此之久的这层幕布重新拉上可不是件容易的事。一张张面孔，有亲友的，也有仇敌的，还有许多几乎已经完全不认识的面孔也不期而至地挤在人群中。往昔如花似玉的少女而今已到了风烛残年。有几张脸长眠在地下，已经变了样，可是心灵超越了死亡，使它们依旧像昔日一样美好，呼唤着当年炯炯的目光，爽朗的笑貌，透过躯壳的灵魂之光仿佛在娓娓低语，黄土底下的美虽然已面目全非，但却得到了升华，她超脱尘世，只是为了成为一盏明灯，在通往天国的路途上洒下一道柔和清丽的光辉。

老绅士到底没有想起谁的相貌与奥立弗有些相像。他长叹一声，向自己唤醒过来的往事告别，幸好他只是有些恍惚。老绅士把这一切重新埋进那本书的字里行间，那本帮不上什么忙的书。

有人碰了一下他的肩膀，他顿时醒悟过来，拎钥匙的汉子要老绅士随他一道进法庭去。他赶紧合上书，当下便被领去拜见声威赫赫的范昂先生。

法庭是一间带有格子墙的前厅。范昂先生坐在上首的一道栏杆后边，可怜的小奥立弗已经给安顿在门边的木栅栏里，叫这副场面吓得浑身发抖。

范昂先生很瘦，中等身材，腰板细长，脖子不大灵便。他头发不多，大都长在后脑勺和头的两侧。面容严厉而又红得过头了些。如果他确确实实没有饮酒无度的习惯，他完全可以起诉自己的长相犯有诽谤罪，敲它一大笔损失费。

老绅士毕恭毕敬地鞠了一躬，朝推事的写字台走过去，递上一张名片，说道："先生，这是我的姓名和住址。"说罢，他退后两步，又彬彬有礼地点了一下头，静候对方提问。

范昂先生那功夫刚好正在研读当天早报上登载的一篇社论，文章谈到了他最近作出的一次裁决，第三百五十次提请内政大臣对他特别加以注意。他火透了，抬起头来的时候满脸的不高兴。

"你是谁?"范昂先生发话道。

老绅士带着几分惊愕，指了指自己的名片。

"警官，"范昂先生傲慢地用报纸把名片挑开，"这家伙是谁?"

"先生，我的名字么，"老先生拿出了绅士风度，"我名叫布朗罗，先生。请允许我问一声长官大名，长官居然倚仗执法者的身份，无缘无故地羞辱一个正派人。"布朗罗先生说着，眼睛在法庭里扫了一周，好像是在寻找一个能给他以圆满答复的人似的。

"警官，"范昂先生把报纸扔到一边，"这家伙犯了什么案?"

"大人，他没犯案。"警官回答，"是他告这个小孩，大人。"

推事大人明知故问。这一手也太气人了，又用不着担风险。

“看来是告这个小孩,是吗?”范昂先生盛气凌人,将布朗罗先生从头到脚打量了一番。“叫他起誓。”

“起誓之前,我必须声明一句,”布朗罗先生说,“就是说,要不是亲身经历,我的的确确不敢相信——”

“先生,住嘴。”范昂先生专横地说。

“先生,我非说不可。”老绅士毫不示弱。

“立刻给我住嘴,不然我可要把你赶出法庭。”范昂先生说道,“你这个傲慢无礼的家伙,你怎么敢威胁一位推事?”

“什么!”老绅士涨红了脸,大叫一声。

“叫这个人起誓,”范昂朝书记员说道,“别的话我一概不听。叫他起誓。”

布朗罗先生大为光火,然而,或许是考虑到发泄一通只会伤害到那孩子,便强压住自己的感情,立刻照办了。

“噢,”范昂说,“指控这孩子什么?你有什么要说的,先生?”

“当时,我正站在一个书摊边上——”布朗罗先生开始讲述。

“先生,停一停,”范昂先生说,“警官。警官在哪儿?喏,叫这位警官起誓。说吧,警官,怎么回事啊?”

那名警察相当谦恭地讲了一遍,他如何抓住奥立弗,如何搜遍全身,结果一无所获,他所知道的也就是这些了。

“有没有证人?”范昂先生问。

“大人,没有。”警官回答。

范昂先生默默地坐了几分钟,然后向原告转过身去,声色俱厉地说:

“喂,你倒是想不想对这个孩子提出控告,唔?你已经起过誓了,哼,如果你光是站在那儿,拒不拿出证据来,我就要以蔑视法庭罪惩治你,我要——”

要干什么,或者说找谁来干,没有人知道,因为就在这当儿,书记员和那名警察一齐大声咳嗽起来。前者又将一本沉甸甸的书掉到了地板上,就这样,那句话没听完整,纯粹是出于偶然。

尽管遇到无数的胡搅蛮缠与翻来覆去的凌辱责骂,布朗罗先生还是想尽办法将案情说了一遍,他说,由于一时感到意外,见那孩子一个劲地跑,自己便追了上去，他表示了自己的希望，虽然孩子并不是在行窃时被拿获的，假如庭长相信他与几个小偷有牵连，也请在法律允许的范围内从宽发落。

“他已经受伤了，”布朗罗先生最后说道，“而且我担心，”他望着栏杆那边，郑重其事地补充了一句，“我确实担心他有病。”

“噢，不错，也许是吧。”范昂先生冷笑一声，“哼，少来这一套，你这个小流氓，骗是骗不了我的，你叫什么名字？”

奥立弗竭力想回答一声，可是说不出话。他脸色惨白，周围的一切似乎都在他的眼前旋转起来。

“你这个厚脸皮的无赖，叫什么名字？”范昂先生追问道，“警官，他叫什么名字？”

这句话是冲着站在栏杆旁边的一个身穿条纹背心的热心肠老头说的。老头弯下腰来，又问了一遍，发现奥立弗已确实无力对答。他知道不回答只会更加激怒推事，加重判决，就大着胆子瞎编起来。

“大人，他说他名叫汤姆·怀特。”这位好心的警察说道。

“喔，他不是说出来了，是吧？”范昂先生说道，“好极了，好极了。他住在什么地方？”

“大人，没个准儿。”他又装作听到了奥立弗的答话。

“父母双亲呢？”范昂先生问。

“他说在他小时候就都死了，大人。”警官铤而走险，取了一个常见的答案。

问到这里，奥立弗抬起头来，以哀求的目光看了看四周，有气无力地请求给他一口水喝。

“少胡扯。”范昂先生说道，“别当我是傻瓜。”

“大人，我想他真的有病呢。”警官进了一言。

“我比你清楚。”推事说道。

“警官，快扶住他，”老绅士说着，情不自禁地扬起了双手。“他就要倒下去了。”

“站一边去，警官，”范昂嚷道，“他爱倒就倒。”

承蒙推事恩准，奥立弗一阵晕眩，倒在地板上。法庭里的人面面相觑，谁也不敢动一动。

“我就知道他在装疯卖傻，”范昂说，仿佛这句话便是无可辩驳的事实根据。“由他躺在那儿吧，要不了多久他就会躺得不耐烦了。”

“您打算如何断案，大人？”书记员低声问道。

“即决裁判，”范昂先生回答，“关押三个月——苦工自然是少不了的。退庭。”

房门应声打开，两个汉子正准备把昏迷不醒的奥立弗拖进牢房，这时，一位身穿黑色旧礼服的老人匆匆闯进法庭，朝审判席走去。他面带一点凄苦的神色，但看得出是个正派人。

“等一等，等一等。别把带他走。看在上帝的分上，请等一会儿。”这个刚刚赶到的人上气不接下气地叫道。

尽管法律的各位守护神在这类衙门里对女王陛下的臣民，尤其是对较为贫困的臣民的自由、名誉、人品，乃至于生命滥施淫威，尽管在这四壁之内，荒唐得足以叫天使们哭瞎双眼的把戏日复一日，衍演无穷，这一切对于公众却始终是秘而不宣的，除非通过每天的报纸泄漏出去。范昂先生看见一位不速之客这般唐突无礼地闯进门来，顿时勃然大怒。

“这是干什么？这是谁呀？把这家伙赶出去，都给我出去。”范昂先生吼声如雷。

“我就是要说，”那人大声说道，“别想把我撵出去。事情我都看见了。书摊是我开的，我请求起誓，谁也别想封住我的嘴巴。范昂先生，你必须听听我的陈述，你不能拒绝。”

那人理直气壮，态度十分强硬，事情变得相当严重，马虎过去是不行的了。

“让这人起誓，”范昂先生老大不高兴地喝道，“喂，讲吧，你有什么要说的？”

“是这样的，”那人说道，“我亲眼看见三个孩子，另外两个连同这名被告，在马路对面闲逛，当时这位先生在看书。偷东西的是另一个孩子，我看见他下手的，这个孩子在旁边给吓呆了。”说到这里，可敬的书摊掌柜缓过气来了，他比较有条理地将这件扒窃案的经过情形讲了一遍。

“你干吗不早点来？”范昂顿了一下才问。

“没人替我看铺子，所有能给我帮忙的全撵上去了，五分钟以前我才找着人,我是一路跑来的。”

“起诉人正在看书,是不是啊?”范昂又顿了一下,问道。

“是的,那本书还在他手里哩。”

“呵,是那本书么,哦?”范昂说道,“付钱了没有?”

“没有,还没付呢。”摊主带着一丝笑意答道。

“天啦,我全给忘啦。”有些恍惚的老绅士天真地高声叫道。

“好一位正人君子,还来告发一个可怜的孩子。”范昂做出滑稽的样子,希望借此能显得很厚道。“我想,先生,你已经在一种非常可疑、极不光彩的情形之下把那本书据为己有了,你兴许还自以为运气不错吧,因为产权人不打算提出起诉。喂,你就当这是你的一次教训吧,否则法律总有一天会找上你的。这个小孩予以释放。退庭。”

“岂有此理。”布朗罗先生强压多时的怒气终于爆发了。“岂有此理。我要——”

“退庭。”推事不容他分说。“诸位警官,你们听见没有?退庭。”

命令执行了。一手拿着书,一手握着竹杖的布朗罗先生虽说忿忿不平,还是给轰了出去。激奋与受到的挑衅使他怒不可遏。他来到院子里,怒气立刻烟消云散。小奥立弗·退斯特仰面躺在地上,衬衫已经解开,太阳穴上洒了些凉水,脸色惨白,身上不住地抽动,发出一阵阵寒颤。

“可怜的孩子,可怜的孩子,”布朗罗先生朝奥立弗弯下腰来,“劳驾哪一位去叫辆马车来,快一点。”

马车叫来了,奥立弗给小心翼翼地安顿在座位上,布朗罗先生跨进马车,坐在另一个座位上。

“我可以陪您一块儿去吗?”书摊老板把头伸了进来,说道。

“哎呀,可以可以,我亲爱的先生,”布朗罗先生连声说道,“我把您给忘了,天啦,天啦。我还拿着这本倒霉的书呢。上来吧。可怜的小家伙。再不能耽误时间了。”

书摊掌柜跳上去,马车开走了。

第十二章

在这一章里，奥立弗得到前所未有的悉心照料，回头接着谈那位快活的老绅士和他的那一帮年轻朋友。

马车辚辚，沿着与当初奥立弗由机灵鬼陪着首次进入伦敦几乎完全相同的一条路驶去，过了爱灵顿街的安琪儿酒家便折向另一条路，一直开到本顿维尔附近一条幽静的林阴道才停了下来。在这里，布朗罗先生亲自督阵，立刻安排好一张床，把小家伙安顿得十分周到舒适。在这里，他受到了无微不至的殷切照料。

然而，日子一天天过去，奥立弗对一班新朋友的精心照料却始终漠然不知。太阳升起来，落下去，又升起来，又落下去，数不清多少天过去了。这孩子依然直挺挺地躺在那张来之不易的床上，经受着热病的熬煎，一天天变得消瘦。蛆虫蚕食死尸也不如用慢悠悠的文火烤干活人来得那么有把握。

这一天，瘦骨嶙峋、苍白如纸的奥立弗终于醒过来了，仿佛刚刚做完一场漫长的噩梦似的。他从床上吃力地欠起身来，头搭拉在颤抖的肩上，焦虑不安地望了望四周。

“这是什么地方？我这是在哪儿?”奥立弗说，“这不是我睡觉的地方。”

他身体极度衰弱，说这番话的声音非常低，但立刻有人听见了。床头的帘子一下子撩开了，一位衣着整洁、面容慈祥的老太太从紧靠床边的一张扶手椅里站起来，她先前就坐在那儿做针线活。

“嘘，亲爱的，”老太太和蔼地说，“你可得保持安静，要不你又会生病的，你病得可不轻——别提病得有多厉害了，真够玄的。还是躺下吧，真是好孩子。”老太太一边说，一边轻轻地把奥立弗的头搁到枕头上，将他额前的头发拨到一边。她望着奥立弗，显得那样慈祥，充满爱心，他忍不住伸出一只瘦弱的小手，搭在她的手上，还把她的手拉过来勾住自己的脖子。

“哟。”老太太眼里噙着泪珠说道，“真是个知恩图报的小家伙，可爱的小把戏。要是他母亲和我一样坐在他身边，这会儿也能看见他的话，会怎么想啊。”

“说不定她真的看得见我呢，”奥立弗双手合在一起，低声说道，“也许她就坐在我身边，我感觉得到。”

“那是因为你在发烧，亲爱的。”老太太温和地说。

“我想也是，”奥立弗回答，“天国离这儿太远了，他们在那儿欢欢喜喜，不会来到一个苦孩子的床边。不过只要妈妈知道我病了，即使她是在那儿，也一定会惦记我，她临死以前病得可厉害了。她一点都不知道我的情形。”奥立弗沉默了一会儿，又说道，“要是她知道我吃了苦头，肯定很伤心，每次我梦见她的时候，她的脸总是又好看又快乐。”

老太太对此没有回答，先擦了擦自己的眼睛，随后又擦了一下放在床罩上的眼镜，仿佛眼镜也是脸上的重要部位似的。她替奥立弗取来一些清凉饮料，要他喝下去，然后拍了拍他的脸颊，告诉他必须安安静静地躺着，要不又会生病了。

于是奥立弗安安静静地躺在床上，这一方面是由于他打定主意，在任何事情上都要听这位好心老太太的话，另一方面呢，说真的，刚才说了那么一番话，他已经筋疲力尽，不多一会儿就打起盹儿来。不知什么时候，一支点亮的蜡烛移近床边，他醒过来，只见烛光里有一位绅士手里握着一只嘀嗒作响的大号金表，搭了搭他的脉搏，说他已经好得多了。

“我亲爱的，你感觉好得多了，是吗？”这位绅士说。

“先生，是的，谢谢你。”奥立弗答道。

“喏，我心里有数，你也感到饿了，是吗？”

“不饿，先生。”奥立弗回答。

“唔。是啊，我知道你还没感觉饿。贝德温太太，他不饿。”这位看上去十分渊博的绅士说道。

老太太很有礼貌地点了一下头，意思好像是她也认为大夫是个非常渊博的人，大夫本人看来也很有同感。

“你还是很困，想睡觉，我亲爱的，是不是？”大夫说道。

“不，先生。”奥立弗回答。

“是那么回事，”大夫带着一副非常干练而又心满意足的神气说，“不想再睡了，也不感到口渴，是吗？”

“不，先生，有点渴。”奥立弗答道。

“和我估计的一样，贝德温太太，”大夫说道，“他感到口渴是很自然的。太太，你可以给他一点茶，外加一点面包，不要抹奶油。别让他睡得过于暖和了，太太，但更要注意别让他感觉到太冷，你懂这个意思吧？”

老太太又点了点头，大夫尝了一下清凉饮料，表示认可，便匆匆离去了。下楼的功夫，他的靴子叽嘎叽嘎直响，俨然一副大亨贵人的派头。

过了一会儿，奥立弗又迷迷糊糊睡着了，醒来时已经差不多十二点。贝德温太太慈爱地同他道了一声晚安，把他移交给刚来的一位胖胖的老太婆照看，老太婆随身带着一个小包袱，里面放着一部开本不大的祈祷书和一顶大睡帽。老太婆戴上睡帽，将祈祷书放在桌子上，告诉奥立弗，自己是来跟他作伴的。老太婆说着把椅子拉到壁炉边上，管自接二连三地打起瞌睡来。她时不时地向前点头哈腰，嘴里咿哩呜噜发出各种声响，忽而又呛得接不上气，连瞌睡也吓跑了，不过，这一切并没有什么不良影响，她顶多也就是使劲揉一揉鼻子，便又陷入了沉睡。

就这样，长夜慢慢逝去。奥立弗醒了一些时间了，他忽而数一数透过灯心草蜡烛罩子投射到天花板上的一个个小光圈，忽而又睡眼朦胧地望着墙壁上复杂的壁纸图案。屋子里幽暗而又寂静，一派庄严肃穆的气氛，这孩子不禁想到，无数个日日夜夜以来，死神一直在这里流连徘徊，可怕的死亡来过了，也许处处都留下了它那阴森可怕的痕迹，奥立弗转过脸，伏在枕头上，热切地祈祷上苍。

逐渐地，他进入了谧宁的睡乡，这是一种只有大病初愈的人才能享受到的安宁，一种宁静祥和的休憩，令人舍不得醒来。即便这就是死亡，谁又愿意再度被唤醒，起来面对人生的一切争斗纷扰，一切近忧远虑，而在这一切之上的是，谁愿意再去回首痛苦的往事！

当奥立弗睁开双眼的时候，已经日上三竿了。他感到神清气爽，心情舒畅。这场大病的危机安然度过了，他重又回到了尘世。

整整三天，他只能坐在一张安乐椅里，舒舒坦坦地靠在枕头上。他身体依然过于衰弱，不能行走，女管家贝德温太太叫人把他抱到楼下的小房间，这间屋子是属于她的。好心的老太太将奥立弗安顿在壁炉边上，自己也坐了下来，眼见奥立弗身体好多了，她本来还高高兴兴的，却立刻哇哇大哭起来。

“别见怪，我亲爱的，”老太太说，“我是欢喜才哭的，这是常有的事。你瞧，没事了，真够舒坦的。”

“你对我太好了，太太。”奥立弗说。

“嗳，你可千万别在意，我亲爱的，”老太太说道，“你还是喝你的肉汤吧，顶好这就把汤喝下去。大夫说布朗罗先生今天上午要来看你，咱们得好好打点一下，咱气色越好，他越高兴。”老太太说着，盛上满满一碗肉汤，倒进一口小炖锅里热一热——真浓啊，奥立弗思忖道，要是按规定的浓度掺水，少说也够三百五十个贫民美美地吃一顿了。

“你喜欢图画吗，亲爱的？”老太太见奥立弗目不转睛，看着对面墙上正对着他的椅子挂着的一幅肖像画，就问道。

“我一点也不懂，太太，”奥立弗的目光依然没有离开那张油画。“我压根没看过几张画，什么都不懂，那位太太的脸多漂亮，多和气啊。”

“哦。”老太太说道，“孩子，画家总是把女士们画得比她们原来的样子更漂亮，要不，就找不到主顾啦。发明照相机的人没准知道那一套根本行不通，这买卖太诚实了，这买卖。”老太太对自己的机智大为欣赏，开心地笑了起来。

“那——是不是一张画像，太太？”奥立弗说。

“是的，”说话间，老太太的眼睛离开了肉汤，她抬起头来，“是一张画像。”

“太太，是谁的？”奥立弗问道。

“噢，说实话，孩子，我也不知道，”贝德温太太笑吟吟地答道，“我琢磨，不管是你还是我，都不认识那上面的人。你倒像是挺喜欢那张画，亲爱的。”

“画得真好看。”奥立弗应道。

“哟，敢情你没叫它吓着吧？”老太太发现奥立弗带着一脸敬畏的神情凝视着那张画，不禁大为惊异。

“喔，没有，没有。”奥立弗赶紧回过头来。“只是那双眼睛看上去像是要哭，随便我坐在哪儿，都好像在望着我一样，弄得我的心都快蹦出来了。”奥立弗小声地补充道，“像是真的，还想跟我说话呢，只是说不出来。”

“上帝保佑。”老太太嚷嚷着，站了起来。“孩子，你可别那么说。你病刚好，身体虚弱，难保没点疑神疑鬼的。来，我把你的椅子调个个儿，你就看不见了，行啦。”老太太嘴里说着，果真这么做了。“现在看不见了，再怎么也看不见了。”

然而，奥立弗透过自己的心扉，把那张肖像看得如此真切，仿佛他坐的方向全然不曾改变似的。不过，他想还是别再让这位好心的老太太操心才好，所以当老太太打量他的时候，他温顺地笑了笑。贝德温太太看见他比刚才大有起色，这才心满意足。她往汤里放了些盐，把几片烤面包掰碎加了进去，准备工作如此重要，自然要忙乎一阵。奥立弗以超乎寻常的速度喝完了汤。他刚吞下最后一匙肉汤，便响起轻轻的敲门声。“请进。”贝德温太太说道，进来的是布朗罗先生。

喏，老绅士步履轻快地走了进来，这是可想而知的，但不多一会儿，他便把眼镜支到额头上，双手反插在晨衣后摆里，久久地，仔仔细细地端详起奥立弗来，脸上出现种种奇怪的抽动。大病初愈的奥立弗显得非常憔瘁，一副弱不禁风的样子。出于对恩人的尊敬，他强打精神想站起来，结果还是没能站稳，又跌坐在椅子上。事实上，如果一定要实话实说，布朗罗先生胸襟十分宽阔，比起一般心地慈善、气质淳厚的绅士来，他一个当得上六个。他的心通过某种水压作用将两汪热泪送进了他的眼眶，说起这种程序，由于我们在哲学方面不能算是博大精深，是无法作出解释的。

“可怜的孩子，可怜的孩子。”布朗罗先生说着清了清喉咙。“贝德温太太，今天早晨我声音有点沙哑，恐怕是伤风了。”

“但愿不是，先生，”贝德温太太说道，“你所有的衣服都是晾干了的，先生。”

“不知道，贝德温，不知道怎么搞的，”布朗罗先生说道，“我倒宁可认为是因为昨天吃晚饭用了一张潮湿的餐巾，不过没关系。你感觉怎么样，我的孩子？”

“很快活，先生，”奥立弗回答，“您对我太好了，先生，真不知道怎么感谢您。”

“真是乖孩子，”布朗罗先生胸有成竹地说，“贝德温，你替他加了补品没有？哪怕是流质的，喏？”

“他刚喝了一碗味道鲜美的浓汤。”贝德温太太略微欠起身来，特意在最后一个词上加重了语气，意思是一般的流质与精心烹制的肉汤根本不可同日而语。

“啊。”布朗罗先生的身体微微抖了一下。“喝两杯红葡萄酒对他要有益得多。是不是，汤姆·怀特，唔？”

“我叫奥立弗，先生。”小病人显出一副大为诧异的样子回答。

“奥立弗，”布朗罗先生推敲着，“奥立弗什么？是叫奥立弗·怀特，嗯？”

“不，先生，是退斯特，奥立弗·退斯特。”

“这名字真怪。”老绅士说道，“那你怎么告诉推事你叫怀特呢？”

“我从来没有这样说，先生。”奥立弗感到莫名其妙。

这话听上去很像是在胡编，老绅士望着奥立弗的面孔，多少带了点愠色。对他是不可能产生怀疑的，他那副瘦削清癯的相貌特征处处都显示出诚实。

“这肯定搞错了。”布朗罗先生说道。然而，尽管促使他不住地端详奥立弗的动机已不复存在，那个旧有的念头却又一次袭来，奥立弗的长相与某一张熟识的面孔太相似了，这意识来势迅猛，他那专注的眼光一时竟收不回来。

“先生，求您别生我的气，好吗？”奥立弗恳求地抬起了双眼。

“不，不，”老绅士答道，“嗨。那是谁的画像？贝德温，你瞧那儿。”

他一边说，一边忙不迭地指指奥立弗头顶上的肖像画，又指了指孩子的脸。奥立弗的长相活脱脱就是那幅肖像的翻版。那双眼睛、头型、嘴，每一个特征都一模一样。那一瞬间的神态又是那样逼真，连最细微的线条也仿佛是以一种惊人的准确笔法临摹下来的。

奥立弗不明白这番突如其来的惊呼是怎么回事。因为承受不住这一阵惊诧，他昏了过去。他这一晕过去，替笔者提供了一个机会，可以回过头去表一表那位快活老绅士的两个小门徒，以解读者悬念，且说——

当时，机灵鬼和他那位手艺高超的朋友贝兹少爷非法侵占布朗罗先生的私人财物，结果导致了对奥立弗的一场大喊大叫的追捕，他俩也参加了这场追捕，这一点前面已经叙述过了。他们这样做，是基于一种非常值得钦佩而又十分得体的想法，那就是只顾自己。既然国民自主和个人自由是任何一个纯正的英国人最值得骄傲的东西，本人简直无需提请读者注意，这一行动自然会大大抬高他俩在所有公民和爱国人士心目中的身价。同样，他们只关心自己平安无事这一铁证，完全足以使一部小小的法典得以确立，受到公认，某些博古通今、驰名遐迩的哲人将这部法典定为一切本能行为的主要动机。这班哲学家非常精明，将本能的一切行为归纳成格言和理论，又巧妙地对本性的高度智慧和悟性作了一番不着痕迹的恭维，便把良心上的考虑，或者高尚的冲动和感情，全都扔到不知什么地方去了。说起来，这些东西毕竟不能与本性相提并论，世所公认，本能远比人所难免的种种瑕疵、弱点要高尚得多。

两位处于这么一种极其微妙的境地中的小绅士在品格特性方面富有严谨的哲理，倘若需要更进一步的佐证，笔者信手便可以举出他们退出追捕这一事实（本书前面一部分已经讲了），人们当时的注意力都集中在奥立弗身上，他俩立刻抄最近便的捷径溜了回去。尽管我并不打算断言，取捷径也是那班声望赫赫、博学多才的哲人在得出什么伟大的结论时常有的作派——他们的路程的确因迂回曲折，举步磕磕绊绊而拉长了一些，这就和那班有一肚子念头憋不住的醉汉一开口就滔滔不绝一样——但我的确想指出，并且要明确指出，许多哲学大师在实施他们的理论时都表现出了深谋远虑，他们能够排除一切可能出现的、完全可以估计到的、于他们不利的偶然因素。因此，为了大是，不拘小非，只要能达到目的，任何手段都无可非议。是耶？非耶？抑或二者之间到底有多大区别，统统留给当事的哲学家，让他根据自己的特殊情况，作出头脑清醒、综合平衡、公平不倚的判断。

两个少年以极快的速度跑掉了，穿过无数迷宫一般错综复杂的狭窄街道和院落，才大着胆子在一个低矮昏暗的拱道下面歇一歇。两人一声不响地呆了一会儿，刚刚透过气，能讲出话来，贝兹少爷便发出一声喜滋滋的感叹，紧接着爆发出一阵无法遏制的大笑，他倒在一个台阶上，笑得直打滚。

“什么事儿？”机灵鬼问。

“哈哈哈！”查理·贝兹笑声如雷。

"别出声,"机灵鬼细心地看了看周围,劝道,"笨蛋,你想给捉进去了不是?"

"笑死我了,"查理说,"笑死我了。你想想,他没命地跑,一闪就转过街角去了,再一下撞到电线杆子上,爬起来又跑,活像他跟电线杆一样也是用铁做的,可我呢,抹嘴儿插在口袋里,大喊大叫地在后边追他——呃,我的妈唷。"贝兹少爷的想像力十分生动,将刚才的场景稍许有些过火地展现了出来。说到这儿,他又在台阶上打起滚来,笑得比先前更欢了。

"费金会怎么说?"机灵鬼趁伙伴又一次停下来喘气时把这个问题提了出来。

"怎么说?"查理·贝兹重复道。

"是啊,怎么说?"机灵鬼说。

"嗨,他能怎么说?"查理见机灵鬼全然不是说着玩的,满心欢喜顿时化为乌有。"他能怎么说?"

达金斯先生管自吹了一会儿口哨,跟着把帽子摘下来,搔了搔头,脑袋接连点了三下。

"你是什么意思?"查理说道。

"吐噜罗噜,腊肉烧菠菜,他又不是青蛙。"机灵鬼聪明的脸上挂着一丝淡淡的嘲笑,说道。

这就算解释,然而并不令人满意。贝兹少爷也有这种感觉,便又问了一句:"你是什么意思?"

机灵鬼没有回答,只是重新戴上帽子,把拖着长尾巴的外套下摆拉起来塞在腋下,用舌头顶了顶腮帮子,摆出一副亲昵而又意味深长的神气,用手在鼻梁上拍了五六下,向后一转,拐进一条胡同,贝兹少爷若有所思地跟了上去。

上述这番对话进行之后不过几分钟,那位快活老绅士听到楼梯上响起一阵嘎嘎作响的脚步声,不由得一惊。此刻他正坐在壁炉旁,左手拿着一条干香肠和一小片面包,右手握一把小刀,壁炉的三角铁架上搁着一只白锡锅。他回过头来,苍白的脸上露出一道狰狞的笑容,一双眼睛从棕红色的浓眉底下灼灼地往外看去。他把耳朵侧向门口,专注地谛听着。

"嗨,怎么回事?"老犹太的脸色变了,喃喃地说,"只回来两个?还有一个哪儿去了？他们出不了事的，听听。”

脚步声越来越近，到楼梯口了。房门缓缓地推开，机灵鬼与查理·贝兹走了进来，又随手把门关上了。

第十三章

向聪明的读者介绍几位新相识，捎带着叙述一下他们的各种与这部传记有关的趣事。

“奥立弗哪儿去了？”犹太人杀气腾腾地站了起来，说道，“那小子在哪儿？”

两个小扒手呆呆地望着自己的师傅，似乎被他的火气吓了一跳，彼此忐忑不安地看了一眼，没有回答。

“那孩子怎么啦？”费金一边死死揪住机灵鬼的衣领，一边用可怕的诅咒恐吓他。“说啊，不然我掐死你。”

费金先生的神气全然不像是在开玩笑，查理·贝兹一向认为不管出现什么情况，明哲保身都是上策，估计第二个被掐死的肯定就是自己了，他立刻跪倒在地，发出一阵响亮的、绵延不绝的嚎叫——既像是发了疯的公牛叫，又像传声筒里的说话声。

“你说不说？”费金暴跳如雷，狠命地摇拽着机灵鬼，那件宽宽大大的外套居然没把他人整个抖出来，真是不可思议。

“唷，他给逮住了，就这么回事，”机灵鬼沮丧地说，“喂，你放手啊，你放不放？”机灵鬼晃了一下，一使劲挣脱了身子，将肥大的外套留在了费金手里。机灵鬼猛地抓起烤面包的叉子，照着这位快活老绅士的背心就是一下，这一下要是叉中了的话，管保叫他损失不少乐子，决不是轻而易举就能恢复过来的。

在这千钧一发之际，费金往后一闪便躲开了，真叫人猜不透，他表面上衰老不堪，这一进一退之间却十分敏捷。他抓起白锡锅，准备冲着敌方头上砸过去。就在这时候，查理·贝兹发出一声恐怖万分的嚎叫，岔开了他的注意力，他突然改变了目标，把锅子照准那一位小绅士摔去。

“嗬，风风火火的，还真来劲哩。”一个低沉的嗓音忿忿不平地说，“是谁把啤酒往我身上乱泼？幸好砸在我身上的是啤酒，不是那口锅，不然我可得找谁算账了。我就知道，除了一个无法无天、坐地分赃的混账犹太土老财，恐怕谁也破费不起，抓起饮料乱泼，大不了也就是泼水——那也得每个季度骗自来水公司一回。费金，到底是怎么回事？妈的，如果我围脖儿上沾的不是啤酒的话，哼哼。进来呀，你这个鬼头鬼脑的杂种，还不肯进来，总不成还替你家主人害臊。进来！”

发这一通牢骚的是一个年约三十五六岁，长得壮壮实实的汉子。此人穿一件黑色平绒外套，淡褐色马裤脏兮兮的，半长统靴，铅灰色套袜里裹着两条粗腿，腿肚上肌肉鼓得高高的——这两条腿，又是这样一副装束，看上去总让人觉得是一件尚未完工的半成品，单缺一副脚镣作为装饰。他戴着一顶灰色帽子，脖子上裹了一条龌龊的蓝白花围巾，一边说话，一边用长长的、已经磨破的围巾角擦去脸上的啤酒。啤酒擦掉了，一张呆板的宽脸膛露了出来，胡子已经三天没刮，两只阴沉的眼睛，有一只周围什么颜色都有，那是最近挨了一击留下的。

“进来，你听见了没有？”这位引人注目的煞神咆哮起来。

一只毛蓬蓬的白狗躲躲闪闪地跑进来，脸上带着二十来处伤痕裂口。

“你先前干吗不进来？”那汉子说道，“你也太骄傲了，当着大家连我都不认了，是不是啊？躺下吧。”

这道命令伴随着一脚，把那畜生打发到了屋子的另一头。然而，狗显然已经习以为常，它悄无声息地蜷在角落里，没发出一点响动，一双贼眼一分钟约莫眨巴了二十次，看样子正在考察这间屋子。

“你火什么？在虐待这些孩子吗，你这个贪得无厌，贪——心——不——足的老守财奴？”汉子大大咧咧地坐了下来。“我真纳闷，他们怎么没有杀了你。我要是他们，准会干掉你。我要是你徒弟的话，早这么做了，嗯——不，宰了以后你就卖不出去了，你还就值当一件丑不可耐的古董，装在玻璃瓶里，就是他们恐怕吹不出这么大的瓶子。”

“嘘，嘘！赛克斯先生，”老犹太浑身直哆嗦，说道，“不要说那么大声。”

“什么先生不先生的，”那恶棍回答，“你来这一手，从来就没安过好心。你知道我名字，只管叫我的名字。时候一到，我不会丢人现眼的。”

“好了，好了，那——比尔·赛克斯，”费金低声下气地说，“你好像不太高兴，比尔。”

“很可能，”赛克斯回答，“我看你也不怎么舒坦，除非你不把到处乱摔白锡锅当回事，就跟你胡说——”

“你疯了吗?”费金扯了一把赛克斯的衣袖，指了指那两个少年。

赛克斯先生打住话头，在右耳下面做了一个打结的动作，头一偏倒在右边肩膀上——老犹太对这类哑剧显然心领神会。接下来，赛克斯照着帮口里的说法，要了一杯酒。他的话里这类玩意儿多的是，如果一一记录下来，恐怕谁也看不懂。

“你可留神，别往里面下毒。”赛克斯先生说着，把帽子放在桌上。

这话是说着玩的，可说话人如果看见老犹太咬着惨白的嘴唇朝柜橱转过身去时那邪恶的一瞥，大概会想到这一警告并非纯属多余，或者说，希望对酿酒师傅的绝活略加改进的这种想法（措词且不论）在老绅士的乐天派心怀中并不是一点也没有。

两三杯烧酒下肚，赛克斯先生亲自对二位小绅士作了一番垂询，这一善举引起一番谈话，谈话间奥立弗被捕的起因与经过都给详详细细讲了出来，顺便也作了若干修改加工，机灵鬼认为在这种场合进行一些修改是很有必要的。

“我担心，”费金说道，“他会讲出一些事，把我们也搭进去。”

“很有可能，”赛克斯恶狠狠地咧嘴笑了笑，“你倒霉了，费金。”

“你瞧，我是有些担心，”老犹太仿佛对这一番打岔毫不在意似的，说话时眼睛紧紧盯着对方。“我担心的是，如果那场把戏牵连上我们，事儿可就闹大了，况且这档子事对你比对我更为不妙，我亲爱的。”

赛克斯身子一震，朝费金转过身来。可老绅士只是把肩膀耸得快碰着耳朵了，两眼出神地盯着对面墙壁。

话头中断了好一会儿，这可敬的一伙中的每一名成员似乎都各自陷入了沉思。连那只狗也不例外,它多少有些狠巴巴地舔了舔嘴唇,像是正在盘算,到了外面怎么着也要一口咬住在街上遇见的第一位先生或者女士的脚脖子。

“得有人到局子里去打听打听。”赛克斯先生的嗓门比进门以后低了许多。

费金点点头,表示赞成。

“只要他没有招供,给判了刑,在他出来之前就不用犯愁,”赛克斯先生说道,“到时候可得看住了。你一定要想办法把他抓在手心里。”

老犹太又点了一下头。

一点不假,这一行动方案显然十分周密。不幸的是,采纳起来却存在着一个极大的障碍。那就是,碰巧机灵鬼、查理·贝兹,还有费金和威廉·赛克斯先生,个个都对靠近警察局抱有一种强烈的、根深蒂固的反感,不管是有什么理由或者借口都不想去。

他们就这样坐着,面面相觑,这种心中没底的情况肯定是最令人不愉快的了,很难猜测他们到底要坐多久。不过,倒也无需作此推测了,因为奥立弗以前见过一次的那两位小姐这时飘然莅临,谈话顿时再度活跃起来。

“来得个巧。”费金说话了,“蓓特会去的,是不是啊,我亲爱的?”

“去哪儿?”蓓特小姐问。

“到局子里跑一趟,我亲爱的。”犹太人诱戏道。

应该为这位小姐说句公道话,她并没有直截了当承认自己不想去,只是表达了一个热切而强烈的愿望:要去的话,她宁可“挨雷劈”,用一个客气而又巧妙的遁词,避开了正面回答。据此看来,这位小姐天生具有良好的教养,不忍心叫一位人类同胞蒙受当面给断然拒绝的痛苦。

费金的脸色沉了下来,视线离开了这位身穿绛色长大衣,绿色靴子,头上夹着黄色卷发纸的小姐,她虽然说不上雍容华贵,倒也打扮得花枝招展。费金转向另一位姑娘。

“南希,亲爱的,”费金用哄小孩的口气说,“你说怎么样呢?”

“我说这办法行不通。试都不用试,费金。”南希回答。

“你这是什么意思?”赛克斯先生板着面孔,眼睛往上一抬。

“我就是这个意思,比尔。”小姐不紧不慢地说。

“唔,你恰好是最合适的人,”赛克斯先生解释说,“这附近没有一个人知道你的底细。”

“我也并不希罕他们知道,”南希仍旧十分泰然。“比尔,我看多一事不如少一事。”

“她会去的,费金。”赛克斯说道。

“不,费金,她不去。”南希说道。

“噢,她会去的,费金。”赛克斯说。

赛克斯先生终归说中了。经过轮番的恐吓哄骗,发誓许愿,这位小姐最后还是屈服了,接受了任务。说实话,她的考虑跟她那位好朋友不一样,因为她最近刚从虽说远一些但却相当体面的拉特克里佛郊区转移到菲尔胡同附近,她才不担心叫自己那些数不清的熟人认出来呢。

于是,一条洁白的围裙系到了她长大衣外,一顶软帽遮住了满头的卷发纸,这两样东西都是从费金的取用不尽的存货中拿出来的——南希小姐准备出门办事了。

“等一下,我亲爱的,”费金一边说,一边拿出一只盖着的小篮子。“用一只手拎住这个,看上去更像规矩人,我亲爱的。”

“费金,给她一把大门钥匙,挂在另外一只手上,”赛克斯说,“看上去才体面,像那么回事。”

“对,对,亲爱的,是那么回事。”费金将一把临街大门的大钥匙挂在姑娘右手食指上,“得,好极了。真是好极了,我亲爱的。”费金搓着手说。

“喔,我的弟弟啊。我可怜的、可亲的、可爱的、天真的小弟啊。”南希放声大哭,一边痛不欲生地将那只篮子和大门钥匙绞来绞去。“不知道他到底怎么样了。他们把他带到哪儿去了?啊,可怜可怜吧,先生们,告诉我吧,这可爱的孩子到底怎么了,求求你们,先生,行行好,先生。”

南希小姐说了这一段声调极其哀痛,令人心碎欲裂的台词,在场的几位听得乐不可支,她停下来,向伙伴们眨了眨眼,微笑着面面俱到地点点头,走了出去。

“啊。真是个伶俐的丫头,诸位好人儿。”老犹太说着,朝一班年轻朋友转过身来,一本正经地摇了摇头,像是在用这无声的劝告,要他们向刚刚看到的那个光辉榜样学着点儿似的。

"说得上是娘们中的大角色了，"赛克斯先生斟满自己的酒杯，大拳头往桌上一捶，说道，"这一杯祝她健康，但愿她们个个都像她。"

正当诸如此类的赞颂言词纷纷加到才艺出众的南希头上的时候，这位小姐正全速赶往警察局，尽管孤身一人穿过大街，什么保护也没有，她不免显出了一点固有的胆怯，但仍然过了不多久就太太平平地到了。

她从警察局后面那条路走了进去，用钥匙在一堵牢门上轻轻敲了敲，谛听着。里面没有响动。她咳了两声，又听了听。她依然没见有回音，便开口了。

"诺利在吗，喂？"南希小声地说，话音十分柔和。"诺利在不在？"

这间屋子里关着一个倒霉的犯人，连鞋也没穿，他是因为吹长笛被关起来的，扰乱社会治安的指控业已查证清楚，范昂先生作了极其适当的判决：交感化院关一个月。范昂先生十分中肯而又风趣地指出，既然他力气多得没地方使，消磨在踏车上总比用在一种乐器上来得更卫生一些。这名犯人没有回答，还在一门心思地痛惜失去了笛子，那东西已经给郡里充公了。于是南希来到下一间牢房，敲了敲门。

"唉。"一个有气无力的声音叫道。

"这儿关着一个小男孩吗？"南希的话音里带上了作为开场白的哽咽。

"没有，"那声音答道，"没那事。"

这是一个六十五岁的流浪者，他进监狱是因为**不吹**笛子，换句话说，是因为不干活糊口，沿街乞讨被抓了进来。再下一间关的是另一个男人，罪名是无照兜销铁锅，他为求生计，竟目无印花税税务局，那还有个不进监狱的？

可是，这些囚犯听见叫奥立弗没有一个应声，也压根没有听说过他。南希径直找到那位穿条纹背心的憨厚警官，以最最凄苦的悲叹哀泣，请求他归还自己的小弟弟，大门钥匙和那只小篮子的作用立竿见影，使她显得更为楚楚动人。

"我没有抓他啊，亲爱的。"老人说道。

"那他在哪儿呢？"南希心烦意乱地哭喊着说。

"嗨，那位绅士把他带走了。"警察回答。

"什么绅士？啊，谢天谢地。什么绅士？"南希嚷了起来。

在答复这一番东扯西拉的询问时，老人告诉这位装得活灵活现的姐姐，奥立弗在警察局里得了病，对证结果证明，偷东西的是另一个小孩，不是在押的一个，那位起诉人见他不省人事，就把他带到自己的住所去了，至于具体地点，这名警察只知道是在本顿维尔附近一个什么地方，他听见有人在叫马车的当儿提到过这个地名。

苦恼的姑娘怀着满腹疑窦，蹒跚着朝大门走去，一出门，踌躇不定的步履顿时变为矫健轻捷的小跑，她煞费苦心地拣了一条最最迂回曲折的途径，回到费金的住所。

比尔·赛克斯一听到这次探险的报告，立刻忙不迭地叫醒那只白狗，戴上帽子，连在礼节上向同伴道声早安都顾不上，便匆匆离去。

"非得弄清楚他在哪儿不可，宝贝儿，一定要把他找到，"费金激动不已地说，"查理，你什么事也别做了，各处逛逛去，听到他的消息赶紧带回来。南希，亲爱的，我一定要找到他。我相信你，亲爱的——在所有的事情上都信任你和机灵鬼。等等，等等，"老犹太补充说，他一只手哆嗦着，拉开抽屉。"宝贝儿，拿点钱去，今儿晚上铺子得关一关，你们知道上哪儿找我。一分钟也别多待，赶紧走，宝贝儿。"

他一边说，一边把他们推出房间，随后小心翼翼地在门上加了双锁，插上门闩，从暗处取出那一个在奥立弗面前不慎暴露过的匣子，手忙脚乱地把金表和珠宝往衣服里塞。

门上有人重重地敲了一下，忙乱中他给吓了一跳。"谁呀？"他厉声叫道。

"是我。"透过锁眼传来机灵鬼的声音。

"又怎么啦？"费金不耐烦地嚷了起来。

"南希说，找到他是不是带到另一个窝去？"机灵鬼问道。

"不错，"费金回答，"不管她在哪儿找到他都成。一定要找到他，把他找出来，就这么回事，往后咋办我心里有数，别怕。"

这孩子低声答应一句"知道了"，便匆匆下楼追赶同伴们去了。

"到现在为止他还没供出来，"说着，费金继续忙自己的事。"他要是存心在一帮子新朋友里把我们吐出去，就得堵住他的嘴。"

第十四章

进一步叙述奥立弗在布朗罗先生家里的情形，在他外出办事时，一位名叫格林维格的先生为他作了一番值得注意的预言。

布朗罗先生突然发出一声惊呼，奥立弗吓得晕了过去，过了一会他醒了。在随后的谈话中，老绅士和贝德温太太都十分谨慎，对画中人避口不谈，也不谈论奥立弗的过去和将来，话题都以让他感到快活同时又不会刺激他为限。他依然很虚弱，不能自己起床吃早饭。第二天，他下楼走进女管家的屋子里，第一个举动就是将急切的目光投向那一面墙，希望能再看看那位漂亮女士的脸。然而他的希望落空了，肖像已经移走。

"啊。"女管家留心到了奥立弗眼睛看的方向，说道，"你瞧，没了。"

"我也发现不见了，太太，"奥立弗回答，"他们干吗要把画拿走呢？"

"是给取下来啦，孩子，布朗罗先生说了，它好像会使你挺难受似的，说不定还会妨碍你身体复原，你是懂得的。"

"喔，不，真的，一点也碍不着我，太太，"奥立弗说道，"我喜欢看，我可喜欢呢。"

"好了，好了。"老太太乐呵呵地答应着，"你尽快把身体长结实，宝贝儿，画就又会挂上去的。嗳，我答应你。对了，我们还是谈点别的事情吧。"

此刻，有关那张肖像的情况，奥立弗所能知道的就是这些了。他想到，在生病期间，贝德温太太对自己那样好，便打定主意眼下再也不去想这件事。他专心致志，听她讲了许多故事，说她有一个又可爱又漂亮的女儿嫁了一位又可爱又漂亮的丈夫，女儿女婿都住在乡下，一个儿子在西印度群岛，给一个贸易商当职员，儿子也是个挺好的年轻人，蛮孝顺，一年要给家里写四次信。说到那些信，泪水便涌上她的双眼。老太太一五一十，说了半天儿女们的长处，此外还谈到，她那体贴温柔的丈夫也有无数的优点，他已经去世，真可怜啊。整整二十六年了。喝茶的时候到了。喝过茶，她开始教奥立弗玩克里比奇牌戏。奥立弗学得很快，一点也没叫她费心。两个人玩得兴致勃勃，毫无倦意，一直玩到该给病人来上一点暖和的兑水红葡萄酒外带一片烤面包的时候才罢手，接着他才心满意足地睡觉去了。

奥立弗恢复健康的那些日子是多么幸福啊。周围的一切都是那么宁静，整洁，井井有条——每一个人又都那么和蔼可亲——他向来就是在喧嚣扰嚷中生活，在他看来，这里似乎就是天堂。他刚恢复到能自己动手穿衣裳，布朗罗先生便叫人替他买了一套新衣裳、一顶新帽子和一双新皮鞋。奥立弗得知自己可以随意处置那些旧衣服，就把它们送给了一个对他非常关照的女仆，要她拿去卖给一个犹太人，钱留下她自己花。这事她很快就办妥了。奥立弗打客厅窗户里望出去，瞧见那犹太人把旧衣裳打成一卷，放进袋子里离去了。他满心欢喜，心想这些东西总算妥善处理了，自己现在不可能遇到得重新穿上它们的危险。说实话，那都是些烂得不成样子的破布条，奥立弗还从来没穿过一套新衣裳。

一天傍晚，大约是肖像事件之后一个礼拜，他正坐着和贝德温太太聊天，布朗罗先生传下话来，说如果奥立弗·退斯特精神很好的话，他希望能在自己的书斋里见见他，跟他谈谈。

“哎哟，真没办法。你洗洗手，我来替你梳一个漂漂亮亮的分头，孩子，”贝德温太太说，“真要命。早知道他要请你去，我们该给你戴一条干净的领子，把你打扮得跟六便士银币一样漂亮。”

奥立弗照着老太太的吩咐做了。尽管那功夫她一个劲地惋惜，来不及在他的衬衫衣领的边缘理出一条小小的波纹。尽管少了这样重要的一大优势，他的模样还是十分清秀，招人喜欢。老太太十分满意，一边将他从头打量到脚，一边说道：哪怕是早就接到通知，恐怕也没法将他打扮得更精神了。

凭着老太太这番话的鼓励，奥立弗敲了敲书房门。布朗罗先生要他进去，他便走了进去。他发现这一间小小的里屋整个就是一座书城。屋里有一扇窗户，正对着几个精美的小花圃。临窗放着一张桌子，布朗罗先生正坐在桌前看书。一见奥立弗，他把书推到一边，叫他靠近桌旁坐下来。奥立弗照办了，心里感到挺纳闷，不知道上什么地方才能找到要读这么多书的人，这些书好像是为了叫全世界的人都变得聪明一些才写出来的。这一点在许多比奥立弗·退斯特更有见识的人看来,也依然是他们日常生活中一桩不可思议的事情。

“书可真多,是吗,我的孩子?”布朗罗先生留意到了,奥立弗带着明显的好奇心,打量着从地板一直垒到天花板的书架。

“好多书啊,先生,”奥立弗答道,“我从来没见过这么多书。”

“只要你规规矩矩做人,你也可以读这些书,”老先生和蔼地说,“你会很喜爱它们,而不光是看看外表——这是,在某些情况下,因为有些书的精华仅仅是书的封底封面。”

“先生,我猜准是那些厚的。”奥立弗说着,指了指几本封面烫金的四开本大书。

“那倒不一定,”老先生在奥立弗头上拍了拍,微微一笑。“还有一些同样也是大书,尽管篇幅要小得多,怎么样,想不想长大了做个聪明人,也写书,嗯?”

“我恐怕更愿意读书,先生。”奥立弗回答。

“什么!你不想当一个写书的人?”老先生说。

奥立弗想了一会儿,最后才说,他觉得当一个卖书的人要好得多。一听这话,老先生开心地大笑起来,说他讲出了一件妙不可言的事。奥立弗非常高兴,尽管他一点都不知道这句话妙在哪里。

“好啦,好啦,”老绅士平静下来,说道,“你别怕。我们不把你培养成一个作家就是了,只要是正当手艺都可以学,或者改学制砖。”

“先生,谢谢您。”奥立弗答话时那种一本正经的神情又引得布朗罗先生大笑起来,还提到一种奇怪的直觉什么的,奥立弗对此一点也不懂,也没大在意。

“唔,”布朗罗先生尽量想说得温和一些,然而在这一时刻,他的脸色仍然比奥立弗一向所熟悉的要严肃得多,“孩子,我希望你认认真真听我下面的话,我要和你开诚布公地谈一谈,因为我完全相信你能够懂得我的意思,就像许多年龄大一些的人那样。”

“喔,先生,别对我说您要把我打发走,求您了。”奥立弗叫了起来,老先生这番开场白的严肃口吻吓了他一跳,“别把我赶出去,叫我又到街上去流浪，让我留在这儿，当个仆人。不要把我送回原来那个鬼地方去，先生，可怜可怜一个苦命的孩子吧。"

"我亲爱的孩子，"老先生被奥立弗突如其来的激奋打动了，"你不用害怕，我不会抛弃你，除非是你给了我这样做的理由。"

"我不会的，决不会的，先生。"奥立弗抢着说。

"但愿如此吧，"老绅士答应道，"我相信你也不会那样。从前，我尽力接济过一些人，到头来上当受骗。不管怎么样，我依然由衷地信任你。我自己都说不清为什么这样关心你。我曾倾注满腔爱心的那些人已经长眠于黄泉之下，我平生的幸福与欢乐也埋在了那里，不过从内心感情上说，我还没有把我的这颗心做成一口棺材，永远封闭起来。切肤之痛只是使这种感情越发强烈越发纯净罢了。"

布朗罗先生娓娓而谈，与其说是对那位小伙伴讲的，不如说是对他自己。随后，他稍稍顿了一下，奥立弗默不作声地坐在旁边。

"好了，好了。"老先生终于开口了，语气也显得比较愉快。"我只是说，因为你有一颗年轻的心，要是你知道我以往曾饱受辛酸苦痛，你就会更加小心，或许不会再一次刺伤我的心了。你说你是一个孤儿，举目无亲，我多方打听的结果都证实了这一点。让我也听听你的故事吧，说说你是哪儿人，是谁把你带大的，又是怎么跟我见到你时和你在一起的那一伙人搞到一块儿的。什么也别隐瞒，只要我活在世上一天，你就不会是无依无靠的。"

奥立弗抽抽搭搭地哽咽起来，好一会儿说不出话，他刚要开始叙述自己是如何在寄养所里长大，邦布尔先生又如何把他带到济贫院去的，大门口却响起一阵颇不耐烦的"砰砰、砰砰"的敲门声，仆人跑上楼报告说，格林维格先生来了。

"他上楼来了？"布朗罗先生问道。

"是的，先生，"仆人答道，"他问家里有没有松饼，我告诉他有，他说他是来喝茶的。"

布朗罗先生微微一笑，转过脸对奥立弗说，格林维格先生是他的一位老朋友，切不可对他举止稍有一点粗鲁耿耿于怀，那位先生其实是个大好人。布朗罗先生这样说是有根据的。

"要不要我下楼去，先生？"奥立弗问。

“不用，”布朗罗先生回答，“我想让你留在这儿。”

这时，一个体格魁伟的老绅士走了进来。他一条腿略有些瘸，拄着一根粗大的手杖，身穿蓝色外套，条纹背心，下面是淡黄色的马裤，打着绑腿，头上戴一顶宽檐的白色礼帽，印有绿色徽章的边沿向上翻，衬衫领绉从背心里伸出来，领子上的褶边十分细密，下面晃荡着一条长长的怀表钢链，表链末端挂的是一把钥匙。白围巾的两头绞成一个球形，和一只桔子差不多大。他扭动面部，脸上做出各种表情，让人根本形容不出来。他说话时老喜欢把头扭到一边，同时两只眼睛打眼角里往外看，不免使看见他的人联想到鹦鹉。他一进来就定在那里，摆出那种姿势，手臂伸得长长的，拿出一小块桔子皮，忿忿不平地吼了起来：

“瞧瞧。看见这个了吗？真是邪门，我每次去拜访一户人家都要在楼梯上发现这么个东西，莫非是那个穷大夫的朋友干的？我已经让桔子皮弄瘸了一回，桔子皮总有一天会要了我的命。会的，先生，桔子皮会叫我送命的，如果不是的话，叫我把自己脑袋吃下去我也心甘情愿，先生。”

格林维格先生最后夸下了这一句海口，他每次提出一种主张，几乎都要用这句话作为后盾。以他的具体情况而言，这一点就更不可思议了，因为即使是为了作出这种论证，承认科学上可能出现的种种进步已经到了一位绅士能够在本人有这种意愿时吃下自己的脑袋的程度，但格林维格先生的头硕大无比，就是世间最自信的人也不敢指望一顿把它吃下去——姑且完全不考虑上面还抹着厚厚的一层发粉。

“我可以把脑袋吃下去，先生。”格林维格先生重复了一句，一边用手杖敲了敲地板，“嗳，这是什么。”他打量着奥立弗，向后退了两步。

“这就是小奥立弗·退斯特，我们前次谈到的就是他。”布朗罗先生说。

奥立弗鞠了一躬。

“但愿你该不是说他就是那个患热症的小男孩吧？”格林维格先生说着又往后退了几步。“慢着，别吭声。停——”格林维格先生继续说道，猝然间，他又有了新发现，不禁得意起来，对热症的满腹疑惧顿时化为乌有。“他就是吃桔子的那个孩子。假如不是这个孩子吃了桔子，又把这一片桔子皮扔在楼梯上的话，老兄，我可以把我的脑袋连同他的一道吃下去。”

“不，不，他没吃过桔子，”布朗罗先生大笑，“行了。摘下帽子，同我的年轻朋友谈一谈。”

“先生，我对这个问题很有感触，”这位容易上火动怒的老绅士一边把手套脱下来，一边说，“我们这条街人行道上老是多多少少有几块桔子皮什么的，我知道，是拐角上那个外科大夫的儿子丢在那儿的。昨晚上有一位年轻妇女就在上面滑了一跤，撞在我家花园的栏杆上。她一爬起来，我看见她一个劲地往他那盏该死的红灯①上瞅，那整个就是马戏团的灯光广告。‘你别到他那儿去，’我打窗户里往外喊，‘他就是凶手，专门坑人。’事实也是如此。假若他不是——”说到这里，暴躁的老绅士又用手杖使劲在地上顿了一下，朋友们向来就明白这个动作的意思，每当词不达意的时候，他就会把这句口头禅搬出来。随后他依旧握着手杖，坐下来，打开一副用黑色的宽带子挂在身上的的眼镜，看了看奥立弗，奥立弗见自己成了审查对象，脸刷地红了，又鞠了一躬。

“他就是那个孩子。是吗？”格林维格先生终于问道。

“是那个孩子。”布朗罗先生回答。

“孩子，你好吗？”格林维格先生说。

“好多了，先生，谢谢你。”奥立弗答道。

布朗罗先生似乎意识到了，这位脾气古怪的朋友就要说出一些不中听的话来，便打发奥立弗下楼去告诉贝德温太太，他们准备用茶点。奥立弗一点也不喜欢客人的风度，便高高兴兴地下楼去了。

“这孩子很漂亮，是不是？”布朗罗先生问道。

“我不知道。”格林维格先生没好气地说。

“不知道？”

“是啊，我不知道。我从来看不出小毛孩子有什么两样的。我只知道有两类孩子。一类是粉脸，一类是肉脸。”

“奥立弗是哪一类的呢？”

“粉脸。我认识一位朋友，他儿子就属于肉脸，他们还管他叫好孩子——圆圆的脑袋，脸蛋红扑扑的，一双眼睛也挺亮，可压根儿就是一个可恶透顶的孩子，身子和手脚四肢像是快把他一身蓝衣裳的线缝都撑破了，嗓

① 当时医生诊所门前设红灯为标记。

门跟领港员差不多,还有一副狼的胃口。我认识他。这个坏蛋。”

“行了,”布朗罗先生说,“小奥立弗·退斯特可不像那样,不至于激起你的火气来啊。”

“是不像那个样子,”格林维格先生回答,“没准还要坏。”

谈到这里,布朗罗先生有点不耐烦地咳嗽起来,这似乎让格林维格先生感到有说不出的欣慰。

“没准还要坏呢。”格林维格先生重复了一遍。“他打哪儿来?姓什么叫什么?是干什么的?他得过热症,那又怎么样?热症不是只有好人才会生,不是吗?坏人有时候也会染上热症,对不对,啊?我认识一个人,他在牙买加因为谋杀主人给绞死了,他就患过六次热症,并没有因此得到宽恕。呸。那是胡说八道。”

当时的情况是,从内心深处说,格林维格先生很想承认奥立弗的仪表举止都非常讨人欢喜,可是,他生来喜欢抬杠,这一次因为拾到那块桔子皮,就更要抬抬杠了。他暗自打定主意,谁也别想对自己发号施令,说什么一个小孩漂亮还是不漂亮,打一开始他就决心跟自己的朋友过过招。布朗罗先生承认,到目前为止没有一个问题他能给出令人满意的答案,他已经把考察奥立弗以往经历的事搁到一边,等到他认为那孩子经受得住的时候再说。这时,格林维格先生冷冷一笑,不无嘲讽地问,管家有没有晚间清点餐具的规矩,因为,只要她在某一个阳光明媚的早晨没发现有一两只银汤匙不翼而飞的话,嗨,他甘愿——云云。

尽管布朗罗先生本人也是一位急性子绅士,可他深知朋友的怪脾气,对这一切他还是带着少有的好兴致照单全收。喝茶的时候,格林维格先生满面春风,对松饼大加赞许。气氛十分融洽。奥立弗也在座,他逐渐感到自己不像刚见到这位凶巴巴的老绅士时那样紧张了。

“你什么时候才能原原本本详详细细听到有关奥立弗·退斯特的生活遭遇的故事呢?”吃过茶点,格林维格先生斜着眼睛盯住奥立弗,重新提起了这件事。

“明天上午,”布朗罗先生回答,“到时候我希望就他一个人在我这儿。明天上午十点钟到我这里来,亲爱的。”

“好的,先生。”奥立弗答道。因为格林维格先生老是盯着自己,目光又是那样冷峻，他有点心神不定，回答起来不免有些犹豫。

“我跟你说句话，”格林维格先生低声对布朗罗先生说道，“明天上午他不会来找你的，我看他还没打定主意，他在骗你呢，我的好朋友。”

“我可以起誓他不会的。”布朗罗先生温和地答道。

“假若不是的话，我甘愿——”格林维格先生的手杖又敲了一下。

“我敢拿我的生命担保，这孩子很诚实。”布朗罗先生说着，敲了敲桌子。

“我敢拿我的脑袋担保他会说谎。”格林维格先生应声说道，也敲了一下桌子。

“走着瞧好了。”布朗罗先生强压住腾起的怒气说道。

“我们会看到的，”格林维格先生带着一种气人的微笑回答，“我们会看到的。”

真好像是命中注定似的，就在这功夫，贝德温太太送进来一小包书，这是布朗罗先生当天早晨从那位已经在这部传记中露过面的书摊掌柜那里买的，她把书放在桌子上，便准备离开房间。

“叫那送书的孩子等一下，贝德温太太。”布朗罗先生说，“有东西要他带回去。”

“先生，他已经走了。”贝德温太太答道。

“把他叫回来，”布朗罗先生说，“这人也真是的，他本身就不富裕，这些书都还没付钱呢。还有几本书也要送回去。”

大门打开了，奥立弗和女仆分两路追了出去，贝德温太太站在台阶上，高声呼唤着送书来的孩子，然而连人影也没见到一个。奥立弗和女仆气喘吁吁地回来了，回报说不知道他跑到哪儿去了。

“啧啧，太遗憾了，”布朗罗先生多有感触，“这些书今天晚上能送回去就好了。”

“叫奥立弗去送，”格林维格先生脸上挂着讽刺的微笑，说道，“你心中有数，他会平安送到的。”

“是啊，先生，如果您同意的话，就让我去吧，”奥立弗请求道，“先生，我一路跑着去。”

布朗罗先生正要开口，说奥立弗在这种情形下无论如何是不宜外出的，格林维格先生发出一声饱含恶意的咳嗽，迫使他决定让奥立弗跑一趟，由他迅速办完这档子事，自己就可以向格林维格先生证明，他的种种猜疑是不公正的——最低限度在这一点上——而且是立刻证明。

“你应该去，我亲爱的，”老绅士说道，“书在我桌子旁边的一把椅子上，去拿下来。”

奥立弗见自己能派上用场，感到很高兴。他胳臂下夹着几本书匆匆走下楼来，帽子拿在手里，听候吩咐。

“你就说，”布朗罗先生目不转睛地盯着格林维格先生，“你是来还这些书的，并且把我欠他的四镑十先令交给他。这是一张五镑的钞票，你得把找的十个先令带回来。”

“要不了十分钟我就回来，先生。”奥立弗急不可待地说，他把那张钞票放进夹克口袋，扣上扣子，小心翼翼地把那几本书夹在胳膊下面，恭恭敬敬鞠了一躬，离开房间。贝德温太太随着他走到大门口，给了他不少嘱咐，最近的路怎么走啦，书摊老板的姓名啦，街道名称啦，奥立弗说他一切都清楚了。老太太又添上了许多训诫，路上要当心，别着凉，这才准许他离去。

“看在他漂亮小脸蛋的分上，可别出事啊。”老太太目送他走到门外。“不管怎么说，我真不放心让他走到我看不见的地方去。”

这时，奥立弗高高兴兴地扭头看了一眼，转过街角之前他点了点头，老太太笑吟吟地还了个礼，便关上大门，回自己房间去了。

“我看，最多二十分钟他就会回来，”布朗罗先生一边说，一边把表掏出来，放在桌子上。“到那个时候，天也快黑了。”

“噢，你真以为他会回来，是不是？”格林维格先生问。

“你不这样看？”布朗罗先生微笑着反问道。

存心闹别扭的劲头在格林维格先生的胸中本来就难以按捺，看到朋友那副满有把握的笑容，他更来劲了。

“是的，”他用拳头捶了一下桌子，说道，“我不这样看，这孩子穿了一身新衣服，胳膊下面夹了一摞值钱的书，兜里又装着一张五镑的钞票。他会去投奔他那班盗贼老朋友的，反过来笑话你。先生，要是那孩子回到这房子里来了，我就把自己脑袋吃下去。”

说罢这番话，他把椅子往桌旁拉了拉。两个朋友一言不发坐在那里，各自怀着心事,表放在他俩之间。

为了举例说明我们对自身作出的判断有多么看重,作出一些极为鲁莽轻率的结论时又是多么自负,有一点很值得注意,那就是,尽管格林维格先生绝对不是心术不正的坏蛋,看着自己尊敬的朋友上当受骗,他会真心诚意地感到难过,但是在这一时刻,他却由衷而强烈地希望奥立弗不要回来。

天色已经很暗,连表上的数字也几乎辨认不出来了。两位老先生依然默不作声地坐在那儿,表放在他俩中间。

第十五章

表一表快活的老犹太和南希小姐是何等宠爱奥立弗·退斯特。

在小红花山最肮脏的地段,有一家下等酒馆,酒馆的店堂十分昏暗,这里冬天从早到晚点着一盏闪闪烁烁的煤气灯,就是在夏天,也没有一丝阳光照进这个阴森幽暗的巢穴。这家酒馆里坐着一个正在独斟独酌的汉子。他穿一身平绒外套,淡褐色马裤,半长统靴带套袜,守着面前的一个白锡小酒壶和一只小玻璃杯,浑身散发出浓烈的酒味。尽管灯光十分昏暗,一个有经验的警探还是会毫不迟疑地认出这就是威廉·赛克斯先生。一只白毛红眼狗伏在他的脚下,时而抬起头来,两只眼睛同时向主人眨巴眨巴,时而又舔舔嘴角上一条新的大口子,那显然是最近一次冲突落下的。

“放老实点,你这狗东西!别出声!”赛克斯先生突然打破了沉默。不知是因为这样专注的思索却被狗的眼光打乱了呢,还是因情绪受到思维的推动,需要冲着一头无辜的畜生踢一脚,以便安神静气,这个问题还有待讨论。不管原因何在,结果是狗同时挨了一脚和一句臭骂。

狗对于主人的打骂一般不会动辄予以报复,可赛克斯先生的狗却跟它的当家人一样生性暴躁,在这一时刻,或许是由于感到受了莫大的侮辱吧,它也没费什么事,一口便咬住了一只半长统靴,使劲摇了摇,便嗷嗷叫着缩回到一条长凳下面,正好躲过了赛克斯先生兜头砸过来的白锡酒壶。

"你还敢咬我,你还敢咬我?"赛克斯说着,一手操起火钳,另一只手从衣袋里掏出一把大折刀,不慌不忙地打开。"过来啊,你这天生的魔鬼。上这边来。你聋了吗?"

狗无疑听见了,因为赛克斯先生说话时用的是极其刺耳的调门中最最刺耳的一个音阶,然而它显然对于脖子上挨一刀抱有一种说不出的厌恶,所以依旧呆在原来的地方,叫得比先前更凶了,与此同时亮出牙齿,咬住火钳的一端,像一头不曾驯化的野兽似的又咬又啃。

这种抵抗使赛克斯先生更加怒不可遏,他双膝跪下,开始对这头畜生发动极其凶猛的进攻。狗从右边跳到左边,又从左边跳到右边,上下扑腾,咆哮着,吠叫着。那汉子一边又戳又捅,一边赌咒发誓。这场较量正进行到对于双方都万分紧急的当儿,门忽然打开了,狗立刻丢下手持火钳和折刀的比尔·赛克斯,夺路逃了出去。

常言说一个巴掌不响,吵架总得双方。赛克斯先生一见狗不肯奉陪,失望之下,立刻把狗在这场争执中的角色交给了刚来的人。

"老鬼,你搀和到我和我的狗中间来干吗?"赛克斯凶神恶煞地说。

"我不知道啊,亲爱的,我一点儿不知道。"费金低声下气地回答——来人原来正是老犹太。

"不知道,做贼心虚!"赛克斯怒吼道,"没听见嚷嚷吗?"

"比尔,一点声音也没有,我又不是死人。"犹太人回答。

"喔,是的。你没听见什么,你没听见,"赛克斯发出一声恶狠狠的冷笑,应声说道,"偷偷摸摸地跑来跑去,就不会有人知道你是怎么出去进来的了。费金啊,半分钟以前,你要是那只狗就好了。"

"为什么?"费金强打起一副笑脸问。

"因为政府虽说记挂你这号人的小命,你胆子连野狗的一半都赶不上,可它才不管人家高兴怎么样杀掉一只狗呢,"赛克斯一边回答,一边意味深长地合上折刀,"就这么回事。"

费金搓搓手,在桌边坐了下来,听了朋友的这一番打趣,他假装乐呵呵地笑了笑。可是，他心里显然正烦着呢。

“一边笑去，”赛克斯说着，把火钳放回原处，带着露骨的蔑视扫了他一眼，“一边笑去。轮不到你来笑话我，除非是喝了夜酒以后。我胜你一头，费金，我他妈会一直这样。听着，我完了你也完了，所以你给我当心点。”

“好，好，我亲爱的，”犹太人说道，“我全懂，我们——我们——彼此都有好处，比尔——彼此都有好处。”

“哼，”赛克斯似乎觉得老犹太得到的好处远比自己多，“得啦，你有什么要说的？”

“保险着呢，都用坩锅熬过了。”费金答道，“你的一份我带来了，比你应得的多了许多，我亲爱的，不过我知道，下次你不会亏待我，再说——”

“少来那一套，”那强盗不耐烦地打断了他的话，“在什么地方？拿来。”

“行，行，比尔，别着急，别着急，”费金像哄孩子似地回答，“这儿呢。分文不少。”说着，他从怀里掏出一块旧的棉手帕，解开角上的一个大结，取出一个棕色小纸包。赛克斯劈手夺过纸包，忙不迭地打开来，一五一十地数着里面的金镑。

“就这些，是吗？”赛克斯问。

“全在这儿了。”费金回答。

“一路上你没有打开这个包，私吞一两个？”赛克斯满怀狐疑地问道，“别装出一副受委屈的样子，这事你干过多次了，拉一下铃。”

说得明白一点，这些话下达了拉铃的命令。铃声唤来了另一个犹太人，比费金年轻一些，但面目一样可憎。

比尔·赛克斯指了指空酒壶，犹太人立刻领会了这一暗示，退出去盛酒去了，退出去之前，他与费金交换了一道异样的眼色，费金抬了抬眼睛，好像正等着对方的眼色似的，摇摇头作了回答，动作幅度极小，即使是一个细心旁观的第三者也几乎察觉不到。赛克斯一点也没发觉，那功夫他正弯腰系上被狗扯开的靴带。假如他注意到了的话，很可能会把两人之间一闪而过的暗号当作一个不祥之兆。

“这儿有人吗，巴尼？”费金问，目光依旧没有从地上抬起来，因为赛克斯已经抬起头来。

“一个人也没有。”巴尼回答，他的话不管是不是发自内心，一概是打鼻子里出来。

“没有一个人?”费金的嗓门里透出惊奇的意思来,也许是打算暗示巴尼,他不妨讲真话。

“除了达基小姐,没别的人。”巴尼答道。

“南希!”赛克斯嚷了起来,“在哪儿呢? 我真服了她了,这姑娘是天才,我要是说瞎话,让我成瞎子。”

“她在柜上点了一碟煮牛肉。”巴尼回答。

“叫她上这儿来,”赛克斯斟上一杯酒,说道,“叫她来。”

巴尼怯生生地看了一眼费金,像是在征得他的许可,见老犹太默默地坐着,眼睛都没抬一下,便退了出去,不多一会又领着南希进来了。这姑娘还戴着软帽,围着围裙,手拿篮子和大门钥匙,全副行头一样不少。

“你找到线索了,是不是,南希?”赛克斯一边问,一边把酒杯递过去。

“是的,找到了,比尔,”南希把杯里的酒一饮而尽,答道,“真把我累得够呛。那毛孩子病了,床都下不了——”

“噢,南希,亲爱的。”费金说着,头抬了起来。

当时,费金那赤红的眉毛怪里怪气地皱了起来,深陷的双眼半睁半闭,他是不是在向藏不住话的南希小姐发出警告,这并不重要。我们需要留意的是以下事实,那就是,她忽然打住,向赛克斯先生抛过去几道妩媚的微笑,话锋一转谈起别的事情来了。过了大约十分钟,费金先生使劲咳嗽了几声,南希见他这副模样,便用围巾裹住肩膀,说她该走了。赛克斯先生想起自己和她有一段同路,表示有意要陪陪她,两人一块儿走了,隔不多远跟着那只狗,主人刚走出视野,狗就打后院溜了出去。

赛克斯离开了酒馆,费金从屋门口探出头去,目送他走上黑沉沉的大路,握紧拳头晃了两晃,嘟嘟哝哝地骂了一句,随后又发出一声令人毛骨悚然的狞笑,重新在桌旁坐下来,不一会儿就被一份《通缉令》的饶有趣味的版面深深地吸引住了。

与此同时,奥立弗·退斯特正走在去书摊的路上,他做梦也没想到自己与那位快活老绅士相隔咫尺。在走进克拉肯韦尔街区时,他稍稍走偏了一点,无意中拐进了一条背街,走了一半才发现错了,他知道这条路方向是对的,心想用不着折回去,所以依旧快步往前赶,那一叠书夹在胳膊下面。

他一边走，一边寻思，只要能看一眼可怜的小狄克，无论要他付出多大代价都行，自己该会感到多么高兴多么满足啊，狄克还在挨打受饿，在这一时刻兴许正在伤伤心心地哭呢。就在这时，一个年轻女子高声尖叫起来，吓了他一大跳。“喔，我亲爱的弟弟！”他还没来得及抬头看清是怎么回事，便有两条胳臂伸过来，紧紧搂住了他的脖子，迫使他停住了脚步。

“哎呀，”奥立弗挣扎着嚷了起来，“放开我。是谁呀？你干吗拦着我？”

搂住他的这位年轻女子手里拎着一只小篮子和一把大门钥匙，用一大串呼天抢地的高声哭喊作了回答。

“呃，我的天啦！”年轻女子叫道，“我可找到他了！呃！奥立弗！奥立弗！你这个顽皮孩子，为了你的缘故，我吃了多少苦头。回家去。亲爱的，走啊。噢，我可找到他了，谢谢仁慈厚道的老天爷，我找到他了！”少妇这么没头没脑地抱怨了一通，接着又一次放声大哭，歇斯底里发作得怪吓人的，这时有两个走到近旁的女人不由得问一个头发用板油擦得亮光光的肉铺伙计，他是不是该跑一趟，把大夫请来。肉铺伙计——他本来就在旁边看，那个样子即便不说是懒惰，也属于游手好闲——回答说，他认为没有必要。

“噢，不用，不用，不要紧，”少妇说着，紧紧抓住奥立弗的手。“我现在好多了。给我回家去，你这个没良心的孩子！走啊！”

“太太，什么事？”一个女人问道。

“喔，太太，”年轻女子回答，“差不多一个月以前，他从爸妈那儿出走了，他们可是干活卖力，受人尊敬的人。他跑去跟一伙小偷坏蛋混在一起，妈的心差一点就碎了。”

“小坏蛋！”一个女人说道。

“回家去，走啊，你这个小畜生。”另一个说。

“我不，”奥立弗吓坏了，回答说，“我不认识她。我没有姐姐，也没有爸爸妈妈。我是一个孤儿，住在本顿维尔。”

“你们听听，他还嘴硬！”少妇嚷嚷着。

“呀，南希！”奥立弗叫了起来，他这才第一次看清了她的脸，不由得惊愕地往后退去。

“你们瞧，他认出我来了！”南希向周围的人高声呼吁，“他自己也糊弄不过去了，哪位好人，劳驾送他回家去吧，不然的话，他真要把他爹妈活活气死,我的心也要给他碾碎了。”

“这他妈什么事啊?”一个男人从一家啤酒店里奔了出来,身后紧跟着一只白狗。“小奥立弗! 回到你那可怜的母亲那儿去,小狗崽子! 照直回家去。”

“我不是他们家的。我不认识他们。救命啊! 救命啊!”奥立弗喊叫着,在那个男人强有力的怀抱里拼命挣扎。

“救命!”那男人也这么说,“没错,我会救你的,你这个小坏蛋。这是些什么书啊? 是你偷来的吧,是不是? 把书拿过来。”说着,他夺过奥立弗手里的书,使劲敲他的脑袋。

“打得好!”一个看热闹的人从一扇顶楼窗户里嚷嚷着,“非得这样才能叫他知道点厉害。”

“没错!”一个睡眼惺忪的木匠喊道,冲着顶楼窗口投过去一道赞许的眼色。

“这对他有好处!”两个女人齐声说。

“而且他也是自找的!”那个男人应声说道,又给了奥立弗一下,一把揪住他的衣领。“走啊,你这个小坏蛋! 嘿,牛眼儿,过来! 看见没有,小子,看见了没有!”

一个苦命的孩子,大病初愈身体虚弱,这一连串突如其来的打击搞得他晕头转向,那只狂吠的恶犬是那样可怕,那个男人又是那样凶横,再加上围观者已经认定他确实就是大家描述的那么一个小坏蛋了,他能有什么办法! 夜幕已经降临,这儿又不是一个讲理的地方,孑然一身,反抗也是徒劳的。紧接着,他被拖进了由无数阴暗窄小的胡同组成的迷宫,被迫跟着他们一块儿走了,速度之快,使他大着胆子发出的几声呼喊变得完全叫人听不清。的确,听得清听不清都无关紧要,就算是很清楚明白,也不会有人放在心上。

*　　*　　*　　*

煤气街灯已经点亮。贝德温太太焦急不安地守候在敞开的门口,仆人已经二十来次跑到街上去寻找奥立弗。客厅里没有点灯,两位老绅士依然正襟危坐,面对放在他俩之间的那块怀表。

第十六章

奥立弗·退斯特被南希领走之后的情况。

在一片宽敞的空地,狭小的胡同、院落总算到了尽头,四下里立着一些关牲口的栏杆,表明这里是一处牛马市场。走到这里,赛克斯放慢了脚步,一路上快行急走,南希姑娘再也支持不住了。赛克斯朝奥立弗转过身来,厉声命令他拉住南希的手。

"听见没有?"赛克斯见奥立弗缩手缩脚,直往后看,便咆哮起来。

他们呆的地方是一个黑洞洞的角落,周围没有一点行人的踪迹。抵抗是完全没有作用的,奥立弗看得再清楚不过了。他伸出一只手,立刻被南希牢牢抓住。

"把另一只手伸给我,"赛克斯说着,抓住奥立弗空着的那只手,"过来,牛眼儿。"

那只狗扬起头,狺狺叫了两声。

"瞧这儿,宝贝儿。"赛克斯用另一只手指着奥立弗的喉咙,说道,"哪怕他轻声说出一个字,就咬他。明白吗?"

狗又叫了起来,舔了舔嘴唇,两眼盯着奥立弗,似乎恨不得当下就咬住他的气管。

"它真是跟基督徒一样听话呢,它如果都不是,就让我成瞎子。"赛克斯带着一种狞恶残忍的赞许,打量着那头畜生。"喂,先生,这下你知道你会得到一个什么结果了,你高兴怎么喊就怎么喊吧,狗一眨眼就会叫你这套把戏完蛋的。小家伙,跟上。"

牛眼儿摇了摇尾巴,对这一番亲热得异乎寻常的夸奖表示感谢,它又狺狺吠叫了一通，算是对奥立弗的忠告，便领路朝前走去。

他们穿过的这片空地就是伦敦肉市场史密斯菲德，不过也有可能是格罗夫纳广场，反正奥立弗也不知道。夜色一片漆黑，大雾弥漫。店铺里的灯光几乎穿不过越来越厚浊的雾气，街道、房屋全都给包裹在朦胧混浊之中，这个陌生的地方在奥立弗眼里变得更加神秘莫测，他忐忑不安的心情也越来越低沉沮丧。

他们刚匆匆走了几步，一阵深沉的教堂钟声开始报时，伴随着第一声钟响，两个领路人不约而同停了下来，朝钟声的方向转过头去。

"八点了，比尔。"钟声停了，南希说道。

"用不着你说，我听得见。"赛克斯回答。

"不知道**他们**是不是听得见。"

"那还用说，"赛克斯答道，"我进去的时候正是巴多罗买节①，没有什么听不见的，连集上最不值钱的小喇叭哔哔吧吧响我都能听见。晚上，把我锁起来以后，外面吵啊，闹啊，搞得那个老得不能再老的监狱愈发死寂，我差一点没拿自己的脑袋去撞门上的铁签子。"

"可怜的人啊。"南希说话时依然面朝着传来钟声的方向。"比尔，那么些漂亮小伙子。"

"没错，你们女人家就只想这些，"赛克斯答道，"漂亮小伙子。唔，就当他们是死人好了，所以也好不到哪儿去。"

赛克斯先生似乎想用这一番宽慰话来压住心中腾起的妒火，他把奥立弗的手腕抓得更紧了，吩咐他继续往前走。

"等一等！"南希姑娘说，"就算下次敲八点的时候，出来上绞刑台的是你，比尔，我也不赶着走开了。我就在这地方兜圈子，一直到我倒下去为止，哪怕地上积了雪，而我身上连一条围脖儿也没有。"

"那可怎么好呢？"赛克斯先生冷冰冰地说，"除非你能弄来一把锉刀，外带二十码结实的绳子，那你走五十英里也好，一步不走也好，我都无所谓。走吧，别站在那儿做祷告了。"

姑娘扑哧一声笑了起来，裹紧围巾，他们便上路了。然而，奥立弗感觉

---

① 巴多罗买为基督十二使徒之一，该节系指每年八月二十四日的市集日。

到她的手在发抖,走过一盏煤气街灯的时候,他抬起眼睛,看见她脸色一片惨白。

他们沿着肮脏的背街小路走了足足半个小时,几乎没碰见什么人,一看遇上的几个人的穿着举止就猜得出,他们在社会上的身份跟赛克斯先生一样。最后,他们拐进一条非常污秽的小街,这里几乎满街都是卖旧服装的铺子。狗好像意识到自己再也用不着担任警戒了,一个劲往前奔,一直跑到一家铺子门前才停下。铺门紧闭,里面显然没有住人。这所房子破败不堪,门上钉着一块招租的木牌,看上去像是已经挂了好多年。

“到了。”赛克斯叫道,一边审慎地扫了四周一眼。

南希钻到窗板下面,奥立弗随即听到一阵铃声。他们走到街对面,在一盏路灯下站了片刻。一个声音传过来,好像是一扇上下开关的窗框轻轻升起来的声音,房门无声无息地开了。赛克斯先生毫不客气地揪住吓得魂不附体的奥立弗的衣领,三个人快步走了进去。

过道里一片漆黑。他们停住脚步,等领他们进屋的那个人把大门关紧闩牢。

“有没有人?”赛克斯问。

“没有。”一个声音答道,奥立弗觉得这声音以前听到过。

“老家伙在不在?”这强盗问。

“在,”那个声音回答,“唉声叹气个没完。他哪儿会高兴见到你呢?呃,不会的。”

这番答话的调门,还有那副嗓音,奥立弗听上去都有些耳熟,可黑暗中他连说话人的轮廓都分辨不出来。

“给个亮吧,”赛克斯说道,“要不我们会摔断脖子,或者踹到狗身上。你们要是踹到狗了,可得留神自己的腿。去吧。”

“你们等一会儿,我去给你们取。”那声音回答,接着便听见说话人离去的脚步声。过了一分钟,约翰·达金斯先生,也就是逮不着的机灵鬼的身影出现了,他右手擎着一根开裂的的木棍,木棍末端插着一支蜡烛。

这位小绅士只是滑稽地冲着他咧嘴一笑,算是招呼了,便转过身,嘱咐来客跟着自己走下楼梯。他们穿过一间空荡荡的厨房,来到一个满是泥土味的房间跟前,这间屋子像是建在房后小院里的。门开了,一阵喧闹的笑声迎面扑来。

“哦,笑死我了,笑死我了。”查理·贝兹少爷嚷着说,原来笑声是从他的肺里发出来的。“他在这儿哩。哦,哭啊,他在这儿。呃,费金,你瞧他,费金,你好好看看。笑死我了,这游戏多好玩,笑死我了。拉我一把,那谁,干脆让我笑个够。”

这股子高兴劲儿来势迅猛,贝兹少爷一下子倒在地上,乐不可支地又蹬又踢,折腾了五分钟。接着他跳起来,从机灵鬼手中夺过那根破木棍,走上前去,绕着奥立弗看了又看。这功夫老犹太摘下睡帽,对着手足无措的奥立弗连连打躬,身子弯得低低的。机灵鬼性情一向相当阴沉,很少跟着起哄,如果这种找乐对事情有妨碍的话,他这时毫不含糊地把奥立弗的衣袋搜刮了一遍。

“瞧他这身打扮,费金。”查理说道,把灯移近奥立弗的新外套,险些儿把它烧着了。“瞧这一身。头等的料子,裁得也呱呱叫。喔,我的天,太棒啦。还有书呢,没的说,整个是一绅士,费金。”

“看到你这样光鲜真叫人高兴,我亲爱的,”老犹太佯装谦恭地点了点头,“机灵鬼会另外给你一套衣裳,我亲爱的,省得你把礼拜天穿的弄脏了。你要来干吗不写信跟我们说一声,亲爱的?我们也好弄点什么热乎的当晚饭啊。”

一听这话,贝兹少爷又大笑起来,他笑得那样响,费金心里一下子轻松了,连机灵鬼也微微一笑。不过,既然这当儿机灵鬼已经把那张五镑的钞票搜了出来,引起他兴致来的是费金的俏皮话还是他自己的这一发现,可就难说了。

“喂。那是什么?”老犹太刚一把夺过那张钞票,赛克斯便上前问道,“那是我的,费金。”

“不,不,我亲爱的,”老犹太说,“是我的,比尔,我的,那些书归你。”

“不是我的才怪呢。”比尔·赛克斯说道,一边神色果断地戴上帽子。“我跟南希两人的,告诉你,我会把这孩子送回去的。”

老犹太吓了一跳,奥立弗也吓了一跳,然而却是出自完全不同的原因,因为他还以为只要把自己送回去,争吵就真的结束了。

“喂。交出来,你交不交?”赛克斯说。

“这不公平，比尔，太不公平了，是吗，南希？”老犹太提出。

“什么公平不公平，”赛克斯反驳道，“拿过来，我告诉你。你以为我和南希赔上我们的宝贵时间，除了当当探子，把从你手心里溜掉的小孩子抓回来，就没有别的事干了？你给我拿过来，你这个老不死的，就剩一把骨头了，还那么贪心，你给我拿过来。”

随着这一番温和的规劝，赛克斯先生把钞票从老犹太指头缝里抢过去，冷冷地劈面看了一眼老头儿，把钞票折小，扎在围巾里。

“这是我们应得的酬劳，”赛克斯说，“连一半儿都不够呢。你要是喜欢看书，把书留下好了，如果不喜欢，卖掉也行。”

“书还真不赖呢，”查理·贝兹做出各种鬼脸，装出正在读其中一本书的样子。“写得真不错，奥立弗，你说呢？”一见奥立弗垂头丧气，眼睛盯着这些折磨他的人，生来就富有幽默感的贝兹少爷又一次发出狂笑，比一开始还要来得猛。

“书是那位老先生的，”奥立弗绞着双手说道，“就是那位慈祥的好心老先生，我得了热症，差点死了，他把我带到他家里，照看我，求求你们，把书送回去，把书和钱都还给他，你们要我一辈子留在这儿都行，可是求求你们把东西送回去。他会以为是我偷走了，还有那位老太太——他们对我那样好，也会以为是我偷的，啊，可怜可怜我，把书和钱送回去吧。”

奥立弗痛不欲生，说完这番话，随即跪倒在费金的脚边，双手合在一起拼命哀求。

“这孩子有点道理。”费金偷偷地扭头看了一眼，两道浓眉紧紧地拧成了一个结，说道。“你是对的，奥立弗，有道理，他们会认为是你偷走了这些东西。哈哈！”老犹太搓了搓手，嘻嘻直笑。“就算让我们来挑选时机，也不可能这么巧。”

“当然不可能喽，”赛克斯回答，“我一眼看见他打克拉肯韦尔走过来，胳臂下夹着些书，我心里就有底了，真是再好不过了。他们都是些菩萨心肠，只会唱赞美诗，要不压根儿就不会收留他。他们往后一个字也不会提到他了，省得还要去报案，弄不好会把他给关起来。他现在没事了。”

在这些话由他们口中说出来的功夫，奥立弗时而看看这个，时而又望望那个，仿佛坠入了云里雾里，对发生的事全都茫然不解似的。赛克斯刚一住嘴,他却猛然跳起来,一边不顾一切地冲出门去,一边尖声呼喊救命,这所空空如也的旧房子顿时连屋顶都轰鸣起来。

"比尔,把狗唤住。"费金和他的两个弟子追了出来,南希高声叫着跑到门边,把门关上了。"把狗唤回来,它会把那孩子撕成碎片的。"

"活该。"赛克斯吆喝着,奋力想挣脱姑娘的手。"靠边站着吧你,要不我可要把你脑袋在墙上撞个粉碎。"

"我不在乎,比尔,我不在乎,"南希姑娘口里高声喊叫着,不顾一切地跟那家伙扭打起来。"我决不让孩子被狗咬死,除非你先杀了我。"

"咬死他。"赛克斯牙齿咬得格格直响。"你再不放手,我可真要那么干了。"

这强盗一把将姑娘甩到房间对面,就在这时,老犹太同两个徒弟架着奥立弗回来了。

"这儿怎么啦?"费金环顾了一下四周,说道。

"小娘们发疯了,恐怕是。"赛克斯恶狠狠地回答。

"不,小娘们没疯。"这场混战弄得南希脸如死灰,上气不接下气。"她才没发疯呢,费金,别当回事。"

"那就安静点吧,好不好?"老犹太杀气腾腾地说。

"不,我偏不!"南希高声回答,"喂。你们打算如何?"

像南希这类身份特殊的女子有些什么派头、习惯,费金先生是心中有数的。有一点他很清楚,目前再与她理论下去是要冒险的。为了岔开大家伙的注意力,他朝奥立弗转过身去。

"这么说,你还想跑哦,我亲爱的,是不是?"老犹太说着,把壁炉角上放着的一根满是节瘤、凹凸不平的棍子拿在手里。"呃?"

奥立弗没有答话,他呼吸急促,注视着老犹太的一举一动。

"你想找人帮忙,把警察招来,对不对?"费金冷笑一声,抓住奥立弗的肩膀。"我的小少爷,我们会把你这毛病治好的。"

费金抡起棍子,狠狠地照着奥立弗肩上就是一棍。他扬起棍子正要来第二下,南希姑娘扑了上去,从他手中夺过木棍,用力扔进火里,溅出好些通红的煤块,在屋里直打转。

"我不会袖手旁观的,费金,"南希喝道,"你已经把孩子搞到手了,还要怎么着？——放开他——你放开他，不然，我就把那个戳也给你们盖儿下，提前送我上绞架算了。”

姑娘使劲地跺着地板，发出这一番恫吓。她抿着嘴唇，双手紧握，依次打量着老犹太和那个强盗，脸上没有一丝血色，这是由于激怒造成的。

“嗳，南希啊，”过了一会儿，费金跟赛克斯先生不知所措地相互看了一眼，口气和缓地说道，“你——你可从来没像今儿晚上这么懂事呢，哈哈。我亲爱的，戏演得真漂亮。”

“是又怎么样。”南希说道，“当心，别让我演过火了。真要是演过火了，费金，你倒霉可就大了，所以我告诉你，趁早别来惹我。”

一个女人发起火来——特别是她又在所有其他的激情之中加上了不顾一切的冲动的话——身上的确便产生了某种东西，男人很少有愿意去招惹的。老犹太发现，再要假装误解南希小姐发怒这一现实的话，事情将变得无可挽回。他不由得后退几步，半带恳求半带怯懦地看了赛克斯一眼，似乎想表示他才是继续这场谈话最合适的人。

面对这一番无声的召唤，也可能是因为感觉到能不能马上让南希小姐恢复理智关系到他本人的荣誉和影响吧，赛克斯发出了大约四十来种咒骂、恐吓，这些东西来得之快表明他很有发明创造方面的才能。然而，这一套并没有在攻击目标身上产生明显的效果，他只得依靠更为实际一些的证据了。

“你这是什么意思？”赛克斯问这句话的时候使用了一句极为常用的诅咒，涉及了人类五官中最美妙的一处①，凡间发出的每五万次这种诅咒中只要有一次被上苍听到，便会使双目失明变得跟麻疹一样平常。“你什么意思？活见鬼。你知道你是谁，是个什么东西？”

“喔，知道，我全知道。”姑娘歇斯底里地放声大笑，头摇来摇去，那副冷漠的样子装得很勉强。

“那好，你就安静点儿吧，”赛克斯用平常唤狗的腔调大吼大叫，“要不我会让你安静一时半会儿的。”

姑娘又笑了起来，甚至比先前更不冷静了，她匆匆看了赛克斯一眼，头又转到一边，鲜血从紧咬着的嘴唇淌下来。

---

① 赛克斯诅咒时常提到眼睛。

“你有种，”赛克斯看着她说，一副轻蔑的样子，“你也想学菩萨心肠，做上等人了。你管他叫小孩，他倒是个漂亮角色，你就跟他交个朋友吧。”

“全能的上帝，保佑我吧，我会的。”姑娘冲动地喊叫着，“早知道要我出手把他弄到这儿来，我宁可在街上给人打死，或者跟咱们今晚路过的那个地方的人换换位子。从今天晚上起他就是一个贼，一个骗子，一个魔鬼了，就有那么坏。那个老浑蛋，还非得揍他一顿才满足吗？”

“嗨，嗨，赛克斯，”费金用规劝的嗓门提醒道，指了指站在一旁的几个少年，他们瞪大眼睛看着发生的一切，“大伙说话客气点儿，客气点儿，比尔。”

“客气点儿！”南希高声叫道。她满面怒容，看着让人害怕。“客气点儿，你这个坏蛋！不错，这些话就该我对你说。我还是个小孩的时候，年龄还没他一半大，我就替你偷东西了。”她指了指奥立弗。“我干这种买卖，这种行当已经十二年了。你不知道吗？说啊。你知不知道？”

“得，得，”费金一心要息事宁人，“就算那样，你也是为了混口饭吃。”

“哼，混口饭吃。”姑娘答道，她不是在说话，而是用一连串厉声喊叫把这些话语倾泻出来。“我混口饭吃，又冷又湿的肮脏街道成了我的家，很久以前，就是你这个恶棍把我赶到街上，要我呆在那儿，不管白天晚上，晚上白天，一直到我死。”

“你要是再多嘴的话，我可要跟你翻脸了。”老犹太被这一番辱骂激怒了，打断了她的话。“我翻起脸来更不认人。”

姑娘没再多说，她怒不可遏地撕扯着自己的头发和衣裳，朝老犹太撞了过去，要不是赛克斯眼明手快，一把抓住她的手腕，说不定已经在他身上留下复仇的印记了。她软弱无力地挣扎了几下便昏了过去。

“她眼下没事了，”赛克斯说着把她放倒在角落里，“她这么发作起来，胳膊劲大着呢。”

费金抹了抹额头，微微一笑，仿佛对这场风波告一段落感到欣慰。然而无论是他、赛克斯、那只狗，还是那几个孩子，似乎都认为这不过是一桩司空见惯的小事而已。

“跟娘们儿打交道真是倒霉透了，”费金把棍子放回原处，说道，“可她们都挺机灵，干我们这一行又离不开她们。查理，带奥立弗睡觉去。”

“费金,他明天恐怕还是不要穿这一身漂亮衣服,是吗?”查理·贝兹问。

“当然不穿喽。”老犹太亮出和查理提问时相同的那种龇牙咧嘴的笑容,回答道。

贝兹少爷显然很乐意接受这一任务。他拿起那根破棍子,领着奥立弗来到隔壁厨房,里面放着两三个铺位,奥立弗以前就是在这里睡觉。查理情不自禁一连打了好多个哈哈,才把奥立弗在布朗罗先生家里千恩万谢丢掉的那一套破衣服拿了出来,买走这套衣服的那个犹太人碰巧拿给费金看过,费金这才得到了关于他的行踪的第一条线索。

“把这套漂亮衣服脱下来,”查理说道,“我去交给费金保管。真有趣。”

苦命的奥立弗很不情愿地照办了,贝兹少爷把新衣裳卷起来夹在胳膊下面,随手锁上房门,离去了,把奥立弗一个人丢在黑暗之中。

隔壁传来查理喧闹的笑声以及蓓特小姐的声音。她来得正巧,她的好朋友正需要浇点凉水,做一些男士不宜的事情,促使她苏醒过来。随便换一个比奥立弗所处的地方舒适一些的环境,查理的笑声、蓓特的话声也会使许多人睡不着的,然而他心力交困,不多一会儿就呼呼地睡着了。

第十七章

奥立弗继续倒运,引得一位前来伦敦的显要人物败坏他的名声。

在一切优秀的凶杀剧目中,总是交替出现悲哀的和滑稽的场面,就跟一段段肥瘦相间、熏制得法的五花肉一样,这已经成为舞台上的一种惯例了。男主人公为镣铐与不幸所累,栽倒在柴草褥子上。接下来的一场,他那位不开窍的忠实随从却用一首滑稽小调来逗观众开心。我们揣着一颗怦怦跳动的心，看到女主人公落入一位傲慢粗鲁的男爵的怀抱，她的贞操和性命都岌岌可危。她拔出匕首，准备以牺牲性命的代价来保全贞操。正当我们的暇想被吊到最高限度的当儿，只听一声号角，我们又径直被转移到城堡的大厅里，在那个地方，一个白发总管正领唱一支滑稽可笑的歌曲，参与合唱的是一群更加滑稽可笑的家奴，他们从各种各样的地方跑出来，从教堂的拱顶到宫殿城阙，正结伴遨游四方，永无休止地欢唱。

这样的变化显得有些荒诞，然而它们并不像粗看上去那样不近情理。实际生活中，从摆满珍肴美馔的餐桌到临终时的灵床，从吊丧的孝服到节日的盛装，这种变迁的惊人之处也毫不逊色，只不过我们就是其中匆匆来去的演员，而不是袖手旁观的看客罢了，这一点是有着天壤之别的。以在剧院里模拟做戏为生的演员对于感情或知觉的剧烈转换与骤然刺激已经麻木，可这些一旦展现在观众的眼前就被贬为荒谬绝伦、颠三倒四了。

鉴于场景的急转直下，时间、地点的迅速变换，长期以来不仅在书本中沿用，有许多人还认为这属于大手笔——这一类评论家衡量作者的高下，主要是依据他在每章末尾处将人物置于怎样的困境之中——读者也许认为这一段简短的导言是不必要的。如果是这样，就请把这段话当作是本书作者的一个微妙的暗示吧，作者要照直回到奥立弗·退斯特诞生的那座小城去了，读者都应当考虑到，这一趟远行是有充分而紧迫的理由的，否则无论如何也不会邀请他们作这样一次远行。

这天一大早，邦布尔先生就走出了济贫院大门口。他一副气宇不凡的派头，步履生风地走上大街。他神采飞扬，充满教区干事的自豪感：三角帽和大衣在朝阳下闪着耀眼的光芒，他紧握手杖，精神饱满，浑身是劲。邦布尔先生的头向来就抬得很高，今天早上比平时抬得还要高。他目光有些出神，表情愉悦，这副神气兴许已经向细心的陌生人发出了警告，这位干事心目中匆匆来去的念头真有说不出的伟大。

他径自朝前走去，几位小店掌柜什么的恭恭敬敬和他搭话，向他敬礼，但他顾不得停下来说两句，只是扬扬手算是回礼。他始终保持着这副高贵的步态，直到他走进麦恩太太的寄养所。这位太太本着教区特有的爱心，负责在寄养所里照看那班贫儿。

"该死的差人。"麦恩太太一听那熟悉的摇撼花园门的声音就烦。"老大清早,不是他才怪。啊,邦布尔先生,我就知道是你。嗨。天啦,真是太高兴了,是啊。先生,请到客厅里面来。"

开头的一句是对苏珊说的,后面的一番愉快的寒暄才是说给邦布尔先生听的。那位贤慧的太太打开园门,十分殷勤而又礼貌周全地领着他走进屋子。

"麦恩太太,"他没有像一般不懂礼数的粗人那样一屁股坐下来,或者说不自觉地让身体掉进座位里,而是缓缓地、慢慢地在一把椅子上坐下来。"麦恩太太,夫人,早安。"

"哟,也问你早,先生,"麦恩太太回答时满脸堆笑。"想来这一阵你身体不错,先生。"

"马马虎虎,麦恩太太,"干事回答,"教区的生活可不是满园玫瑰花,麦恩太太。"

"啊,的确不是,邦布尔先生。"麦恩太太答道。要是寄养所的全体儿童也都听见了,肯定会彬彬有礼地齐声唱出这句答话的。

"在教区做事,夫人,"邦布尔先生用手杖敲着桌子继续说,"就得操心,生烦恼,还得勇敢。所有的公众人物,我可以说,绝对躲不开对簿公堂。"

麦恩太太没有完全听懂教区干事说的话,但还是带着同情的神色抬起双手,叹了一口气。

"啊,麦恩太太,确实可叹啊。"干事说道。

麦恩太太见自己做对了,便又叹了一口气,显然存心讨好这位公众人物,而他正神色庄重地望着三角帽,竭力掩饰脸上得意的微笑,说道:

"麦恩太太,我要去一趟伦敦。"

"呃,邦布尔先生。"麦恩太太大叫一声,往后退去。

"去伦敦,夫人,"倔头倔脑的干事继续说道,"坐公共马车去,我,还有两个穷小子,麦恩太太。有一桩关于居住权的案子,就要开庭审理了,理事会指定我——我,麦恩太太——去每年开庭四次的克拉肯韦尔季审法庭证明这件事。我真怀疑,"邦布尔先生挺了挺胸,补充说,"在跟我说清楚之前,克拉肯韦尔法庭是不是能看出他们自个儿搞错了。"

"噢。你可不能叫他们下不来台,先生。"麦恩太太好言相劝。

"那是克拉肯韦尔季审法庭自找的,太太,"邦布尔先生回答,"要是克拉肯韦尔法庭发现结果比他们预想的差了许多，那也只能怪克拉肯韦尔法庭自己。"

邦布尔先生阴沉着脸，侃侃而谈，处处流露出他决心已定，志在必得的意思，麦恩太太似乎完全让他的话折服了。到末了，她说：

"你们乘班车去吗，先生？我还以为向来都是用大车来送那帮穷鬼的呢。"

"麦恩太太，那是在他们生病的时候啊，"干事说道，"在多雨的季节，我们把有病的穷小子安顿在敞车里，免得他们着凉。"

"哦。"麦恩太太恍然大悟。

"返回伦敦的班车答应捎上他们俩，车票也不贵，"邦布尔先生说，"两个人都快完了，我们发现，让他们挪个地方比起埋他们来要便宜两英镑——就是说，假如我们能把他们扔到另外一个教区去的话，这一点应该能办到，只要他们别死在路上跟我们作对就行，哈哈哈！"

邦布尔先生刚笑了一会儿，目光又一次与三角帽相遇，复又变得庄重起来。

"我们把正事给忘了，夫人，这是你本月的教区薪俸。"

邦布尔先生从皮夹子里掏出用纸卷着的一叠银币，要麦恩太太写了张收据。

"这上头沾了些墨渍，先生，"寄养所所长说，"不过我敢说，写得还算正规。先生，谢谢你了，邦布尔先生。真不知道怎么感谢你才好，真的。"

邦布尔先生和气地点点头，答谢麦恩太太的屈膝礼，接着便问起孩子们的情况。

"老天保佑那些个可爱的小心肝。"麦恩太太感慨万端。"他们好得不能再好了，这些宝贝。当然啰，除去上礼拜死掉的两个，还有小狄克。"

"那孩子一点没见好？"

麦恩太太摇了摇头。

"那是个心术不正、品行不端的小叫化子，往后也好不了，"邦布尔先生气冲冲地说，"他在哪儿呢？"

"先生，我这就带他来见你，"麦恩太太回答，"狄克，上这儿来。"

唤了好一阵子，她才找到狄克。他给放到唧筒下面洗了洗脸，在麦恩太太的睡衣上擦干了,才给领来拜见教区干事邦布尔先生。

这孩子脸色苍白而瘦削,两颊凹陷,一对明亮的眼睛睁得大大的,千方百计节省布料的教区衣服,他的贫儿制服,挂在他那软弱无力的身上仍显得十分宽松,幼小的四肢却已经像老年人的一样萎缩了。

在邦布尔先生的逼视下站着索索发抖的就是这么一个小东西,他不敢把目光从地板上抬起来,甚至听到干事的声音就害怕。

“你就不能抬头看这位绅士一眼,你这个犟孩子?”

狄克温顺地抬起双眼,他的目光跟邦布尔先生相遇了。

“你这是怎么啦,教区收养的狄克?”邦布尔先生不失时机,用滑稽的口吻问道。

“没什么,先生。”孩子有气无力地回答。

“我想也没什么,”麦恩太太少不得要对邦布尔先生的幽默大笑一阵。“不用说,你什么也不需要。”

“我想——”孩子结结巴巴地说道。

“哎哟。”麦恩太太打断了他的话。“你现在准要说,你真的需要某一样东西了吧?哼,这个小坏蛋——”

“等等,麦恩太太,等等。”干事端起权威人士的架子,扬起了一只手,说道。“老弟,想什么,嗯?”

“我想,”孩子吞吞吐吐地说,“要是有谁会写字的话,替我在一张纸上写几句话,再把它折好,密封起来,等我埋到地底下以后替我保存着。”

“嗳,这孩子什么意思?”邦布尔先生大声说,狄克那一本正经的样子,苍白的面容给他留下了某种印象,尽管对这样的事他早已屡见不鲜。“老弟,你说什么来着?”

“我想,”孩子说道,“把我的爱心留给可怜的奥立弗·退斯特,让他知道,一想到他在黑咕隆咚的晚上还得到处流浪,没人帮他,我多少次一个人坐下来,哭啊哭啊。我想告诉他,”孩子将两只小手紧紧地合在一起,怀着炽热的感情说,“我很高兴,我还没长大的时候就死了。我要是长成了大人,变老了,我在天堂里的小妹妹说不定会把我给忘了,或者一点都不像我了。要是我们俩都是小孩子,呆在那儿要快活得多。”

邦布尔先生惊讶得无法形容,他把这个说话的小不点从头到脚打量了一番,然后转向自己的老朋友。“这帮小鬼全是一个样,麦恩太太,那个奥立弗真是无法无天,把他们全都教坏了。”

“先生,我才不相信这些话呢。”麦恩太太说着,抬起双手,恶狠狠地望着狄克。“我从来没见过这样可恶的小坏蛋。”

“把他带走吧,夫人。”邦布尔先生傲慢地说,“这事必须呈报理事会,麦恩太太。”

“我希望先生们能谅解,这不是我的错,你说呢?”麦恩太太悲愤地啜泣着说道。

“他们会谅解的,夫人,会把事实真相搞清楚的,”邦布尔先生说,“得啦,把他带走吧,看见他我就讨厌。”

狄克立刻被带出去,锁进了煤窖,随即邦布尔先生也起身告辞,打点行装去了。

第二天早晨六点钟,邦布尔先生登上公共马车的顶座,他的三角帽换成了一顶圆礼帽,身上裹了一件带披肩的蓝色大衣,带着那两个居住权尚有争议的犯人顺顺当当地到了伦敦。一路上别的倒是没什么,只是那两小子的恶习有些复萌,他俩一直哆哆嗦嗦地抱怨天冷,用邦布尔先生的说法,他俩叫得他牙齿咔哒咔哒直打架,弄得他浑身不舒坦,尽管他还穿了一件大衣。

邦布尔先生安排好两个坏蛋的住宿,独自来到停班车的那所房子,吃了一顿便饭,吃的是牡蛎油牛排和黑啤酒。他将一杯滚烫的掺水杜松子酒放在壁炉架上,把椅子扯到炉边坐了下来。他痛感世风日下,人心不足,一时间感慨万千。之后,他静了静心,读起一份报纸来。

邦布尔先生的目光停留在开头的一段,那是一则启事。

赏格五畿尼

今有一男童,名奥立弗·退斯特,上礼拜四黄昏时分从本顿维尔家中失踪,一说被人诱拐出走,迄今杳无音讯。凡能告知其下落,以资寻回上述奥立弗·退斯特者可获酬金五畿尼,凡透露其昔日经历之一二者亦同。启者于此甚为关切,诸多缘由,恕不详述。

接下来是对奥立弗的穿着、身材、外貌以及如何失踪的一段详尽的描述，最后是布朗罗先生的姓名和地址。

邦布尔先生睁大眼睛，字斟句酌地把告示翻来覆去读了几遍。约莫过了五分钟多一点儿，他已经走在去本顿维尔的路上了。冲动之下，他丢下了那一杯热腾腾的掺水杜松子酒，连尝也没尝一口。

“布朗罗先生在家吗？”邦布尔先生向开门的女仆问道。

对于这句问话，女仆的回答不仅稀奇，更有些闪烁其词：“我不知道，您从哪儿来？”

邦布尔先生刚一报出奥立弗的名字，以此说明来意，一直在客厅门口侧耳聆听着的贝德温太太立刻屏住呼吸，快步来到走廊里。

“进来吧——进来吧，”老太太说道，“我知道会打听到的，苦命的孩子。我知道会打听到的，我压根儿就不怀疑。愿主保佑他。我一直就这么说。”

说罢，这位可敬的老太太又匆匆忙忙地回到客厅，一个人坐在沙发上痛哭起来。女仆没有这样容易动感情，她早已跑上楼去，这功夫，她下来传话说，请邦布尔先生立刻随她上楼，邦布尔欣然从命。

他走进里间的小书斋，里面坐着的是布朗罗先生和他的朋友格林维格先生，两人面前放着几只磨口圆酒瓶和玻璃杯。一看见邦布尔，后一位绅士立刻哇哇大叫起来：

“一个干事。准是个教区跑腿的，我要是说错了就把脑袋吃下去。”

“眼下请不要打岔，”布朗罗先生说道，“您请坐。”

邦布尔先生坐了下来，格林维格先生的举动怪模怪样，搞得他极为狼狈。布朗罗先生把灯移了一下，好让自己能不受干扰地看清这位教区干事的相貌，略略有些焦急地说：

“这个，先生，你是看到那张告示才来的吧？”

“是的，先生。”邦布尔先生说。

“你是教区干事，是不是啊？”格林维格先生问道。

“二位先生，我是教区干事。”邦布尔先生的口气十分自豪。

“那还用说，”格林维格先生冲着自己的朋友说道，“我早就知道，一个十足的教区干事。”

布朗罗先生斯文地摇摇头，要朋友安静下来，又问道，“你知不知道那可怜的孩子眼下在什么地方？”

“一点也不比别人知道的多。”邦布尔先生回答。

“哦，那你**究竟**知道他一些什么呢？”老绅士问。“请直说，朋友，如果你有什么事要说的话。你**到底**知道他一些什么？”

“你碰巧知道的该不会都是什么好事吧，对不对？”格林维格先生讥讽地问，他已经对邦布尔先生的长相特征作了一番专心致志的研究。

邦布尔先生立刻明白了这句问话的含意，脸色也预兆不祥地变得庄重起来，他摇了摇头。

“看见了吧？”格林维格先生以胜利者的姿态瞧了布朗罗先生一眼，说道。

布朗罗先生心事重重地望着邦布尔先生那张皱眉蹙额的脸，请他尽可能简要地把他所知道的有关奥立弗的事都谈出来。

邦布尔先生摘下帽子，解开大衣，交叉着双手，以一副追溯往事的架势低下头，沉吟片刻，开始讲述他的故事。

复述这位教区干事的话——这需要二十来分钟——不免倒人胃口，但大意和实质是说，奥立弗是个弃儿，生身父母都很低贱，而且品性恶劣。打出生以来，他表现出的只有出尔反尔，恩将仇报，心肠歹毒，此外没有任何好一点的品质。在出生地，因对一位无辜少年进行残暴而怯懦的攻击，晚间由主人家中出逃，从而结束了那一段简短的经历。为了证实自己的确不是冒名顶替，邦布尔先生把随身带来的几份文件摊在桌上，自己又交叉起双臂，听凭布朗罗先生过目。

“一切看来都是真的，”布朗罗先生看罢文件，痛心地说道，“对于你提供的情况，五个畿尼不算丰厚，可如果对孩子有好处，我非常愿意付你三倍于此的报酬。”

假如在这次造访中，邦布尔先生早一些得知这一消息的话，他完全可能会给奥立弗的简历染上一种截然不同的色彩，但是，现在为时已晚，他煞有介事地摇了摇头，把五个畿尼放进钱袋，告退了。

布朗罗先生在屋子里踱来踱去，走了好一会儿，教区干事讲的事情显然搅得他心绪不宁，连格林维格先生也只得捺住性子，以免火上浇油。

布朗罗先生终于停了下来，狠命地摇铃。

“贝德温太太，”女管家刚露面，布朗罗先生就说道，“那个孩子，奥立弗，他是个骗子。”

“不会的，先生，这不可能。”老太太坚信不疑。

“我说他是，”老绅士反驳道，“你那个不可能是什么意思？我们刚听人家把他出生以来的情况详详细细讲了一遍，他自始至终都是一个十足的小坏蛋。”

“反正我不信，先生，”老太太毫不退让，“决不信。”

“你们这些老太太就是什么也不信，只信江湖郎中和胡编的小说，”格林维格先生怒吼起来，“我早就知道了。你干吗一开始不接受我的忠告？如果他没患过热症的话，你恐怕就会接受了，是不是，呃？他怪可怜的，不是吗？可怜？呸！”格林维格先生说着拨了一下火，动作很俏皮。

“他是个好孩子，知道好歹，又斯文听话，先生，”贝德温太太愤愤不平地抗议道，“小孩子怎么样我心里有数，先生，这些事我有四十年的经验了，谁要是不能夸这个口，就别说他们长啊短的，我的意思就是这样。”

这是对至今还是单身的格林维格先生的沉重一击。一见那位绅士只是微微一笑，没别的反应，老太太把头往上一抬，拂了拂围裙，正打算再理论一番，却叫布朗罗先生止住了。

“静一静。”布朗罗先生装出一副他自己丝毫也没觉察到的怒容，说道，“永远别再跟我提到那孩子的名字。我打铃就是要告诉你这一点。永远，绝不可以用任何借口提到他，你当心一点。你可以出去了，贝德温太太，记住。我是十分认真的。”

那天夜里，布朗罗先生家里有好几颗心充满忧伤。

一想起自己那些好心的朋友，奥立弗的心顿时沉了下去。幸好他无从得知他们所听说的事，否则，他的一颗心也许已经碎了。

第十八章

时过境迁，奥立弗在那一班良师益友之中如何度日。

第二天中午时分，机灵鬼和贝兹少爷外出干他们的老本行去了，费金先生借此机会向奥立弗发表了长篇演说，痛斥忘恩负义的滔天罪行。他清楚地表明，奥立弗的罪过非同小可，居然忍心抛下一帮时时记挂着他的朋友，再者说，大家惹来那么多的麻烦，花了那么大本钱，才把他找回来，他还一心想逃走。费金先生着重强调了他收留、厚待奥立弗这件事，当时如果没有他及时伸出援手，奥立弗可能已经饿死了。他讲述了某个小伙子的凄惨动人的经历，他出于恻隐之心，在类似的情形之下帮助了那个小伙子，可事实证明小伙子辜负了自己的信赖，妄图向警方通风报信，有天早晨，在“老城”①不幸被绞死。费金先生毫不讳言，自己与这起惨案有关，但却声泪俱下地悲叹说，由于前面谈到的那个年轻人执迷不悟、背信弃义的行为，旁人不得不向巡回刑事法庭举报，将他作为牺牲品——即便提供的并不都是真凭实据——为了他（费金先生）和不多几个密友的安全，这是势在必行的。费金先生描绘了一副令人相当厌恶的画面，说明绞刑具有种种难受之处，以此作为演说的结尾。他彬彬有礼、充满友情地表达了无数殷切的希望，除非迫不得已，他决不愿意让奥立弗遭受这种令人不愉快的处置。

小奥立弗听着老犹太的一席话，隐隐约约听出了其中流露的阴险狠毒的威胁，他的血凉了下来。他已经有了体验，当无辜与有罪偶然交织在一起的时候，连司法当局也很可能将其混为一谈。对于如何除掉知道得太多或

① 伦敦中央刑事法庭。

者是过分藏不住话的家伙,老犹太早有深谋老算,这类计划他的确已经不止一次设计并且实施过了。奥立弗想起了这位绅士和赛克斯先生之间争吵的缘由,似乎就与以往的某一桩类似的阴谋有关。他怯生生地抬起头来,不想却碰上了老犹太锐利的目光,他意识到,这位谨慎的老绅士对自己苍白的面孔和索索发抖的四肢既不是视而不见,也不是毫无兴趣。老犹太令人作呕地微微一笑,在奥立弗头上拍了拍,说只要他自己不吵不闹,专心做事,他们照旧可以成为非常要好的朋友。说罢,他戴上帽子,裹了一件缀有补丁的大衣,随手锁上房门,出去了。

就这样,整整一天,连同随后的好几天,从清早到半夜,奥立弗一个人影也见不到。在这段漫长的时光里,与他作伴的只有他自己的浮想。他怎么也忘不了那些好心的朋友,他们一定早就把自己看成另一种人了,这样的念头实在令人伤心。

约莫过了一个礼拜,老犹太不再锁门,他可以随意在房子里到处走了。

这地方非常肮脏污秽。楼上的几个房间装有高大的木制壁炉架和大门,墙壁上镶有嵌板,壁带一直嵌到天花板。由于无人看管,这些东西积满了尘埃,已变得暗淡无光,但却装饰得千姿百态,各不相同。根据所有这些迹象,奥立弗断定,很久以前,在犹太老头还没生出来的时候,这房子属于一些境遇比较好的人,说不定曾一度金碧辉煌,尽管现在满目凄凉。

在墙壁与天花板的犄角里,蜘蛛早已架好了网。有时候,奥立弗轻手轻脚走进一间屋子,会看见老鼠在地板上窜来窜去,惊慌不迭地跑回洞里。除此以外,房子里再也看不见、听不到任何有生命的东西的动静声响了。有好多次,当天色暗下来,他一个房间一个房间地游荡,累了便蜷缩到靠近大门的走廊角落里,盼着能尽量离有血有肉的人近一些,他呆在那儿,倾听着外面的声音,计算着时间,直到费金或是那几个少年回来。

所有房间的窗板正一天天腐烂,全都关得密不透风,压窗板的横条用螺钉牢牢地钉在木槽里。仅有的光线从房顶上一个个圆孔中躲躲闪闪地溜下来,使屋子显得更加昏暗,布满奇形怪状的影子。顶楼开着一扇后窗,没有装窗板,上面的栅栏已经生锈。奥立弗经常满脸惆怅地往外张望,一看就是几个小时,可是除了参差不齐、密密层层的一大片屋顶,黑沉沉的烟囱和山墙的尖顶之外,什么东西也分辨不出。确实,偶尔也可以看到远处一所房子的屋顶矮墙上冒出一个头发蓬乱的脑袋,但一晃又很快消失了。奥立弗的了望窗是钉死了的,加上多年雨淋烟熏,往外看一片朦胧,他顶多能够把外面各种东西的形状区别开,至于想办法让别人看见他或者听到他的声音——这就好比他是呆在圣保罗大教堂的圆顶里面一样,根本谈不上。

一天下午,机灵鬼和贝兹少爷都在张罗晚上出门的事,先提到名字的那位小绅士心血来潮,表示出对他个人打扮的某种忧虑(平心而论,这决不是他向来就存在的一个缺点)。出于这一目的,他居然赏脸,命令奥立弗帮助他梳妆打扮一下。

奥立弗见自己能派上用处,真有些受宠若惊,身边总算有了几张面孔,哪怕看上去并不和气,也够他高兴的。再者说,他很想通过老老实实做事来感化身边的几个人,对这一提议他没有一点反对的意思,立刻表示乐意效劳,机灵鬼坐到桌子上,以便将靴子搭在奥立弗的一条腿上,他在地板上跪下来,开始进行被达金斯先生称作"替脚套上光"的这一道工序。用通行的语言来说这句话,就是替他擦鞋。

一个人摆出一副非常舒适的姿势,在餐桌上坐下来,一边抽烟斗,一边漫不经心地将一条腿荡来荡去,让别人替自己擦鞋,既省下了从前那种脱下来的麻烦,又免去了重新穿上时估计得到的痛苦,免得打断自己的暇想,有理性的动物在这种时候想来都可能体验到这种悠哉游哉的感觉,要不然就是醇厚的烟草使机灵鬼心旷神怡,或者是温馨的啤酒使他的思维活动平静下来了,反正眼下他显然浑身洋溢着一种既浪漫又热忱的情趣,跟他的天性颇不相符。他低头看了奥立弗一眼,一副若有所思的样子。接着他又抬起头来,轻轻叹了一口气,一半是走神一半是冲着贝兹少爷说道:

"真可惜,他不是搞我们这行的。"

"啊,"查理·贝兹少爷说,"他不知道好歹。"

机灵鬼又叹了一口气,吸起烟斗来,查理也吸了起来。两个人吞云吐雾,一时都没作声。

"你大概连扒包是怎么回事都不知道吧?"机灵鬼悲哀地问。

"这个我懂,"奥立弗抬起头来,回答说,"就是小——你就是一个,对吗?"奥立弗说着,打住了话头。

"是啊,"机灵鬼答道,"别的行当我还瞧不上呢。"达金斯先生抒发出这番感想，把帽子使劲往上一推，直瞪瞪地瞅着贝兹少爷，似乎想表示欢迎他发表与此相反的观点。

“是啊，”机灵鬼重复了一句，“查理是，费金是，还有赛克斯、南希、蓓特，大家伙儿全是小偷，直到那只狗，它还是我们一伙中最滑头的一个呢。”

“也是嘴巴最牢靠的一个。”查理·贝兹加了一句。

“就是在证人席上它也不会汪汪叫，怕祸事落到它自个儿身上，是啊，就是把它绑起来，让它在那儿呆上两个礼拜，不给它东西吃，它也不会吭声。”机灵鬼说。

“可不是嘛。”查理表示赞同。

“这狗怪怪的。碰上生人大笑或是唱歌，它从不摆出凶神恶煞的样子。”机灵鬼接着说道，“听见拉提琴，它从不乱吼乱叫。跟它不是一家子的狗，它从来不恨。噢，才不呢。”

“真是个地地道道的基督徒。”查理说。

这句话仅仅是褒奖这头畜生有能耐，然而贝兹少爷并不知道，这句话在另外一个意义上却是一种颇为中肯的看法，因为世间有无数的女士、先生自称为地地道道的基督徒，这些人与赛克斯先生的狗之间存在着非常突出而又奇特的相似之处。

“得啦，得啦，”机灵鬼将扯到一边的话题又拉了回来，这是出于职业上的细心，这种细心总是左右了他的一言一行，“反正跟这个小娃娃没一点关系。”

“可不是嘛，”查理说道，“奥立弗，你干吗不拜费金为师呢？”

“不想很快发财？”机灵鬼咧嘴笑了笑，补充道。

“有了钱就可以告老退休，做上等人，我的意思是，就是往后数四个闰年，再往后一个闰年，也就是三一节①的第四十二个礼拜二。”查理·贝兹乱扯一气。

“我不喜欢这种事，”奥立弗怯生生地回答，“他们放我走就好了，我——我——很想走。”

① 宗教节日，三位一体节亦称三一节，在复活节后第八周，三位一体即圣父上帝、圣子耶稣及圣灵为一体。

“费金才不想哩。”查理答道。

奥立弗对这一点再清楚不过了，然而，他意识到，把自己的心思吐露得再明白一些，没准会引来祸事，只好长叹一声，继续擦鞋。

“走，”机灵鬼嚷嚷着，“哎，你的志气哪儿去了？你难道没一点自尊心？还想去投靠你那些朋友？”

“喔，真没劲，”贝兹少爷说着，从衣袋里掏出两三块丝手绢，扔进壁橱里。“那也太没意思了，真的。”

“我可干不出这种事。”机灵鬼挂着一副高傲的蔑视神气，说道。

“你也可以扔下你那些朋友，”奥立弗苦笑着说，“让他们去为你做的事受罚呀。”

“那，”机灵鬼晃了晃烟斗，“都是考虑到费金，警察知道我们一块儿混饭吃，我们要是运气不好，他也会遇到麻烦，就是这么回事，对吗，查理？”

贝兹少爷赞同地点了点头，正要说话，上次奥立弗一路飞跑的场面突如其来地浮现在他的心目中，一下子搅得他刚吸进去的烟和笑声纠缠在一起，往上直冲脑门，往下窜进喉咙，憋得他又是咳嗽，又是跺脚，折腾了约莫五分钟之久。

“瞧瞧，”机灵鬼掏出一大把钱，全是些先令和半便士的。“这才叫快活日子呢。谁管它是哪儿钻出来的？喏，接着，那些地方钱还多着呢。你要不要，不要？哟，你这个可爱的小傻瓜。”

“真没规矩，对不，奥立弗？”查理·贝兹问道，“人家会把他的脖子勒个转儿的，你说呢？”

“我不懂这是什么意思。”奥立弗回答。

“是这个，老伙计，”贝兹少爷一边说，一边抓住围巾的一端，往空中一抛，他把头搭拉在肩膀上，牙缝里挤出一种古怪的声音，通过这样一个生动的哑剧造型，示意勒脖子跟绞刑是一回事。

“就是这个意思，”查理说道，“杰克，瞧他眼睛瞪得多大。我从来没见过这样的好伙伴，他会把我笑死了，我知道他会的。”贝兹少爷又开心地大笑一通，眼里含着泪水，叼起了烟斗。

“你已经给教坏了，”机灵鬼心满意足地审视着靴子，这工夫奥立弗已经把鞋擦得明光铮亮。“不过，费金会培养你的，不然你可要成他手下头一件废品。你最好马上干起来,因为你脑筋还没转过来就已经入道了。奥立弗,你现在纯粹是浪费时间。”

贝兹少爷把自己在道德方面的种种信条都搬了出来,全力支持这一提议。教训已毕,他与朋友达金斯先生又天花乱坠地说了一通,介绍他们过的这种日子附带捎来的无穷乐趣,用各种各样的暗示开导奥立弗,最好的办法就是别再耽搁,采取他们用过的办法来博得费金的欢心。

“还得老是把这个放在你的烟斗里,诺利,”机灵鬼听见老犹太在上面开门的声音,话锋一转说道。“你要是没弄到抹嘴儿和嘀嗒盒的话——”

“你那样说有什么好处?”贝兹少爷插嘴说,“他听不懂你的意思。”

“假如你不去拿手绢和金表的话,”机灵鬼把谈话调整到奥立弗能听懂的水平,“别人也会去拿的。那么丢东西的家伙全都倒霉了,你也全都倒了霉,撇开捞到东西的小子不算,谁也摊不上一星半点好处——你跟他们没什么两样,也有权利得到那些东西。”

“千真万确,千真万确。”费金说道,他进来的时候没让奥立弗看见。“事情一点不复杂,我亲爱的,简单极了,你相信机灵鬼的话好了。哈哈!他挺在行的。”

费金老头喜滋滋地搓了搓手,对机灵鬼这番头头是道的推理表示认可,眼见自己的徒弟这样有出息,他乐得格格直笑。

这一回,谈话没再继续下去,因为与老犹太一块回来的还有蓓特小姐和奥立弗不认识的另一位绅士,机灵鬼管他叫汤姆·基特宁。这位先生在楼梯上停了停,与那位女士谦让了几句才走进来。

基特宁先生年龄比机灵鬼大一些,兴许已经数过了十八个冬天,然而他和那位小绅士一举一动都各不相同,这似乎表明他在天分和职业技能方面都略有一点自愧不如。他长着一双闪烁的小眼睛,脸上痘疱密布,头戴皮帽,身穿黑色灯心绒外套,油腻腻的粗布裤子,系了一条围裙。他这身衣服确实需要好好修补一下。他向在场各位表示歉意,声明他一个小时前才“出来”,由于过去六个星期一直穿制服,还没顾得上考虑便服的问题。基特宁先生满脸的不自在,补充说,那边熏蒸衣裳的新方法整个就是无法无天,衣服上熏出些个窟窿,可跟郡里又没有什么道理好讲。他对理发的规定也有同样的批评,那绝对是非法的。基特宁先生在结束他的评论时声明,自己在长得要命、累得要死的四十二天里，没碰过一滴东西，他“要是没有渴得像一只石灰篓子的话，自己甘愿炸成灰”。

“你猜这位绅士打哪里来，奥立弗?”老犹太借着别的孩子正张罗着把一瓶酒往餐桌上放的功夫，笑嘻嘻地问。

“我——我——不知道。先生。”奥立弗回答。

“那是谁呀?”汤姆·基特宁轻蔑地看了奥立弗一眼，问道。

“我的一位小朋友，亲爱的。”费金回答。

“那他还算运气不错，”小伙子意味深长地望了望费金，说道，“别管我是哪儿来的，小家伙。要不了多久你也会找上门去的，我拿五先令打赌。”

这句俏皮话引得两个少年笑了起来，他们就同一个话题开了几句玩笑，又与费金低声说了几句，便出去了。

不速之客跟费金到一旁交谈了几句，两人把椅子扯到壁炉前，费金招呼奥立弗坐到他的身边，将谈话引入了最能激发听众兴趣的话题。比方说，干这一行的巨大优势啦，机灵鬼的精明干练啦，查理·贝兹的亲切可爱啦，以及老犹太自己的豪爽大方什么的。最后，这些题目出现了完全枯竭的迹象，基特宁先生的情况也一样，因为只要在感化院呆上一两个礼拜就再也打不起精神来。蓓特小姐知趣地退了出去，让大家各自休息。

从这天起，奥立弗很少单独留下，但却几乎时时刻刻都与那两个少年呆在一起，他俩每天都要跟费金一起做以前那种游戏，究竟是为他们自己有长进还是为奥立弗好，只有费金先生最清楚。其余时间，老头儿给他们讲了一些他年轻时打劫的故事，其中穿插了许多滑稽奇妙的情节，连奥立弗也忍不住开怀大笑，这表明他被逗乐了，尽管他天良未泯。

简而言之，诡计多端的老犹太已经使这孩子落入圈套，他用孤独与忧郁去熏陶奥立弗的心，让他感到在这样一个阴森凄凉的地方，与随便什么人为伍都比独自沉浸在忧愁苦恼中好受一些，他现在正将毒汁缓慢地注入奥立弗的灵魂，企图将那颗心变黑，永远改变它的颜色。

第十九章

一个值得留意的计划在本章讨论定板。

这是一个寒冷潮湿、朔风怒号的夜晚。费金穿上外套,将自己枯瘦的躯干紧紧地裹了起来。他把衣领翻上去盖住耳朵,将下半个脸藏得严严实实,走出老巢。他锁好大门,挂上链子,又在阶梯上停下来。他听了听,几个少年把一切都弄好了,他们退回去的脚步声也听不见了,这才尽力快步顺着街道溜掉了。

奥立弗转移以后住进的这所房子位于怀特教堂附近。费金在街角停住,疑虑重重地四下里看了看,然后穿过大路,往斯皮达菲方向奔去。

石子路面上积了厚厚的一层烂泥,黑沉沉的雾气笼罩着街道,雨点忽忽悠悠地飘落下来,什么东西摸上去都是冷冰冰、粘乎乎的。这种夜晚似乎只适合于老犹太之类的人外出。他无声无息地向前滑去,在墙壁、门洞的掩护下溜过。这个狰狞可怕的老头看上去像一只令人恶心的蜥蜴,从其往来出没的泥泞和暗处爬出来,趁着夜色四出蠕行,想找到一点肥美的臭鱼腐肉吃吃。

他不停地走,穿过一条条蜿蜒曲折的小路,来到贝丝勒尔草地,又突然向左一转,很快就走进一座由龌龊的小街陋巷组成的迷宫,这种迷宫在那个闭塞的人口稠密区比比皆是。

老犹太显然对这一带十分熟悉,绝不会因沉沉黑夜或者复杂的道路而迷失方向。他快步穿过好几条大街小巷,最后拐进一条街,这里唯一的亮光来自街道尽头的一盏孤灯。老犹太走到当街一所房子跟前,敲了敲门,同开门的人嘀咕几句,便上楼去了。

他刚一碰门把手，一只狗便立刻咆哮起来，一个男人的声音问是谁来了。

“是我啊，比尔，就我一个，亲爱的。”费金一边说，一边朝屋里望。

“滚进来吧，”赛克斯说道，“躺下，你这蠢货。老鬼穿了件大衣，你就不认识啦？”

看得出，那只狗先前多少是受了费金先生一身打扮的蒙骗，因为费金刚把外套脱下来，扔到椅背上，狗就退回角落里去了，刚才它就是从那儿窜出来的，一边走还一边摇尾巴，以此表示自己十分满意，这也是它的本性嘛。

“不赖。”赛克斯说。

“不赖，我亲爱的，”老犹太答道，“啊，南希。”

后一句招呼的口气有些尴尬，表明他拿不准对方会不会答理。自从南希偏袒奥立弗的事发生以后，费金先生和他的这位女弟子还没见过面。如果他在这个问题上存有一点疑虑的话，也立刻被年轻女子的举动抹去了。她没有多说什么，抬起搁在壁炉挡板上的脚，把自己坐的椅子往后扯了扯，吩咐费金把椅子凑到壁炉边上，这确实是一个寒冷的夜晚。

“真冷啊，我亲爱的南希，”费金伸出瘦骨嶙峋的双手在火上烘烤着。“好像把人都扎穿了。”老头儿说着，揉揉自己的腰。

“要扎进**你**的心，非得使锥子才行，”赛克斯先生说，“南希，给他点喝的。真是活见鬼，快一些。瞧他那副干巴巴的老骨头，抖得那样，也真叫人恶心，跟刚从坟墓里爬起来的恶鬼没什么两样。”

南希敏捷地从食橱里拿出一个瓶子，里面还有好些这类瓶子，从五花八门的外表来看，盛的全是各种饮料。赛克斯倒了一杯白兰地，要老犹太干了它。

“足够了，够了，比尔，多谢了。”费金把酒杯举到嘴边碰了碰，便放下了。

“干吗。怕我们抢了你的头彩，是吗？”赛克斯用眼睛死死盯住老犹太，问道。“唔。”

赛克斯先生发出一声沙哑的嘲笑，抓起酒杯，把里面的酒泼进炉灰里，又替自己满满地斟了一杯，作为见面礼，端起来一饮而尽。

趁同伴喝第二杯酒的功夫，费金的目光飞快地在屋里溜了一圈——不是出于好奇,他以前时常光顾这间屋子,而是出于一种习惯,闲不住,而且多疑。这是一间陈设十分简陋的公寓,只有壁橱里的东西表明这间屋子的房客不是一个凭力气吃饭的人。室内一角靠着两三根沉甸甸的大头短棒,一把"护身器"挂在壁炉架上,此外,再也看不出有什么使人油然起疑的东西了。

"喂,"赛克斯咂了咂嘴,说道,"我可是准备停当了。"

"谈买卖?"老犹太问。

"谈买卖,"赛克斯回答,"有话就说。"

"是不是杰茨那个场子,比尔?"费金把椅子拉近一些,声音压得很低。

"不错。怎么样啊?"赛克斯问道。

"哦。我的意思你知道,亲爱的,"老犹太说道,"南希,他知道我的打算,不是吗?"

"不,他不知道,"赛克斯先生冷冷一笑。"或者说不想知道,都是一回事。说啊,有什么就说什么,别坐在那儿眨巴眼睛,跟我打哑谜,倒好像你不是头一个盘算捞这一票似的。你打算如何?"

"嘘,比尔,小点声。"费金想顶住这一番火气,结果白费力气。"当心有人听见,亲爱的,有人听得见。"

"让他们听好了。"赛克斯说道,"我才不在乎呢。"然而寻思一阵之后,赛克斯先生**的确**在乎起来了,说话时声音压低了一些,也不再那么冲动。

"嗳,嗳,"费金哄着他说,"这只是我提醒一声——没别的。这个,亲爱的,咱们谈谈杰茨的那户人家吧。你看什么时候动手,比尔,唔?什么时候动手?那些个杯盘碗盏,亲爱的,真是太棒了。"费金乐得直搓手,眉毛向上扬起来,仿佛东西已经到手了。

"干不了。"赛克斯冷冷地答道。

"当真干不了?"费金应声说道,身体一下仰靠在椅子上。

"是啊,干不了,"赛克斯回答,"至少不像我们估摸的那样,可以来个里应外合。"

"那就是功夫不到家,"费金气得脸色发青,"别跟我说这些。"

"我就是要跟你说这些,"赛克斯反唇相讥,"你算老几,就不能跟你说?我告诉你吧,托比·格拉基特在那附近已经转悠了两个星期,一个仆人也没勾搭上。”

“比尔,你是不是想说,”老犹太见对方火了,顿时软了下来,“那家的两个仆人没一个拉得过来?”

“一点不错,我就是想告诉你这档子事,”赛克斯回答。“老太婆用了他俩二十年,你就是给他们五百镑,他们也不会干。”

“不过,亲爱的,你的意思是不是说,”老犹太争辩道,“那几个娘们也拉不过来,对不?”

“一点办法也没有。”赛克斯答道。

“连花花公子托比·格拉基特也不行?”费金不大相信,“想想娘们是些什么东西,比尔。”

“是啊,连花花公子托比·格拉基特也不行。他说,这段时间,他一直戴着假胡子,穿了件鲜黄的大衣,在那一带逛荡,可一点没用。”

“他该试一试小胡子,配上军裤,亲爱的。”老犹太说道。

“他试过,”赛克斯答道,“这两样也好不到哪儿去。”

费金听到这个消息,不禁两眼发直。他下巴搭拉在胸前,沉思半晌,又抬起头来,重重地叹了一口气,说如果花花公子托比·格拉基特呈报的全是实情,恐怕这套把戏算是完了。

“话说回来,”老头儿双手放在膝上,说道,“亲爱的,我们一门心思全扑到上面去了,赔进去那么多,想想真心疼。”

“可不是嘛,”赛克斯先生说,“霉透了。”

一阵漫长难熬的沉默随之而起。老犹太陷入了沉思,他面部扭曲,一副奸诈邪恶的样子。赛克斯不时偷偷瞧他一眼。南希像是生怕招惹这个入室抢劫犯,管自坐在一旁,两眼直瞪瞪地盯住火,仿佛刚才发生的一切她都听不见似的。

“费金,”赛克斯骤然打破了沉默,“干脆从外面下手,另加五十个金币,值不值?”

“值啊。”费金好像突然醒过来,说道。

“说定了?”赛克斯问。

“说定了,我亲爱的,说定了。”老犹太经过这一番问答变得兴奋起来,两眼炯炯放光,脸上的每一块肌肉都在活动。

“那好，”赛克斯带着几分轻蔑甩开老犹太的手，说道，“你高兴什么时候动手就什么时候动手。前天晚上我跟托比翻过花园围墙，试了一下门窗上的嵌板。这家子到了夜里就关门闭户，跟大牢似的。不过有个地方我们能砸开，又安全又轻巧。”

“哪个地方，比尔？”老犹太急切地问。

“嗳，”赛克斯打着耳语说，“你穿过草地——”

“是吗？”老犹太说着，头往前靠去，眼珠子几乎都要掉出来了。

“啊呜。”赛克斯骤然打住，跟着又嚷了起来，这当儿，南希姑娘难得地摇了摇头，突然回头看了一眼，又立刻转向费金。“管它是什么地方。离开我，你办不了这事，我心里有数，跟你打交道，还是小心为妙。”

“随你便，我亲爱的，随你便，”老犹太答道，“你和托比还要不要帮手？”

“不要，”赛克斯说，“还要一把摇柄钻和一个小孩子。头一件我们俩都有，第二件你得替我们物色到。”

“一个小孩子。”费金嚷道，“哦。那就是嵌板了，唔？”

“管它是什么。”赛克斯回答，“我需要一个孩子，个头还不能太大，天啦。”赛克斯先生若有所思。“我要是能把扫烟囱师傅勒德的那个小家伙搞到手就好啦。他存心不让那孩子长个，好让他干这一行。那孩子本来在这一行已经开始挣钱了，可做爸爸的给关了起来，再往后，少年犯罪教化会把孩子带走了，教他读书写字，早晚要培养他当学徒什么的，他们老是那样，”赛克斯先生想起自己蒙受的损失，火气又上来了，“没有个完。要是他们得到足够的资金（谢天谢地，他们资金不够），只消一两年的功夫，整个这一行我们连半打孩子也凑不齐了。”

“是凑不齐，啊，”老犹太随声附和道。赛克斯在一边慷慨陈词，他一直在打主意，只听清了最后一句。“比尔。”

“什么事？”赛克斯问。

费金朝依然呆呆地望着炉火发愣的南希点了点头，打了一个暗号，示意他叫南希离开这间屋子。赛克斯不耐烦地耸了一下肩膀，像是认为这种小心纯属多余。尽管如此，他还是同意了，要南希小姐去给他取一罐啤酒来。

“你压根儿不是要什么啤酒。”南希交叉着双手，神色镇定地坐着不动，说道。

"我告诉你,我要。"赛克斯答道。

"胡说,"姑娘淡漠地顶了一句,"说啊,费金。比尔,我知道他下面要说什么,他用不着提防我。"

老犹太还在犹豫。赛克斯看看这个,又看看那个,有些莫名其妙。

"嗨,费金,你别担心老丫头了,好不好?"末了,他问道,"你认识她时间也不短了,也该信得过她,要不就是其中有鬼。她不会乱嚼舌头。是吗,南希?"

"我看不会。"年轻女子说着,把椅子拉到桌边,胳膊肘支在桌子上。

"不,不,亲爱的,我知道你不会,"老犹太说道,"只是——"老头儿说着又停了下来。

"只是什么?"赛克斯问。

"我说不准她会不会又疯疯颠颠的,你知道啊,亲爱的,就像那天晚上的样子。"老犹太回答。

听到这番话,南希小姐放声大笑,一仰脖子喝下去一杯白兰地,神色凛然地摇了摇头,嘴里连声嚷嚷着"咱接着玩","千万别泄气"什么的。看来这一番举动立刻产生了效果,两位绅士放心了,老犹太带着满意的神情点了一下头,他俩重新坐定。

"现在行了,费金,"南希笑吟吟地说道,"马上告诉比尔,关于奥立弗的事。"

"哈。你可真机灵,亲爱的,算得上我见过的姑娘中最聪明的一个。"费金说着,拍了拍她的脖子。"没错,我正要说奥立弗的事呢。哈哈哈!"

"关他什么事?"赛克斯问道。

"那孩子正合你用,亲爱的。"老犹太压低沙哑的声音作了回答,他将一个指头摁在鼻子边上,嘻嘻地狞笑着。

"他!"赛克斯嚷了起来。

"带上他,比尔。"南希说道,"我要是处在你的位置,我就这么办。他不像别的小鬼那样老练。反正你也不需要本事大的,只要他能替你打开一扇门就行。放心好了,他错不了,比尔。"

"我就知道他错不了,"费金搭讪道,"最近几个礼拜,他训练蛮好,也该开始自个儿养活自个儿了,再说了,别的孩子都嫌大了点。"

“嗯，个子倒是正合适。”赛克斯先生沉思着说。

“而且什么事都能替你做，亲爱的比尔，”费金插嘴道，“他非干不可，就是说，只要多吓唬吓唬他的话。”

“吓唬他。”赛克斯操着对方的口吻说，“我有言在先，这可不是做做样子的吓唬。一不做，二不休，我们真动起手来，他要是玩什么花样，费金，你休想看到他活着回来。考虑好了你再支他去，听好喽。”这强盗说着，掂了掂刚从床架底下抽出来的一根铁撬。

“我都考虑过了，”费金劲头十足地说，“我——我考察过他，亲爱的，周密——相当周密。只消让他感觉到自个儿跟咱们是一伙的，心里装上这么一个想法，他就已经是一个小偷了，就成我们的人啦。一辈子都是我们的。哦喝。简直再好不过了。”老头儿双手交叉搭在胸前，脑袋肩膀缩作一团，高兴得真是把他自己给抱住了。

“我们的？”赛克斯说，“你该说，是你的。”

“可能可能，亲爱的，”老犹太发出一阵刺耳的笑声，说道，“只要你高兴，算我的好了，比尔。”

“为什么，”赛克斯恶狠狠地瞪了自己这位精明的搭档一眼，“一个脸白得像粉笔的小毛孩子，你怎么这样舍得花力气？你又不是不知道，每天夜里都有五十个小孩在大众公园附近打盹，随你怎么选。”

“因为他们对我一点用处也没有，亲爱的，”老犹太有些慌乱地回答，“留着没用。一旦出了事，光看长相就可以判他们刑，我落个鸡飞蛋打。有这个孩子，只要调教得当，我的好人，靠他们二十人办不了的事我也办得到。再者说，”费金渐渐恢复了自制力，“要是他再给我们来个脚下抹油，可就把我们给坑了。他非得跟我们呆在一条船上不可。你别管他是怎么走到这一步的。我有的是办法叫他干一回打劫，别的什么我也不需要。眼下，这可比迫不得已干掉这个穷小子强多了——那样干很危险，再说我们也吃亏啊。”

“什么时候下手？”南希问了一句，挡住了赛克斯先生方面的一阵大喊大叫，他正准备对费金的假仁假义表示恶心。

“啊，得说定哩，”老犹太说，“比尔，啥时候动手？”

“我跟托比商量过了，只要他没从我这儿听到什么坏消息的话，”赛克斯怪声怪气地回答，“就定在后天夜里。”

“好，”费金说道，“那天没有月亮。”

“对。”赛克斯应声说。

“怎么把货弄出来也都安排好了，是吗？”老犹太问。

赛克斯点了点头。

“还有那个——”

“呃，都安排好了，”赛克斯打断了他的话，“别打听细节了，你最好明天晚上把那小子带来。我天亮后一个钟头出发，你呢，也别出声，把坩锅准备好，你要做的就是这些。”

三个人你一言我一语地议论开了，商定南希在第二天天黑的时候前往费金的住所，接奥立弗过来。费金阴险地加了一句，说假如奥立弗对这项任务流露出一点点厌恶的意思来，自己比旁人更乐意陪着前不久护卫过奥立弗的南希姑娘走一趟。计划中郑重其事地议定，为这一次经过深思熟虑的行动着想，可怜的奥立弗将无条件地交威廉·赛克斯先生看管监护。另外，上述赛克斯先生应酌情对其作出安排。对于可能降临到那孩子头上的任何横祸妄灾，或可能遭受的任何必要惩罚，均不由老犹太承担责任。为使该协议具有约束力，双方达成谅解，赛克斯先生返回之后陈述的种种情况，在一切重要细节上须由花花公子托比·格拉基特加以证实确认。

这些预备事项安排停当，赛克斯先生开始毫无节制地痛饮白兰地，还把铁撬挥舞得怪吓人的，同时将一些完全不合调门的歌曲片断，与不堪入耳的咒骂混在一起，嚎了出来。末了，他按捺不住职业上的热心，一定要去把他溜门撬锁的工具箱拿来。不一会儿，他果然拎着箱子磕磕绊绊地走进来。他打开箱子，还没来得及把里面装着的各种工具的性能特征以及构造方面的妙处介绍一二，便倒在地板上，趴着箱子睡着了。

“晚安，南希。”费金一边照来的时候那样将自己裹起来，一边告辞。

“晚安。”

俩人四目相遇，老头儿上下打量了她一番，那姑娘没有一点畏首畏尾的样子，在这件事情上她倒是诚实认真的，托比·格拉基特恐怕也不过如此。

老头儿又向她道了一声晚安，乘南希转过背去的功夫，他偷偷踹了倒在地上的赛克斯先生一脚，这才摸索着走下楼去。

“老是这一套。”费金一边往回走，一边嘟哝着自言自语。“这些娘们，最大的毛病就是，一件小事也会唤醒某种老早忘得干干净净的感情，最大的优点呢，就是这种事绝对长不了。哈哈！那家伙为了一袋金币，对付那个孩子。”

费金先生边走边用这些令人愉快的回忆消磨时间。他趟过污水泥泞，回到自己那阴暗的老巢。机灵鬼还没有睡，正望眼欲穿地等他归来。

“奥立弗睡了没有，我有话跟他说。”这是他们刚下扶梯时他讲的第一句话。

“早睡了，”机灵鬼推开一道门，答道，“在这儿呢。”

奥立弗躺在地板上一张粗陋的床上，睡得很沉，焦虑、哀愁以及紧闭的铁窗，使他显得那样苍白，像是死过去了一般——这不是裹上尸衣，装进棺材的死者模样，而是生命刚刚逝去时的形象：幼小柔弱的灵魂飞往天国只一瞬间的功夫，尘世间龌龊的空气还来不及玷污这正在升华的圣体。

“现在不谈，”费金说着，轻轻地转身离去，“明天，明天。”

第二十章

叙述奥立弗是如何被托付给威廉·赛克斯先生的。

早晨，奥立弗醒了，发现自己那双旧鞋不翼而飞，床边放着一双鞋底厚厚实实的新鞋，他不禁吓了一大跳。刚开始他还很高兴，以为这是自己即将获得自由的预兆。他坐下来，跟费金一起吃早饭时，这些想法就顿时化为了泡影，老头儿说话时的口气和脸色更增添了他的恐慌，他告诉奥立弗，当天夜里要送他到比尔·赛克斯那里去。

“就——就——留在那儿了，先生？”奥立弗急不可待地问。

“不，不，亲爱的，不是让你留在那儿，”老犹太答道，“我们舍不得你。

奥立弗,别害怕,你还要回我们这儿来的。哈哈哈!我们可不会那样狠心,把你打发走,亲爱的。喔不,不会的。”

这功夫,老头儿正躬着腰在火上烤面包,他一边这么逗弄奥立弗,一边回头看了看,格格地笑了起来,似乎表示他心中有数,只要有法子,奥立弗还是巴不得溜之大吉。

“我寻思,”老犹太说话时一双眼睛盯在奥立弗身上,“你很想知道上比尔那里干什么去——啊,宝贝儿?”

一见老贼对自己的想法了如指掌,奥立弗不由得红了脸,但还是大着胆子说,是的,他的确很想知道。

“你想想看,去干什么?”费金反过来问他。

“先生,我真的不知道。”奥立弗回答。

“呸。”费金唾了一口,对着孩子的面孔细细察看了一番,带着一副沮丧的神情转过身去。“那,等比尔告诉你吧。”

看得出来,奥立弗在这个问题上没有表示出更浓厚的好奇心,老犹太显然大为光火。然而事实上,尽管奥立弗心急如焚,却被费金眉宇间那股掩藏不住的奸诈以及自己的种种猜测搅得六神无主,也顾不上继续问长问短。他已经没有别的机会了,老犹太直到天黑都是在做出门的准备,老是阴沉着脸,一声不吭。

“你可以把蜡烛点上了,”老头儿说着,把一支蜡烛放在桌上。“这儿有本书,你看看吧,等他们来接你。祝你晚安。”

“晚安。”奥立弗轻声答道。

老犹太朝门口走去,边走边扭过头来打量这孩子。他突然停下来,叫了一声奥立弗的名字。

奥立弗抬起头,看见费金用手指了指蜡烛,意思是要他点上。奥立弗照办了。他把烛台放到桌上,发现费金依旧站在房间对面的暗处,眉头紧锁,目不转睛地望着自己。

“当心一点,奥立弗。当心。”老头儿挥了挥右手,像是在警告他。“他是个鲁莽家伙,发起性子来连命都不要。不管发生什么事,一句话也别说,他要你干什么,你就干什么。留神些。”费金重重地吐出最后一句话,绷紧的面部表情逐渐化为一种狞笑,点了点头,离开了房间。

老头儿走了,奥立弗用手支着脑袋,怀着一颗颤动的心,反复推敲着刚听到的一席话。对于老犹太的一番告诫,他越琢磨越猜不透其中的真实目的和含意,想不出派自己到赛克斯那儿去会有什么罪恶目的,而这个目的又是跟费金呆在一起所无法达到的。他沉思了好一会儿,才认定自己是被选去替那个强盗打打杂,等物色到另外一个更为合适的小孩再说。小奥立弗早就逆来顺受惯了,呆在这里也吃尽了苦头,面对瞬息万变的前景,他就是想哭也哭不出来。他怅然若失,想了一会儿,重重地叹了口气,剔掉烛花,拿起老犹太留给他的那本书,读了起来。

他翻了几页,刚开始还漫不经心,突然,眼前一亮,其中的一节将他吸引住了,不多一会儿他就沉浸在这本书里了。这本书记录了一帮大名鼎鼎的罪犯的生活经历和审判过程,书页已经翻得污秽不堪,盖满指头的印迹。他在书中读到了足以使人四肢冰凉的一桩桩骇人听闻的罪行,发生在僻静路边的神秘凶杀,尸体神不知鬼不觉地给埋进了深坑,或者丢在井里,尽管这些坑和井很深,却还是瞒不过去,事隔多年到底还是给抖落出来,凶手见状一个个变得疯疯癫癫,惊恐之下只好从实招来,大声要求上绞刑架,以了结自己的痛苦。还有这儿,他读到有人深更半夜好端端地躺在床上,却禁不住自己的种种邪念引诱(他们就是这样说的),干出些个血腥的凶杀案,让人一想起来就心惊肉跳,四肢瘫软。这些吓人的描述是那样真实可靠,栩栩如生,仿佛一页页泛黄的纸张都叫血痕染红了,书上的话回荡在他的耳边,就好像那是死者的灵魂正在喃喃絮语低声诉说似的。

随着一阵突如其来的恐惧,奥立弗把书合上,扔到一边,然后双膝跪下,祈求上苍别让自己作这份孽,哪怕叫他立刻倒地身死,也别让他活着去犯这些令人发指的弥天大罪。他渐渐平静下来,声音低弱而又断断续续,恳求上帝将自己从眼前的危难中解救出来,一个苦命的孤儿,从没有体验过朋友之爱或骨肉亲情,现在他孤苦伶仃,走投无路,处于邪恶与罪孽的包围之中,如果有什么援助是为这样的孩子发起的,这种援助也该到来了。

他做完祷告,却依然用双手捂住脸,这时一阵窸窸窣窣的声音惊动了他。

“什么东西!”他大叫一声跳了起来,一眼看见门边站着一个人影。“谁在那儿?”

"我，我啊。"一个颤悠悠的嗓音回答说。

奥立弗把蜡烛举过头顶，朝门口看去。原来是南希。

"把蜡烛放下来，"南希姑娘把头扭到一边说，"我眼睛都照花了。"

奥立弗见她脸色发青，便轻轻地问她是不是病了，这姑娘背朝奥立弗，瘫倒在一张椅子上，使劲地绞着双手，没有回答。

"主啊，饶恕我吧。"稍停，她叫了起来，"我压根没想到是这么一回事。"

"出什么事了？"奥立弗问道。"我能不能帮上忙？只要我有法子，一定给你帮忙。一定，真的。"

南希在椅子里摇来摇去，她卡住自己的喉咙，发出一阵喀喀的声音，喘得透不过气来。

"南希！"奥立弗大声喊道，"怎么了你？"

姑娘一双手拍打着膝盖，两脚在地上直跺。她忽然又停住了，紧紧地裹上围巾，打起寒颤来。

奥立弗将炉火拨大了一些。她把椅子拖到炉边，坐下，好一会儿没有说话。末了，她抬起头来，看了看身后。

"我真不知道有时候是怎么回事，"她一边说，一边装出尽顾了整理衣服的样子。"八成是这间又潮又脏的屋子。喂，诺利，亲爱的，准备好了没有？"

"我跟你一块儿去吗？"奥立弗问。

"对，我刚从比尔那里来，我们俩一块儿去。"

"去干什么？"奥立弗往后一退，说道。

"去干什么？"南希应声说道，眼睛朝上翻了翻，她的目光刚一接触孩子的眼睛，便又转向一边。"噢。不是去干坏事。"

"我不信。"奥立弗紧盯着她说。

"随你怎么想，"姑娘强打起笑脸，答道，"当然，也不是什么好事。"

奥立弗看得出，自己多多少少能够赢得这姑娘的好感，一个念头油然而生，以自己哀哀无告的处境来求得她的同情。紧接着又一个念头从他心中闪过：现在刚敲十一点，街上行人还很多，总会有人相信自己讲的事。想到这一点，他便走上前去，略带一点慌张地说，他准备好了。

不管是他心中的一闪念，还是他的言外之意，都没能瞒过他的这位同伴。他说话的时候,南希的眼睛一直死死地盯着他,这时又看了他一眼,明明白白地表示,她已经猜到了他心中闪过的念头。

"嘘!"姑娘弯下腰来,机警地看了看周围,用手指了一下门。"你自个儿没法子。为了你,我已经下死劲试过了,可都没用,他们把你看得很牢,你真要是想逃走,现在也不是时候。"

奥立弗抬起头,目光紧紧地盯着她,南希眉宇间那种热切的表情震撼着他,看来她说的是实话:她的脸色苍白而又激动,浑身抖个不停,看得出她不是说着玩的。

"我已经救了你一回,免了你一顿打,我还会那么做,现在就是如此,"姑娘高声说道,"假如来接你的不是我,而是别人,那些人都会比我凶多了。我答应过,说你会不吵不闹,一声不吭地上那边去,要是你做不到,只会害了你自己,还有我,说不定还会要了我的命。你看看这儿。我吃了这么多苦头,都是为了你,苍天有眼,这全是真的。"

她急促地指了指自己脖子、手臂上的块块伤痕,一句紧接一句地说下去:"记住这一点。眼下别再叫我为你吃苦头了。只要能办到,我会帮助你的,但我现在还没有这个力量。他们没存心把你怎么样,他们逼你干的什么事,都不能算你的错。听着,你嘴里漏出的每一个字都跟打我一样。把手伸给我,快。你的手。"

她一把抓住奥立弗出于本能伸过去的手,吹熄蜡烛,拉着他走上楼去,一个隐藏在黑暗中的人影迅速把门打开,待他们走出去,门又很快关上了。一辆双轮马车正在门外等候,姑娘拽着奥立弗一块儿登上马车,顺手把车帘拉拢来,她的这种急切的心情已经在和他交谈时显露出来了。车夫不待吩咐,毫不拖延地抽了一鞭,马车全速开走了。

姑娘一路上紧紧抓住奥立弗的手,继续把已经提到过的种种警告与保证送进他的耳朵。这一切来得那样迅疾仓促,他还没顾得上回想一下自己是在什么地方,或者说是怎么来的,马车已经在头天晚上老犹太去过的那所房子前停下来。

在短短的一瞬间,奥立弗匆匆扫了一眼空旷的街道,呼救的喊声已经到了嘴边。然而,南希的声音在他耳旁响了起来,那声音恳求自己别忘了她的话,语气是那样痛苦,奥立弗没有勇气喊出声来。犹豫中,机会错过了,这功夫他已经走进屋子,门关上了。

“这边,”南希说道,这才第一次松开手。“比尔。”

“哈罗。”赛克斯出现在楼梯顶上,手里擎着一支蜡烛。“喔。来得正是时候。上来吧。”

以赛克斯先生这种人的性情来说,这要算是一种极其强烈的赞许之辞,一种非常热情的欢迎了。南希显然十分满意,她兴冲冲和他打招呼。

“牛眼儿跟汤姆一块儿回去了,”赛克斯用蜡烛照着他俩走上楼梯,说道,“他在这儿会碍事的。”

“是啊。”南希答道。

“你到底把小崽子弄来了。”赛克斯待他俩走进房间,关上房门,才说道。

“是的,弄来了。”南希回答。

“路上没出声?”

“跟一头小羊羔似的。”

“这话我爱听,”赛克斯阴沉地打量着奥立弗。“我可是看在他那一身细皮嫩肉的分上,要不有他好受的。小家伙,过来,我给你上堂课,还是现在就上的好。”

赛克斯先生就这样和新来的学生打过招呼,然后一把扯下奥立弗的帽子,扔到角落里,接下来他抓住奥立弗的肩膀,自己在桌旁坐下,让那孩子站在他面前。

“喏,第一,你知不知道这是什么玩意儿?”赛克斯拿起桌上放着的一支小手枪,说道。

奥立弗作了肯定的答复。

“那好,瞧这儿,”赛克斯接着说道,“这是火药,那儿是一颗子弹。这是填药塞要用的一小块破毡帽。”

奥立弗嘟嘟哝哝地说,他明白这一样样东西是干什么用的,赛克斯先生不慌不忙地着手往手枪里安装弹药,动作非常熟练。

“这就上好啦。”赛克斯装好子弹,说道。

“是的,先生,我看见了。”奥立弗回答。

“噢,”这强盗一把抓住奥立弗的手腕,将枪口对准他的太阳穴,顶了上去——孩子在这一瞬间不禁吓得跳了起来——"你跟我出门的功夫,只要说一个字,除非我叫你说,子弹就会钻进你的脑袋,连声招呼都不打。所以,如果你真的打定主意要随口说话,就先把祷告做了吧。"

赛克斯先生朝受警告的一方瞪了一眼,以增强效果,又继续说下去:

"据我所知,你真要是给开销了,压根儿不会有人正儿八经问起你的事,因此,如果不是为你好,我犯不着费这个鸟劲,来跟你说东道西,听见了吗?"

"干脆明说了吧,"南希说话时语气很重,同时向奥立弗微微皱了一下眉头,像是要他多多留神她的话,"就是说,你手头有桩活,要是让他给弄砸了,你就一枪打穿他的脑袋,管保叫他往后再也没法胡说八道了。为这事你就是去尝一尝荡秋千的滋味也不要紧,反正你一辈子干的就是这买卖,每个月都有许多生意上的事,一样要冒这个险。"

"说的是啊。"赛克斯先生表示赞许。"女人家总是三言两语就把事情说清楚了,除非碰上发神经的时候,那她们讲起来可是没完没了。现在他全明白了,我们吃晚饭,动身以前打个盹儿。"

依照这番吩咐,南希敏捷地摆上桌布,出去了,过了一会儿,她拿来一罐黑啤酒和一盘羊头肉。赛克斯先生逮着机会,说了好几句令人愉快的俏皮话,他发现"羊头肉"这个词碰巧也是帮口里的一种名称,是他干这一行离不开手的一种精巧的工具。一点不假,这位高尚的绅士精神大振,或许是因为想到马上就可以大显身手了吧,他兴致勃勃,谈笑风生,理当记上一笔,以为佐证:他风趣地一口气把啤酒都喝了下去,粗略估计,在整个用餐的过程中,他发出的咒骂不超过八十次。

吃过晚饭——完全可以想见,奥立弗这顿饭的胃口实在不佳——赛克斯先生又解决了两杯兑水的烈酒,将他自己放倒在床上,喝令南希五点钟准时叫醒他,其中用了不少骂人的话,免得南希到时候不叫他。遵照同一位权威人士的命令,奥立弗连衣裳也没脱,就在地板上铺着的一床垫子上躺下来。南希姑娘往炉子里加了几块煤,在炉前坐下,作好了在指定时间招呼他们起床的准备。

奥立弗躺在垫子上,久久不敢入睡,心想南希不可能不抓住这个机会,把下一步的建议悄悄告诉自己。然而,姑娘一动不动,坐在火炉前沉思,不时剪去一段烛花。奥立弗给期待与焦急弄得疲惫不堪,毕竟还是睡着了。

他醒来的时候，桌上已经摆满茶具，赛克斯先生正把各种东西塞进椅背上挂着的一件大衣口袋里，南希在忙着准备早餐。天还没亮，屋里依然点着蜡烛。外面一片漆黑，一阵骤雨敲打着窗户，天空黑沉沉的，看来布满了乌云。

“喂，喂。”赛克斯咆哮着，这时奥立弗已经一骨碌爬起来，“五点半了。快一点儿，要不你就吃不上早饭了，本来就晚了一些。”

奥立弗不一会儿就梳洗完毕，胡乱吃了一点东西，当赛克斯板着脸问他的时候，他回答说自己都准备好了。

南希尽量不正眼看奥立弗，她扔过来一块手绢，要他系在脖子上。赛克斯给了他一件粗布斗篷，叫他披在肩上扣上扣子。装束已毕，他伸过手去，这强盗顿了顿，随即满脸杀气地示意，那把手枪就放在他的大衣侧边口袋里。他紧紧抓住奥立弗的手，跟南希相互说了声再会，领着他出发了。

走到门边，奥立弗猛地转过头，盼望着能看到姑娘的眼色，然而她已经回到炉子前边的老地方，纹丝不动地坐在那里。

第二十一章

远征。

他们来到街上。这是一个令人扫兴的早晨，风疾雨猛，漫天阴云，像是要来一场暴风雨。夜里雨下得很猛，路上积起了无数的大水洼，水沟也都满了。天空透出一道隐隐可见的微光，预示着新的一天即将来临，而这一道亮光非但没有减轻反倒加重了景物的幽暗，使街灯射出的光芒变得一片苍白，没有在湿漉漉的屋顶和凄凉的街道上洒下一丝温暖、明亮的色彩。这一带街区似乎还没有人起床，房屋的窗户全都关得紧紧的，他们经过的街道也是一片沉寂,空无一人。

直到他们拐进贝丝勒尔草地大道,天色才总算亮起来了。灯光大多已经熄灭,几辆乡间的大车朝伦敦缓缓驶去,时而有一辆糊满泥污的公共马车咔哒咔哒地飞驰而过,车把式在赶到前面去的时候,总要惩戒性地照着呆头呆脑的大车老板来一鞭子,他们占错了车道,很可能会害得他比规定时间迟十几秒钟到站。点着煤气灯的酒馆已经开堂,别的商号也一家接一家开始营业,路上有了零零星星的行人。接着,络绎不绝地涌来了一群群上班的工人,头上顶着鱼筐的男男女女,装有各种蔬菜的驴车,满载活畜或是宰好的全猪全羊的双轮马车,手提牛奶桶的妇人——一股源源不断的人流携带着各种食品,艰难地向东郊移动着。到了商业中心区附近,喧闹声与车辆行人的往来更是有增无已。当赛克斯拉着奥立弗挤过肖狄奇区和伦敦肉市场之间的街道时,这种车水马龙的景象终于汇成一片喧嚣与奔忙。天已经完全亮了,同往日没什么两样,大概一直要持续到黑夜重新来临。伦敦城一半的市民迎来了他们繁忙的早晨。

赛克斯先生带着奥立弗拐进太阳街,克朗街,穿过芬斯伯雷广场,沿着契士韦尔路急步闪入望楼街,又溜进长巷,来到伦敦肉市场,这个地方传出一片纷乱的喧闹,使奥立弗·退斯特大为惊讶。

这天早晨正逢赶集。地面覆盖着几乎漫过脚踝的污泥浊水,浓浊的水气不断地从刚刚宰杀的牲畜身上腾起,与仿佛是驻留在烟囱顶上的雾混合起来,沉甸甸地垂挂在市场上空。在这一大片平地的中心,所有的畜栏,连同许许多多还可以往这片空地里挤一挤的临时棚圈,都关满了羊,水沟边的木桩上拴着三四排菜牛和牯牛。乡下人、屠户、家畜经纪人、沿街叫卖的小贩、顽童、小偷、看热闹的,以及各个社会底层中的流氓无赖,密密麻麻挤成一团。家畜经纪人打着口哨,狗狂吠乱叫,公牛边刨蹄子边吼,羊咩咩地叫,猪嗯叽嗯叽地哼哼;小贩的叫卖声、四面八方的呼喊、咒骂、争吵;一家家酒馆里钟鸣铃响,人声喧哗;拥挤推拉,追的追,打的打,叫好的,吆喝的;市场的每一个角落都响荡着这种震耳欲聋的噪音。一些蓬头垢面、衣衫褴褛的角色,在人群中不断跑进跑出,时隐时现,这一切构成了令人头晕目眩、手足无措的纷扰场面。

赛克斯先生拖着奥立弗往前走,他用胳膊肘从密集的人群中拨开一条路，对那些弄得奥立弗大为惊异的场面和声音毫不在意。他有两三次跟偶然相遇的朋友点点头，对于来一番清晨小饮的多次邀请通通予以拒绝，管自头也不回地向前走着，直到他们摆脱这个旋涡，两人穿过袜子巷，朝霍尔本山走去。

“喂，小家伙，”赛克斯抬眼看了看圣安德鲁教堂的大钟，说道，“快七点了。你得走快点。走啊，别再落在后头啦，懒虫。”

说着，赛克斯先生在小伙伴的手腕上狠命扭了一把，奥立弗加快步伐，变成一种介乎于快走与飞奔之间的小跑，尽力跟上这个大步流星的强盗。

他们一路上保持着这种速度，转过海德公园拐角，向肯辛顿走去，这时赛克斯放慢了脚步，等着后面不远处一辆没拉货的马车赶上来。赛克斯见车上写着“杭斯洛”字样，便尽量装出客客气气的样子，问车把式可不可以帮忙捎个脚，带他们到艾尔沃斯。

“上来吧，”车把式说道，“这是你儿子?”

“是啊，是我儿子。”赛克斯说话时眼睛盯着奥立弗，一只手下意识地插进放有手枪的衣袋里。

“你爸爸走得太快了一点，是不是啊，小伙子?”车把式见奥立弗累得上气不接下气，开口问道。

“没有的事，”赛克斯插话说，“他习惯了。来，勒德，抓住我的手，上去吧。”

赛克斯嘴里这样说，扶着奥立弗上了马车，车把式指了指一堆麻袋，要他在那儿躺下来，歇一会儿。

马车驶过一块又一块路牌，奥立弗越来越感到纳闷，不知道同伴到底要把自己带到什么地方去。肯辛顿、海姆士密斯、契息克、植物园桥、布伦福德都丢到后面去了，马车依然载着他们不紧不慢地往前走，就好像刚刚开始这趟旅行一样。最后，他们到了一家叫做“车马”的小酒馆前，再走一程就要拐上另一条大路了。马车停了下来。

赛克斯莽里莽撞地跳下马车，依旧抓住奥立弗的手不放，随即又将他抱起来放到地上，同时投过去一道狠巴巴的眼色，意味深长地用拳头在侧边衣袋上嘭嘭地拍了两下。

“再会，孩子。”车把式说。

“他在闹别扭,”赛克斯摇了摇奥立弗,答道,“闹别扭了。这狗崽子。你别见怪。”

“我才不哩。”那人一边说,一边爬上马车。“一句话,天气可真不赖。”他赶着车走了。

赛克斯眼看着马车走远了,这才告诉奥立弗,他可以前后左右看看,如果他有这份兴致的话,说罢又领着他上路了。

过酒店不远,他们向左拐了个弯,又折上右边一条路,他们走了很长时间,把道路两侧的许多大花园和豪华住宅甩到身后,只间或停下来喝一点啤酒,一径来到一座小镇。奥立弗看见,有一所房子的墙上写着“汉普敦”几个相当醒目的大字。他们到野外游荡了几个小时,末了又回到镇子里,进了一家客栈兼营餐饮的老店,店门口挂着的招牌已无法辨认,叫厨房炒了几样菜,就在炉灶旁边吃。

厨房是一间顶棚低矮的旧屋子,一根巨大的房梁从天花板正中横穿而过,炉子旁边放着几张高背长凳,几个身穿长罩衫的鲁莽汉子正坐在那里喝酒抽烟。他们略略打量了一下赛克斯,简直就没把奥立弗看在眼里。赛克斯没大理会他们,他和小伙伴在一个角落里坐下来,并没有因有人在场而感到不便。

他们吃了些冷肉当晚饭,饭后又坐了很久,赛克斯先生自得其乐,吸了四管烟斗,奥立弗认定他们再也不会赶路了。起了一个大早,又走了那么远路,他真累坏了,开始他只是在打盹,随后就被疲劳和烟草的香味所制服,不知不觉睡着了。

当赛克斯一把将他推醒的时候,天已经黑尽了。他赶走睡意,坐起来,看了看四周,发现这位知名人士和一个庄稼汉模样的人正在喝一品脱啤酒,谈得正投机。

“那么说,你这就要去下哈利佛德,是不是?”赛克斯问。

“是啊,这就去,”那人好像已经带上了一点醉意,但也可能因此更来劲了,“再说也慢不到哪儿去。我的马回去是拉空车,不像早晨出来拉得那样重,老这么着可不行啊。祝它走运。哦咯。真是头好牲口。”

“你能不能把我和这孩子顺路捎到那儿去?”赛克斯一边问,一边把啤酒推到新朋友面前。

“你要是马上就走，我包了，”那人从啤酒缸后面望着他，答道。“你是要去哈利佛德？”

“去西普顿。”赛克斯回答。

“你尽管吩咐，我也走这一路，”另一位答道，“蓓姬，算账？”

“账都算过了，是那位先生会的钞。”女仆应声说道。

“我说，”那汉子带着酒后的庄重说，“这可不行。”

“干吗不行？”赛克斯答道，“你帮了我们的忙，就不兴我请你喝一品脱啤酒什么的，表示个心意？”

陌生人摆出一副老成持重的神色，将这句话推敲了一下，然后，他一把抓住赛克斯的手，说他真够朋友。赛克斯先生回答说对方是在开玩笑，因为，除非是他喝醉了，他有的是理由去证明自己是在说笑话。

两人又客套了几句，跟别的客人道过晚安，便走了出去。女仆借这功夫把杯盘碗盏收拢来，双手捧得满满的，走到门口，目送他们离去。

主人背地里已经为它的健康祝过酒的那匹马就在门外，马具也都套好了。奥立弗和赛克斯不再客气，管自上了马车。马的主人溜达了一两分钟，说是“替它打打气”，同时也向旅店的那个骡马夫和全世界示威，量他们也找不出同样的马，这才上了车。接着，骡马夫奉命放松马缰。缰绳松开了，那匹马却把缰绳派上了一种非常令人讨厌的用场：大大咧咧地把缰绳甩到空中，直飞进马路对面的会客室窗户。等这一揽子绝技表演完毕，马又前蹄腾空，来了个瞬间直立，然后飞一般地跑起来，马车咔哒咔哒地响着，神气活现地出了城。

这一夜黑得出奇，湿漉漉的雾气从河上、从周围的沼泽地里升起来，在沉寂的原野上铺展开去。寒意料峭，一切都显得阴森而幽暗。路途中谁也不说一句话，车把式不停地打瞌睡，赛克斯也没有心思引他搭话。奥立弗在大车角落里缩成一团，心中充满恐惧和疑虑，揣摸着枯树丛中一定有好些怪物，那些树枝恶狠狠地摇来摇去，像是面对这副凄凉的场面有着说不出的高兴似的。

当他们走过桑伯雷教堂时，钟正好敲七点。对面渡口窗户里亮着一盏灯，灯光越过大路，将一棵黑黝黝的杉树连同树下的一座座坟墓投入更昏暗的阴影之中。不远的地方传来刻板的流水声，老树的叶片在晚风中微微颤动,这幅景色真像是了却尘缘时那种无声的乐章。

桑伯雷过去了,他们重新驶上荒凉的大路。又走了两三英里,马车停住了。两个人跳下车来。赛克斯抓住奥立弗的手,又一次徒步朝前走去。

他们在西普顿没有逗留,这有点出乎疲惫不堪的奥立弗的猜测,而是趁着夜色,趟过泥浆,继续往前走,插进黑沉沉的小路,越过寒冷广袤的荒野,一直走到能够看见前面不远处一座市镇的点点灯火。奥立弗探头仔细看了看,发现下面就是河,他们正朝桥墩走过去。

赛克斯头也不回地走着,眼看就要到桥边了,突然又转向左边,朝河岸走下去。

"那边是河。"一个念头从奥立弗脑子里闪过,吓得他头都大了。"他带我到这个没有人的地方,是想杀死我。"

他正准备躺倒在地,为保住自己的生命作一番挣扎,却发现他俩的面前是一所孤零零的房子。这房子东倒西歪,一片破败。大门摇摇欲坠,两边各有一扇窗户,上面还有一层楼,可是一点亮光也看不见。房子里面一片漆黑,空空如也,怎么看也找不出有人居住的痕迹。

赛克斯依然紧抓着奥立弗的手,轻轻走近低矮的门廊,把插销提起来。门推开了,他们一起走了进去。

第二十二章

夜盗。

"哈罗!"他们刚踏进过道,就听见一个沙哑的大嗓门嚷起来。

"别那么瞎嚷嚷,"赛克斯一面说,一面闩门。"托比,给照个亮。"

"啊哈!我的老伙计,"那声音嚷着说,"照个亮,巴尼,照个亮。把那位绅士领进来,巴尼,劳驾,醒醒吧。”

说话人似乎把一只鞋拔子之类的物件朝自己所招呼的那个家伙扔了过去,要他从熟睡中醒过来,只听见一件木器哗啦一声掉到地上,接下来是一阵人们在半睡半醒时发出的那种含混不清的嘟哝声。

“听见没有?”同一个嗓门嚷道,“比尔·赛克斯在走廊里,连个招呼的人都没有,你倒睡在这儿,就好像是把鸦片丸子和在饭里吃下去了似的,真是再灵验不过了。现在清醒些了,要不要用铁烛台来一下,让你完全清醒过来?”

这一番质问刚停,一双穿拖鞋的脚慌慌张张地擦着光溜溜的房间地板走了过去。从右边门里,先是闪出一道朦胧的烛光,接着出现了一个人影,这人在前面已有记载,就是那个在红花山酒馆里当侍者的家伙,他老是带着那么一个从鼻子里说话的毛病。

“赛克斯先生。”巴尼叫道,那份高兴劲也不知是真是假。“进来,先生,进来吧。”

“听着。你先穿好衣服,”赛克斯边说边把奥立弗拉到前面。“快点儿。小心我踩住你的脚后跟。”

赛克斯嫌奥立弗动作迟缓,嘟嘟哝哝骂了一句,推着他朝前走去。他们走进一间低矮昏暗、烟雾弥漫的房间。屋里放着两三张破椅子,一张餐桌和一把非常破旧的长椅。一个男人直挺挺地躺在长椅上,两条腿跷得比头还高,正在吸一根长长的陶制烟斗。那人穿一件做工考究的鼻烟色外套,铜纽扣,系着一条桔黄色的围巾,外带俗气而又刺眼的披肩背心和浅褐色厚呢马裤。格拉基特先生(原来是他)的脑袋或者说面部都没有多少毛发,仅有的一些染得带了点红色,卷成瓶塞锥那样长长的螺旋状,他时不时地将几个脏得出奇的手指插进鬈发,指头上戴满了不值钱的大戒指。他的身材比中等个子略高,两条腿明摆着相当成问题,不过这种情况丝毫无损于他对自己的马靴的赞赏,他此时正怡然自得地注视着高高在上的靴子。

“比尔,老兄。”这个角色朝门口转过头去。“见到你真高兴。我简直担心你不干呢,那我只好单独冒这个险了。哦哟。”

托比·格拉基特先生以颇感意外的口气发出这一番感叹,目光落到了奥立弗身上,他翻身坐起来,问那是什么人。

“那个孩子，就是那个孩子啊。”赛克斯把一张椅子拉到火炉旁，答道。

“笃定是费金先生的徒弟。”巴尼笑嘻嘻地大声宣布。

“是费金的，哦。”托比打量着奥立弗，叫道。“要论清理小教堂里那班老太太的口袋，可是个顶个的宝贝儿哩。脸盘子就是他的摇钱树。”

“别——别扯远了。”赛克斯不耐烦地接过话头，俯身凑近斜靠在睡椅上的朋友，在他耳边嘀咕了几句，格拉基特先生听罢放声大笑，又惊奇地盯着奥立弗看了老半天。

“好了，”赛克斯重新在椅子上坐好，说道，“趁我们在这儿坐等的功夫，给我们点吃的喝的，就当是替我们，或者说我吧，提提精神。小老弟，坐下烤烤火，歇一会儿，今天晚上你还得跟我们出门，虽说路不算太远。”

奥立弗没有出声，胆怯而又迷惑地看了看赛克斯，搬了一张凳子放在壁炉旁边，坐下来，双手支住发涨的脑袋。他一点不知道自己到了什么地方，也不知道身边发生了什么事。

“来，”托比说道，那个年轻一点的犹太人已经把一些零七碎八的食物和一瓶酒放在了桌上。“祝马到成功。”为了祝酒，他特地站起来，小心翼翼地将空烟斗放在一旁，然后走到桌旁，斟满一杯酒，咕嘟咕嘟喝了下去，赛克斯先生也照样来了一杯。

“给这孩子喝一口，”托比斟了半杯酒，说道，“把这喝下去，小天真。”

“真的，”奥立弗抬起头，可怜巴巴地瞅着那个人的面孔。“我真的——”

“喝下去。”托比应声说道，“你以为我不清楚什么对你有好处吗？比尔，叫他喝下去。”

“他犟不过去。”赛克斯说道，一只手在衣袋上拍了拍。“妈的，这小子比一大帮机灵鬼都要麻烦，喝，你这个不识抬举的小鬼头，喝。”

奥立弗叫这两个家伙凶神恶煞的样子吓坏了，赶紧把杯里的酒一口气吞了下去，随即拼命地咳嗽起来，逗得托比·格拉基特和巴尼乐不可支，连绷着脸的赛克斯先生也带上了一丝笑容。

这桩事了结了，赛克斯美美地吃了一顿(奥立弗什么也吃不下，他们逼着他咽了一小片面包)，两个家伙便倒在椅子上打起盹来。奥立弗依旧坐在壁炉旁边的凳子上。巴尼裹上一床毯子，紧挨着挡灰板，直挺挺地在地板上躺了下来。

他们睡着了,或者说表面上睡着了,好一阵子,除了巴尼爬起来往炉子里加了一两次煤,谁也没有动一动。奥立弗昏昏沉沉地打起瞌睡来,想像中仿佛自己是在黑洞洞的胡同里走迷了路,又像是在教堂墓地里游来荡去,过去一天中这样那样的场景又浮现在眼前,就在这时,托比·格拉基特一跃而起,说已经一点半了。奥立弗被他搅醒了。

眨眼间,另外两个人也站了起来,一齐风风火火地投入繁忙的准备。赛克斯和他那位搭档各自用黑色大披巾将脖子和下巴裹起来,穿上大衣。巴尼打开食橱,从里面摸出几样东西,急急忙忙地塞进他俩的口袋。

"巴尼,把大嗓门给我。"托比·格拉基特说道。

"在这儿呢,"巴尼一面回答,一面取出两把手枪,"你自个儿上的药。"

"好哩。"托比应了一声,将手枪藏好。"你的家伙呢?"

"我带着呢。"赛克斯回答。

"面纱、钥匙、打眼锥、黑灯——没落下什么吧?"托比把一根小铁撬绑在大衣内襟的一个套环上问道。

"忘不了,"同伴答道,"给他们带几根木棒去,巴尼。时候到了。"

说罢,他从巴尼手中接过一根大棒,巴尼已经把另一根递给了托比,自己正忙着替奥立弗戴斗篷。

"走吧。"赛克斯说着,伸出一只手。

少有的长途跋涉,周围的气氛,被迫喝下去的酒,奥立弗已经叫这一切弄得晕头转向,他机械地把手伸给赛克斯握住,他伸出手来就是这个目的。

"托比,抓住他那一只手,"赛克斯说道,"巴尼,瞧瞧外面。"

那家伙朝门口走去,回来报告说一点动静也没有。两个强盗一左一右把奥立弗夹在中间走出门去。巴尼关好大门,插上门闩,又跟先前一样将自己裹了个严严实实,不一会儿就睡着了。

外面夜色正浓。雾比前半夜浓多了。尽管没下雨,空气却还是那样潮湿,出门没几分钟,奥立弗的头发、眉毛便叫四下里飘浮着的半凝结状的水汽弄得紧绷绷的了。他们过了桥,朝着他先前已经看见过的那一片灯火走去。路程并不太远,他们走得又相当快,不久便来到了杰茨。

"从镇上穿过去,"赛克斯低声说,"今儿晚上路上不会有人看见我们。"

托比同意了。他们急匆匆地走过这座小城的正街。夜静更深,街上一片寂寥冷落,间或一家住户卧室里闪出昏暗的灯光,偶尔几声嘎哑的狗叫划破黑夜的沉寂。街上杳无人迹。他们出城的时候,正赶上教堂的钟敲两点。

他们加快脚步,往左踏上一条大路。约莫走了四分之一英里,三个人在孤零零的一所四周有围墙的宅院前停住脚步。托比·格拉基特几乎没顾得上歇口气,一转眼就爬上了围墙。

"先递那小子,"托比说道,"把他托上来,我抓住他。"

奥立弗还来不及看看四周,赛克斯已经抓住他的两条胳臂,三四秒钟以后,他和托比已经躺在围墙里面的草地上了,紧跟着赛克斯也跳了进来。三个人蹑手蹑脚地朝那所房子走去。

奥立弗这时才明白过来,这次远行的目的即便不是谋杀,也是入室抢劫,痛苦与恐惧交相袭来,使他几乎失去理智。他把双手合到一块儿,情不自禁地发出一声压抑的惊叫,眼前一阵发黑,惨白的脸上直冒冷汗,两条腿怎么也不听使唤,一下子跪倒在地。

"起来。"赛克斯气得直哆嗦,从衣袋里拔出手枪,低声喝道。"起来,不然我叫你脑浆溅到草地上。"

"啊。看在上帝的分上,放了我吧。"奥立弗哭叫着,"让我跑到一边去,死在野地里吧。我再也不到伦敦这边来了,再也不了,再也不了。啊。求你们可怜可怜我,别叫我去偷东西。看在天国所有光明天使的分上,饶了我吧。"

那家伙听到这一番冲着自己发出的恳求,不由得恶狠狠地骂了一句,扣上了扳机,托比一把打掉他手中的枪,用一只手捂在孩子的嘴上,拖着他往那所房子走去。

"嘘,"那家伙叫道,"这儿可不兴这一套。再说一个字,我也要收拾你,叫你脑袋开花。那样没一点响动,保准可靠,而且更文雅一些。喂,比尔,把窗板撬开。我敢发誓,他胆子大些了。我见过有些他这个年龄的老手在冷嗖嗖的晚上来这一套,一两分钟就没事了。"

赛克斯一边把费金骂了个狗血喷头,居然派奥立弗来干这个差使,一边使足了劲,悄没声地用撬棍干了起来。折腾了一阵,托比又上前帮忙,他选中的那块窗板便摇摇晃晃地打开了。

这一扇格子窗很小，离地面大约五英尺半，位于这所房子后部的走廊尽头，那里可能是洗碗间或者小作坊。窗洞很小，宅子里的人可能认为在这里严加防范没有什么价值，然而，这个窗子已经大得足以让一个像奥立弗这种个头的小孩钻进去。赛克斯先生略施小计便制服了紧闭着的窗格，窗子顷刻间也大打开来。

"给我听着，小兔崽子，"赛克斯从口袋里掏出一盏可以避光的灯，将灯光对准奥立弗的脸，压低声音说道，"我把你从这儿送进去，你拿上这盏灯，悄悄地照直往面前的台阶走上去，穿过小门厅，到大门那儿去，把门打开，我们好进来。"

"大门上头有个门闩，你够不着，"托比插嘴说，"门厅里有椅子，你弄一把站上去。那儿有三把椅子，比尔，上面画着一头挺大的蓝色独角兽和一把金色的草叉，是这家老太太的纹章。"

"你就不能少说两句，嗯？"赛克斯瞪了他一眼。"通房间的门是不是开着的？"

"大开着呢，"托比为了保险，往里边瞅了瞅，答道，"妙就妙在他们老是让门开着，用搭钩挂住，狗在那地方有个窝，这样一来它睡不着的时候可以在走廊里来回溜达。哈哈！巴尼今儿晚上把狗引开了。干得真漂亮。"

尽管格拉基特说话时声音低得几乎听不见，也没笑出声来，赛克斯还是专横地要他把嘴闭上，动手干活。托比住嘴了。他把自己那盏灯掏出来，放在地上，然后用脑袋顶住窗户下面的墙，双手撑住膝盖，站得稳稳当当，用自己的背搭成一级台阶。台阶刚搭起来，赛克斯就爬了上去，先把奥立弗的双脚轻轻送进窗户，稳稳地将他放到地上，但却没有松开他的衣领。

"拿上这盏灯，"赛克斯朝屋子里望了望说，"看见你面前的楼梯没有？"

奥立弗吓得魂飞魄散，好容易说了一声"看见了"。赛克斯用枪口指了指当街的大门，简略地提醒奥立弗留神，他始终处于手枪射程之内，要是他畏缩不前，立刻就叫他送命。

"这事一分钟就办妥了，"赛克斯的嗓门依然压得很低，"我一放手，你就去干。听！"

"怎么啦？"另一个家伙打着耳语说。

他们紧张地听了听。

“没事,”赛克斯说着,放开了奥立弗。“去吧。”

在这短短的时间里,奥立弗恢复了知觉。他拿定主意,一定要奋力从门厅冲上楼去,向这家人报警,就算自己这样做会送命也不怕。主意已定,他立刻轻手轻脚地朝前走去。

“回来。”赛克斯猝然大叫起来,“回来。回来。”

四周死一般的寂静突然打破了,紧接着又是一声高喊,奥立弗手里的灯掉到地上,他不知道究竟应该上前,还是应该逃走。

喊声又响了起来——前面显出一点光亮——他的眼前浮动着一团幻影,那是楼梯上面两个惊慌失措、衣冠不整的男人——火光一闪——一声巨响——烟雾——哗啦啦,不知什么地方有东西打碎了——他跌跌撞撞地退了回去。

赛克斯已经不见了,但转瞬间又冒了出来,趁着烟雾还没消散,一把抓住奥立弗的衣领。他用自己的手枪对准后面的人开火,那两个人往后退去,他赶紧把奥立弗拖上去。

“胳臂抱紧些,”赛克斯边说边把他从窗口往外拽。“给我一块围脖,他中了枪子了。快。这小子淌了那么多血。”

一阵响亮的钟声混合着枪声、人的喊叫声传了过来,奥立弗感到有人扛着自己一阵风似的走在高低不平的地上。远处的喧闹声渐渐模糊,一种冰冷的感觉偷偷地爬上孩子的心头,他什么也看不清听不见了。

第二十三章

邦布尔先生和一位女士进行了一次愉快的交谈,说明在某些时候甚至一位教区干事也会多情善感。

这天夜里天气格外寒冷。雪垫在地面上,凝结成厚厚的一层硬壳。只有飘洒在小路、角落里的团团积雪才感受到了呼啸而过的朔风,风找到了这样的战利品,似乎越加暴躁地滥施淫威,气势汹汹地抓起雪片抛到云端,把雪搅成难以计数的白蒙蒙的旋涡,撒满天空。夜,萧瑟,黑暗,刺骨的寒冷。在这样的夜晚,家境优裕、吃饱穿暖的人们围坐在熊熊的炉火旁边,为自己舒适的家而感谢上苍。无家可归、饥寒交迫的人们则注定只有倒毙路旁的命运。遇到这种时候,多少备受饥饿折磨的流浪者在我们那些空荡荡的街头巷尾闭上了双眼。就算他们罪有应得,咎由自取吧,反正他们再也不会睁开眼睛来看一个更为悲惨的世界了。

这不过是门外的光景罢了。眼下,济贫院女总管柯尼太太正坐在自己的小房间里,面对着欢腾跳跃的炉火。这所济贫院就是奥立弗·退斯特出生的地方,前面已经向读者介绍过了。柯尼太太往一张小圆桌看了一眼,一副怡然自得的神气,桌上放着一个跟圆桌很相称的托盘,女总管们心满意足享用一餐所需要的一切,托盘里应有尽有。事实上,柯尼太太正打算喝杯茶解解闷。她的目光掠过圆桌落到壁炉上,那儿有一把小得不能再小的水壶正用小小的嗓门唱着一首小曲,她内心的快感显然平添了几分——确确实实,柯尼太太笑出来了。

"哎,"女总管把胳膊肘依在桌子上,若有所思地望着炉火,自说自话起来,"我敢担保,我们人人都有很多理当感恩的东西。多了去了,可惜的是我们不知道。啊。"

柯尼太太悲哀地摇了摇头,像是对那些愚昧无知的贫民居然不明白这一点深感痛惜似的,她将一把银汤匙(私有财产)插进一个容量两盎司的锡茶壶里,着手熬茶。

真是的,一件微不足道的事情就足以打破我们脆弱心灵的平静。黑色的茶壶真小,很容易漫出来,柯尼太太正在探讨道德问题,壶里的茶溢了出来,柯尼太太的手给轻微地烫了一下。

"该死的茶壶!"可敬的女总管骂了一句,忙不迭地把茶壶放在炉边。"愚蠢的小玩意儿,只能盛两杯。谁拿着都没用。除了,"柯尼太太顿了一下,"除了像我这样一个孤单寂寞的女人。天啦!"

女总管颓然倒在椅子上,又一次将胳臂肘靠在桌上,自己凄苦的命运涌上心头。小小的茶壶,不成双的茶杯,在她心里唤起了对柯尼先生的哀思

(他告别人世已经二十五年有余),她承受不住了。

“我再也找不到了,”柯尼太太怪里怪气地说,“再也找不到了——像那样的。”

谁也不知道这话是指那位做丈夫的呢,还是指茶壶。想来应当是后者,因为柯尼太太说话时眼睛一直盯着茶壶,随后又把茶壶端起来。她刚品过头一杯茶,就被门上传来的一记柔和的敲门声打断了。

“喔,进来。”柯尼太太的话音十分尖锐。“照我猜,准是那几个老婆子要死了。她们老是挑我吃饭的时候去死。别站在那儿,把冷气放进来,真是的。什么事啊,唔?”

“没什么事,太太,没事。”一个男子的声音回答。

“哦哟哟。”女总管发出一声惊呼,嗓门变得柔和多了。“是邦布尔先生吗?”

“乐意为您效劳,太太。”说话的正是邦布尔先生,他刚在门外擦去鞋上的污泥,抖掉外套上的雪花,这才一只手捏着三角帽,另一只手提着一个包袱走进来,“要不要把门关上,太太?”

女总管有些难为情,迟迟没有回答,关上门会见邦布尔先生多少有点不成体统。邦布尔趁她正在犹豫,不待接到进一步的指示,便把门关上了,他也确实冻坏了。

“天气可真厉害,邦布尔先生。”女总管说。

“厉害,太太,是那话,”教区干事答道,“这天气跟教区过不去啊,太太。单是这一个该死的下午,我们就拿出去,柯尼太太,我们就拿出去四磅重的面包二十个,干酪一块半,他们那帮贫民还嫌不够。”

“当然嫌不够喽,邦布尔先生,他们什么时候满足过?”女总管说着呷了一口茶。

“什么时候,太太,是这话呀。”邦布尔先生答道,“可不,眼下就有一个男的,考虑到他有老婆和一大家人,领了一个四磅重的面包和整整一磅奶酪,分量都挺足的。他道谢了没有,太太,他道谢了没有?真连一个铜板都不值。他干什么来着,太太,又来要几块煤,他说了,只要满满一小手绢。煤。他要煤干吗?用来烤他的干酪,然后又回来要更多的。太太,这些人老是这一套,今天给了他们满满一围裙的煤,后天又会来再要一围裙,脸皮真厚,跟石膏一样。"

女总管表示自己完全赞同这一精辟的比喻,教区干事接着说道,"我绝没有见过有什么东西像这么黑的。前天,有个男人——太太,您是过来人,可以说给您听听——有个男人,身上几乎一丝不挂(听到这里,柯尼太太的眼睛直往地板上望),跑到我们济贫专员家门口去了,当时专员正请人吃饭,柯尼太太,他说非得要领点救济不可。他怎么也不肯走,客人都很生气,我们专员给了他一磅土豆、半品脱麦片。这个忘恩负义的坏蛋,居然说:'我的天啦,**这点**东西能有什么用?还不如给我一副铁边眼镜。''好极了,'我们专员说着把东西收回。'你甭想得到别的东西了。'那个无赖说:'那我就去死在大街上。'我们专员说:'啊,不,你不会的。'"

"哈哈!太妙了。倒真像格兰力特先生的风格哩,不是吗?"女总管插嘴说,"邦布尔先生,后来呢?"

"唔,太太,"教区干事回答道,"他走了,后来**果真**死在街上了。死脑筋的贫民总是有的,你有什么办法。"

"我简直不敢相信。"女总管强调指出。"不过,邦布尔先生,难道你不认为街头救济再怎么说也是一件非常糟糕的事情吗?你是一位很有见识的绅士,应该知道,你说说。"

"柯尼太太,"男人们感觉到自己在见识上高人一等时常有的那种笑容在教区干事的脸上荡漾开来。"街头救济嘛,运用得当,太太,运用得当能起到保卫教区的作用,街头救济的首要原则就是,专拣穷小子们不需要的东西给他们,然后他们就再也不想来了。"

"我的天啦!"柯尼太太嚷了起来,"那么说,也是一件好事啰!"

"是的,太太,你我之间说说也无妨,"邦布尔先生回答,"首要原则就是这一条,妙就妙在这里,看一下那班胆大包天的报纸上登的随便什么案子,你就会发现,给有人生病的家庭发放的救济就是几条奶酪。柯尼太太,这可是风行全国的规矩。再者说,"干事弯下腰,一边打开带来的包裹,一边说道,"这些可是官方机密,我应该说,除开像我们这号在教区担任职务的,太太,你别对外面说。太太,这是理事会替医务室定购的红葡萄酒,真正新酿的纯正红葡萄酒,上午才出的桶,纯净得跟什么似的,没一点沉淀。"

邦布尔先生将第一瓶酒举到灯前,熟练地摇了摇,证明质量确属上乘,然后将两瓶酒一起放到柜橱上面，把先前用来包酒的手帕折起来，细心地揣进衣袋，拿起帽子，似乎打算告辞了。

“这一路可别把你冻坏了，邦布尔先生。”女总管说道。

“风挺厉害的，太太，”邦布尔先生一边回答，一边将衣领翻上去，“能把人耳朵割下来。”

女总管的目光从小茶壶移到了教区干事的身上，他正朝着门口走去。干事咳嗽一声，正准备向她道晚安，女总管红着脸问了一声，莫非——他莫非连茶也不肯喝一杯？

话音刚落，邦布尔先生立刻重新翻下衣领，把帽子和手杖放在一张椅子上，将另一张拖到桌边。他慢吞吞地在椅子上坐下来，借这功夫朝那位女士看了一眼。她的两只眼睛正牢牢盯住那个小小的茶壶。邦布尔先生又咳嗽了一声，露出一丝笑意。

柯尼太太站起来，从壁橱里取出另一副杯碟。她坐回椅子上的时候，又一次与教区干事含情脉脉的目光相遇了，脸顿时变得绯红，赶紧埋头替他沏茶。邦布尔先生又咳嗽了一声——这一声比先前响得多。

“你喜欢喝得甜一点，邦布尔先生？”女总管手里端着糖缸，问道。

“我爱喝很甜的，真的，太太。”邦布尔先生说这句话的时候，眼睛一直盯着柯尼太太。假如一位教区干事什么时候也会显得十分温柔的话，此时的邦布尔先生就是一个例子。

茶沏好了，默默无言地递到了手中。邦布尔先生在膝盖上铺了一张手帕，以免面包屑弄脏了他那条漂亮的紧身裤，开始用茶点。为了使这类赏心乐事多点变化，他不时发出一声悠长的叹息，不过这并没有给他的胃口带来不良影响，恰恰相反，茶和面包下肚倒像是越发顺当了。

“我发现你养了一只猫，太太，”邦布尔先生一眼看见，一只猫周围是她的一家子，正偎在炉前取暖。“我敢说，还有小猫。”

“邦布尔先生，你想像不出我多么喜欢它们，”女总管回答，“它们是**那样**快活，**那样**淘气，又**那样**招人喜欢，简直成了我的伙伴了。”

“真是些可爱的小动物，太太，”邦布尔先生深表赞同，“那么驯良。”

“噢，可不是嘛，”女总管兴致勃勃地说，“它们对自己的家那么有感情，我敢担保，这真是一大乐趣。”

“柯尼太太,夫人,”邦布尔先生慢吞吞地说,一边用茶匙替自己计算着时间,“我是说,夫人,不管大猫小猫,能跟你住在一块儿,夫人,而对这个家没感情,夫人,那准是头蠢驴。”

“喔,邦布尔先生。”柯尼太太提出抗议了。

“不顾事实不行,太太,”邦布尔先生慢悠悠地挥动着茶匙,显得情意绵绵,颇为庄重,给人留下了加倍深刻的印象。“我会不胜荣幸,亲自动手淹死这样的猫。”

“你可真是一个铁石心肠的男人,”女总管一边伸出手来接教区干事的茶杯,一边活泼地说。“还得加上一句,心肠忒硬的男人。”

“心肠忒硬,太太,心肠硬?”邦布尔先生把茶杯递过去,没再说下去,柯尼太太接过杯子,他顺势掐了一下她的小指头,重重地叹了口气,张开两个巴掌在自己的滚边背心上拍了拍,稍许把椅子从壁炉旁挪开了一些。

柯尼太太和邦布尔先生本来是相对而坐,中间隔了一张圆桌,面前是壁炉,两人之间的间隔说不上很大。可以想见,邦布尔先生这时正从壁炉前往后退,人依然挨着桌子,这样便增大了他与柯尼太太之间的距离——这一举动无疑会受到一些考虑周到的读者褒奖,看作是邦布尔先生这方面的一个了不起的豪侠举动。邦布尔先生此时多多少少正受到时间、地点和机会的诱惑,某种充满柔情蜜意的废话就要脱口而出,这种话从一班没长脑筋的轻薄之徒口中说出来倒是不要紧,如果出自堂堂法官、议员、大臣、市长以及其他达官显贵之口的话,似乎就会大大有失体面。对于一名教区干事的威严与庄重来说更是如此,这一类人(大家心中有数)比所有这些大人物还要来得严肃,不苟言笑。

无论邦布尔先生意向如何(肯定都是最高尚的想法),不幸的是,前面已经两次提到,桌子是圆的,邦布尔先生一点一点地挪动椅子,自己与女总管之间的距离不一会儿便开始缩短,他继续沿圆周外缘移动,不失时机地把自己的椅子往女总管坐的那把椅子挨过去。千真万确,两把椅子相碰了,与此同时,邦布尔先生停了下来。

在这个时候,女总管如果把椅子往右边挪一挪,就会引火上身,要是往左边挪,肯定栽进邦布尔先生的怀里,于是(考虑周到的女总管一眼就看清了这两种结果),她坐着一点没动,又递了一杯茶给邦布尔先生。

“柯尼太太,心肠忒硬吗?”邦布尔一边搅动着茶,一边抬起头来,盯着女总管的脸,说道。“你心肠硬不硬,柯尼太太?”

“天啊!”女总管嚷道,“这样稀奇的问题,你一个单身汉也问得出来,邦布尔先生,你问这个干吗?”

干事把茶喝了个一滴不剩,又吃了一片面包,抖掉膝盖上的碎屑,擦了擦嘴,不慌不忙地吻起女总管来。

“邦布尔先生,”这位考虑周到的女士低声嚷嚷着,这一阵恐慌来得非同小可,她简直说不出话来,“邦布尔先生,我要喊啦。”邦布尔没有回答,反而以一种缓慢而又不失尊严的姿势伸出胳臂,挽住女总管的腰。

正当这位女士声称自己要喊出来的功夫——对于这种得寸进尺的放肆行为,她理所当然是要喊的——一阵急促的敲门声将这种意图变成了多余的。一听有人敲门,邦布尔先生分外敏捷地跳到一边,开始使劲地掸去酒瓶上的灰尘,女总管厉声问谁在那儿。值得一提的是,她的嗓门已经完全恢复了那种不折不扣的官腔,这是一个奇妙的实例,说明突如其来的意外事件可以有效地抵消极度恐惧造成的影响。

“夫人,劳您的驾,”一个干瘪的,相貌奇丑的女贫民从门口把脑袋伸了进来,“老沙丽快玩完了。”

“哟,跟我有什么关系?”女总管怒气冲冲。“她要死又留不住她,对不对?”

“是的,是的,夫人,”老妇人回答,“没人留得住,她压根治不好了。我见过许多人死,小宝宝,身强力壮的男人,都见过,我知道死的时候是什么光景。可她心里放不下,一口气很难咽下去,她没发作的时候——这也不常有——她说她有话要说,你非得听一听。夫人,你要是不去一趟,她绝不安安生生死去。”

听到这消息,可敬的柯尼太太嘟嘟哝哝,冲着那些个老婆子就是一通臭骂,她们非得故意打搅一下上司才肯闭上眼睛,随后匆匆抓起一条厚实的围巾裹在身上,开门见山地请邦布尔先生等自己回来再走,说是怕要发生什么特别的事情。柯尼太太吩咐报信的老太婆腿脚利索些,免得在楼梯上磨磨蹭蹭折腾一晚上,然后跟在老太婆身后走出房间,脸色十分阴沉,骂骂咧咧地去了。

邦布尔先生独自留下来以后的举动颇为令人费解。他打开壁橱，点了一下茶匙的数目，掂了掂方糖夹子，又对一把银质奶壶细细察看了一番，以确定它的质地。上述种种好奇心得到满足之后，他把三角帽歪戴在头上，一本正经地踏着舞步，绕着桌子转了四个花样不同的圈子。这一番非同寻常的表演结束了，他摘下帽子，背朝火炉，仰摊在椅子上，像是正在脑子里开列一张家具明细清单似的。

第二十四章

叙述一件非常乏味的事，本章虽然很短，但在这部传记中却相当重要。

女总管房间里的谧宁气氛被那个老婆子打破了，老太婆担任报丧人倒是再合适不过了，因为她上了年纪而且弯腰驼背，瘫软的手脚直打哆嗦，脸歪嘴瘪，还老是咕咕哝哝地翻白眼，看她那个样子，与其说是造化之功，还不如说像是一个信笔涂抹出来的怪物。

哀哉！出自造化的姣好面孔留下来供我们欣赏的是多么稀少。世间的操劳、悲哀、饥饿，可以改变人们的心灵，也会改变人们的面容。只有当种种烦恼逝去，永远失去了它们的控制力时，翻覆汹涌的云层才会消散，留下清朗的天颜。死者的面容即便已经完全僵化，也往往会现出久已被人忘怀的那种熟睡中的婴儿的表情，恢复初生时的模样。这些面容又一次变得那样平静，那样温和，一些从欢乐的童年时代就了解他们的人在灵柩旁边肃然跪下，仿佛看见了天使下凡。

干瘪老太婆磕磕绊绊地穿过走廊，登上楼梯，嘴里嘟嘟哝哝，含混不清地回答女总管的责骂。她终于撑不住了，便停下来喘口气，把灯递到柯尼太太手里，自己在后面歇一歇，再尽力跟上去，她的上司越发显得敏捷了，照直走进患病的妇人住的屋子。

这是一间空荡荡的阁楼，前面尽头处点着一盏昏暗的灯。另外一个老太婆守候在床边，教区药剂师的徒弟站在火炉旁，正在把一支羽毛削成牙签。

“柯尼太太，晚上真够冷的。”女总管走进门去，这位年轻绅士说道。

“确实很冷，先生。”柯尼太太操着最谦和的腔调回答，一边说，一边行了个屈膝礼。

“你们应当要承包商提供稍好一点的煤，”代理药剂师抓起锈迹斑斑的火钳，将炉子上的一大块煤敲碎。“这种东西根本对付不了一个寒冷的夜晚。”

“那是理事会选购的，先生，”女总管答道，“他们至少应该让我们过得相当暖和，我们这些地方够糟糕的了。”

生病的女人发出一声呻吟，打断了他们的谈话。

“哟。”年轻人朝床边转过脸去，似乎他先前已经把患者完全忘记了。“柯尼太太，没指望了。”

“没指望了，先生，是吗？”女总管问道。

“她要是拖得过两小时，我才会觉得奇怪呢，”见习药剂师说话时一门心思全放在牙签的尖头上。“整个系统崩溃了。老太婆，她是在打瞌睡吧？”

护士在床前俯身看了一下，肯定地点了点头。

“只要你们不惹出乱子，她或许就这样去了，”年轻人说道，“把灯放到地板上，那儿她看不见。”

护士照吩咐做了，与此同时，她摇了摇头，意思是这个女人不会那么轻易死的。办完事情，她又回到另一个看护身旁的座位上，她的这位同伴此时也已经回到房间里。柯尼太太一脸的不耐烦，裹了裹围巾，在床下首坐下来。

见习药剂师削好牙签，便一动不动地站在火炉前，足足剔了十来分钟牙齿，然后也显得越来越不耐烦，他向柯尼太太说了声祝她工作愉快，蹑手蹑脚地出去了。

她们默不作声地坐了好一会，两个老太婆从床边站起来，蜷缩在炉火近旁,伸出皱巴巴的双手取暖。火苗把一团惨白的亮光投射到她们枯槁的脸上,将她俩那副丑八怪的样子照得更加狰狞可怕。她们将就着这种姿势,低声交谈起来。

"亲爱的安妮,我走了以后,她说了什么没有?"报丧的那一位问道。

"一个字也没说,"另一个回答,"有一阵子,她照着自己的胳臂又是扯又是拧,我把她的手逮住,没多久她就睡着了。她身上没多大力气,所以我轻轻松松就把她制服了。别看我也是吃教区的定量,再不济也敌得过一个老娘们——没错,没错。"

"大夫说过给她一点热葡萄酒,她喝了没有?"前一位问道。

"我本想给她灌下去,"另一个回答,"可她牙咬得紧绷绷的,手死死地抓住杯子,没法子,我只好把杯子缩回来,就那么把它给喝了,倒真不赖哩。"

两个丑八怪提心吊胆地回头看了一眼,断定没有人偷听,又往壁炉前凑了凑,开心地嘻嘻笑了起来。

"我心里有数,"先开口的那一位说,"她照样会来这一手,过后打个哈哈就算了事。"

"嗨,那是啊,"另一个答道,"她有一颗快活的心,好多好多漂亮的死人,跟蜡人一样清清爽爽,都是她送出门的。我这副老眼见得多了——嗨,这双老手还摸过呢。我给她打下手,总有几十回了吧。"

老太婆说着,哆哆嗦嗦地伸出手指,在面前洋洋得意晃了晃,又把手伸进衣袋胡乱摸了一气,掏出一个早已褪色的旧白铁鼻烟盒,往同伴伸过来的手心里抖出了几颗鼻烟粉末。两人正在受用,女总管本来一直在悻悻不止地等着那个生命垂危的妇人从昏迷中苏醒过来,这时也走过来,同她们一块儿烤火,她厉声问到底得等多久。

"夫人,要不了多久,"第二个老太婆抬起头来,望着病人的脸说,"我们谁也不会等不来死神的。别着急,别着急。死神很快就会上这儿来看我们大伙儿了。"

"住嘴,你这个疯疯癫癫的白痴。"女总管正颜厉色地说,"你,玛莎,给我说实话,她以前是不是这样?"

"常有的事。"第一个老太婆答道。

"不过再也不会这样了,"另一个补充说,"就是说,她顶多再醒来一回——您得留神,夫人,那也长不了。"

"管它长啊短的,"女总管暴躁地说,"她就是醒过来也看不见我在这儿,当心着点,你们俩,看你们还敢平白无故打搅我,给院里所有的老婆子送终压根儿不是我分内的事,我才——不说了。当心着点,你们这些鬼老婆子,真不识相。你们要是再敢糊弄我,我会立刻收拾你们的,话说在前头。"

她正想匆匆走出房间,两个妇人朝病床转过身去,忽然齐声大叫起来,柯尼太太不禁回头看了看。原来病人直挺挺地坐了起来,朝她们伸出胳臂。

"那是谁?"她用空洞的声音嚷道。

"嘘,嘘,"一个妇人俯身对她说,"躺下,躺下。"

"我再也不躺下了。"病人挣扎着说,"我**一定**要告诉她。上这边来。近一点。让我悄悄告诉你。"

她一把抓住女总管的肩膀,按进床边的一把椅子里,刚要开口,又扭头看了一眼,发现那两个老太婆正朝前躬着身子,姿势很像一班心情急迫的听众。

"把她们撵走,"病人昏昏沉沉地说,"快啊,快啊。"

两个干瘪老太婆一起大放悲声,开始倾吐无数可怜巴巴的哀叹,苦命的好人竟然病得连自己最知心的朋友都不认识了,她俩作出种种保证,表示自己绝对不会离开她的。这时,她俩的上司把两个人推了出去,关上房门,又回到床边。两个老太婆被赶出来以后,腔调也变了,她俩透过锁眼直嚷嚷,说老沙丽喝醉了,这一点的确不是不可能的,除了药剂师给她开的一剂用量适中的鸦片而外,她正在最后一次品尝的掺水杜松子酒的效力下受煎熬,那是这两个可敬的老太婆出于一片好心,背地里让她喝下去的。

"现在你听着,"濒临死亡的妇人大声地说,好像正在拚命挣扎,企图重新点燃一颗即将熄灭的生命火花,"就在这间屋子——就在这张床上——我伺候过一个可爱的人儿,她给带进济贫院来的时候,脚上因为走路弄得全是伤痕,糊满了尘土和血迹。她生下来一个男孩,就死了。让我想想——那又是哪一年。"

"管它哪一年,"那位心情不好的听众说道,"她怎么了?"

"唉,"病人喃喃地说,又恢复了先前昏昏欲睡的状况,"她怎么了?——她怎——我想起来了。"她喊叫起来,身体剧烈地抖动着,脸上腾起一团红晕，两只眼睛凸了出来——“我偷了她的东西，是我偷的。她身子还没冷——我跟你说，我把那东西偷走的时候，她还没变冷呢。”

“看在上帝分上，偷了什么？”女总管大喊大叫，样子像是在喊救命。

“**这个！**”病人用手捂住对方的嘴，回答说。“她唯一的东西了。她需要衣裳挡挡风寒，需要东西吃，她却把这个保存得稳稳当当，放在心口上。我告诉你，这可是金的。值钱的金子，可以用来保住她的命。”

“金子！”女总管应声说道，病人向后倒去，她急不可待地跟着俯下身来。“说啊，说啊——是啊——是什么东西？那个当妈的是谁？什么时候的事？”

“她嘱咐我好好保存着，”病人呻吟了一声，答道，“她托付了我，我是唯一在她身边的女人。她头一回把挂在脖子上的这个东西拿给我看的时候，我就已经在心里把它偷走了。那孩子的死，或许，也是由于我呢。他们要是知道这一切，兴许会对孩子好一些。”

“知道什么？”对方问道，“说啊。”

“孩子长得真像他母亲，”病人絮絮叨叨地说，没有理会这个问题。“我一看到他的脸，就再也忘不了了。苦命的姑娘。苦命的姑娘。她还那么年轻。多温驯的一只小羊羔啊。等等，要说的还多着呢。我还没全部告诉你吧，是不是？”

“没有，没有。”女总管一边回答，一边低下头，全力捕捉这个垂死的妇人说出的每一个字，她的话音已经越来越低微，“快，来不及了。”

“那个当妈的，”病人说话比先前更吃力了，“那个当妈的，死亡的痛苦一来到她身上，她就凑在我耳边小声说，只要她的宝宝活着生下来，还能长大的话，那一天总会来的，到时候他听到人家提起自己苦命的小妈妈是不会感到丢脸的。‘噢，仁慈的上帝啊！’她两只瘦丁丁的手交叉在一块儿，说，‘不管是男孩还是姑娘，在这个乱糟糟的世道上，你总得替这孩子安排几个好人，你得可怜一个孤苦伶丁的孩子，不能扔下不管啊！’”

“那孩子叫什么名字？”

“他们叫他奥立弗，”病人有气无力地回答，“我把金首饰给偷走了，是——”

“对呀，对呀——是什么东西？”对方大叫一声。

她急迫地向老太婆弯下腰来,想听到她的回答,又本能地缩了回去。老婆子再一次缓慢而僵硬地坐起来,双手紧紧抓住床单,喉咙里咕嘟咕嘟地发出几声含混不清的声音,倒在床上不动了。

* * * *

“死硬啦。”门一打开,两个老妇人冲了进来,其中一个说道。

“总归到底,什么也没说。”女总管应了一句,漫不经心地走了出去。

两个老太婆显然正忙着准备履行自己那份可怕的职责,什么也顾不上答理,她们留下来,在尸体周围徘徊着。

第二十五章

在本章中,这部传记要回过头去讲费金先生以及他的同伴了。

当某镇济贫院里发生上述这些事情的时候,费金先生正坐守在老巢里——奥立弗就是从这儿被南希姑娘领走的——他低低地笼着一堆烟雾袅袅的微火,膝盖上放着一只携带式风箱,看样子他早就打算把火拨得旺一些,不曾想自己倒陷入了沉思。他双臂交叉,两个大拇指顶住下巴,神不守舍地注视着锈迹斑斑的铁栅。

机灵鬼、查理·贝兹少爷和基特宁先生坐在他身后的一张桌子旁边,他们正在聚精会神地玩惠斯特牌戏,机灵鬼和明手,对贝兹少爷和基特宁先生。首先提到名字的那位绅士无论什么时候都显得聪明过人,此时脸上又多了一分微妙的表情,一方面专心打牌,一方面紧盯着基特宁先生的手,只要机会合适,就敏锐地看一眼基特宁先生手上的牌,根据对邻居的观测结果，巧妙地变换自己的打法。这是一个寒冷的夜晚，机灵鬼戴着帽子，一点不假，这本来就是他在室内的习惯。他牙缝里照例叼着一根陶制烟斗，偶尔把烟斗移开片刻，这也只是在他认为有必要从桌上放着的一只酒壶里喝两口提提精神的时候，这只容量一夸脱的壶里盛着供大家享用的掺水杜松子酒。

贝兹少爷玩得也很专心，可是由于天性比起他那位技艺娴熟的同伴更容易激动，看得出他品尝掺水杜松子酒的次数比较频繁，外加一个劲地打哈哈，牛头不对马嘴地瞎扯一气，跟一副讲究学问的牌局很不相称。的的确确，机灵鬼本着为朋友两肋插刀的精神，不止一次借机向同伴严肃指出，这种举止很不得体。贝兹少爷对绝大部分忠告都没有计较，只是请同伴"识相些"，否则干脆把脑袋伸进一个麻袋里去得了，要不就是用这一类巧妙的俏皮话来回敬对方，基特宁先生听了这些妙语佩服得不得了。值得注意的是，后一位绅士和他的搭挡老是输，这种情况非但没有惹恼贝兹少爷，反倒好像替他提供了极大的乐趣，他每打完一局都要喧闹不堪地大笑一阵，发誓说有生以来从未见过这样有趣的游戏。

"再加倍，一盘就完了，"基特宁先生拉长了脸，从背心口袋里掏出半个克朗，说道，"我从来没见过你这样的家伙，杰克，全是你赢。我跟查理拿到好牌也不顶事。"

不知道是这句话本身还是他说话时那副哭丧着脸的样子逗得查理·贝兹大为开心，查理立刻发出一阵狂笑，老犹太从冥想中惊醒过来，不禁问了一声怎么回事。

"怎么回事，费金，"查理嚷道，"你来看看牌局就好了。汤米·基特宁连一个点都没赢到，我跟他搭档对机灵鬼和明手。"

"嗳，嗳。"费金笑嘻嘻地说，表明其中妙处他心中有数。"再打几把，汤姆，再打几把。"

"谢谢，费金，我才不打了呢，"基特宁先生回答，"我受够了。机灵鬼一路交好运，谁也不是他的对手。"

"哈哈！我亲爱的，"老犹太答道，"你非得起个大早，才赢得过机灵鬼呢。"

"起个大早！"查理·贝兹说，"你要是想赢他的话，一定得头天晚上就穿好鞋,两只眼睛上各放一架望远镜,两个肩膀中间再挂一个看戏用的眼镜才行。”

达金斯先生不动声色地接受了这些赞美之辞,提出要和在座的哪一位绅士玩两把,每次一先令,谁先摸到有人头的牌为胜。由于无人应战,碰巧这时他的烟斗又抽完了,他拾起凑合着当筹码用的一段粉笔,自得其乐地在桌子上画了一张新门监狱的示意图聊以自娱,一边格外刺耳地打着口哨。

“你这人真没劲，汤米。”机灵鬼见大伙老是不吭声，便点着基特宁先生说了一句，又顿了顿，问道，“费金，你猜他在想什么?”

“我怎么猜得出来呢,亲爱的?”老犹太使劲地鼓动风箱,回头看了一眼,答道。“大概在想输了多少钱吧,可能,要不就是在想他刚刚离开的那所乡间小别墅,唔? 哈哈! 是不是,我亲爱的?”

“根本不是那么回事,”基特宁先生正想开口,机灵鬼抢先说道,从而打住了这个话题。“你说他在想什么,查理?”

“我说,”贝兹少爷咧着嘴笑了笑,“他对蓓特甜得可不一般。瞧他脸有多红。呃,我的天啦。这下有好戏看了。汤姆,咱们基特宁害了相思病了。呃,费金,费金。笑死我了。”

想到基特宁先生成了爱情的牺牲品,贝兹少爷简直乐疯了,他腾地往椅子上一靠,一时用力过猛,身体失去平衡,一个倒栽葱摔倒在地板上,他直挺挺地躺在地上(这一意外事故并没有使他感到扫兴),直到再也笑不出来才重新坐好,又开始笑起来。

“别理他,我亲爱的,”老犹太说着,朝达金斯先生挤了挤眼,一边惩戒性地用风箱喷嘴敲了贝兹少爷一下。“蓓特是个好姑娘。你只管追,汤姆,你只管追。”

“我想说的是,费金,”基特宁先生面红耳赤地答道,“这事你们谁也管不着。”

“你尽管放心,”费金答道,“查理是喜欢说三道四,别理他,我亲爱的,别理他。蓓特是个好姑娘。她要你干什么你就干什么,汤姆,你准会发财的。”

“我就是她要我干什么我就干什么,要不是听她的话,我也不会给关进去了,到头来还不是便宜了你,对不对,费金。六个礼拜又怎么样? 反正总会进去的，不是现在就是将来，你冬天不怎么想上外面溜达的时候，干吗不呆在里面，唔，费金？"

"嗨，是那么回事，我亲爱的。"老犹太回答。

"你就是再进去一回也不在乎，汤姆，是吧？"机灵鬼向查理和费金使了个眼色，问道，"只要蓓特不说什么？"

"我就是想说我不在乎，"汤姆愤愤不平地回答，"行了，行了。啊，你们谁敢这么说，我倒想知道，唔，费金？"

"没有人敢，亲爱的，"老犹太答道，"汤姆，谁也不敢。除了你，我不知道他们哪一个有这个胆子，没有一个，我亲爱的。"

"我当初要是把她供出来，自个儿就可以脱身，不是吗，费金？"可怜的冤大头怒气冲冲，穷追不舍。"我只消说一个字就了结了，不是吗，费金？"

"是啊，一点没错，亲爱的。"老犹太回答。

"但我也没把事情抖出去，对不对，费金？"汤姆的问题一个接一个抛了出来。

"没有，没有，绝对没有，"老犹太答道，"你真有种，绝不会漏出一句话，就是莽撞了点，我亲爱的。"

"也许是吧，"汤姆扭头看了看，回答道，"就算是吧，那有什么好笑的，嗯，费金？"

老犹太听出基特宁先生火气相当地大，赶紧向他担保没有人在笑，为了证明在座各位都很严肃，便问罪魁祸首贝兹少爷是不是这样。然而不幸的是，查理刚开口回答，说他一辈子从来不像现在这样严肃，又忍不住前仰后合地放声大笑起来。备受羞辱的基特宁先生二话不说，冲过去对准肇事者就是一拳。贝兹少爷躲避打击向来就很老练，猛一低头躲开了，时机又选得恰到好处，结果这一拳落到了那位快活老绅士的胸口上，打得他摇摇晃晃，直退到墙边，站在那里拚命喘气，基特宁先生失魂落魄地望着他。

"听，"就在这时，机灵鬼叫了起来，"我听到拉铃的声音。"他抓起蜡烛，轻手轻脚地上楼去了。

这帮人正搞不清是怎么回事的时候，铃声又颇不耐烦地响了起来。过了一会儿，机灵鬼又回来了，神秘兮兮地跟费金嘀咕了几句。

"哦,"老犹太嚷道,"一个人?"

机灵鬼肯定地点了点头，他用手挡住蜡烛火苗，一声不响地给了查理·贝兹一个暗示，要他眼下最好别再开玩笑了。机灵鬼尽到了朋友的责任，他目不转睛地看着老犹太的脸，听候吩咐。

老头儿咬着蜡黄的手指，盘算了几秒钟，面孔急剧地抽动着，似乎正担心着什么，害怕得知最坏的情形。末了，他终于抬起头来。

"他在哪儿?"他问。

机灵鬼指了指楼上,做了一个离开这个房间的动作。

"好吧,"费金对这无声的询问作了答复,"带他下来。嘘！别出声了,查理。斯文点,汤姆。避一避,避一避。"

查理·贝兹和他新结下的对头乖乖地服从了向他俩下达的这一番简短的指示。四下里没有一点声音表明他们到哪儿去了,机灵鬼举着蜡烛走下楼来,后面跟着一个身穿粗布罩衫的男人。这人仓惶地扫了周围一眼,把遮住自己下半张脸的大披巾扯下来,露出了花花公子托比·格拉基特的一张脸——十分憔悴,不知多少天没洗脸,没刮胡子了。

"你好吗,费金?"这位可敬的绅士朝老犹太点点头,说道,"机灵鬼,把那围巾掼到我帽子里面,剃头的时候我好知道上哪儿找去,没错。你将来会出落成一个年轻有为的江洋大盗,比眼下这个老油子高明得多。"

说着,他把罩衫撩起来,系在腰上,扯过一张椅子放在炉旁,坐了下来,两腿搭在保温架上。

"瞅瞅,费金,"他满腹牢骚地指着长统马靴说道,"从你知道的那个时候算起,连一滴戴伊马丁[①]都没碰,一次都没擦过,天啦。喂,你别那样看着我。不要着急,我不吃饱喝足了,也没力气跟你谈正经事。拿点吃的来,我们先把三天没进的货来个一次补齐。"

老犹太打了个手势,要机灵鬼把能吃的东西都放到桌上去,自己在这个强盗的对面坐下来,等着他开口说话。

从外表上看,托比丝毫也不打算马上开口。一开始老犹太还沉得住气,观察着他的脸色,似乎想从表情上看出他到底带来了什么消息,然而毫无效

---

① 指伦敦有名的戴伊马丁公司出品的鞋油。狄更斯少年时代在这家公司干过活。

果。托比虽然显得疲惫不堪,但眉宇之间仍保持着那种一贯的怡然自得的神气,真是没得治了,透过油泥污垢、胡须鬓角显现出来的仍旧是花花公子托比·格拉基特那一副自鸣得意的傻笑。老犹太焦躁地站起来,一边盯着托比一点一点把食物送进嘴里,一边激动难忍在屋里踱来踱去。这一招也完全不起作用。托比摆足了旁若无人的派头,一直吃到再也吃不下去,这才吩咐机灵鬼出去,关上门,兑了一杯酒,定了定神,准备发话。

"首先,费金。"托比说道。

"对呀,对呀。"老犹太挪了一下椅子,插嘴说。

格拉基特先生停下来,呷了一口酒,直夸掺水杜松子酒真是好极了,接着又把双脚蹬在壁炉上,以便使靴子和自己的视线大致处于水平的位置,又若无其事地捡起了话题。

"首先,费金,"这位入室抢劫的老手说道,"比尔怎么了?"

"啊!"老犹太一声惊叫,从座位上跳了起来。

"嗳,你该不会是想说——"说话时托比的脸刷地变白了。

"想说!"费金叫喊着,怒不可遏地跺着地面。"他们哪儿去了?赛克斯跟那孩子。他们哪儿去了?到什么地方去了?"

"买卖搞砸了。"托比有气无力地说。

"我就知道,"老犹太从衣袋里扯出一张报纸,指着报纸说。"还有呢?"

"他们开了枪,打中了那孩子。我们俩架着他穿过野地——直端端的,就像乌鸦飞过一样——翻过篱笆、水沟,他们还在追。妈的。全国的人都醒过来了,狗也在后边撵。"

"说那个孩子。"

"比尔把他背在背上,跑得飞快,跟一阵风似的。后来我们停下来,把他放在我们中间,他脑袋搭拉着,身上冷冰冰的。那些人眼看着就要追上我们了,人人为自已,谁都不想上绞刑架。我们就散伙了,把小家伙丢在一个水沟里,也不知道是死是活,我知道的就这些了。"

费金没再听他说下去,只是大吼一声,双手扯着头发,冲出房间,跑出大门去了。

第二十六章

在这一章里，一个神秘的角色登场了，还发生了许多与这部传记不可分割的事情。

费金老头一直跑到街角,才开始从托比·格拉基特带来的消息造成的影响中回过神来。他丝毫也没有放慢自己异乎寻常的脚步,仍然疯疯癫癫地向前跑去。突然,一辆马车从他身边疾驶而过,行人见他险些葬身车底都不约而同地大叫起来,他这才吓得回到人行道上。老犹太尽量绕开繁华街道,躲躲闪闪地溜过一条条小路狭巷,最后来到了斯诺山。到了这里,他的步子迈得更快了,他毫不拖延,又折进了一条短巷。直到这时,他好像才意识到已经进入了自己的地盘,便又恢复了平日那副懒洋洋的步态,呼吸似乎也比较自由了。

在斯诺山与霍尔本山相交的地方,就是从伦敦老城出来往右边走,有一条狭窄阴暗的巷子通往红花山。巷内好几家肮脏的铺子里都摆着一扎扎种类齐全、花色繁多的旧丝手绢,从小偷手里收购这些东西的商贩就住在铺子里。千百条手巾在窗外的竹钉上晃来晃去,或者在门柱上迎风招展,货架上也放满了手巾。这里虽说和菲尔胡同一样狭窄闭塞,却也有自己的理发店、咖啡馆、啤酒店和卖煎鱼的小店。这是一个自成体系的商业区,小偷小摸的销赃市场。从清晨到黄昏来临,都有一些沉默寡言的商贩在这一带逛游,他们在黑黝黝的后厢房里洽谈生意,离去时也和来的时候一样神秘莫测。在这里,裁缝、鞋匠、收破烂的都把各自的货物摆出来,这对小偷来说无异于广告牌。污秽的地窖里囤积着废旧铁器、骨制品、成堆的毛麻织品的边角零料,散发着霉臭味,正在生锈腐烂。

费金老头儿正是拐进了这个地方。他跟胡同里那些面黄肌瘦的住户十分熟识,走过去的时候,好些正在店铺门口做买卖的人都亲热地向他点头致意,他也同样点头回礼,只此而已,没有多的话。他一直走到这条胡同的尽头才停住脚步,跟一个身材瘦小的店家打招呼,那人硬挤在一把儿童座椅里,正坐在店门口抽烟斗。

“嗳,只要一看到你,费金先生,瞎子也能开眼。”这位可敬的买卖人说着,对老犹太向自己请安表示感谢。

“这一带也太热了点,莱渥里。”费金扬起眉毛,双手交叉搭在胳臂上,说道。

“是啊,我听说过这种牢骚,有一两次了,”老板回答,“不过很快就会凉下来的,你没发觉是这么回事?”

费金赞同地点了一下头,指着红花山方向问,今晚有没有人上那边去。

“你说的是瘸子酒店?”那人问道。

老犹太点了点头。

“我想想,”老板想了一会儿,接着说道,“有的,总有六七个人上那儿去了,据我所知。你朋友好像不在那儿。”

“没看见赛克斯,是吗?”老犹太带着一脸的失望问道。

“用律师的说法,并未在场。”小个子摇摇头,说了一句蹩脚的拉丁语,样子十分阴险,“今晚你有什么货要给我?”

“今晚没有。”老犹太说罢转身走了。

“费金,你是不是上瘸子店去?”小个子在后边叫他,“等一等。就算在那儿陪你喝两盅也行。”

老犹太只是扭头看了一眼,挥了挥手,表示自己情愿一个人去,再说了,那小个子要从椅子上挣脱出来也确实不容易,所以这一次瘸子酒店就失去了莱渥里先生会同前往的荣幸。当他好不容易站立起来时,老犹太已经消失了。莱渥里先生踮起脚尖,满心以为还能看见他的人影,可希望落空了。他只得又把身子挤进小椅子里,跟对面铺子里一位太太彼此点头致意,其中显然搀和着种种猜疑和不信任,然后又派头十足地叼起了烟斗。

三瘸子,是一家酒店的招牌,一班常客习惯上管它叫瘸子店,赛克斯先生和他的狗已经在这家酒店露过面。费金跟酒吧里的一个男人打了个手势,就照直上楼,打开一扇房门,悄悄溜了进去。他用一只手挡住亮光,焦急地向四周看了看,看样子是在找人。

屋子里点着两盏煤气灯,窗板紧闭,褪色的红窗帘拉得严严实实,不透一点光。天花板漆成了黑色,反正别的颜色也会被烛火熏黑的。室内浓烟滚滚,乍一进去,简直什么东西也分辨不出来。不过渐渐地,部分烟雾从打开的门口散出去,可以看出屋子里是一大片和涌进耳朵的噪音一样乱糟糟的脑袋。随着眼睛逐渐适应环境,旁观者看得出室内来客众多,男男女女挤在一条长桌的周围,桌子上首坐着手拿司令锤的主席,一位鼻子发青,脸部因牙疼而包扎起来的专业人士坐在室内一角,正叮叮咚咚地弹奏着一架钢琴。

费金轻手轻脚地走进去,那位专业人士的手指以弹奏序曲的方式,飞快地滑过键盘,结果引来了要求点歌的普遍呼声。鼓噪停息之后,一位小姐为大家献上了一支有四段歌词的民谣,在每一节之间,伴奏的人都要把这支曲子从头弹一遍,他使出浑身解数,弹得震天价响。一曲唱罢,主席发表了一通感受,随后,坐在主席左右的两位专业人士又自告奋勇唱了一首二重唱,赢得一片喝彩。

真正有意思的还在于观察一下某些超群出众的面孔。主席本人(也是店主)是一个粗俗暴躁、膀大腰圆的家伙,演唱进行的时候,他一双眼睛滴溜溜地转个不停,像是陶醉在欢乐之中似的,他一只眼观察着发生的一切,一只耳朵聆听着人们议论的每一件事——两者都很敏锐。他身边的歌手个个面带职业上的淡漠,接受大家的赞誉,把越来越喧闹的崇拜者献上的十来杯掺水烈酒喝下去。这些崇拜者脸上流露出的邪恶表情几乎可以说应有尽有,而且几乎是每一个阶段的都有,正是他们脸上这种可憎可恶的表情让人非看一眼不可。他们脸上的奸诈、凶恶和不同程度的醉态都表现得淋漓尽致。女人——有几个女人还保留着最后一丝若有若无的青春气息,眼看着几乎就要褪去。另外一些女人已经丧失了作为女性所具有的一切特征和痕迹,展现出来的不过是淫乱和犯罪留下的一具令人恶心的空壳,有几个还仅仅是姑娘,其余的是些少妇,都还没有度过生命的黄金时代——构成了这幅可怕的画面上最阴暗最凄凉的部分。

费金感到烦恼的并不是什么高尚的感情,当这一切正在进行的时候,他急切地顺着一张张面孔看过去,但显然没有看见要找的那个人。接着,他终于捕捉到了坐在主席位子上的那个人的目光,便微微向他招了招手,跟进来时一样无声无息地离开了房间。

“有什么事要我效劳吗,费金先生?”那人尾随着来到楼梯口,问道。“你不跟大伙一块儿乐乐?他们一定高兴,个个都会很高兴。”

费金烦躁地摇了摇头,低声说:“**他**在这儿吗?”

“不在。”那人回答。

“也没有巴尼的消息?”费金问。

“没有,”那人答道,他正是瘸子店老板,“非等到平安无事了,他不会出来活动。我敢肯定,那边查到线索了,只要他动一动,立刻就会把这档子事搞砸了。他一点没事,巴尼也是,要不我也该听到他的消息了。我敢打赌,巴尼会办得稳稳当当的,那事就交给他了。”

“**他**今天晚上会来这儿吗?”老犹太和先前一样,把这个“他”字说得特别重。

“孟可司,你是指?”老板迟疑地问。

“嘘!”老犹太说,“是啊。”

“肯定会来,”老板从表袋里掏出一块金表。“刚才我还以为他在这儿呢,你只要等十分钟,他准——”

“不,不,”老犹太连声说道,他好像尽管很想见一见此人,又因为他不在而感到庆幸。“你告诉他,我来这儿找过他,叫他今天晚上一定到我那儿去。不,就说明天。既然他没在,那就明天好了。”

“好吧。”那人说,“没别的事了?”

“眼下没什么要说的了。”老犹太说着往楼下走去。

“我说,”对方从扶手上探出头来,沙哑地低声说道,“现在做买卖正是时候。我把菲尔·巴克弄这儿来了,喝得个醉,连一个毛孩子都能收拾他。”

“啊哈!现在可不是收拾菲尔·巴克的时候,”老犹太抬起头来,说道,“菲尔还有些事要做,然后我们才会和他分手。招呼客人去吧,亲爱的,告诉他们好好乐一乐——趁他们还活着。哈哈哈!”

老板跟着老头儿打了个哈哈,回客人那边去了。左右无人,费金脸上立刻恢复了先前那副忧心忡忡的表情。他沉思了一会儿,叫了一辆出租马车,吩咐车夫开到贝丝勒尔草地去。他在离赛克斯先生的公馆还有几百码的地方下了马车,徒步走完余下的一小段路。

“哼,”老犹太嘟嘟哝哝地敲了敲门。“要是这里头有什么鬼把戏的话,我也要从你这儿弄个明白,我的小妞,随你怎么机灵。”

开门的女人说南希在房间里。费金蹑手蹑脚地走上楼,连问也没有问一声就走了进去。姑娘独自一人,蓬头散发地伏在桌子上。

“她在喝酒,”老犹太冷漠地思忖着,“也许是有什么伤心事。”

老头儿这样思忖着,转身关上房门,这声音一下子把南希姑娘惊醒了。她紧紧盯住费金那张精明的面孔,问有没有什么消息,又听他把托比·格拉基特说的情况细细讲了一遍。事情讲完了,她一句话也没说,又像刚才那样趴在桌上,一言不发。她烦躁地把蜡烛推到一边,有一两次,她神经质地换一下姿势,双脚沙沙地在地上蹭来蹭去,不过,也就是如此了。

趁着彼此无话可说的功夫,老犹太的目光忐忑不安地在屋子里扫了一圈,好像是要证实一下房间里的确没有赛克斯已经偷偷溜回来的任何迹象。这一番巡视显然使他感到满意,他咳嗽了三两声,千方百计地想打开话题,可姑娘根本不理他,只当他是个石头人。末了,他又作了一次尝试,搓了搓手,用最婉转的口气说:

“你也该想想,眼下比尔在什么地方,是吗,亲爱的?”

姑娘呻吟着,作出了某种只能听懂一半的答复,她说不上来,从她发出这种压抑的声音来看,她像是快哭出来了。

“还有那个孩子,”老犹太瞪大眼睛,看了看她的表情,“可怜的小娃娃。丢在水沟里,南希,你想想看。”

“那个孩子,”南希突然抬起头来,说道,“在哪儿也比在我们中间好。只要这事没有连累比尔,我巴不得他就躺在水沟里死掉,嫩生生的骨头烂在那儿。”

“哦!”老犹太大吃一惊,喊道。

“嗳,就是这样,”姑娘迎着他那直愣愣的目光,回答说。“要是从此以后再也见不到他,知道最糟糕的事情过去了,我才高兴呢。有他在身边真叫我受不了。一看见他,我就恨我自己,也恨你们所有的人。”

“呸!”老犹太轻蔑地说,“你喝醉了。”

“我醉了?”姑娘伤心地叫道,“可惜我没醉,这不是你的错。依着你的心思,你巴不得我一辈子不清醒,除了现在——怎么样,这种脾气你不喜欢?"

"是啊。"老犹太大怒,"不喜欢。"

"那就改改我的脾气啊。"姑娘回了一句,随即放声大笑。

"改改!"费金大叫起来,同伙这种出乎意料的顽固,加上这天夜里遇到的不顺心的事,终于使他忍无可忍。"我是要改改你的脾气。听着,你这个臭婊子。你给我听着,我现在只需要三言两语,就可以要赛克斯的命,跟我用手掐住他的牛脖子一样稳当。他要是回来了,把那孩子给撂在后头——他要是滑过去了,却不把那孩子交还我,不管是死是活——你如果不想让他碰上杰克·开琪[1]的话,就亲手杀了他。他一跨进这间屋子你就动手,不然你可要当心我,时间会来不及的。"

"这都说了些什么?"姑娘不禁叫了起来。

"什么?"费金快气疯了,继续说道,"那孩子对于我价值成百上千英镑,运气来了,我可以稳稳当当得到这么大一笔钱,就因为一帮我打一声口哨就能叫他们送命的醉鬼精神失常,倒要我失去该我得到的东西吗?再说,我跟一个天生的魔鬼有约,那家伙就缺这份心,可有的是力气去,去——"

老头儿气喘吁吁,说到这里叫一个词卡住了,在这一瞬间,他突然打住了怒火的宣泄,整个样子都变了。他那蜷曲的双手刚才还在空中乱抓,两眼瞪得滚圆,脸上因激怒而发青,可这会儿,他在椅子里蜷作一团,浑身直哆嗦,生怕自己暴露内心的奸诈。他沉默了一会儿,大着胆子扭头看了看同伴,见她依然和刚才醒来时一样无精打采,又多少显得放心了。

"南希,亲爱的,"老犹太用平时的口气,哭丧着说,"你不见怪吧,亲爱的?"

"你别再烦我,费金。"姑娘缓慢地抬起头来,答道,"要是比尔这一次没有得手的话,他还会干的。他已经替你捞到不少好处,只要办得到,还会捞到很多很多,办不到就没法子了,所以你就别提了。"

"那个孩子呢,亲爱的?"老犹太神经质地连连擦着掌心。

"那孩子只好跟别人去碰碰运气了,"南希赶紧打断他的话,"我再说一

---

① 英国历史上以残忍著称的刽子手(一六六三?——一六八六)。这里泛指刽子手。

遍，我巴不得他死，他就不会再受伤害，脱离你们这一伙——就是说，如果比尔没事的话。既然托比都溜掉了，比尔肯定出不了事，比尔再怎么着也顶他托比两个。”

“我说的事怎么办，亲爱的？”老犹太目光灼灼地盯着她，说道。

“你如果要我做什么事，你得从头再说一遍，”南希回答，“真要是这样，你最好还是明天再说。你刚折腾一阵，现在我又有点糊涂了。”

费金又提出了另外几个问题，一个个都带着同样的含意，一心想要弄清这姑娘是不是已经听出他刚才脱口说出的暗示，然而她回答得干干脆脆，在他的逼视下又显得极其冷漠，他最初的想法看来是对的，她大不了多喝了两杯。的的确确，老犹太的一班女弟子都有一个普遍的缺点，南希也不例外，这个缺点在她们年龄较小的时候受到的鼓励多于制止。她那蓬头垢面的样子和满屋浓烈的酒气，为老犹太的推测提供了有力的证据。她当时先是像前面描述的那样发作一气，接着便沉浸在抑郁之中，随后又显出百感交集、无以自拔的样子，刚刚还在垂泪，转眼间又发出各种各样的喊声，诸如“千万别说死啊”什么的，还作出种种推测，说是只要太太、先生们快活逍遥，什么事也不打紧。费金先生对这类事一向很有经验，见她果真到了这种地步，真有说不出的满意。

这一发现使费金先生安心了。他此行有两个目的，一是把当天夜里听到的消息通知南希，二是亲眼核实一下赛克斯还没有回来，现在两个目的都已经达到，便动身回家，丢下自己的年轻同伙，由她伏在桌子上打瞌睡。

这时已经是午夜时分。天色漆黑，严寒刺骨，他实在没有心情闲逛。寒风掠过街道，似乎想把稀稀落落的几个行人当作尘土、垃圾一样清扫掉，看得出行人都在急急忙忙赶着回家。不过，对于老犹太来说倒是一路顺风，强劲的阵风每次粗暴地推他一把，他都要哆嗦一阵。

他走到自己住的这条街的转角上，正胡乱地在口袋里摸大门钥匙，这时一个黑影从马路对面一个黑洞洞的门廊里窜出来，神不知鬼不觉地溜到他身边。

“费金。”一个声音贴近他耳边低声说道。

“啊。”老犹太旋即转过头来，说道，“你是——”

“是的。”陌生人打断了他的话。“我在这儿转悠了足有两个小时，你到什么鬼地方去了?”

“为你的事,我亲爱的,”老犹太顾虑重重地瞟了伙伴一眼,说话间放慢了步子。“一个晚上都是为了你的事。”

“哦,那还用说。”陌生人嘲弄地说了一句。“好啊,情况如何?”

“情况不好。”老犹太说。

“情况不坏吧,我想?”陌生人骤然停了下来,看了看对方,神色也很惊慌。

老犹太摇摇头,刚打算回答,陌生人要他打住,这时两人已经来到费金的门前,陌生人指着大门说,有什么事最好还是进屋去说,自己在附近站了那么久,饱受风寒,连血都冻僵了。

费金面带难色,似乎很想推托,深更半夜的,自己不便把生人带到家里。果不其然,费金咕咕哝哝地说了一通,屋里没有生火什么的,可是同伴却专横地重申自己的要求,他只得打开门,要同伴进来之后轻轻把门关上,自己去取个亮。

“这儿黑得跟坟墓一样,”那人摸索着朝前走了几步。“快一点。”

“把门关上。”费金从过道尽头小声地说。话音未落,门发出一声巨响关上了。

“这可没我的分,”另一位一边辨方向,一边说。“是风刮过去的,要不就是它自个儿关上的。快把亮拿过来,不然我会在这该死的地洞里撞个脑袋开花的。”

费金摸黑走下厨房楼梯,稍停又擎着一支点亮的蜡烛走上来,还带来了消息,托比·格拉基特已经在楼下里间睡着了,几个少年在前面一间,也都睡了。他招招手要陌生人跟上,自己领路往楼上走去。

“在这儿我们可以有什么说什么,亲爱的,”老犹太推开二楼的一道门,说道。“百叶窗有几个窟窿,我们把蜡烛搁在楼梯上,隔壁绝对看不到亮,喏。”

老犹太嘴里念叨着弯下腰,把蜡烛放在上面一段楼梯上,正对房门。放好蜡烛,他领着客人走进房间,里面有一把破烂不堪的扶手椅,门后放着一张没有椅罩的躺椅或者沙发,除此以外,没有一样能搬走的东西。陌生人在躺椅上坐下来,一副精疲力竭的样子。老犹太把扶手椅拖过来,两个人对面而坐。这里不算太黑,房门半开着,外面那支蜡烛把一束微光投射到对面墙上。

他们压低嗓门谈了一阵。除了偶尔几个断断续续的字眼,谈话的内容一点也听不清,尽管如此,听众还是不难听出费金似乎正在就同伴的某些言词替自己辩护,而后者相当烦躁。他们就这样嘀咕了一刻钟,或许稍多一点,孟可司——老犹太在谈话过程中几次用这个名字来称呼陌生人——略略提高嗓门说道:

"我再跟你说一遍,这事安排得糟透了。干吗不让他和另外几个呆在一块儿,把他训练成一个偷偷摸摸的鼻涕虫扒手不就结了?"

"哪有这么简单哩!"老犹太耸了耸肩,喊道。

"哦,你是说你就是有法子也办不到,是不是?"孟可司板着面孔,问道。"你在别的小子身上不是干过好几十次了吗?只要你有耐心,顶多一年,不就可以让他给判个刑,稳稳当当地送出英国,说不定还是一去不回,是不是?"

"这事好处归谁,亲爱的?"老犹太谦卑地问。

"我啊。"孟可司回答。

"又不是我,"老犹太谈吐间显得十分恭顺。"他本来对我有用。一桩买卖两方都要做,那就得照顾两方面的利益才对,是不是,我亲爱的朋友?"

"那又怎么着?"孟可司问。

"我发觉要训练他干这一行还挺费事,"老犹太答道,"他不像别的处境相同的小子。"

"见他的鬼去,是不一样。"那人咕噜着,"不然老早就成小偷了。"

"我抓不到把柄,叫他变坏,"老犹太焦急地注视着同伴的脸色,继续说道。"他还没沾过手,能吓唬他的东西我一样也没有,刚开头的时候,我们横竖得有点什么,要不就是白费劲。我能怎么样?派他跟机灵鬼和查理一块儿出去?一出门就叫我们吃不消,亲爱的。为了我们大家,我真是提心吊胆。"

"这不关我的事。"孟可司说道。

"是啊,是啊,亲爱的。"老犹太故态复萌。"眼下我不是争论这件事。因为,假如压根就没有这回事,你根本不会注意到他,到后来你又发觉正想找的就是他。嗨，靠着那姑娘，我替你把他弄回来了，再往后她就宠上他啦。”

“勒死那姑娘。”孟可司心急火燎地说。

“嗨，眼下我们还不能那么干，我亲爱的，”老犹太微笑着答道。“再说了，那种事不是我们的本行，或者没准哪一天，我会巴不得找人给办了。这些小妞的底细，孟可司，我心里有数。一旦那孩子横下心来，她的关心不会比对一块木头多到哪儿去。你想叫他当小偷，只要他还活着，我就能让他从今以后干这一行。如果——如果——”老犹太朝对方身边凑过去——“这倒也不大可能，你听着——但万一发生最糟糕的情况，他死掉了——”

“那不是我的错。”另一位惊恐万状地插了进来，双手颤抖地扣住费金的肩膀。“听着，费金。这事我可没插手，从一开始我就告诉你了，什么事都可以，只是不能让他死，我不想看见流血，这种事迟早会暴露，还会搅得人老是鬼缠身。如果他们开枪打死了他，责任绝不在我。你听见没有？快放把火烧掉这鬼地方。那是什么？”

“什么？”老犹太也惊叫一声，伸手将吓得跳起来的胆小鬼拦腰抱住。“在哪儿？”

“那边。”孟可司朝对面墙上瞪了一眼。“那个人影。我看见一个女人的影子，裹着披风，戴了顶软帽，一阵风似地贴着护墙板溜过去。”

老犹太松开手臂，两人慌忙从屋里奔出去。蜡烛还立在原来的地方，穿堂风已经刮得它一片狼藉，烛光照出的只有空荡荡的楼梯和他俩惨白的面孔。他们凝神听了一下，整个房子笼罩在一片死寂之中。

“那是你的幻觉。”老犹太说着从地上端起蜡烛，伸到同伴面前。

“我可以发誓，我看得清清楚楚。”孟可司哆哆嗦嗦地答道。“我第一眼看见的时候，那个影子正向前弓着身子，我一开口，它就跑开了。”

老犹太轻蔑地向同伴那张吓得发青的面孔扫了一眼，说了声只要他乐意，可以跟着自己去看一下，便朝楼上走去。他们一个房间一个房间看过去，屋子里空空如也，冷得出奇。他们下到走廊里，随后又走进地下室。淡青色的潮气垂附在矮墙上，蜗牛、鼻涕虫爬过的痕迹在烛光映照下闪闪发亮，然而一切都死一般地沉寂。

“你现在认为如何？”他们又回到走廊里，老犹太说道。“我们俩不算，这屋里除了托比和那班小鬼，一个人也没有，他们也够安分的。你瞧。”

老犹太从衣袋里掏出两把钥匙作为凭证，解释说，他第一次下楼的功夫就把门锁上了，为的是谈话绝对不受干扰。

孟可司先生面对这一新添的证据顿时犹豫起来。两人又继续进行了一番毫无结果的搜索，他的抗议渐渐变得不那么激昂了，接着他发出几声狞笑，承认那可能只是自己冲动之下产生的想像罢了，不过当天夜里他再也不愿意换个话题继续说下去，因为他猛然想起这时已经一点多了，于是这一对亲密朋友便分手了。

第二十七章

为前一章极不礼貌地把一位女士抛在一旁赔礼补过。

一个无足轻重的作家，让诸如教区干事这样举足轻重的角色背对火炉，大衣下摆撩起来夹在胳膊底下，在一边久等，一直等到笔者高兴放他稍息为止，这种做法是极为失礼的。捎带着又把干事曾报以脉脉含情的目光的一位女士也给怠慢了，这与作者的身份或者骑士风度就更不合适了，干事刚才在她耳旁低声倾诉过的甜言蜜语是有很大来头的，完全足以叫无论哪个级别的小姐、太太听了心里怦怦直跳。身为这部传记的作者，本人的笔尖始终追寻着这些话语——在下对自己的地位十分清楚，并且对权势人物抱有恰如其分的敬意——急于向他们表示他们的职位所要求的尊重，并且尽到他们的高贵身份和（随之而来的）崇高品德要求笔者务必尽到的一应礼节。的确，基于这个目的，笔者曾打算在这里就教区干事的神圣权力进行一番论述，并阐明这样一种立场，即教区干事不会出错，心平气和的读者肯定会既感到高兴，又有所收获。然而不幸的是，由于时间和篇幅有限，笔者不得不把这一通议论推迟到某个更为方便、适当的时候,届时本人将要论证,一名经过合法手续任命的干事——就是说,一位隶属教区济贫院,在职权范围内参与该区教会事务的教区干事——凭职权具有人类的一切长处和优秀品质,而一般的公司干事、法院干事甚至小教堂的干事,与这些长处当中任何一种的距离可能还有十万八千里(只有最后一类属于例外,他们处于一种非常低贱的地位)。

邦布尔先生把茶匙的数目重新点了一遍,又掂了掂方糖夹子,对奶锅作了一番更为周密的考察,对于家具的一应情形,乃至那几张马鬃椅垫,他都一一做到心中有数,这一程序又重复了六七次,他这才想起柯尼太太也该回来了。他一时思绪万千。柯尼太太归来的足音又老是听不见,邦布尔先生不禁想到,浏览一下柯尼太太的柜橱里的东西,以便进一步满足自己的好奇心,理当算是一种无伤大雅而又合乎道德的消遣方法。

邦布尔先生贴近锁孔听了一下,确信没有人朝这间屋子走来,便从基层着手,了解三个长抽屉里的内容:里面装满了各式各样的衣物,样式和质地都很讲究,用两层旧报纸细心地保护起来,上面还点缀着熏衣草的干花,这一点似乎使他格外满意。他打开右边角落上的抽屉(钥匙就在里面),看见里面放着一个上了锁的小匣子,他摇了摇,匣子里发出一阵令人愉快的响声,好像是金币的丁当声。邦布尔先生步态庄重地回到壁炉前,恢复了先前的姿势,神色严肃而果断地说道:"就这么办。"这一份意义重大的公告发布完毕,他怪模怪样地摇了十分钟脑袋,活像是在苦苦劝告自己当一只讨人喜欢的狗一样。随后他侧着身子,对自己的双腿左看右看,似乎非常开心,兴趣盎然。

他正在悠哉游哉地进行后一种鉴定,柯尼太太慌慌张张奔了进来,上气不接下气地倒在炉边的椅子上,一只手捂住眼睛,另一只手压在胸脯上,大口大口地喘气。

"柯尼太太,"邦布尔先生朝女总管弯下腰来,说道,"怎么回事,夫人?出事了,夫人?你回答我啊,我可是如坐——如坐——"慌张之下,邦布尔没能立刻想起"针毡"这个词,便用"破瓶子"支吾过去了。

"呃,邦布尔先生!"女总管大叫一声,"刚才真烦死我了。"

"烦死了,夫人!"邦布尔先生惊呼,"谁有这么大胆子——?我知道了。”邦布尔先生耐住性子，摆出固有的庄重气派，说道，“准是那帮可恶的穷鬼。”

“光想想就烦死人。”女总管直打哆嗦。

“夫人，就别想它了。”邦布尔先生答道。

“我忍不住。”女士抽抽搭搭地说。

“夫人，那就来点什么，”邦布尔先生很是体贴地说，“一丁点葡萄酒？”

“这不行啊。”柯尼太太回答，“我喝不——嗷！在右边角落最上面一格——呃！”这位可敬的女士说罢，神思恍惚地指了指食橱，由于神经紧张而抽搐。邦布尔先生向壁橱冲去，按照这一番上气不接下气的指示，从格板上抓起一只容量一品托的绿色玻璃瓶，将瓶中之物斟了满满一茶杯，递到这位女士唇边。

“现在好点儿了。”柯尼太太喝了半杯，身子又缩了回去。

邦布尔先生虔诚地抬眼望着天花板感谢上苍。接着又把目光移下来，落到茶杯的边沿上，他端过杯子凑到鼻子底下。

“薄荷，”柯尼太太有气无力地说，一边笑吟吟地望着教区干事。“尝尝。放了一点——里头放了一点别的东西。”

邦布尔先生带着似信非信的神情，尝了尝这种药，咂咂嘴唇，又尝了尝，最后把空茶杯放下来。

“喝着真叫人舒坦。”柯尼太太说。

“的的确确舒坦哩，太太。”教区干事一边说，一边把椅子挪到女总管身旁，温柔地询问发生了什么事情惹她心烦。

“没什么，”柯尼太太说道，“我是个容易激动、脆弱、愚蠢的女人。”

“不脆弱，夫人，”邦布尔回了一句嘴，略略把椅子挪得更近了一点。“柯尼太太，你是一个脆弱的女人吗？”

“我们都是脆弱的。”柯尼太太搬出了一条普遍原理。

“就算是吧。”干事说道。

随后的一两分钟里，双方什么话也没说，待到这段时间届满，邦布尔先生为了替这种观念配上插图，便将先前搭在柯尼太太椅背上的左臂移到柯尼太太的裙带上，逐渐围住了她的腰。

“我们都是脆弱的。”邦布尔先生说。

柯尼太太长叹一声。

“不要叹气,柯尼太太。”

“我忍不住。”柯尼太太说着又叹了一口气。

“这是一个非常舒适的房间,夫人。”邦布尔先生扭头看了一眼。“要是再有一间,夫人,就十全十美了。”

“一个人住太多了。”女士的声音低得几乎听不见。

“两个人住就不算多。”邦布尔先生的口气很柔和。“呃,柯尼太太?”

教区干事说这番话的时候,柯尼太太的头垂了下去,干事低下头,瞅了瞅柯尼太太的脸色。柯尼太太很有分寸地把头扭到一边,伸手去拿自己的手绢,但无意之间把手放到了邦布尔先生的手里。

“理事会配给你煤了,对吗,柯尼太太?”干事一边说,一边情意切切地握紧她的手。

“还有蜡烛。”柯尼太太也轻轻地迎接这种压力。

“煤,蜡烛,外加免收房租,”邦布尔先生说,“噢,柯尼太太,你真是一位天使。”

柯尼太太再也无法抗拒这样奔放的感情,她倒在了邦布尔先生的怀里。那位绅士激动之下,在她那贞洁的鼻尖上印下了一个热吻。

“何等的教区缘分啊。”邦布尔先生欣喜若狂地嚷了起来,“斯洛特先生今天更糟糕了,你知道吗,我的美人?”

“知道。”柯尼太太红着脸答道。

“医生说了,他活不了一个星期,”邦布尔先生继续说道,“他是济贫院的头儿,他一死就会留下一个空位子,一个必须填上的空位。噢,柯尼太太,这件事开辟了多么美妙的前程啊。把两颗心连在一起,两个家合成一个,这该是多好的机会。”

柯尼太太管自抽噎着。

“快说啊,那个小小的字眼?”邦布尔先生朝羞答答的美人弯下腰来。“那一个小啊,小啊,小而又小的词,我可爱的柯尼,说啊?”

“是——是——是的。”女总管说着发出一声叹息。

“再说一次,”干事毫不放松,“把你这份宝贵的感情凝聚起来,再说一次。什么时候办?”

柯尼太太两次想说出来，两次都说不出口。末了她鼓足勇气，搂住邦布尔先生的脖子说，这事全看他的意思了，他真是“一只叫人无法抗拒的鸭子”。

事情就这么相亲相爱皆大欢喜地敲定了。作为郑重签署合约的一个仪式，他俩又满满地倒了一杯薄荷混合剂，女士心跳得厉害，激动无比，这一杯混合剂显得尤为必要。喝过饮料，她把老沙丽病死的事告诉了邦布尔先生。

“很好，”那位绅士呷了一口薄荷剂，说道。“我回家的时候，上苏尔伯雷铺子里去一下，通知他明天早晨就送来。就是这事吓着你了，我的心肝？”

“不是什么特别的事，亲爱的。”女士闪烁其词地说。

“一定有事的，我的心肝，”邦布尔先生一口咬定，“你难道不愿意告诉你自个儿的老邦？”

“现在不谈这些，”女士答道，“改天吧，等我们结婚以后，亲爱的。”

“我们结婚以后！”邦布尔先生嚷着说，“莫不是哪一个穷小子竟然厚颜无耻到——”

“不，不，心肝。”女士忙不迭地打住。

“假如我认定了有这么回事，”邦布尔先生继续说道，“只要我认为他们当中有哪一个，胆敢向这张美丽的面孔抬一下他的下流眼睛的话——”

“他们没那么大胆子，心肝。”女士应声说道。

“他们最好别这样。”邦布尔先生握紧拳头说道，“我倒是要看看哪个人，不管是教区的，还是教区外的，敢做这种事，我要让他知道，他不会有第二次了。”

如果没有慷慨激昂的手势来加以润色，似乎可以认为这番话绝不是对那位女士的魅力的高度赞扬，然而邦布尔先生在发出这一通恐吓的同时，伴之以种种好斗的姿势，他勇于献身的这一明证深深打动了柯尼太太，她带着无限倾慕的神色，发誓说他的的确确是一只讨人喜欢的小鸽子。

这只鸽子把外套衣领翻起来，戴上三角帽，与自己未来的搭档长时间热烈拥抱，就又一次迎击凛冽的夜风去了。他在男性贫民收容室里逗留了几分钟，臭骂了他们几句，目的是让自己放心，他将以必不可少的尖刻来填补济贫院院长的空缺。邦布尔先生自信自己能够胜任，喜滋滋地离开了那幢楼房，满脑子装的都是即将得到擢升的一幅幅光彩照人的幻象，一路来到丧事承办人的铺子门前。

这功夫,苏尔伯雷先生和苏尔伯雷太太都上外面吃茶点晚餐去了。尽管已经过了平时打烊的时间,铺子却还没有关门,诺亚·克雷波尔什么时候都无意承担过多的体力消耗,只在便于发挥吃喝这两种功能的时刻才有必要的动作。邦布尔先生用他的手杖在柜台上敲了几下,仍一点也没引起注意。他见后面小客厅的玻璃窗里透出一点亮光,便大胆往里瞅了一眼,想瞧瞧里面在干什么。他看出个究竟之后,不觉大吃一惊。

晚餐桌布已经铺好了,奶油、面包、碟子、酒杯,还有一罐黑啤酒、一瓶葡萄酒,摆了满满一桌。桌子上首,诺亚·克雷波尔先生懒洋洋地靠在一把安乐椅里,双腿跷在扶手上,一只手握着一把张开的大折刀,另一只手拿着一大块涂满奶油的面包。夏洛蒂紧挨着站在他身边,正从一只桶里把牡蛎拿出来剖开,克雷波尔先生也很平易近人,以一种相当可观的胃口将牡蛎咽下去。这位年轻绅士的鼻子周围比平时还要红,右眼眨巴着老是盯住一个什么地方,意味着他已经略有几分醉意。他吞食牡蛎时表现出的浓厚兴趣也证实了这一点,因为他只知道牡蛎对于内火上升有一定清凉解热作用,别的东西都不足以说明这一点。

“这只肥的味道不错,诺亚,亲爱的。”夏洛蒂说道,“尝尝看,尝啊,就这一只。”

“牡蛎还真好吃。”克雷波尔先生咽下那只牡蛎,评论道,“真可惜,吃不了几只就叫你觉得不舒服了,不是吗,夏洛蒂?”

“这可真残酷。”夏洛蒂说。

“可不是嘛。”克雷波尔先生随声附和,“你不喜欢吃牡蛎?”

“不太喜欢。”夏洛蒂回答,“我喜欢看着你吃,亲爱的诺亚,比我自己吃还有味道哩。”

“哟,”诺亚若有所思地说,“真奇怪。”

“再吃一只,”夏洛蒂说道,“这一只须子多美,多嫩。”

“我再也吃不下了,”诺亚说道,“不好意思,上这边来,夏洛蒂,我要亲你一下。”

“好啊。”邦布尔先生闯了进来,“先生,再说一遍。”

夏洛蒂尖叫一声,脸藏进了围裙里。克雷波尔先生把双腿放下来,在姿势方面没有其他的变化,他带着酒后的恐惧直瞪瞪地望着教区干事。

“再说一遍,你这个胆大包天的混小子。”邦布尔先生说道,“还敢提这种事,先生? 你这个不要脸的疯妮子,你还长他威风? 亲她啊。”邦布尔先生义愤填膺地喝斥着,“哼。”

“我才不想亲她呢。”诺亚哭了,“她老是来亲我,也不管我喜欢不喜欢。”

“呃,诺亚!”夏洛蒂委屈地叫了起来。

“你就是,你自己也知道是这样。”诺亚反戈一击,“先生,她老是来这一手,邦布尔先生,摸我的下巴,对不住,先生,做出各式各样亲热的样子。”

“闭嘴!”邦布尔先生厉声喝道,“小姐,你给我滚下楼去。诺亚,把店门关上。你家老板回来之前,你要是敢说一个字,当心你的小命。他一回来,你就告诉他,邦布尔先生说了,要他明天吃过早饭送一口老太婆的棺材过去,先生,听见了? 亲啊!”邦布尔举起双手,大吼一声。“这个教区,下等阶级的罪孽邪恶真是可怕。议会要是再不考虑他们的那些个劣迹,这个国家就要破产,农民的品性也就永远完蛋了。”教区干事说完这番话,神色高傲而阴郁地迈开大步,跨出丧事承办人的店铺。

我们已经陪着他在回家的路上走了很长一段,那个老太婆的丧事也已做好了一切准备,现在让我们去打听一下奥立弗·退斯特的下落,看看托比·格拉基特丢下他以后,他是否还躺在水沟里。

第二十八章

找寻奥立弗,接着讲述他的遭遇。

“让狼咬断你们的脖子。”赛克斯小声地说,牙齿咬得格格直响。“有朝一日你们谁也躲不掉,你们会把嗓子喊得更哑的。”

赛克斯骂骂咧咧地把这一番诅咒发泄出来,脸上那副不顾死活的样子充分体现了他的那种不顾死活的脾气。他把受伤的奥立弗横放在自己的膝盖上,回过头去看看后面的追兵。

夜黑雾浓,什么东西也辨别不出来,只有嘈杂喧闹的呼喊声在空中震响,邻近的狗被告急的钟声惊醒,此呼彼应地吠叫起来,四下里响成一片。

“站住,你这个胆小鬼!”这个强盗见托比·格拉基特撒开两条长腿,已经抢在了前面,便厉声喝道。“站住!”

听到第二声吆喝,托比猝然停了下来。他还不敢肯定自己已经脱离了手枪的射程,赛克斯可是根本没有心思闹着玩的。

“帮忙把这小子弄走,”赛克斯杀气腾腾地向同伙打了个手势。“回来!”

托比做出一副要折回来的样子,慢吞吞地朝这边走来,却大着胆子表示自己老大不情愿回去,声音不大,又因为喘气,说得断断续续。

“快些!”赛克斯叫道,他把奥立弗放在脚下一条干枯的水沟里,从衣袋里拔出一支手枪。“别跟我耍滑头。”

就在这时,喧闹声变得更嘈杂了。赛克斯又一次扭头看了看,可以断定追兵正在爬他所处的这一片田野的篱笆门,有两只狗跑在头里。

“全完了,比尔!”托比喊道,“扔下这孩子,赶快溜。”格拉基特先生情愿到朋友的枪口底下去碰碰运气,也不愿意乖乖落入敌人手中,说完这句临别赠言,便正大光明地开了小差,一溜烟跑掉了。赛克斯咬了咬牙,又回头看了一眼,把刚才胡乱裹住奥立弗的那件披风往直挺挺倒在地上的孩子身上一扔,顺着篱笆墙跑开了,看样子是想把后面的人从孩子躺着的地点引开。他在与上述地点垂直相交的另一道篱笆跟前骤然停了一下,高举手枪在空中画了一个圈,越过篱笆逃走了。

“嗨,嗨,在那边!”一个声音哆哆嗦嗦地在后面嚷道,“品切尔! 尼普顿! 过来,过来!”

这两只狗跟它们的主人一样,似乎对正在进行的这场比赛并没有什么特别的兴趣,爽爽快快地听从了命令。这功夫,三个已经在这片田野上跑了一段距离的男人停止了搜索,聚在一块儿商量起来。

“我的意思，或者至少应该说，我的命令吧，”一行中最胖的一位说道，“我们还是赶紧回去。”

“凯尔司先生认可的事我没有不赞同的。”一个身材较矮但绝对不能算单薄的男人说，他脸色非常苍白，举止文雅，一般受到惊吓的人常常就是这副模样。

“绅士们，我可不愿意显得没有风度，”第三位已经把狗唤了回来，说道。“凯尔司先生拿主意就是了。”

“当然，”矮个子回答，“无论凯尔司先生说什么，我们都不会反驳。不，不，我清楚自己的处境。谢天谢地，我很清楚自己的处境。”老实说，这小个子的确好像很明白自己的处境，也完全明白这实在不能算一种令人向往的处境，说话间，他的牙齿一直咔哒咔哒响个不停。

“你害怕了，布里特尔斯。”凯尔司先生说道。

“我不怕。”布里特尔斯说。

“你怕了，布里特尔斯。”凯尔司说。

“你这是瞎扯，凯尔司先生。”布里特尔斯说道。

“你撒谎，布里特尔斯。”凯尔司先生说。

眼下这四句你来我往的顶撞起因于凯尔司先生的嘲弄，而凯尔司先生出口伤人是因为感到气愤，别人用一句恭维话作掩护，就把再次回去的责任推到自己头上了。第三个人以十足哲学家的风范结束了这场争论。

“我来说说是怎么回事，绅士们，”他说道，“我们都害怕了。”

“说你自个儿吧，先生。”凯尔司先生说，一行中脸色最苍白的要算他了。

“是说我自己，”第三位答道，“在这种情形下，感觉害怕是很自然的，没有什么不对。我的确害怕了。”

“我也一样，”布里特尔斯说，“只不过压根没有必要那样虚张声势，指责别人害怕了。”

这一坦率的自白使凯尔司先生的心肠软了下来，他当即承认自己也很害怕，于是三个人一起转过身来，步调一致地往回跑去，跑着跑着，凯尔司先生（在同伴当中他最气短，又拖着一把干草叉）极其大度地主张停一停，让他为刚才出言不逊表示一下歉意。

“不过这事也真奇怪，”凯尔司先生解释完毕之后说道，“一个人只要血气上来了，什么事都干得出来。我恐怕会犯谋杀罪——这我知道——如果我们逮住那帮恶棍当中的一个的话。”

另外两位也有同感，他们的血气也和他一样都消退下去了，跟着便开始思考气质上的这种突变原因何在。

“我知道是怎么回事了，”凯尔司先生说，“准是那道篱笆门。”

“真要是它，我并不觉得奇怪。”布里特尔斯大声疾呼，他立即采纳了这个主意。

“你尽管相信好了，”凯尔司说道，“有那扇门挡着，火气才没撞上来。我感觉到了，我正要从门上爬过去，火气突然烟消云散了。”

真是无独有偶，另外两位在同一时刻也经历了同一种令人不愉快的感受。显而易见，问题在于那道篱笆门，尤其是考虑到发生这一突变的时间是不容置疑的，因为三个人都回忆起了，他们正是在突变发生的一瞬间出现在强盗眼前的。

谈话的是三个人，其中有那两个吓跑了夜贼的男子，还有一个是走街串巷的补锅匠。补锅匠本来正在外屋睡觉，给叫醒过来，带着他的两只杂牌狗参加了这场追击。凯尔司先生身兼二职，是这家老太太手下的领班和管家。布里特尔斯是一个小听用，自幼便替老太太当差，至今仍被当成一个没有出息的毛孩子，尽管他已经三十出头了。

三个人用诸如此类的叙谈相互壮胆，但却依然紧紧地挤在一块儿，每当一阵疾风刮过，树枝飒飒作响，他们仨都要心神不定地直往后看。他们事先便把提灯留在树后，以免灯光指示强盗往哪个方向开火。他们窜到那棵树的后面，抓起提灯，一溜小跑地奔回家去。他们那灰蒙蒙的身影早已无法辨认，还可以看见灯光在远处闪烁摇曳，仿佛潮湿沉闷的空气正一刻不停地喷吐出一团团磷火似的。

白昼缓慢地来临，四周更加寒气袭人。雾好似一团浓浊的烟云，在地面滚来滚去。草湿漉漉的，小路和低洼的地方积满了泥水。腥臭腐败的风夹着潮气，呜呜地呻吟着，无精打采地一路刮过。奥立弗倒在赛克斯甩下他的那个地点，依然一动不动，昏迷不醒。

天将破晓，第一抹暗淡模糊的色彩——与其说这是白昼的诞生，不如说是黑夜的死亡——软弱无力地在空中闪射着微光,空气变得分外凛冽刺骨。黑暗中看上去模糊可怕的物体变得越来越清晰,逐渐恢复了为人熟知的形状。一阵骤雨噼哩啪啦地打在光秃秃的灌木丛中。尽管急雨打在身上,奥立弗却没有感觉到,他仍然直挺挺地躺在自己的泥土床上,无依无靠,不省人事。

终于,一阵痛苦而微弱的哭声打破了四周的沉寂,孩子发出一阵呻吟,醒过来了。他的左臂给用一块披巾草草包扎了一下,沉甸甸地垂在身边,动弹不得,披巾上浸透了鲜血。他浑身瘫软,几乎无法坐起来。等到果真坐起来的时候,他吃力地掉过头去,指望有人救助,却不禁疼得呻吟起来。由于寒冷和疲劳,他身上的每一处关节都在哆嗦。他挣扎着站起身来,然而,从头到脚抖个不停,又直挺挺地倒了下去。

奥立弗从长时间昏迷中苏醒过来不久,心中突然生出一种有蠕虫爬过的恶心感,好像是在警告他,如果他躺在那儿,就必死无疑。他站起来,试探着迈开脚步。他脑子里一片晕眩,像醉汉一样踉踉跄跄走了几步。尽管如此,他还是坚持住了,脑袋软软地搭拉在胸前,磕磕绊绊朝前走去,究竟去哪儿,他自己也不知道。

这时,许许多多纷乱迷惘的印象涌上了他的心头。他仿佛依然走在赛克斯与格拉基特之间,他俩还在气冲冲地斗嘴——他们讲的那些话又在他耳边响起。他狠命挣扎了一下,才没有倒在地上,这下好像醒悟过来了,发现自己正在跟他们说话。接着就是单独和赛克斯在一块儿,深一脚浅一脚地走路,跟前一天的情况一模一样。幻影一般的人从他们身边走过,他感觉到那强盗紧紧抓住他的手腕。突然,开枪了,他连连后退,喧闹的喊声叫声在空中回荡,灯光在他的眼前闪动,四周闹闹嚷嚷,骚动不已,就在这时,一只看不见的手领着他匆匆走开。一种说不清楚的,令人不安的疼痛感穿透所有这些浮光掠影,一刻不停地侵扰、折磨着他。

就这样,他跌跌撞撞地走着,几乎是无意识地从挡住去路的大门横木的空档或者篱笆缝隙之间爬过去,来到一条路上。到了这里,雨下大了,他才醒悟过来。

他向四周看了看,发现不远的地方有一幢房子,或许他还有力气走到那儿。里面的人看他这份处境,说不定会可怜他的。就算他们不怜悯吧,他想,死的时候旁边有人总比死在寂寞的旷野里好一些。这是最后的考验,他使出全身力气,颤颤悠悠地朝那所房子走去。

他一步步走近那所房子,一种似曾相识的感觉油然而生,有关的细节他一点也回忆不起了,但这座建筑物的式样和外观好像在哪儿见过。

那一道花园围墙。昨天晚上他就是跪在墙内的草地上,恳求那两个家伙发发慈悲的。这就是他们试图抢劫的那户人家。

奥立弗认出了这个地方,一阵恐惧不由得袭上心头,在那一瞬间,他甚至忘记了伤口的疼痛,只有逃走这个念头。逃走!他连站都站不稳,就算他那稚嫩瘦小的身体处于精力充沛的状况,又能逃到哪儿去?他推了推花园门,门没有上锁,一下打开了。他蹒跚着穿过草地,登上台阶,怯生生地敲了敲门,这时他已经浑身无力,靠在这个小门廊里的一根柱子上,晕了过去。

碰巧在这个时候,凯尔司先生、布里特尔斯,还有那个补锅匠,因为辛劳一夜,又担惊受怕了一夜,正在厨房里享用茶点以及各种食物,以便提神补气。依照凯尔司先生的脾气,他历来不赞成与低一级的用人过于亲近,比较习惯于以一种高尚的和蔼气派与下面的人相处,使他们既不见怪,又不至于忘记他在外界的地位比他们高。然而丧事、火警和劫案能把所有的人拉平,所以凯尔司先生坐在厨房炉档前,伸直双腿,左胳膊支在桌子上,右手比比划划,正在讲述这次劫案的详细情节,他的几位听众(尤其是厨娘和女仆)听得津津有味,连大气也不敢出。

“大概是在两点半钟左右,”凯尔司先生说道,“没准是在靠近三点的时候,我也不敢肯定,我当时醒了,在床上翻了个身,就像现在这样(说到这里,凯尔司先生在椅子里转了个方向,又把桌布一角拉过来搭在身上,当作被子),我好像听到了一点响动。”

故事正讲到这个节骨眼上,厨娘的脸色刷地变白了,请女仆去把门关上,女仆转请布里特尔斯代劳,布里特尔斯要补锅匠去关门,这位却假装没有听见。

“——听到了一点响动,”凯尔司先生继续说道,“开头我还说,这是幻觉,我正想安安心心再睡一觉,又听到了那个声音,听得清清楚楚。”

“是一种什么响声?”厨子问。

“是一种什么东西破了的声音。”凯尔司先生回答时前后看了看。

“更像是铁棍在肉豆蔻粉碎机上磨擦的声音。”布里特尔斯提出了自己的见解。

“那是**你**听到的时候了，老兄，”凯尔司先生答道，“不过，在这个时候，还是一种什么东西破了的声音。我掀开被子，”凯尔司推开桌布，接着说道，“从床上坐起来，支起耳朵听着。”

厨娘和女仆同时哟的一声叫了起来，把椅子拉得更近了。

“这一次我可听得再明白不过了，”凯尔司先生继续说，“‘一定有人，’我说，‘在砸门，或者窗户，怎么办呢？我得把那苦命的小家伙，就是说把布里特尔斯叫醒，免得他给人杀死在床上。不然的话，’我说，‘他没准气管叫人家从右耳到左耳这么割下来还不知道呢。’”

这时，所有的目光齐刷刷地转向了布里特尔斯，他目瞪口呆地望着那位说书人，满脸都是绝对纯正的恐怖神色。

“我把被子掀到一边，”凯尔司摔开桌布，神色异常严峻地看着厨娘和女仆。“轻手轻脚下了床，穿上——”

“有女士在座呢，凯尔司先生。”补锅匠小声地说。

“一双**鞋**，老兄，”凯尔司朝他掉过脸来，特意在“鞋”这个词上加重了语气。“操起一把装足了药的手枪，我每天都要把这家伙连同餐具篮子一道拿上楼去，我踮起脚尖走进他的房间。‘布里特尔斯，’我把他叫醒过来，‘别怕。’”

“你是这么说的。”布里特尔斯低声说了一句。

“‘我们恐怕是没命了，布里特尔斯，’我说，”凯尔司继续说道，“‘但是别害怕。’”

“他**是不是**害怕了？”厨娘问。

“一点没怕，”凯尔司先生回答，“他很坚定——啊！差不多跟我一样坚定。”

“要是换上我，我保准会当场吓死。”女仆说道。

“你是妇道人家嘛。”布里特尔斯略略振作了一些，应声说道。

“布里特尔斯说对了，”凯尔司先生赞许地点了点头，“对于妇道人家，没什么可指望的。我们是男人，提上一盏遮光灯，灯就放在布里特尔斯屋里的壁炉保温架上，黑咕隆咚地摸着走下楼——就像这个样子。”

凯尔司先生从椅子上站起来，闭着眼睛走了两步，以便给自己的描述配上相应的动作，就在这时，他跟别的同伴一样吓了一大跳，慌慌张张地奔回椅子上。厨娘和女仆尖叫起来。

“有人敲门，”凯尔司先生装出若无其事的样子说道，“哪位去把门打开。”

谁也不动弹。

“这倒真是件怪事，老大清早跑来敲门，”凯尔司先生将周围一张张煞白的面孔依次看过来，他自己也面如死灰。“可门总得开啊，听见没有，那谁？”

凯尔司先生一边说，一边拿眼睛盯住布里特尔斯，小伙子生性十分谦虚，也许考虑到自己是一个无名小卒，所以认为这个问题和自己毫无关系，总之，他避而不答。凯尔司先生将请求的眼光转向补锅匠，偏偏他又突如其来地睡着了。女士们更不在话下。

“如果布里特尔斯非得当着证人的面把门打开的话，”凯尔司先生沉默了一会说道，“我愿意作证。”

“我也算一个。”补锅匠突然醒了，他刚才也是这样突然睡着了。

基于上述条件，布里特尔斯屈服了。大家发现（掀开窗板得到的发现），天已经大亮，多少放心了一些，他们让狗跑在前面，自己拾级而上。两位害怕呆在下面的女士也跟在后面上去了。依照凯尔司先生的提议，大家高声交谈，以此警告门外无论哪一个居心不良的家伙，他们在人数上占有优势，又根据同一位很有发明天才的绅士想出的一条独出心裁的妙计，在门厅里使劲扯那两只狗的尾巴，让它们没命地叫。

采取了这几项防范措施之后，凯尔司先生紧紧抓住补锅匠的手腕（他得意洋洋地说，免得他溜掉），下达了开门的命令。布里特尔斯照办了。这一群人提心吊胆，隔着别人的肩膀往外瞅，没有发现什么可怕的东西，只见可怜的小奥立弗·退斯特虚弱得说不出话，吃力地抬起眼睛，无声地乞求他们怜悯。

“一个孩子！”凯尔司先生大叫一声，勇不可当地把补锅匠掀到身后。“怎么回事——呃？——怪了——布里特尔斯——瞧这儿——你还没明白吗？”

一开门就钻到门后面去了的布里特尔斯猛然看见奥立弗，不禁发出一声大叫，凯尔司先生抓住这孩子的一条腿和一只胳臂（幸好不是受伤的一只），把他拖进门厅，直挺挺地撂在地板上。

“就是他。”凯尔司先生神气活现地向楼上大喊大叫。“太太，逮住一个小偷，太太。这里有个贼，小姐。受了伤了，小姐。我打中他了，小姐，是布里特尔斯替我掌的灯。”

“用的是一盏提灯，小姐。”布里特尔斯嚷着说，他把手按在嘴边，以便让他的声音传得更清楚一些。

两个女仆带着凯尔司先生捕获了一个窃贼的消息向楼上奔去，补锅匠为抢救奥立弗忙得不亦乐乎，免得还没来得及把他挂上绞刑架，倒先完事了。在这一片嘈杂纷乱之中，响起了一个女子甜美的嗓音，刹那间，一切都平静下来。

“凯尔司！”那嗓音在楼梯口轻声叫道。

“在，小姐，”凯尔司先生回答，“别怕，小姐，我没怎么受伤。他也没有拼命挣扎，小姐。我三下五除二就把他制住了。”

“嘘！”少女回答，“那伙小偷把姑妈吓坏了，现在你也要吓着她了。这可怜的家伙伤很重吧？”

“伤得厉害，小姐。”凯尔司带着难以形容的得意答道。

“他看上去快不行了，小姐，”布里特尔斯高声喊道，那副神气跟刚才一模一样。“小姐，您不想来看他一眼？万一他果真不行了可就来不及了。”

“别嚷嚷好不好，这才像个男子汉。”少女回答，“安安静静地等一下，我跟姑妈说说去。”

随着一阵和声音一样轻柔的脚步声，说话人走开了。她很快又回来了，吩咐把那个受了伤的人抬到楼上凯尔司先生的房间去，要细心一点。布里特尔斯去替那匹小马备鞍，立即动身赶往杰茨，以最快速度从那儿请一位警官和一位大夫来。

“不过您要不要先看看他，小姐。”凯尔司先生非常自豪地问，仿佛奥立弗是某种羽毛珍奇的鸟儿，由他身手不凡地打下来的一样。“要不要看一眼，小姐？”

“要看也不是现在，”少女答道，“可怜的家伙。噢。对他好一点，凯尔司,看在我的分上。”

说话人转身走了,老管家抬眼凝视着她,那眼色又是骄傲又是赞赏,就好像她是自己的孩子一样。接着他朝奥立弗躬下身子,带着女性般的细致与热心帮着把他抬上楼去。

第二十九章

介绍一下奥立弗前来投靠的这一家人。

这是一个雅致的房间(尽管室内陈设带有老派的舒适格调,而不是风雅的现代气派),一桌丰盛的早餐已经摆好,餐桌旁坐着两位女士。凯尔司先生一丝不苟,身着全套黑色礼服,侍候着她们。他把自己的位置定在餐具架与餐桌之间的某个地方——身子挺得笔直,头向后仰着,略微侧向一边,左腿跨前,右手插在背心里,左手紧握着一只托盘,贴在身边——一看就知道这是一个对自己的价值与重要地位感觉极佳的人。

两位女士当中有一位年事已高。然而她腰板挺直,与她坐的那把高背橡木椅子可有一比。她穿着极为考究严谨,旧式服装上奇妙地揉进了对时尚品味的一些细小让步,非但无损于格调,反而突出了老派风格的效果。她神色庄重,双手交叉着搭在面前的桌子上,一双丝毫也没有因为岁月流逝而变得暗淡的眼睛全神贯注地凝视着同桌的年轻小姐。

这位小姐光彩照人,正当妙龄,如果真有天使秉承上帝的美好意愿下凡投胎,我们可以无须担心亵渎神灵地猜想,她们也会像她那样青春美妙。

她不到十七岁,可以说天生丽质,模样娴静文雅,纯洁妩媚,尘世似乎本不是她的栖身之地,凡间的俗物也不是她的同类。聪慧在她那双深邃的蓝眼睛里闪耀,展现在她高贵的额头上,这种聪慧就她这个年龄或者说在这个世界上似乎颇为罕见。然而,那仪态万方的温柔贤淑,那照亮整个面庞,没有留下丝毫阴影的千道光辉,特别是她的微笑,那种欢乐幸福的微笑——这一切都是为了营造家庭、炉边的安谧和幸福。

她匆忙地料理着餐桌上的琐事,偶尔抬起眼睛,发现老太太目不转睛地瞅着自己,便顽皮地把简简单单编了一下的头发从额前往后一撩,嫣然绽开笑脸,流露出温情和纯真的爱心,连神灵看着她也会眉开眼笑。

“布里特尔斯已经动身一个多小时了,是吗?”老太太踌躇了一下问道。

“一小时十二分,夫人。”凯尔司先生拉住一根黑色丝带,掏出一块银壳怀表看了看,答道。

“他总是慢吞吞的。”老太太说道。

“布里特尔斯向来就是个迟钝的孩子,夫人。”管家回答。顺便提一句,由于布里特尔斯年逾三十还是一个迟钝的小伙子,那就根本不存在变得利索起来的可能性。

“我看他不是变得利索了,倒是越变越慢了。”老太太说。

“假如他停下来跟别的孩子玩的话,那才真是没法说清呢。”小姐微笑着说。

凯尔司先生显然正考虑,自己彬彬有礼地笑一笑是否得体,这时,一辆双轮马车驶抵花园门,车上跳下一位胖胖的绅士,一径朝门口奔来,经过某种不可思议的方式很快走进这所屋子,闯进房间,差一点把凯尔司先生和早餐饭桌一块儿撞翻在地。

“我从来没听说过这种事!”胖绅士大声疾呼,“我亲爱的梅莱太太——上帝保佑——又是在夜静更深的时候——我从来没听说过这种事!”

胖绅士一边倾吐着这些安慰话,一边与两位女士握手,他拖过一把椅子,问她们感觉如何。

“您会没命的,肯定会吓死,”胖绅士说道,“您干吗不派个人来? 上帝保佑,我的人只要一分钟就可以赶到,我也一样。在这种情形之下,我敢保证,我的助手一定乐意帮忙。天啦,天啦,真是没有想到。又是在夜静更深的时候。”

大夫看来感到痛心疾首,抢劫案出人意外,又是夜间作案,就好像以入室行劫为业的绅士们的惯例是白天办公,还会提前一两天来个预约似的。

“还有你，露丝小姐，”大夫说着朝年轻小姐转过身去，“我想——”

“哦。太出乎意料了，真的，”露丝打断了他的话，“不过楼上有一个可怜的家伙，姑妈希望你去看看。”

“啊。真是的，”大夫回答，“我差点忘了，据我所知，那是你干的，凯尔司。”

凯尔司先生正在紧张地把茶杯重新摆好，他涨红了脸说，自己有过这份荣幸。

“荣幸，哦？”大夫说，“好啊，我倒是不明白，也许在一间后厨房里打中一个贼，就和在十二步以外向你的对手开火一样体面呢。你想想，他向空中开了一枪，而你倒像是参加一场决斗，凯尔司。”

凯尔司先生认为，对事情这样轻描淡写实属动机不良，有损自己的荣誉，他彬彬有礼地回答，像自己这样的人不便妄加评判，不过他倒是认为对方不是在开玩笑。

“老天爷有眼。”大夫说道，“他在哪儿？领我去吧。我下来的时候，再替梅莱太太检查一下。他就是从那扇小窗子钻进来的，哦？唉，我简直难以相信。”

他一路唠唠叨叨，跟着凯尔司先生上楼去了。在他往楼上走的这段时间里，写书人要向读者交待一下，罗斯伯力先生是附近的一位外科医生，方圆十英里之内大名鼎鼎的“大夫”，他已经有些发福，这与其归功于生活优裕，不如说是由于他乐天知命。他善良，热心，加上又是一位脾气古怪的老单身汉，当今无论哪一位探险家非得在比此地大五倍的地方才有可能发掘出这么一个。

大夫在楼上呆了很长时间，大大超出了他本人或两位女士的预想。人们从马车里取出一只又大又扁的箱子送上楼去，卧室的铃子频频拉响，仆人们川流不息跑上跑下。根据这些迹象完全可以断定，楼上正在进行某种重要的事情。最后，他总算从楼上下来了。在答复有关病人的焦急不安的询问时，他样子十分神秘，还小心翼翼地关上了门。

“这事非常离奇，梅莱太太。”大夫说话时背朝房门站着，好像是防止有人开门进来似的。

“他已经脱离危险了吧，我希望？”老太太问道。

“嗨,在当前情形下,这算不上离奇的事儿,”大夫回答,“尽管我认为他尚未脱离危险。你们见过这个小偷吗?”

“没见过。”老太太回答。

“也没听说过关于他的什么事?”

“没有。”

“请原谅,夫人,”凯尔司先生插了进来,“罗斯伯力大夫来的时候,我正想告诉您。”

事情是这样的,凯尔司先生一开始没有勇气承认自己打中的仅仅是个孩子。他的勇武刚毅赢得了这么多的赞美,就是豁出性命,他也得推迟几分钟再作解释,在这宝贵的几分钟里,他临危不惧的短促英名正处在风光无限的巅峰之上。

“露丝想看看那个人,”梅莱太太说,“我就是没答应。”

“哼。”大夫回答,“他脸上倒是没什么惊人之处。我陪你们去看看他,你们不反对吧?”

“如果必要的话,”老太太答道,“当然不反对。”

“那我认为有必要,”大夫说,“总而言之,我完全可以担保,您将来会因为迟迟不去看他而深感后悔。他现在非常平静,舒适。请允许我——露丝小姐,可以吗?一点儿也不必害怕,我用信誉担保。”

第三十章

叙述新来探访的人对奥立弗有何印象。

大夫絮絮叨叨,作出了无数保证,说她们一看到罪犯肯定会大吃一惊。他要小姐挽住他一只胳臂,把另一只手伸给梅莱太太,彬彬有礼,端庄稳重地领着她们往楼上走去。

“现在,”大夫轻轻转动卧室门上的把手,小声地说,“我们还是不妨听听你们对他印象如何吧。他好些日子没有理发了,不过看上去倒还一点也不凶恶。等等! 让我先看看他是不是可以探视。”

大夫跨前几步,朝房间里望了望,然后示意她们跟上,等她们一进来,大夫便关上门,轻轻撩开床帘。床上躺着的并不是她们所预想的那么一个冥顽不化、凶神恶煞的歹徒,只是一个在伤痛疲劳困扰下陷入沉睡的孩子。他那受了伤的胳臂缠着绷带,用夹板固定起来搁在胸口上,头靠在另一条手臂上,长长的头发披散在枕头上,把这条手臂遮去了一半。

这位好心的绅士一手拉住床罩,默不作声地看了一分钟左右。正当他如此专注地打量着病人的时候,年轻小姐缓缓走到近旁,在床边一张椅子上坐下来,拨开奥立弗脸上的头发。她朝奥立弗俯下身去,几颗泪珠滴落在他的额头上。

孩子动了一下,在睡梦中发出微笑,仿佛这些怜悯的表示唤起了某种令人愉快的梦境,那里有他从未领略过的爱心与温情。有的时候,一支亲切的乐曲,一处幽静地方的潺潺水声,一朵花的芳香,甚而只是说出一个熟悉的字眼,会突然唤起一些模糊的记忆,令人想起一些今生不曾出现过的场景,它们会像微风一样飘散,仿佛刹那间唤醒了某种久已别离的、比较快乐的往事,而这种回忆单靠冥思苦想是怎么也想不起来的。

“这是怎么回事?”老太太大声说道,“这可怜的孩子绝不可能是一帮强盗的徒弟。”

“罪恶,”大夫长叹一声,放下帘子,“在许多神圣的场所都可以藏身。谁能说一具漂亮的外表就不会包藏祸心?”

“可他还这么小呢。”露丝直抒己见。

“我亲爱的小姐,”大夫悲哀地摇了摇头,回答说,“犯罪,如同死亡一样,并不是单单照顾年老体弱的人。最年轻最漂亮的也经常成为它选中的牺牲品。”

“不过,你就——噢! 难道你真的相信,这个瘦弱的孩子自愿充当那些社会渣滓的帮手?”露丝问。

大夫摇了摇头,意思是他担心事情完全可能就是这样。他指出他们可能会打扰病人，便领头走进隔壁房间。

“就算他干过坏事，”露丝不肯松口，“想想他是多么幼稚，想想他也许从来就没得到过母爱或家庭的温暖。虐待，毒打，或者是对面包的需求，都会驱使他跟那些逼着他干坏事的人混在一块儿。姑妈，亲爱的姑妈，让他们把这个正在生病的孩子投进监狱之前您可千万要想一想，不管怎么说，一进监狱他肯定就没有机会改邪归正了。呃！您爱我，您也知道，由于您的仁慈与爱心，我从来没有感觉到自己失去了父母，可我也是有可能干出同样的事，跟这个苦命的小孩一样无依无靠，得不到呵护的，趁现在还来得及，您可怜可怜他吧。”

“我亲爱的小宝贝儿。”老太太把声泪俱下的姑娘搂在怀里。“你以为我会伤害他头上的一根头发吗？”

“哦，不！”露丝急迫地回答道。

“不会的，肯定不会，”老太太说，“我已经来日无多，怜悯别人也就等于宽恕自己。如果要救他，我能做些什么，先生？”

“让我想想，夫人，”大夫说道，“让我想一想。”

罗斯伯力先生把双手插进衣袋，在屋子里踱来踱去，他不时停下来，用脚跟调整一下身体的平衡，蹙起额头的样子怪吓人的。他发出各种各样的感慨，诸如“现在有办法了。”“不，还没呢。”并且多次重新开始踱方步、皱眉头，最后，他一动不动地停住了，说出了以下这一番话：

“我认为，只要您全权委托我去吓唬凯尔司和那个小伙子布里特尔斯，不加任何限制，这事我就能办到。凯尔司忠心耿耿，又是家里的老仆，这我知道。不过您有上千种办法来对他进行补偿，此外还可以奖赏奖赏像他这样一个好射手。您不反对这样做吧？”

“要想保护这个孩子，又没有别的办法。”梅莱太太答道。

“没有别的办法，”大夫说，“没有，您相信我好了。”

“既然这样，姑妈就全权委托你了，”露丝破涕为笑，“但除非万不得已，请不要过分难为他们几个。”

“你似乎认为，”大夫回道，“露丝小姐，今天在场的每一位，除了你本人而外，都是铁石心肠吧。一般说来，为了成长中的全体男性着想，我希望，当第一个够格的年轻人求你施以怜悯的时候，你也是这样面慈心软，可惜我不是年轻人,否则我一定当场抓住眼前这样有利的机会,我一定会那样做的。”

“你和可怜的布里特尔斯一样是个大孩子。”露丝红着脸答道。

“好啊,”大夫开心地笑了起来。“那决不是什么特别困难的事。还是回头谈谈那个孩子,咱们还没谈到协议的要点呢。过一小时左右他就会醒过来,我敢担保。虽然我已经跟楼下那个死脑筋的警察老弟说了,病人不能搬动或者说话,那会有生命危险,我们大概还是可以跟他谈谈,没有什么危险。现在,我答应——我当着你们的面对他进行审查,就是说,根据他说的话,我们能作出判断,而且我可以让你们通过冷静的理智看清楚,他本来就是一个不折不扣的坏蛋(这种可能性比较大),那么,他就只能听天由命了,在任何情况下,我也不再插手这事了。”

“哦,不,姑妈!”露丝恳求道。

“噢,是的,姑妈!”大夫说,“这是一种交易?”

“他不会堕落成坏蛋的,”露丝说道,“这不可能。”

“好极了,”大夫反驳道,“那就更有理由接受我的建议了。”

最后,条约商议停当了,几个人坐下来,焦躁不安地期待着奥立弗苏醒过来。

两位女士的耐性注定要经历的考验,比罗斯伯力先生向她们所预言的还要难熬,时间一小时接一小时地过去了,奥立弗依然沉睡未醒。一点不假,已经到了黄昏时分,好心的大夫才带来消息,他总算醒过来了,可以和他谈话。大夫说,那孩子病得厉害,因为失血而非常虚弱,但他心里很烦躁,急于吐露一件什么事,大夫个人认为与其非得要他保持安静,等到第二天早上再说,不如给他这样一个机会,他反正是要讲出来的。

谈话进行了很长时间。奥立弗一五一十地把自己的简短身世告诉了他们,由于疼痛和精力不足,他常常不得不停下来。在一间变得昏暗的屋子里,听这个生病的孩子用微弱的声音倾诉那些狠心的人给他带来的千灾百难,真是一件庄严神圣的事情。呵!当我们压迫蹂躏自己的同类时,我们何不想一想,人类作孽的罪证如同浓重的阴云,尽管升腾十分缓慢,但难逃天网,最后总有恶报倾注到我们头上——我们何不在想像中听一听死者发出悲愤的控诉,任何力量也无法压制,任何尊严也无法封锁的控诉——哪怕只是稍微想一想,听一听,那么每天每日的生活所带来的伤害、不义、磨难、痛苦、暴行和冤屈,哪里还会有落脚之处!

那天夜里,一双双亲切的手抚平了奥立弗的枕头,在睡梦中,美与善看护着他。他的心又平静又快乐,就是死去也毫无怨尤。

这一次重要的会见刚一结束,奥立弗定下心来,大夫立刻揉了揉眼睛,同时责怪这双眼睛真是不管用了,然后起身下楼,开导凯尔司先生去了。他发现客厅里里外外一个人也没有,不禁想到在厨房里着手进行这些工作可能效果更好一些,就走进了厨房。

在这个家宅议会的下议院里聚会的有:女仆、布里特尔斯先生、凯尔司先生、补锅匠(考虑到他出了不少力,特别邀请他接受当天的盛宴款待),还有那位警官。最后一位绅士脑袋很大,大鼻子大眼,佩着一根粗大的警棍,外加一双大大的半统靴,看来他好像正在享受相应的啤酒份额——事情的确也是这样。

议题仍然是前一天夜里的惊险故事。大夫进去的功夫,凯尔司先生正在细说他当时如何沉着镇静,临危不乱。布里特尔斯先生手里端着一杯啤酒,不等上司把话说完,便担保句句话都是真的。

“坐下坐下。”大夫说着挥了挥手。

“谢谢,先生,”凯尔司先生说道,“太太、小姐吩咐大家喝点啤酒,我想根本用不着老是猫在我自个儿的小屋里,先生,有心陪陪大家,就到这儿来了。”

由布里特尔斯带头,在场的女士先生们大都低声咕哝了几句,对凯尔司先生大驾光临表示领情。凯尔司先生面带一副保护人的气派,向全场巡视了一周,好像是说只要他们表现良好,他绝不会对他们甩手不管的。

“今天晚上病人的情况怎么样,先生?”凯尔司问道。

“也就那样,”大夫答道,“你恐怕惹了麻烦了,凯尔司先生。”

“我相信您的意思并不是说,先生,”凯尔司先生打起哆嗦来了。“他快死了。只要我想到这档子事,我这辈子就别想好过了。我不想开销一个孩子,是的,在这一点上,即便是布里特尔斯也不会的——哪怕把全郡所有的餐具给我,我也不干,先生。”

“那倒不成问题,”大夫含糊不清地说,“凯尔司先生,你是新教徒吧?”

“是啊,先生,我相信是的。”凯尔司先生的脸变得一片煞白,支支吾吾地说。

“那么你呢，孩子？”大夫骤然转向布里特尔斯，问道。

“上帝保佑，先生。”布里特尔斯一下子跳了起来。“我跟——跟凯尔司先生一样，先生。”

“那你们告诉我，”大夫说道，“你们俩，你们二位。你们可不可以发誓，楼上的那个孩子就是昨天晚上给人从小窗户里塞进来的那一个？说啊！快说！我们等着你们回答呢。”

大家公认，大夫是世界上脾气最好的人，他居然以这样吓人的愤怒口气，提出这样一个问题，已经让啤酒和兴奋搞得晕头转向的凯尔司和布里特尔斯大眼瞪小眼，不知如何是好。

“警官，请注意他俩的回答，可以吗？”大夫极其严肃地摇了摇食指，又点了一下自己的鼻梁骨，提请那位大人物拿出最大限度的观察力。“这事很快就要有点眉目了。”

警官尽量摆出精明的样子，同时拿起了一直闲置在壁炉一角的警棍。

“你看得出来，这是一个简单的鉴定问题。”大夫说。

“是这么回事，先生。”警察刚一回答，就拼命咳嗽起来，匆忙中他想把啤酒喝完，结果有一部分啤酒走岔了道。

“有人闯进了这房子，”大夫说道，“有两个人曾在刹那间瞥见一个孩子，当时硝烟弥漫，大家心慌意乱，又是一片漆黑。第二天早晨，这所房子来了一个小孩，因为他碰巧又把胳膊吊起来了，这几个人对他大打出手——从而使他的生命处于极度危险之中——还发誓说他就是那个贼。现在的问题是，根据事实，这两个人的行为是否正当，如果属于不正当行为，他们又把自己置于何种境地？”

警察意味深长地点了点头，说如果这还不算合理合法的问题，那么他倒很想见识一下什么才算。

“我再问你们一次，”大夫的声音像打雷一样。“你们俩郑重发誓，你们到底能不能指证那个孩子？”

布里特尔斯大惑不解地看着凯尔司先生，凯尔司先生也大惑不解地看着布里特尔斯，警察将一只手放在耳朵后面，等着听他俩的回答。两个女仆和补锅匠欠起身子倾听着。大夫用犀利的目光环顾四周——就在这时，大门口传来一阵铃声，同时响起了车轮滚动的声音。

“准是巡捕来了。”布里特尔斯大声宣布，他显然大大松了一口气。

“什么什么？”大夫嚷嚷着，现在轮到他发呆了。

“波雾街[①]来的警探，”布里特尔斯举起一支蜡烛，回答说。“今天上午我和凯尔司先生托人去请他们来的。”

“什么？”大夫大叫一声。

“是的，”布里特尔斯回答，“我让车夫捎了个信去，先前我一直很奇怪他们怎么没上这儿来，先生。”

“你们干的，是你们干的？你们这些该死的——马车怎么才到，这样慢，我没什么可说的了。”大夫说罢便走开了。

第三十一章

紧急关头。

“谁呀？”布里特尔斯解下链子，把门拉开一条缝，用手挡住烛光，往外看去。

“开门，”外面有人回应，“我们是波雾街的警官，今天接到你们报警。”

听到这番话，布里特尔斯感到放心多了，他把门完全打开，迎面出现了一个身穿大衣的胖子，那人二话没说，在擦垫上把鞋揩干净，神色从容地走了进来，像是到了自己家里一样。

“派个人出去把我的伙计换下来，听见了吗，年轻人？”警官吩咐道，“他正在车那里伺候马儿。你们这里有没有车房，把车赶进去停个五分十

---

① 伦敦一街名，轻罪法庭所在地。

分钟?”

布里特尔斯作了肯定的答复,指了指房子外面,胖子返身回到花园门口,帮着同伴把马车赶进去,布里特尔斯显出十分钦佩的样子,在一边替他们照亮。他们把车安顿好,便回到屋子里,接着又被让进一间客厅。两位探员脱去大衣,摘下帽子,这才现出本相。

敲门的这位中等身材,体格强壮,年纪在五十岁上下,乌黑发亮的头发剪得很短,蓄了半截连鬓胡子,圆滚滚的脸,一双眼睛十分机警。另一位满头红发,长得瘦骨嶙峋,穿着长统靴,长相实在令人不敢恭维,一尊朝天鼻子看起来很阴险。

“告诉你们当家的,布拉瑟斯和达福来了,听见了吗?”比较健壮的那位抹了抹头发,把一副手铐放在桌子上。“噢。晚上好,先生。我能不能私下跟你谈两句,如果你愿意的话?”

话是冲着刚刚露面的罗斯伯力先生说的。这位绅士打了个手势,要布里特尔斯退下去,自己领着两位女士走进来,把门关上了。

“这位就是本宅的女主人。”罗斯伯力先生指着梅莱太太说道。

布拉瑟斯先生鞠了一躬。主人请他坐下,他便把帽子放在地板上,自己在椅子上坐下,并示意达福照此办理。后一位绅士似乎不太熟悉上流社会的规矩,要不就是在这种场合感到过于不自在——二者必居其一——他四肢的肌肉接二连三地抽动了一阵,刚刚坐下来,又手忙脚乱地把手杖头塞进嘴里。

“嗯,有关此地的这一次抢劫,先生,”布拉瑟斯说道,“详细情形如何?”

罗斯伯力先生显然很想赢得时间,他把事情经过讲得非常详细,还加上了大量的废话,布拉瑟斯先生和达福先生则显得胸有成竹,时不时地相互点点头。

“当然,在我把事情查清楚之前,我也说不出个究竟,”布拉瑟斯说,“不过,眼下我的看法是——我可以把话说到这一步——这不是乡巴佬干的,唔,达福?”

“当然不是。”达福答道。

“现在,为两位女士着想,我说明一下乡巴佬这个词,我理解你的意思是说,这一次袭击绝非乡下人所为,对吗?”罗斯伯力带着一丝笑意说道。

“是那么回事,先生,”布拉瑟斯回答,“关于打劫的情况就是这些了,是不是?”

“就这些了。”大夫答道。

“嗯,用人们都在议论,说这里有个孩子,这是怎么回事?”布拉瑟斯说。

“根本没有的事。”大夫回答,“纯粹是有个吓破了胆的仆人想入非非,以为他也参与了这次未遂的入室抢劫,胡扯,纯属无稽之谈。”

“真要是这样,那好办。”达福加了一句。

“他说的完全正确,”布拉瑟斯赞许地点了点头,一边漫不经心地摆弄着手铐,仿佛拿的是一对响板似的。“那孩子叫什么名字?他对自己的情况说了些什么?他从哪儿来?该不是从天上掉下来的吧,先生?”

“当然不是,”大夫神经质地朝两位女士看了一眼,回答说。“我知道他的整个经历,回头我们还可以谈谈。我想,你们一定乐意先去看看窃贼下手的地方吧?”

“那还用说,”布拉瑟斯先生应声说道,“我们最好先勘查现场,然后再审查仆人。这是办案的老规矩。”

他们当下便把灯火置备停当,布拉瑟斯先生和达福先生在那位当地警察、布里特尔斯、凯尔司以及所有其余的人陪同下,来到走廊尽头的那间小屋,从窗口往外看了看,接着到草地上走了一遭,从那扇窗户上往里面瞧了瞧。在这之后,又举起一支蜡烛检查窗板,随后用提灯察看足迹,还用一柄草叉在灌木丛中捅了一阵。事情办完,全体观众屏息静气,看着他们回到了别墅里。凯尔司先生和布里特尔斯奉命再次扮演他们在前一天夜里的惊险故事中的角色,他们至少演了六七遍。第一遍时自相矛盾的重大情节仅有一处,最后一遍也不过十来处。取得这样的结果之后,布拉瑟斯和达福走出去,进行了长时间的磋商,与此相比,就保密程度和严肃程度而言,许多名医对最复杂的病情进行的会诊都只能算是儿戏罢了。

与此同时,大夫在隔壁房间里焦躁难耐地走来走去,梅莱太太和露丝望着他,神色都很焦急。

“真伤脑筋,”在快步兜了无数个圈子之后,他停了下来,说道,“我简直束手无策。”

“可不是,”露丝说,“要是把这苦孩子的事源源本本讲给这些人听,总该使他获得免罪的。”

“我表示怀疑，亲爱的小姐，”大夫摇了摇头，“我并不认为他会获得赦免，不管是告诉他们还是告诉高一级的法官。一句话，他们会说，他是干什么的？一个离家出走的孩子。单单从世俗的理由和可能性来判断，他的故事就非常可疑。”

“你相信不相信，说真的？”露丝没让他再往下说。

“我相信，尽管这个故事很离奇，或许我这样做整个是一个老傻瓜。”大夫回答，“不管怎么说吧，把这样一个故事讲给一位老练的警察听，恐怕不大合适。”

“为什么不呢？”露丝问道。

“因为，我可爱的法官，”大夫回答道，“因为按照他们的眼光来衡量，这事有许多见不得人的地方。那孩子能够证明的仅仅是那些看上去对他不利的部分，而无法证明那些有利的方面。这帮混账东西，他们会追问这是什么原因，那是什么理由，什么都不相信。根据他自己的说法，你瞧，他过去一段时间跟一帮小偷混在一起，因涉嫌扒窃一位绅士的钱包进了警察局。随后又被人强行拐跑了，从那位绅士家里带到一个他既不能说出点什么，又指不出东南西北的地方，他对那儿的情形连最最模糊的印象都没有。那些人似乎把他当成宝贝，带到杰茨来，不管他愿不愿意，把他从窗口塞进去，计划打劫一户人家。接下来，恰好就在他正想叫醒房子里的人，正要做这一件可以洗清他的一切罪名的事情，一个混账领班莽里莽撞地半路杀出来，还开枪打伤了他。就好像存心不让他替自己积点德似的。这一切你还不明白？”

“我当然明白，”露丝看着大夫心急火燎的样子不禁微笑起来。“不过，我还是看不出其中有什么可以给那可怜的孩子定罪。”

“是啊，”大夫答道，“当然没有。愿上帝保佑你们女人的慧眼。你们的眼睛，对任何问题都只看一个方面，无论是好是坏，就是说，总是盯住最先出现在眼前的东西。”

大夫发表了这一番经验之谈，双手插进衣袋，又开始在屋子里踱来踱去，速度比先前还要快。

“我越琢磨这件事，”大夫说道，“越觉得，假如我们把这孩子的真实经历向这些人和盘托出的话，必定后患无穷。我敢肯定谁也不会相信。即便最后他们不可能把他怎么样，只是一味地拖下去，并且把一切可能产生的疑点张扬出去，你们要拯救他脱离苦海的慈善计划还是会遇到极大的障碍。”

“噢。那怎么办？”露丝大叫起来，“天啦，天啦！他们把这些人请来干什么？”

“是啊，请来干什么！”梅莱太太高声说道，“说穿了，我巴不得他们别上这儿来。”

“在我看来，”罗斯伯力先生平静地坐了下来，看样子打算豁出去了，“我们只能厚着脸皮试一下，坚持到底。我们的目的是高尚的，我们这样做也就情有可原，那孩子身上有发烧的明显症状，不宜过多交谈，这是一大福音。我们必须充分加以利用，要是利用了还是解决不了问题，我们也算尽了心了。进来。”

“好的，先生，”布拉瑟斯走进房间，身后跟着他的那位同事，他顾不上多说，先把门紧紧关上。“这不是一起预谋性事件。”

“什么鬼预谋性事件？”大夫很不耐烦。

“女士们，”布拉瑟斯转向两位女士，好像十分同情她们的孤陋寡闻，对大夫的无知则只能表示轻蔑，“我们把有用人参与其中的叫作预谋抢劫。”

“这个案子，谁也没有怀疑他们。”梅莱太太说。

“很可能是这样，夫人，”布拉瑟斯回答，“正因为这样，他们反而可能参加了。”

“从陈述来看就更可能了。”达福说道。

“我们发现这是伦敦人干的，”布拉瑟斯继续报告，“因为手段是一流的。”

“的确非常漂亮。”达福小声地评论道。

“这事有两个人参加，”布拉瑟斯接着说道，“他们还带着一个小孩，看看窗户的尺寸就明白了。目前可以奉告的就是这些了。我们眼下就去看看你们安顿在楼上的这个孩子，如果可以的话。”

“也许他们还是先喝点什么，梅莱太太？”大夫容光焕发，好像已经有了新的主意。

“噢！真是的！”露丝急切地叫了起来，“只要二位愿意，马上就可以办到。”

“呃,小姐,谢谢。”布拉瑟斯撩起衣袖抹了抹嘴,说道。“干这一行就是让人口干。随便来点什么,小姐。别太让您受累。”

“来点什么好呢?”大夫一边问,一边跟着年轻小姐向食橱走去。

“一点点酒,先生,如果终归要喝的话,”布拉瑟斯回答,“此次从伦敦来可真冷得够呛,夫人,我一直就觉得酒很能使人心情变得暖和起来。”

这一番饶有趣味的见解是说给梅莱太太听的,她非常谦和地听着。就在讲这番话的当儿,大夫溜出了房间。

“啊!”布拉瑟斯先生说,他不是端住酒杯的高脚,而是用左手的拇指和食指抓住杯子底部,靠在自己的胸前。“女士们,我干这一行,见过的事可多了。”

“布拉瑟斯,在埃德蒙顿附近小巷里的那起打劫就是啊。”达福先生努力帮助同事回忆。

“跟这一回有点像,不是吗?”布拉瑟斯先生应声说道,“那一回是大烟囱契科韦德干的,是他干的。”

“你老是算到他头上,”达福回答,“那是高手佩特干的,我告诉你吧,大烟囱和我一样,跟这事没一点关系。”

“滚你的!”布拉瑟斯先生骂道,“你懂什么。你还记得那一回大烟囱的钱给人抢走的事情吗?可真是惊人啊。比我看过的哪一本小说书都精彩。”

“怎么回事?”露丝迫不及待地问,只要这两位不受欢迎的客人露出心情愉快的任何迹象,她都会加以鼓励。

“那是一次抢劫,小姐,几乎没有人搞得清楚,”布拉瑟斯说道,“有一个叫大烟囱契科韦德的——”

“大烟囱就是大鼻子的意思,小姐。”达福插嘴说。

“小姐当然知道,不是吗?”布拉瑟斯质问道,“你干吗老是打岔,伙计。有个叫大烟囱契科韦德的,小姐,在决战桥那边开了一家酒馆。他有一间地下室,好些个年纪轻轻的公子哥儿都喜欢上那儿去,看看斗鸡、捕獾什么的。我见得多了,安排这些消遣得花不少脑筋。当时,他还没加入哪个堂口。一天夜里,他放在一只帆布袋子里的三百二十七畿尼被人抢了,深更半夜被一个蒙着黑眼罩的高个子从他卧室里偷走了,那个人藏在他床底下,得手之后就腾地一下跳出了窗口,窗口只有一层楼高。他那一手非常利落,不过大烟囱也挺利落，他听到响声醒了，跳下床来，用大口径短枪照他就是一枪，惊动了邻居。他们当下就嚷起有贼来啦，到各处看了看，发现大烟囱打中了那个强盗，一路上都是血迹，直到老远老远的一道篱笆，到那儿就看不到了。不管怎么说，他已经带着现钞跑掉了。结果，执证酒商契科韦德先生的大名，跟别的破产者一块儿出现在公报上了，五花八门的救济啊，年金啊，我也不清楚到底有多少，都替这可怜人办好了。他这次丢了钱，情绪非常消沉，在街上转悠了三四天，拼命扯自个儿的头发，好些人都害怕他会去寻短见。有一天，他慌慌张张跑到局里来了，和治安推事关起门来谈了好一阵，之后，治安推事摇摇铃，把杰姆·斯拜士叫进去了（杰姆是一个干练的警官），吩咐他协助契科韦德先生捉拿打劫他家的那个人。‘我看见他了，斯拜士，’契科韦德说，‘他昨天上午从我家门前走过。’‘那你干吗不上去逮住他？’斯拜士说。‘我吓成了一摊泥，你用一根牙签也能把我脑袋打得稀烂，’那可怜的家伙说，‘可咱们准能抓住他。因为晚上十点到十一点之间，他又走过去了。’斯拜士一听这话，往衣袋里放了块干净的亚麻布和一把梳子，就走了，说不定他得呆上一天两天呢。他藏在那家酒馆一块小小的红窗帘后面，连帽子都没脱，只要打声招呼，马上就可以冲上去。夜深了，他正在那儿吸他的烟斗，突然之间契科韦德吼起来了：‘在这儿呢！抓贼啊！杀人啦！’杰姆·斯拜士冲出去，看见契科韦德一路喊叫，顺着那条街没命地跑。斯拜士也追了上去。契科韦德一直跑，人们围上去，人人都在吆喝‘抓贼啊！’契科韦德自个儿一个劲地喊，像疯了一样。斯拜士刚转过一个街角，却看不见他人影了，赶紧转过去吧，看见那儿有一堆人，就一头扎了进去：‘哪一个是贼？’‘我他妈的。’契科韦德说，‘我又让他给跑了。’这事还真怪，可哪儿也看不见人，他们就回酒馆去了。第二天早上，斯拜士来到老地方，从窗帘后面往外瞧，就为了找一个蒙着黑眼罩的高个子男人，他自个儿连眼睛都看疼了。到后来，他只好合上眼睛，好放松一会儿。就在那一瞬间，他听到契科韦德大叫起来：‘他在这儿呢！’他又一次冲上去，契科韦德已经跑出半条街去了，跑了昨天的两倍那么远，那人又不见了。就这么又折腾了一两回，有一半的邻居认为，打劫契科韦德先生的是魔鬼，魔鬼后来又一直逗他玩来着，另一半邻居说，可怜的契科韦德先生因为伤心已经发疯了。”

“杰姆·斯拜士怎么说呢？”大夫问道，故事刚开始讲，他就回房间里来了。

“杰姆·斯拜士，”警官继续说道，“很长一段时间他什么都不谈，留心听着所有的动静，只是别人看不出来，这证明他对自己的本行很精通。但是，有一天早上，他走进酒吧，掏出他的鼻烟盒说：‘契科韦德，我查出这次抢钱的人了。’‘是吗，’契科韦德说，‘呃，我亲爱的斯拜士，只要能让我报仇，就是死了我也心甘情愿。噢，我亲爱的斯拜士，那个坏蛋在哪儿？’‘喏，’斯拜士说着，问他来不来一撮鼻烟，‘别来这一套了。这事是你自己干的。’确实是他干的，就是凭这一手，他弄到不少钱。要不是他演戏演过头了，谁也休想查出来，那是另一回事。”布拉瑟斯说着，放下酒杯，一边不住地把手铐弄得丁当直响。

“太妙了，真的，”大夫直抒己见，“现在，如果你们二位方便的话，可以上楼去了。”

“只要你方便，先生。”布拉瑟斯反唇相讥。两位警探寸步不离，跟着罗斯伯力先生上楼，朝奥立弗的卧室走去，凯尔司先生擎着一支蜡烛走在众人前面。

奥立弗一直在打盹儿，但看上去病情还在恶化，热度比刚露面的时候还要高。大夫扶着他在床上支撑起来，坐了分把钟。他注视着两个陌生人，一点也不明白又要发生什么事——说实在的，他似乎连自己是在什么地方，发生了什么事都想不起来了。

“这个孩子，”罗斯伯力先生温和而又饱含热情地说道，“这个孩子因为顽皮，闯进这后面的庭院，就是那个叫什么来着的先生家的庭院，偶然之中被弹簧枪打伤了，今天早晨来到这户人家求助，反倒立刻被扣留下来，并遭到那位手举蜡烛的绅士虐待，他还真会异想天开。身为医生，我可以证明，那位绅士已经将孩子的生命置于极度的危险之中。”

听了对凯尔司先生的这一番介绍，布拉瑟斯先生和达福先生目不转睛地盯着凯尔司。莫名其妙的领班呆呆地望着两位警探，随后将目光转向奥立弗，又从奥立弗身上移向罗斯伯力先生，那种惊慌与困惑兼而有之的表情真是可笑极了。

“你恐怕并不打算否认这一点吧？”大夫说着，轻轻地把奥立弗重新安顿好。

“我全是出于——出于一片好心啊,先生,”凯尔司回答,“我真的以为就是这个孩子,否则我绝不会跟他过不去。我并不是生性不近人情,先生。”

“你以为是个什么孩子?”老资格的警探问。

“强盗带来的孩子,先生。”凯尔司答道,“他们——他们肯定带着个孩子。”

“哦。你现在还这样认为吗?”布拉瑟斯问道。

“认为什么,现在?”凯尔司傻乎乎地望着审问者,回答说。

“你这个蠢货,认为是同一个孩子,是不是?”布拉瑟斯不耐烦了。

“我不知道,我真的不知道,”凯尔司哭丧着脸说,“我没法担保是他。”

“那你认为是怎样的呢?”布拉瑟斯问。

“我不知道该怎样认为,”可怜的凯尔司答道,“我认为这不是那个孩子,真的,我几乎可以断定根本就不是。您知道,这不可能。”

“这人是不是喝了酒啊,先生?”布拉瑟斯转向大夫,问道。“好一个十足的糊涂虫,你呀。”达福极度轻蔑地冲着凯尔司先生说。

在这一番简短谈话过程中,罗斯伯力先生一直在替病人把脉,这时他从床边椅子里站起身来,说如果两位警官对这个问题还有什么疑惑的话,不妨到隔壁房间去,把布里特尔斯叫来问一问。

他们采纳了这一提议,走进隔壁房间,布里特尔斯先生被叫了进来,他本人和他所尊敬的上司从而落入了这样一个奇异的迷宫,不断生出种种矛盾的说法和不可能发生的事情,除了证明他自己头脑极度发昏,什么事情都无法证明。一点不假,他声称即便当下就把那个真正的小偷叫到面前,他也认不出来。他只不过是把奥立弗当成是他了,一则因为凯尔司先生说就是他,二则此前五分钟,凯尔司先生在厨房里承认,他开始感到非常担心,自己恐怕是太莽撞了点。

在诸多想入非非的臆测中,有人提出这样一个问题,凯尔司先生是否果真打中了什么人,经过查验与他昨天晚上打了一枪的那把配对的另一支手枪的结果,发现除去火药和牛皮纸填弹塞以外,并未装上杀伤力更强的东西,这一发现给大家留下了相当深刻的印象。只有大夫不在此列,因为是他大约十分钟以前刚把弹丸拔下来的。话虽这样说,给凯尔司先生留下的印象却是谁也比不上的。由于担心自己给一位同胞造成了致命伤的缘故,他已经苦恼了几个小时，他急不可待地抓住这一个新的想法，简直如获至宝。最后，两位警官没有在奥立弗身上动过多的脑筋，他们留下那位杰茨警察，自己到镇上住一晚，约定第二天上午再来。

翌日清晨，传来一个消息，说昨天晚上有两个男的和一个小孩因行迹可疑而被捕，关进了金斯顿的监狱。布拉瑟斯和达福两位绅士为此去了一趟金斯顿。据查，所谓形迹可疑归结起来不过是这样一桩事实，有人发现他们在一个干草堆底下睡觉——这虽然是一大罪状，却只该受到监禁的处罚，根据英国法律慈悲为怀的观点及其对王国全体臣民的博爱精神，在缺乏其他的一应证据之时，这一事实尚不足以证明这名睡觉的人或多名睡觉的人，犯有凭借暴力夜间打劫的罪行，理应处以死刑。布拉瑟斯和达福这两位绅士只得空手而归。

简而言之，经过若干进一步的调查，费了许多口舌，治安推事才欣然同意梅莱太太和罗斯伯力先生联名保释奥立弗，但必须随传随到。布拉瑟斯和达福拿到两畿尼的酬金，回伦敦去了，但他们二位对这次远行的目的却有不同的见解。后一位绅士纵观全局，考虑再三，倾向于相信这一次未遂夜间行窃系高手佩特所为。而前一位在同等程度上倾向于把这一功绩整个算在了不起的大烟囱契科韦德先生头上。

此时，在梅莱太太、露丝和心地善良的罗斯伯力先生齐心照料下，奥立弗的身体日趋康复。如果说发自内心、洋溢着感恩之情的热切祈祷能够上达天庭——否则还成其为什么祈祷——那么，这个孤儿为他们祈求的祝福已化作宁静与欢乐，渗入了他们的心灵。

第三十二章

奥立弗与好心的朋友们一起，开始过幸福的生活。

奥立弗的病痛既深又杂。除了手臂骨折的疼痛和治疗上的耽搁以外，他在又湿又冷的野外呆得太久，以致一连好几个星期发烧，身子打颤，拖得他委靡不振。但是，他终于缓慢地逐步好转，有时候也能含着泪水说几句话了，他是多么强烈地感觉到了那两位可爱的女士的一片好心，多么热切地向往自己重新长得又结实又健康，能够做一些事来表达他的感激之情——只要是能让她们明白自己心中充满敬爱之心的事情——哪怕是做一点点微不足道的事情，也可以向她们证明，她们的崇高爱心没有付诸东流，她们出于恻隐之心，从苦难或者说从死亡中拯救出来的这个苦孩子盼望着以自己的全副心灵报答她们。

一天，感激的话语跃上了奥立弗那苍白的唇边，他挣扎着把这些话说了出来，这时，露丝说道："可怜的孩子！只要你愿意，会有许多机会替我们出力的。我们就要到乡下去了，姑妈的意思是你跟我们一块儿去。幽静的环境，清洁的空气，加上春天的一切欢乐和美丽，你过不了几天就会恢复健康的，一旦可以麻烦你了，我们用得着你的地方多着呢。"

"麻烦！"奥立弗大声说道，"噢！亲爱的小姐，我要是能替你干活就好了。只要能让你高兴，替你浇花或者是看着你的鸟儿，要不就整天跑上跑下逗你开心，怎么都行。"

"完全用不着怎么样，"梅莱小姐笑盈盈地说，"以前我跟你讲过，我们有的是事情让你干。哪怕你只能做到你答应的一半那么多，你就真的让我非常开心了。"

“开心,小姐。”奥立弗叫了起来,“你这么说,你的心真好。”

“我不知该有多高兴呢,”少女答道,“一想到我亲爱的好姑妈出了力,把一个人从你向我们描述的那种可悲的苦难中解救出来,这对于我就是一种难以形容的欢乐。又知道她关怀同情的对象也真心诚意地知恩图报,你真的无法想像我有多么高兴。你懂我的意思吗?”她注视着奥立弗沉思的面容,问道。

“呃,是的,小姐,我懂。”奥立弗急切地回答,“可我在想,我已经有点忘恩负义了。”

“对谁?”少女问道。

“那位好心的绅士啊,还有那位亲爱的老阿妈,他们过去对我可好呢,”奥立弗答道,“要是他们知道我现在多么幸福的话,他们一定很高兴,我敢保证。”

“他们一定会高兴的,”奥立弗的女恩人说道,“罗斯伯力先生真是个好人,他答应,一旦你身体好起来,能够出门旅行,他就带你去看看他们。”

“是吗,小姐?”奥立弗高兴得容光焕发,不禁大叫了一声。“等我再一次看到他们的慈祥面容的时候,真不知道会乐成什么样子。”

奥立弗的身体不久就恢复得差不多了,能够经受一次远行的劳顿。果不其然,一天清晨,他和罗斯伯力先生乘上梅莱太太的小马车出发了。车到杰茨桥的时候,奥立弗脸色变得煞白,发出一声高喊。

“这孩子怎么啦?”大夫照例又紧张起来,大声问道,“你是不是看见了什么——听见了什么——感觉到了什么——哦?”

“那里,先生,”奥立弗一边喊,一边从车窗里指出去,“那所房子。”

“是啊,那有什么关系? 停车。在这里停一下,”大夫嚷道,“宝贝儿,那房子怎么了,唔?”

“那些贼——他们带我去的就是那所房子。”奥立弗低声说道。

“让它见鬼去!”大夫喊道,“啊哈,在那儿呢! 我要下车!”

然而,车夫还没来得及从座位上跳下来,大夫已经想办法从马车里爬了出去。他跑到那所废弃的房子跟前,开始踢门,跟一个疯子似的。

“喂喂?”一个委琐丑恶的驼背汉子猛地把门打开,说道。大夫由于最后一脚用力过猛,险些跌进了过道。“出了什么事?”

“什么事!”这一位大吼一声,不假思索地揪住那人的衣领。“事多着呢。打劫的事。”

“还会出杀人的事呢,”驼背汉子冷冷地答道,“你要是不丢手的话。你听见没有?”

“问我听见没有,”大夫说着,给了俘虏一阵猛抖。“在哪儿——他妈的那家伙,叫什么来着——赛克斯,对了,赛克斯在哪儿,你这个贼?”

驼背汉子瞪大了眼睛,似乎无比惊诧无比愤慨的样子,随后便灵巧地挣脱大夫的手,咆哮着发出一阵可怕的诅咒,往屋子里退去。不过,他还没来得及关上房门,大夫已经二话不说,闯进了一间屋子。他焦急地看了看四周:没有一件家具,没有一样东西,不管是有生命的还是无生命的,能和奥立弗的描绘对得上,连那只食品柜的位置也不对。

“喂,”驼背汉子一直严密注视着大夫,这时说道,“你这么蛮不讲理闯进我家,打算干什么?你是想抢我呢,还是想杀了我?是哪一种啊?”

“你莫非见到过一个人乘双驾马车出门杀人抢东西,你这个可笑的老吸血鬼?”生性急躁的大夫说。

“那你想干什么?”驼背问道,“你再不出去,可别怪我不客气了!滚你的!”

“我认为合适的时候会走的,”罗斯伯力先生一边说,一边朝另一个房间望去,那个房间和前面那间一样,完全不像奥立弗说的样子。“总有一天我会查到你的底细,我的朋友。”

“你行吗?”丑恶的驼子冷冷一笑,“随你什么时候找我,我都在这儿,我在这地方住了二十五年了,一没有发疯,二不是就我一个人,还怕你?你会付出代价的,你会付出代价的。”说着,矮小的丑八怪发出一阵嚎叫,在地上又蹦又跳,像是气得失去了常态。

“真够愚蠢的,这也,”大夫暗自说道,“那孩子准是弄错了。喏,把这放进你的口袋,重新把你自个儿关起来吧。”随着这番话,他扔给驼背一张钞票,便回马车上去了。

驼背汉子尾随着来到车门前,一路发出无数最最野蛮的诅咒与怒骂。然而,就在罗斯伯力先生转身和车夫说话时,他探头朝马车里面望去,刹那间瞧了奥立弗一眼,目光是那样犀利,咄咄逼人,同时又是那样凶狠,充满敌意，奥立弗在后来的几个月里，不管是醒来的时候还是睡着了，都始终忘不了。直到车夫回到座位上，那汉子还在不停地破口大骂。他们重新踏上旅途，这时还可以看见他在后面跺脚，扯头发，不知是真是假地暴跳如雷。

“我真是个笨蛋，”大夫沉默了很久才说道，“你以前知道吗，奥立弗？”

“不知道，先生。”

“那下一回可别忘了。”

“一个笨蛋，”大夫再度陷入沉默，过了几分钟他又说道，“就算地方找对了，而且就是那帮家伙，我单枪匹马，又能怎么样？就算有帮手，我看也得不到什么结果，只会让我自己出丑，还不得不供出我把此事遮掩过去的经过。总之，我真是活该。我老是一时性起，搞得自己左右为难。这事应该给我一点教训才对。”

事实上，这位出色的医生一辈子办事都是凭一时冲动，这里可以对支配他的种种冲动说一句不带恶意的恭维话，他非但从来没有被卷进任何特别麻烦或者倒霉的事情中去，反而从所有认识他的人那里得到极为真诚的推崇和敬重。实事求是讲，眼下他是有一点生气，有一两分钟时间感到失望，他很想拿到有关奥立弗身世的确切证据，哪知遇到的头一个机会就落空了。不过，他很快又恢复了常态，发现奥立弗在答复自己的盘问时依然老老实实，前后吻合，显然和以往一样真诚坦率。他打定主意，从今以后完全相信他的话。

因为奥立弗知道布朗罗先生居住的街名，他们可以照直开到那儿去。马车折进了那条街，他的心剧烈地跳起来，几乎喘不过气。

“说吧，我的孩子，是哪一所房子？”罗斯伯力先生问道。

“那一所。那一所。”奥立弗一边回答，一边急迫地从车窗里往外指点着。“那所白房子。呃，快呀。开快一点。我觉得自己好像要死了，身上老是哆嗦。”

“到啦，到啦。”好心的大夫拍了拍他的肩膀，说道，“你马上就要看见他们了，他们见到你安然无事，肯定会喜出望外的。”

“呃！我就巴望那样！”奥立弗大声说道，“他们对我真好，非常非常好。”

马车朝前开去，停下了。不，不是这所房子，隔壁才是。马车又走了几步，重新停了下来。奥立弗抬头望着那些窗户，几颗泪珠饱含着欢乐的期待滚下面颊。

天啦！白色的房子空空如也，窗扉上贴着一张招贴："出租"。

"敲敲邻居的门看。"罗斯伯力先生大声说，一边挽住奥立弗的胳臂。"您知道不知道，过去住在隔壁的布朗罗先生上哪儿去了？"

邻家的女仆不知道，但愿意回去问一问。她不一会就回来了，说六个星期之前，布朗罗先生已经变卖了物品，到西印度群岛去了。奥立弗十指交叉，身子往后一仰，瘫倒在地。

"他的管家也走了？"罗斯伯力先生犹豫了一下，问道。

"是的，先生，"女仆回答，"老先生，管家，还有一位绅士是布朗罗先生的朋友，全都一块儿走了。"

"那就掉头回家吧，"罗斯伯力先生对车夫说，"你不要停下来喂马，等离开这该死的伦敦城再说。"

"去找那位书摊掌柜，好不好，先生？"奥立弗说道，"我认识上那儿去的路。去见见他，求求您了，先生。去见见他吧。"

"我可怜的孩子，这一天已经够令人失望的了，"大夫说，"我们俩都受够了。如果我们去找那个书摊掌柜，保准会发现他死掉了，要不就是放火烧了自家的房子，或者溜之大吉了。不，这就直接回家。"在大夫的一时冲动之下，他们便回家去了。

这一次大失所望的寻访发生在奥立弗满心欢喜的时刻，搞得他非常惋惜、伤心。患病期间，他无数次高高兴兴地想到，布朗罗先生和贝德温太太将要向他讲些什么，自己也会向他们讲述，有多少个漫长的日日夜夜，他都是在回忆他们替他做的那些事，痛惜自己与他们给生拉活扯地拆散了，能向他们讲述这一切该是多么惬意。总有一天能在他们面前洗去自己身上的污点，说清自己是如何横遭绑架的，这个希望激励着他，支持着他熬过了最近的一次次考验。现在，他们到那么远的地方去了，带着他是一个骗子兼强盗的信念走了——他们的这个信念，也许一直到自己离开尘世之日也无法辩解了——他几乎承受不了这样的想法。

然而，这种情况丝毫也没有改变他的几位恩人的态度。又是两个星期过去了，温暖、晴好的天气开始稳定，花草树木长出了嫩绿的叶片和鲜艳的繁花，这时，他们做好了准备，要离开杰茨的这所房子几个月。他们把曾经使费金垂涎三尺的餐具送到银行寄存起来，留下凯尔司和另一个仆人看房子，带着奥立弗到远处一所乡村别墅去了。

这个羸弱的孩子来到一个内地的乡村，呼吸着芬芳的空气，置身于青山密林之中，谁能描述他感受到的快乐、喜悦、平和与宁静啊！又有谁能说出，祥和宁静的景色是怎样映入困守闹市的人们的脑海，又是如何将它们本身具有的活力深深地注入他们疲惫不堪的心田！人们居住在拥挤狭窄的街上，一生劳碌，从未想到过换换环境——习惯的的确确成了他们的第二天性，他们几乎可以说爱上了组成他们日常漫步的狭小天地的一砖一石——即便是他们，当死神向他们伸出手来的时候，最终也会幡然醒悟，渴望看一眼大自然的容颜。他们一旦远离旧日喜怒哀乐的场面，似乎立刻进入了一个崭新的天地。日复一日，他们缓缓走向充满阳光的绿色草地，一看到天空、山丘、平原和湖光水影，他们便在内心唤醒了记忆，只须预先品尝一下天国的滋味便可抚平飞速衰朽的痛苦，他们像西下的落日一样平静地进入自己的坟墓。几个小时以前，他们还曾孤独地守在卧室窗口，望着落日余晖慢慢消失在自己暗淡无光的眼睛里。宁静的山乡唤起的记忆不属于这个世界，也不属于这个世界的意志与希望。这些回忆会温和地感染我们，教会我们如何编织鲜艳的花环，放在我们所爱的那些人的坟前；能净化我们的思想，压倒旧日的嫌隙怨恨。可是在这一切之下，在每一颗心灵中就算是最麻木的心灵，一个模糊不清、尚未完全成形的意识，很久以前，在某个相隔遥远的时刻，就有过这种感觉的意识，始终流连不去，启迪人们庄重地瞩目遥远的未来，将傲慢与俗念压在它的下面。

他们去的地方真是美不胜收。奥立弗以往的日子都是耗费在龌龊的人群和喧闹的争吵当中，在这里他似乎得到了新生。玫瑰和忍冬环绕着别墅的墙垣，常春藤爬满树干，园中百花芬芳。附近有一块小小的教堂墓地，那里没有挤满高大丑陋的墓碑，全是一些不起眼的坟茔，上面覆盖着嫩草和绿苔，村里的老人就长眠在下面。奥立弗时常在这里徘徊，有时想起埋葬他母亲的荒冢，他就坐下来，偷偷地哭一阵。但是，他一旦抬起眼睛，朝头上深邃的长空望去，就不再想像她还长眠在黄土之下，虽然也会为她伤心落泪，但并不感到痛苦。

这是一段快活的时光。白昼温和而又晴朗。夜晚给他们带来的不是恐惧,也不是担忧——丝毫没有对身陷囹圄的忧思,又用不着与坏蛋周旋,只有快乐幸福的念头。每天早晨,他走进住在小教堂附近的一位白发老先生家里,老先生纠正他的读音,教他写字,他讲话是那样和气,又那样尽心尽力,奥立弗觉得无论怎么去讨他的欢心都不算过分。接下来,他可以跟梅莱太太和露丝小姐一块儿散散步,听她们谈论书上的东西。要不就紧挨着她们,坐在某个阴凉的地方,听露丝小姐朗读,他会这么听下去,一直要到天色转暗,连字母也看不清了才打住。不过,他还得预备自己第二天的功课,在一间望出去就是花园的小房间里,他埋头用功,直到黄昏渐渐来临,到时两位女士又要出去散步,他总是和她们一道,不管她们讲什么都听得津津有味。如果她们想要一朵花,而他能攀摘下来,或者忘了什么东西,他可以去跑一趟的话,他别提有多高兴,跑得再快不过了。天黑尽了,回到屋里,年轻的小姐在钢琴前坐下,弹一支欢乐的曲子,或者用柔和的声音低声唱一首姑妈喜爱的老歌。在这样的时刻,连蜡烛也无需点上,奥立弗坐在窗户旁边,听着美妙的音乐出神。

礼拜日到来了,在这里过礼拜天和他以往的方式大不一样。在这一段最快乐的日子里,礼拜天也和另外几天一样快乐。清晨的小教堂,窗外的绿叶飒飒作响,小鸟在鸣啭歌唱,馥郁的空气钻进低矮的门廊,这座朴素的建筑充满芳香。穷人们也衣着整洁,跪下祈祷又是那样虔诚,人们似乎觉得聚集在这里是一大乐趣,而不是令人生厌的义务。尽管唱诗的声音可能粗糙一点,但很真诚,而且听上去(至少是就奥立弗的耳朵而言)比他从前在教堂里听到的都更加悦耳。然后,跟平时一样散散步,走访许多勤劳人家,看看他们整洁的住所。晚间,奥立弗诵读《圣经》中的一两个章节,这是他整个礼拜都在钻研的。在履行这些义务的时候,他似乎比自己当上了牧师还要自豪,还要高兴。

早晨六点钟,奥立弗就起床了,在田野里漫游,从远远近近的篱笆上采来一簇簇野花,然后满载而归。他精心安排,多方设计,用花束将早餐饭桌装点得亮丽夺目。他还采来新鲜的千里光,作为梅莱小姐喂鸟的食物,还用来装饰鸟笼,雅致的式样大受赞许,他一直就在本村教会文书的着意教授下学习这门手艺。他把一只只鸟儿调弄得羽毛丰亮,伶俐活泼。余下的时间,村里常有一些小小的善事用得着他。要不然，在草地上打一场难得的板球。再不然，养花植树方面总是有事可干的，同一位师傅也教会了奥立弗伺弄花草（那可是一名专业园艺师），他干得十分投入，每每干到露丝小姐出现在面前才住手，她对奥立弗所做的一切总是赞不绝口。

三个月就这样不知不觉过去了。对于得天独厚的有福之人来说，这三个月也算得上是称心如意了，对于奥立弗就更是一大幸事。一方是纯洁无瑕而又和蔼可亲的慷慨给予，另一方是发自肺腑的最最真挚热切的感激之情，难怪在这一段短暂的时光告终的时候，奥立弗·退斯特跟那位老太太和她的侄女已经亲如一家，他那幼小而敏感的心灵产生了强烈的依恋，而她们也报以一片爱心，并为他感到骄傲。

第三十三章

在这一章里，奥立弗和朋友们的欢乐遇到了一次意外挫折。

春天飘然逝去，夏天来临了。如果说村子当初一度很漂亮的话，那么现在则充分展示了它的风采与繁盛。早几个月里显得畏畏缩缩，赤身露体的高大树木现在迸发出充沛的活力，张开绿色的手臂，遮盖住干渴的土地，把一处处无遮无掩的地点变成无可挑剔的幽静去处。在浓密舒适的树阴下，人们可以看到，阳光沐浴下的广阔空间向远方伸展开去。大地披上了翠绿色的罩衣，散发着醇厚的芳香。这是一年中的全盛时期，万物欣欣向荣，一派欢快气象。

小别墅里的恬静生活依然如故，别墅里的人照常过得愉快而安宁。奥立弗早已长得身强体壮。但不管是健康还是疾病，都没有改变他对身边的人的深厚感情，但也有许多人就不是这样了。他依然是当初那个被苦难榨干精力、处处要人照料的小不点儿，那个依头顺脑、满心感激的孩子。

一个皎好的夜晚，他们散步时比平素多走了一程，白天特别热，入夜皓月当空，不时有一阵异常凉爽的微风掠过。露丝开始也兴致勃勃，她们一边走，一边有说有笑地聊着，远远走出了平时的范围。梅莱太太觉得有点累了，她们才慢悠悠地回到家里。露丝和往常一样，扔下轻便的软帽，坐到钢琴前边。她茫然若失地弹了几分钟，手指急促地从琴键上滑过，随后她开始弹奏一支低沉而又凝重的曲子。就在她弹琴的时候，大家听到了一种声音，她好像在哭泣。

“露丝，我亲爱的。”老太太说道。

露丝没有回答，只是弹得略略快了一点，似乎这句话把她从痛苦的思考中唤醒了。

“露丝，我的妞妞。”梅莱太太慌乱地站起来，俯下身去，喊道。“怎么回事？哭啦。我亲爱的孩子，是什么事情让你伤心？”

“没什么，姑妈。没什么，”少女回答，“我不知道是怎么回事。我说不出来。可我觉得——”

“该不是病了，妞妞？”梅莱太太插了一句。

“不，不。噢，我没病。”露丝打了个寒颤，似乎说话时有一股冷森森的寒意流遍全身。“我很快就会好起来的。把窗户关上吧。”

奥立弗赶紧上前，关上窗户。小姐很想恢复以往那种兴致，换了一支比较轻松的曲子，但她的指头软弱无力地在琴键上停下来。她双手捂住脸，瘫倒在沙发上，抑制不住的泪水夺眶而出。

“我的孩子，”老太太搂住她的肩膀，说道，“我以前从没见过你像这样。”

“能不惊动你，我也不想惊动你，”露丝回答，“我拼命忍住，可实在忍不住了。我恐怕真的病了，姑妈。”

她确实病了，蜡烛拿过来以后，他们发现，就在回到家里这一段极短的时间里，她的脸色变得像大理石一样苍白。美丽的容颜丝毫没有改变，但表情变了。文静的脸上带着一种前所未见的焦急、疲惫的神色。过了一分钟，脸上腾起一片红晕，温柔的蓝眼睛里闪出狂乱的光芒。红晕又消失了，如同浮云掠过的影子，她再度显出死一般的苍白。

奥立弗眼巴巴看着老太太,觉察到她被这些症状吓坏了,他自己其实也一样。可看到老太太装出不当一回事的样子,他也尽力那样做,果然有些作用。露丝在她姑妈劝说下进去休息了,她的精神略有好转,甚至气色也好一些了,还保证说,她明天早上起来肯定就没事了。

“没事吧?”梅莱太太回来了,奥立弗说道,“今天晚上她脸色不好,可——”

老太太示意他别再说了,在一个昏暗的角落里坐下来,沉默了好一会儿。末了,她用颤抖的声音说道:

“我相信不会,奥立弗。多少年来我跟她一块儿过得非常幸福——也许太幸福了。没准该是我遇上某种不幸的时候了。但我希望不是这样。”

“什么?”奥立弗问。

“失去这个好姑娘的沉重打击,”老太太说道,“很久以来她就是我的安慰与幸福。”

“哦!上帝不会答应的!”奥立弗惊慌地叫了起来。

“求主保佑吧,我的孩子。”老太太绞扭着双手说。

“肯定不会有那么吓人的事情吧?”奥立弗说道,“两个小时以前,她还好好的呢。”

“她现在病得很厉害,”梅莱太太回答,“还会更糟糕的,我相信。我可亲可爱的露丝。噢,没有她我可怎么办啊!”

巨大的悲痛压倒了她,奥立弗不得不克制住自己的感情,好言相劝,苦苦哀求,看在亲爱的小姐本人的分上,她应该镇定一些。

“想一想吧,夫人,”奥立弗说话时,泪水径自涌进了他的眼睛。“噢!你想想,她那么年轻,心那么好,又给身边所有的人带来那么多的欢乐和安慰。我保证——是的——确确实实的——为了你,你的心也那么好,为了她自个儿,为了所有从她那里得到幸福的人,她不会死的。上帝决不会让她那么年轻就死的。”

“小点声。”梅莱太太把一只手放在奥立弗头上,说道。“你想得太天真了,可怜的孩子。不管怎么说吧,你教我懂得了自己的职责。我一下子给忘了,奥立弗,可我相信我会得到宽恕的,我老了,见到的病痛、死亡够多的了,我知道,与我们心爱的人分别是多么痛苦。我见过的事多了,最年轻、最善良的人也不一定总是能够从那些爱他们的人那里得到宽恕,但这一点可以在我们悲哀时带来安慰,上天是公正的。这样的事情印象深刻啊,提醒我们知道,有一个世界比这个要光明一些,并且到那里去也用不了多少时间。上帝自有安排。我爱她,反正上帝知道我爱她有多深。"

梅莱太太倾吐着这些话语,奥立弗惊奇地看到,梅莱太太似乎一咬牙将悲伤压了下去,说话间她挺起了腰板,变得沉着而坚定。接下来,他越发感到诧异,这种坚定始终不变,尽管照料病人的担子都落在她肩上,梅莱太太却始终有条不紊,泰然自若,履行这些职责的时候一丝不苟,从整个外表上看还挺轻松。但他毕竟年纪还小,不懂得坚强的心灵在危难之时能有多么坚强。这也难怪他不懂,又有多少坚强的人了解他们自己呢?

一个焦虑不安的夜晚过去了。清晨来临,梅莱太太的预言完全验证了。露丝正处于一种非常危险的热症初期。

"我们一定得主动才行,奥立弗,不能光是发些个于事无补的哀叹。"梅莱太太把一根手指放在唇边,眼睛直视着他的脸,说道。"这封信必须尽快交给罗斯伯力先生。必须送到集镇上去,你抄小路穿过田野,走不到四英里,到那儿再派专差骑马直接送到杰茨。那个客栈里的人会把这事办妥的。我要你去看着他们发出去,我信得过你。"

奥立弗说不出一句话,只是巴不得马上就走。

"这里还有一封信,"梅莱太太说着又停下来,沉思了一会。"但究竟是现在就发出去,还是等我看看露丝的病情再说,我简直拿不定主意。我不能发出去,除非真的出现最糟糕的事情。"

"也是送到杰茨去吗,太太?"奥立弗急在心头,一边问,一边将颤抖着的手朝那封信伸过去。

"是的。"老太太回答,木然地把信交给了他。奥立弗扫了一眼信封,信是寄到某某尊贵的勋爵的庄园去的,哈利·梅莱先生收,到底是什么地方,他也搞不清楚。

"要送去吗,太太?"奥立弗急不可待地抬起头来,问道。

"我想不用了,"梅莱太太把信收了回去。"明天再说。"

梅莱太太说罢,把钱包交给奥立弗,他不再耽搁,鼓起全身的劲头,以最快速度出发了。

他飞快地穿过田野，顺着小路跑过去，有时穿过田间小道，时而几乎被两旁高高的庄稼遮盖起来，时而又从一块空地里冒出来，几个农人正在那里忙着收割、堆垛。他一次也没有停留，只是偶尔歇几秒钟，喘喘气，一直跑到镇里的小集市，跑得满头大汗，一身尘土。

他停住脚步，四下找寻那家客栈。白色的房子是银行，红房子是啤酒作坊，黄色的是镇公所，在一个街角上有一所大房子，凡是木头的部分都漆成绿色，前面有一块“乔治”字样的招牌。这所房子刚一映入他的眼帘，他便奔了过去。

他对一个正在门廊下打瞌睡的邮差说明了来意，邮差听懂了他要办的事之后，叫他去向店里的马夫打听，马夫又要他从头再说一遍，然后让他跟老板说去。老板是一位高个子绅士，围一条蓝色围巾，戴一顶白色的帽子，浅褐色厚呢马裤配一双翻口长统靴，正靠在马厩门旁边的唧筒上，用一根银质牙签剔牙。

这位绅士慢条斯理地走进柜台，开始开发票，费了好长时间。钱付了，还要给马套上鞍子，邮差也得穿上制服，这足足花了十多分钟。奥立弗急得像热锅上的蚂蚁，恨不得自己纵身跳上马背，向下一站飞驰而去。好容易才万事齐备，那封信也递了过去，他对邮差叮咛了又叮咛，求他尽快送到。邮差策马启程了，穿过集市上坑坑洼洼的石子路，两分钟后已经驰上了大道。

看到告急信已经发出，没有白费功夫，奥立弗这才放下心来，怀着多少轻松了一点的心情，匆匆忙忙穿过客栈的院子，正要在大门口转身，不想却跟一个身披斗篷的大高个子撞上了，那人当时正从客栈里走出来。

“喝！”那人死死盯住奥立弗，猛一后退，嚷道。“这他妈的什么东西？”

“对不起，先生，”奥立弗说，“我赶着回家，没看见你走过来。”

“该死的！”那人自言自语地嘟哝道，两只又大又黑的眼睛烁烁地瞅着奥立弗。“谁想得到啊。真该把他碾成灰。他会从石头棺材里跳起来挡我的道。”

“很抱歉，”奥立弗叫这个怪人狂乱的神色吓慌了，结结巴巴地说，“但愿我没有碰痛你。”

“混账东西！”那人狂怒不止，从牙缝里咕哝着，“我要是有胆子说那句话，只要一个晚上就甩掉你了。你这个天杀的东西，叫黑死病钻到你心里去吧,你这个小混蛋。你在这儿干什么?”

那人一边挥动着拳头,一边语无伦次地说。他朝奥立弗走过去,像是打算给他一拳,却又猛然跌倒在地,浑身痉挛,口吐白沫。

有一瞬间,奥立弗(他以为自己遇上了一个疯子)只顾呆呆地望着他在地上打滚,接着便冲进客店找人帮忙去了。他看着那人给架起来,太太平平地进了客店,这才转身回家。他铆足了劲一路飞跑,以弥补耽误的时间,同时怀着十分惊诧并有几分恐惧的心情,回想起自己刚刚离开的那个人举动真是怪极了。

不过,这种情况并没有在他的脑海里驻留多久,他回来以后,别墅里有的是事情占据他的心,将一切有关自身的考虑统统从记忆中挤了出去。

露丝·梅莱的病情急剧恶化,午夜前她开始说胡话。一个住在当地的医生时刻守候着她。医生初步对病人作了检查,随后把梅莱太太引到一边,宣布她的病属于一种极其危险的类型。“说实在的,”他说道,“她能不能痊愈,只有靠奇迹了。”

当天夜里,奥立弗有多少次从床上跳起来,蹑手蹑脚地溜到楼梯口,凝神谛听病房里有没有发出哪怕是最细微的响声。有多少次,每当杂乱的脚步声突然响起,他不由得担心,又有什么令人不敢想像的事情到底还是发生了,他吓得浑身发抖,额上直冒冷汗。他声泪俱下,为那位正在深深的墓穴边缘摇摇欲坠的好姑娘的生命苦苦祈祷,这种热情远远不是他过去所做的一切能够比得上的。

哦!这种牵挂,当一个为我们深切爱慕的人的生命在天平上摇摆不定的时候,我们却无能为力,这种牵挂是多么可怕,多么令人痛苦。哦!撕心裂胆的思绪涌进心灵,凭借着它们所唤起的幻象的魔力,心脏剧烈地跳动,呼吸愈发急促——一种不顾一切的冲动油然而生:**做一点什么事情**,减轻这种我们无力缓解的痛苦,缩小这种我们无力消减的危险。我们痛苦地想到自己是那样束手无策,我们的心直往下沉,气不停地泄,有什么刑罚拷问能与此相比?有什么想法或者做法能够在焦虑达到登峰造极之时缓解这种痛苦?

早晨到来了。小小的别墅里一片寂静。人们低声耳语,焦灼的面孔不时出现在门口,女人和孩子噙着泪水走到一边。整个漫长的白天,以及天黑之后的几个小时,奥立弗都在花园里轻轻地走来走去,每过一会都要抬起头来，看一眼病人的房间，他战战兢兢地看着黑沉沉的窗口，看他那副样子，好像死神已经捷足先登。深夜，罗斯伯力先生到了。“难啊，”好心的大夫一边说，一边背过脸去。“那么年轻，又那么可爱。但希望很渺茫。”

又一个早晨到来了。阳光是那样明媚，仿佛看不到人世间有一点点苦难或者忧愁。园中枝繁叶茂，百花争艳，一切都显得生机盎然，精力充沛，周围的声音和景象无不充满喜悦——可爱的姑娘却躺在病床上，急剧地变得衰弱。奥立弗偷偷走进那片古老的教堂墓地，在一个长满青草的坟茔上坐下来，无声地为她哭泣，祈祷。

这一幅画面是那样宁静、优美，阳光明媚的景色中包容着那么多希望与快乐：夏天的鸟儿唱出了那么欢快的乐曲；振翅飞翔的白嘴鸦从头上一掠而过，是那样的自由；万物是那样生气勃勃，兴高采烈；孩子抬起阵阵发痛的眼睛，向周围望去，心中油然涌起这样一个念头，这不是死亡的时节，小东西尚且还那么欢乐逍遥，露丝是断断不会死的。坟墓喜欢的是寒冷萧瑟的冬天，不喜欢阳光与花香。他几乎认定，寿衣只是用来裹住老朽干瘪的躯体，从来不把年轻娇嫩的形体拉进它们那可怕的怀抱。

教堂那边传来一声报丧的钟声，粗暴地打断了这些幼稚的想法。又是一声！又是一声！这是宣布葬礼开始的丧钟。一群送葬的寻常百姓走进墓园大门，他们佩戴着白色花结，因为死者还很年轻。他们脱帽站在一座坟前，哭泣的行列里有一位是母亲——一位失去孩子的母亲。可阳光依然灿烂，鸟儿照样歌唱。

奥立弗朝家里走去，回想起小姐给予他的百般照顾，盼望着机会能再一次到来，好让他一刻不停地表明自己对她是多么感激、多么依恋。他没有理由责备自己有多少次粗枝大叶，或者是没动脑筋，因为他是诚心诚意为她效劳的。尽管如此，仍有许许多多细小的事情浮现在他的面前，他幻想着自己当时本来可以干得更卖力、更认真一些，可惜没有那样做。每一次死亡都会给为数不多的幸存者带来这样的想法：有那么多事情受到忽视，办到的事情又是那样少——有那么多事情被遗忘，还有更多的事情已无法挽回——因而我们必须留心，平时如何去对待我们周围的人！没有什么比悔之莫及更令人懊恼的了。如果我们希望免受懊悔的责问，就让我们趁早记住这一点吧。

奥立弗到家了，这时梅莱太太正坐在小客厅里。一看见她，奥立弗的心立刻沉了下去，因为她从来没有离开过侄女的病床。他战战兢兢地思忖着，一定是发生了什么变故才促使她走到一边。他了解到，小姐陷入了沉睡，她这次醒来，不是康复与再生，便是诀别与死亡。

他们坐下来凝神谛听，几个小时连话也不敢说。没有动过的饭菜撤了下去。他们心不在焉地望着逐渐下沉的太阳，最后又看着太阳将宣告离去的绚丽色彩撒满天空和大地。他们敏锐的耳朵猛然听到一阵越来越近的脚步声。罗斯伯力先生刚一进屋，他俩便情不自禁地向门口冲去。

“露丝怎么样?”老太太嚷道，“快告诉我，我能经受得住，别再让我牵挂了！噢，快告诉我！看在老天爷的分上!”

“你一定得沉住气，”大夫扶住她说道，“请保持镇定，我亲爱的夫人。”

“让我去死吧，凭上帝的名义。我亲爱的孩子。她死啦。她就要死啦。”

“不!”大夫感情冲动地嚷起来，“上帝是仁慈而宽大的，所以她还会活好多年好多年，为我们大家造福。”

老太太跪下来，尽力想把双手合在一块儿，然而支撑了她那么久的毅力已经随着第一声感恩祈祷一起飞向天国。她倒在了伸开双臂接住她的朋友怀抱里。

第三十四章

详细介绍一位现在才出场的青年绅士，以及奥立弗的又一次奇遇。

这种欢乐几乎叫人难以承受。奥立弗听到这个意想不到的消息，一时目瞪口呆。他欲哭不得，说不出话，坐卧不宁。他在黄昏的宁静气息中徘徊了很久，又大哭了一场，好不容易恢复了一点理解力，这才似乎猛然醒悟过来，令人高兴的变化已经发生，自己胸中难以承受的焦虑也已化解。

夜色迅速围拢过来，他捧着一大束鲜花往家里走去，这是他精心采来装饰病房的。他正沿着公路快步走着，忽然听到身后有马车疾驰的声音。他扭头一看，只见一辆驿车飞驶而来，由于马跑得飞快，加上路面狭窄，他便靠着一道门站住，让马车通过。

车疾驰而过，奥立弗一眼看见车上有个头戴白色睡帽，好像有几分面熟的男子，不过他这一瞥太短暂了，没看清那是谁。过了一两秒钟，那顶睡帽从马车窗口伸出来，一个洪亮的嗓门喝令车夫停车。车夫勒住马，车停住了。接着，睡帽又一次探出来，那个大嗓门叫着奥立弗的名字。

"这里！"那个声音嚷道，"奥立弗，有什么消息？露丝小姐怎样了？奥——立——弗少爷！"

"是你吗，凯尔司？"奥立弗一边喊着，一边朝车门奔去。

凯尔司再次伸出戴着睡帽的脑袋，作回答状，忽然又被坐在马车另一角的一位青年绅士拉了回去，那人急迫地探问那边有什么消息。

"快告诉我！"那位绅士高声喊道，"是好些了还是更糟了？"

"好些了——好得多了！"奥立弗赶紧回答。

"感谢上帝！"青年绅士大叫一声，"你能肯定？"

"没问题，先生，"奥立弗回答，"几个小时以前就不一样了，罗斯伯力先生说，危险已经全部渡过了。"

那位绅士不再多说，打开车门，从里面跳出来，一把抓住奥立弗的肩膀，把他拉到旁边。

"你有绝对把握？孩子，再也不会出岔子了，是不是？"青年绅士用颤抖的声音问，"你可别骗我，让我空欢喜一场。"

"我绝对不骗你，先生，"奥立弗回答，"真的，你相信我好了。罗斯伯力先生说，她会活好多年好多年，为我们大家造福的。"

奥立弗想起了为大家带来无限幸福的那个场面，泪水在他眼睛里直打转。青年绅士转过脸去，好一阵子一言不发。奥立弗相信自己听到他不止一次地哽咽，但又不敢另外说什么话去打搅他——他实在猜不出这位绅士的心情——便站在一边，装出尽顾了自己手里的花束的样子。

这功夫，头戴白色睡帽的凯尔司先生一直坐在马车的踏板上，胳膊肘支在膝盖上，用一张蓝地白花的布手绢不住地擦眼睛。这个诚实耿直的汉子并不是假装动了感情，这一点完全可以从他那双红肿的眼睛上看出来，当青年绅士转过身去叫他的时候，凯尔司就用这双眼睛望着他。

“我想，你还是乘车直接到我母亲那儿去比较好，凯尔司。”他说道，“我宁可慢慢走着去，这样我可以在见到她之前争取一点时间。你就说我马上就到。”

“请您原谅，哈利先生，”凯尔司用手巾将满脸的泪痕擦干净，说道，“但如果您打发邮差去传话，我将深为感激。让女佣瞧见我这副样子不太合适，先生，她们真要是瞧见了，我以后一点面子也没有了。”

“好吧，”哈利·梅莱微笑着答道，“你高兴怎么着就怎么着吧。如果你觉得这样好一些，那就让他和行李一块儿走，你跟着我们。不过，你得先把睡帽脱下来，另外换一顶合适的帽子，要不别人会以为我们是疯子。”

凯尔司先生这才想起自己的仪表有失体面，一把将睡帽扯下来，塞进衣袋，又从车里取出一顶样式庄重朴素的圆顶帽换上。收拾停当，邮差继续驱车赶路，凯尔司、梅莱先生和奥立弗慢悠悠地跟在后面。

他们信步走去，奥立弗不时带着浓厚的兴趣和好奇心打量着这个新来的人。他看上去约莫二十五岁，中等身材，面容开朗英俊，举止落落大方。尽管存在着年龄上的差距，但他和老太太长得很像，即便他没有提到老太太是他母亲，奥立弗也能毫不费力地猜出他们之间的关系。

别墅到了，梅莱太太正焦急不安地等候着儿子。母子见面，双方都很激动。

“妈妈，”年轻人低声说道，“您怎么不写信告诉我？”

“我写了，”梅莱太太回答，“可经过反复考虑，我决定把信拿回来，听听罗斯伯力先生的看法再说。”

“可为什么，”年轻人说。“为什么要拿这样的事来冒险呢？万一露丝——那个字我说不出口——如果这场病是另一种结果，你难道还能宽恕自己？我这辈子难道还能得到幸福？”

“如果**发生**那样的事，哈利，”梅莱太太说，“我担心你的幸福也就整个毁了，你早一天晚一天回来，都没有什么差别。”

“万一真要是这样，妈妈，那有什么好奇怪的？”年轻人答道，“哦，我干吗要说**万一**呢？——这是——这是——你明白是怎么回事，妈妈——你应该明白。”

“我明白，一个男子拿出心中最美好、纯洁的爱情奉献给她，她也是当之无愧的，”梅莱太太说，“我明白，她天性中的献身精神和爱心需要的绝不是普普通通的回报，而是需要一个深深相爱，永不变心的人。在我做一些在我看来必须做到的事时，如果不是我感觉到了这一点，另外还知道，她爱上的人只要态度有一点改变都会使她心碎，我也不会感到自己的使命如此困难，或者说，我内心也不会发生这么多的矛盾了。”

“这不公平，妈妈，”哈利说道，“你还是把我当小孩子，完全不懂得自己的想法，也不懂我灵魂上的一次次冲动？”

“在我看来，我的好儿子，”梅莱太太把一只手搭在哈利肩上，回答道，“年轻人有许多高尚的冲动往往难以持久，其中有一些一旦得到满足，只会变得更加短暂，转瞬即逝。总之，我相信，”老太太目不转睛，盯着儿子的面容，说道，“一个有着满腔热忱和远大抱负的男子，如果娶了一个名分上有污点的妻子，哪怕这个污点并不是由于她的过错，那就会引来一班冷酷龌龊的小人，还会影响到孩子们——丈夫在世间取得了多大成就，就会受到多大的诋毁，把他当成讥笑嘲弄的目标——总有一天，不管做丈夫的天性多么豁达，为人多么善良，都会后悔当初结下了这门亲事。做妻子的知道丈夫感到后悔了，也同样会很痛苦。”

“妈妈，”年轻人按捺不住地说，“谁要是这么做，就是一头只顾自己的畜生，根本不配称作一个男人，也配不上您描述的那个女人。”

“你现在是这样认为，哈利。”母亲说道。

“永远是这样。”年轻人说，“过去两天我精神上遭受的痛苦，迫使我毫不掩饰地向您承认，我是有这样一份感情，您完全清楚，这份感情并非昨天才产生，也不是我轻率形成的。我的心属于露丝，多么可爱而又温柔的姑娘啊。我和一切倾心于人的男子汉一样坚定。我的思想、抱负、生活中的希望都和她分不开。如果您在这件大事上反对我，您就是把我的安宁与幸福抓在手里，随风抛撒。妈妈，多想想这一点，多想想我吧，不要把这种幸福看得一钱不值，这事您好像想得很少。”

“哈利，”梅莱太太说，“正因为我替热烈而敏感的心想得很多，我才不愿意使它们受到损伤。不过，眼下我们对这件事谈得太多，到此为止吧。”

“那好，就看露丝怎么决定吧，”哈利接口说道，“您该不会把您的这些偏见强加于人，甚至不惜为我制造障碍吧？”

“我不会的，”梅莱太太回答，“但我要你考虑一下——”

“我**已经**考虑过了。”答复已经相当急躁，“妈妈，我考虑了好多年了。自打我能够进行严肃认真的思考以来，我就在考虑。我的感情永远不会改变，永远都是这样。为什么一旦说出来，我就得承受一拖再拖的痛苦呢，这种痛苦又有什么好处？不，在我离开这个地方以前，露丝得听一听我说的话。”

“她会的。”梅莱太太答道。

“妈妈，您的态度几乎已经暗示，她会以冷冰冰的态度对待我要说的话。”年轻人说道。

“不是冷冰冰的，”老太太回答，“远远不是那样。”

“那又怎么样？”年轻人直言不讳，“她还不曾另有所爱吧？”

“没有，一点不假，”做母亲的答道，“或许是我弄错了，你已经牢牢抓住了她的感情。我要说的，”做儿子的正想开口，老太太止住了他，接着说道，“正是这一点。在你豁出一切，拿这个机会来打赌之前，在你身不由己，飞向希望的顶点之前，我亲爱的孩子，要多考虑一下露丝的身世，你想想，她完全是出于高尚的心灵和无所保留的自我牺牲精神，对我们一直忠心耿耿，无论大事小事，她的性格特点就是自我奉献，她要是得知自己的出生疑点甚多，这会给她的决定造成什么样的影响。”

“您指的是什么？”

“这个问题我留给你去解答，”梅莱太太回答，“我得回她那儿去了。上帝保佑你。”

“今天晚上我还能见到您吗？”年轻人急切地说。

“要不了多久，”老太太答道，“在我离开露丝的时候吧。”

“您是不是要告诉她我在这儿？”哈利说道。

“那还用说。”梅莱太太回答。

“告诉她，我是多么着急，吃了多少苦头，又是多想见到她。您不会拒绝这么做吧,妈妈?"

"是的,"老太太说道,"我要把一切都告诉她。"她慈爱地握了握儿子的手,匆匆离开房间。

这一番仓促的谈话正在进行的时候,罗斯伯力先生和奥立弗一直呆在房间的另一角。罗斯伯力先生这时朝哈利·梅莱伸过手来,互道衷心的问候。接着,大夫针对年轻朋友提出的一大堆问题做了解答,详细说明了病人的状况,这番说明和奥立弗的陈述一样充满希望,非常令人欣慰。凯尔司先生装出忙着收拾行李的样子,其实大夫讲的每一句话都没有落下。

"你近来射中什么特别的东西没有,凯尔司?"大夫讲完之后问道。

"没什么特别的东西,先生。"凯尔司先生的脸一直红到了耳根。

"也没逮住小偷什么的,或者认出哪一个强盗来?"大夫说道。

"没有,先生。"凯尔司先生非常庄重地回答。

"哦,"大夫说道,"真是遗憾,因为你办那种事情非常令人敬佩。请问,布里特尔斯怎么样了?"

"那孩子很不错,先生。"凯尔司先生又恢复了平日那一副恩人的口气,说道,"他要我向你转达他的敬意,先生。"

"那就好,"大夫说道,"看见你在这儿,我又想起来了,凯尔司先生,就在我被仓促叫来的前一天,遵从你家善良的女主人的请求,我办成了一桩对你有好处的小差事。你到这边来一下,好吗?"

凯尔司先生十分庄重并略带几分惊奇地走到那边角落里,荣幸地与大夫进行了一次短时间的低声会谈。谈话结束,他频频鞠躬,踏着异常庄严的步子退了下去。这次密谈的主题没有在客厅里披露,但很快就传到了厨房,因为凯尔司先生直接来到厨房,要了一杯淡啤酒,摆出一副给人留下深刻印象的高贵气派宣布说,鉴于他在这次发生未遂盗窃案时的英勇举动,女主人深为满意,特地在本地储蓄银行里存进总数为二十五镑的款项,供他个人取用生息。一听这话,两个女仆举起双手,眼睛一齐往上翻,猜想凯尔司先生不知道该得意成什么样子了。凯尔司先生把衬衫褶边扯出来,连声回答说:"不会的,不会的。"并表示如果她们注意到他对手下态度傲慢的话,一定要告诉他,他会感谢她们的。接下来,他天南海北谈了一通,不外乎举例说明他虚怀若谷,这一番高论同样得到了赞许与赏识,而且被认为是独出心裁,深得要领,大人物成天挂在嘴边的话也就这样。

楼上,当晚余下的时光在笑语欢声中过去了。大夫兴致很高,哈利·梅莱一开始好像显得有些疲劳,或者是心事重重,不管怎么样吧,他到底还是架不住可敬的罗斯伯力先生的好脾气。大夫谈笑风生,妙语连珠,回忆职业上的若干往事,又讲了一大堆小笑话,将他的幽默发挥得淋漓尽致。奥立弗认为这些事真是再滑稽不过了,笑得前仰后合。这显然使大夫深感满意,他自己也笑得死去活来,并且由于共鸣的作用,哈利也几乎可以说是痛痛快快地笑起来。他们的聚会在此时此地再欢乐也不过如此罢。夜深了,他们才怀着轻松而又感激的心情去休息,在刚刚经受了疑虑与悬念之后,他们确实需要休息休息了。

第二天早晨,奥立弗一醒来就感到心情好一些了,他满怀希望和快乐,开始了每天清早的例行公事,这种心情已经多少天不曾有过。鸟笼又一次挂了出来,好让鸟儿在老地方歌唱。他竭尽全力,又一次采来最芬芳的野花,想用鲜花的艳丽换取露丝的欢喜。几天以来,哀愁似乎已经占据了这个心急的孩子那双忧郁的眼睛,不管看到什么美好的东西都笼罩着一层阴云,这种忧愁已经魔术般地烟消云散。绿叶上的露珠闪出更加晶莹的光泽,微风伴着一支更加美妙的乐曲从绿色的叶片中间飒飒穿过。连天空本身也好像更蓝更亮了。这就是我们自己的心境产生的影响,它甚至会波及外界事物的形态。人们看到天地万物和自己的人类同胞,大叫一切都是那样阴暗、消沉,这并非没有道理,但这种阴暗的颜色只是他们自己带有偏见的眼睛与心灵的反映罢了。真实的色彩是十分美妙的,需要的是更加清澈的眼光。

值得一提的是,并且奥立弗当时决不至于没有注意到,他的清晨远足不再是他一个人的事了。哈利·梅莱从第一天早晨遇见奥立弗满载而归以后,忽然对花儿产生了浓厚的兴趣,并且在插花艺术方面表现出了很高的鉴赏力,把小伙伴远远抛在了后面。然而,尽管奥立弗在这方面略逊一筹,但他却知道上哪儿才能找到最好的花。一个早晨接着一个早晨,他们一块儿在这个地区搜索,把最娇艳的鲜花带回家。露丝小姐卧室的窗户现在打开了,她喜欢芳醇的夏日气息涌进室内的感觉,让清新的气流帮助自己康复。不过,在那一扇格子窗里面,每天早晨都插着一支特别小的花束,这束花曾作过精心的修剪,上面还带着露水。奥立弗不禁注意到,虽说小花瓶定时换水，可凋谢了的花从来就不扔掉。他无意中还发现，每天清晨，大夫都要外出散步，只要一走进花园，必定将目光投向那个特别的角落，意味极其深长地点点头。就在这些观察之中，时光飞逝而过，露丝的病情迅速好转。

尽管小姐还没有完全走出房间，晚上不再出去，只是偶尔和梅莱太太一块儿在附近散散步。奥立弗倒也并不感到日子难熬。他加倍努力，向那位白发老绅士请教，自己刻苦用功，进步之快连他自己也感到意外。就在他埋头用功的时候，发生了一件万万想不到的事情，使他产生了极大的恐慌和烦恼。

他平日读书是在别墅背后底楼的一个小房间里。这是一间标准的别墅房间，格子窗外面长满茂密的素馨与忍冬，一直爬到窗顶上，到处弥漫着袭人的花香。从窗户望出去是一个花园，花园的便门通向一片小围场。再过去就是茂密的草地和树林了。那一带没有别的人家，从那里可以望得很远。

一个景色宜人的黄昏，薄暮刚开始投向大地，奥立弗坐在窗前，专心致志地读书。他已经看了好一会儿。天异常闷热，加上他又下了很大功夫，他渐渐地，一点儿一点儿地睡熟了。无论这些书的作者是何等样人，这样说绝非败坏他们的名誉。

在某些时候，会有一种假寐向我们偷偷袭来，将我们的肉体禁闭起来，但并没有让心灵脱离周围的事物，我们的心灵照样可以任意驰骋。因此，如果一种难以遏止的迟钝感觉，精力的疲乏，对我们的意识或者活动能力完全控制不住的状况，都可以称为睡眠的话，这就是睡眠。此时，我们还是能感觉到身边发生的一切，如果我们在这样的时刻开始做梦，我们确实讲出来的话，或者是当时确实存在的响声，便会极其迅速地融入我们的幻觉，现实与想像奇妙地融为一体，事后几乎完全不可能将二者区分开来。这还不算此类情形下最惊人的现象。无可置疑，我们的触觉与视觉一时都趋于失灵，然而，某种外界事物的**无声的存在**却能够影响，甚至是实实在在地影响我们睡梦中的意识，影响从我们面前掠过的种种幻觉；在我们合上眼睛时，这种事物或许还没有来到我们身边，我们在清醒的时候也不曾意识到它近在咫尺。

奥立弗清清楚楚地知道，自己坐在小屋子里，书本就放在面前的桌子上，窗外，遍地蔓延的草木丛中不断送来阵阵芬芳的气息。他睡着了。突然，景色变了，空气闷得令人窒息。他在想像中又一次惊恐万状地来到老犹太的家里。可怕的老头依旧坐在他呆惯了的那个角落，正朝着自己指指点点，一边和侧着脸坐在旁边的另一个人低声说话。

“嘘，我亲爱的。”他似乎听到老犹太在说话，“就是他，错不了。走吧。”

“是他。”另外的那个人好像在回答，“你以为，我还会认错他？就算有一帮子小鬼变得跟他一模一样，他站在中间，我也有办法认出他来。你就是挖地五十英尺，把他埋起来，只要你领着我从他坟头走过去，我肯定也猜得出来，他就埋在那儿，哪怕上面连个标记也没有。”

那人说这话时好像怀着深仇大恨，奥立弗惊醒了，猛然跳了起来。

天啦！是什么东西使血轰地一下涌入心田，使他噤口无语，动弹不得？那里——那里——在窗户那儿——就在他的面前——老犹太站在那儿，眼睛朝屋子里窥探着，和奥立弗的目光相遇了，挨得那样近，奥立弗在向后退缩之前几乎可以摸到他。在他旁边，有一张凶相毕露的面孔不知是因为愤怒还是惧怕，或者二者兼有而变得煞白，正是在客栈院子里跟奥立弗搭讪的那个人。

这副景象在他眼前不过是一晃而过，转瞬即逝，一闪就消失了。不过，他们已经认出奥立弗，奥立弗也认出了他们，他们的相貌牢牢地印入了他的记忆之中，就仿佛是深深地铭刻在石碑上，从他出生以来便竖立在他的面前一样。有一刹那，他呆呆地站在那里，随后便高声呼救，从窗口跳进花园里。

第三十五章

奥立弗的奇遇不了了之。哈利·梅莱与露丝之间进行了一次相当重要的谈话。

别墅里的人听到喊声，纷纷赶到奥立弗呼救的地点，发现他脸色煞白，激动不已，手指着别墅背后那片草地的方向，连“老犹太！老犹太！”几个字都几乎说不清了。

凯尔司先生弄不清这喊叫声的含意,还是哈利·梅莱脑子来得快,加上他已经从母亲那儿听说了奥立弗的经历,一下子就明白过来了。

“他们走的是哪个方向?”他抓起角落里立着的一根沉甸甸的棒子,问道。

“那个方向,”奥立弗指着两个人逃走的方向,回答道,“一眨眼就看不见他们了。”

“他们肯定躲在沟里。”哈利说道,“跟我来。尽量离我近一点。”说着,他跃过篱笆,箭一般冲了出去,其他人要想跟上都很困难。

凯尔司使足了气力跟在后面,奥立弗也跟了上去,就在这当儿,外出散步的罗斯伯力先生回来了,也尾随着他们,跌跌撞撞地翻过篱笆,又敏捷得超乎人们想像地一咕噜爬起来,急步加入了这一场追击,速度之快谁也不敢藐视,同时一迭连声地扯着嗓子大叫,很想弄明白是怎么一回事。

他们一路飞奔,一次也没有停下来歇口气,跑在最前头的那一位冲进奥立弗指的那片田野的一角,开始仔细搜索沟渠和附近的篱笆,其余的人抓紧时间赶上前来,奥立弗也才得到机会,将导致这一场全力追击的原委告诉罗斯伯力先生。

搜索一无所获,就连新近留下的脚印也没有发现。这时,他们站在一座小山顶上,从这里可以俯瞰方圆三四英里之内的开阔原野。左边凹地里有一个村子,可是,在跑过了奥立弗所指的那条路之后,他们几个非得在开阔地里兜一圈才到得了那个村子,他们在这么短促的时间里是不可能办到的。在另一个方向,牧场的边缘连接着一片密林,但根据同样的理由,他们也无法赶到那个藏身之处。

“这肯定是个梦,奥立弗。”哈利·梅莱说道。

“噢,不,真的,先生,”奥立弗回想起那个老家伙的面目,顿时不寒而栗。“我可把他看清楚了。我把他们俩看得清清楚楚,就像我现在看着您一样。”

“另一个是谁?”哈利与罗斯伯力先生异口同声。

“就是我跟您讲过的那个人,在客店里一下撞到我身上的那一个。”奥立弗说,“我们都睁大眼睛互相看着。我可以发誓,肯定是他。”

“他们走的是这条路?”哈利追问道,“你没弄错吧?”

“错不了,那两个人就在窗子跟前,”奥立弗一边说,一边指了指把别墅花园和牧场隔开的那道篱笆。“高个子就从那儿跳过去。老犹太往右边跑了几步,是从那个缺口爬出去的。”

奥立弗说话的时候,两位绅士一直注视着他那诚恳的面孔,然后又相互看了一眼,似乎确信他说得很有道理。可是,无论哪个方向都看不出一丝一毫有人仓皇出逃的痕迹。草很深,但除了他们自己的脚步踩过的,其余的草都没被踏倒,沟渠的两侧和边沿有一些湿漉漉的泥土,但是没有一处能认出有人的鞋印,也没有丝毫痕迹表明过去几个小时里曾经有脚踩在这块地面上。

“这可真奇怪。”哈利说。

“怪?”大夫应声说道,“布拉瑟斯跟达福亲自来也弄不出什么名堂。”

尽管搜索显然已属徒劳,他们并没有停下来,直到夜幕降临,再找下去已毫无指望,这才罢手,但也是很不情愿。凯尔司奉命匆匆赶往村里的几家啤酒店,根据奥立弗所能提供的最为详尽的描述,前去寻访两个长相、穿着与此相符的陌生人。在这两个人当中,老犹太无论如何也是不难让人想起来的,假如有人看见他在附近喝酒或者是溜达的话。尽管如此,凯尔司却没有带着任何足以解开这个谜或者多少澄清一点疑云的消息回来。

第二天,进行了新的搜索,重又打听了一番,但结果也好不到哪儿去。第三天,奥立弗和罗斯伯力先生上镇子里去了,指望在那里看见或者听到那伙人的一点什么事情,可这一番努力同样毫无结果。几天之后,这件事渐渐被人遗忘了,跟大部分事情一样,怪事如果得不到新的养料,往往自生自灭。

与此同时,露丝日渐好转,她已经脱离了病房,能够出外走一走了,她又一次同家中的人呆在一块儿,把欢乐带到每个人的心里。

然而,尽管这一可喜的变化给这个小天地带来了明显的影响,尽管别墅里再度响起了笑语欢声,某些人,甚至包括露丝本人,却时时呈现出一种不常有的拘谨,奥立弗不可能对此毫无觉察。梅莱太太和儿子经常闭门长谈。露丝不止一次面带泪痕出现。在罗斯伯力先生确定了前去杰茨的日子以后,这些迹象有增无已。显然有件什么事情正在进行之中,打破了少女以及另外几个人内心的平静。

终于,一天早晨,摆着早餐的房间里只有露丝一个人,哈利·梅莱走了进去。他带着几分犹豫,恳求允许自己和她交谈片刻。

“几分钟——只需要几分钟——就够了,露丝,”年轻人把椅子拖到她的面前,“我不得不一吐为快,这些话本身你其实已经明白了,我心中最珍视的希望你也并非一无所知,尽管你还没有听到这些话从我口中说出来。”

他一进门,露丝的脸色就变得一片苍白,不过这也可能是她新近患病的反应。她只是点了点头,便朝旁边的几盆花俯下身去,默默地等着他往下说。

“我——我——早就该离开这儿了。”哈利说道。

“你应该,真的,”露丝回答,“原谅我这么说,但我希望你离开。”

“我是被最可怕、最令人烦恼的忧虑带到这儿来的,”年轻人说,“担心失去自己唯一的心上人,我的每一个愿望、每一种期待都寄托在她身上。你差一点死去,一直是在尘世和天国之间摇摆。我们都知道,每当美好、善良的年轻人受到疾病的困扰,纯洁的灵魂不知不觉便转向了他们那个光明的、永生的归宿。我们知道——老天保佑——在我们的同类当中,最善良、最可爱的人往往英年早逝。”

在这些话语倾吐出来的时候,娴静的姑娘眼里噙着泪水,一颗泪珠滴落在她低头面对的花朵上,在花冠里闪出晶莹的光华,把花儿衬托得更加妩媚动人,仿佛从她那美好、年轻的心田里涌出的泪花理所当然要与天地间最娇艳的花朵一比高低似的。

“一个人,”小伙子冲动地说,“一个与上帝身边的天使一样美丽、一样天真无邪的姑娘,在生与死之间摇摆不定。噢!她所亲近的遥远世界已经在她眼前揭开了一半,谁能指望她会回到这个世界的悲哀和不幸中来啊!露丝,露丝,知道你正在像上界的光辉投射到凡间的柔和阴影一样离去,再也没有希望祈求上苍为了那些在此徘徊流连的人而把你留下,又一点儿都不知道有什么理由值得你留下,感觉到你已经属于那一片光明的乐土,许许多多最美丽、最善良的人早就飞到那里去了,尽管聊以慰藉的办法很多很多,却还要祈求把你还给那些爱你的人——这些颠来倒去的想法简直叫人承受不住。我白天黑夜都处在这样的心情。恐惧、忧虑和自私的懊悔像奔腾的激流一样朝我涌来,生怕你一旦死去,就永远也不会知道我对你的爱是多么忠贞，这股激流几乎把我的知觉和理智一起冲走了。你恢复过来了，一天一天，几乎是一小时接一小时，健康如同水珠，点点滴滴汇入你身体里缓慢流淌的生命溪流，它本来已经消耗殆尽，失去活力，现在重又变成汹涌奔腾的大潮，我曾用由于渴望和深情而变得近乎盲目的眼睛，注视着你死里逃生。难道你会对我说，你希望我抛开这份深情？要知道，正是这份深情使我的心变软了，改变了我对全人类的态度。”

“我没有这个意思，”露丝流着泪水说，“我只是希望你离开这儿，你就可以重新转向崇高的事业，转向值得你追求的事业。”

“没有什么事，哪怕是最崇高的追求，能比得上赢得像你这样的一颗心，”年轻人握住她的手，说道，“露丝，我亲爱的露丝。多少年了——多少年来——我一直爱着你，向往着功成名就以后荣归故里，再告诉你，一切都仅仅是为了与你分享才去追求的——我做了一个又一个白日梦，幻想着在那个欢乐的时刻，我怎样才能使你回想起，我曾经用了那么多不会说话的象征来表达一个孩子的眷恋，我要向你求婚，以此取代我们之间以往的默契。那个时刻还没有到来，可现在，功名尚未成就，青年时代的幻想也尚未实现，我还是要向你呈献这一颗早就属于你的心，将自己的一切都寄托在你用来回答我的请求的一句话上。”

“你的品行一直很善良，高尚，”露丝竭力控制着激动不已的感情，说道，“既然你相信我并非麻木不仁或者忘恩负义的人，那就请听我的回答。”

“你的回答是，我可以努力争取配得上你，是吗，亲爱的露丝？”

“我的回答是，”露丝答道，“你必须尽力忘掉我，我不是要你忘掉我是你以前心心相印的同伴，因为那会深深地刺伤我的心，而是要忘掉我是你爱上的人。好好看一看这个世界吧，想一想那里有多少颗心，你都会因为赢得那样的心而感到骄傲的。当你产生了另一份爱情的时候，如果你愿意，可以向我吐露一二，我会做你最诚挚、最热心、最忠实的朋友。”

露丝说到这里顿了一下，用一只手捂住面孔，听任泪水夺眶而出，哈利依旧握着她的另一只手。

“你的理由呢，露丝，”他好容易才低声说出话来，“你作出这个决定的理由呢？”

“你有权知道理由，”露丝答道，“你不管怎么说也改变不了我的决心。

这是我必须履行的一种义务。为我自己,也为了别人,我必须这样做。”

“为你自己?”

“是的,哈利。我只能这样,我,一个无依无靠又没有嫁妆的姑娘,只有一个不明不白的名声,我不应该让你的朋友有理由怀疑我是出于卑鄙的动机,才接受你的初恋,把自己变成一种累赘,强加在你所有的希望、计划之上。为了你,为了你的亲人,我有义务阻止你凭着慷慨天性中的那份热情办事,为你的前途设置这样一个巨大的障碍。”

“如果你的心意和你的责任感是一致的话——”哈利又开始了。

“并不一致。”露丝的脸涨得通红。

“那你也是爱我的?”哈利说,“我只要你说这句话,亲爱的露丝,只要你说这句话,解一解这个失望的苦果。”

“要是我能够做到,又不至于使我所爱的人深受其害的话,”露丝回答道,“我本来——”

“就会以完全不同的态度接受我的心里话?”哈利说道,“至少,露丝,别对我隐瞒这一点。”

“我会的,”露丝说,“等等。”她把那只手抽出来,“我们干吗要让这一次痛苦的谈话继续下去呢? 这次谈话对于我是极为痛苦的,但同时也会产生永久的幸福。知道我曾经在你的心目中占据了这样崇高的位置,你在生活中取得的每一个胜利都将赋予我新的毅力,使我变得更加坚定,这就是幸福。再见了,哈利。我们以后见面再也不会像今天这样了。但我们可以保持另外一种关系,不是像今天的谈话会使我们结成的那种关系,我们彼此都会感到非常幸福。有一颗真挚热切的心在为你祈祷,愿一切真心、坦诚的源泉降下每一声祝福,为你带来欢乐和成功。”

“让我再说一句,露丝,”哈利说道,“用你自己的话讲讲理由,让我听一听从你口中说出来的理由。”

“你的前程十分辉煌,”露丝坚定地回答,“一切荣誉,凡是凭着卓越的才干和有势力的亲戚能够在社会上取得的荣华富贵都在等着你。但那些亲戚是很高傲的,我既不愿意和可能瞧不起我的生身母亲的人周旋,也不愿意为代替我母亲位置的那个人的儿子带来屈辱或挫折,一句话,”少女说着,转过脸去,她一时的坚定已经开始动摇,“我的名字上有一个污点,而世人却要用来殃及无辜。我绝不会让别人代我受过,责难统统由我一个人来承担。"

"还有一句话,露丝,可亲可爱的露丝啊! 还有一句!"哈利高声嚷着,冲到她的面前,"要是我不那么——不那么走运,世人就是这样说的——要是我命中注定要过一种淡泊宁静的生活——要是我很穷,又有病,又无依无靠的话——你也会拒绝我吗? 还是因为我将来有可能享尽荣华富贵就一定会对出生斤斤计较?"

"别逼我回答,"露丝答道,"这个问题现在不存在,永远也不存在。强人所难是不公平的,就更别提善意了。"

"如果你的答复和我几乎敢于期望的回答相符,"哈利反驳道,"它就将在我孤独的行程上撒下一道幸福的光彩,照亮我面前的道路。你简简单单说几句,对于一个爱你超过一切的人来说却是至关重要的,这不是一件可有可无的事。哦,露丝! 看在我灼热而持久的爱慕的分上,看在我已经为你承受的以及你一定要我承受的一切痛苦的分上,答复我这一个问题吧!"

"那么,假如你的命运另有安排,"露丝答道,"假如你的地位只是略微高出我一点,而不是远远超过我——如果在任何悠闲淡泊的贫贱生活中,我都能帮助你,安慰你,而不是在一帮雄心勃勃的名流当中成为你的一个污点,一块绊脚石——我也无须经受这一磨难。我现在就完全有理由感到幸福,极大的幸福。可另一方面,哈利,我承认,我本来应该得到更大的幸福。"

露丝倾吐着这一番衷情,很久以前,当她还是一个小姑娘的时候就把昔日的一些心愿珍藏在心底,此刻,这些夙愿随着记忆纷纷涌上心头,如同重温凋零的愿望不免会引出泪水一样,眼泪也为她带来了宽慰。

"这种软弱我没法克制,但它总是使我的心意变得更加坚定,"露丝伸出手来,说道,"现在我必须离开你了,真的。"

"我求你答应一件事,"哈利说,"再谈一次,仅仅再谈一次——不超过一年,但也可能大大提前——请允许我还可以就这个主题和你最后谈一次。"

"不要强迫我改变我的正确决定,"露丝带着一丝忧郁的笑意,回答道,"这没有什么好处。"

"不,"哈利说道,"我要听你重新说一遍,如果你愿意——最后重复一遍。不管我今后取得何种地位或者财富,我要把它们统统放在你的脚下。

要是你仍然坚持你现在的决定，我决不试图用言语或行动去加以改变。”

“就这样吧，”露丝回答，“那只会多一次痛苦，到那个时候，我或许更能够经受得起了。”

她再一次伸出手去，可小伙子却把她搂进怀里，在她那清秀的额头上吻了一下，匆匆走出了房间。

第三十六章

本章很短，单独看起来似乎无关紧要，可是作为上一章的续篇，以及到时候读者自会读到的一章的伏笔，还是应该读一下。

“这么说，你决定今天早上跟我一块儿走了，嗯？”大夫问道，哈利·梅莱这时走到餐桌前，跟他和奥立弗一起吃早点。“怎么，你的心情或者说打算，前半个小时和后半个小时都不一样。”

“好歹有一天，你会改变看法的。”哈利无缘无故地红了脸，说道。

“但愿我会，”罗斯伯力先生答道，“不过我承认，我恐怕做不到。可昨天早晨，你还匆匆忙忙决定留下来，像一个孝顺儿子，陪你妈妈到海边去。还没到中午，你又宣布，你要顺道陪我去伦敦，给我这么大面子。晚上，你又神秘兮兮地鼓动我在女士们起床之前就动身。结果呢，小奥立弗到现在还给钉在这儿吃早点，他本来早该去牧场寻找各样奇花异草了。太糟糕了，不是吗，奥立弗？”

“要是你跟梅莱先生上路的时候我不在家，我会非常难过的，先生。”奥立弗答道。

“那才够交情，”大夫说道，“你回来的时候可得来找我。不过，说正经的，哈利，你这么急着要走，是不是大人物那边有什么消息？”

“大人物，”哈利回答，“在这个称谓下面，你恐怕把我那位非常体面的老前辈也包括进去了。自从我来到这里，大人物根本就没和我联系过，一年中的这个时候好像不大可能有什么事，要我务必赶到他们那儿去。”

“好啊，”大夫说道，“你这家伙真怪。可话说回来，他们可能在圣诞节前的选举中把你送进议会，你这套一会儿一个花样的作风对于准备从政倒没有什么坏处。这其中自有一定道理。不管是为了角逐地位、锦标，还是赌赛马，训练有素总是需要的。”

哈利·梅莱的样子似乎无意将这一番简短的对话继续下去，否则他只消用一两句话就能把大夫给噎住，他只说了一句“我们走着瞧”，没有继续发挥下去。不一会儿，驿车驶到了门口，凯尔司进来取行李，好心的大夫奔到外面，看行李捆扎得是否牢靠。

“奥立弗，”哈利压低声音说道，“我跟你说句话。”

奥立弗走到站在窗前向自己打招呼的梅莱先生面前，见他整个神态显示出悲哀与激动交织在一起的心情，不由得大吃一惊。

“你现在学会写字了，是吗？”哈利把一只手搭在他的肩膀上。

“恐怕是这样，先生。”奥立弗回答。

“我又要出门了，也许要走一段时间。我希望你给我写信——就算半个月一次吧。每隔一个礼拜的礼拜一，交伦敦邮政总局。可以吗？”

“噢。那还用说，先生，我很高兴做这件事。”奥立弗大声说道，对这项使命非常满意。

“我想要知道——知道我母亲和露丝小姐身体好不好，”青年绅士说，“你可以写上满满的一张纸，告诉我，你们怎样散步，你们谈了些什么——她是不是——我说的是她们——看上去是不是非常快乐，非常健康。你懂我的意思？”

“噢，懂，先生，完全懂。”奥立弗答道。

“你不要向她们提起这件事，”哈利紧赶着把话带了过去，“因为这样一来我母亲会急于更勤地给我写信，这对于她可是一件麻烦和操心的事。这就算是你我之间的一个秘密，别忘了把每件事都告诉我。全靠你了。”

奥立弗意识到了自己的重要性，很有几分得意，感到很荣幸，他诚心诚意地保证守口如瓶，实话实说。梅莱先生向他告别，并一再承诺，要多多关心他、保护他。

大夫上了马车。凯尔司手扶着打开的车门站在一旁(已经安排好了,他后一步走)。两个女仆在花园里看着他们。哈利朝那扇格子窗偷偷扫了一眼,跳上马车。

“走!”他嚷着说,“使劲,快,用最快速度! 今天只有开飞车才合我的心意。”

“喂喂。”大夫连忙把面前的玻璃放下来,冲着车夫吆喝道,“开什么也别开飞车,这才合我的心意,听见没有?”

铃声叮叮,蹄声得得,驿车顺着大路走远了,声音渐渐听不到了,只看见马车在飞速行驶,几乎隐没在飞扬的尘土之中,时而完全消失,时而重新出现,这取决于视线是否受阻或道路情况是否复杂。直到连那一团烟尘也看不见了,注目相送的人才各自散去。

驿车早就驶出好几英里开外了,却还有一位送行的人依然用眼睛盯着驿车消逝的那个地方。原来当哈利朝着窗子抬眼望去的时候,露丝本人就坐在那道白色窗帘的后面,窗帘挡住了哈利的视线。

“他好像很高兴的样子,”她终于开口了,“我一时还担心他会怎么样呢。我估计错了。我真是非常,非常高兴。”

眼泪是悲哀的信号,也是欢乐的信号。但是,当露丝坐在窗前沉思时,眼睛依旧盯着同一个方向,从她脸上滚落下来的泪水中蕴含着的忧伤却似乎多于欢乐。

第三十七章

读者在这一章里可以看到婚前婚后情况迥异的寻常现象。

邦布尔先生闷闷不乐地坐在济贫院的一个房间里,眼睛盯着毫无生气的壁炉。因为正值夏季,除了壁炉那冷冰冰、亮闪闪的外表反射回来的几束微弱的日光而外,那里丝毫也看不到明亮一些的光线。一只纸糊的捕蝇笼晃晃悠悠地吊在天花板上,几只不懂事的小虫子绕着花花绿绿的罗网直打转。邦布尔先生偶尔抬起眼睛,忧心忡忡地看它一眼,重重地长叹一声,脸上随即泛起一道更为沮丧的阴影。邦布尔先生正在苦苦思索。也许正是那几只虫子勾起了他心中的一段痛苦的往事。

在旁观者心中唤起一种惬意的伤感来的倒也不仅仅是邦布尔先生的悲哀表情。还有一些与他的身份紧密相连的迹象表明,他的境况已经发生了巨大的变化。那件镶边的外套,还有三角帽,它们上哪儿去了?他依旧穿着紧身短裤和深色长统纱袜,但紧身裤已经不是原来的那一条。外套依旧是宽边式的,这一点跟以前那件很相似,可是,哦,真有天壤之别啊。威风凛凛的三角帽换成了一顶谦虚的圆顶帽。邦布尔先生不再是一位干事了。

生活中有一些升迁,且不谈它们所带来的更大实惠,其特殊价值和威严来源于与之联系紧密的外套和背心。陆军元帅有陆军元帅的军服,主教有主教的丝绸法衣,律师有律师的绸长袍,一位教区干事就要数他的三角帽了。扒下主教的法衣或者干事的三角帽——他们成了什么了?人,普普通通的人。有些时候,一件外套或者背心,比有些人所想像的更能决定一个人仪表是否威严,气宇够不够神圣。

邦布尔先生跟柯尼太太结了婚,当上了济贫院的院长。另外一个干事已经上任。三角帽、金边外套和手杖,三大件全都传给了后任。

“到明天,这事就满两个月了。”邦布尔先生叹了口气,说道。“真像是过了整整一辈子。”

邦布尔先生的意思也许是,他把毕生幸福浓缩到了短短的八个星期里。可那一声长叹——那一声长叹意味深长。

“我把自己给卖了,”邦布尔先生追溯着同一条思路。“换了六把茶匙,一把糖夹子,一口奶锅,加上为数不多的几样二手家具,以及二十镑现钱。我卖贱了。便宜了,也太便宜了点。”

“便宜!”一个尖利的声音冲进邦布尔先生的耳朵。“无论出什么价买你都算贵,我为你付出的代价够高的了,上帝心里有数。”

邦布尔先生转过身来,刚好同他那位斤斤计较的娘子打了个照面,她无意中听到邦布尔先生口出怨言,还没有完全明白那几句话的意思,便劈头盖脸给了他如上的一通抢白。

“邦布尔太太,夫人!”邦布尔先生严厉的语气中带着一点伤感。

“怎么啦?”女的嚷道。

“劳您大驾,看着我的眼睛。”邦布尔先生目不转睛地盯住她说。(“她要是连这样一种眼光都顶得住,”邦布尔先生暗自说道,“那她什么顶不住?我用这种眼光对付贫民,从来就没听说过不灵的。如果败给了她,我的权威就完了。”)

对于一班半饥半饱,境况不是最好的贫民来说,是否只要瞪一眼就足以弄得他们服服帖帖,或者说,已故柯尼先生的这位遗孀特别经得起严厉的目光,大家尽可保留各自的见解。事实上,女总管丝毫也没有被邦布尔先生的怒容压倒,恰恰相反,她报以极大的轻蔑,甚至还冲着他发出一阵狂笑,听上去不大像是虚张声势。

听到这完全出乎意料的笑声,邦布尔先生先是不敢相信,随后便惊呆了。接下来他又恢复了刚才的模样,直到他那位搭档的声音又一次唤醒他的注意力,他才回过神来。

“你就成天坐在那儿打呼噜打上一天?”邦布尔太太问道。

“我认为坐多久合适,我就要在这儿坐多久,夫人,”邦布尔先生回答,“虽说我刚才没有打呼噜,可只要我高兴,我可以打呼噜,打呵欠,打喷嚏,可以笑,也可以哭,这是我的特权。”

“**你**的特权。”邦布尔太太带着说不出的轻蔑,冷笑一声。

“没错,夫人,”邦布尔先生说道,“男人的特权就是发号施令。”

“那女人的特权又是什么,看在老天的分上,你倒是说说?”

“服从,夫人,”邦布尔先生吼声如雷,“你那个倒霉的前夫怎么没把这个道理教给你,要不然,他没准还能活到今天。我真巴不得他还活着,苦命的人啊!”

邦布尔太太一眼看出,决定性的时刻已经到来,无论是哪一方,要想取得控制权,都必须实施一次最后的也是致命的打击。一听见对方提到逝去的亲人,她便咚的一声倒在一把椅子上,泪如泉涌,一边尖声哭喊着邦布尔先生是一头冷酷无情的畜生。

然而,眼泪这种东西根本无法触及邦布尔先生的灵魂,他的心能够防水。如同可以下水的獭皮帽子淋了雨反而更好一样,他的神经经过眼泪的洗礼变得更加结实、有力了,眼泪是软弱的象征,到此刻为止也是对他个人权威的默认,让他高兴,使他兴奋。他心满意足地望着自己的好太太,以一种鼓励的口气请她尽量使劲哭,因为从机能方面来看,这种锻炼对健康十分有利。

"哭能够舒张肺部,冲洗面孔,锻炼眼睛,并且平息火气,"邦布尔先生说道,"哭个够吧。"

邦布尔先生说过这一番逗乐的话,从木钉上取下帽子,相当俏皮地歪戴在头上,就跟一个感觉到自己以适当的手法维护了优势地位的人似的,双手往衣袋里一插,朝门口荡去,整个一副轻松潇洒、油头滑脑的样子。

已故柯尼先生的遗孀之所以先拿眼泪来试探,是因为这样比出手打人要少些麻烦,不过她早就做好了试验一下后一种行动方式的准备,邦布尔先生马上就要领教了。

伴随着一声打在某种外实内空的物件上发出的响声,他体验到事实果真如此的第一个明证传过来了,紧接着他的帽子忽然朝房间另一端飞了过去。精于此道的太太通过这一项准备活动先将他的脑袋亮出来,然后一只手紧紧掐住他的脖子,另一只手照着他脑袋雨点般地打去(伴以非凡的力气与熟练)。这一招用过之后,她又生出了新花样,又是抓他的脸,又是扯他的头发,到这个时候,她认为对于这种冒犯必须给予的惩罚已大致差不多了,便将他朝一把幸亏放得正是地方的椅子上一推,推得他连人带椅子翻了一个跟斗,问他还敢不敢说什么他的特权。

"起来!"邦布尔太太喝令,"你要是不希望我干出什么不要命的事,就从这儿滚出去!"

邦布尔先生哭丧着脸从地上爬起来,心里很是纳闷,不知道不要命的事究竟是什么。他拾起帽子,朝门口看了一眼。

"你走了?"邦布尔太太问道。

"当然,我亲爱的,当然,"邦而尔先生一边回答,一边还算敏捷地朝房门比划了一下。"我不是存心——我走我走,亲爱的。你发那么大的火,真叫我——"

这当儿,邦布尔太太匆匆走上前来,本意是想把在混战中踢得乱糟糟的地毯还原。邦布尔先生顾不得把这句话说完,立刻冲出了房间,听任前柯尼太太占领整个战场。

邦布尔先生结结实实吃了一惊,又结结实实挨了一顿打。他明摆着有一种欺负弱者的嗜好,并从中得到了绝非微不足道的乐趣,结果呢,他成了(这用不着说)一个胆小鬼。这绝对不是诬蔑他的人格。因为有许多享有崇高威望与声誉的官场中人也是这类弱点的牺牲品。的确,这样说没有别的意思,也是为了他好,希望读者能够对他执行公务的能力得出一个正确的概念。

不过,他出丑也还没有到此为止。邦布尔先生在济贫院内转了一圈,这才头一回想到,济贫法待人真是太刻薄了,有人从老婆那里逃出来,把他们丢给教区去管,这样的男人按理非但不应受到惩罚,倒是应当作为受苦受难的杰出人士而予以奖赏。他这么寻思着朝一间屋子走去,这里平时就有几个女贫民专门负责清洗教区分发的衣服,眼下里面传出几个嗓门说话的声音。

"哼!"邦布尔先生一边说,一边振作起固有的威风。"至少这些娘们该继续尊重这种特权。喂!喂喂!嚷嚷什么呢,你们这些贱货?"

邦布尔先生说着推开房门,气势汹汹地走了进去,可是,当他的目光不期而然落在自己那位贤内助身上的时候,这种态度立刻换成了一副非常谦卑、怯懦的嘴脸。

"亲爱的,"邦布尔先生说,"我不知道你在这里。"

"不知道我在这里。"邦布尔太太重复了一句,"你到这儿来干什么?"

"我想她们讲话过多就顾不上好好干活了,亲爱的。"邦布尔先生心烦意乱,瞅了一眼洗衣盆跟前的两个老婆子,她俩看到院长那副低声下气的样子,都感到很佩服,正在那儿评头品足地议论着。

"你认为她们讲话太多了?"邦布尔太太说,"这跟你有什么相干?"

"怎么,亲爱的——"邦布尔先生谦卑地支吾着。

"这跟你有什么相干?"邦布尔太太又一次发出质问。

"不错不错,你是这儿的总管,亲爱的,"邦布尔先生屈服了,"我以为你这会儿没准不在这里。"

“我可告诉你了,邦布尔先生,”太太回道,“我们不需要你来搀和。你实在太喜欢插手与你无关的事情了,害得你一转过背去,全院是个人都会发笑,一天到晚你都像个傻瓜。你给我出去,走!”

邦布尔先生见那两个穷老婆子大为开心,吃吃地笑个不停,真感到痛苦得无法忍受,不禁迟疑了一下。邦布尔太太再也耐不住性子,操起一盆肥皂水,朝他比划着,命令他马上离开,否则就让他那肥肥胖胖的身子骨尝尝肥皂水的滋味。

邦布尔先生又能怎么样呢?他沮丧地左右看了看,便溜掉了。他刚走到门口,那几个女贫民的吃吃窃笑突然化作乐不可支的格格声,真是刺耳。缺的就是这个了。他在她们眼里身价大跌。当着这几个穷光蛋的面,他失去了人格、地位,从身为教区干事的壮丽巅峰掉进了最遭人白眼的妻管严的无底深渊。

“总共才两个月啊。”邦布尔先生心情坏透了,“两个月。不出两个月以前,我不单单替自己当家,还替教区济贫院的每一个人当家,可现在——”

真是太过分了,邦布尔先生照着替他打开大门的那个小孩就是一记耳光(心事重重的他这时已经来到门口),心烦意乱地走到街上。

他走过一条街又一条街,先前的悲愤心情开始得到缓解,接下来这种感情上的变化又使他生出了口渴的感觉。他走过无数家酒店,最后才在背街的一家酒店前停下来。他的目光越过帘子上沿朝里边草草一扫,雅座里空荡荡的,只有孤零零的一个顾客。就在这时候,下起大雨来了。没有办法了。他走进酒店,叫了点喝的,经过酒吧台,走进自己在街上看到的那个雅座单间。

坐在里面的那个汉子又高又黑,穿着一件宽大的斗篷,样子不大像本地人,从他那副略显憔悴的脸色和浑身的尘土来看,好像是远道而来。邦布尔走进去的时候,跟那人打了个招呼,那人也斜着眼睛看了他一眼,爱理不理地点了点头。邦布尔先生的傲慢本来就抵得上两个人,就算陌生人比较容易接近,他也未必赏脸,所以他只顾默默地啜着掺水杜松子酒,一边端足了架子看报。

说来也巧,就像人们在那种情形下走到一起常有的事一样,邦布尔先生时时感到自己有一种克制不住的冲动,想偷偷看一眼陌生人。每当他这样做的时候,又都颇为尴尬地把目光缩回来,因为他发现,陌生人在同一时刻也在偷偷地打量自己。陌生人目光犀利,炯炯有神,但却被一脸的戒心和猜疑蒙上了一层阴影,让人看着讨厌,邦布尔先生从来没有看见过这样异乎寻常的表情,不由得更加手足无措。

就这样,彼此的眼光几度交锋之后,陌生人用一种刺耳、低沉的嗓音打破了沉默。

“你从窗口往里瞧的时候,是在找我吗?”他说道。

“我没有这个意思,莫非先生你是——”邦布尔先生说到这里骤然停住,他很想知道陌生人的名字,满以为对方会填上这个空白。

“我看你也没这个意思,”陌生人的嘴角动了一下,略微露出一点嘲讽的意味。“要不你也不会打听我的名字。你并不知道我的名字。我可要劝你别去打听。”

“我不想冒犯你,年轻人。”邦布尔先生大度地说道。

“你也没有冒犯。”陌生人说。

这一番简短的对话之后又是一阵沉默,还是陌生人又一次打破了僵局。

“我恐怕从前见过你。”陌生人说,“那时候你穿着不一样,我只是在街上跟你面对面走过,但应该还是想得起来。你当过本地的教区干事,对不对?”

“我是当过,”邦布尔先生多少有些吃惊,“教区干事。”

“就是嘛,”另一位点了点头,接过话题,“我那会儿看见你正担任那个职务。你现在干什么?”

“济贫院院长,”邦布尔先生说得很慢,尽量给人留下深刻的印象,免得对方生出任何不相称的热乎劲。“济贫院院长,年轻人。”

“不知道你的眼光还是不是老样子,只盯着自己的利益?”陌生人接着说道,一边目光灼灼地逼视着邦布尔先生的眼睛,这句话问得对方愕然不解地抬起头来。“伙计,怎么回答都行啊。你看得出来,我相当了解你。”

“我想,一个已婚的男人跟单身汉一样,”邦布尔先生一边回答,一边用手挡住亮光,将陌生人从头到脚打量了一番,明摆着下不来台,“并不反对有机会的时候挣两个干净钱。教区职员薪水不高,所以不会拒绝任何一笔小小的外快,只要来路正当、规矩就行。”

陌生人微微一笑,又点了点头,好像是说他没有看错人,接着拉了一下铃。

“再来一杯,”说着,他把邦布尔先生的空杯子递给掌柜。“来杯又凶又烫的,你喜欢这样吧,我想?”

“别太凶了。”邦布尔先生轻轻咳嗽一声,答道。

“掌柜的,你懂这是什么意思。”陌生人干巴巴地说。

老板含笑退了出去,转眼间又端着满满一杯酒回来了,邦布尔先生刚喝了一口,泪水就涌进了他的眼里。

“现在你听我说,”陌生人关上门窗,说道,“我今天到这个地方来,正是为了找到你。有的时候啊,还真是鬼使神差,正当我满心想着你的功夫,你就走进我坐的这间屋子来了。我想跟你打听点事,我不会让你白说的,尽管不是什么大事。这点小意思你先收起来。”

说着,他小心翼翼地把两个金镑从桌子对面朝同伴推过去,似乎不希望让外人听见钱币的丁当声。邦布尔先生翻来覆去查看了一番,见金币都是真的,才分外满意地放进背心口袋里。陌生人继续说道:

“把你的记忆带回到——让我想想——十二年以前那个冬天。”

“时间不算短,”邦布尔先生说,“很好。我想起来了。”

“地点,济贫院。”

“好。”

“时间是夜里。”

“对呀。”

“场面,那个破破烂烂的窝,管它在哪儿呢,一些个不要脸的贱货,她们自己经常都性命难保,健康就别提了——生下一些哭哭啼啼的孩子给教区抚养,把她们的丑事,妈的,带到坟墓里藏起来了。”

“我想,是产妇室吧?”邦布尔先生说道。陌生人讲得慷慨激昂,他有点跟不大上。

“对,”陌生人说,“有个孩子就是在那儿生的。”

“有许多孩子。”邦布尔摇了摇头,有些泄气。

“这帮该死的小鬼。”陌生人嚷了起来,“我说的是其中一个,一个长相可怜巴巴,脸上没有血色的男孩,他在本地一个棺材店老板手下当过一阵学徒——我巴不得老板早就替他造好了棺材，把他装进去，再拧紧螺钉——据说他后来跑到伦敦去了。”

“哦，你指的是奥立弗。小退斯特。”邦布尔先生说道，“我当然记得他。没有一个小坏蛋有那么顽固的——”

“我不想打听他的情况，他的事我听得多了，”邦布尔先生正准备一一历数不幸的奥立弗的罪过，陌生人没让他往下说。“我想打听的是一个女人，照看过他母亲的那个丑八怪。现在她在哪儿？”

“她在哪儿？”邦布尔先生有了掺水杜松子酒垫底，开始变得幽默起来。“那可难说了。反正她去的地方不需要接生婆，我猜想她横竖是再没事情干了。”

“你是什么意思？”陌生人一本正经地问道。

“意思就是她去年冬天就死了。”邦布尔先生回答。

听到这个消息，陌生人目不转睛地望着他，半晌没有把视线移开，但他的眼神却渐渐变得空濛、迷惘，好像陷入了沉思。好一会儿，他似乎有点拿不准对于听到这个消息究竟应该感到欣慰还是失望，但末了还是松了一口气，目光也收了回去，说那也算不得什么大事。说罢他站起来，像是打算离去。

然而，邦布尔先生毕竟老奸巨猾，他立刻看出，机会就在眼前，他可以从他内当家掌握的某种秘密之中捞到好处。老沙丽去世的那个夜晚他记得再清楚不过了，那一天正是他向柯尼太太求婚的喜庆日子，经历的事情很多，他有充分的理由想起那个日子。尽管太太从来没有向他透出口风说她是唯一的见证，他却听说了不少事，知道同那个在济贫院当护士的老太婆照料奥立弗·退斯特年轻的母亲有关。他很快就想起了当时的情况，便神秘兮兮地告诉陌生人，那个鬼老太婆临死之前曾经与一位女士关起门来谈过，他有理由相信，那位女士能够对他想要打听的事情提供一些线索。

“我怎么才能找到她？”陌生人说话时已经把戒心抛到了脑后，清清楚楚地表明因为这个消息，他惧怕的所有事情（且不管他究竟怕什么）又都重新跃上心头。

“只有通过我。”邦布尔先生回答。

“什么时候？”陌生人风风火火地嚷道。

“明天。”邦布尔答道。

“晚上九点，”陌生人掏出一张纸片，在上面写了一个紧靠河边的住址，地方很偏僻，从字迹上看得出他非常亢奋。“晚上九点钟，带她到我那儿去。我用不着嘱咐你保守秘密了。这可是有你的好处。”

随着这番话，他先朝门口走去，途中停了一下，把酒账结了。他说了一句两人不同路，又着重提醒了一遍第二天晚上约定的时间，没再多客套，拔脚就走。

济贫院院长看了一眼那个住址，发觉上面没写名字。这时陌生人还没走远，他为了问个明白便赶上去。

“你想干什么？”邦布尔拍了拍陌生人的肩膀，那人骤然转过身来，叫道，“你盯我的梢？”

“只问一句话，”对方指着那张纸片说，“我该去找什么人？”

“孟可司！”那人答了一句，便急急忙忙大步离去了。

第三十八章

邦布尔夫妇与孟可司先生夜间会晤的经过。

这是一个阴云密布、空气沉闷的夏夜。阴沉了整整一天的云霭铺展开来，化作大团浓厚而呆滞的水气，早已凝聚起大滴的雨点，似乎预示着一场暴风雨即将来临。就在这个时候，邦布尔夫妇绕过镇上那条大街，朝着城外大约一英里半的一个小居民点出发了，那里稀稀落落有几所破房子，建在一块低洼污秽的沼地上，紧挨着河边。

他们俩裹着破旧的外衣，这样打扮或许可以一举两得，既可以免受雨淋，又能掩人耳目。做丈夫的提着一盏没有点亮的手灯，步履艰难地走在前面，路上满是污泥浊水——像是有心让落后几步的老婆踩着他那深深的脚印往前走。他们不声不响地走着，邦布尔先生时不时地放慢脚步，回头看看，仿佛是想搞清自己那位贤内助跟上来了没有，见她一步也没落下，随即将步伐调整到颇为可观的速度，朝目的地走去。

那个地方远远不只是一个名声可疑的去处，早就远近闻名，住在这里的全都是下三烂的歹徒恶棍，这些家伙打着各式各样自食其力的幌子，主要靠偷窃和作案为生。这里整个是一个棚屋和茅舍的大杂烩——有些是用七长八短的砖石仓仓猝猝盖起来的，另一些是用蛀蚀过的旧船板搭在一起——完全没有进行过收拾整理，大部分距离河岸只有几英尺。几条拖上河滩的破木船拴在岸边的矮墙上，到处散落着一支船桨或是一卷绳子什么的，乍眼看去，似乎暗示这些简陋小屋的居户从事某种水上职业。不过，一旦看到这些东西七零八落地摆在那里，没有人用，过路人无需作难就能揣摸出，这些东西放在那儿，与其说是考虑到实际用途，不如说是拿来装装样子。

在这一群茅屋的中心，紧挨河边，立着一幢上面几层悬在水上的大房子。这房子从前是一家什么工厂，当年也许曾经为附近居民提供过就业的机会，但早已成为废墟。老鼠，蛀虫，加上潮气的侵蚀，房屋的木桩已经烂掉，楼的很大一部分已经沉入水中，余下来的部分摇摇欲坠，伏在黑沉沉的水流上，好像是在等待一个适当的机会，跟随旧日同伴而去，接受同样的命运。

这可敬的一对就是在这一座没落的大楼前停了下来。这时，远远的第一阵雷声在空中炸响了，大雨倾泻而下。

“想必就在这附近什么地方。”邦布尔核对着手中的纸片，说道。

“喂！”一个声音从头上传来。

顺着喊声，邦布尔先生抬起头来，发现有个男人正从二楼一扇门里探出身子张望。

“稍等一会儿，”那声音大声叫道，“我这就来接你们。”说话间那个脑袋消失了，门也关上了。

“是那个人吗？”邦布尔先生的贤内助问道。

邦布尔先生肯定地点了点头。

“到时候，记住我跟你说的话，”女总管说，“尽量少开口，要不你一转眼就把我们的底给抖出去了。”

邦布尔先生很是泄气地望着大楼，显然正打算就这档子事继续搞下去是否值得提出某些疑问，但他已经没有机会开口了。孟可司露面了，他打开一道就在他们旁边的小门，示意他们上里边去。

“进来吧！”他很不耐烦地嚷着说，用脚跺了一下地面。“我可没闲功夫老呆在这儿。”

邦布尔太太先是迟疑了一下，接着不待对方进一步邀请，便大着胆子走了进去。邦布尔先生不好意思或者说是不敢掉在后面，紧跟着进去了，活脱脱一副六神无主的样子，他的主要特征本来是那种引人注目的威风，此时却简直难以找到一星半点。

“真是活见鬼，你怎么淋着雨在那儿逛荡？”孟可司在他们身后闩上门，回过头来，跟邦布尔搭话道。

“我们——我们只是在凉快凉快。”邦布尔结结巴巴地说，一边提心吊胆地四下里乱看。

“凉快凉快？”孟可司把他的话顶了回去。“没听说什么时候落下来的雨，或者将来下的雨，能浇灭人心头的欲望之火，正如浇不灭地狱之火一样。凉快凉快，没那么舒服，想都别想。”

说罢这一番至理名言，孟可司骤然转向女总管，目光逼视着她，连从不轻易屈服的她也只得把眼光缩回去，转向地面。

“就是这位女士了，对吗？”孟可司问道。

“嗯嗯。是这位女士。”邦布尔牢记着太太的告诫，回答说。

“我猜想，你认为女人是绝对保守不住秘密的，是吗？”女总管插了进来，一边说，一边也用锐利的目光回敬孟可司。

“我知道她们只有一件事能保住秘密，直到被人发现为止。”孟可司说。

“那又是什么秘密呢？”女总管问。

“秘密就是她们失去了自个儿的好名声，”孟可司答道，“所以，根据同一条法则，假如一个女人介入了一个会把她送上绞刑架或是流放的秘密，我用不着担心她会告诉任何人，我不怕。你明白吗，夫人？”

“不明白。”女总管说话时脸有点发红。

“你当然不明白。”孟可司说，“你怎么会明白？”

那人投向两个同伴的表情一半像是微笑,一半像是在皱眉头,又一次招手要他们跟上,便匆匆走过这间相当宽敞但屋顶低矮的房间。他正准备登上笔直的楼梯或者梯子什么的,到上面一层库房里去,一道雪亮的闪电从上面的窟窿里钻进来,接着就是一阵隆隆的雷声,这座本来就东倒西歪的大楼整个晃动起来。

"听啊!"他往后一退,嚷了起来。"听啊! 轰隆一声就下来了,好像是在大小魔头躲藏的无数个洞窟里齐声响起来的一样。我讨厌这声音。"

他沉默了一会儿,接着,突然将捂在脸上的双手拿开,邦布尔先生看见他的脸大变样,脸色也变了,自己心里真有说不出的烦躁。

"我三天两头都要这么抽筋,"孟可司注意到了邦布尔先生惊恐的样子,便说道。"有的时候打雷也会引起。现在不用管我,这一次算是过去了。"

他这么说着,带头登上梯子,来到一个房间。他手忙脚乱地把房间的窗板关上,又把挂在天花板下一根横梁上的滑轮升降灯拉下来,昏暗的灯光落在下面放着的一张旧桌子和三把椅子上。

"眼下,"三个人全都坐下来,孟可司说话了,"我们还是谈正事吧,这对大家都有好处。这位女士是不是知道谈什么?"

问题是冲着邦布尔提出来的,可是他的夫人却抢先作了回答,说自己完全清楚要谈什么事。

"他可是说了,那个丑八怪死的当晚,你跟她在一块儿,她告诉了你一件事——"

"这事和你提到的那个孩子的母亲有关,"女总管打断了他的话,答道,"是有这么回事。"

"头一个问题是,她谈的事属于什么性质?"孟可司说道。

"这是第二个问题,"女士慎重其事地说,"头一个问题是,这消息值多少钱?"

"还不清楚是哪一类消息呢,谁他妈说得上来?"孟可司问道。

"我相信,没有人比你更清楚的了。"邦布尔太太并不缺少魄力,对于这一点她的夫君完全可以证明。

"哼。"孟可司带着一副急于问个究竟的神色,意味深长地说,"该不会很值钱吧，嗯？”

“可能是吧。”回答十分从容。

“有一样从她那儿拿走的东西，”孟可司说道，“她本来戴在身上，后来——”

“你最好出个价，”邦布尔太太没让他说下去，“我已经听得够多的了，我相信你正是想要知道底细的人。”

邦布尔先生至今没有获得他当家人的恩准，对这个秘密了解得比当初多一些，此时他伸长脖子，瞪大眼睛听着这番对话，满脸掩饰不住的惊愕表情，时而看看老婆，时而又看看孟可司。当孟可司厉声问道，对这个有待透露的秘密得出个多大的数目时，他的惊愕更是有增无已，如果先前还不算达到了顶点的话。

“你看值多少钱？”女士问的时候跟先前一样平静。

“也许一个子不值，也许值二十镑，”孟可司回答，“说出来，让我心里有个数。”

“就依你说的这个数目，再加五镑，给我二十五个金镑，”那女的说道，“我把知道的事情都告诉你。先说出来可没门。”

“二十五镑！”孟可司大叫一声，仰靠在椅子上。

“我说得再明白不过了，”邦布尔太太回答，“也算不得一个大数。”

“一个微不足道，也许讲出来什么也算不上的秘密，还不算大数？”孟可司猴急地嚷了起来，“加上埋在地下已经十二年还多。”

“这类玩意儿保存好了，跟好酒一样，越陈越值钱。”女总管回答说，依旧保持着那一副满不在乎的样子。“说到埋在地下嘛，不是还有些个埋在地下一万二千年，或者一千二百万年的，你我都知道，终归还是要说出些个稀奇古怪的事来！”

“我要是付了钱，却什么也没得到呢？”孟可司犹豫起来，问道。

“你可以轻而易举重新拿回去，”女总管回答，“我不过是个女人，孤身一人呆在这里，没有人保护。”

“不是孤身一人，亲爱的，也不是没人保护，”邦布尔先生用吓得发抖的声音央告说，“有我在这儿呢，亲爱的。再说了，”邦布尔先生说话时牙齿咔哒直响，“孟可司先生实实在在是位绅士，不会对教区人士动武的。孟可司先生知道,我不是年轻人了,也可以说,我已经有一点老不中用了。可他也听说过——我是说,我丝毫也不怀疑孟可司先生已经听说了,我亲爱的——要是惹火了,我可是一个办事果断的人,力气非同一般。只要惹我一下就够了,就是这么回事。”

说着,邦布尔先生装出一副果断得吓人,实则可怜巴巴的样子,紧紧握住他带来的那盏手提灯,可眉梢嘴角那一处处吓慌了的神情清清楚楚地表明,他的确需要惹一下子,而且还不只是惹一下子就够了,才做得出勇猛过人的姿态来。当然,对付贫民或其他专供恐吓的人就是另外一回事了。

“你这个蠢货,”邦布尔太太答道,“还是把嘴闭上为妙。”

“要是他不能用小一点的嗓门说话,那他来以前最好把舌头割掉,”孟可司恶狠狠地说,“别忙。他是你丈夫,嗯?”

“他,我丈夫!”女总管吃吃地笑起来,避而不答。

“你一进来,我就那样想过,”孟可司说道。他已经注意到了,她说话时怒不可遏地朝老公瞪了一眼。“那就更好了。要是发现跟我打交道的两个人其实是一个,我可就干脆多了。我不是说着玩的。瞧吧。”

他把一只手插进侧边衣袋里,掏出一个帆布袋子,点着数把二十五金镑放在桌子上,然后推到那位女士面前。

“喏,”他说道,“把东西收起来。这该死的雷声,我觉得它会把房顶炸塌的,等它过去,我们就来听听你的故事。”

雷声,好像的确近得多了,几乎就在他们头顶上震动、炸响,随后渐渐远去。孟可司从桌边扬起脸,朝前弓着身子,一心想听听那个妇人会说出些什么。两个男人急于听个究竟,一起朝那张小小的桌子俯下来,那女的也把头伸过去,好让她像耳语一般的说话声能听得见,三张脸险些儿碰着了。吊灯微弱的亮光直接落在他们的脸上,使这三张面孔显得越发苍白而又焦急,在一片朦胧昏暗之中,看上去像是三个幽灵。

“那个女人,我们管她叫老沙丽,她死的时候,”女总管开始了,“在场的只有我跟她两个人。”

“旁边没别的人了?”孟可司同样悄没声地问,“别的床上没有害病的家伙,或者说白痴吧?谁也听不见,绝没有人听了去?”

“一个人都没有,”女的回答,“就我们俩。死的功夫,就我一个人守在尸体旁边。”

“好，”孟可司专注地望着她，说道，“讲下去。”

“她谈到有个年轻的人儿，”女总管接着说，“好些年以前生下一个男孩，不单单是在同一个房间里，而且就在她临死的时候躺的那张床上。”

“啊？”孟可司的嘴唇哆索起来，他回头看了一眼，说道，“吓死人了。怎么搞的。”

“那孩子就是你昨天晚上向他提到名字的那一个，”女总管漫不经心地朝自己的丈夫点了点头，“那个看护偷了他母亲的东西。”

“在生前？”孟可司问。

“死的时候，”那女的回答的时候好像打了个寒战，“孩子的母亲只剩最后一口气了，求她替孤儿保存起来，可那个当妈的刚一断气，她就从尸体上把东西偷走了。”

“她把东西卖掉了？”孟可司急不可待地嚷了起来，“她是不是卖了？卖哪儿去了？什么时候？卖给谁了？多久以前的事？”

“当时，她费了好大劲告诉我，她干了这件事，”女总管说，“倒下去就死了。”

“再没说什么了？”孟可司尽量压低声音嚷道，但却仅仅使他的声音听上去更加暴躁。“撒谎。我不会上当的。她还有话。不把话说清楚，我会要你们俩的老命。”

“别的话她一句也没说，”这个怪人的举动十分狂暴，但妇人显然丝毫也不为所动（相形之下，邦布尔先生就差远了），她说道。“不过，她一只手死死抓住我的上衣，手没有整个攥在一块儿。我见她已经死了，就用力把那只手掰开，发现她手里握着一张破纸片。”

“那上面有——”孟可司伸长脖子，插了一句。

“没什么，”那女的回答，“是一张当票。”

“当的什么？”孟可司追问道。

“到时候，我会告诉你的，”妇人说道，“我寻思她把那个小东西放了一阵子，满以为能卖个大价钱，后来才送进了当铺，她存了钱，或者说攒了些钱，一年一年付给当铺利息，免得过期。真有什么事情用得着了，还可以赎出来。结果什么事也没有，而且，我告诉你吧，她手里捏着那张烂得一塌糊涂的纸片死了。那时还有两天就要过期了,我心想说不定哪天还会用得着呢,就把东西赎了回来。”

“眼下东西在什么地方?”孟可司急切地问。

“**在这儿**。”妇人回答。她慌里慌张,把一只大小刚够放下一块法国表的小羊皮袋扔在桌上,好像巴不得摆脱它的样子。孟可司猛扑上去,双手颤抖着把袋子撕开。袋子里装着一只小金盒,里面有两绺头发,一个纯金的结婚戒指。

“戒指背面刻着‘艾格尼丝’几个字,”妇人说,“空白是留给姓氏的,接下来是日期。那个日子就在小孩生下来的前一年。我后来才弄清楚了。”

“就这些?”孟可司说,他对小袋子里的东西都仔细而急切地检查过了。

“就这些。”妇人回答。

邦布尔先生长长地倒抽了一口气,仿佛感到欣慰,故事已经讲完了,对方没有重提把那二十五金镑要回去的话,他鼓起勇气,把从刚才那一番对话开始以来就遏止不住地从鼻子上滴下来的汗水抹掉了。

“除了能够猜到的以外,我对这事就什么也不知道了,”邦布尔老婆沉默片刻,对孟可司说道,“我也不想打听什么,因为这样最稳当。不过,我总可以问你两个问题吧,是吗?”

“你可以问,”孟可司略有几分惊异地说,“但我是否答复就是另一个问题了。”

“——这就成了三个了。”邦布尔先生一心要在滑稽取笑方面露一手,便说道。

“这是不是你打算从我这儿得到的东西?”女总管问道。

“是,”孟可司回答,“还有一个问题呢?”

“你打算用来干什么？会不会用来跟我过不去?”

“绝对不会,”孟可司回答,“也不会跟我自己过不去。瞧这儿。你一步也别往前挪,要不你的性命连一根莎草也不值了。”

随着这番话,他猛地将桌子推到一边,抓住地板上的一只铁环,拉开一大块活板,从紧挨着邦布尔先生脚边的地方掀开一道暗门,吓得这位先生连连后退。

“瞧下面,”孟可司一边说,一边把吊灯伸进洞里,“犯不着怕我。你们坐在上面的功夫,我完全可以不声不响地打发你们下去,我要是有这个意思的话。"

在这一番鼓励之下,女总管挨近了坑口。连邦布尔先生也在好奇心驱使下大着胆子走上前来。大雨后暴涨的河水在底下奔泻而过,流水哗哗,浊浪翻滚,扑打着那粘糊糊的绿色木桩,所有的声音都消失在这一片喧腾声中。下面过去有一座水磨,水流泛起泡沫,冲击着几根腐朽的木桩和残存的机器零件,接着甩开了这些妄图阻止它一泄千里的障碍物,似乎拿出了新的冲劲朝前奔去。

"要是你把一个人的尸体抛到下面去,明天早上会到什么地方?"孟可司将吊灯在黑洞里来回晃动着,说道。

"流下去十二英里,外加扯成几大块。"邦布尔想到这一点,赶紧缩回去。

孟可司将匆忙中塞进怀里的那个小包掏出来,拾起地板上一个铅坠绑在上面,这个铅坠原先是滑车上的一个零件,绑好之后,便丢进了激流之中。铅坠直端端掉下去,扑通一声划开水面,声音几乎难以听见,不见了。

三个人面面相觑,似乎松了一口气。

"喂,"孟可司关上暗门,活板又重重地落回到原来的位置上。"如果大海会把死人送上岸来的话,书上就是这么说的,它自会留下金银财宝,包括那个无用的东西在内。我们没什么可说的了,还是结束这一次愉快的聚会吧。"

"当然当然。"邦布尔先生欣然同意。

"你还是在脑袋瓜里留一条规规矩矩的舌头,好不好?"孟可司把脸一沉,说道,"我并不担心你的夫人。"

"你可以相信我,年轻人。"邦布尔先生一边回答,一边点头哈腰,缓缓地退向那架梯子,显然格外有礼貌。"为了大家的利益,年轻人,也为了我自己,你知道,孟可司先生。"

"看在你面子上,我很高兴听到这句话,"孟可司说道,"把灯点亮。尽快离开这儿。"

幸亏谈话在这个节骨眼上结束了,要不然,已经退到离梯子不超过六英寸仍在连连鞠躬的邦布尔先生准会来个倒栽葱,掉进楼下一间屋子里去。

他从孟可司解开绳子拎在手里的吊灯上借了个火,点亮自己的那盏手提灯。他没再找些话说,默默地顺着梯子下去,他的妻子跟在后面。孟可司在梯子上停了一下,直到确信除了屋外雨点的敲打与河水的奔泻而外,没有别的声音,才最后一个走下梯子。

他们缓慢而谨慎地穿过楼下的房间,因为每一个影子都会把孟可司吓一大跳。邦布尔先生手里提着的灯离地面一尺,步履间不仅极其慎重,而且就一位像他那种身材的先生来说,他的步子轻巧得简直不可思议,他疑神疑鬼,东张西望,看有没有暗藏的活板门。孟可司卸下门闩,将他们进来的那道门轻轻打开。这两口子与神秘的新相识彼此点了一下头,向门外黑沉沉的雨夜中走去。

他们刚一消失,孟可司似乎对单独留下来抱有一种克制不住的厌恶,立刻把藏在楼下什么地方的一个孩子叫出来,吩咐他走在头里,自己提着灯,回到他刚刚离开的那个房间去了。

第三十九章

读者早已熟知的几个体面人物再次登场，并说明孟可司与老犹太是如何把他们很有价值的脑袋凑到一块儿的。

上一章讲到,三位贵人如此这般做成了他们那一笔小小的交易。第二天傍晚,威廉·赛克斯先生从小憩中醒来了,他睡意朦胧地大吼一声,问现在是夜里几点钟了。

赛克斯先生提出这个问题时所在的房间不是他杰茨之行以前住过的那些房子当中的一处,虽说也是在伦敦城内的同一个区域,离他从前的住处不远。外表上,这屋子不像他的旧居那样称心,只是一所劣等的公寓,陈设简陋,面积也很有限。光线只能从屋顶一个小小的窗口射进来,屋子旁边是一条狭窄肮脏的胡同。这里并不缺乏表明这位君子近来时运不济的其他征兆,家具严重不足,舒适完全无从谈起,加上连内外换洗衣物这样琐细的动产也都看不见,道出了一种极度窘困的处境。如果这些迹象还有待确定的话,赛克斯先生本人那种瘦弱不堪的身体状况可以提供充分的证明。

这个专以打劫为生的家伙躺在床上,把他那件白色的大衣裹在身上当睡衣,死灰色的病容,加上龌龊的睡帽,一星期没刮的胡子又硬又黑,这一切表明他的整个嘴脸毫无改观。那只狗伏在床边,时而闷闷不乐地看一眼主人,当街上或者楼下有什么响动引起它的注意,它便竖起耳朵,发出一阵低沉的吠叫。靠窗坐着一个女的,正忙着替那个强盗补一件他平时穿的旧背心,她脸色苍白,由于照料病人,加上度日艰难,她变得十分瘦削,要不是听到她回答赛克斯先生问话的嗓声,让人很难认出她就是已经在书中出现过的南希。

"七点刚过一会儿,"姑娘说道,"今天晚上你觉得怎么样,比尔?"

"软得跟唾沫一样,"赛克斯先生冲着自己的眼睛和手脚咒骂了一句,回答道。"来,给咱搭把手,让我从这张该死的床上下来。"

赛克斯先生没有因为生病而脾气变得好一些。姑娘将他扶起来,搀着他朝一把椅子走去,他嘟嘟哝哝,不住口地骂她笨手笨脚,还打了她。

"哭鼻子了,是吗?"赛克斯说,"得了吧。别站在那儿抽抽搭搭的。你要是除了擦鼻子抹眼泪以外什么事也干不了,那就干脆滚蛋。听见没有?"

"听见了,"姑娘把脸转到一边,硬撑着笑了一声,回答道。"你又在胡思乱想了?"

"哦。你想通了,是不是?"赛克斯看见泪水在她眼睛里直打转,又吼了起来。"这样对你有些好处,你想通了。"

"嗳,比尔,你今天晚上不是真的想对我这么凶,是吗?"姑娘说着,把一只手搭在他的肩膀上。

"不是?"赛克斯嚷道,"为什么不?"

"那么多个夜晚,"姑娘带着一点女性的温柔说,这样一来,连她的声音也变得悦耳了。"那么多个夜晚,我一直忍着,不跟你发火,照看你、关心你,就好像你还是个孩子,这还是我头一次看着你像这个样子。你要是想到这一点,就不会像刚才那样对待我了,是吗? 说呀,说呀,说你不会的。"

“得了，就这样吧，”赛克斯先生答应了，“我不会的。唔，他妈的，啧啧，这丫头又在哭鼻子。”

“没什么，”姑娘说着倒在一把椅子上，“你不用管我，很快就会过去的。”

“什么东西会过去的？”赛克斯先生恶狠狠地问，“你又在干什么蠢事？起来，干你的活去，别拿你那些娘们儿的胡扯来烦我。”

换上任何一个时候，这种训斥，连同发出训斥时的腔调，都会产生预期的效果。可这一次，赛克斯先生还没来得及按照在类似场合的惯例发出几句得体的恶言，来为他的威胁加点佐料，那姑娘已经实在虚弱不堪，筋疲力尽，头搭拉在椅背上，晕过去了。赛克斯先生不太清楚如何应付这种非同小可的紧急情况——因为南希小姐的歇斯底里一旦发作，通常来势迅猛，完全要由病人死打硬撑，旁人帮不上什么忙——他试了一下用咒骂的办法，发现这种处理方式一点效果也没有，只得叫人帮忙。

“这儿怎么啦，我亲爱的？”费金往屋里张望着，说道。

“帮这姑娘一把，你还有完没完？”赛克斯不耐烦地回答，“别站在那儿耍贫嘴，冲着我嘻皮笑脸。”

费金发出一声惊呼，奔上前来对姑娘施行救助，这功夫，约翰·达金斯先生（也就是机灵鬼）跟着自己的恩师也已经走进来，他连忙把背在身上的一个包裹放在地板上，从脚跟脚走进来的查理·贝兹少爷手里夺过一只瓶子，一转眼已经用牙齿将瓶塞拔出来，先尝了尝瓶子里的东西，以免出错，随后又往病人嗓子眼里倒了一些。

“你用风箱给她扇几口新鲜空气，查理，”达金斯先生吩咐道，“比尔解开衬裙的时候，费金，你就拍她的手。”

这些经过协调的急救措施进行得热火朝天——尤其是在委托给贝兹少爷的那个部门，他像是认为自己在这次行动中的作为是一种史无前例的乐趣——功夫不大便产生了理想的效果。姑娘逐渐恢复了知觉，晃晃悠悠地走到床边的一张椅子跟前，把脸埋在枕头上，让多少有些感到诧异的赛克斯先生去对付那三个不速之客。

“哟，是哪阵邪风把你给刮到这儿来啦？”他问费金。

“压根儿不是邪风，我亲爱的，邪风是不会给谁带来好处的，我带来了一点你看见保准高兴的好东西。机灵鬼,亲爱的,打开包袱,把今天早上我们花光了钱才买来的那一点点小东西交给比尔。”

机灵鬼依照费金先生的嘱咐,解开他带来的那个用旧台布做成的大包裹,把里面的物品一件一件地递给查理·贝兹,查理再一件一件放到桌上,一边大肆吹嘘这些东西多么难得,多么美妙。

“多好的兔肉饼,比尔,”这位小绅士要他看看一块很大的馅饼。“多可爱的小兔子,多嫩的腿儿,比尔,那几根骨头入嘴就化,用不着剔出来。半磅绿茶,七先令六便士一磅,浓得不得了,你要是用滚水来泡,准会把茶壶盖也给顶飞了。糖一磅半,有点发潮,肯定是那帮黑鬼一点不卖力,成色是差一点——啊,不!两磅重的麸皮面包两只,一磅最好的鲜肉,一块双料格罗斯特[①]干酪,都说过了,还有一样是你喝过的名酒中最名贵的一种。”

贝兹少爷念完最后一句赞美诗,从他的一个硕大无比的口袋里掏出用塞子塞得很严的一大瓶酒,达金斯先生眨眼之间已经从瓶子里倒出满满一杯纯酒精,那位病号毫不迟疑,一仰脖子喝了下去。

“啊!”老犹太心满意足地搓了搓手,说道,“你顶得住,比尔,你现在顶得住了。”

“顶得住!”赛克斯先生大叫起来,“我就是给撂倒二十次,你也不会帮我一把。三个多礼拜了,你这个假仁假义的混蛋,把我一个人丢在这种处境里不管,你是什么意思?”

“孩子们,瞧他说的。”老犹太耸了耸肩说,“我们给他带了这么多好——东——西。”

“东西倒是不错,”赛克斯先生往桌上扫了一眼,火气略略消了一些,说道。“你自个儿说说,干吗要把我丢在这儿?这些日子我心情坏透了,身子骨也垮了,又没钱花,全齐了,你却一直扔下我不管,简直把我看得连那只狗都不如——赶它下去,查理。”

“我还从来没见过这么好玩的狗呢,”贝兹少爷嚷嚷着,照赛克斯先生的要求把狗赶开了。“跟个老太太上菜市场一样,总闻得出吃的东西来。它上台演戏准能发财,这狗还能振兴戏剧呢。”

---

① 英国西南部城市,以出产干酪闻名。

“别吵吵，”赛克斯看见狗已经退回到床底下去了，却还在忿忿不平地嗷嗷叫，就吼了一声。“你还有什么好说的，你这个干瘪瘪的老窝主，嗯？”

“我离开伦敦有一个多礼拜了，亲爱的，去办了件事。”老犹太回答。

“还有半个月又怎么说呢？”赛克斯刨根问底，“你把我丢在这地方，跟一只生病的耗子躺在洞里似的，另外那半个月是怎么回事？”

“我也是没法子，比尔，”老犹太答道，“当着人面我不便详细解释。可我实在没法子，我拿名誉担保。”

“拿你的什么担保？”赛克斯用极其厌恶的口气吼道，“喏。你们哪个小子，替我切一片馅饼下来，去去我嘴里这味，他的话真能噎死我。”

“别发脾气了，比尔，”老犹太依头顺脑地劝道，“我绝对没有忘掉你，比尔，一次也没有。”

“没有？我量你也没有，”赛克斯带着苦笑回答说，“我躺在这地方，每个钟头又是哆嗦又是发烧，你都在想鬼点子，出馊主意，让比尔干这个，让比尔干那个，只要比尔一好起来，什么都让他去做，再便宜没有了，反正比尔够穷的了，还非得替你干活。要不是这姑娘，我早就没命了。”

“比尔，你瞧，”费金赶紧抓住这句话作挡箭牌，“要不是这姑娘。除了苦命的老费金，谁还能帮你弄到这样好使唤的姑娘？”

“他说的倒是实话。”南希连忙上前说道，“随他去，随他吧。”

南希一出面，谈话就转了一个方向。两个少年接到处处谨慎的老犹太递过来的一道诡谲的眼色，开始一个劲地向她敬酒，可她喝得很有节制。这功夫，费金强装出一副兴致勃勃的样子，逐渐使赛克斯先生心情好了一些，费金假意把赛克斯先生的恐吓当作是插科打诨，接下来，赛克斯多喝了一些酒，也给了他面子，讲了一两个粗俗的笑话，费金直打哈哈，一副非常开心的样子。

“事情倒是蛮不错，”赛克斯先生说道，“但你今天晚上非得给我弄几个现钱不可。”

“我身边一个子儿也没有。”老犹太回答。

“可你家里多的是钱，”赛克斯顶了一句，“我得拿一些那儿的。”

“多的是钱！”老犹太扬起双手，大叫起来，“我还没有多到可以——”

“我不知道你弄了多少钱，而且我敢说连你自己都不知道，那可是得花很多时间去数的，”赛克斯说，“反正我今天要钱，废话少说。”

“行，行，”老犹太叹了口气，说道，“我回头派机灵鬼给你送来。”

“这种事你才不会干呢，”赛克斯答道，“机灵鬼机灵过头了点，他不是忘了带，就是走迷了路，要不就是碰上警察来不了了，横竖都有借口，只要有你的吩咐。还是南希到那边窝里去取，一切稳稳当当。她去的功夫，我躺下打个盹。”

经过多次讨价还价，费金将对方要求的贷款数目从五镑压低到了三镑四先令又九便士。他连连赌咒发誓说，那样一来，他就只剩十八个便士来维持家用了。赛克斯先生板着面孔说，要是没有多的钱了，也只好凑合着用了。于是，南希准备陪费金到家里去，机灵鬼和贝兹少爷把那些食物放进橱里。老犹太向自己的贴心伙伴告别，由南希和那两个少年陪着回去了。与此同时，赛克斯先生倒在床上，安心要睡到姑娘回来。

他们平安到达了老犹太的住所，托比·格拉基特跟基特宁先生正在那里专心致志地打第十五局克里比奇，几乎用不着说，这一局又是后一位绅士失利，输掉了他的第十五个也是最后的一个六便士银币。他的两位小朋友一看都乐开了。格拉基特先生显然有些不好意思，被人撞见他竟然拿一位地位和智力远远不如自己的绅士寻开心，他打了个呵欠，一边询问赛克斯的情况，一边戴上帽子打算离去。

“没有人来过，托比？”老犹太问道。

“鬼都没有一个，”格拉基特先生将衣领往上扯了扯，回答说。“没劲，同喝剩的啤酒一样。你是得弄点什么看得过去的东西酬谢我，费金，我替你看了那么久的家。我他妈的像陪审员一样无聊，要不是我脾气好，有心替这个年轻人解解闷，我已经睡觉去了，睡得和在新门监狱里头一样沉。无聊死了，我要是说瞎话，让我不得好死。”

托比·格拉基特先生一边发出这样那样属于同一类型的感慨，一边神气活现地将到手的钱撸到一起，塞进背心口袋里，似乎他这么个大人物根本就没把这样小的银币放在眼里。钱放好了，他大模大样地走出了房间，风度翩翩，仪态高雅，引得基特宁先生朝他穿着长靴的双腿频频投以艳羡的眼光，直到再也看不见了才打住。他向众人担保说，只花了十五个六便士银币结识那样一位有头有脸的人物，他认为一点不贵，他才不把自己的小指头一弹输掉的钱放在心上。

“你可真是个怪人，汤姆。”贝兹少爷让这一番声明逗乐了，说道。

“一点也不怪，”基特宁先生回答，“我是不是很怪，费金?”

“你非常机灵，我亲爱的。”老犹太说着，拍拍他的肩膀，朝另外两个徒弟眨了眨眼睛。

“格拉基特先生是一位名流，对不对，费金?”汤姆问。

“这绝无问题，亲爱的。”

“而且，跟他结识是件很有面子的事情，对不对，费金?”汤姆追问着。

“可不是嘛，真的，伙计。他们就是爱嫉妒，汤姆，因为他不给他们这个面子。”

“啊!”汤姆洋洋得意地叫了起来，“是那么回事。他让我输了个精光。可我高兴的时候，可以去赚更多的，我行不行啊，费金?”

“你肯定行，而且去得越早越好，汤姆，你马上把输的钱赚回来，就别耽误了。机灵鬼！查理！你们该去上班了。快走。快十点了，什么事还没干呢。”

遵照这一暗示，两个少年向南希点了点头，戴上帽子，离开了房间。机灵鬼和他那位乐天派伙伴一路上都在寻开心，讲了很多俏皮话，拿基特宁先生当冤大头。平心而论，基特宁先生的举动倒也没有什么特别出格或者说与众不同之处。要知道，都市中有一大帮劲头十足的年轻人，他们为了在上流社会出人头地付出的代价比基特宁先生高得多，也有一大帮正人君子(构成这个上流社会的正是他们)，他们创立名气的基础与花花公子托比·格拉基特非常相似。

“听着，”等两个徒弟离开房间，老犹太说道，“我去给你拿那些钱，南希。这把钥匙是小食品柜上的，里面放着那几个男孩弄来的一些零碎东西，亲爱的。我的钱从来不上锁，因为我没有弄到什么非得锁上不行，亲爱的。哈哈哈！没什么需要上锁的。这是一份苦差使，南希，而且不讨好，我不过是喜欢看见年轻人围在我身边而已。什么我都得忍着，什么都得忍。嘘!”他慌里慌张地说，一边把钥匙塞进怀里。“那是谁？听!”

姑娘双臂交叉坐在桌旁，像是一点也不感兴趣似的，要么就是根本不在乎有没有人进来出去，管他是谁呢，这时候，一个男子的低语声传到了她的耳朵里。一听到这个声音,她闪电一般敏捷地扯下软帽和披巾,扔到桌子底下。老犹太立刻回过头来,她又低声抱怨起天气炎热来,这种懒洋洋的口吻和刚才那种极为慌乱迅速的举动形成鲜明的反差,不过,费金一点也没有觉察到,他刚才是背朝着南希。

“呸。”老犹太低声说道,像是感到很不凑巧。“我先前约的那个人,他下楼到我们这儿来了。他在这儿的时候,钱的事一个字也别提,南希。他呆不了多久,要不了十分钟,我亲爱的。”

一个男子的脚步声在外面楼梯上响了起来。老犹太将瘦骨嶙峋的食指在嘴唇上按了一下,端起蜡烛朝门口走去。费金和来客同时到门口,那人匆匆走进房间,已经到了姑娘的面前,却还没有看见她。

来客是孟可司。

“这是我的一个学生,”老犹太见孟可司一看有生人就直往后退,使说道,“南希,你不要走。”

姑娘往桌旁靠了靠,漫不经心地看了孟可司一眼,就把目光缩了回去,然而就在来客朝费金转过身去的当儿,她又偷偷看了一眼,这一次的目光是那样敏捷锐利,意味深长,假如有哪位看热闹的注意到了这种变化,几乎可以肯定不会相信这两种目光是发自同一个人。

“有什么消息吗?”费金问。

“重大消息。”

“是——是不是好消息?”费金吞吞吐吐地问,似乎害怕会因为过于乐观而触怒对方。

“还算不坏,”孟可司微微一笑,答道,“我这一趟真够麻利的。我跟你说句话。”

姑娘往桌上靠得更紧了,没有提出要离开这间屋子,尽管她看得出孟可司是冲着她说的。老犹太可能有顾虑,如果硬要撵她出去的话,她没准会大声忤气地谈到那笔钱的事,就朝楼上指了指,领着孟可司走出房间。

“不要到从前咱们呆过的那个鬼窝子里去。”她听得出那个汉子一边上楼,一边还在说话。老犹太笑起来,回答了一句什么话,她没听清楚,楼板发出嘎嘎的响声,看来他把同伴带到了三楼上。

他俩的脚步声在房子里发出的回响还没有平息下来,南希已经脱掉鞋子，撩起衣裾胡乱盖在头上，裹住肩膀，站在门口屏息谛听。响声刚一停下，她便迈开轻柔得令人难以置信的脚步，溜出房间，无声无息地登上楼梯，消失在幽暗的楼上。

屋子里有一刻钟或一刻钟以上空无一人，随后，姑娘依旧像一丝游魂似的飘然而归，紧接着便听见那两个人下来了。孟可司直接出门往街上去了，老犹太为了钱的事又一次慢吞吞地走上楼去。他回来的功夫，姑娘正在整理她的披巾和软帽，像是准备离去。

“嗨，南希，”老犹太放下蜡烛，嚷嚷着往后退去，“你脸色这么苍白。”

“苍白?”姑娘应声说道，她将双手罩在额上，像是打算仔细看看他似的。

“太可怕了，你一个人在干什么呢?”

“什么也没干，不就是坐在这个闷热的地方，也不知过了多久了，”姑娘轻描淡写地回答，“好了。放我回去吧，这才乖。”

费金把钱如数点清递到她手里，每点一张钞票都要叹一声气。他们没再多谈，相互道了一声“晚安”就分手了。

南希来到空旷的街上，在一个台阶上坐下来，有好一阵子，她仿佛全然处在困惑之中，不知道该走哪条路。忽然，她站起身来，朝着与赛克斯正在等候她返回的那个地方完全相反的方向匆匆而去，她不断加快步伐，最后逐渐变成了拼命奔跑。她一直跑得耗尽了浑身气力，才停下来喘喘气。这时她好像突然醒悟过来，意识到自己是在做一件想做而又做不到的事情，她深感痛惜，绞扭着双手，泪如泉涌。

也许是眼泪使她心头轻松了一些，要不就是意识到自己完全无能为力，总之，她掉过头，用差不多同样快的速度朝相反的方向飞奔而去——一方面是为了抢回丢失的时间，另一方面也是为了与自己汹涌的思潮保持同样的节奏——很快就到了她先前丢下那个强盗一个人呆着的住所。

即便她出现的时候多少显得有些不安，赛克斯先生也没有看出来，他只是问了一声钱拿到没有，在得到一个肯定的回答之后，他发出一声满意的怪叫，就又把脑袋搁到枕头上，继续做被她的归来打断了的美梦。

算她运气好，钞票到手的第二天，赛克斯先生尽顾了吃吃喝喝，加上在安抚他的暴躁脾气方面又产生了很好的效果，他既没有时间也没有心思对她的行为举止横挑鼻子竖挑眼了。她显得心不在焉，神经紧张，似乎即将迈出大胆而又危险的一步，而这一步是经过了激烈的斗争才下定决心的。这种神态瞒不过眼睛像山猫一样厉害的费金，他很可能会立刻警觉起来，但赛克斯先生就不一样了——他是个粗人，无论对谁一贯采取粗暴的态度，从来不为一些比较细致微妙的事操心，更何况前面已经讲过，他又正处于一种少有的好情绪之中——他看不出南希的举动有什么不对劲的地方，的的确确，他一点也没有为她操心，即使她的不安表现得远比实际情况还要引人注目，也不大可能引起他的疑心。

白昼渐渐过去了，姑娘的兴奋有增无已。天色暗下来以后，她坐在一旁，单等那个强盗醉倒入睡，她的脸颊苍白得异乎寻常，眼睛里却有一团火，连赛克斯也惊讶地注意到了。

由于发烧，赛克斯先生十分虚弱，躺在床上，正在喝为减少刺激作用而掺上热水的杜松子酒。他已经是第三次或第四次把杯子推到南希面前，要她给重新斟上，这些迹象才头一次引起他的注意。

“唔，该死的，”他用手支起身子，打量着姑娘的脸色，说道。“你看上去就跟死人活过来一样。出什么事儿了？”

“出什么事儿了？”姑娘回答，“没出什么事。你这样瞪着我干吗？”

“这是哪门子蠢事？”赛克斯抓住她的肩膀，狠命地摇晃，问道。“怎么回事？你是什么意思？你在想什么？”

“我在想好多事，比尔，”姑娘浑身发抖，双手捂住眼睛，回答道。“可是，天啦！这有什么大不了的？”

她故作轻松，说出了最后一句话，但那种口吻给赛克斯留下的印象似乎比她开口说话之前那种慌乱任性的神态还要深一些。

“我来告诉你是咋回事吧，”赛克斯说，“你要不是得了热病，眼看着就要发作，那就是有什么事不对头了，有点危险呢。你该不是——不，他妈的。你不会干那种事。”

“干什么事？”姑娘问。

“不，”赛克斯直瞪瞪地望着她，一边喃喃自语，“没有比这小娘们更死心塌地的了，要不我三个月以前就已经割断她的喉咙了。她准是要发热病了，就这么回事。”

赛克斯凭着这份信心打起精神来，将那杯酒喝了个底朝天，接着，他骂骂咧咧地叫着给他药。姑娘非常敏捷地跳起来，背朝着他迅速把药倒进杯子，端到他的嘴边，他喝光了里面的东西。

“好了，”那强盗说道，“过来坐在我旁边，拿出你平常的模样来，不然的话，我可要叫你变个样子，让你想认也认不出来。”

姑娘顺从了。赛克斯紧紧握住她的手，倒在枕头上，眼睛盯着她的脸，合上又睁开，再合上，再睁开。他不停地改变姿势，两三分钟之间，他几次差一点睡着了，又几次带着惊恐的神情坐起来，若有所失地看看周围。终于，正当他好像要强撑着起来的时候，却突然堕入了沉睡。紧抓着的手松开了，举起的胳膊软弱无力地垂在身旁。他躺在那里，不省人事。

“鸦片酊终于起作用了，”姑娘从床边站起来，喃喃地说。“现在，我也许已经赶不上了。”

她急急忙忙戴上软帽，系好披巾，一再战战兢兢地回头望望，生怕安眠药起不了作用，赛克斯的大手随时都可能搁到自己的肩上。接着她轻轻俯下身来，吻了吻那强盗的嘴唇，无声无息地把房门打开又关上，匆匆离开了这所房子。

她必须经过一条小巷才能走上大街，在黑洞洞的巷子里，一个更夫吆喝着九点半了。

“早就过了半点了？”姑娘问道。

“再过一刻钟就敲十点。”那人把提灯举到她的面前，说道。

“不花上一个多钟头我是到不了那儿了。”南希低声说了一句，飞快地从他身边跑过去，转眼间已经到了街上。

她从斯皮达菲直奔伦敦西区，沿途经过一条又一条偏僻小街，街上的许多店铺已经开始关门。钟敲十点，她越发焦躁难耐。她沿着狭窄的便道飞奔而去，胳膊肘撞得行人东倒西歪，穿过几条拥挤的街道时，她几乎是从马头下面冲过去，一群群的人正在那里焦急地等着马车过去以后再走。

“这女人发疯了。”她一冲过去，人们纷纷回过头来望一望。一进入伦敦城的几个比较富有的区域，街道就不那么拥挤了。她横冲直撞，从零零星星的行人身边匆匆赶过，大大激起了人们的好奇心。有几个在后面加快了脚步，仿佛想知道她以这样一种非同寻常的速度是奔什么地方去，还有几个人跑到她前面，回头看看，不禁对她这种毫不减慢的速度感到吃惊，但他们一个接一个全都落在了后面，当她接近目的地的时候，已经只剩她一个人。

那是一处家庭旅馆，坐落在海德公园附近一条幽静而又漂亮的街上。旅馆门前点着一盏灯，耀眼的灯光引导着她来到这个地点。这时，钟敲了十一点。她磨磨蹭蹭地走了几步，像是有些踌躇不定，又打定主意走上前去似的。钟声使她下定了决心，她走进门厅。门房的座位上空无一人。她面带难色地看了看四周，接着朝楼梯走去。

"喂，小姐！"一个衣着华丽的女人从她身后一道门里往外张望着，说道。"你上这儿找谁呀？"

"找一位住在这里的小姐。"姑娘回答。

"一位小姐？"伴随着回答而来的是一道嘲笑的眼色。"哪儿来什么小姐？"

"梅莱小姐。"南希说。

少妇直到这个时候才注意到南希的模样，不由得鄙弃地瞥了她一眼，叫了一个男侍者来招呼她。南希将自己的请求说了一遍。

"我该怎样称呼你呢？"侍者问。

"怎么称呼都没关系。"南希回答。

"也不用说是什么事？"侍者说。

"是的，也不用说，"姑娘答道，"我必须见见这位小姐。"

"得了吧。"侍者说着，便将她朝门外推。"没有这样的事。出去出去。"

"除非你们把我抬出去。"南希不顾一切地说，"而且我会叫你们两个人吃不了兜着走。有没有人，"她看了看四周，说道，"愿意为像我这样的可怜人捎个口信？"

这一番恳求打动了一个面慈心善的厨子，他正和另外几个侍者在一旁观望，便上前排难解纷。

"你替她传上去不就行了，乔依？"厨子说道。

"这有什么用？"侍者回答，"你该不会认为小姐愿意见她这号人吧，唔？"

这句话暗示南希身份可疑，四个女仆贞洁的胸中激起了极大的义愤，几个人慷慨激昂，宣称这娘们给所有的女性丢脸，极力主张将她毫不客气地扔到阴沟里去。

“你们爱把我怎么样就怎么样，”姑娘说着，再一次朝几位男士转过头去，“只要先答应我的请求，求你们看在万能的上帝分上，捎个信上去。”

软心肠的厨子又作了一番调解，结果还是最早露面的那个侍者答应为她通报。

“怎么说呢？”他一只脚踏在楼梯上说道。

“就说，有个年轻女人真心实意地请求跟梅莱小姐单独谈谈，”南希道，“你就说，小姐只要听听她非说不可的头一句话，就会明白是听她往下说，还是把她当成骗子赶出门去。”

“我说，”那男子说，“你还真有办法。”

“你去通报吧，”南希果断地说，“我要听回音。”

侍者快步上楼去了。南希站在原地，她脸色惨白，气急败坏，听着几个贞洁的侍女冷言冷语地大声议论，她气得嘴唇直哆嗦。那几个侍女在这方面很有些本事，男侍者回来了，叫她上楼去，这时她们越发显出本事来。

“这个世道，规矩人真是做不得。”第一个侍女说道。

“破铜烂铁也比用火炼过的金子值钱。”第二位说。

第三个尽顾了感叹：“有身份的女士是些什么东西。”第四位用一句“丢人现眼”为一首四重唱开了个头，这几位守身如玉的狄安娜女神又用同一句话作为结尾。

南希没理会她们那一套，因为她心里还装着更要紧的事，她浑身发抖，跟在男侍者身后，走进一间天花板上点着一盏吊灯的小会客室。侍者将她领到这里，就退了出去。

第四十章

与上一章紧相衔接的一次奇怪的会见。

南希姑娘混迹于伦敦的街头巷尾，一生都在最下流的藏污纳垢之所度过，然而她身上仍留下了女子天性中的某种东西。听到一阵轻快的脚步声朝着与她进来的那扇门相对的另一扇门走来，想到这个小小的房间马上就要呈现出鲜明的对比，她觉得有一种深惭形秽的意识压在自己心上，不由得缩成一团，似乎简直不敢与她求见的那个人会面似的。

与这些比较纯真的感情抗衡的却是自尊——这种毛病在最下流、最卑劣的人身上也并不比地位高、自信心强的人逊色。她是一个与小偷、恶棍为伍的可怜虫，沦落风尘的浪女，与那些在绞刑台本身的阴影之下冲洗牢房监舍的家伙相伴——就连这样一个堕落的人也有一份自尊，不愿流露出一丝女性的情感，她把这种情感看成软弱，但唯有这种情感将她与人性连接起来了，从她的孩提时代开始，无法无天的生活已经抹去了人性的许许多多痕迹。

她抬起眼睛，刚够看到一个苗条、漂亮的姑娘出现在面前，随即把目光转向地上，装出漫不经心的样子摇了摇头，说话了：

“要见到你可真是不容易，小姐。我要是发起火来，走了——很多人都会这样的——总有一天你会后悔，而且不是平白无故的后悔。”

“我非常抱歉，如果有谁对你失礼的话，”露丝回答，“不要那样想，告诉我，你为什么要见我。我就是你要找的人。”

对方这种体贴的语调，柔和的声音，落落大方的态度，丝毫没有傲慢或者厌恶的口吻，完全出乎南希姑娘的预料，她哇的一声哭了出来。

“噢，小姐，小姐！”她双手十指交叉，感情冲动地说，“要是你这样的人多一些，我这样的就会少几个了——是这样的——是这样的。”

“请坐，”露丝恳切地说，“如果你缺少什么，或者有什么不幸，我一定真心诚意帮助你，只要我办得到——真的。请坐。”

“让我站着，小姐，”南希边说边哭，“你跟我说话别那样客气，你还不怎么了解我呢，那——那——那扇门关了没有？”

“已经关上了，”露丝说着，后退了几步，好像是万一需要呼救，别人更便于接应似的。“怎么回事？”

“因为，”南希姑娘说道，“我就要把我的命，还有别人的命交到你手里。我就是把小奥立弗拖回老费金家里去的那个姑娘，就是他从本顿维尔那所房子里出来的那个晚上。”

“你？”露丝·梅莱说道。

“是我，小姐。”姑娘回答，“我就是你已经听说的那个不要脸的东西，跟盗贼一块鬼混，自从我回忆得起走上伦敦街头的那一瞬间以来，我就没过一天好日子，没听到一句好话，他们让我怎么活我就怎么活，他们说什么就是什么，上帝啊，求求你保佑我。小姐，你只管离我远一点，我不会在意。我的年龄比你凭眼睛看的要小一些，我早就不把这些当回事了。我走在拥挤的人行道上，连最穷的女人都直往后退。”

“真可怕。”露丝说着，不由自主地从陌生的来客身边退开了。

“跪下感谢上帝吧，亲爱的小姐，”姑娘哭喊着，“你从小就有亲人关心你照看你，从来没有受冻挨饿，没经历过胡作非为喝酒闹事的场面，还有——还有比这更坏的事——这些事我在摇篮里就习惯了。我可以用这个词，小胡同和阴沟既然是我的摇篮，将来还会作我的灵床。”

“有我同情你。”露丝已经语不成声，“你的话把我的心都绞碎了。”

“愿上帝保佑你的好心。”姑娘回答，“你要是知道我有时候干的事情，你会同情我的，真的。我好歹溜出来了，那些人要是知道我在这儿，把我偷听来的话告诉了你，准会杀了我。你认不认识一个叫孟可司的男人？”

“不认识。”露丝说。

“他认识你，”姑娘答道，“还知道你住在这儿，我就是听他提起这地方才找到你的。”

“我从来没听说过这个名字。”露丝说道。

“那一定是我们那伙人告诉他的，”姑娘继续说道，“我先前也想到过。前一阵，就是奥立弗因为那次打劫给带到你们家那天晚上过了没有多久，我——怀疑这个人——我暗地里听到了他同费金之间进行的一次谈话。根据我听到的事，我发现孟可司——就是我向你问起的那个男人，你知道——”

“是的，”露丝说道，“我明白。”

“——孟可司，”姑娘接着说道，“偶然看见奥立弗跟我们那儿的两个男孩在一起，那是在我们头一回丢掉他的那一天，他一下子就认出来了，他自己正在等的就是那个孩子，可我弄不清是怎么回事。他和费金谈成了一笔买卖，一旦把奥立弗给弄回来了，费金可以拿到一笔钱，要是把他培养成了一个贼，往后还可以拿到更多的钱，那个孟可司有他自己的目的，需要这么做。”

“什么目的？”露丝问。

“我正在偷听，指望着把事情搞清楚，可他一眼看见我在墙上的影子，”姑娘说道，“除了我，能及时逃走，不被他们发现的人可不多。但我躲过了，昨天晚上我又看见他了。”

“当时发生了什么事？”

“我这就告诉你，小姐。他昨天晚上又来了。他们照老样上楼去了，我把自己裹了个严严实实，免得影子把我给暴露了，又到门口去偷听。我听到孟可司一开头就说：‘就这样，仅有的几样能够确定那孩子身份的证据掉到河底去了，从他母亲那儿把东西弄到手的那个老妖婆正在棺材里腐烂哩。’他们笑起来了，说他这一手干得漂亮。孟可司呢，一提起那个孩子，就变得非常野蛮，说他眼下算是把那个小鬼的钱太太平平弄到手了，不过他宁愿用别的办法拿到这笔钱。因为，如果能把他送进伦敦的每一个监狱去泡一泡，等费金在奥立弗身上结结实实发一笔财，之后再轻而易举让他犯下某一种死罪，弄到绞刑架上挂起来，把他父亲在遗嘱中夸下的海口捅个稀巴烂，那才带劲呢。”

“这究竟是怎么回事？”露丝越听越糊涂。

“完全是事实，小姐，尽管是出自我的口中，”姑娘回答，“——当时，他一个劲地骂,我听上去挺平常的,你肯定没有听到过,他说,一方面要取那孩子的命,另一方面他自己又不必冒上绞刑架的危险,他才能消心头之恨。可是因为做不到,他必须盯住奥立弗生活中的每一个转折关头,只要利用一下那孩子的身世和经历,还有机会收拾他。'说简单点,费金,'他说,'你虽然是犹太人,可还从来没有布置过像我替我的小兄弟奥立弗设下的这种圈套呢。'"

"他的兄弟!"露丝叫了起来。

"那是他说的,"南希说着,提心吊胆地看了看四周,从开始说话起,赛克斯的影子就在她的眼前时隐时现,害得她不停地四顾张望。"还有呢。他提到你和另外一位女士的时候说,简直就是上帝或者说魔鬼有心跟他过不去,奥立弗才落到你们手中。他哈哈大笑,说这事也有几分乐趣,你们为了弄清楚你们那只两条腿的哈巴狗是谁,就是出几千镑几万镑,你们也是肯的,只要你们有。"

"你该不是说,"露丝的脸色变得一片煞白,"这话当真?"

"他说得咬牙切齿,怒气冲天,再认真不过了,"姑娘摇了摇头,回答道,"他仇恨心一上来,从不开玩笑。我认识许多人,干的事情还要坏,可我宁愿听他们讲个十回八回,也不愿意听那个孟可司讲一回。天晚了,我还得赶回家去,别让人家疑心我为这事出来过。我得马上回去。"

"可我能做些什么呢?"露丝说,"你走了,我怎么根据这个消息采取措施呢?回来,回来,既然你把同伴描绘得那样可怕,那你干吗还要回那儿去?我马上可以把隔壁一位先生叫来,只要你把这个消息再对他讲一遍,要不了半个小时你就能够转到某一个安全的地方去了。"

"干吗回去?"姑娘说,"我必须回去,因为——这种事我怎么对你这样纯洁的小姐说呢?——在我向你讲到的那些人中间有一个,他们当中最无法无天的一个,我离不开他——是的,哪怕能够摆脱我现在过的这种生活,我也离不开他。"

"你曾经保护过这可爱的孩子,"露丝说道,"为了把你听来的话告诉我,你冒着这么大的危险来到这里,你的态度打动了我,我相信你说的都是事实。你的悔恨和羞愧感都是明摆着的,这一切无不使我相信,你完全可以重新做人。啊!"热心的露丝姑娘双手合在一起,泪水顺着面颊不住地往下淌。“我也是一个女子,不要对我的恳求充耳不闻。我是第一个——我敢肯定,我是第一个向你表示同情的人。听听我的话,让我来挽救你,你还可以做一些有益的事情。”

“小姐,”姑娘双膝跪下,哭喊着,“可亲可爱的天使小姐,你是头一个用这样的话为我祝福的人,我要是几年以前听到这些话,或许还可以摆脱罪孽而又不幸的生活。可现在太晚了——太晚了。”

“忏悔和赎罪永远也不会嫌晚。”露丝说道。

“太晚了,”姑娘的内心痛苦不堪,哭着说,“我现在不能丢下他。我不愿意叫他去送死。”

“那怎么会呢?”露丝问。

“他没得救了,”姑娘大声说,“如果我把对你讲的话告诉别人,让他们都给抓起来,他必死无疑。他是最大胆的一个,又那样残忍。”

“为了这样一个人,”露丝嚷了起来,“你怎么能舍弃未来的一切希望,舍弃近在眼前的获救机会呢?你这是在发疯。”

“我不明白是怎么回事,”姑娘回答,“我只知道本来就是这样,不光我一个人,还有成百上千个和我一样堕落的苦命人也是这样。我必须回去。我不知道这是不是上帝在惩罚我犯下的罪过,但就是受尽痛苦、虐待,我也要回到他那儿去,而且我相信,哪怕知道自己最终会死在他手里,我也要回去。”

“我该怎么办呢?”露丝说道,“我不应该让你就这样离开我。”

“你应该,小姐,我知道你会让我走的,”姑娘站起来,回答说,“你不会不让我走,因为我相信你的好心,我也没有逼你答应我,尽管我本来可以那样做。”

“那,你带来这个消息又有什么用?”露丝说道,“其中的秘密必须调查清楚,你一心要搭救奥立弗,才把事情透露给我,我怎么才能帮助他呢?”

“你身边准有一位好心的绅士,他听到这件事能保守秘密,并且建议你该怎么办。”姑娘回答。

“可到了必要的时候我上哪儿找你呢?”露丝问道,“我不想打听那些个可怕的人住在什么地方,可你往后能不能在哪一个固定的时间在什么地方散步或者是经过呢?”

“你能不能答应我，你一定严守秘密，你一个人，或者是跟唯一知道这事的人一块儿来，并且我不会受到监视、盯梢什么的？”

“我向你郑重保证。”

“每个礼拜天的晚上，从十一点到敲十二点之间，”姑娘毫不迟疑地说，“只要我还活着，准在伦敦桥上散步。”

“等一下，”露丝见姑娘急步朝房门走去，赶紧说道，“再考虑考虑你自己的处境，这是你摆脱这种处境的机会。你可以向我提出要求，不单单是因为你主动带来了这个消息，而且因为你作为一个女子，几乎已经到了山穷水尽的地步：明明一句话就可以使你得救，你难道还是要回到那帮强盗那儿去，回到那个人那儿去吗？这是一种什么魔力，居然可以把你拉回去，重新投入邪恶与苦难的深渊？噢！你心里就没有一根弦是我能够触动的吗？难道没有留下一点良知让我可以激发起来，打破这种可怕的痴情？”

“像你这样年轻，心眼好，人又长得漂亮的小姐，”南希镇定地回答，“一旦你们把心交给了男人，爱情也会把你们带到天涯海角——甚至连像你这样有一个家，有朋友，还有别的崇拜者，要什么有什么的人，也是一样的。我这号人，除了棺材盖，连个屋顶都没有，生了病或者临死的时候身边只有医院的护士，没有一个朋友，我们把一颗烂掉的心随便交给哪个男人，让他填上在我们苦命的一生中始终空着的位置，谁还能指望搭救我们呢？可怜可怜吧，小姐——可怜一下我们，要知道，我们只剩下这点女人的感情了，而这点感情本来可以使人感到欣慰、骄傲的，可是由于无情的天意也变成了新的折磨和痛苦。”

“你要不要，”露丝顿了一下说，“从我这儿拿点钱，你可以正正当当地活下去——无论如何也要挨到我们重新见面，好吗？”

“我绝不接受一个铜子。”南希连连摆手，答道。

“请不要拒人于千里之外，”露丝说着，诚恳地走上前去，“我真的愿意为你尽力。”

“假如你能马上结束我的生命，小姐，”姑娘绞扭着双手，回答，“就是为我大大尽了力了。今天晚上，想起我干的那些事，我比以往什么时候都要伤心，我一直生活在地狱里，死后能够不进那个地狱已经不错了。上帝保佑你，可爱的小姐，愿你得到的幸福和我蒙受的耻辱一样多。”

这个不幸的姑娘就这样一边说，一边大声抽噎着离去了。这一次非同寻常的会见与其说像一件实实在在的事情，不如说更像来去匆匆的一场梦，不堪重负的露丝·梅莱倒在椅子上，竭力想把纷乱的思想理出一个头绪。

第四十一章

包含若干新的发现，说明意外之事往往接连发生，正如祸不单行一样。

的的确确，露丝面临着一次非同寻常的考验，处境十分困难。她心急如焚，想要把牵连到奥立弗的身世的秘密搞个水落石出，刚刚与自己交谈过的那个可怜的女子是如此信赖她这样一个纯真的少女，她不能不将这种信任看得十分神圣。她的言谈举止打动了露丝·梅莱的心，与她对自己所保护的那个孩子的爱心融合在一起的，还有在真挚和热情方面几乎毫不逊色的一个心愿，争取让这个流浪的姑娘迷途知返，重新做人。

她们打算在伦敦只逗留三天，然后再到遥远的海滨去住几个星期。眼下已经是第一天的午夜。在接下来的四十八小时里，她该定下什么样的行动方针，又如何行动呢？或者说，她怎样才能推迟这趟旅行，又不至于令人油然生疑？

罗斯伯力先生跟她们一块儿来到伦敦，还要在这儿住两天。但露丝深知这位杰出的绅士性情急躁，她清楚地预见到，他一听就会勃然大怒，对再次拐走奥立弗的傀儡恨得七窍生烟，所以露丝不敢将秘密向他和盘托出，除非她替那个姑娘进行的辩解能够得到有经验的人支持。这些也是在把这件事告诉梅莱夫人的时候必须极其谨慎，举止分毫不乱的理由，老太太的头一阵冲动准是去找那位可敬的大夫商量。至于请教哪一位法律顾问，即使她知道该怎么请教，由于相同的理由，恐怕也很难加以考虑。她一度考虑争取得到哈利的帮助,可这个念头却唤起了对最后一次分别的记忆,她似乎不配叫他回来——泪水随着这一连串的回忆涌上了双眼——此时他或许已经学会如何将她淡忘,懂得排遣惆怅了。

露丝度过了一个顾虑重重的不眠之夜,她思绪万千,各种各样的考虑依次出现在她的脑海里,她忽而倾向于这一种方法,忽而倾向于那一种办法,忽而又全部推翻。第二天,她考虑再三,终于顾不了那么多,决定请哈利来商量。

"如果他回到这个地方感到痛苦的话,"她想道,"我该会多么痛苦啊!不过,他也许不来,他可以写信,或者他人倒是来了,却故意避开我——他走的时候就是这样。我简直没有想到他会这样,可这对我们俩反而更好。"想到这里,露丝放下了笔,转过脸去,仿佛不愿意让即将替自己担任使者的信笺看见她在哭泣似的。

她已经第五十次将同一支笔拿起来,又放下,反复考虑这封信的头一行该怎么写,但又一个字也写不出来,就在这时,在凯尔司先生护卫下上街散步的奥立弗上气不接下气地走进了房间,从他按捺不住的激动来看,似乎又有什么令人不安的事情发生。

"怎么了你,这么慌里慌张的?"露丝迎上前去,问道。

"我简直不知道是怎么的,我好像快喘不过气了,"孩子回答,"哦,天啦,你想啊,我终于又要看到他了,你也能明白我对你讲的全是真话。"

"我从来没有认为你对我们说的不是真话,"露丝安慰他说,"究竟是怎么回事? ——你说的是谁呀?"

"我看见那位先生了,"奥立弗兴奋得几乎连话也说不清了,"就是对我非常好的那位先生——布朗罗先生,我们经常谈到的。"

"在什么地方?"露丝问。

"从马车上下来,"奥立弗掉下了喜悦的泪水,回答说,"走进一所房子里去了。我没跟他搭话——我没法跟他说话,他没有看见我呢,我一个劲地发抖,连朝他走过去都做不到。可凯尔司替我问了,他是不是住在那儿,他们说是的。你瞧,"奥立弗说着,展开一张纸片,"就在这上面,他就住在这个地方——我马上就到那儿去。当我又见到他,又听到他说话的功夫,真不知该怎么办。"

这些话，连同其他许多七长八短的欢呼，大大转移了露丝的注意力，她看了看地址，河滨大道格雷文街，当即决定抓住这个意外的机会。

“快！”她说道，“吩咐他们雇一辆马车，准备好跟我一块儿去。我这就带你到那儿去，一分钟也别耽搁。我只告诉姑妈我们出去个把小时，你收拾好了就走。”

奥立弗根本用不着催促，不出五分钟，他们已经坐上马车直奔格雷文街。到了那个地方，露丝将奥立弗留在马车里，借口老绅士接见他也需要准备准备，她让仆人送上自己的名片，说有非常要紧的事求见布朗罗先生。仆人不多一会就回来了，请她立即上楼。露丝小姐跟着仆人走进楼上的一个房间，见到一位慈眉善目，身穿墨绿色外套的老先生。在离他不远的地方坐着另一位穿淡黄马裤、裹着皮绑腿的老绅士，看上去就不太和气，双手交叉，按在一根粗大的手杖上，托住自己的下巴。

“哎呀呀，”穿墨绿色外套的绅士礼貌周全，连忙站起来，说道，“小姐，请您原谅——我还以为是某个讨厌的家伙在——您多担待。请坐。”

“您是布朗罗先生吧，请问？”露丝说着，看了一眼另一位绅士，又把目光移向说话的那一位。

“正是在下，”老先生说道，“这是我的朋友格林维格先生。格林维格，你让我们谈几分钟好不好？”

“我想，”梅莱小姐插了一句，“在我们谈话的这段时间里，不必麻烦这位先生回避。如果我所闻属实的话，他知道我想和您商量的事。”

布朗罗先生低下头。已经从椅子上站起身来，硬邦邦鞠了一躬的格林维格先生，又硬邦邦地鞠了一躬，腾地坐了下来。

“我肯定会让您大吃一惊，”露丝不免觉得有些难以启齿，“您毕竟曾经对我的一个非常可爱的小朋友表示出博大的仁慈与善意，我相信您有兴趣再一次听到他的事。”

“不错。”布朗罗先生说。

“您知道他名字叫奥立弗·退斯特。”露丝答道。

这句话刚从她口中说出来，装出正在浏览桌上放着的一本大书的格林维格先生就把书给翻了个身，发出哗啦一声巨响，他身子一仰靠在椅背上，脸上所有的表情都不见了，只剩下百分之百的惊异，瞪大眼睛，视而不见地愣了半天，接着，他好像对自己的心情居然这样暴露无余感到有些难为情，他身子猛然一扭，又恢复了刚才的姿势，两眼直视前方，接着发出一声悠长而又深沉的口哨，这一声口哨最后好像不是飘散在空中，而是渐渐消失在他胃部那些深不可测的坑洼里。

布朗罗先生同样觉得诧异，只不过没有用这种古怪的态度表现出来。他把椅子往梅莱小姐身边挪了挪，说道：

“答应我，亲爱的小姐，再也不要提到你说的善意、仁慈什么的，反正旁人也不知道。如果你拿得出任何证据，能够改变我一度对那个苦孩子得出的不良印象，看在上帝的分上，让我也看看这些证据。”

“一个坏东西。如果他不是个坏东西的话，我就把我的脑袋吃下去。”格林维格先生忿忿不平地说，他说话用的是腹语术，脸上的肌肉纹丝不动。

“那个孩子天性高尚，又有一副热心肠，”露丝红着脸说，“神有意要让他受到的磨难超过他的年龄，在他心中种下了爱心与感情，即使是许许多多年龄长他六倍的人也应该感到骄傲。”

“我才六十一岁，”格林维格先生僵硬的面孔依旧纹丝不动，“偏偏那个奥立弗少说也有十二岁了，就跟有魔鬼在搀和一样，我不明白这话是什么意思。”

“梅莱小姐，别跟我这位朋友计较，”布朗罗先生说，“他这个人有口无心。”

“不对，是有口有心。”格林维格先生大叫起来。

“不，是有口无心。”布朗罗先生说着站了起来，他的火气显然上来了。

“如果是有口无心的话，他会把他的脑袋吃下去。”格林维格先生还在大喊大叫。

“真要是这样，他理应把脑袋敲下来才对。”布朗罗先生说。

“可他偏偏想看一看谁敢这么做。”格林维格先生一边应对，一边用手杖敲打着地板。

事情就是如此，两位老先生几次动了火气，随后又遵循他们向来的惯例握手言和。

“好了，梅莱小姐，”布朗罗先生说道，“回到你的一腔美意如此关切的题目上来吧，你能不能告诉我，你得到了这个苦孩子的什么消息？请允许我说两句，为了把他找回来，我想尽了一切办法，开始我认为他在骗我，而他先前那班同伙又缠上了他，想从我这儿捞点什么，我的这种想法自从我出国以来已经大大动摇了。”

露丝已经抽空把思绪整理了一番，她直截了当，几句话便将奥立弗离开布朗罗先生的住宅之后发生的事情讲了一遍，只保留了南希报告的消息，准备私下告诉这位先生。她最后保证说，那孩子过去几个月里唯一感到遗憾的就是不能与从前的恩人和朋友相见。

“谢天谢地。”老绅士说道，“这对我真是莫大的幸福，莫大的幸福。可您还没有告诉我，梅莱小姐，眼下他在什么地方。您一定得原谅我对您求全责备——可为什么不带他一起来呢？”

“他正在大门外一辆马车里等着呢。”露丝回答。

“在这个大门外！”老绅士大叫一声，匆匆离开房间，走下楼，跳上马车踏板，二话没说便冲进了车厢。

房门在格林维格先生的身后关上了，他抬起头，用椅子的一条后腿作为圆心，借助他的手杖和桌子，在原地转了整整三圈，在此期间他一直没有离开过椅子。这一转体动作表演完毕，他站起来，一瘸一拐地在房间里走了至少十二个来回，走得再快不过了。接着，他在露丝面前蓦地停住脚步，免去一切开场白，吻了吻她。

姑娘叫这种不正规的行动吓了一跳，不由得站了起来。“嘘！”他说道，“别怕。依我的年纪足够做你的爷爷了。你是个可爱的姑娘。我喜欢你。他们来啦。”

果不其然，他刚一个箭步窜回先前的座位，布朗罗先生便带着奥立弗回来了，格林维格先生非常谦和地向他表示欢迎，即便此时此刻的喜悦就是对露丝·梅莱为奥立弗担忧、惦念得到的唯一报偿，她也心满意足了。

“慢着慢着，还有一个不应该忘掉的人，”布朗罗先生一边说，一边摇铃，“请把贝德温太太叫到这儿来。”

老管家风风火火地应召而来。她在门口行了个礼，等候着吩咐。

“哦，贝德温，你的眼神真是一天不如一天了？”布朗罗先生有些气恼，问道。

“是啊，先生，那可不，”老太太回答，“人的眼神，到我这个岁数，是不会越来越好的,先生。”

“这话我早跟你说过,”布朗罗先生回道,“你倒是戴上眼镜,看你能不能自己弄明白为什么叫你来,好吗?”

老太太开始在衣袋里找眼镜,但奥立弗的耐心已经再也经受不住这一新的考验,他刚一冲动起来便屈服了,纵身扑进老太太怀里。

“我的老天爷!”老太太一把抱住他,惊呼着,“这不是我那个受冤枉的孩子吗?”

“我亲爱的老阿妈!”奥立弗哭喊道。

“他会回来的——我知道他会回来,”老太太将他搂在怀里,说。“瞧他气色多好,又打扮得像个好人家的子弟啦。这么长日子,你都到哪儿去了?啊!脸蛋还是那样俊,只是没那么苍白了。眼睛也还是那样温顺,但不那么忧郁了。这些我都没忘,还有他温和的微笑,天天都拿来和我自己的几个宝贝孩子比来比去,我还是个快快活活的年轻女子的时候,我那些孩子就死了。”好心的老太太就这么絮絮叨叨地说着,忽而让奥立弗退后一步,看看他长高了多少,忽而又把他拉到身边,溺爱地抚摸他的头发,搂住他的脖子一会儿笑,一会儿哭。

布朗罗先生丢下她和奥立弗去畅叙阔别之情,领着露丝走进另一个房间。在那里,他听露丝讲了她与南希见面的全部经过,不禁感到大为震惊和惶惑。露丝还解释了没有立刻向她家的朋友罗斯伯力先生露出一点口风的原因,老先生认为她做得相当谨慎,并且欣然答应亲自与那位可敬的大夫进行一次严肃的会谈。为了让他早一些实施这一计划,随即商定当天晚上八点钟由他到旅馆作一次拜访,与此同时,发生的所有事情都应该谨慎小心地通知梅莱夫人。这些预备措施安排停当,露丝与奥立弗便回去了。

对那位好心的大夫发起火来会达到什么程度,露丝绝非估计过高。南希的来历刚一向他摊开,警告与诅咒就像瓢泼大雨一样从他口中倾泻而出,他扬言要请布拉瑟斯先生和达福先生共同出谋划策,将南希头一个捉拿归案,他当场戴上帽子,准备立刻出发以得到那两位名探的帮助。毫无疑问,在一时性起之下,他会将这种意图付诸实施,丝毫也不考虑后果,幸好他受到了阻止,这一方面是由于布朗罗先生以不相上下的激烈态度加以阻拦,他也有一副火暴脾气,另一方面则是大家提出了种种论证和主张,用这些理由来打消他轻举妄动的念头似乎再合适不过了。

“那到底怎么办呢?”他们与两位女士重新聚到一起,心急莽撞的大夫说道,“我们要不要通过一项议案,向所有那些男男女女的流氓致谢,恳请他们每人笑纳一百镑左右的酬金,聊表我们的敬意,并且因为他们厚待奥立弗,我们要表示一点感激之情?”

“不完全如此,”布朗罗先生笑着回答,“但我们必须谨慎行事,步步留心。”

“谨慎行事,步步留心!”大夫嚷了起来,“我要把他们一个个全都送到——”

“送到哪儿都可以,”布朗罗先生打断了他的话,“不过,得考虑一下,是不是把他们送到什么地方,就能达到我们预期的目的?”

“什么目的?”大夫问道。

“很简单,查清奥立弗的身世,替他把应得的遗产夺回来,假如这个故事并非虚构,那么他的这笔遗产已经被人用欺诈手段剥夺了。”

“啊!”罗斯伯力先生一边说,一边用小手帕擦着汗水,“我差一点把这茬给忘了。”

“你想一想,”布朗罗先生追问道,“姑且不谈这苦命的姑娘,假定有可能将这帮恶棍绳之以法,又不危及她的安全,这对我们有什么好处呢?”

“大概,至少得绞死其中的几个,”大夫提议,“其余的流放。”

“好极了,”布朗罗先生微微一笑,说,“他们迟早会落得咎由自取的下场,可就算我们搀和进去,抢在他们前面,在我看来,我们将会干出十足堂吉诃德式的行为,和我们自身的利益——或者最低限度是和奥立弗的利益背道而驰,二者其实是同一码事。”

“怎么呢?”大夫问。

“的确如此。很清楚,要探明这个秘密,我们将会遇到异乎寻常的困难,除非能够让孟可司这个人就范。这只能智取,要趁他不在那些人中间的时候逮住他。其理由是,假定他已经在押,我们也拿不出指控他的证据。他甚至于(就我们所知,或者就我们掌握的事实而言)没有参与这伙歹徒的任何一次抢劫。即使他没有获得释放,最多也就是作为流氓、无赖给关进监狱,不会受到进一步的惩罚,以后我们休想从他口中掏出一句话,他会变得又聋、又哑、又瞎，整个一个白痴。”

“那，”大夫性急地说，“我再问你一句，你难道认为，信守我们向那个姑娘作出的承诺是合乎理智的，我们本着最美好最善良的意愿作出了这一保证，可实际上——”

“请不要对这一点多加争论，我亲爱的小姐，”露丝正打算开口，布朗罗先生拦住了她。“承诺是必须遵守的。我并不认为这会给我们的行动造成丝毫妨碍。不过，在决定任何一种明确的行动方针之前，我们有必要见见那姑娘，向她讲明，是由我们，而不是由法律去对付这个孟可司，她是否愿意指认一下他，换句话说，如果她不愿意，或者无能为力的话，就请她讲讲他常去什么地方，长的什么样子，以便能把他给认出来。星期天晚上之前是见不着她了，今天才星期二。我建议，大家在此期间要绝对保持冷静，这些事情就是对奥立弗本人也要保密。”

罗斯伯力先生不断扭歪了脸，作出不以为然的样子，但还是接受了这一项一拖就是整整五天的提议，他不得不承认眼下他也想不出更好的法子，加上露丝与梅莱夫人又都极力支持布朗罗先生，这位绅士的提议获得一致通过。

“我很想求得我朋友格林维格的帮助。”他说道，“他是一个怪人，但精明强干，或许能为我们提供具体的帮助。我应当说明一下，他学的是法律，因为二十年间只收到一份案情摘要和诉讼申请，一气之下退出了律师业，不过我这些话能不能算一份推荐书，要由你们大家决定。”

“我不反对你向朋友求援，如果我也可以请我自己的朋友来的话。”大夫说。

“我们必须将这件事付诸表决，”布朗罗先生回答，“是哪一位呢?”

“那位夫人的儿子，也是这位小姐的——至交。”大夫说着，指指梅莱夫人，又附带着意味深长地瞅了一眼她的侄女方才住嘴。

露丝脸上一片通红，但却一言不发(她大概意识到，如果反对这项动议，自己就将处于毫无希望的少数)，哈利·梅莱与格林维格先生顺理成章地增补进了这个委员会。

“不用说，只要还有一线希望，能够把这一项调查搞下去，我们就呆在伦敦好了，”梅莱太太说，“我们大家都对这件事如此关心，我也不会在乎劳神费事，计较花销，我心甘情愿留在这里，就算呆上一年半载吧，只要你们能叫我相信，事情还没有完全绝望。”

“好极了。”布朗罗先生应声说道，“我看诸位的表情，大家都想问一问，我怎么会仓促出国，以至于在需要证明奥立弗的故事是否属实的时候，却找不到我了。容我明言在先，到了我认为适当的时机，不劳各位问起，我自会把我本人的故事奉献给大家，在此之前，请不要问我。相信我吧，我作出这一请求是有充分理由的，否则我也许会燃起一些注定无法实现的希望，只会增加已经多到无可计数的困难与失望。行了。晚餐已经开出来了，一直孤孤单单地守在隔壁房间里的小奥立弗，这功夫要开始动脑筋了，以为我们都不喜欢他了，正在策划什么恶毒的阴谋，要将他扫地出门呢。”

随着这番话，老绅士把一只手伸给梅莱太太，陪同她走进餐室。罗斯伯力先生领着露丝跟在后面。实际上，讨论会到此暂时告一段落。

第四十二章

奥立弗的一位老相识显示了明白无误的天才特征，一跃成为首都的一位公众人物。

南希将赛克斯先生哄睡过去，带着她自己揽到身上的使命，匆匆赶到露丝·梅莱那里，也就是在这天夜里，有两个人顺着北方大道朝着伦敦方向走来，这部传记理应对他们二位表示某种程度的关注。

来者一个是汉子，一个是妇人，不然就说成是一男一女，或许更适当一些。前者属于那种四肢细长，膝头内弯，行动迟缓，体瘦多骨的一类，年龄很难确定——从为人处事上看，他们在少年时代已经像发育不全的成年人了，而当他们差不多成了大人的时候，又像是一些长得过快的孩子。那女的还算年轻，长得墩墩实实，似乎专职负责承担挂在她背上的那个沉甸甸的包袱。她的同伴行李不多,仅有一个用普通手巾裹起来的小包,一看就够轻的了,晃晃悠悠地吊在他肩上扛着的一根棍子的末端。这种光景,加上两条腿又长得出奇,他轻而易举就能领先同伴大约六七步。他偶尔颇不耐烦地猛一摇头,转过身去,仿佛是在埋怨同伴走得太慢,催促她多加一把劲似的。

就这样,他们沿着尘土飞扬的大路奋勇前进,对于视野以内的景物全不在意,只有当邮车风驰电掣一般从伦敦城驶来的时候,他们才避往路旁,让出通道,直到两人走进高门拱道,前面的那一位才停下来,心烦意乱地向同伴喊道。

“走啊,你走不动了? 夏洛蒂,你这懒骨头。”

“包袱可沉呢,我告诉你吧。”女的走上前去,累得都快喘不过气来,说道。

“沉! 亏你说得出口。你是管什么用的?”男的一边说,一边把自己的小包袱换到另一个肩头上。“噢,瞧你,又想休息了。嗬,你除了能磨得人不耐烦,还能干什么!”

“还很远吗?”女的靠着护壁坐下来,抬眼问道,汗水从她脸上不住地往下淌。

“很远? 很快就到了,”两腿细长的流浪汉指了指前方,说道。“瞧那边。那就是伦敦的灯火。”

“起码也有足足两英里。”女的感到泄气。

“管它是两英里还是二十英里,”诺亚·克雷波尔说道。原来是他。“你给我起来,往前走,不然我可要踢你几脚了,我有言在先。”

诺亚的红鼻头由于发火变得更加红润,他口中念念有词,从马路对面走过来,似乎真的要将他的恐吓付诸实施,女的只好站起身来,没再多说什么,吃力地和他并排向前走去。

“你打算在哪儿过夜,诺亚?”两人走出几百码之后,她问道。

“我怎么知道?”诺亚回答,他的脾气已经因为走路变得相当坏。

“但愿就在附近。”夏洛蒂说。

“不,不在附近,”克雷波尔先生回答,“听着! 不在附近,想都别想。”

“为什么不?”

“当我说了话了,不打算办一件事情,那就够了,不要再来理由啦,因为啦什么的。”克雷波尔先生神气活现地回答。

“哟,你也用不着发那么大脾气。”女伴说道。

“走到城外碰到的第一家旅店就住下，那样一来，苏尔伯雷兴许会伸出老鼻子，找到我们，用手铐铐上，扔到大车里押回去，那可就热闹了，不是吗?”克雷波尔先生以嘲弄的口吻说道，“不。我要走，我就是要挑最狭窄的偏街小巷，钻进去就不见了，不找到我能够瞧上眼的最最偏僻的住处，我不会停下来。妈的，你应该感谢你的运气，要不是我长了个好脑子，一开始我们要是不故意走错路，再穿过田野走回去，你一个礼拜以前就已经给严严实实关起来了，小姐。真要那样也是活该，谁让你是傻瓜呢。”

“我知道我没有你那样机灵,”夏洛蒂回答,“可你不能把过错全推到我身上,说我要被关起来。横竖我要是给关起来了,你也跑不了。”

“钱是你从柜台里拿的,你知道是你拿的。”克雷波尔先生说。

“诺亚,可我拿钱是为了你呀,亲爱的。”夏洛蒂答道。

“钱在不在我身上?”克雷波尔先生问。

“不在,你相信我,让我带在身上,像宝贝一样,你真是我的宝贝。”这位小姐说着,拍了拍他的下巴,伸手挽住他的胳臂。

这倒是真有其事。然而，对人一概盲从，愚蠢到绝对信赖并不是克雷波尔先生的习惯。这里应当为这位绅士说句公道话，他信任夏洛蒂到这步田地，是有一定原因的。万一他们给逮住了，钱是从她身上搜出来的，这等于是替自己留下了一条退路，他可以声称自己没有参与任何盗窃行为，从而大大有利于他蒙混过关。当然，他在这个时刻还不想阐明自己的动机，两人恩恩爱爱地朝前走去。

按照这个周密的计划,克雷波尔先生不停地往前走,一直走到爱灵顿附近的安琪尔酒家,他根据行人的密集程度和车辆的数目作出了英明的判断,伦敦近在眼前。他停了一下,观察着哪几条街显得最为拥挤,因而自然也是最应该避开的。两人拐进圣约翰路,不一会就隐没在一片昏暗之中,这些错综复杂,污浊肮脏的小巷位于格雷旅馆胡同与伦敦肉市之间,属于伦敦市中心改建以后遗留下来的最见不得人的地区之一。

诺亚·克雷波尔穿行于这些街巷,夏洛蒂落在后面。他时而走到路旁,对某一家小旅店的整个外观打量一番，时而又磨磨蹭蹭地朝前走去，似乎他凭想像认定那里人一定很多，不合他的心意。最后，他在一家看上去比先前见到的任何一处都更寒伧、肮脏的旅店前停下来，又走到马路对面的便道上考察了一番，这才庄严宣布就在这里投宿。

“把包袱给我，”诺亚说着，从女的肩上解下包裹，搭在自己肩上。“你不要说话，除非问到你。这家客店叫什么名字——三——三——三什么来着？”

“瘸子。”夏洛蒂说。

“三个瘸子，”诺亚重复道，“招牌还真不赖。喂喂，一步也别落下，走吧。”嘱咐已毕，他用胳臂推开嘎嘎作响的店门，走进旅店，身后跟着他的女伴。

柜台里只有一个年轻的犹太人，胳膊肘支在柜台上，正在看一张污秽的报纸。他阴沉地看着诺亚，诺亚也狠巴巴地盯着他。

如果诺亚穿的是他那套慈善学校制服，这个犹太人把眼睛睁那么大也还有几分道理，可他已经把上装和校徽给扔了，皮短裤上面穿的是一件短罩衫，这样一来，他的外表似乎没有什么特别的理由在一家酒店里引起如此密切的关注。

“这就是三瘸子酒店吧？”诺亚问道。

“正是鄙号。”犹太人回答。

“我们从乡下来，路上遇见一位绅士，向我们介绍了这个地方，”诺亚说着，用胳膊肘推了推夏洛蒂，可能是想叫她注意这一个赢得尊敬的高招，也可能是警告她不要大惊小怪。“我们今天晚上想在这儿住一宿。”

“这事我做不了主，”巴尼说，本书中好些场合都少不了这个怪物。“我得去问问。”

“领我们到酒吧里，给我们来点儿冷肉和啤酒，然后你再去问，好不好？”诺亚说。

巴尼把他俩领到一个不大的里间，送上客人要的酒菜之后，他告诉两位旅客，当晚他们可以住下来，接着便退了下去，听任这可爱的一对去充饥歇息。

原来，这一个里间与柜台只隔一道墙，而且要矮几步阶梯，任何一个与这家客店有联系的人只要撩开一张小小的帘子,透过帘子下面上述房间墙壁上离地大约五英尺的一层玻璃,不仅可以俯视单间里的客人,而且完全不用担心被人发现(这块玻璃是在墙上的一个暗角里,窥视者的头必须从暗角与一根笔直的大梁之间伸出去),还可以将耳朵贴到壁板上,相当清晰地听到里面谈话的内容。酒店掌柜的目光离开这个观察所还不到五分钟,巴尼向客人传达了那几句话也刚抽身回去,这时,晚上出来活动的费金便走进了柜台,想打听自己的某个徒弟的情况。

"嘘!"巴尼说道,"隔壁屋里有陌生人。"

"陌生人。"老头儿打着耳语重复了一遍。

"啊。也是个古怪的家伙,"巴尼补充道,"打乡下来,不过跑不出你的手,要不就是我看错了。"

费金看样子对这个消息很有兴趣,他登上一张脚凳,小心翼翼地将眼睛凑到玻璃上,从这个秘密哨位上可以看到,克雷波尔先生正在吃盘子里的冷牛肉,喝壶里的黑啤酒,一边按照顺势疗法的饮食剂量[①],随意分一些牛肉、啤酒给夏洛蒂,而她则安安分分坐在一旁吃着,喝着。

"啊哈。"费金朝巴尼转过头来,低声说道。"我喜欢那小子的长相。他会对我们有用的。他已经懂得如何训练那丫头了。你别像耗子一样发出那么多声音,亲爱的,让我听听他们在说什么——让我听听。"

费金又一次把眼睛凑到玻璃上,耳朵转向壁板,全神贯注地听着,一脸狡猾而又急切的神情,活像一个老恶魔。

"所以我打算做一位绅士,"克雷波尔先生蹬了蹬腿,继续说道,费金迟到一步,没听到开头的部分。"再也不去恭维那些宝贝棺材了,夏洛蒂,过一种上等人的生活,而且,只要你高兴,尽可以做一位太太。"

"我自然再高兴不过了,亲爱的,"夏洛蒂回答,"可钱柜不是天天都有得腾,别人往后会查出来的。"

"去他妈的钱柜。"克雷波尔先生说,"除了腾空钱柜以外,有的是事情。"

"你指的是什么?"同伴问。

---

① 指数量极少。

“钱包啦，女人家的提袋啦，住宅啦，邮车啦，银行啦。”克雷波尔先生喝啤酒喝得性起，说道。

“可这么些事，你也办不了呀，亲爱的。”夏洛蒂说道。

“我要找能办事的人合伙干，”诺亚回答，“他们有法子派给咱这样那样用处的。嗨，你自己就抵得上五十个娘们。只要我把你放出去，绝对找不到像你这样花言巧语诡计多端的人。”

“天啦，听你这么说人家才叫开心呢！”夏洛蒂大叫起来，在他那张丑脸上印了一吻。

“唉唉，够了够了，你别过分亲热，免得我跟你发火，”诺亚说着，狠命挣脱开来。“我想当某一伙人的首领，让他们都乖乖听我的，还要到处跟着他们，连他们自个儿都不知道。这才合我的心思，只要油水大就行。咱们只要结交几位这类的绅士，我说，就是花掉你弄到的那张二十英镑的票据也划得来——再说了，我们自个也不大清楚怎么出手。”

这一番见解抒发已毕，克雷波尔先生摆出一副莫测高深的样子，对着啤酒缸观察了一阵，又使劲摇了摇缸子里的啤酒，朝夏洛蒂点点头，算是给她面子，他呷了一口啤酒，看上去精神振作了许多。他正盘算着再来一口，却停住了，房门突然打开，一个陌生人走了进来。

陌生人就是费金先生。他走上前来，样子非常和气，深深地鞠了一躬，在最近的一张餐桌上坐下来，向咧着嘴直笑的巴尼要了一点饮料。

“先生，好一个可爱的夜晚，只是就节令而言嫌冷了点，”费金搓着双手，说道。“我看得出，是从乡下来的吧，先生？”

“你怎么看出来的？”诺亚·克雷波尔问道。

“我们伦敦没那么多尘土。”老犹太指了指诺亚和他那位同伴的鞋，又指了指那两个包袱。

“你这人真有眼力，”诺亚说道，“哈哈！你听听，夏洛蒂。”

“是啊，一个人呆在伦敦城还真得有点眼力才行，亲爱的，”老犹太压低声音，推心置腹地打起耳语来。“那可假不了。”

费金说过这句话，用右手食指敲了敲鼻翼——诺亚存心要模仿一下这个动作，可是因为他的鼻子不够大，模仿得不算成功。不过，费金先生似乎将诺亚的这番努力看成是完全赞同他的见解的一种表示，他态度非常亲切，将巴尼端上来的酒敬给对方。

“真是好酒。”克雷波尔先生咂了咂嘴，说道。

“嗳呀呀。”费金说道，“一个男子汉要想成天有这个酒喝，就得不断把钱柜里的钱，或者钱包，或者女人的提袋，或者住宅、邮车、银行倒腾个精光。”

克雷波尔先生猛一听见从他自己的高论中摘引出来的片段，顿时瘫倒在椅子上，他面如死灰，极度恐惧地看看老犹太，又看看夏洛蒂。

“用不着担心，亲爱的，”费金说着，把椅子挪近了一些。“哈哈。真是运气，只有我一个人偶然听见你在说话，幸好只有我一个人。”

“不是我拿的，”诺亚不再像一位信心十足的绅士那样将两条腿伸得长长的，而是尽可能缩回到椅子底下，结结巴巴地说。“全是她干的。钱在你身上，夏洛蒂，你知道钱在你那儿。”

“钱在谁身上，或者说是谁干的，都没有关系，亲爱的。”费金回答道，眼睛却像鹰隼一样扫了一眼那个姑娘和两个包袱。“我本人就是干这行的，就为这个我喜欢你们。”

“哪一行?”克雷波尔先生略微回过神来，问道。

“正经买卖，”费金回答，“店里这几个人也一样。你们算是找了个正着，这地方再安全不过了。全城没有一个地方比瘸子店更保险的，就是说，那要看我是不是高兴了，我对你和这位小娘子挺喜欢，所以才说那句话，你们尽管放心。”

有了这一番保证，诺亚·克雷波尔的心可能已经放下了，但他的身体总觉得不自在，他扭来扭去，变换成各种粗俗不雅的姿势，同时用交织着恐惧和猜疑的眼神望着新结识的朋友。

“我还可以告诉你，”费金友好地连连点头，又嘟嘟哝哝地说了几句鼓励的话，让夏洛蒂定下心来，随后说道，“我有个朋友，恐怕能够满足你朝思暮想的心愿，帮助你走上正道，在他那里，你一开始就可以挑选这一行里你认为最适合的一个部门，还可以把其余的都学会。”

“你说话倒像是当真的。”诺亚答道。

“不当真对我有什么好处?”费金耸耸肩膀，问道。“过来！我同你上外面说句话。”

“没有必要挪地方嘛，怪麻烦的。”诺亚说着，缓缓地重新把腿伸了出去，“让她乘这功夫把行李搬上楼去。夏洛蒂，留心那些个包袱。”

这一道命令下达得威风凛凛，又毫无异议地得到了执行。夏洛蒂见诺亚拉开房门，等着她出去，赶紧拿起包裹走开。

“她训练得还不错，是吗？”他边问边坐回老地方，口气活像是个驯服了某种野兽的饲养员。

“太棒了，”费金拍了拍他的肩膀，答道。“你真是一位天才，亲爱的。”

“那还用说，我如果不是天才的话，就不会在这儿了，”诺亚回答，“可我还是得说，你别浪费时间，她就要回来了。”

“那你认为如何呢？”费金说道，“你要是喜欢我朋友，跟他合伙岂不更好？”

“他做的买卖到底好不好，问题在这里。”诺亚眨巴着两只小眼睛中的一只，应声说道。

“顶了尖了，雇了好多的帮手，全是这一行里最出色的高手。”

“清一色的城里人？”克雷波尔先生问。

“他们当中没有一个乡下人。要不是他眼下相当缺人手，就算是我推荐，恐怕他也不会要你。”费金回答。

“我是不是要先送礼？”诺亚在短裤口袋上拍了一巴掌，说。

“不送礼恐怕办不成。”费金的态度十分明确。

“二十镑，可是——这可是一大笔钱。”

“如果是一张没法出手的票据，情况就不同了。”费金回敬道。“号码和日期都记下来了吧？银行止付呢？啊！这种东西对他价值不大，往后只能弄到国外去，市场上卖不上一个好价钱。”

“我什么时候可以见到他？”诺亚满腹疑窦，问道。

“明天早晨。”老犹太答。

“在什么地方？”

“就在这儿。”

“嗯。”诺亚说道，“工钱怎么算啊？”

“日子过得像一位绅士——食宿烟酒全部免费——加上你全部所得的一半，还有那位小娘子挣到的一半。”费金先生回答。

如果诺亚·克雷波尔是一位完全可以作主的经纪人，单凭他那份赤裸裸的贪婪，连像这样诱人的条件会不会接受，还大可怀疑。但他想到，要是他予以拒绝，这位新相识可以立刻将自己扭送法院（而且比这更不可思议的事情也发生过），他渐渐软下来，说他认为这还算合适。

“不过你要明白，”诺亚把话说明了，“既然她往后可以做的事很多，我希望找一件非常轻松的事。”

“一件小小的，有趣的事？”费金提议。

“啊。反正是那类的事，”诺亚回答，“你认为眼下什么对我合适呢？不用花多大力气，又不太危险，你知道。那是一码事。”

“我听你说起过对其他人盯梢的事，亲爱的，”费金说道，“我朋友正需要这方面的能人，非常需要。”

“是啊，我是说过，而且我有的时候并不反对干这种事。”克雷波尔先生慢吞吞地回答，“不过，这种事本身是赚不到钱的，你知道。”

“那倒是真的。”老犹太沉思着，或者说装出沉思的样子，说道。“是啊，赚不到钱。”

“那你意思如何？”诺亚焦急地望着他，问道。“可不可以偷偷摸摸干点什么，只要事情靠得住，而且不比呆在家里危险多少。”

“在老太太身上打主意怎么样啊？”费金问，“把她们的手提袋、小包裹夺过来，转个弯就跑不见了，可有不少的钱好赚呢。”

“有的时候，她们不是要大喊大叫，用手乱抓吗？”诺亚摇着脑袋反问道，“那种事恐怕不合我的意。还有没有别的路子？”

“有了。”费金将一只手搁在诺亚的膝盖上，说道。“收娃娃税。”

“这是什么？”克雷波尔先生听不懂了。

“娃娃嘛，亲爱的，”老犹太说道，“就是母亲派去买东西的小孩，他们身上总是带着些个六便士银币或者先令出来。收税，就是把他们的钱抢走——他们向来是把钱捏在手里——然后将他们推到水沟里，再慢慢吞吞地走开，就好像什么事没有，不就是有个小孩自己掉进沟里摔疼了？哈哈哈！”

“哈哈！”诺亚欣喜若狂地双腿直蹬，放声大笑。“哦哟哟，就干这事。”

“说定了，”费金回答，“我们可以在坎登镇、决战桥，以及周围一带划几块好地盘给你,那些地方派小孩出来买东西的很多,白天无论哪个时间,你爱把多少娃娃推到沟里都成。哈哈哈!”

说到这里,费金戳了一下克雷波尔先生的肋骨,两人同时爆发出一阵经久不息的高声大笑。

“呵,一切都很好。”诺亚说道,他已经止住笑,夏洛蒂也回到了屋里。“我们说定,明天什么时间?”

“十点钟行不行?”费金问,他见克雷波尔先生点头认可,又补充说,“我向我的好朋友介绍的时候,该如何称呼呢?”

“波尔特先生,”诺亚回答,他对这类紧急情况已有所准备,“莫里斯·波尔特先生。这位是波尔特夫人。”

“身为波尔特夫人恭顺的仆人,”费金边说边鞠躬,礼貌周全得令人可笑,“相信无需多时就能进一步熟识夫人。”

“夏洛蒂,这位绅士在说话,你听见没有?”克雷波尔先生发出雷鸣般的吼声。

“听见了,诺亚,唷。”波尔特夫人伸出一只手来,回答道。

“她管我叫诺亚,作为一种亲昵的称呼,”莫里斯·波尔特先生,即前克雷波尔,朝费金转过身去,说道,“你明白吗?”

“噢,是的,我明白——完全明白,”费金回答,他只有这一次讲的是实话。“明儿见。明儿见。”

伴随着许许多多的再会与美好的祝愿,费金先生动身上路了。诺亚·克雷波尔先叫他那位贤明的太太注意力集中,开始围绕自己敲定的事情对她进行开导,那种居高临下、目空一切的神气,不仅对于堂堂大丈夫中的一员十分得体,而且俨然就是一位绅士,深知在伦敦及其附近收娃娃税是一项多么体面的特别任命。

第四十三章

本章讲述逮不着的机灵鬼如何落难。

“原来你朋友就是你自个儿呀,是不是?”克雷波尔先生,也就是波尔特,向费金问道,根据双方达成的协议,他第二天便搬进了费金先生的住所。“天啦,我昨晚上也想到过。”

“每个人都是他自己的朋友,亲爱的,”费金脸上堆满谄媚笑容,答道。“在任何地方都找不出一个和他自个儿一样的好朋友。”

“有时候也不一定,” 莫里斯·波尔特装出一副城府很深的样子回答。“你知道, 有些人不跟别人作对, 专跟他们自己过不去。”

“别信那一套。”费金说,“一个人跟自己过不去,那只是因为他和自己作朋友作过头了,不是因为他什么人都挂在心上,就是不关心他自己。呸,呸! 天下没有这种事。”

“就是有,也不应该。”波尔特先生回答。

“那才在理。有些魔术师说三号是一个神奇的数字,还有的说是七号。都不是,我的朋友,不是。一号才是哩。”

“哈哈!”波尔特先生大叫起来,“永远是一号。”

“在一个像我们这样的小团体里边,我亲爱的,”费金感到有必要对这种观点作一个说明,“我们有一个笼统的一号,就是说,你不能把自己当成一号来考虑,要想一想我,加上所有其他的年轻人也是。”

“噢,鬼东西。”波尔特先生骂了一句。

“你想,”费金装出没有留意这句插话的样子,继续说道,“我们现在难分彼此,有共同的利益,非得这样不可啊。比方说吧,你的目标是关心一号——就是关心你自己。”

“当然啦，”波尔特先生回答，“你这话有道理。”

“对呀。你不能只关心自己这个一号，就不管我这个一号了。”

“你说的是二号吧？”波尔特先生颇有自爱的美德。

“不，我不是这个意思。”费金反驳道，“我对于你是同等重要的，就和你对你自己一样。”

“我说，”波尔特先生插嘴说，“你可真逗，我非常欣赏你，不过，我们的交情还没达到那么深。”

“只是琢磨琢磨，考虑一下而已。”费金说着耸了耸肩，摊开双手，“你办了一件非常漂亮的事，就冲你办的事，我喜欢你。可同时，这事儿也在你脖子上系了一条领圈，拴上去轻而易举，解下来可就难了——说得明白点，就是绞索。”

波尔特先生用手摸了摸围巾，像是感到围得太紧，不怎么舒服似的，他嘟嘟哝哝，用声调而不是用语言表示同意。

“什么是绞架？”费金继续说道，“绞架，我亲爱的，是一块丑恶的路标，它那个急转直下的箭头断送了多少好汉的远大前程。始终走在平路上，远远地避开绞架，这就是你的一号目的。”

“这还用说，”波尔特先生回答，“你干吗说这些？”

“无非是让你明白我的意思，”老犹太扬起眉梢，说道，“要做到这一点，你必须依靠我，要把我的这份小买卖做得顺顺当当，就要靠你了。首先是你这个一号，其次才是我这个一号。你越是看重你这个一号，就越要关心我。说来说去，我们还是回到我开初跟你说的那句话了——以一号为重，我们大家才能抱成一团，我们必须这样做，否则只有各奔东西。”

“这倒是真的，”波尔特先生若有所思地答道，“噢！你这个老滑头。”

费金先生高兴地看到，这样赞美他的才能，绝不是一般的恭维话，自己确实已经在这个新徒弟心中留下了足智多谋的印象，在两人交往之初就建立这种印象是至关紧要的。为了加深这个必要而又有用的印象，他趁热打铁，将业务的规模、范畴相当详尽地介绍了一番，把事实与虚构揉和在一起，尽量使之适合自己的用意。他将二者运用得非常娴熟，波尔特先生的敬意显然有所增强，同时又带有一点有益的畏惧，唤起这种畏惧是非常理想的。

“正是由于你我之间这种相互信赖，我才能在蒙受重大损失的时候得到安慰，”费金说道，“昨天上午我失去了一个最好的帮手。”

“你该不是说他死啦?”波尔特先生叫了起来。

“不，不，”费金回答，“还没有糟糕成那样。绝对没那么糟。”

“哦，我想他是——”

“嫌疑，”费金插了一句，“没错，他成了嫌疑犯。”

“特别严重?”波尔特先生问。

“不，”费金答道，“不太严重，控告他企图扒窃钱包。他们在他身上搜出一个银质鼻烟盒——是他自己的，亲爱的，是他自个的，他自个吸鼻烟，很喜欢吸。他们要把他关押到今天，认为他们知道东西是谁的。啊!他值得上五十个鼻烟盒，我愿意出那个价把他赎回来。可惜你没见过机灵鬼，亲爱的，可惜你没见过机灵鬼。”

“唔，我往后会见到他的，我想，你不这样认为?”波尔特先生说。

“这事我放不下，”费金叹了口气，回答，“如果他们没什么新的证据，就只是一个即决裁判而已，过六个星期左右，我们再把他接回来就是了。可是，如果他们有新证据，那就成累积案了。他们现在知道那小伙子有多机灵了。他会得一张永久票，他们会给机灵鬼弄张永久票。”

“你说那个累积跟永久票是什么意思?”波尔特先生刨根问底，“你这样对我说话有什么好处，你干吗不用我能听明白的话来说呢?”

费金正打算把这两个神秘的词语翻译成通俗的语言，这样经过解释，波尔特先生就可以明白了，两个词合在一起的意思是“终身流放”。就在这时，贝兹少爷突然走了进来，打断了他俩的谈话，贝兹两手插在裤兜里，扭歪了脸，那副愁眉苦脸的样子反倒让人觉得有些滑稽。

“全完了，费金。”查理和新伙伴相互认识之后，说道。

“你说什么?”

“他们把盒子的失主给找到了，还有两三个人要来指认他，机灵鬼免不了要出去走一趟了。”贝兹少爷回答，“我得穿一身丧服，费金，扎上一条帽带，在他动身出去以前去看看他。想想，杰克·达金斯——幸运的杰克——机灵鬼——逮不着的机灵鬼——为了普普通通一个喷嚏盒子，只值两便士半，就要放洋出国。我一直以为，要让他放洋出国，顶起码也是为一块带链子和戳子的金表。噢,他干吗不去把一位有钱老绅士的贵重东西偷个精光,要走也要走得像有身份的人,不能像个普普通通的扒手,既不体面又不光彩。”

贝兹少爷对倒霉的朋友深表同情,说罢在离得最近的椅子上坐下来,一脸懊恼沮丧的神色。

“你唠叨他既不体面又不光彩干什么。”费金嚷了起来,朝徒弟投过去一道愤怒的眼色。“他一直不就是你们当中的头儿吗?你们有谁能在嗅觉方面跟他比比或者赶上他的。嗯?”

“一个也没有,”贝兹少爷感到有些后悔,声音也变得干巴巴的了,“一个也没有。”

“那你还说什么?”费金依旧怒不可遏,“你哭的哪门子丧?”

“因为这种事不会记录——在案的,对不对?”查理按捺不住一肚子的懊恼,公然顶撞起自己的老恩师来了。“因为不会写在起诉书上,因为大家连他为人的一半都不了解。他怎么会在新门监狱囚犯名册里呢?兴许压根儿就不在那儿。呵,天啦,天啦,这个打击太大了。”

“哈哈!”费金摊开右手,朝波尔特先生转过身来,发出一阵怪笑,身子晃来晃去,像是在抽风。“瞧瞧,他们对自己的本行看得多自豪,亲爱的,这还不漂亮吗?”

波尔特先生点头称是。费金朝伤心的查理·贝兹端详了几秒钟,显然感到满意,这才走上前去,拍了拍那位小绅士的肩膀。

“别发愁,查理,”费金哄着他说,“会登出来的,肯定会登出来。将来人人都会知道他是一个多么聪明的人,他自己会露脸的,不会给老伙计、老师傅丢脸。你想想,他又是多么年轻。在他那个岁数就给请去,查理,多有面子啊。”

“唔,这是一种面子,是啊。”查理说道,他心头略微感到宽慰了一点。

“他要什么就会有什么,”老犹太继续说,“他在那个石瓮里,查理呀,应当过得像一位绅士,像一位绅士那样。每天有他的啤酒喝,口袋里有钱让他玩玩掷钱游戏,如果他花不出去的话。”

“不,要是他花得出去呢?”查理·贝兹嚷道。

“嗳,那就花呗,”老犹太回答,“我们要找一个大人物,查理,找一个口才最好的人，为他辩护。他也可以自己辩护，要是他高兴的话，我们会在报纸上读到这一切——逮不着的机灵鬼——数次引起哄堂大笑——此间法官均捧住肚子——嗯，查理，嗯？”

“哈哈！”贝兹少爷大笑，“那才好玩呢，对不对，费金？我说，机灵鬼八成要给他们添麻烦了，是不是？”

“八成？”费金大叫一声，“十成——他一定会的。”

“啊，没错，他一定会的。”查理搓着手重复了一遍。

“我眼下好像看见了他一样呢。”老犹太将目光转向徒弟，高声说道。

“我也看见了，”查理·贝兹嚷道，“哈哈哈！这一切好像全在我面前，看得真真切切，费金，真有趣。非常非常有趣。那些带假发的大人物全都装出一本正经的样子，杰克·达金斯跟他们谈得又亲热又愉快，就好像他是法官的儿子，正在宴会上发表演讲似的——哈哈哈！”

说真的，贝兹少爷的脾气的确与众不同，经过费金先生的一番细细调理，这位年轻朋友一开始倾向于把关在狱中的机灵鬼看成是牺牲品，这时转而认为他是一出极不寻常、极为优雅的滑稽戏中的主角，巴不得那一天早日到来，好让自己的老伙计有机会大显身手。

“我们必须了解一下他今天过得如何，找个什么方便的办法，”费金说道，“让我想想。”

“要不要我去？”查理问。

“不行不行，”老犹太回答，“你疯了吗，亲爱的？简直是发疯，你也会进去的，那儿——不，查理，不行。一次损失一个已经够了。”

“你该不会打算亲自出马，我想？”查理风趣地挤了挤眼，说。

“那也不太合适。”费金一边摇头，一边回答。

“那你干吗不派这位新来的伙计去呢？”贝兹少爷伸出一只手搭在诺亚肩上，问道。“谁也不认识他。”

“哦，如果他不反对——”费金说道。

“反对？”查理插了上去，“他有什么好反对的？”

“倒真是没什么好反对的，亲爱的，”费金说道，朝波尔特先生转过身去，“真的没什么。”

“噢，这事我得说两句，你知道，”诺亚说着，连连摇头，往门口退去，露出一种神志清醒的恐慌。“不,不——我不干,这种事不属于我的部门,这不行。”

“他进了哪个部门,费金?”贝兹少爷极其厌恶地打量着诺亚细长的身板,问道。“一出乱子就溜之大吉,一切顺利的时候就海吃海喝,他的分内事就是这个?”

“得了吧你,”波尔特先生反唇相讥,“不许你这样目无尊长,小子,小心找错了地方。”

听到这一番堂而皇之的恐吓,贝兹少爷放声大笑。费金过了好一阵子才找着机会从中排解,向波尔特先生说明,他到轻罪法庭走一趟不可能招来危险。他参与的那件小事的通报连同他个人的相貌说明都还没有转到首都来,甚至很可能没有人怀疑他躲到大都会来了。况且,只要他适当地换一身打扮,到局子里走一趟与到伦敦的任何一个地方去一样安全,因为人家最想不到他会自愿前去的就是那个地方。

波尔特先生多少有几分让这些解释说服了,但更大程度上是屈服于对费金的恐惧,最终还是勉强答应去做这一次探险。依照费金的吩咐,他当即换了一身装束,穿上一件车把式的上衣,平绒短裤,裹上皮绑腿:这些物品在老犹太这里都是现成的。他还备了一顶上面插着好几张过路税票的毡帽和一根车夫的鞭子。有了这身披挂,他就可以像一个考文特花市来的乡巴佬,上局子里逛逛去了,别人一看都会以为他是去满足好奇心的。他本来就长得土里土气,骨瘦如柴,正好符合要求,费金先生相信,他扮演这个角色真是再恰当不过了,完全没有什么可担心的。

一切安排停当,他记熟了辨认逮不着的机灵鬼所需要的外貌特征,由贝兹少爷陪着穿过昏暗、曲折的小路,来到离波雾街不远的地方。查理·贝兹把轻罪法庭的准确位置作了介绍,并且详细说明如何穿过走廊,进了院子如何上楼走到右边的一道门前,如何先摘下帽子再进入法庭,说完便嘱咐他快去快回,答应在两人分手的地方等他回来。

诺亚·克雷波尔,读者如果高兴也可以叫他莫里斯·波尔特,分毫不差地按照得到的指示行事——贝兹少爷对那个场所了如指掌,指示十分精确,所以他一路上无需发问,也没有遇上什么障碍,便走进了法庭。他挤进一个肮脏、闷热的房间,混在多半是妇女的人群中。法庭前面有一个用栏杆隔开的台子,左边靠墙的地方是替囚犯安排的被告席,证人席在中间,右边是几位治安推事坐的审判席,这个令人肃然起敬的场所的前面遮着一道帏幕,这样一来审判席便不至于处在众目睽睽之下,任凭庶民百姓去想像司法的全副尊严,要是他们想像得出来的话。

被告席上只有两个女人,她们向各自的崇拜者频频点头致意,书记员正在向两名警察和一个俯在桌上的便衣宣读几份供词,一名看守依着被告席栏杆站在那里,无精打采地用一把大钥匙在鼻子上拍打着,有时停下来叫一声“肃静”,以制止一班闲杂人等不成体统的高声交谈,有时又神色严厉地抬起头,吩咐某个女人“把孩子弄出去”,这种情况往往是某个营养不良的婴儿发出微弱的哭声,而母亲的披巾又没有完全捂住,从而打破了司法的庄重性。屋子里散发着闷热的臭味,墙壁脏得要命,天花板变成了黑色。壁炉架上放着一尊陈旧的、让烟熏黑了的胸像,被告席的上方有一只挂满灰尘的挂钟——看来这是全场唯一正常运转的东西。每一样有生命的东西都带有罪恶或者贫穷的痕迹,要不就是与二者时有接触,一些没有生命的物体则在一旁皱眉观望,上面积了一层油腻腻的污垢,二者相比,差不多同样令人不快。

诺亚急切地用眼睛搜寻机灵鬼,虽然有几个女人尽可胜任这位名角的母亲或者姐姐,一看就很像他父亲的男人也不止一个,却看不到一个人符合他所得到的达金斯先生的相貌说明。他疑虑重重,忐忑不安,直等到那两个被判收监再审的妇人昂首阔步地走出去,接着又出来一名囚犯,他立刻意识到出来的不是别人,正是自己要打听的对象,才很快定下心来。

来者果真是达金斯先生,他拖着鞋底走进法庭,宽大的外套衣袖和往常一样卷了起来,左手插在衣袋里,右手拿着帽子,身后跟着看守,那种摇摇摆摆的步伐简直难以描摹。到了被告席上,他用大家都能听见的声音问,为什么要把他安排在这么一个丢人现眼的位置。

“住嘴,听见没有?”看守说道。

“我是一个英国人,不是吗?”机灵鬼答道,“我的权利到哪儿去了?”

“要不了多久你就会得到你的权利了,”看守反驳道,“还要撒点胡椒。”

“我要是得不到我的权利的话,咱们看内政大臣对这些个铁嘴怎么说吧,”达金斯先生回答,“喂喂,这地方是怎么回事啊?我真要劳驾治安推事大人处置一下这件小事,他们看报纸也别耽搁我呀,我约了一位绅士在老城会面,我可是说话算话的人,而且在正经事上头非常守时,要是到时候我没在那儿,他会走掉的,那功夫兴许没法打官司,叫他们赔偿耽搁我的损失费了。噢,不,绝对不行!"

这当儿,机灵鬼煞有介事地摆出一副决心已定,马上就要打一场官司的样子,要求看守通报一下"坐在审判席的那两个滑头的名字",逗得旁听的群众哄堂大笑,贝兹少爷如果听到他这样问,笑起来也不过如此。

"肃静!"看守喝道。

"怎么回事?"一位治安推事问。

"一件扒窃钱包案子,大人。"

"这小孩从前来过这儿没有?"

"他照理来过多次了,"看守回答,"别处他也都去过。我对他非常了解,大人。"

"哦。你认识我,是吗?"机灵鬼嚷嚷起来,立刻抓住这句话不放。"很好。不管怎么说,这属于诽谤罪。"

又是一阵笑声,又响起一声"肃静"。

"哎,证人在哪儿?"书记员说道。

"啊。说的可也是,"机灵鬼加了一句,"证人在哪儿呢?我想见见他们。"

这一愿望立刻得到了满足,一个警察走上前来,他亲眼看见被告在人群中窥伺一位不知道姓名的绅士的衣袋,并且的的确确从该绅士衣袋里掏出了一块手巾,是一块很旧的手巾,在自己脸上揩了一下,然后又不慌不忙地放回去了。鉴于这个原因,他一有机会走到近旁便立即拘留了机灵鬼。搜身的结果是查出银质鼻烟盒一只,盒盖上刻有物主的姓名。该绅士经查询《名绅录》业已找到,他当场宣誓鼻烟盒是他的,他昨天从前述人群中挤出来,一眨眼鼻烟盒就不见了。他曾注意到,人群中有一位小绅士挤来挤去特别卖力,而那位小绅士就是自己面前的这名被告。

"小孩,你有什么要问这位证人的吗?"治安推事说道。

"我不愿意降低身份跟他说什么话。"机灵鬼回答。

"你到底有没有什么要说的?"

“听见没有，大人问你有什么要说的?”看守用胳膊肘捅了一下默不作声的机灵鬼，问道。

“对不起，”机灵鬼心不在焉地抬起头来，“你是在跟我说话吗，哥们?”

“大人，我从来没见过这样十足的小无赖。”警察苦笑着说，“你就没什么要说的，小伙子?”

“不，”机灵鬼回答，“不在这儿说，这儿不是讲公道的地方。再说了，我的律师今天早上要和下院副议长共进早餐，我有话可以上别处说去，他也一样，还有许许多多很有名望的熟人也是这样，管保会叫那帮铁嘴巴不得自己压根没有生下来，要不就是怪他们跟班今天早上出门之前没把自个儿挂在帽钉上，才整到我头上来了。我要——”

“好啦，可以收监了。”书记员没让他把话说完。“带下去。”

“走。”看守说道。

“哦哟。走就走，”机灵鬼用手掌掸了掸帽子，回答。“啊(面朝审判席)，瞧你们那副熊样，怕也没用，我不会饶了你们的，半个子儿也不饶，你们会付出代价的，哥们。我才不跟你们一般见识。眼下你们就是跪下来求我，我也不走了。得了，带我上监狱去！把我带走吧！”

说完最后这几句话，机灵鬼给人揪住衣领带下去了，走到院子里，一路上还在扬言要告到议会去，随后，他又当着看守的面，得意忘形地咧着嘴直笑。

诺亚亲眼看着他给单独关进一间小小的囚室，才铆足了劲朝与贝兹少爷分手的地方赶去。他在原地等了一会儿，才跟那位小绅士会合了。贝兹少爷躲在一个进退两便的处所，仔细地观察着四处，直到确信自己这位新朋友没有被什么不相干的人盯上，才小心翼翼地露面了。

他俩一块儿匆匆离去，替费金先生带去了令人鼓舞的消息，机灵鬼丝毫没有辜负师傅的栽培，正在为他自己创立辉煌的名声。

第四十四章

到了向露丝·梅莱履行诺言的时候，南希却无法前往。

南希姑娘虽然对耍猾做假的全套功夫十分娴熟，却也很难完全隐瞒迈出这一步在她心中产生的影响。她记得，不管是诡计多端的老犹太，还是残忍无情的赛克斯，他们的那些诡计对其他人只字不提，在她面前却毫不隐瞒，两个人完全相信她是靠得住的，根本不会怀疑到她头上。尽管这些诡计十分奸诈，策划者胆大包天，尽管她对老犹太深恶痛绝，是他一步一步领着自己，在罪恶与不幸的深渊中越陷越深，难以自拔，然而有的时候，即便是对于他，南希仍然感到有些于心不忍，怕自己泄露出去的事会使他落入他躲避了那么久的铁拳，并且最终会栽在自己手里——虽说他完全是罪有应得。

然而，这些仅仅是心灵上的动摇，虽然她无法与多年来的伙伴一刀两断，但还是能够抱定一个目标，决不因为任何顾虑而回心转意。她放心不下的是赛克斯，这一点本来更有可能诱使她在最后一分钟退缩变卦，但她已经得到人家会为她严守秘密的保证，也没有泄漏可能导致他落入法网的任何线索，为了他的缘故，甚至拒绝从包围着她的所有罪恶和苦难中逃出来——她还能怎么样呢？她已经横下一条心。

尽管内心的斗争都以这样的结果告终，但它们依然一次又一次向她袭来，并且在她身上留下了痕迹。不出几天，她就变得苍白而又消瘦。她时常对面前发生的事毫不理会，或者根本不介入众人的谈话，而过去她在这类谈话中嗓门比谁都大。有的时候，她干巴巴地发出一阵笑声，无缘无故或者说毫无意义地大闹一通。可往往刹那之间，她又无精打采地坐了下来，手支着脑袋沉思默想。她有时也想尽力振作起来，但这种努力甚至比这些征兆更能说明她心神不定，她所想的和同伴们正在商量的根本不是一回事。

星期天夜里，附近教堂的钟声开始报时。赛克斯与老犹太在聊天，却还是停下来谛听着。南希姑娘蜷缩着身子坐在一个矮凳上，她也抬起头来，听了听。十一点。

“离半夜还有一个钟头，”赛克斯拉起窗板看了看外面，又回到座位上，说道。“天又黑又闷，今儿晚上做买卖真是没得说。”

“啊。”费金回答，“真可惜，亲爱的比尔，我们连一笔可以做的现成买卖都没有。”

“你算是说对了一回，”赛克斯绷着脸说，“确实可惜啊，我也有点这种感觉。”

费金叹了口气，沮丧地摇了摇头。

“等我们把事情好好排个队，非得把丢掉的时光补回来不可。我就知道这个。”

“说得可也是，亲爱的，”费金一边回答，一边大着胆子拍了拍他的肩膀。“听你这么一说，我就放心了。”

“你放心了。”赛克斯嚷嚷着，“得了，就这样吧。”

“哈哈哈！”费金大笑起来，好像这一点点让步也使他感到欣慰。“你今儿晚上像你自个儿了，比尔，这才像你自个嘛。”

“干什么，你那只皱巴巴的老爪子搁在我胳膊上，我可没觉得像我自己，你给我拿开。”赛克斯说着，撂开老犹太的手。

“这会弄得你神经紧张，比尔——让你觉得给人逮住了，是不是啊？”费金决定不生气，说道。

“让我觉得给魔鬼逮住了，”赛克斯回敬道，“像你这副嘴脸，压根找不出第二个，除了你爹，这功夫他没准正在烧他那带点花白的红胡子，要不就是你根本没个爹，直接就从魔鬼那儿来了——我才不觉得这有什么好奇怪的。”

费金对这一番恭维没有回答，只是扯了一下赛克斯的衣袖，用手指朝南希指去，她借前面那番谈话的机会戴上软帽，正要离开房间。

“哈罗。”赛克斯大声地说，“南希，晚上都这功夫了，小丫头还要上哪儿去啊？”

“没多远。”

“这叫什么话?”赛克斯问道,“你上什么地方去?”

“我说了,没有多远。”

“我问的是什么地方?”赛克斯盯得很紧,“我的话你听见没有?”

“我不知道什么地方。”姑娘回答。

“你不知道我知道,”赛克斯这样说主要是出于固执,倒也不是真有什么原因反对南希姑娘去她一心想去的地方。“哪儿也别去。坐下。”

“我不舒服,我先前跟你讲过的,”姑娘答道,“我想吹吹凉风。”

“你把脑袋从窗户里伸出去不就得了。”赛克斯回答。

“这哪儿够,”姑娘说道,“我要上街。”

“那你休想出去。”赛克斯一口拒绝,站起来锁上房门,抽出钥匙,又扯下她头上的软帽,扔到一只旧衣柜顶上。“行了,”那强盗说,“眼下就安安静静呆在老地方吧,好不好?”

“一顶软帽,多大一回事,还想留住我?”姑娘脸色一片煞白。“你是什么意思,比尔? 你知不知道你在干什么?”

“知不知道我在——噢!”赛克斯大声嚷嚷着转向费金。“她疯了,你知道,要不然绝不敢这样跟我说话。”

“你是要把我逼上绝路啊,”姑娘双手按在胸脯上,似乎想竭力压住满腔怒火,喃喃地说。“你放我出去,听见没有——现在——马上——”

“不行!”赛克斯说道。

“告诉他,放我出去,费金,他最好是放我出去,这对他有好处,听见没有?”南希大喊大叫,一边用脚跺着地板。

“听见没有!”赛克斯在椅子上转了个身,面朝着她。“行啊! 我要是过半分钟还听见你在说话,狗就会一口咬住你脖子,看你还能不能这样尖声嚷嚷。真是见鬼了你,贱货。怎么回事?”

“让我出去,”姑娘一本正经地说,随后便在门边的地板上坐下来,说道。“比尔,让我出去吧。你不明白自己在干什么,你不明白,真的。只要一个钟头——就够了——就够了!”

“胡说八道,这小娘们要是还没疯得没个底,我敢把我的手脚一只一只割下来。”赛克斯吼叫着,粗暴地抓住她的胳膊。“起来。”

“除非你让我出去——除非你让我出去——就不起来——就不起来!”姑娘尖叫着。赛克斯看了一会儿,瞅准机会突然扼住她的双手,任凭她挣扎扭打,把她拖进隔壁小屋,推到一把椅子上,用力按住,自己在一张长凳上坐下来。她轮番挣扎,哀求,直到钟敲十二点,她折腾得筋疲力尽,这才不再坚持原来的要求。赛克斯警告了一声,又加了一通诅咒,要她当晚别再打算出去,便扔下她去慢慢缓过劲来,自己回到费金那儿。

“哎呀。”这个专门入室抢劫的家伙擦了擦脸上的汗水,说道。“真是个稀奇古怪的小娘们。”

“你可以这么说,比尔,”费金若有所思地答道,“你可以这么说。”

“她干吗想起来今儿晚上要出去,你知道不知道?”赛克斯问,“对了,照道理你比我了解她,这到底是怎么回事?”

“固执,我想是女人的固执,亲爱的。”

“对啊,我想也是,”赛克斯咕哝着,“我还以为把她调教好了呢,敢情还是照样可恶。”

“更可恶了,”费金依旧是一副若有所思的样子,“我压根儿没想到她会这样,为了一点小事。”

“我也没想到,”赛克斯说道,“恐怕她血里是沾上了一点热病的病根,出不来了——唔?”

“很有点像。”

“她要是再这样闹腾,我就给她放点血,用不着麻烦大夫。”赛克斯说。

费金点点头,对这种疗法表示赞同。

“那些日子,我起不来床,她没日没夜守在我身边,而你,就跟一头黑心狼似的,老是躲得远远的,”赛克斯说道,“我们那一向也太寒伧了点,这样那样的,搞得她又着急又心烦,而且她在这儿关了那么久,也有点坐不住了——唔?”

“是啊,亲爱的,”老犹太低声答道,“别说了。”

他刚说出这句话,南希姑娘便出来了,她回到先前的座位上,两只眼睛又红又肿,身子左右摇晃,脑袋昂起,过了一会儿,她忽然放声大笑。

“哟,她现在又换了一个花样。”赛克斯大叫起来,惊愕地看了同伴一眼。

费金点点头,示意赛克斯暂时不要理她。过了几分钟,姑娘恢复了平时的样子。费金咬着赛克斯的耳朵说,不用担心她发病了,然后拿起帽子,和他道了晚安。他走到房间门口,又停住了,回头看看,问有没有人愿意替他下楼的时候照照亮,因为楼梯上一片漆黑。

"替他照个亮,让他下去。"赛克斯正在装烟斗,说道,"他要是把自个儿脖子摔断了,让那班看热闹的落个一场空才叫可惜哩。替他照个亮。"

南希擎着蜡烛,跟在老头儿身后走下楼来。到了走廊里,他将一根指头按在嘴唇上,靠近姑娘身边,低声说道:

"南希,怎么回事啊,亲爱的?"

"你是什么意思?"姑娘同样低声答道。

"所有这一切总有个原因,"费金回答,"既然他,"——他用瘦丁丁的食指朝楼上指了指——"对你这么刻薄(他是一个畜生,南希,畜生加野兽),你干吗不——"

"哦!"姑娘叫了一声,费金骤然打住,嘴巴差一点没碰着她的耳朵,双眼逼视着她的眼睛。

"眼下不提了,"老犹太说道,"我们以后再商量。你可以把我当朋友,南希,一个可靠的朋友。我手头有的是办法,又稳当又秘密。你要是想报仇,就是为他把你和狗一样看待的那些事报仇——和狗一样!连他的狗都不如,他有时候还同狗闹着玩呢——你来找我好了。我是说,你尽管来找我。他跟你交往日子不长,你我可是老朋友了,南希。"

"我很了解你,"姑娘回答,连最起码的感动也没有表示。"再见。"

费金想跟她握握手,她往后退去,又用镇定的声音说了一声再见,对于他临别的一瞥,她会意地点了点头,便把门关上了。

费金朝自己的住处走去,一门心思全用在脑子里那些进进出出的鬼点子上头。他已经看出——这个念头是缓慢地一步一步形成的,而不是根据刚才的一幕,尽管这事为他提供了佐证——南希不堪忍受那个强盗的粗暴对待,打算另寻新欢。她近来神色大变,常常单独外出,以前她对团伙的利益那样热心,现在似乎变得相当冷漠,加上她不顾死活,急着要在当晚一个特定的时间出门,凡此种种都有助于证实这个推测,至少在他看来,这几乎成了十拿九稳的事。她新结识的那位相好不在他那班忠心耿耿的部下当中。加上南希这样一个帮手,此人完全可能成为一株非常宝贵的摇钱树,必须(费金如此这般地论证着)毫不拖延地弄到手。

还有一个目的,一个更为阴险的目的必须达到。赛克斯知道的事太多了,他那些恶言冷语给费金造成的伤害虽然看不见,但产生的刻骨仇恨并没有因此而减轻。那姑娘必须懂得,就是说,即使能够把赛克斯给甩了,她也绝对躲不过他的疯狂报复,这口气肯定会出在她最近认识的相好头上——弄个肢体残废,没准儿还得送命。“只要劝说一番,”费金思忖道,“她会不答应给他下点毒药?为了达到相同的目的,以前就有娘们干过这种事,甚至比这更辣手的也有。活该这个危险的家伙完蛋了,我讨厌这家伙,以后他的位置会有人来填的。那姑娘干了杀人勾当,把柄攥在我手里,往后怎么摆布她还不得由着我。”

费金刚才独自坐在那个强盗的房间里,在那个短暂的间隔,这些事情从他脑海里掠过。他对这些事看得很重,临走的时候又趁机用一些断断续续的暗示向南希试探过了,那姑娘没有一点惊奇的表情,也没有佯装不懂他的意思。姑娘显然已经心领神会,这从她临别的眼神看得出来。

可是,一个谋害赛克斯性命的计划也许会把她吓得缩回去,而这正是必须达到的主要目的之一。“我怎么才能增加对她的影响呢?”费金蹑手蹑脚地往家里走,一路都在盘算。“怎么才能再加一把力?”

这样的脑袋瓜真可以称得上足智多谋。就算不逼她自己说出来,他也可以设一个暗探,找到她刚换的心上人,然后扬言要把这事统统告诉赛克斯(她对赛克斯怕得不得了),除非她参与自己的计划,还愁她不答应?

“我有办法,”费金险些儿高声说了出来,“到时候她不敢不由着我,又不是要她的命,又不是要她的命。我有绝对的把握。办法都是现成的,立马就可以见效。你反正逃不出我的手心。”

他扭过头,恶狠狠地看了一眼自己丢下那个冒失家伙的地点,做了一个恐吓的手势,又继续赶路,枯瘦的双手忙个不停,使劲拧他那件破烂不堪的外衣褶缝,仿佛手指的每一个动作都是在把一个可恨的仇敌碾成齑粉。

第四十五章

诺亚·克雷波尔受雇为费金执行一项秘密使命。

第二天,费金老头儿一清早就起来了。他焦躁地等候着自己的新伙计露面,左等右等,也不知等了多久,新伙计才来,并当即开始狼吞虎咽地吃早餐。

"波尔特。"费金拉过来一把椅子,在莫里斯·波尔特对面坐了下来,开口说道。

"唔,我在这儿呢,"诺亚回答,"什么事? 我吃完东西以前,任你什么事儿也别叫我做。你们这个地方就这点不好,吃顿饭的时间都不给够。"

"你可以边吃边谈嘛,对不对?"费金嘴里这么说,心底深处却在咒骂这位可爱的年轻朋友也太能吃了。

"噢,行啊,可以。我边吃边谈还更舒服一些,"诺亚说着,切下一片大得吓人的面包。"夏洛蒂呢?"

"没在,"费金说道,"我今儿早上打发她和另一个小娘们上街去了,我想单独跟你谈谈。"

"噢。"诺亚说道,"你该叫她先做一些黄油面包。唔,说吧,你不会妨碍我的。"

看起来的确无需过分担心有什么东西会妨碍他的胃口,他刚才坐下来的时候就明摆着要大干一番。

"昨天你干得不赖,亲爱的,"费金说道,"真棒。头天开张就是六先令九个半便士。收娃娃税会让你发财的。"

"你别忘了,还有三只耳锅,一把牛奶壶。"波尔特先生声明。

“忘不了，忘不了，亲爱的。耳锅都是些天才大手笔，牛奶壶也算得上十全十美的杰作。”

“对于一位生手来说，我认为已经很不错了，”波尔特先生大言不惭，“锅子是我从晾杆上取下来的，那把奶壶自个儿站在一家小酒馆外面。我心想碰上下雨它可要长锈或者着凉什么的，这你知道，哦？哈哈哈！”

费金装出笑得非常开心的样子，波尔特先生大笑之余，一连咬了几大口，把第一块黄油面包给解决掉了，又开始对付第二块。

“我找你，波尔特，”费金往桌上俯下身来，说道，“替我办件事，亲爱的，这事需要非常小心谨慎。”

“我说，”波尔特回答，“你就别支着我去冒险，或者派我上你那个什么轻罪法庭了吧。那种事对我不合适，不合适，我先跟你说一声。”

“这事一点危险也没有——连最小最小的危险也没有，”老犹太说，“不就是和个女人玩玩捉迷藏。”

“是个老婆子？”波尔特先生问道。

“年轻的。”费金回答。

“这可是我的拿手好戏，我有数。”波尔特说道，“我在学校里就是公认的告密老手。我干吗要盯她的梢？要不要——”

“什么事也不用做，只要告诉我，她去了什么地方，碰见谁来着，如果可能的话，她说了些什么。如果是在街上，就把那条街记住，如果是一户人家，就记住那家人，把你探听到的情况统统给我带回来。”

“你付我多少钱？”诺亚放下杯子，眼睛紧盯着自己的雇主。

“只要你干得好，我付你一个英镑，亲爱的，一英镑。”费金说道，一心指望尽量把他的兴趣引过来。“为了办一件也没什么油水的事，我还从来没给过这个数呢。”

“她是什么人？”诺亚问道。

“我们的人。”

“哦哟。”诺亚把鼻子一皱，嚷道，“你疑心她了吧，是不？”

“她交了些个新朋友，亲爱的，我必须弄清楚他们是什么人。”费金回答。

“明白了，”诺亚说道，“纯粹是为了了解他们，看他们是不是正派人，啊？哈哈哈！愿为阁下效劳。”

“我知道你会的。”费金见自己的计划成功了，大为高兴，不由得大叫起来。

“当然，当然，”诺亚回答，“她在什么地方？我上哪儿等她？我得上哪儿去？”

“那些事，亲爱的，你就听我的好了。我会在适当的时候把她交待给你，”费金说道，“你做好准备，其余的事交给我来办。”

当天夜里，以及第二天、第三天的晚上，这名密探坐在家里，他穿好靴子，浑身车夫打扮，只等费金一声令下立刻出动。六个晚上过去了——六个漫长难熬的夜晚——每天夜里，费金回来的时候都带着一脸的沮丧，说一句时候未到。第七天夜里，他回来得早一些，满脸掩饰不住的狂喜。这天是星期天。

“今天晚上她出来了，”费金说道，“肯定是同一件差使，错不了。她整天只身一人，而她害怕的那个人天亮前是回不来的了。跟我来。快！”

诺亚二话不说，拔腿就走，因为老犹太处于极度兴奋的状态，连他也受到感染。两人蹑手蹑脚地离开住所，匆匆穿过一大片错综复杂的街巷，最后来到一家客店门前，诺亚认出来了，这就是自己初到伦敦住过一晚的那家客店。

已经十一点过了，店门关闭着。费金轻轻吹了一声口哨，门缓缓打开，他们悄没声地走进去，门又在他们身后关上了。

费金和替他们开门的那个年轻的犹太人简直连低声说话也不敢，两人打了几句哑语，向诺亚指了一下那块玻璃，打着手势要他爬上去，看清隔壁房间里那个人。

“是不是那个女的？”他问，声音几乎和呼吸一样轻。

费金点头称是。

“我看不清她的脸，”诺亚低声说道，“她埋着头，蜡烛又在她身子后面。”

“呆着别动。”费金打着耳语，朝巴尼做了个手势，那人退了出去。转眼间，小伙子走进了隔壁房间，以剪烛花为幌子，将蜡烛移到所需要的位置，一边与那姑娘搭讪，有意引她扬起脸来。

“这下我瞧见她了。”暗探叫道。

“看清楚了?”

“一千个人里面我也认得出她。”

房门开了,姑娘走了出来,他赶紧退下去。费金拽着他躲到一块挂着帘子的小隔板后面,两个人屏住呼吸,姑娘从离他们的藏身之处只有几步的地方走过去,又从他们进来的那道门出去了。

“嘘!”小伙子打开门,叫道,“是时候了。”

诺亚与费金交换了一个眼色,便冲了出去。

“往左,”小伙子低声说道,“向左拐弯,走马路对面。”

他照着做了,借着路灯认出了姑娘渐渐远去的身影,她已经走了一段距离。诺亚在他认为不失谨慎的限度内尽量靠近对方,一直走在街的对面,这样更便于观察她的举动。姑娘紧张地接连回头看去,还停下来一次,让两个紧紧跟在她身后的男人走过去。看来她一边走一边在替自己鼓劲,步子变得更沉稳更坚定了。那个包打听一直与她保持着这样的距离,目光盯在她身上,尾随在后。

第四十六章

赴约。

教堂的钟声敲十一点三刻的时候，两个人影出现在伦敦桥上。一个步履匆匆走在前边的是个女人，她急切地四下张望，像是在寻找某一个预期的目标。另一个男人的身影鬼鬼祟祟，一路上尽量走在最阴暗的影子底下，他不时调节自己的步伐，与那个女的保持一定的距离，女的停下他也停下，女的继续走他也暗暗往前移动，但即使跟踪得来劲了也决不赶到她的前面。就这样，他们在弥德塞克斯过桥，来到塞莱河岸。这时，那女的显然感到失望，因为她心急火燎地搜索过来，却没有在过路行人中见到自己要找的人，便转身走了回来。这个动作非常突然，但监视她的人并没有忙中出错，一闪身躲进桥墩顶上一处凹进去的地方，并且翻过栏杆，藏得更加严实。他听着那女的从对面便道上走过去。女的走到前面，和先前的距离差不多了，他才无声无息地溜出来，又一次跟上去。几乎是在桥的中间，女的停住了。那个男的也停下来。

夜色深沉，星月无光。整天天气都很差，此时此地，已经没有什么人来来去去。即或有，也是行色匆匆快步走过，不管是对那个女的，还是牢牢盯住她的那个男人，很可能连看也没看一眼，就是看见了也肯定没有留意。有几个伦敦穷汉这天晚上碰巧从桥上路过，打算找一处冷冰冰的拱道或者门户大开的破房子权且栖身，这一男一女的外表也没有引来他们那种令人讨厌的目光。两人默默地站在那里，不同任何过路人搭话，别人也不和他们交谈。

河面上笼罩着一层雾气，停泊在各个码头上的小船燃点起红色灯火因而显得颜色更深，岸边阴沉混沌的建筑物显得越发昏暗朦胧。沿河两岸一些货栈早就被烟雾熏得污迹斑斑，呆板而又忧郁地从密密层层的屋顶、山墙中耸立起来，冷森森地向水面皱着眉头，乌黑的河水连它们那粗大丑陋的样子也照不出来。幽暗中，古老的救世主教堂的钟楼和圣玛格纳斯教堂尖顶隐隐可见，依旧像两个巨灵神守卫着这座历史悠久的大桥，但桥下林立的船桅与岸上星罗棋布的教堂尖顶几乎全都看不见了。

姑娘忐忑不安地走来走去——那个暗中盯梢的男人一直严密监视着她——这功夫，圣保罗大教堂响起沉重的钟声，宣告又一天寿终正寝。午夜已降临这座人烟密集的都市，降临宫殿、地下室酒店、监狱、疯人院，进入这些生与死、健康与疾病共同拥有的寝室，降临尸体那僵直冷峻的面孔与孩子平静甜美的酣睡。

十二点敲过不到两分钟，在离大桥很近的地方，一个少女由一位鬓发斑白的绅士陪伴着，从一辆出租马车上下来，将马车打发走，便直端端往桥上走来。他们刚踏上便道，姑娘猛然惊起，立即迎上前去。

他们缓步走上桥，一边查看着四周，看样子是对某种实现的可能性极小的事只抱着姑且一试的态度,这时,两人突然与那位新伙伴走到了一块。随着一声刚刚发出就戛然而止的惊呼,他们停住了脚步,因为就在这一瞬间,一个乡下人打扮的汉子走到他们跟前——的确擦了他们一下。

“不要在这儿,”南希急促地说,“我害怕在这儿和你们说话。上——马路外面——到下面石阶那儿去。”

她这么说着,用手指了一下要他们去的方向,那个乡下人回头看了一眼,粗声嘎气地问他们干吗把整个便道都给占着,随后就走开了。

南希姑娘所指的石阶在塞莱河堤,跟救世主教堂同在桥的一侧,是一段上下船的石梯,那个乡下人模样的汉子已经神不知鬼不觉地赶到那个地方,他对地形观察了片刻,便开始往下走。

这条石梯是桥的一部分,一共有三段。朝下走完第二段阶梯,左边的石壁尽头立着一根面向泰晤士河的装饰性壁柱。从这里再往下走,石梯要宽一些,一个人只要转到石壁后面,就肯定不会被石梯上的人看见,哪怕只比他高出一级阶梯。乡下人来到这个地点,忙忙慌慌地看了看周围,眼前似乎没有更好的藏身之处了,加上潮水已经退了,这里有的是立足的地方。他溜到一旁,背朝壁柱,来了个以逸待劳:料定他们不会再往下走,即便听不见他们在讲什么,也可以稳稳当当地继续盯住他们。

时间在这个僻静的角落显得如此拖沓,这名暗探又是如此急切,恨不得马上探明他们仨这次会面的意图,要知道这和他光听介绍而估计的情况完全不同,他不止一次认为这事算是吹了,并且劝自己相信,他们要么是远远地在上面停住不走了,要么就是另外找了个地方去进行密谈。他正想从躲藏的地方走出来,回到大路上去,就在这当儿,他听到了脚步声,紧接着是几乎近在耳旁的说话声。

他身子一挺,笔直地贴在石壁上,屏住呼吸,聚精会神地谛听着。

“这下可够远的了,”一个声音说道,显然是那位绅士的嗓音,“我不能叫这位小姐再往前走了。换了别人,都会对你信不过,连此地也不肯来的,可你也看得出,我愿意顺着你的心思。”

“顺着我的心思。”这正是诺亚·克雷波尔跟踪的那个姑娘的声音,“你真能体谅人,先生。顺着我的心思。好了,好了,这没什么关系。”

“哦,为什么呢,”绅士的口气温和了一些,“你把我们带到这么一个不可思议的地方,到底是出于什么目的?你干吗不让我和你在上面谈,那地方有灯,又有人走动,却偏要引我们到这个荒凉的黑窟窿里来?"

"我刚才告诉过你,"南希回答,"我害怕在那儿和你说话。不知道怎么的,"姑娘说话时浑身直哆嗦,"可今天晚上我真是怕得要命,站都站不稳。"

"怕什么呢?"那位绅士似乎对她很同情。

"我简直不知道是怎么回事,"姑娘回答,"要知道就好了。我一整天想的都是可怕的念头,死神,带血的裹尸布,越害怕身上越发烫,像是给架在火上烤一样。今天晚上我看了一本书,想混混时间,这些东西又从书上跑出来了。"

"这是想像。"绅士安慰她说。

"不是想像,"姑娘的声音很沙哑,"我敢发誓,我看见书上每一页都有'棺材'这两个字,字体又大又黑——嗳,刚才在街上,他们就抬着一副棺材从我身边走过。"

"这种事不足为奇,"绅士说道,"我也时常遇到。"

"那是真的棺材,"姑娘答道,"我看到的不是真的。"

她说话的口气的确非同寻常,躲在一旁偷听的暗探禁不住毛骨悚然,连血都凉了。接着他又听到那位小姐柔和的声音,只感到一阵前所未有的轻松,那位小姐恳求她平静下来,不要听任这样可怕的幻觉来折磨自己。

"请你好好劝劝她,"小姐对老先生说,"苦命的姑娘。她看来很需要这样。"

"看见我今天晚上的样子,你们有些高傲的教友少不了会昂起头来,并且祈祷地狱之火和上帝的惩罚降临,"姑娘嚷道,"噢,可爱的小姐,有些人自称是上帝的子民,他们对待我们这班苦命人为什么不能像你这样体贴、善意呢?你又年轻又美貌,我们失去的一切你都有,你完全可以高傲一些,用不着这么谦恭。"

"哦。"老先生说道,"土耳其人把脸洗净,然后面朝东方做祷告。而那些好人,在和尘世的摩擦中似乎连笑容也给抹掉了,总是一成不变地面向天国最黑暗的一侧。如果要我在异教徒和伪君子之间做一个选择的话,我宁可选择前者。"

这番话表面上是向年轻小姐说的,但目的也许是给南希一点时间,让她定下心来。稍停，老先生自己便和她攀谈起来。

“上星期天晚上你不在这里。”他说道。

“我来不了，”南希回答，“硬给留下了。”

“被谁?”

“我以前跟小姐说过的那个人。”

“今天晚上我们到这儿来，没有人怀疑你是来向什么人通风报信的?”老先生说。

“没有，”姑娘摇了摇头，回答，“我离开他可真不容易，除非让他知道为什么。要不是上一次出来以前我给他服了一点鸦片酊，我也见不着这位小姐了。”

“在你回去之前，他没醒过来?”老先生问道。

“没有，不管是他，还是他们中的哪一个，都没有怀疑我。”

“很好，”老先生说道，“眼下你听我说。”

“我听着呢。”姑娘在他停下来的刹那间回答。

“这位小姐，”老先生开口了，“把差不多半个月以前你说的事，告诉了我和另外几位可以完全信赖的朋友。坦率地说，一开始我怀疑你是否绝对靠得住，但现在我深信你是靠得住的。”

“我靠得住。”姑娘真诚地说。

“我再说一遍，我对此深信不疑。为了向你证明我对你的信任，我要毫无保留地告诉你，我们打算从利用孟可司这个人的恐惧着手，逼他说出秘密，不管这是个什么样的秘密。但如果——如果——”老先生说，“不能把他给逮住，或者，即便逮住了，却无法迫使他按我们的意图行事，你就必须告发那个犹太人。”

“费金!”姑娘猛一后退，发出一声惊叫。

“你必须告发那个人。”老先生说道。

“我不干。我绝不会干这种事!”姑娘回答，“虽说他是个魔鬼，对待我比魔鬼还要可恶，我也绝不会干这种事。”

“你不愿意?”老先生仿佛对这一答复已有充分准备似的。

“绝不!”姑娘答道。

“可不可以告诉我原因?”

“有一个原因，”姑娘断然回答，“有一个原因是小姐知道的，而且也会支持我，我知道她会支持我，因为我跟她有约在先。再说，还有一个原因，他虽说是个坏蛋，可我也不是什么好东西，我们许多人干的都是同样的勾当，我不能出卖他们，他们——不管是哪一个——本来都有机会出卖我，可都没有出卖我，尽管他们是坏人。”

“既然如此，”老先生随即说道，似乎这正是他一心要达到的目的一般，“那就把孟可司交给我，由我来对付他。”

“要是他供出别人怎么办？”

“我答应你，在这种情形下，只要他说出真相，事情就算作罢，奥立弗的简短经历当中一定有种种变故，不便公之于世。一旦真相大白，他们也就脱离干系了。”

“如果弄不清楚呢？”姑娘提醒道。

“那么，”老先生继续说道，“除非你同意，那个犹太人不会被送上法庭。如果出现这种情形，我大概可以向你讲明理由，你会同意这样做的。”

“小姐是不是也答应？”姑娘问道。

“我答应你，”露丝回答，“我真心诚意地保证。”

“孟可司决不会明白你们是怎么知道这些事情的？”姑娘略略顿了一下，说道。

“绝对不会，”老先生回答，“这件事就要落到他头上了，叫他根本无从猜测。”

“我是个骗子，从小就生活在骗子中间，”姑娘再度沉默下来，过了一会儿，她说道，“但我相信你的话。”

从他们二位口中得到她尽可放心的担保之后，她开始描述当天晚上她一走出来就被盯上的那家小酒馆叫什么名字，在什么地方，她说话的声音很低，那个在一旁偷听的暗探常常连她讲的大意也难以琢磨。从她偶尔稍停片刻这一点来判断，老先生似乎正在对她提供的情况匆匆做一些记录。她一五一十地说明了小酒店的方位，从哪里进行监视位置最好，又不会引起别人的注意，哪几个晚上孟可司前去酒店的可能性最大，几点钟，接下来，她似乎考虑了一会儿，以便更为清晰地回想他的外貌特征。

“他个儿高高的，”姑娘说道，“长得很结实，不胖，走路的样子鬼鬼祟祟的，老是回头看，先瞧瞧这一边，然后又瞧瞧另一边。别忘了，因为他的眼睛往里凹，比哪一个男人都深得多，你单凭这一点就完全可以把他认出来。脸黑黑的，头发和眼睛也一样。尽管大不了二十六岁，就算二十八岁吧，皮肤已经长了很多褶子，挺憔悴的。他的嘴唇经常没有血色，齿痕很深。他一抽筋就不得了，有时候咬得手上满是伤痕——你干吗吓一大跳？”姑娘说着，猝然停了下来。

老先生连忙回答，他这是无意识的动作，请她继续说下去。

“这个人的情况，”姑娘说道，“有一部分是我从其他住在店里的人那儿了解到的，就是我跟你说的那家酒店，我也只见过他两次，两次他都披着一件大斗篷。可以供你们识别他的特征恐怕也就是这些了。慢着，还有，”她补充说，“他的脖子，他转过脸去的时候，围巾下面多多少少可以看到一点儿，那儿有——”

“一大块红斑，像是烧伤或者烫伤。”老先生大声说道。

“怎么回事？你认识他！”姑娘说。

年轻小姐发出一声惊呼，一时间，三个人都沉默下来，那个偷听的人甚至可以清清楚楚地听到他们呼吸的声音。

“我想是的，”老先生打破了沉默，“根据你的描述理应如此。再说吧。很多人彼此像得出奇，也可能不是同一个人。”

他说出这番话的时候装出若无其事的样子，朝前走了两步，离藏在暗处的密探更近了，后者清清楚楚地听到他低声说道：“肯定是他。”

“好吧，”说话间，他似乎又回到了刚才站的地方（听声音好像是这样），“姑娘，你给了我们极为可贵的帮助，愿你由此得到好报。我能为你做些什么呢？”

“没什么。”南希回答。

“你不要固执一词，”老先生答道，他的声音和语气充满了好意，再硬、再固执的心也不能不感动，“你考虑一下，尽管说。”

“没有什么，先生。”姑娘一边回答，一边哭了起来，“你帮不了我，我一点指望都没有了，真的。”

“你不要自暴自弃，”老绅士说道，“你以往白白耗费了青春活力，这种无价之宝造物主只给我们一次，永远不会再次赐予，但是，你还可以寄希望于未来。我并不是说,凭我们的力量可以带给你心灵的平静,那是要靠你自己去追求才能到来的。可是,为你提供一处幽静的栖身之地,在英国也可以,如果你不敢留在国内的话,国外也可以,这不仅是我们力所能及的事,也是我们的殷切希望。天亮以前,在这条河迎来第一抹曙光之前,你就可以到达你从前那班同伙完全够不着的地方,并且不会留下一点痕迹,就好像你一下子从尘世间消失了一样。说吧。我不愿意让你回去跟哪个以往的伙伴交谈一句,或者看一眼哪一处老巢,甚至不愿意让你再呼吸一口那里的空气,那种空气只会给你带来瘟疫和死亡。把这一切统统抛开吧,趁现在还有时间和机会。"

"她就要被说服了,"年轻小姐大声说道,"她在犹豫,一定是的。"

"只怕不一定,我亲爱的。"老绅士说道。

"是的,先生,我不会改变主意,"经过短时间的努力,姑娘答道,"我与过去的生活是用链条拴在一起的。我现在讨厌它、恨它,但却离不开它。我只能走到再也回不来的地步才算了事——我也不知道是怎么搞的,即使你很久以前就对我这样说,我也会哈哈大笑,不当一回事。不过,"她慌慌张张地回头看了一眼,"我又怕起来了,我得回家去了。"

"回**家**!"年轻的小姐重复了一遍,特别在"家"这个字眼上加重了语气。

"是的,回家,小姐,"姑娘答道,"那是我用一辈子的操劳替自己营造起来的家。我们分手吧。我会被人盯上或者认出来的。走吧!走吧!如果我帮了你们什么忙的话,我没有别的要求,只求你们不要管我,让我自个儿走自个儿的路。"

"毫无作用,"绅士叹了一口气,说道,"我们呆在此地,说不定会危及她的安全,我们可能耽搁她太久了,已经超出她原来的估计。"

"是啊,是啊,"姑娘一个劲地催促,"已经超出了。"

"这苦命的人会得到什么样的归宿啊。"年轻小姐哭了。

"什么归宿。"姑娘重复了一遍。"瞧瞧你前面吧,小姐,瞧瞧那漆黑的河水。你肯定不知读到过多少回了,像我这样的人跳进水流之中,没有一个人在乎,没有一个人哭。兴许是几年以后,或者只要几个月也不一定,但我终究会走到那一步的。"

"求你了,别那么说。"年轻小姐哽咽着答道。

“这样的事不会传进你耳朵里的，亲爱的小姐，上帝保佑，不要让你听到这样可怕的事。”姑娘回答说，“再见，再见了。”

老绅士转过脸去。

“这个钱包，”年轻小姐叫道，“看在我的分上，请你收下，遇到急需的时候多少可以用得上。”

“不。”姑娘回答，“我做这件事不是为了钱，就让我把这一点记在心里吧。不过——你可以把你带在身上的东西给我一样：我想要一样东西——不，不，不是戒指——你的手套或者是手绢——我想保存一样属于你的东西做个纪念，可爱的小姐。啊，天啦！愿上帝保佑你！再见，再见吧！”

见南希姑娘极为冲动，加上担心她如果被人发现会遭到毒打虐待，老绅士似乎这才下决心答应她的恳求，离她而去。清晰可闻的脚步声渐渐远去，说话声停止了。

年轻小姐与她那位同伴的身影不多一会就出现在桥面上。他们在石梯顶上停下来。

“听！”露丝谛听着，忽然叫了一声，“她是不是在叫！我好像听见了她的声音。”

“不，亲爱的，”布朗罗先生悲哀地往后看了一眼，答道，“她还在老地方站着，在我们离去之前，她是不会走开的。”

露丝·梅莱还在犹豫，但老绅士挽住她的胳膊，略一用力，领着她走了。他们渐渐消失了，姑娘几乎直挺挺地瘫倒在一级石梯上，满心的愁苦化作辛酸的泪水涌泻而出。

过了一会儿，她站起来，拖着疲软的脚步，摇摇晃晃地登上街面去了。几分钟过去了，那个惊异不置的偷听者仍呆在原地一动不动，他一次又一次用审慎的目光环顾四周，确信自己身边没有其他的人了，才缓缓地从隐藏的地方爬出来，同下来的时候一样借着石壁的阴影，偷偷摸摸地往桥上走去。

诺亚·克雷波尔走到上面，又不止一次地往外窥探，断定没有人注意到自己，然后一跃而出，撒开双腿，以最快的速度往老犹太的住所奔去。

第四十七章

致命的后果。

离破晓差不多还有两小时。秋天里的这一个时辰确实可以称为死寂的深夜,街道寂寥冷落,连各种声音似乎都已酣然入睡,淫欲与骚动也步履蹒跚地回家睡觉去了。就是在这样一个万籁俱寂的时刻,费金坐守在自己的老巢里。他五官扭曲,脸色苍白,通红的两眼布满血丝,与其说他像人,不如说像个狰狞可怕的幽灵,浑身湿漉漉地从墓穴里爬出来,却又受到恶神的侵扰。

他弯腰曲背坐在冷冰冰的壁炉前,身上裹着破旧的被单,面朝身边桌子上放着的一支即将燃尽的蜡烛。他陷入了沉思,右手举到唇边,用嘴去啃又长又黑的指甲,他那牙齿脱落的龈肉中露出几颗照说只有狗或者是老鼠嘴里才有的尖牙。

地板上,诺亚·克雷波尔直挺挺地躺在一张垫子上,睡得正香。老头儿间或朝他瞧一眼,接着便又把目光移向蜡烛,燃过的烛心搭拉下来,几乎断成了两截,滚烫的蜡油一团团滴落在桌上,这些迹象分明表示他心不在焉。

的确如此。他为自己那套妙计落空而懊恼,恨那个胆敢与陌生人勾勾搭搭的姑娘,丝毫也不相信她拒绝告发自己是出于一片真心,为失去报复赛克斯的机会而感到极度失望,他担心法网难逃,老巢覆灭,而且会搭上老命,这一切煽起了一股狂暴的怒火——这些激愤的念头一个接着一个,不间断地飞速旋转着从费金脑海里掠过,一个个邪恶的设想,一个个极其晦暗的意念在他心里翻腾。

他坐在那里,丝毫也没有改变姿势,似乎也完全没有注意到时间,直到他敏锐的听觉像是被街上的一阵脚步声所吸引。

“终于来了,”他抹了抹干得发烫的嘴唇,喃喃地说,“终于来了。”

说话间,门铃轻轻响了起来。他蹑手蹑脚地爬上楼梯,往门口走去,不一会儿就领着一个用围巾裹住下巴,胳膊下面夹着一包东西的男子回来了。那人坐下来,脱掉大衣,现出赛克斯魁梧的身躯。

“喏。”他把那包东西放在桌上。“把这个收好喽,尽量多卖几个钱。好不容易才搞到的,我本来以为三个小时以前就到得了这儿呢。”

费金抓起那包东西,锁进食橱里,重新坐下来,依旧一言不发。然而,在这一举动的前前后后,他的目光一刻也没离开过那个强盗。眼下两人面对面坐下来,他两眼直瞪瞪地望着赛克斯,嘴唇抖得厉害,感情不仅主宰着他,连他的模样也改变了,那个打家劫舍的家伙不由自主地把椅子往后挪了挪,细细打量着他,那副惊恐的样子绝不是装出来的。

“怎么回事?”赛克斯嚷道,“你干吗这样看着人家?”

费金扬起右手,在空中晃了晃发抖的食指,可他实在太冲动了,一时竟说不出话来。

“妈的。”赛克斯神色慌乱地摸了摸胸口,说道,“他发疯了。我在这儿得留点神。”

“不,不,”费金好歹能出声了,“不是——不是你的事,比尔。我不是——不是找你的岔子。”

“噢,你不是,对吗?”赛克斯恶狠狠地打量着他,一边故意把手枪放进一个更称手的口袋里。“这叫运气——我们当中总有一个。到底是哪一个运气好,倒没什么关系。”

“我有话要对你说,比尔,”费金说着,将椅子挪近了一些,“你听了肯定比我还要难受。”

“哎?”那强盗看样子有些不信,“说出来呀。快点儿,要不南希还以为我出事了呢。”

“出事!”费金嚷道。“她自个儿心里头,早就把这事盘算好了。”

赛克斯迷惑不解地盯着费金的脸,从他脸上却又找不到满意的解释,便一把揪住费金的衣领,结结实实抖了他几下。

“说,说呀。”他说道,“你要是不说,可就要断气了。张开嘴,把你要说的话爽爽快快说出来。说出来呀,你这个天打雷劈的老狗,快说。"

"如果,躺在那儿的小伙子——"费金开口了。

赛克斯朝诺亚睡的地方转过脸去,像是当初不曾注意到他似的。"呃。"他哼了一声,又恢复了刚才的姿势。

"假定那个小伙子,"老犹太往下说道,"要去告密——把我们大伙儿全捅出去——第一步找到合适的人,接着在街上跟他们接头,为的是把我们的相貌特征记下来,每一个特征都说得清清楚楚,这样就可以把我们认出来,再告诉他们在哪个窝子里可以轻而易举抓住我们。假定他打算干这一揽子事,外加上把我们大家多多少少都有份的一件事给供出去——纯粹是他自个儿胡思乱想,一没有给逮住,二没有掉进圈套或是受牧师的挑唆,也不是没有吃的喝的——纯粹是他自个儿胡思乱想,心甘情愿,几个晚上溜出去找那班最喜欢跟我们作对的人,向他们告密。你听见我的话了吗?"老犹太吼叫着,眼里喷射着怒火,"假如他干了这一切,你打算怎么办?"

"怎么办!"赛克斯发出一句恶毒的诅咒,"他要是在我进来以前还留着条命的话,我就用靴子的铁后跟把他的脑袋碾成碎片,他有多少根头发,碎片就有多少块。"

"如果是**我**干的呢!"老犹太几乎嚎叫起来,"我知道的事情太多了,除了我自己以外,还能叫那么多人都给绞死。"

"我不知道,"赛克斯答道,单单是听到这一种假设,他便咬牙切齿,脸色铁青。"我没准会在牢里干一件什么事,让他们替我打上铁镣。如果我跟你是同时受审,我就在公堂上扑到你身上,当着众人用铁镣把你的脑汁敲出来。我有这份气力。"这强盗抬起一条肌肉发达的胳臂,扬了扬,嘴里嘟嘟囔囔。"我会把你的脑袋捣成肉泥,就像是有辆满载货物的马车打上面开过去一样。"

"你真的干得出?"

"那还用说。"赛克斯说,"不信你就试试。"

"如果是查理,或者是机灵鬼,或者是蓓特,或者——"

"管他是谁呢,"赛克斯不耐烦地说,"不管哪一个,我伺候起来没什么两样。"

费金死死地盯着这个强盗,示意他别再说话,自己在地铺上俯下身来,摇了摇正在睡觉的人,打算把他叫起来。赛克斯躬着身子坐在椅子里,手搭在膝盖上,在一边观望,看样子他真有点摸不着头脑,弄不清这一个个话中有话的问题到底想要得出一个什么结论。

"波尔特,波尔特。可怜的小伙子。"费金抬起头来,一脸魔鬼等着好戏看的表情,话说得很慢,加强语气的地方十分明显。"他累坏了——守了**她**那么久给累的——一直守着**她**呢,比尔。"

"你说什么?"赛克斯身子往后一仰,问道。

费金没有搭腔,只是又一次朝睡觉的人弯下腰,拖他坐了起来。诺亚直等到自己的假名给叫了好几次之后,才揉揉眼睛,重重地打了一个呵欠,睡眼惺忪地向四周看看。

"把那事再给我讲讲——再讲一遍,也让他听听。"老犹太说着,指了指赛克斯。

"给你讲什么呀?"睡意正浓的诺亚老大不高兴地扭了扭身子,问道。

"那件有关——南希的事,"费金说着,一把握住赛克斯的手腕,像是为了防止他没听出个究竟就从这所房子里冲出去似的。"你跟着她去了?"

"是的。"

"是去伦敦桥?"

"对呀。"

"她在那儿跟两个人碰了头?"

"是这么回事。"

"那是一位老先生,还有一位小姐,她以前去找过别人一回。他们要她说出所有的同伙,首先是孟可司,她照办了——要她描述一下他的长相,她照办了——要她说出我们碰面和来来去去的房子是个什么样,她照办了——最好从什么地方进行监视,她说了——大家什么时候上那儿去,她说了。这一切都是她干的。她就这么一句一句讲出来了,没有一句啰嗦的,也没有人逼她——她干了没有——莫非她没干?"费金大吼大叫,快气得发疯了。

"一点儿不错,"诺亚搔了搔头皮,答道,"是那么回事。"

"上个星期天的事,他们说了些什么?"

"上个星期天的事,"诺亚一边想一边回答,"我不是跟你讲过了吗?"

“再说说,再讲一遍。”费金唾沫四溅地喊叫着,一只手紧紧抓住赛克斯,另一只手上下挥动。

“他们问她,”诺亚清醒了不少,他像是隐隐约约意识到了赛克斯的身份,说道,“他们问她上星期天为什么没按她约好的时间来。她说她来不了。”

“为什么来不了——为什么?把那句话告诉他。”

“因为比尔,就是从前向他们提起过的那个人,把她给关在家里了。”诺亚回答。

“还说了他什么?”费金嚷嚷着,“从前向他们提起过的那个人,她还说了他什么?告诉他。”

“噢,说是除非他知道她要去什么地方,她轻易出不了门,”诺亚说,“所以,头一次去见那位小姐,她——哈哈哈!她说到这事的时候,可把我逗乐了,真的——她给他用了一点儿鸦片酊。”

“操他娘的!”赛克斯大吼一声,猛力挣脱老犹太的手。“闪开!”

他把费金老头摔到一边,奔出房间,怒不可遏地登上楼梯。

“比尔,比尔!”老犹太慌忙跟上去,喊道。“听我一句话,就一句话。”

这句话原本是来不及说的,幸亏那个打家劫舍的家伙没法开门出去,就在赛克斯徒劳无益地冲着大门使劲,一边破口大骂的当儿,老犹太气喘吁吁地赶上前来。

“让我出去,”赛克斯说道,“别跟我说话,你给我当心点。听见没有,让我出去。”

“听我说一句,”费金将手按在门锁上,说道,“你不会——”

“说。”对方回答。

“比尔,你不会——太——莽撞吧?”

天将破晓,门口的亮光足够让他们看清彼此的面孔。他俩相互瞥了一眼,两个人眼睛里都燃着一团火,这一点是不会看错的。

“我的意思是,”费金说道,他显然意识到眼下一切花言巧语都已无济于事,“为了安全起见,别太莽撞。利索些,比尔,别太冒失。”

赛克斯没有答腔,这功夫老犹太已经拧开了门锁,他管自拉开大门,向静悄悄的街上冲去。

这强盗一步也没有停留，没有考虑片刻，既没有左顾右盼，没有朝天空抬起目光，也没有将目光投向地面。他横下一条心，两眼直瞪瞪地望着前方，牙齿紧紧地咬在一起，绷紧的下巴像是快要戳穿皮肤似的。他没有嘀咕一句，也没有放松一条肌肉，一路狂奔，来到了家门口。他用钥匙轻轻地打开门，快步跨上楼梯，走进自己的房间，又在门上加了双锁。他把一张很沉的桌子推上去顶住门，然后掀开床帘。

南希姑娘衣装不整地躺在床上。赛克斯将她从睡梦中惊醒了，她吃惊地睁开眼睛，慌忙支起身来。

“起来！”那家伙说道。

“原来是你啊，比尔。”姑娘见他回来，显得很高兴。

“是我，”赛克斯应了一声，“起来。”

房间里点着一支蜡烛，汉子劈手从烛台上拔下蜡烛，扔到炉栅底下。见窗外已是晨曦初露，姑娘跳下床来，打算把窗帘拨到一边。

“由它去，”赛克斯伸手拦住了她，说道，“这点光线够我办事儿的了。”

“比尔，”姑娘惊慌地压低声音说道，“你干吗那样瞧着我?”

那强盗坐下来，鼓着鼻孔，胸口一起一伏，照她打量了几秒钟，接着，他卡住姑娘的头和脖子，将她拖到屋子中央，朝门口看了一眼，把一只大巴掌捂在她的嘴上。

“比尔，比尔。”姑娘透不过气来，拚命挣扎，死亡的威胁给她带来了力气——“我——我不会喊叫的——一声也不叫——听我——你讲吧——你说我到底干了什么。”

“你心里有数，你这个鬼婆娘。”那强盗尽量不让自己大声喘气，回答道，“今儿晚上你给盯上了，你说的话句句都有人听着呢。”

“那么，看在老天爷分上，你就饶我一命吧，就像我也饶了你的命一样。”姑娘搂住他，答道，“比尔，亲爱的比尔，你不会忍心杀我的。噢，想想吧，单是这一个晚上，为了你，我放弃了一切。你照理还有时间考虑，免得你犯下大罪。我绝不松手，你别想甩开我。比尔，比尔，看在仁慈的上帝分上，为了你自己，也为了我，不要让你的手沾上我的血。我凭着自己有罪的灵魂担保，我对得起你。”

汉子暴跳如雷，想挣脱自己的手，但姑娘的双臂紧紧地抱着他，不管他怎么扭扯,也没法掰开她的胳膊。

“比尔,”姑娘哭喊着,竭力把头贴在他的胸前,“今晚那位老先生,还有那位可爱的小姐,答应替我在外国安一个家,让我清静安宁地过完这一辈子。我再去找他们,跪下求他们对你也发发这样的慈悲和善心,让我们俩离开这个可怕的地方,你我离得远远的,过干净一些的日子,除了祷告的时候以外,忘掉我们以前过的日子,彼此永不见面。悔过永远不会太晚,他们对我就是这样说的——眼下我才知道——可我们需要时间——只要一点点时间。”

那个强盗终于腾出一条胳臂,握住了他的手枪。尽管正在火头上,他脑海里也闪过了这样一个念头:只要一开枪,肯定倾刻败露。他使出浑身力气,照着姑娘仰起的面孔(差一点儿就触到他自己的脸了),用枪柄猛击了两下。

她身子一晃倒了下去,鲜血从额上一道深深的伤口里涌出,几乎糊住了她的眼睛,但她吃力地挺身跪起来,从怀里掏出一块白色的手绢——露丝·梅莱的一块手绢——强撑着软软的身子,双手十指交叉,握着手绢,高高地朝天举起,向创造了她的上帝低声祈祷,恳求宽恕。

这幅景象看上去太可怕了。凶手跌跌撞撞地退到墙边,一只手遮住自己的视线,另一只手抓起一根粗大的棒子,将她击倒。

第四十八章

赛克斯出逃。

夜幕降临以后,偌大一个伦敦城内,在一切以黑暗为掩护发生的诸般劣迹之中,最下作的莫过于此了。在清晨的空气中散发着血腥味的种种惨状里，最恶心最惨烈的就是这一件。

太阳——明朗的太阳，不仅给人类带来光明，还带来新的生命、期望与朝气——辉煌灿烂地展现在这座人烟稠密的都市上空，阳光一视同仁地穿透艳丽的彩色玻璃和纸糊的窗格，穿透教堂的圆顶和腐朽的缝隙。阳光照亮了横放着那个遇害女子的房间。确实照亮了。赛克斯曾妄想把光明挡在窗外，可阳光还是会照射进来的。如果说，此番情景即便是在阴暗的早晨也令人骇然，那么现在，当一切都披上了灿烂的日光，这又是什么光景啊！

他一动不动，连走动一下都不敢。遇害者曾发出一声呻吟，手动了一下。他带着火头上新添的恐惧，又给了她一击，又是一击。他一度扔下一条毯子将尸体盖住，然而一想到那双眼睛，想像它们冲着自己转过来，比起看见它们直瞪瞪地朝上看着，仿佛在看天花板上那一摊血迹的倒影在阳光下摇曳起舞似的，情况更糟。他又把毯子扯掉了。尸体躺在那里——无非是血和肉，只此而已——可那是什么样的肉，多么多的血啊！

他划着火柴，生起炉子，将木棒扔在里面。木棒梢头上带着的头发烧着了，蜷缩成一小片薄灰，微风抓起它来，飘飘悠悠地飞进烟囱，就连这一点也把他吓坏了，尽管他是那样身强体壮。他抓住这件凶器，直到它断裂开来，随即扔在煤上，让它慢慢烧尽，化成了灰。他洗了洗手，把衣服擦擦干净，衣服上有几处血迹怎么也擦不掉，他索性把那几块剪下来，烧掉了。房间里的血迹怎么到处都是？连狗爪子上也都是血。

整个这段时间，他一次也没有背对尸体，是的，片刻也没有。一切都收拾好了，他退到门口，一边拉住狗，以免那畜生的爪子又一次沾上血迹，把新的罪证带到大街上。他轻轻地关门上锁，取下钥匙，离开了那所房子。

他走到马路对面，抬头瞅了瞅那扇窗户，必须保证外面什么也看不出来。窗帘纹丝不动地垂挂着，她本想拉开窗帘，让屋里亮一些，可她再也看不到亮光了。尸体几乎就横躺在窗帘下面。这一点他是知道的。天啦，阳光怎么偏偏往那个地方倾泻。

这一瞥只是一刹那的功夫。谢天谢地，总算脱离了那个房间。他冲着狗打了一声口哨，快步走开了。

他走过爱灵顿，大步朝高门山附近那座矗立着惠廷敦纪念碑的土坡走去，再到高门山。他一点主意没有，也不知道上哪儿去——刚一动身下山，便又朝右边插过去，抄小路穿过田野，绕过凯茵森林，来到汉普司泰德荒原。他涉过健康谷旁边的洼地，爬上对面的沙丘，横穿连接汉普司泰德和高门两处村庄的大道，沿着余下的一段荒原往北郊的田野走去，在田边一道篱笆底下躺下来，睡着了。

不多一会儿，他又起来，开始赶路——不是深入乡村，而是沿着大路返回伦敦——接着又倒回来——又从另一边朝他已经走过的那一带走去——时而在田野里游来荡去，时而躺在沟边歇一歇，时而又一跃而起，换一个地方躺下，随后又四处乱跑。

上什么地方弄点吃的喝的呢，既要近便，又要人不太多？亨顿。那是个好去处，路不远，又不怎么当道。他决定到那边去——有时疾走飞奔，有时出于一种奇怪的逆反心理，像蜗牛一样磨磨蹭蹭，或者索性停下来，懒洋洋地用手杖在篱笆上敲敲打打。可是到了那个地方，他遇见的每一个人——连站在门口的小孩也一样——好像都拿出一副怀疑的目光瞅着他似的。他只得转过身，没有胆量去买点吃的喝的，尽管他已经好几个小时没吃东西了。他又一次在荒原上游荡开了，不知道该上哪儿去。

他游荡了不知多少里路，又回到了老地方，早晨与中午已经过去了，白昼即将结束，他仍在东游西荡，上坡下坡，兜了一圈又一圈，始终在原地徘徊。末了，他拔腿往海菲尔德方向走去。

已经是夜里九点钟了，村子里一片宁静，那汉子浑身筋疲力尽，从教堂旁边的小山上走下来。狗也因少有这种训练走起来一瘸一拐。他们顺着狭窄的街道蹒跚而行，悄悄溜进一家小酒店，原来是店里暗淡的灯光将他们引到了这里。店堂里生着炉火，有几个农民正围着火炉喝酒。他们替这位陌生人让出了一块地方，可他却在最远的角落里坐下来，独自吃喝，说得更确切一些，是和他的狗一起吃，他时不时地扔给那畜生一点儿吃的。

那几个聚在一块儿的人谈起了附近的土地与农民。这些话题说够了，又转而开始议论上礼拜天下葬的某个老头儿的岁数。在场的年轻人认为他很有一把年纪了，而几个老头子却宣称他还年轻呢——一位满头白发的老公公说，死者并不比自己年长——要是他好好保养，至少还可以活十年到十五年——要是好好保养的话。

这个话题没有什么引人入胜或者说激起恐慌的内容。那强盗付了账，不声不响地坐在角落里，无人注意，差一点睡着了。就在这时，一位不速之客进门的嘈杂声将他的睡意多少赶走了一些。

来者是一个喜欢插科打诨的小贩兼江湖骗子，背上挂着一只箱子，周游四乡，兜售磨刀石、磨刀皮带、剃刀、洗面水、马具粘合剂、治狗病和治马病的药、廉价香水、化妆品什么的。他一进店门，就跟几个乡下人有说有笑，无伤大雅地相互逗乐，等他吃饱喝足了，又来了个顺水推舟，打开百宝箱，一边开玩笑，一边做起了生意。

“那是什么玩意儿？好吃不好吃，哈利？”一个乡下人嘻皮笑脸地指着箱子角落里的几块形状像糕点的东西问道。

“这个嘛，”那家伙拿起一块来，说道，“这就是那种百灵百验、物超所值的合成肥皂，专去各种丝绸、缎子、亚麻布、麻纱、棉布、绉纱、呢绒、毛毯、混纺织物、平纹细布、羊毛织品上的斑点、锈迹、污渍、霉点。任何迹印，不管是啤酒迹印、葡萄酒渍、水果渍、水渍、色斑，还是沥青迹印，用这种百灵百验、物超所值的合成肥皂，擦一下管保全部褪尽。若是哪位女士名誉上有了污点，只要吞一块下去，立刻药到病除——这可是毒药呢。如果哪一位绅士有心证明自己的清白，只需要咽一小块，从此名声就不成问题——因为这玩意儿简直跟手枪子弹一样令人称心如意，而且味道差了许多，结果当然是名声大振。一便士一块。有这么多的好处，只卖一便士一块。”

当场便有了两位买主，更多的听众显然也动心了。小贩见此情形，叫得更起劲了。

“这玩意儿一造出来，立刻抢购一空，”那家伙说道，“眼下有十四座水磨，六部蒸汽机，还有一组伏打电池，一直开足马力生产，还是供应不上。那些人可卖力了，累死了马上给寡妇发抚恤金，一个孩子每年二十镑，双胞胎五十镑。一便士一块啊。半便士的收两个也是一样，四分之一便士的四个就更欢迎了。一便士一块。专去各种酒类污渍、水果污渍、啤酒污渍、水渍、油漆、沥青、泥浆、血迹。在座一位先生帽子上就有一个迹印，他还没有来得及请我喝一品脱淡啤酒，我就已经擦掉它了。”

“嗨！”赛克斯大叫一声，跳了起来，“把帽子还我。”

“先生，你还没来得及走到房间这边来拿帽子，”小贩朝众人挤了挤眼，答道，“我就可以把它擦得干干净净。各位先生注意了，这位先生帽子上有一块深色的迹印，大不过一个先令，却比一个半克朗硬币还要厚。不管是酒渍、水果渍、水渍、油漆、沥青、泥浆，还是血迹——”

那人没能再说下去，因为赛克斯发出一声刺耳的咒骂，掀翻桌子，劈手夺过帽子，冲出酒店去了。

反常的精神状态，内心的举棋不定，是由不得这个凶手的，已经整整折磨了他一天。这时他发觉后面没有人追上来，人们顶多也就是把他当成一个憋着股子火气的醉汉罢了。他转身离开小镇。街上停着一辆邮车，他避开车灯的光亮走过去，认出这是伦敦开来的驿车，正停在那所小小的邮局前。他差不多猜得到接下来会出现什么情况，却还是走到马路对面，凝神谛听着。

押车的职员站在车门口，正在等邮袋，一个穿着像是猎场看守员的男人走上前去，押运员将已经放在便道上的一个篮子递给他。

“这是给你家里人的，”押运员说道，“喂，里面的人手脚快一点好不好？这该死的邮袋，前天晚上都还没弄好，这样是不行的，你不是不知道。”

“贝恩，城里有啥新闻？”猎场看守一边问一边往窗板退去，这样更便于欣赏一下那几匹马。

“没有，据我所知没什么新闻，”押运员戴上手套，答道，“粮价涨了一点儿。我听说斯皮达菲那一带也出了一起凶杀案，不过我不大相信。”

“噢，一点不假，”一位打车窗里往外张望的绅士说道，“真是一起可怕的凶杀。”

“是吗，先生？”押运员触了一下帽子，问道，“劳您驾，先生，是男的还是女的？”

“一个女人，”绅士回答，“据估计——”

“得了吧，贝恩。”赶车人不耐烦地嚷了起来。

“这该死的邮袋，”押运员嚷嚷着，“你们里面的人是睡着了不是？”

“来啦！”邮局职员跑出来，嚷了一声。

“来啦，”押运员咕哝着，“啊，跟那位千金小姐一样，说是马上就要爱上我了，可我就是不知道什么时候兑现。行了，开车。好——哩！”

驿车喇叭发出几个欢快的音符，车开走了。

赛克斯依旧站在街上，对刚才听到的一席话显然无动于衷。他只是不知道该往哪儿走,没有比这更叫他恼火的了。末了,他又一次往回走去,踏上了从海菲尔德通往圣阿尔班斯的大道。

他闷头闷脑地往前走。可是,当他把小镇抛在身后,来到空荡荡、黑沉沉的的大路上,就有一种恐怖的感觉悄悄爬上心头,他浑身里里外外都哆嗦起来。眼前的每一个物体,不管是实物还是阴影,不管是静的还是动的,全都很像某种可怕的东西。然而,这些恐惧比起那个从清晨以来与他寸步不离的怪影就算不得什么了。朦胧中,他分辨得出它的影子,说得出最细微的特征,记得它是怎样身体僵直、面孔冷峻地行走的。他听得到它的衣服擦着树叶沙沙作响,每一阵微风都会送来那最后一声低沉的惨叫。他如果停下,影子也停下。他如果疾走飞奔,影子也紧随在后——它并不跑——真要是跑倒还好些,而是像一具仅仅赋有生命机理的躯体,由一股既不增强也不停息的阴风在后面缓缓地推动。

他几次把心一横转过身来,决心把这个幻影赶走,哪怕它会下死劲地瞅着自己,却不由得毛骨悚然,连血液也凝滞了:因为幻影也随着自己一起转过来,又跑到身后去了。上午他一直是面对着它,而眼下它就在自己身后——寸步不离。他如果背靠土坡,便会感到它悬在头上,寒冷的夜空清晰地映出它的轮廓。他仰天倒在路上——背贴着路面,它就直挺挺地站在他的头上,一言不发,一动不动——一块活生生的墓碑,刻有用鲜血写下的墓志铭。

谁也不要说什么凶手可以逍遥法外,老天没长眼睛。这样提心吊胆地熬过漫长的一分钟,与横死几百回也差不了多少。

他经过的野地里有一个茅棚,提供了过夜的栖身之所。小屋门前长着三棵高大的杨树,里面一片漆黑,晚风卷着一阵悲凉的哭泣声呜呜咽咽地刮过树梢。天亮以前,他没法再走了。他直挺挺地紧贴墙根躺着——等来的却是新的折磨。

这时候,一个幻影出现在他的面前,与他躲开的那个一样顽固,但更加可怕。一片黑暗之中,出现了一双睁得大大的眼睛,那样暗淡,那样呆滞,他宁可眼睁睁地看着它们,也不愿让它们走进自己的想像。眼睛本身在闪光,却没有照亮任何东西。眼睛只有两只,可它们无处不在。如果他合上双眼,脑海里便会出现那个房间,每一样东西都是熟悉的——的确,如果让他凭记忆将屋里的东西过一遍的话,有几样也许还想不起来——一件一件全在各自的老地方。那具尸体仍在它原来的地方,眼睛与他偷偷溜走时看见的一样。他一跃而起,冲进屋外的野地里。那个影子又跟上他了。他又一次走进小屋,钻到角落里。他还没来得及躺下,那双眼睛又出现了。

他呆在这地方,唯有他才清楚自己是多么恐惧,他手脚捉对儿地打着哆嗦,冷汗从每一个毛孔涌出来。突然,晚风中腾起一阵喧闹声,喊声叫声在远处响成一片,其中交织着慌乱与惊愕。在这个凄凉冷落的地方听到人的声响,即便真正是不祥的预兆,对于他也是一大安慰。危险临头,他又有了力量与精神,他猛然跳起来,冲到门外的旷野里。

广阔的天空像是着了火。一片高过一片的火头挟着阵雨般的火星,旋转着冲天而起,点亮了方圆几英里的天空,把一团团浓烟朝他站的方向驱赶过来。又有新的声音加入了呐喊,呼声更高了。他听得出那是一片呼喊"失火了!"喊声中混合着警钟鸣响,重物倒塌,火柱爆裂的声音。烈焰围住一个新的障碍物,火舌箭一般蹿起来,像是补充了食物似的。在他远远旁观的当儿,喧闹声越来越嘈杂,那边有人——男的女的都有——火光熊熊,人来人往。这情景在他看来如同是一种新的生活。他飞奔过去——直端端的,一头冲了过去——冲过荆棘灌丛,跃过栅栏和篱笆,和他那条汪汪地高声吠叫着跑在前面的狗一样像是发了疯。

他赶到现场。衣冠不整的人影往来狂奔,有几个人正拚命把受惊的马从马厩里拉出来,另一些人在把牛群从院子和草棚里轰出去,还有一些顶着纷飞的火星,冒着烧得通红的屋梁滚落下来的危险,从燃烧的木桩、柱子当中往外搬东西。一小时前还有门有窗的地方张开大口,吐出团团烈火,墙壁摇摇晃晃,坍塌在燃烧的火井里。铅和铁熔化了,白热的液体倾泻到地上。女人、小孩在尖声喊叫,男人们用喧闹的吆喝与欢呼相互壮胆。救火泵哐啷哐啷,水声哗哗,溅落在滚烫的木板上,发出嗞嗞的声音,汇成一片可怕的喧嚣声。他也跟着吆喝起来,直到喊哑了嗓子。他摆脱了记忆,也摆脱了他自己,一头扎进了最稠密的人群之中。

这一夜,他东冲西闯,一会儿用救火泵抽水,一会儿在浓烟烈火中奔忙,从不让自己脱离声音和人群最稠密的地方。他跑上跑下,爬梯子,上房顶,穿楼层,不顾在他的重压下颤颤悠悠的地板,冒着掉落下来的砖石,在大火蔓延的每一个地方都有他的身影。然而,他真是生了一副鬼神庇护的命,身上没有落下一丝擦伤,也没有碰着压着,没有感到疲倦,脑子里空空如也,一直干到又一个黎明到来,火场上只剩下缕缕烟雾和黑乎乎的废墟。

疯狂的亢奋过去了,那个可怕的意识带着十倍的威力去而复返,他明白自己犯下了大罪。他疑神疑鬼地看了看四周,因为人们都在三五成群地交谈,他担心自己会成为谈话的主题。他用指头发出了一个意味深长的手势,狗领会了。他俩偷偷地走开了。他贴着一台发动机走过,有几个人正坐在那儿,他们招呼他一块儿吃点东西。他胡乱吃了些面包和肉食,一口啤酒刚喝下肚,便听见几个伦敦来的救火员正在议论那桩凶杀案。“听人说,他逃到伯明翰去了,”其中一个说道,“他们照样会抓住他的,侦探已经出发了,到明儿晚上通缉令就会发到全国。”

他慌忙走开,一直走到险些儿跌倒在地才停下来。接着,他在一条小路上躺下来,睡了很久,但断断续续,很不安稳。他又一次起来游荡,犹豫不决,不知何去何从,担心又得挨过一个孤寂的夜晚。

猛然间,他不顾一切地作出了决定:回伦敦去。

“不管怎么样,上那儿总有人可以说说话,”他思忖道,“又是一个呱呱叫的藏身之地。我在乡下留了那么多痕迹,他们决不会想到回伦敦抓我。我干吗不能躲上个把礼拜,然后,从费金身上硬讨一笔现钱,跑到法国去?妈的,我豁出去了。”

在这个念头驱使下,他毫不耽搁地开始行动,选择行人最少的路径动身往回走去,打定主意在首都近郊先躲一躲,等天黑下来,再绕道进入伦敦,直奔选定的目的地。

然而,狗是个问题。如果他的长相特征已经发往各地的话,肯定不会漏掉一条,那就是狗也不见了,很可能是跟他在一块儿。这一点可能导致他在穿街走巷的时候被捕。他决定把狗淹死。他朝前走去,四下里寻找池塘。他拾起一块大石头,边走边把石头系在手绢上。

这些准备工作正在进行的时候,那畜生抬起头来,望着主人的面孔。不知是它凭本能悟出兆头不妙,还是因为那强盗斜眼看它的目光比平常更凶了一些,它躲躲闪闪地走在后面,距离拉得比往常远一些,他一放慢脚步,狗就畏缩不前。主人在一个水池边上停下来,回头唤它,它干脆不走了。

“听见我唤你没有？上这儿来!”赛克斯喝道。

那畜生在习惯驱使下走上前来。可是，当赛克斯俯下身来，将手绢往它脖子上套的时候，它却呜呜叫了一声，跳开了。

“回来!”那强盗说道。

狗摇了摇尾巴，但没有动弹。赛克斯打了一个活套，又一次唤它过来。

狗上前几步，又退回去，踌躇片刻，便转身以最快速度逃走了。

那汉子一次又一次地打着唿哨，坐下来等候着，满以为它还会回来，然而狗再也没有露面，他只好重新踏上旅途。

第四十九章

孟可司与布朗罗先生终于会面了，记述他们的谈话以及打断这次谈话的消息。

暮色刚开始降临，布朗罗先生乘坐出租马车，在自己的家门口下了车。他轻轻叩门。房门打开了。一个虎彪彪的汉子从车厢里出来，站在踏板的侧边，与此同时，另一个坐在驭手座位上的汉子也走下来，站在另一侧。布朗罗先生做了一个手势，他俩扶着一个人走下马车，一左一右夹着他匆匆进了屋子。这个人就是孟可司。

他们以同一种方式一言不发地登上楼梯，布朗罗先生走在前面，领着他们来到一间后房。在这个房间的门口，上楼时就显然老大不乐意的孟可司停住了。两个汉子看着布朗罗先生，听候指示。

“他知道好歹，”布朗罗先生说道，“如果他犹豫不前，或者不听你们的命令随便乱来，就把他拖上街去，找警察帮忙，以我的名义告发他这个重罪犯。”

“你怎么敢这样说我？”孟可司问道。

“你怎么敢逼我出此下策，年轻人？”布朗罗先生正颜厉色面对着他，反问道，“你疯了吗，还想走出这所房子？放开他。行了，先生，你可以走了，我们会跟上来的。不过，我警告你，我凭着心目中最庄严神圣的一切发誓，只要你一只脚踏上街道，我就要指控你犯有欺诈、抢劫的罪行，把你抓起来。我主意已定，说到做到。你要是真打算那么着，那你可是咎由自取。”

“这两条狗得到谁的授权在街上绑架我，弄到这儿来？”孟可司依次打量着站在身边的两个人问道。

“我的授权。”布朗罗先生回答，“这两个人由我负责。如果你抱怨自由被人剥夺了的话——你在来的路上就有权利和机会恢复自由，可你还是认为不吭声为妙——我重复一遍，你可以寻求法律的保护，我也可以请求法律制裁你。不过，你到了没法收场的地步时，不要来求我发慈悲，到时候，权利已经不在我手里，得由别人做主，你不要自己跳进深渊，还说是我把你推进去的。”

孟可司显然左右为难，而且很惊慌。他犹豫起来。

“你赶快决定吧，”布朗罗先生十分坚定，神态自若地说，“如果你希望我公开提出指控，将你交付法办——我再说一遍，这条路你并非不清楚，尽管我不难料到你会受到什么样的惩罚，而且一想起来就打哆嗦——那我可就无能为力了。如果不是这样，你请求我网开一面，向那些你深深伤害过的人请求宽恕，就坐到那把椅子上去，一句话也别说，它恭候你已经整整两天了。”

孟可司叽叽咕咕说了几句，谁也听不明白。他还在犹豫。

“你抓紧时间，”布朗罗先生说道，“我只要说一句，选择的机会就将一去不返。”

那个人依然举棋不定。

“我不喜欢跟人讨价还价，”布朗罗先生说，“再说，我是在维护别人的切身利益，也没有权利那样做。”

“这么说——”孟可司吞吞吐吐，“这么说——就没有折衷的办法了？”

“没有。”

孟可司带着焦急的目光注视着老绅士，在对方的表情中看到的唯有严厉与决心。他走进房间，耸了耸肩，坐下去。

“从外面把门锁上，”布朗罗先生对两名随从说，“听见我摇铃再进来。”

那两人应声退了出去，布朗罗先生和孟可司单独留下来。

“先生，”孟可司摔掉帽子、斗篷，说，“绝妙的招待，这还是我父亲交情最深的朋友。”

“正因为我是你父亲交情最深的朋友，年轻人，”布朗罗先生答道，“正因为我幸福的青年时代的希望与抱负都是与他联系在一起的，都是与那个和他有同胞血缘关系的可爱的人儿紧紧相连的，她年纪轻轻，就回到上帝那儿去了，丢下我一个人孤零零地呆在这里。因为在那个早晨，他和我一块儿跪在他唯一的姐姐的灵床旁边，那时候他还是个孩子，他姐姐本来就要成为我的娇妻了——可上天又有了另外的安排。因为从那时起，我这颗凋萎的心就一直拴在他身上，直到他去世，尽管他经受了种种考验，铸成了种种大错。因为我心里充满了旧日的回忆和友谊，甚而一看见你，就会勾起我对他的思念。正因为这种种缘故，直到现在——是的，爱德华·黎福特，直到现在——我还身不由主，对你这样客气，并且因为你辱没了这个姓氏而感到脸红。”

“这跟姓氏有什么相干？”对方过了一会才问道，此前他一直默默地注视着激动不已的老绅士，同时顽梗地表示自己莫名其妙。“这个姓氏跟我有什么关系？”

“没有什么关系，”布朗罗先生回答，“和你毫不相干，但这也是她的姓氏，尽管时过境迁，我，一个老年人，只要一听到陌生人提起这个姓，我还会像当年一样面热心跳。你改名换姓了，我非常高兴——非常高兴——非常高兴。”

“这一切倒挺不错，”孟可司（这里姑且保留他的化名）沉默了半天才说，他绷着脸，身子满不在乎地摇来摇去，布朗罗先生用手捂着脸，坐在那儿。“你找我到底有什么事？”

“你有一个弟弟，”布朗罗先生打起精神说道，“一个弟弟，我在街上走到你背后，轻轻说了一声他的名字，几乎单凭这一招，你就会沉不住气，紧张兮兮地跟我上这儿来。”

“我没有弟弟，”孟可司回答，“你知道我是独子。你干吗跟我说起什么弟弟来了？这一点你我都清楚。”

“你还是听听的好，有些事我很清楚，而你也许并不知道，”布朗罗先生说，“我自有办法让你产生兴趣。我知道，你那个倒霉的父亲当时还是个孩子，在门阀观念和最龌龊、最狭隘的虚荣心逼迫下结了一门不幸的婚姻，而你又是这门亲事唯一的，也是极不自然的结果。”

“你的话很难听，可我并不计较，”孟可司嘲弄地笑了笑，插嘴说，“你知道情况，这对我也就足够了。”

“可我还了解到，”老绅士继续说道，“那一场阴差阳错的结合带来的是灾难、慢性折磨、无休止的苦恼。我知道那不幸的一对各自套着沉重的枷锁，度日如年，过得是何等的厌倦，这对于两个人来说都是有害的。我知道，冷冰冰的表面关系是如何变成公开的辱骂，冷淡如何让位于厌恶，厌恶又变成仇恨，仇恨再变成诅咒，直到最后终于把那条响当当的锁链扯断，各奔东西，彼此都带着一截可恨的链条，那一锁链只有死亡才能斩断，两个人都强装出开心得不得了的样子，想的是换一个环境，不让别人看见这个链条。你母亲大功告成，很快就忘掉了。可是过了多少年，那东西仍在你父亲心里生锈、腐烂。”

“对了，他们分居了，”孟可司说道，“那又怎么样呢？”

“他们分居了一个时期，”布朗罗先生回答。“你母亲在欧洲大陆纵情享乐，完全把足足小她十岁的年轻丈夫给忘了，而你父亲眼看前途无望，一直在国内徘徊不定，结交了一班新朋友。最低限度，这一点你是知道的。”

“我不知道，”孟可司说着，将目光转向一边，一只脚在地上打着拍子，摆出一副概不认账的样子。“我不知道。”

“你的态度和你的所作所为一样使我确信，你非但没有忘记这件事，而且始终耿耿于怀，”布朗罗先生回答，“我说的是十五年以前，当时你不过十一岁，而你父亲只有三十一岁——我重复一遍，他奉父命结婚的时候还是个孩子。你是要我重提那些使你父亲的名声蒙上阴影的事情呢，还是不用我说，你自己将真实情况告诉我？”

“我没有什么好说的，”孟可司答道，“只要你愿意，只管说你的。”

“当时，那班新朋友中，”布朗罗先生说道，“有一个是退役的海军军官，他妻子大约半年以前去世了，丢下两个孩子——在早还有几个，但幸而只有两个，都是女儿，一个如花似玉的十九岁姑娘，另一个小丫头只有三两岁。”

“这跟我有什么关系?”孟可司问。

“他们住在乡下,”布朗罗先生仿佛没有听见这句插话,“你父亲在彷徨中也到了那一带,在那儿住下来。结果,双方很快就从相识、接近直到产生友谊。你父亲的天赋很少有人比得上,他们姐弟俩在气度和长相上都很像。老军官对他日益加深了解,也越来越喜欢他了。事情如果到此为止就好了。那个大女儿也和父亲一样越来越喜欢他。”

老绅士顿了一下,他见孟可司咬着嘴唇,两眼盯住地板,便立即往下说道:

“到年底,他和那个女儿订下了婚约,订下了庄严的婚约,赢得了那个纯洁无瑕的姑娘的芳心,那是她的第一次,也是唯一的一次真挚而火热的爱情。”

“你的故事还真够长的。”孟可司烦躁地在椅子上折腾着,说道。

“这个真实的故事充满忧伤、苦难和不幸,年轻人,”布朗罗先生回答,“这类故事通常都是如此。如果是一个单纯快乐美满的故事,那就很短。后来,你家的一个富贵亲戚过世了,当初就是为了巩固他的利益和地位,拿你父亲当了牺牲品,跟其他人经常碰到的情况一样——这并不是什么罕见的例子——为了弥补他一手造成的不幸,他给你父亲留下了他自认为能够消除一切痛苦的灵丹妙药——钱。你父亲必须即刻赶往罗马,那人本来是到罗马去养病,哪知死在那儿了,他的事情顿时一团糟。你父亲去了,在当地得了一种绝症。消息一传到巴黎,你母亲就带着你跟去了,她到的那一天,你父亲就死了,没有留下遗嘱——**没有遗嘱**——于是全部财产落入你们母子的手中。”

故事讲到这里,孟可司屏住呼吸,全神贯注地谛听着,尽管眼睛没有正对着说话的人。布朗罗先生打住话头,孟可司换了一个姿势,擦了擦发烫的脸和手,一个人骤然间如释重负就是这个样子。

“他出国以前路过伦敦,”布朗罗先生目不转睛地望着对方的脸,缓缓地说,“他来找过我。”

“这我没听说过。”孟可司插了一句,口气中本想表示此话不可信,却反而表明他更多的是感到一阵不愉快的惊奇。

“他来找过我,留下了一些东西,其中有一幅画像——他亲笔画的一幅肖像——那个可怜的姑娘的肖像,他不愿意把画丢在家里,但旅途匆匆,又没法带在身边。焦虑悔恨之下,他瘦得形销骨立。他心神不定,语无伦次,谈到了他自己造成的祸患与耻辱,向我吐露他要不惜一切代价,把全部财产变卖成现钱,只等办好手续,将新近所得的一部分遗产授予你们母子,从此离开英国——我完全估计到了,他不会只身出走——永不回来。我虽然是他的老朋友,我们的情义已经深深植根于这一片大地,这里安葬着一个对我们彼此来说都是最亲爱的人——甚至于对我,他也没有进一步倾吐衷肠,只答应写信,把一切都告诉我,并表示事后还会来看我,作为在世的最后一次,啊!**那本身**就是最后一次。我没有收到信,也再没有见到他。"

"等到一切都结束了,"布朗罗先生略微顿了一下,说道,"我到他结下那笔孽债的地方去了——我可以用世人通行的说法,因为世间的苛责或是宽厚对于他已经没有什么两样——我打定主意,如果我的担心变成了现实,也要让那位一时迷途的姑娘找到一个可以栖身的家,找到一颗能够同情她的心。那家人已经在一个星期前搬走了,他们把所有的未偿债务一一结清,哪怕数目不大,有天夜里,一家人离开了那个地方。原因何在,或者说上哪儿去了,谁也说不上来。"

孟可司越发畅快地舒了一口气,带着胜利的微笑回头看了一眼。

"你的弟弟,"布朗罗先生把椅子朝对方挪近了一些,说道,"你的弟弟,是个身体瘦弱,衣衫褴褛,受人鄙视的孩子,一只比机缘更强有力的手推着他来到我面前,我把他从罪恶可耻的生活中救了出来——"

"什么?"孟可司嚷起来。

"是我把他救出来的,"布朗罗先生说道,"我刚才不是说过,我很快就会激起你的兴趣。不错,是我把他救出来的——我明白,你那个狡滑的同伙隐瞒了我的名字,虽说他才不管你听不听得出说的是谁。当时他被我救出来,住在我家里养病,他与我前面谈到的那幅画上的姑娘长得很像,使我大吃一惊。即使是在我初次见到他的时候,尽管他浑身污垢,可怜巴巴的,他脸上就有一种表情若隐若现,我似乎在一场栩栩如生的梦境里猛然发现了一位老朋友的身影。我用不着告诉你,我还没弄清他的来历,他就被人拐跑了——"

"干吗不说呢?"孟可司赶紧问了一句。

“因为这事你心里有数。”

“我!”

“当面抵赖是无济于事的,”布朗罗先生回答,“我会让你明白,我知道的不只这一件事。”

“你——你——没法证明有什么事情对我不利,”孟可司结结巴巴地说,“我量你也没那么大本事。”

“走着瞧吧,”老绅士用犀利的目光看了他一眼,回答,“我失去了那个孩子,虽然我多方努力,还是没能找到他。你母亲已经死了,我知道,只有你能解开这个谜,只有你一个人。我最后一次听到你的消息的时候,你在西印度群岛,呆在你自己的领地上——你很清楚,你在母亲死后退隐到那里去了,为的是逃避在此地的种种恶行的后果——我渡海而去,你却已经在几个月以前离开那儿了,估计是到了伦敦,但谁也不清楚去了什么地方。我又返回来。你的几个代理人也不知道你的住处。他们说,你来来去去,和以前一样神秘——有时一连几天都在,有时又是几个月不在——看起来还是不断出没于那几个下流的场所,跟那班丧尽廉耻的家伙搅在一起,你从还是一个无法无天的孩子的时候起,就和他们打得火热。我一次又一次向他们打听,连他们都嫌烦了。我白天黑夜在街上走来走去,可直到两个小时以前,我所有的努力都毫无结果,我从没有见到过你一次。”

“你现在真的看见我了,”孟可司大着胆子站起来,“那又怎么样?欺诈和抢劫都是响当当的罪名——你以为,你凭空想像,一个小鬼长得跟一个死人无聊时胡乱涂几笔的什么画长得有点像,就可以证明了?硬说我有个弟弟。你甚至搞不清那一对情种有没有生过孩子,你根本搞不清楚。”

“我过去确实不清楚,”布朗罗先生也站了起来,说道,“可是过去半个月里,我一切都打听清楚了。你有一个弟弟。你知道这件事,而且认识他。遗嘱本来也是有的,被你母亲销毁了,她临终的时候,又把这个秘密和得到的好处留给了你。遗嘱里提到一个孩子,可能将成为这一可悲的结合的产物,那个孩子后来还是生下来了,无意之中又叫你给碰上了,最早引起你疑心的就是他长得很像他父亲。你去过他的出生地。那儿存有关于他的出生及血统的证明——那些证明已经压了很久。你把那些证据给毁了,我们眼下就用你自己对和你连手的那个犹太人说过的话好了。‘仅有的几样能够确定那孩子身份的证据掉到河底去了，从他母亲那儿把东西弄到手的那个老妖婆正在棺材里腐烂哩。’不肖之子，懦夫，骗子——你，乘黑夜跟一帮盗贼、杀人犯策划于密室之中——你，你的阴谋诡计使一个比你们好一百万倍的姑娘死于非命——你，自幼就伤透了你生身父亲的心，邪念、罪孽、淫欲，这一切都在你身上溃烂，直到它们找到一种可怕的病态才算发泄出来，这种病态甚而把你的面孔变成了你的灵魂的一个缩影——你，爱德华·黎福特，你还敢跟我顶?”

“不，不，不!”这个懦夫连声说道，他终于被对方一一历数的控诉压倒了。

“每一句话!”老绅士喝斥道，“你跟那个该死的恶棍之间说的每一句话我都知道。墙上的影子听见了你们的窃窃私语，把你们的话传到了我的耳边。看到那个孩子备受虐待，连一个堕落的姑娘也幡然醒悟，给了她勇气和近乎于美德的品性。凶杀已经发生了，即便你在事实上不是同谋，你在道义上也难逃罪责。”

“不，不，”孟可司连忙否认，“那——那件事我一点也不知道。我正想去打听一下到底是怎么回事，你就把我抓了来。我不知道起因，还当是一次普普通通的吵架呢。”

“这一些只是你的秘密的一部分，”布朗罗先生答道，“你愿意全部讲出来吗?”

“是的，我愿意。”

“你愿不愿意写一份说明事实真相的供词，再当着证人的面宣读?”

“这我也答应。”

“你老老实实呆在此地，等笔录写好了，跟我一块儿到我认为最适当的地方去做一下公证，怎么样?”

“如果你一定要那么着，我照办就是了。”孟可司回答。

“你必须做的还不止这些，”布朗罗先生说道，“你必须对一个与世无争但却无辜受害的孩子作出赔偿，确实是这样，尽管他是一笔孽债的产物。你没有忘记遗嘱的条款。你必须将关于你弟弟的条款付诸实施，然后你高兴到哪儿去就到哪儿去。在这个世界上你们再也无需见面了。”

孟可司来来去去地踱着步子，神色阴沉而又奸诈，他在斟酌这一提议，也想看看能不能找到另外的出路,正处在恐惧和仇恨的两面夹攻之中。房门被急匆匆打开了,一位绅士(罗斯伯力先生)兴奋不已地走进房间。

“那个人即将被捕,”他嚷着说,“今晚就要逮住他。”

“是那个凶手吗?”布朗罗先生问。

“对,对,”大夫回答,“有人看见他的狗在某一个老巢附近转来转去,看来用不着怀疑,狗的主人要么已经在那儿了,要么就是打算趁天黑到那儿去。密探已经把各个方向都看住了。我跟奉命捉拿他的人谈过,他们告诉我,他跑不了。政府今天晚上已经出了一百英镑的赏格。”

“只要我来得及赶到,我一定再加五十,并且亲口当场宣布,”布朗罗先生说道,“梅莱先生在什么地方?”

“你说哈利?他一看见你的这位朋友太太平平,跟你乘的是同一辆马车,就匆匆赶往一地,在那他打听到了这消息,”大夫回答,“他骑马直奔郊区,他们商定到那儿参加头一拨搜索部队。”

“费金呢,他怎么样了?”布朗罗先生说。

“我刚听说还没抓住,可他跑不掉,说不定到这个时候已经抓住了。他们对付他还是蛮有把握的。”

“你拿定主意没有?”布朗罗先生低声问孟可司。

“拿定了,”他回答。“你——你——能替我保密吗?”

“我一定保密。你呆在这儿等我回来。这可是你要想平安无事的唯一希望。”

他们离开了房间,门重新锁上了。

“你进展如何?”大夫打着耳语问了一句。

“我能够指望办到的都办到了,甚至超出了一些。有那个苦命的姑娘报告的消息,结合我从前的所见所闻,我们那位好朋友的现场调查,我一点也没给他留下退路,将他的卑劣行径全部摊开,有了这些事实,情况变得跟白昼一样明朗。你写封信通知大家,后天傍晚七时碰头。我们得提前几个小时到那个地方,还是需要休息休息——特别是那位小姐,她非常需要镇定,你我眼下还真没法想像。我的血一直在沸腾,得替遇害的那个可怜的姑娘报仇。他们走的哪一条路?”

“你照直赶到警察局,还来得及,”罗斯伯力先生回答。“我留在这儿。”

两位绅士匆匆分手，彼此都兴奋得全然难以抑制心中的激动。

第五十章

追与逃。

罗瑟息思教堂位于泰晤士河的一侧，由于运煤船腾起的灰尘和密密麻麻的矮房子喷出的烟，两岸的建筑物都非常龌龊，河上的船只也是黑黢黢的。伦敦本来就有许许多多不为人知的地区，在这一带至今仍存在着一个最肮脏、最奇怪、最不同寻常的区域，绝大多数伦敦市民甚至连它的名字也说不上来。

要想前往这个去处，游人必须穿过一大片稠密、狭窄、泥泞的街道，住在这里的都是最下等、最穷的水上人家，他们的谋生之道也不难想见。店铺里堆放着价格最廉、质量最差的食品。最蹩脚、最不值钱的衣装服饰悬挂在商家门前，在住房栏杆、窗口迎风招展。到处都是最低级的失业人员、搬运压舱货的脚夫、煤船装卸工、浪荡女子、衣衫褴褛的儿童，还有河滨的渣滓废物，你在中间挤来挤去，吃力地往前走。无数的小巷左右岔开去，巷子里不断涌出令人恶心的景象和气味。笨重的马车装载着堆积如山的货物，从遍布每一个角落的堆栈、库房里哐啷哐啷地开出来，叫人什么也听不见。好不容易才来到比先前经过的街道更为偏僻，行人也不是那么多的街上，只见突出在便道上方的骑楼摇摇欲坠，一堵堵断壁残垣像是在你经过时就会倒下来似的，烟囱塌了一半，另一半也在犹豫，把守窗户的铁条年深日久，锈迹斑斑，糊满污迹，差不多都烂透了——一切颓败破落的迹象这里应有尽有。

雅各岛就坐落在这一带，从南渥克镇码头再往前走就到了。雅各岛四周的臭水沟涨潮时可以达到六至八英尺深、十五至二十英尺宽，这条水沟以前叫磨坊池,可这些年里人们就知道它叫荒唐沟。这是泰晤士河分出来的一条港汊或者说水湾,只要在满潮时打开利德磨坊的水闸,就可以把水放满,水沟的老名字就是这么来的。开闸的时候,外来人只要站在磨坊巷那些横跨水沟的木桥上望去,就会看到两岸的居民打开后门、窗户,把吊桶、提桶,以及各式各样的家用器皿放下去打水。你将目光从这幅汲水图转向房子本身,眼前的景象不免会使你大吃一惊。五六所房子合用屋后的一条摇摇晃晃的木板走廊,透过木板上的窟窿可以看到下面的淤泥。窗户破破烂烂,有的修理过,晾衣杆从窗口伸出来,但上面从来不见晾着衣服。房间又小又脏,室内密不透风,充满恶臭,连用来藏污纳垢似乎都嫌太不卫生。木板房子悬在烂泥臭水之上,像是马上就要掉下去的样子——有一些已经掉下去了。墙壁污秽不堪,地基一天天腐烂,怵目惊心的贫困,令人恶心的污垢、腐物和垃圾——这一切装点着荒唐沟的两岸。

雅各岛上的堆栈空空如也,连房顶也没有,墙壁东倒西歪,窗户已不成其为窗户,门倒在街上,烟囱黑黝黝的,却从不冒烟。三四十年前,不景气和法律诉讼拉锯战还不曾光临,这里市面相当繁荣,可而今,它的确已经成了一座孤岛。房舍没有主人,胆大的人就破门而入,据为己有。他们住在这里,死在这里。这些人必有各自重大的原因才来找一处秘密的住所,要么就是确实已经到了走投无路的地步,否则也不必到雅各岛上来寻求庇护。

这些房子里有一座相当大的孤楼,房子的其他方面都已破败不堪,唯有门窗防范森严。房子的后部濒临水沟,情况就是前面描绘过的那样——在二楼的一个房间里,有三个人聚在一块儿,这三人愁眉苦脸,不时露出惶惑而期待的神色相互看一眼,已经在沉默中坐了好一阵子。三个人当中,一个是托比·格拉基特,另一个是基特宁先生,第三个约莫五十岁上下,也是以偷盗为生的,他的鼻子在以往的一次斗殴中差不多给揍扁了,脸上带着一道可怕的伤痕,兴许也可以追溯到同一个场合。这人是一个从海外逃回来的流放犯,名叫凯格斯。

"我的好伙计,"托比朝基特宁先生转过脸去,说道,"既然那两处老窝都呆不下去了,你还是另外找个地方避避风得了,不该上这儿来。"

"死脑筋,你干吗不呢?"凯格斯也说。

"嗳,我本以为你见到我会比这个样子高兴一些呢。"基特宁先生神情沮丧地回答。

“你呀你呀，年轻的绅士，”托比说道，“一个人像我这样独来独往，凭这一手才弄到一套舒适的房子安顿下来，周围也没人又是打听又是闻味，有幸看见一位处在你这样境况的年轻绅士光临，真是令人担待不起啊（虽说在方便的时候，阁下可能是一位受人尊敬、讨人喜欢的牌友）。”

“尤其是，这位独来独往的年轻人家里还住着一个朋友，这个朋友从国外回来的时间比预期的早了一些，偏偏他又很谦虚，不愿去向法官报到。”凯格斯补充说。

在一阵短暂的沉默之后，托比·格拉基特似乎对于保持平素那副魔鬼见了也会发愁的臭架子终于绝望，他不再下功夫，转向基特宁说道：

“费金又是啥时候给抓去的？”

“正是吃午饭的当儿——今天下午两点钟。我跟查理打洗衣坊烟囱里溜掉了，波尔特一头栽进那个空的大水桶，可他两条腿太长了，竖在水桶顶上，他们就又把他抓住了。”

“蓓特呢？”

“可怜的蓓特。她跑去看那具尸体，说是去告个别，”基特宁一张脸拉得越来越长，答道，“一下就疯了，又是尖叫又是说胡话，拿脑袋往墙壁上撞，他们只好给她穿上约束衣，带她上医院去了——她眼下在那儿。”

“小贝兹怎么样？”凯格斯问。

“在附近转悠，天黑以前不会上这儿来，不过他很快就会来的，”基特宁回答，“眼下也没别的地方可走，瘸子店那儿的人全部被拘留，那个酒吧本来是窝子——我跑到那儿去，亲眼看见来着——里面全是密探。”

“这是一次大扫荡，”托比咬着嘴唇说道，“搭进去的可不光是一个人。”

“现在正是审判期，”凯格斯说道，“只要预审结束，波尔特供出了费金——从他以前说的话来看，他肯定会招供——他们可以判定费金是事前从犯，星期五开庭审判，从今儿个算起，再过六天他可就要荡秋千了，他——”

“你们准听说了，百姓吼得才叫厉害，”基特宁说道，“要不是警察豁出命来赶，他已经给撕成碎片了。他倒下去了一次，可警察在他四周围成一个圆圈，硬冲出去了。你们没有看见他四顾张望的样子，浑身是泥，满脸淌血，贴在警察身边,就好像警察是他最亲密的朋友似的。我眼下还看得见,人群拼命往前挤,他们也顶不住,就把他夹在自己人中间拖走了。我看得见,人们一个接一个跳上来,咬牙切齿,嗷嗷直叫,朝他扑过去。我看得见他头发、胡子上的血,我听得见,娘们儿都吵吵着挤进街角的人群中,发誓要把他的心挖出来。”

吓得魂不附体的现场目击者捂住耳朵,闭着眼睛站起来,狂暴地走来走去,像是神智错乱了一般。

当他做出这些举动的时候,另外两个默默地坐在一旁,直瞪瞪地盯着地板,这时,楼梯上响起一阵啪哒啪哒的声音,赛克斯的狗窜进了屋里。他们往窗口奔去,又跑下楼,冲到街上。狗是从一扇开着的窗户里跳进来的,它没有跟着三个人跑,它的主人也没有出现。

“这是什么意思?”三个人又回来了,托比说道。“他不会上这儿来的。我——我——但愿不会。”

“他要是上这儿来的话,会带着狗一块儿来,”凯格斯俯下身来,察看着那只躺在地板上直喘气的畜生。“喂。咱给它点儿水喝,瞧它跑得气都喘不过来了。”

“它把水全喝下去了,一滴也不剩,”基特宁默不作声地盯着狗看了一阵,说道。“满身泥浆——腿也瘸了——眼睛也快睁不开了——一定走了很远的路。”

“它能打哪儿来!”托比嚷道,“它保准到别的窝子去过了,发现里面全是生人才跑到这儿来的,这地方它来过多次,又是经常来。可一开始它是从什么地方来?没有那个人,它怎么会一路跑来?”

“他——”(三个人谁也不提凶手的名字)——“他不会寻短见的,你们认为呢?”基特宁说道。

托比摇了摇头。

“要是他死了,狗一定会把我们领到他自杀的地方去。”凯格斯说,“不。他恐怕已经逃出英国,把狗撇下了。他肯定是要了什么花招,要不狗也不会这样老实。”

这种解释看来可能性最大,所以大家也就认可了。狗钻到一把椅子下面,蜷成一团睡了,谁也没再去管它。

这时，天已经黑下来，窗板关上了，他们点亮一支蜡烛，放在桌上。近两天来发生的这些可怕的事件深深地印在他们仨心上，加上自己处境危险，前途未定，便越发感到紧张。他们挪动椅子，彼此靠得紧紧的，听到每一声响动都心惊肉跳。他们绝少说话，有话也是低声耳语，看他们那副噤若寒蝉的样子，好像那个惨遭谋杀的女人的尸体就停放在隔壁房间里。

有一阵子，他们就这么坐着，突然，楼下响起一阵急促的敲门声。

“小贝兹。”凯格斯一边说，一边怒不可遏地回头看了看，以抑制内心的恐惧。

敲门声又响了。不，这不是他。他从来不像这样敲门。

格拉基特走到窗前，哆哆嗦嗦地探出头去。用不着告诉他们来者是谁了，他那苍白的面孔已经足够了。眨眼之间，狗也警觉起来，哀叫着往门口奔去。

“我们还是得让他进来。”格拉基特端起蜡烛说道。

“就想不出什么别的法子？”另一个汉子声音沙哑地问。

“没法子，只能让他进来。”

“别把咱丢在黑屋子里。”凯格斯一边说，一边从壁炉架上取下一支蜡烛，等他双手哆嗦地点亮蜡烛，敲门声已经又响了两次。

格拉基特下楼开门去了，回来时身后跟着一个汉子，那人用一块手巾裹住下半个脸，另一块手巾裹住戴着帽子的脑袋。他慢吞吞地解下手巾。苍白的面容，眍进去的双眼，凹陷的脸颊，三天没刮的胡子，瘦削的身形，急促的呼吸：这简直就是赛克斯的幽灵。

他伸手扶住屋子正中放着的一把椅子，正想一屁股坐下去，忽然打了个寒战，又仿佛是想回头看一眼，他把椅子拖到紧靠墙根的地方——近得不能再近了——抵着墙壁，坐了下去。

谁也不说一句话。他一声不吭，挨次打量着他们。即便有谁的目光偷偷抬起来，与他的目光相接，也立即转向一旁。当他瓮声瓮气打破沉默的时候，他们仨吓了一跳，就好像以前从未听到过他的声音一样。

“狗怎么上这儿来的？”他问道。

“自个儿来的，来了三个小时了。”

“今天的晚报说费金被捕了。真有这事还是撒谎？”

“真的。”

他们再度沉默下来。

“都给我见鬼去,”赛克斯抬手抹了抹额头,说道。“你们就没什么要跟我说的?”

三个人忐忑不安地动了一下,谁也没有开口。

“这房子是你的。”赛克斯转过脸,冲着格拉基特说道,“你是打算出卖我呢,还是让我住在这儿,等这次搜捕过去?”

“你留下好了,要是你认为安全的话。”被问到的人略略犹豫了一下,答道。

赛克斯慢慢地抬起双眼,看了看身后的墙壁,主要是想试一下转过头去,并不是真想这么做。他接着说道:“尸体——尸体——尸体埋了没有?”

三个人摇了摇头。

“怎么还没埋呢?”他脱口说道,又像刚才那样朝身后看了一眼。“把这样难看的东西留在地面上做什么? ——谁在敲门?”

格拉基特打了个手势,意思是没什么好怕的,这才离开房间,紧接着又领着查理·贝兹回来了。赛克斯正对门坐着,少年刚一进屋,迎面就看见了他。

赛克斯将目光朝他转过去,少年一边往后退,一边说:“托比,你在楼下干吗不告诉我?”

那三个人吓得魂不附体,看着实在令人害怕,那恶棍不禁想讨好一下这个刚刚进门的少年,他因此点了点头,做出愿意跟他握握手的样子。

“让我到另外哪一间屋子里去。”少年不住地往后退,说道。

“查理。”赛克斯说着,朝前走去。“你难道——你不认识我了?”

“别再挨近我,”少年还在后退,他眼里含着恐惧,盯住凶手的脸,答道,“你这个坏蛋。”

汉子走了两步便停住了,彼此四目对视,结果,赛克斯的眼睛渐渐垂下了。

“你们仨作证,”少年挥动着紧握的拳头,大声说道,说话间变得越来越激奋。“你们仨作证——我不怕他——如果他们上这儿来抓他,我就把他交出去,说到做到,我马上告发你。他可以为这事杀死我,要是他高兴的话,或者是有这份胆子,可只要我在这儿,我就要把他交出去。哪怕会把他活活放进锅里煮,我也要把他交出去。杀人啦!救命啊!你们仨谁要是有种的话,就给我帮帮忙。杀人啦!救命啊!把他抓起来!"

少年大喊大叫,并伴以狂暴的手势,果真一头朝那个大汉扑了上去,力量之猛,加上出其不意,竟将他撞倒在地。

三位旁观者呆若木鸡,谁也没有插手,少年和汉子在地上滚作一团。少年毫不理会拳头雨点般落到自己身上,双手将杀人犯胸前的衣裳拽得越来越紧,使出浑身的劲头,不停地呼救。

然而,双方毕竟力量悬殊,这一番较量很快就见分晓了。赛克斯将少年掀到地上,将膝盖压在他的脖子上,就在这时,格拉基特神色恐慌地扯了他一把,指了指窗户。下面火光闪烁,有人情绪激昂地高声交谈,急促的脚步声响成一片——人数似乎还真不少——从离得最近的那座木桥上过来了。人群中好像有一个人骑在马上,高低不平的石子路面上响起了咔哒咔哒的马蹄声。火光越来越多,脚步声越来越密集,越来越嘈杂。紧接着,门口传来一阵重重的敲门声,无数愤怒的人声汇成一片闹哄哄的鼓噪,即使是胆子最大的人也会为之颤抖。

"救命啊!"少年尖声喊叫起来,声音划破夜空,"他在这儿呢。把门砸开!"

"我们奉王命到此捉拿凶犯!"有人在外面大声喊道。鼓噪声再次掀起,而且更响了。

"把门砸开!"少年尖叫着,"我跟你们说,他们绝不会开门的。照直往有亮的屋子里冲。把门砸开!"

他刚一住口,门上和楼下窗板上便响起密集而沉重的撞击声,人群中爆发出一阵嘹亮的欢呼声,听到声音的人第一次对于呼声之高得到一个相当准确的概念。

"找个什么地方,把门打开,我好把这尖声怪叫的小鬼关起来,"赛克斯杀气腾腾地喝道,一边毫不费力地拖着少年跑来跑去,就好像他是一条空口袋似的。"就是那扇门,快!"他把少年扔进去,插上门闩,转了一下钥匙。"楼下的门牢实不牢实?"

"上了双保险,外带链条。"格拉基特答道,他和另外两个人依然是一副束手无策,不知所措的样子。

“护墙板呢——坚不坚固?

“包着铁皮。”

“窗户也是?”

“是的,窗户也是。”

“见你妈的鬼。”这歹徒豁出去了,他把窗格推上去,恶狠狠地冲着人群嚷道,“随你们怎么着吧。我还要耍你们一把。”

在所有传到人耳朵里来的可怕的大喊大叫声中,没有一种比得上激怒的人群的吼声。有人大声吆喝,要离得最近的人点火烧房子,另一些人咆哮着,叫警察开枪打死他。在所有的人当中,骑在马上的那个人尤其怒不可遏,他飞身下鞍,如同分开水流一般拨开人群,挤到窗子下面,高喊起来,声音压过了所有的鼓噪。“谁去搬一架梯子来,给他二十畿尼。”

离得最近的几个嗓门接过这声呼喊,成百个声音群起响应。有的叫搬梯子,有的叫拿大锤来,有的举着火炬跑来跑去,像是在找这些东西,却又原样回来,重新发出怒吼。有人通过无济于事的咒骂来出气,有人疯子一般拼命往前挤,反而妨碍了楼下那些人的进展。有几个胆子最大的想利用落水管和墙壁的裂缝爬上去。人潮在黑暗中翻涌,像一片麦田在狂风怒号下起伏翻滚,不时齐声发出愤怒的鼓噪。

“潮水,”杀人犯关上窗户,将那些面孔关在外面,跌跌撞撞地退到屋子里,嚷嚷着。“我上来的功夫正在涨潮。给我根绳子,要长一点的。他们都在房子前面,我可以跳进荒唐沟,从那儿逃出去。给我一根绳子,不然的话,我索性再添三条人命,然后杀死我自己。”

三个惊恐万状的汉子指了指存放这类东西的地方。杀人犯慌里慌张地选了一根最长最结实的绳子,匆匆爬上房顶。

房子背后的所有窗户很久以前就用砖给砌上了,只有关着查理·贝兹的房间里有一个小小的活动天窗,但实在太小,他简直没法钻过去。然而,正是从这个出口,贝兹一迭连声地向外面的人吆喝着,要他们把住屋后。正因如此,当杀人犯好歹从顶楼上的门里钻出来,出现在房顶上的时候,一阵高亢的呼喊将这一情况通知了房子前面的人,众人立刻推推搡搡,蜂拥而来,汇成一股奔腾的激流。

杀人犯用特意带上去的一块木板死死地顶住门,让人很难从里面打开,他从瓦上爬过去,隔着低矮的胸墙往下看。

潮水退了,濠沟成了一片泥沼。

在这几个瞬间里,人群静下来,观察着他的动作,猜不透他想干什么,然而,他们刚一明白他的打算落空了,立刻掀起一阵胜利的欢呼和咒骂的巨浪,与此相比,先前的呐喊只能算是耳语。声浪此起彼伏。一些离得太远的人弄不清其中的含意,也跟着吼起来。顿时骂声四起,回响不绝,仿佛伦敦市民已倾城出动,前来诅咒这个杀人凶犯似的。

房子前面的人越来越近——越来越近,愤怒的面孔汇成一股汹涌的激流,到处都有耀眼的火把替人们引路,照亮他们怒火满腔的神情。群众冲进濠沟对岸的房子,把窗框推上去,或者干脆砸烂。每一个窗口都层层叠叠挤着许多面孔。大群大群的人站在每家每户的房顶上。一座座小桥(看得见的就有三座)在人群的重压下弯曲了。人流还在不断涌来,都想找个角落或者空档喊几嗓子,就是瞅一眼那个恶棍也好。

"这下逮住他啦,"一个男子在最近的那座桥上嚷道,"太棒了。"

人们纷纷摘下帽子,拿在手中挥动着,喊声又一次腾空而起。

"谁要是活捉了杀人犯,我一定赏五十镑,"一位老绅士在同一个地方呼喊道,"我一定留在此地恭候领赏的人。"

又是一阵欢呼。在这一刹那间,一个消息在人群中传开了:大门终于撞开了,刚开始叫搬梯子的那个人已经冲上楼去。消息一个传一个,人潮猝然转向。站在窗口的人见桥上的人蜂拥而退,也冲到街上,加入了正乱哄哄地返回原处的人群:一个个推来搡去,争先恐后,人人心急火燎,都想赶到门口,以便在警察将犯人押出来时看个仔细。有的几乎挤得透不过气来,有的在混乱中挤倒在地受到践踏,一声声长呼短叫实在可怕。狭窄的道路完全堵塞了。有的东冲西突,打算回到房子正面的空地,有的拼命挣扎,徒劳地想挤出人群,就在这当儿,本来集中在杀人犯身上的注意力却分散了,尽管人们一心想要抓住他的急切心情有增无已。

那个汉子缩作一团,蹲下来。人群气势汹汹,加上自己已经无计可施,他完全给镇住了。然而他敏捷的反应并不亚于突如其来的变化,他刚一看出人们的注意力忽然转移了方向,便一跃而起,决定作最后的一搏以保住性命，那就是跳进濠沟，冒着陷于灭顶的危险，尽量利用黑暗与混乱偷偷溜掉。

他顿时抖擞精神，房子里的吵闹声表明，的确已经有人冲进来了。他必须行动起来。他一只脚顶住烟囱，把绳子的一端紧紧地绕在上面。几乎只是一眨眼的功夫，他已经凭着双手和牙齿将另一端挽成一个结实的活套，他可以利用绳子垂落到离地不超过他自己身高的地方，然后用手里的小刀割断绳子，落下去。

他刚把活结套在头上，准备勒在胳膊下面，上面提到过的那位老绅士（他紧紧地贴着桥栏杆，以便顶住人群的压力，坚守在原地）急切地告诫周围的人，凶手马上就要往下坠了——就是在这一瞬间，凶手突然回头望着身后的房顶，双臂高举过头，发出一声恐怖的惊叫。

“那双眼睛又来了！”他尖声呼喊着，犹如鬼哭狼嚎。

他打了一个趔趄，仿佛被闪电击中了似的，接着便失去平衡，从胸墙上栽了下去。活套拴在他的脖子上，绳子经他身体重量一拉，绷得像弓弦一样紧，快得像离弦之箭。他掉下去约莫三十五英尺，猛然打住，四肢可怕地抽搐了一下。他吊在那儿，渐渐僵硬的手里握着那把打开的折刀。

年代久远的烟囱被扯得抖了几下，可还是勇敢地经受住了。杀人犯贴着墙壁荡来荡去，已经没有一丝生气。查理把挡住自己视线的这具晃晃悠悠的尸体推到一边，央求人们看在上帝的分上，快来接他出去。

一只到现在才露面的狗哀号着，在胸墙上来回奔跑。它定了定神，纵身朝死者肩上跳去。它没有达到目的，掉进了沟里，它在半空中翻了个跟斗，一头撞在一块石头上，顿时脑浆迸裂。

第五十一章

本章要解开好几个疑团，并议成一门只字不提财礼的亲事。

在上一章叙述的事件发生之后两天，下午三点钟光景，奥立弗登上一辆旅行马车，朝着他出生的小城飞驶而去。和他同行的有梅莱夫人、露丝、贝德温太太，还有那位好心的大夫。布朗罗先生和一个隐名埋姓的人乘的是后面一辆驿车。

一路上，他们谈得不多。奥立弗激动得心里怦怦直跳，他不敢相信，无法整理自己的思绪，几乎连话都说不出来，几个同行的人受到的影响显然也几乎不在他之下，至少是一样。布朗罗先生在迫使孟可司招供之后，已经小心翼翼地把事情的实质告诉了他和那两位女士。尽管大家都知道这次旅行的目的是要让一开始就很顺利的工作圆满结束，整个事情却仍然笼罩在疑云迷雾之中，足够使他们一直放心不下。

这位好心的朋友在罗斯伯力先生的帮助下，谨慎地切断了所有的消息渠道，让他们无法得知最近发生的种种可怕的事件。他说："一点不假，要不了多久他们准会知道的，那也比目前好一些，反正不会更糟。"于是乎，他们一路上默不作声，各人都在琢磨把大家聚到一块儿来的这件事，谁也不愿意把萦绕在心头的想法说出来。

如果说，当马车沿着奥立弗从未见过的一条大路朝他的出生地驶去的时候，奥立弗在这些思绪影响下还能一直保持沉默的话，到了他们折进他曾徒步走过的那条路——他当时是一个可怜的流浪儿，上无片瓦，无家可归，又没有朋友相助——有多少往事涌进他的记忆，又有多少复杂的感触在他胸中苏醒过来。

“瞧那儿,那儿!”奥立弗急切地抓住露丝的手,指着车窗外面,嚷着说。“那个阻挡牲口的栅栏是我爬过的,我偷偷地在那些篱笆后面走,生怕有人照我扑过来,把我抓回去。再过去有一条小路穿过田野,通往我小时候呆过的老房子。啊,狄克,狄克,亲爱的老朋友,真想现在就能见到他!”

“你很快就要见到他了,”露丝轻轻握住他合在一块儿的小手,答道。“你可以告诉他,你变得多么幸福,多么富有,告诉他,在一切幸福当中,你最大的幸福就是回来让他也得到幸福。”

“是啊,是啊。”奥立弗说道,“我们还要——我们把他从这儿带走,给他新衣服穿,教他念书,还要送他到乡下安静的地方,让他长得非常结实——对吗?”

露丝只是点了点头,那孩子流淌着幸福的泪水,她一时说不出话来。

“你一定会对他非常好的,因为你对每个人都是那样,”奥立弗说道,“听到他讲的事,我知道,会让你大哭一场。可是不要紧,不要紧的,一切都会过去——这我知道——想到他会有多么大的变化,你又会笑起来的,你对我就是这样的。我逃走的时候,他对我说‘上帝保佑你’,”奥立弗哭喊着,内心的感情迸发出来,“现在,该我说‘上帝保佑**你**’了,我还要告诉他,因为这句话,我是多么爱他。”

他们终于到了镇上,马车行驶在狭窄的街道上,这时要让奥立弗不要过于兴奋竟成了一件相当困难的事情。那边是苏尔伯雷的棺材铺,跟过去一模一样,只是看上去比他记忆中的要小一些,也没有那么威风了——还是那些早已熟知的店铺和房子,其中的几乎每一家他都去办过一些小事——那是甘菲尔的大车,就是这辆车,停在那家老字号的酒馆门口——那就是济贫院,他童年时代可怕的牢笼,它那些黑洞洞的窗户好像正愁眉苦脸地望着街上——站在大门口的还是那个瘦弱的看门人,奥立弗一看见他便不由自主地往后一缩,接着又笑自已竟会蠢到这种地步,哭了一阵子,又笑了——门口和窗口有许多面孔都是他十分熟悉的——差不多每一样东西都在,就好像他不过是昨天才离开这里,而他整个的新生活只是一场美梦罢了。

然而,这完全是不折不扣的、令人愉快的现实。他们照直开往那家头号旅馆的门口(奥立弗以前就诚惶诚恐地瞻仰过这家旅馆,以为它是一座巍峨的宫殿,可现在不知怎么的就不如以前那样堂皇、雄伟了)。在这里,格林维格先生做好了接待他们的一切准备。他们走下马车,他吻了吻露丝小姐,又吻了一下老太太,仿佛他是所有人的老爷爷一样。他笑容满面,和蔼可亲,没有提到要把自己的脑袋吃下去——是的,他一次也没有打这个赌,哪怕是在和一位老资格的邮差争论走哪条路去伦敦最近的时候也没有提起,他一口咬定自己才最清楚,尽管那条路他只走过一次,而那一次又睡得很沉。晚餐已经开出,卧室收拾停当,一切都像变戏法似地安排好了。

尽管如此,开初半小时的忙乱过去了,这时,他们一路上出现的那种沉默与拘谨又蔓延开来。布朗罗先生没和他们共进晚餐,而是单独呆在一个房间里。另外有两位绅士匆匆而来,又匆匆离去,两个人在那个短暂的间隔里也是在一旁交谈,神色十分焦虑。有一次,梅莱太太被叫了出去,过了差不多一个小时才回来,当时她的眼睛都哭肿了。露丝和奥立弗本来就对最近揭露出的秘密一无所知,现在又是这种情况,弄得他俩神经紧张,很是不安。他俩默默地坐着发愣。即使偶尔交谈几句,声音也压得很低,好像连他们自己的声音也害怕听见似的。

好容易到了九点钟,他们还以为当天晚上再也听不到什么消息的时候,罗斯伯力先生与格林维格先生走进房间,后面跟着布朗罗先生和一个男人,奥立弗一见此人便大吃一惊,险些叫出声来。原来这正是自己在集市上撞见,后来又看到跟费金一块儿打自己那间小屋的窗口往里张望的那个人。他们告诉他,这人是他的哥哥。孟可司将仇恨的目光投向惊奇不置的奥立弗,在门边坐了下来,即使到了现在,他也掩饰不住这种仇恨。布朗罗先生手里拿着几份文件,走到露丝和奥立弗已经端坐一旁的那张桌子跟前。

“这是一桩苦差事,”他说道,“这些声明本来已经在伦敦当着许多绅士的面签过字了,可还是得在这儿把要点重申一下。我并不是存心要让你丢人现眼,不过,在大家分手以前,还得听你亲口念一遍,原因你是知道的。”

“说下去,”被点到的那个人把脸转到一边,说道,“快一点。我大概也做得差不多了,不要再为难我了。”

“这个孩子,”布朗罗先生把奥立弗拉到身旁,一只手搭在他的头上,说道,“是你的异母兄弟。是你父亲、我的好朋友埃德温·黎福特的非婚生儿子,可怜他母亲,小艾格尼丝·弗莱明,生下他就死了。”

“是啊,”孟可司瞪眼怒视着颤栗不止的奥立弗,也许他已经听见那孩子的心在怦怦直跳。“那正是他们的私生子。”

“你用这个字眼，”布朗罗先生严厉地说，“是在侮辱那些早已超脱于世间的流言蜚语之外的人，除了你以外，不会使任何一个活着的人蒙受耻辱。这些都不提了。他是不是在这个镇上出生的？”

“在本镇的济贫院，”回答的口气相当阴沉，“你那儿不是写着嘛。”说话的时候，他不耐烦地指了指那些文件。

“我要在这儿证实一下。”布朗罗先生环顾着室内的听众，说道。

“那就听着！你们！”孟可司回答，“他父亲在罗马病倒后，他们夫妻早就分居了，他妻子，也就是我母亲，带着我从巴黎赶去——想料理一下他的财产。据我所知，她对他没什么感情，而他对我母亲也是一样。他一点也没认出我们，他已经失去知觉，一直昏昏沉沉，第二天就死了。他的书桌里放着一些文件，当中有两份是他刚发病的那天晚上写的，封套上写着寄给你本人，”他转向布朗罗先生说道，“他给你写了短短几行就封起来，文件封套上还有一个说明，要等到他死了以后才发出去。那些文件当中有一封信，是给那个名叫艾格尼丝的姑娘的，另一个是份遗嘱。”

“信是怎么写的？”布朗罗先生问道。

“信？——只有一张纸，上面涂了又涂，有忏悔的告白，有祈求上帝拯救她的祷告。他向那姑娘编了一段假话，说他有一个不为人知的秘密——总有一天会揭开的——所以自己当时没有娶她。她还是一如既往，对他深信不疑，直到信任过了头，失去了谁也无法再交还给她的东西。当时，她还有几个月就要分娩。他把自己的打算统统告诉了她，只要他还活着，就不会让她名誉扫地。万一他死了，也求她不要诅咒他的亡灵，或者认为他们的罪孽会给她或是他们幼小的孩子招来惩罚，因为一切罪过都是他的。他提醒她别忘了自己某一天送给她的那个小金盒和那枚戒指。戒指上刻有她的名字，旁边留下的空白准备刻上他希望有朝一日能奉献给她的姓氏——求她把盒子保存好，挂在贴胸的地方，就像从前一样——接下来还是那些话，一遍一遍，疯疯癫癫地重复，像是神经错乱似的。他脑子肯定出毛病了。”

“说说遗嘱的情况。”布朗罗先生说道，奥立弗此时已是泪如泉涌。

孟可司一言不发。

“遗嘱的大意和那封信是一样的，”布朗罗先生替他说道，“上面谈到了妻子给他带来的不幸,还谈到你顽劣的性格,歹毒的心肠和过早形成的邪恶欲望,你是他唯一的儿子,可你受到的调教就是仇恨自己的父亲。他给你和你母亲各留下了八百英镑的年金。他把大部分财产分为相等的两份:一份给艾格尼丝·弗莱明,另一份给他们的孩子,只要孩子能平安生下来,并达到法定成年期。假如是个女孩,那笔钱的继承是无条件的。但如果是男孩,就有一个条件,就是说,他在未成年期间绝对不能以任何不名誉的、下作的、怯懦的或是违法的行为玷污他的姓氏。他说,立下这样的遗嘱,是为了表明他对孩子母亲的信任和他自己的信念——随着死亡的逼近,这种信念反而增强了——他相信孩子一定会继承她高尚的心胸和品性。万一他希望落空,到时候这笔钱就归你,因为到了那个时候,也只有到了两个儿子都成了一路货的时候,他才承认你有权优先申请他的财产,而你过去没把任何人放在心上,从小就以冷漠和厌恶来打击他。"

"我母亲,"孟可司提高了嗓门,"做了一个女人应该做的事。她烧掉了这份遗嘱。那封信也永远到不了收信人手里。她把那封信和别的一些证据留下了,担心他们俩会想尽办法赖掉这桩丑事。那姑娘的父亲从我母亲那里知道了真相,她怀着刻骨仇恨——我到现在还为此而爱她——尽量夸张,火上浇油。那个做父亲的遭到这样的羞辱,便带着两个女儿躲到威尔士一个偏僻的角落,甚至改名换姓,叫那班朋友压根儿打听不到他隐居的地方,在那儿,没过多久就发现他死在床上。几个星期以前,那姑娘已经悄悄离家出走了。那个作父亲的去找过她,双脚走遍了附近的每一个村镇。就在回到家里的那天晚上,他认定女儿自杀了,为的是掩盖她自已的羞愧和父亲的耻辱,他那颗老年人的心也碎了。"

房间里 片沉寂。稍停,布朗罗先生接上了故事的线索。

"几年以后,"他说道,"这个人——爱德华·黎福特——的母亲来找我。儿子才十八岁,就把她的珠宝和现款席卷而去。他赌博成性,漫天使钱,造假作弊,后来逃到伦敦去了。他在伦敦最最下流的社会渣滓当中鬼混了两年。他母亲得了一种痛苦的不治之症,身体一天不如一天,却还指望临死以前把儿子找回来。她派人四处打听,仔细寻访,很长一段时间都没有结果,但最后还是找到了。他就跟着他母亲去了法国。"

"她的病一直拖着,后来死在法国,"孟可司说道,"临终时,她把这些秘密，连同她对这些秘密牵涉到的每一个人的仇恨，那种压抑不住的刻骨仇恨，一块儿传给了我——尽管她犯不着这样做，因为我早就继承下来了。她不相信那姑娘会自杀，连孩子一块儿毁了，却总感觉有一个男孩生下来了，并且还活着。我向她发誓，只要一碰上小家伙，我就要穷追到底，让他一刻也不得安宁，一定要狠狠地收拾他，决不手软，我要把满腹的仇恨发泄在他头上，如果办得到的话，我要一直把他拖到绞刑架下，往那份侮辱人的遗嘱上吐唾沫，那上面全是空口瞎吹的大话。她没说错。我终于碰上他了。开头还挺不错，要不是因为那个满口胡话的婊子，我已经把事办妥了。”

这恶棍紧抱双臂，怀着无处发泄的怨恨，嘟嘟哝哝地咒骂自己无能。布朗罗先生转过身来，在座的一个个听得心惊肉跳，他解释说，犹太人费金向来就是他孟可司的老搭档、知心人，得到很大一笔酬金，条件就是将奥立弗引入陷井，万一他被救出去了，必须退还部分报酬，两人在这个问题上曾发生争执，也才有了他们的乡村别墅之行，目的是为了认定那是不是奥立弗。

“小金盒和戒指呢？”布朗罗先生转向孟可司，问道。

“我从我告诉过你的那一男一女那儿把东西买下来了，他们是从看护那儿偷来的，看护又是从死人身上偷去的，”孟可司眼睛都没有抬一下，答道，“后来的情况你已经知道了。”

布朗罗先生朝格林维格先生略一点头，后者极为敏捷地走出去，很快又带着两个人回来了，前面推着的是邦布尔太太，后面拖着的是她的满心不乐意的丈夫。

“我该不是眼花了吧。”邦布尔先生大叫一声，故作热情的表演实在拙劣，“那不是小奥立弗吗？哦，奥——立——弗，你不知道我多替你难过——”

“住嘴，蠢货！”邦布尔太太咕哝了一句。

“这是人之常情，人之常情，邦布尔太太，不是吗？”济贫院院长另有看法，“我就不能感到高兴——是我代表教区把他带大了——现在看见他和这些非常和蔼可亲的女士先生们在一起，我能不高兴吗？我一直很喜欢那个孩子，就好像他是我的——我的——我的亲爷爷一样，”邦布尔先生顿了一下，才找到这样一个恰当的比方，“奥立弗少爷，我亲爱的，你还记不记得那位好福气的白背心绅士？啊他上礼拜升天了，用了一口栎木棺材，把手是镀金的,奥立弗。"

"得了吧,老兄,"格林维格先生尖刻地说,"克制一下你的感情。"

"先生,我尽量就是了,"邦布尔先生回答,"你好吗,先生? 希望你非常之健康。"

这一问候是冲着布朗罗先生发出的,因为他已经走到离这可敬的一对儿很近的地方。他指了一下孟可司,问道:"你们认识那个人吗?"

"不认识。"邦布尔太太矢口否认。

"你可能也不认识吧?"布朗罗先生问她的老公。

"我一辈子也没见过他。"邦布尔先生说。

"或许,也不曾把什么东西卖给他?"

"没有。"邦布尔太太回答。

"或许,你们根本就不曾有过一个小金盒和一只戒指吧?"

"那还用说。"女总管答道,"你干吗把我们带到这儿,是来回答诸如此类胡扯的吗?"

布朗罗先生又一次朝格林维格先生点了点头,那位绅士又一次一瘸一拐地走了出去,动作异常敏捷。这一次他带回来的不是一对身强体壮的夫妻,而是两个患痛风症的老太婆,她俩摇摇晃晃地走进来,浑身直哆嗦。

"老沙丽死的那个晚上,你关上了门,"走在前面的一个颤巍巍地抬起一只手,说道,"可你关不住响声,也堵不住门缝。"

"说得对,说得对,"另一个望望四周,努了努她那没有牙齿的嘴巴,说道,"说得对。"

"我们听见老沙丽拼命想把她干的好事告诉你,瞧见你从她手中接过一张纸,第二天我们还盯你的梢,看见你走进当铺去了。"头一个说。

"是啊,"第二个补充说,"那是'一个小金盒和一枚戒指'。我们都打听清楚了,看见东西交给了你。我们当时就在旁边。哦! 就在旁边。"

"我们知道的可不光是那档子事,"头一个接着说道,"很久以前,她就经常向我们说起,那个年轻妈妈对她讲过,她感到自己熬不过去了,她本来要到孩子他爸的坟跟前去,死也要死在那里,不曾想路上病倒了。"

"你们要不要见一见当铺老板本人?"格林维格先生做了一个要往门口去的动作,问道。

“不,”女总管回答,“既然他——”她指了指孟可司——“胆小鬼,他居然承认了,我看他什么都招了,你又向这些丑八怪都打听过,找到了这两个合适的证人,我也没什么多说的。我的确把那两样东西给卖了,东西你是永远也找不着的了,那又怎么样?”

“不怎么样,”布朗罗先生答道,“不过有件事倒是需要我们过问一下,你们俩今后再也不能担任负责的职务了。你们可以走了。”

“我希望,”格林维格先生带着两个老妇人出去了,邦布尔先生看看四周,哭丧着脸说,“我希望,不至于因为这一件不幸的小事革掉我的教区公职,是吗?”

“革职是免不了的,”布朗罗先生回答,“你还是死了那条心吧,这对你们已经很便宜了。”

“这全怪邦布尔太太,她**非要**这么干。”邦布尔先生先回头望了一眼,确信自己的搭档已经离开房间,这才连称冤枉。

“这不成其为理由,”布朗罗先生答道,“销毁那两件首饰的时候,你在场,而且照法律的眼光来看,两者之中,你的罪责的确更严重。因为法律认为你妻子的行为是受你的指使。”

“要是法律这样认为,”邦布尔先生把帽子夹在两只手中间使劲地搓,说道,“法律就是一头蠢驴——一个白痴,如果这就是法律的眼光,那么法律准是个单身汉。我但愿法律落到最坏的下场,只有亲身体验过了,睁开眼睛了,才明白丈夫能不能支配妻子——这要靠亲身体验。”

邦布尔先生加重语气,把最后几个字重复了一遍,紧紧地戴上帽子,双手插在口袋里,跟着他的贤内助下楼去了。

“小姐,”布朗罗先生转向露丝说道,“把手伸给我。不要发抖。你用不着害怕,听一听我们不得不讲的最后几句话。”

“你的话要是和我有关——我不知道这怎么可能,可如果——还是另找时间告诉我吧。我现在既没有力气,也打不起精神。”

“不,”老先生挽起她的胳臂,回答说,“我相信你的毅力不止这么一点。先生,你认识这位小姐吗?”

“认识。”孟可司回答。

“我从来没见过你。”露丝有气无力地回答。

“我经常看见你。”孟可司答道。

“不幸的艾格尼丝，她父亲有两个女儿，”布朗罗先先生说道，“另外一个命运如何——那个小女儿？”

“那个小女儿，”孟可司回答，“当时她父亲死在异乡，用的又是一个陌生的名字，没有留下一封信，一个本子，一张纸片，没留下一点点线索可以用来查找他的朋友或亲属——那孩子叫一户穷苦农民领走了，他们把孩子当成自个儿的收养下来。”

“说下去，”布朗罗先生说道，朝梅莱太太递了个眼色，要她上前面来，“说啊。”

“那户人家后来搬走了，你就是去找也是找不到的，”孟可司说道，“不过，在友谊无能为力的地方，仇恨往往大行其道。我母亲经过一年的明查暗访，找到了那个地方——嘿，并且找到了那个孩子。”

“她把孩子带走了？”

“没有。那家人很穷，已经开始对自己的善心有点烦了——至少那个男的是如此。因此，我母亲要他们把孩子留下，给了他们一点钱，那点钱也维持不了多久，答应以后再寄些钱来，她根本就没打算再寄。不过她还是不太放心，生怕他们那些个牢骚和穷困把孩子整得不够惨，我母亲就把她姐姐的丑事抖落出去，说的时候想怎么编就怎么编，嘱咐他们对那孩子要提防着点，因为她出身下贱。还说她是个私生子，将来什么时候肯定会走上邪路。这些话与当时的实际情况基本吻合，他们也就相信了。孩子在那儿活得很凄惨，连我们都感到满意，后来，一位当时住在契斯特的富孀偶然看见了那个女孩子，觉得她怪可怜的，才把她带到自己家里。我总觉得这中间有某种该死的魔力在跟我们作对。我们虽然什么办法都想尽了，可她始终呆在那儿，日子过得挺快活。我没看见她有两三年了，直到几个月以前才又见到她。”

“你现在看见她了吗？”

“看见了。就靠在你肩上。”

“可跟我自己的孩子也差不离啊。”梅莱太太一把抱住马上就要晕厥过去的露丝姑娘，大声说道，“一点也不比我最宝贝的孩子差。就是把世上的一切财富都给我，我也不会丢下她，我可爱的伙伴，我的宝贝妞妞。”

“你一直就是我唯一的亲人，”露丝依偎着她，哭喊道，“最体贴，最要好的朋友。我的心都要炸开了，这一切我真承受不起了。”

“更多的事你都承受住了，你一向就是最善良、最温柔的姑娘，总是把幸福抛给认识的每一个人，”梅莱太太慈爱地抱住她，说道，“来，过来啊，我的宝贝，想想是谁还等着把你搂在怀里，苦命的孩子。瞧这儿——你瞧，他来了，我亲爱的。”

“你不是姨妈，”奥立弗伸出双臂，搂住露丝的脖子，喊叫着。“我永远也不叫她姨妈——我要叫姐姐，我亲爱的好姐姐，一开始就有个什么东西在教我，我的心才爱得这样深。露丝，可亲可爱的露丝姐姐。”

两个孤儿长时间地紧紧拥抱，泪水滚滚流淌，相互讲出一些不连贯的话语，让我们将这些泪水和话语献给上帝吧。转瞬之间，他俩都知道了自己的父亲、姐姐、母亲是谁。欢乐与忧伤交汇在命运的杯子里，然而其中绝没有辛酸的眼泪：因为就连忧伤本身也已冲淡，又裹在了那样甜蜜、亲切的回忆之中，失去了所有的苦涩，成了一种庄严的快慰。

有很长很长一段时间，屋子里只剩下他们俩。门上轻轻响起一阵敲门声，告诉他们门外有人。奥立弗打开门，溜了出去，让哈利·梅莱取代了他的位置。

“我什么都知道了，”他在心爱的姑娘身边坐下，说道，“亲爱的露丝，一切我都知道了。”

“我不是偶然上这儿来的，”在一阵长时间的沉默之后，他又说道，“也不是今天晚上才听说这一切，我昨天就知道了——也不过就是昨天。你猜到了，我来是要向你重提一个许诺的，对吗？”

“等一等，”露丝说道，“你到底还是什么都明白了。”

“一切都明白了。你答应过我，一年之内的任何时间重提我们最后一次谈到的事情。”

“我答应过。”

“我不是要逼迫你改变主意，”年轻人苦苦相劝，“只是想听你重复一遍，如果你愿意的话。我说过，无论我能够获得何种地位或是财产，都要统统放在你的脚下，要是你依然固守从前的决定，我亲口起过誓，决不用言语或者行动去想法加以改变。”

“当初影响我的那些理由，现在同样影响着我，”露丝坚定地说，“你母亲一片好心，把我从贫穷苦难的生活中救出来，如果说我对她负有一种不可忽视的责任，我的感觉还有什么时候能像今天晚上这样强烈？这是一场斗争，”露丝说道，“但却是我引为骄傲的一场斗争。这是一种痛苦，但我的心甘愿承受。”

“今晚揭露的真相——”哈利又想说话。

“今晚揭露的真相，”露丝轻声接过话头，“对于你的问题，仍然没有改变我以前所坚持的立场。”

“你对我真是狠心，露丝。”她的心上人急了。

“哦，哈利，哈利，”年轻的姑娘失声痛哭，“我多么想由我自己来承担这种痛苦，可我做不到。”

“你干吗要让痛苦来折磨你自己？”哈利握住她的一只手，说道，“想想吧，亲爱的露丝，想一想你今晚听到的事。”

“我听见什么了！我听见什么了！”露丝哭喊着，“无非是说，我的亲生父亲因为受不了奇耻大辱而避开所有的人——行了，我们说得够多了，哈利，说得够多了。”

“不，还没有，还没有，”露丝站起来，年轻人拦住了她，说道，“我的希望，我的抱负，前程，感情——我对生活的所有看法都发生了变化，只有我对你的爱情没有变。现在，我要奉献给你的，绝非芸芸众生之间的显赫名声，也不是和充满怨恨与诽谤的世道同流合污，在这个世道，正直的人抬不起头，往往并不是因为他们真正干了什么可耻的事。我献给你的不过是一个家——一颗心和一个家——是的，最最亲爱的露丝，我能够奉献给你的是这些，只有这些。”

“你这是什么意思？”她结结巴巴地说。

“我的意思无非是——我前次离开你的时候，作出了一个无可改变的决定，我要填平你我之间凭空想像出来的一切鸿沟。我横下一条心，如果我的天地不能成为你的天地，就把你的天地变成我的天地，决不让你受到门第观念的撇嘴嘲笑，因为我会抛弃它。这我已经做到了。那些因此而远离我的人也正是远离你的人，这证明你是对的。当初对我笑脸相迎的那些权贵、恩人，那些权势大、地位高的亲戚，现在对我冷眼相看。可是，在英格兰最富庶的一个郡里,有的是含笑的田野和随风摇曳的树林,有一所乡村教堂——那是我的教堂,露丝,我自己的——那里有一所带田园风味的房子,有了你,我会对这个家感到骄傲,看得比我所抛弃的一切希望还要骄傲一千倍。这就是我现在的身份和地位,我把这些都交给你!"

*　　　*　　　*　　　*

"等相爱的人一起共进晚餐可真叫人不好受。"格林维格先生从瞌睡中醒来,拉开盖在头上的手帕,说道。

说真的,晚餐已经开出来很久,耽误的时间长得超出情理。但无论是梅莱夫人,还是哈利、露丝(他们仨一块儿走了进来),都只字不提表示情有可原的话。

"今儿晚上我真恨不得把自己脑袋吃下去,"格林维格先生说,"因为我估计别的东西我是吃不着了。如果你们不反对的话,我可要不揣冒昧,吻一下未来的新娘表示祝贺。"

格林维格先生毫不迟疑,立刻将这一番警告付诸行动,吻了一下涨红了脸的露丝姑娘。在这个榜样的感染下,大夫和布朗罗先生二人也相继仿效。有人声称看见哈利·梅莱刚才在隔壁一间黑屋子首开先例。可是最具权威的人士认为这纯属诽谤,因为他还年轻,又是一位牧师。

"奥立弗,我的孩子,"梅莱太太说道,"你上哪儿去了,干吗你看上去那样伤心?这功夫眼泪还顺着脸偷偷淌个没完,出什么事了?"

这是一个希望动辄破灭的世界,对于我们极为珍视的希望,可以给我们的天性带来最高荣誉的希望,经常都是这样。

可怜的狄克死了。

第五十二章

费金在人世的最后一夜。

法庭,从地板到天花板,砌满了人的面孔。每一寸空间都射出好奇而又急切的目光。从被告席前面的横栏,到旁听席最靠边的狭小角落,所有的目光都倾注在一个人身上——费金。他身前身后——上上下下,左边右边,仿佛天地之间布满闪闪发光的眼睛,将他整个包围起来。

在这一片有生命的亮光照射下,他站在那里,一只手搭在面前的木板上,另一只手罩着耳朵,脑袋朝前伸出,以便把主审法官说出的每一个字都听得更清楚一些,主审法官正在向陪审团陈述对他的指控。他不时将眼光骤然转向陪审团,看看他们对一些有利于自己的细枝末节有何反应。听到主审法官用清晰得可怕的声音历数对自己不利的那些事实,他又转向自己的诉讼代理人,默默地哀求他无论如何也要替自己辩护几句。除了这些焦急的表示之外,他的手脚一动不动。开庭以来,他就几乎没有动一下。现在法官的话说完了,他却依旧保持先前那种全神贯注的紧张样子,眼睛盯着主审法官,好像还在听。

法庭上响起一阵轻微的喧闹,让他回过神来。他掉过头,看见陪审团凑到一块儿,正在斟酌他们的裁决。当他的目光不知不觉中落到旁听席上的时候,他看得出,人们为了看清他的相貌正争先恐后地站起来,有的匆匆戴上眼镜,有的在和旁边的人低声交谈,明摆着一副厌恶的脸色。有几个人似乎没注意他,只是一个劲儿地望着陪审团,很不耐烦,对于他们怎么这样拖拖拉拉感到不解。然而,他看不出哪一张面孔带有一丝一毫对自己的同情——甚至包括在场的许多女人——看到的只有一个共同心愿,那就是对他绳之以法。

就在他目光惶惑地将这一切看在眼里的当儿，死一般的寂静又一次降临，他扭头一看，只见陪审员们都朝主审法官转过身来。别吱声。

他们只是在请求准予退庭罢了。

陪审团成员出去了，他眼巴巴地挨个看着他们的脸色，似乎想看出大部分人的倾向，但毫无结果。看守碰了碰他的胳膊。他机械地走到被告席的尽头，在一把椅子上坐下来。看守刚才指了指这把椅子，要不他准还没看见。

他又一次抬起头，朝旁听席望去。有些人在吃东西，还有一些在用手绢扇风，那个地方人头攒动，真够热的。有个小伙子正在一个小笔记本上替他画速写。他很想知道究竟像不像，就一直看着，和哪位闲着没事的观众一样。这时，艺术家把铅笔尖折断了，开始用小刀重新削铅笔。

当他以相同的方式将眼睛转向法官时，他的心思又管自忙开了，法官的衣着式样如何，花费多少，是怎么穿上去的。审判席上还有一位胖胖的老先生，约莫半个小时以前出去了，这功夫才回来。他一心想知道那人是不是吃晚饭去了，吃的什么，在哪儿吃的。他漫不经心地想着这一连串的念头，直到某一个新的物体映入他的眼帘，就又顺着另一条思路胡思乱想。

在这段时间里，他的心一刻也没摆脱过一种沉重的压抑感，坟墓已经在他的脚下张开大口，这种感觉一直扭住他不放，但有些模糊、笼统，他没法定下心来想想。就这样，当他哆哆嗦嗦，因想到即将死去而浑身火辣辣的时候，他开始数面前有几根尖头朝上的铁栏杆，寻思着其中一根的尖头是怎么折断的，他们是要修好它呢，还是让它就这么着。接着，他想起了绞刑架和断头台的种种可怕之处——想着想着又停下来，细心观察一个男人往地板上泼水降温——随后又开始胡思乱想了。

终于有人叫了一声“肃静”。人们屏住呼吸，不约而同地朝门口望去。陪审团回来了，紧挨着他走过去。他们脸上什么也看不出来，一张张脸都像是石雕。紧接着是一片静默——没有一点儿沙沙的声响——连呼吸声也听不见——被告**罪名成立！**

一阵可怕的吼声响遍了这所大楼，又一阵吼声，又是一阵吼声。接着，一片喧闹的叫骂随之而起，愤怒的喊声如同雷鸣一般，越来越近，越来越响。

法庭外面的民众发出一片欢呼,迎来了他将于星期一处决的新闻。

喧闹声平息下来了,有人问他对宣判死刑有什么要说的没有。他又摆出了那副凝神谛听的姿势,专注地看着问话的人提出这个问题。然而,直到问题重复了两遍,他才似乎听明白了,接着只是咕哝着自己上了年纪——一个老头——一个老头——声音越来越小,再次沉默下来。

法官戴上黑色的帽子,犯人依然无动于衷地站着。旁听席里有个女人看到这可怕的肃穆情景,不禁发出一声惊叫,他慌忙抬头望去,仿佛对这种干扰大为恼火一般,然后更加专注地伸长了脖子。法官的讲话庄重严肃,扣人心弦,判决听上去令人毛骨悚然。他纹丝不动,站在那里,像是一座大理石雕像。看守将一只手按在他的胳臂上,吩咐他退席,这时,他那张憔悴枯槁的面孔仍旧朝前伸着,下颚垂了下来,两眼直瞪瞪地望着前面。他昏昏沉沉地往四周看了一眼,便服从了。

他被押送到法庭下面一间石板房间,有几名犯人正在那里等候提审,另外几个犯人围在栅栏前跟亲友谈话,栅栏外面就是院子了。没有人和他搭话。当他经过时,犯人纷纷后退,让那班挤在栅栏前面的人将他看得更清楚一些。众人以种种不堪入耳的谩骂、尖叫和嘘声轰他。他挥了挥拳头,很想给他们一巴掌。然而,几名带路的看守催着他走开了。他们穿过一段灯光昏暗的甬道,到了监狱里面。

在这里,看守在他身上搜查了一通,他身边不能带有足以抢在法律前面的工具。这一道仪式进行之后,他被领进一间关押死刑犯的牢房,独自一人留在那儿。

他在牢门对面的一张石凳上坐下来,这东西既当椅子又当床凳。他睁着一双充血的眼睛,盯着地面,试图整理一下思绪。过了一会儿,他回忆起了法官说的那一席话里的几个支离破碎的片段,尽管当时他似乎连一句话也没听清。这些只言片语渐渐散落到各自的位置上,一点一点地说出了更多的东西,功夫不大他便全都明白了,几乎和正在宣判一样。判处绞刑,就地正法——这就是结局。判处绞刑,就地正法。

天黑下来了,他开始回想所有那些死在绞刑架上的熟人,其中有些人是死在他的手中。他们接二连三地出现,他简直数不过来。他曾目睹有些人死去——还打趣过他们,因为他们死的时候还在念祷告。记得那块踏板咔哒一声掉落下来，人们顷刻之间就从身强体壮的汉子变成了在半空中晃荡的衣架。

他们中兴许有人在这间牢房里呆过——就坐在这个地方。四周一片漆黑，人们干吗不点个亮呢？这间牢房已经建成多年，肯定有许多人的最后时光是在这儿打发的。呆在此地，像是坐在一个遍布死尸的墓穴里——套在头上的帽子，绞索，捆绑起来的胳臂，他所熟悉的面孔，哪怕蒙着那个可怕的罩子，他也能认出来——点个亮，点个亮。

他双手捶打着结实的牢门和四壁，直到砸得皮开肉绽，这时，有两个人走进来，一个将手里举着的蜡烛插进固定在墙上的铁烛台里，另一个拖进来一床褥子，准备在这里过夜。犯人再也不是孤身一人了。

夜晚来临了——漆黑、凄凉、死寂的夜晚。其他的守夜人听见教堂的钟声报时一般都很高兴，因为钟声预告的是生命与来日。对他来说，钟声带来的却是绝望。铁钟轰鸣，每一下都送来那个声音，那个低沉、空洞的声音——死亡。清晨的喧闹与繁忙居然钻进了牢房，这对他又有什么好处？这不过是另一种丧钟，警告之中又添上了嘲弄。

白天过去了——白天？这叫什么白天：刚一到来就匆匆离去——黑夜重又降临。夜是那样漫长，又是那样短促。漫长是因为它那死一般的寂静，短促是因为一个小时接一个小时飞逝而去。一时间，他狂暴不已，骂骂咧咧，一时间哭哭嚷嚷，揪扯头发。与他同一教派的几位长老曾来到他的身边做祷告，叫他用咒骂轰了出去。他们又一次走进来，打算奉献一番善举，他干脆把众人打跑了。

礼拜六夜里。他只能再活一夜了。当他意识到这一点时，天已经破晓——礼拜天到了。

直到这可怕的最后一夜，一种意识到自己已经濒临绝境的幻灭感向他那晦暗的灵魂全力袭来。他倒也不是抱有什么明确的或者说很大的希望，以为自己能够得到宽恕，而是他认为死亡近在眼前的可能性仍然很模糊，根本无法细想下去。他同那两个轮流看守他的男子很少谈话，两人也没打算引起他的注意。他醒着坐在那里，却又在做梦。他时时惊跳而起，嘴里喘着大气，浑身皮肤滚烫，慌乱地跑来跑去，恐惧与愤怒骤然发作，连那两名看守——他们对这类场面早已屡见不鲜——也胆战心惊地躲着他。末了，在歹心邪念的折磨下，他变得十分可怕，看守吓得不敢单独和他面对面坐在那里，只得两个人一块儿看着他。

他蜷缩在石床上，回想着往事。被捕那天，他被人群中飞来的什么东西打伤，脑袋上还扎着一块亚麻布。红头发披散在毫无血色的脸上，胡须给扯掉了不少，这时成了一绺一绺的。双眼放射出可怕的光泽。好久没有洗澡，皮肤给体内的高烧烤得起了折皱。八点——九点——十点。如果这不是吓唬他的恶作剧，而是果真这样接踵而至的一个又一个小时，到它们转回来的时候，他又在什么地方。十一点。前一个小时的钟声刚刚停止轰鸣，钟又敲响了。到八点钟，他将成为自己的葬礼行列里唯一的送丧人。现在是十一点——

新门监狱那些可怕的墙壁把那么多的不幸和无法用言语形容的痛苦隐藏起来，不单单瞒过了人们的眼睛，而且更多更长久的是瞒过了人们的思考——那些墙壁也从未见过如此可怕的惨状。几个从门外路过的人放慢脚步，很想知道明天就要上绞刑架的那个人在干什么，人们要是看得见他，那天夜里可就别想安然入睡了。

从黄昏直到差不多午夜，人们三两成群来到接待室门口，神色焦虑地打听有没有接到什么缓期执行的命令。得到的回答是否定的，他们又将这个大快人心的消息传给了大街上一簇簇的人群，大家比比划划，相互议论，说他肯定会从那道门里出来，绞刑台会搭在那里，然后恋恋不舍地走开，还不断回头，想像着那个场面。人们渐渐散去。在深夜的一个小时里，街道留给了幽静与黑暗。

监狱前面的空场已经清理出来，几道结实的黑漆栅栏横架在马路上，用来抵挡预期的人群的挤压。这时，布朗罗先生和奥立弗出现在木栅入口，他们出示了由一位司法长官签署的准予探访犯人的指令，便立刻被让进了接待室。

“这位小绅士也一块儿去吗，先生？”负责替他们引路的警察说道。“这种情形不适合小孩子看，先生。”

“的确不适合，朋友，”布朗罗先生回答，“但我与这个人的事情同他密切相关。并且，在这个人得意忘形、为非作歹达到顶峰的时候，这孩子见过他，所以我认为不妨——即使需要忍受一定程度的痛苦和惧怕也是值得的——眼下他应该去见见他。”

这番话是在旁边说的，为的是不让奥立弗听见。警察举手敬了一个礼，又颇为好奇地看了奥立弗一眼，打开与他们进来的那道门相对的另一道门，带着他们穿过阴暗曲折的通道，往牢房走去。

“这儿，”狱警在一个黑洞洞的走廊里停下来，有两名工人正一声不吭地在走廊里做某些准备工作。警察说道——“这就是他上路的地方，如果您走这一边，还可以看见他出去经过的门。”

狱警领着他俩来到一间石板铺地的厨房，里面安放着好几口为犯人做饭的铜锅，他朝一道门指了指。门的上方有一个敞开的格子窗，窗外传来七嘴八舌的说话声，其中还混杂着榔头起落和木板掉在地上的响声。人们正在搭绞刑架。

他们朝前走去，穿过一道道由别的狱警从里面打开的坚固的牢门，走进一个大院，登上狭窄的阶梯，进入走廊，走廊左侧又是一排坚固的牢门。狱警示意他们在原地等一等，自己用一串钥匙敲了敲其中的一道门。两名看守小声嘀咕了几句，才来到门外走廊里，他们伸伸懒腰，似乎对这一轮临时的换班感到很高兴，然后示意两位探视人跟着那名警察进牢房里去。布朗罗先生和奥立弗走了进去。

死刑犯坐在床上，身子晃来晃去，脸上的表情不大像人，倒像是一头落入陷阱的野兽。他的心思显然正在昔时的生活中游荡，嘴里不停地喃喃自语，除了把他们的到来当作幻觉的一部分而外，什么也没有意识到。

“好小子，查理——干得漂亮，”他嘴里咕噜着，“还有奥立弗，哈哈哈！还有奥立弗——整个是一位上等人了——整个是——把那小子带去睡觉。”

狱警拉起奥立弗空着的那只手，低声嘱咐他不要惊慌，自己一言不发地在一旁静观。

“带他睡觉去！”费金高声嚷道，“你们听见没有，你们几个？他就是——就是——所有这些事情的起因。花钱把他养大还真值得——割断波尔特的喉咙，比尔。别理那丫头——波尔特的脖子你尽量往深里割。干脆把他脑袋锯下来。”

“费金。”狱警开口了。

“在!”顷刻间,老犹太又恢复了受审时那副凝神谛听的姿势,大声说道,“我年纪大了,大人,一个很老的老头儿。”

“喂,”狱警把手搁在费金胸口上,要他坐着别动,说道,“有人来看你,恐怕要问你几个问题。费金,费金。你是人不是?”

“我就要永世不做人了,”他抬起头来回答,脸上看不到一点人类的表情,唯有愤怒和恐惧,“把他们全都揍死。他们有什么权利宰我?”

说话间,他一眼看见了奥立弗与布朗罗先生。他退缩到石凳上最远的角落,一边问他们上这儿来想要知道什么。

“别着急,”狱警仍旧按住他说道,“请吧,先生,你想说什么就告诉他好了。请快一点,时间越往后拖,他情况越糟糕。”

“你手头有几份文件,”布朗罗先生上前说道,“是一个叫孟可司的人为了保险交给你的。”

“这完全是胡说八道,”费金回答,“我没有文件——一份也没有。”

“看在上帝的分上,”布朗罗先生严肃地说,“眼下就别说那个了,死亡正在步步近逼,还是告诉我文件在什么地方。你知道赛克斯已经送了命,孟可司也招认了,别指望再捞到点什么,那些文件在哪儿?”

“奥立弗,”费金挥了挥手,嚷嚷着,“过来,这儿来。让我小声告诉你。”

“我不怕。”奥立弗松开布朗罗先生的手,低声说了一句。

“文件,”费金将奥立弗拉到身边,说道,“放在一个帆布包里,在烟囱上面一点点,那儿有个窟窿,就是最前面那间屋子。我想和你聊聊,亲爱的。我想和你聊聊。”

“好的,好的,”奥立弗答道,“我来念一段祷告。来吧。我念一段祷告。只念一段,你跪在我身边,我们可以一直聊到早晨。”

“我们到外头去,到外头去,”费金推着孩子往门口走去,眼睛越过他的头顶视而不见地张望着,答道,“就说我已经睡觉了——他们会相信你的。只要你答应我,准能把我弄出去。快呀,快!”

“噢!上帝保佑这个不幸的人吧!”奥立弗放声大哭起来。

“好咧,好咧,”费金说道,“这样对我们有好处。这道门顶要紧。经过绞刑架的时候,我要是摇摇晃晃,浑身哆嗦,你别介意,赶紧走就是了。快,快,快!”

“先生,您没别的事情问他了吧?”狱警问道。

“没有别的问题了,”布朗罗先生回答,“我本来以为能够促使他看清自己的处境——”

“事情无可挽回了,先生,”狱警摇摇头,回答,“您最好别管他。”

牢门开了,两名看守回来了。

“快啊,快啊,”费金嚷嚷着,“轻轻地,也别那么慢啊。快一点,快一点!”

几个人伸手按住他,帮助奥立弗挣脱了他的手,将他拉回去。费金拼命挣扎了一下,随即便一声接一声地嚎叫起来,叫声甚而透过了那些厚厚实实的牢门,直至他们来到大院里,仍在他们的耳边鸣响。

他们还要过一会儿才离开监狱。目睹了这样一个可怕的场面,奥立弗险些晕过去。他是如此衰弱,足有一个小时连步子都迈不开。

当他们走出来的时候,天已经快亮了。一大群人早已聚集起来。家家户户的窗口上挤满了人,抽烟的抽烟,玩牌的玩牌,消磨着时间;人们推来拥去,争吵说笑。一切都显得生气勃勃,唯有在这一切中间的一堆黑黝黝的东西除外——黑色的台子,十字横木,绞索,以及所有那些可怕的死刑器具。

第五十三章

最后一章。

有关这部传记中出场人物的命运差不多已经讲完了。留给本书作者交待的只有简简单单几句话。

不出三个月,露丝·弗莱明与哈利·梅莱结婚了,地点就是那所从此以后将成为这位年轻牧师工作场所的乡村教堂。同一天,他俩搬进了幸福的新居。

梅莱太太也搬来跟儿子、儿媳妇住在一块儿，准备在宁静的余年享受一下品德高洁的老年人所能领略的最大乐事——细细品味两个孩子的幸福，自己的一生没有虚度，又曾不断地向他俩倾注最温暖的爱心和无微不至的关怀。

经过充分而又周密的调查，黎福特家的那笔遗产（无论是在孟可司名下还是在他母亲手中，那笔财产从未增值），除去孟可司已经挥霍的部分，如果在他与奥立弗之间平分，各自可得三千英镑多一点。依照父亲的遗嘱，奥立弗本来有权得到全部财产，但布朗罗先生不愿意剥夺那位长子改邪归正的机会，提出了这样一个分配方式，他的那位幼小的被保护人愉快地接受了。

孟可司，依旧顶着这个化名，带上自己得到的那一份财产，隐退到新大陆一个遥远的地方去了。在那儿，他很快便把财产挥霍一空，又一次重操旧业，由于犯下另一桩欺诈罪被判长期监禁，最终因旧病复发死在狱中。他的朋友费金一伙余下的几名首犯也都客死异乡。

布朗罗先生把奥立弗当作亲生儿子收养下来，带着他和老管家迁往新居，离自己那几位老朋友的牧师住宅不到一英里，满足了奥立弗那热情而又真挚的心怀中余下的唯一希望，就这样，他把一个小小的团体联系在一起，他们的幸福俨然达到了在这个动荡不定的世界上所能达到的最高境界。

两个年轻人结婚以后不久，那位可敬的大夫便返回杰茨去了。在那儿，离开了那班老朋友，他本来没准会变得牢骚满腹，或者莫名其妙地变得暴躁易怒，幸而他生来没有这样一份德性。两三个月之间，他一开始还通过暗示来自我宽慰，意思是那边的空气恐怕对自己不大合适，随后又发觉对他说来当地确实已经和过去大不一样了，他把业务交给助手，在年轻朋友担任牧师的那所村子外面租了一所供单身汉住的小房子，所有的不舒服便立刻康复了。在那里，他忙于种花、植树、钓鱼、做木器活以及诸如此类的活动，不管是干什么，他无不带着自己独具一格的急性子。他后来在各个方面都成为最渊博的权威人士，名气传遍了附近一带。

大夫搬家以前就已经对格林维格先生印象极佳，这位执拗的绅士也对他投桃报李。一年当中，格林维格先生多次前来拜访。每次来访，格林维格先生都劲头十足地植树、钓鱼、做木工。他做什么事情都与众不同，有的更是史无前例，而且老是搬出他所珍爱的那句名言来说明自己的方法才是正确的。赶上礼拜日，他照例要当着年轻牧师的面对布道演说评点指摘一番，事后又总是极其秘密地告诉罗斯伯力先生，他认为牧师的布道发挥得好极了，但还是不明说的好。布朗罗先生经常取笑格林维格先生，重提他那个在奥立弗问题上的过了时的预言，帮助他回想他们将怀表放在两人中间，坐等孩子归来的那个夜晚。不过，格林维格先生依旧一口咬定自己大体上是对的，并且以奥立弗毕竟没有回来作为凭证——这事总要引起他一阵大笑，快活的心情有增无已。

诺亚·克雷波尔先生由于指证费金而获得了王室的特赦，他认为自己的职业毕竟不像指望的那样可靠，在一段不太长的时间里又找不到不用花太大力气的谋生之道。经过一番考虑，他干起了举报这一行，生活上也有了上等人的派头。他的办法是，每逢礼拜时间穿上体面的衣服，由夏洛蒂陪同出去走走，这位女士一到大慈大悲的酒店老板的门口就晕过去，这位绅士破费几个小钱的白兰地把她救醒，第二天便去告发酒店老板，将罚款的一半装入私囊。克雷波尔先生本人有时也会晕过去，效果也很不错①。

邦布尔夫妇被撤职以后，逐渐陷于穷困潦倒之中，最后在他俩一度对其他人作威作福的那所济贫院里沦为贫民，有人听邦布尔先生说起，他背运、潦倒至此，简直连感谢上帝把他与老婆分开也打不起精神。

凯尔司先生和布里特尔斯仍旧担任原来的职司，尽管前者已经秃顶，布里特尔斯这个大孩子也已头发斑白。他俩住在牧师先生家中，对这一家人以及奥立弗、布朗罗先生、罗斯伯力先生的服务却是同样周到，村民们直到今天也分不清楚他们到底属于哪一家。

查理·贝兹少爷叫赛克斯的罪行吓破了胆，他进行了一连串的思考：正派的生活究竟算不算最好的。一旦认定这种生活理所当然是最好的，他便决定告别往昔，改过自新。有一段时间，他拼死拼活地干，吃了不少苦头。不过，他凭着知足常乐的个性和向善的决心，终于获得成功，一开始是替庄户人打

① 当时法律规定，在教堂礼拜结束之前，酒店不得出售酒类，对违者课以罚款，对告发者奖以罚款之半数。

短工,给搬运夫当下手,现在成了整个北安普顿郡最快活的畜牧业新秀。

现在,笔者的手在行将完成自己的使命时变得有些发颤,很想拿这些故事的线,多织一会儿布。

我与书中的人物相处了这么久,但仍愿意陪着他们再走一程,我要奋笔疾书他们的欢乐,分享他们的幸福。我很想让新婚的露丝·梅莱展示出全部的风采和韵致,将柔和的清辉撒在她那与世无争的人生道路上,撒在所有与她一起走在这条路上的人们身上,并且照进他们的心田。我要描绘她冬日围炉和生气盎然的夏日长聚的活力与欢乐。中午,我要跟着她穿过酷热的原野,月夜漫步时,我要聆听她用甜美的嗓音低声唱出的曲调。我要注视着她出门乐善好施,在家含着微笑、孜孜不倦地履行天职。我要描述她和她姐姐的遗孤的幸福,她俩相亲相爱,常常在一起想像失去的亲人长得像什么样子,一想就是几个小时。我要再一次把围聚在她膝前的那些欢乐的小脸蛋召到跟前,听一听他们那快活的唧唧喳喳。我要在记忆中唤起那清脆的笑语欢声,刻画在她那双温柔的蓝眼睛里闪动着的同情的泪花。这一切,以及千百次的眼神与微笑,数不清的思想和言语——我都想一一记录下来。

日复一日,布朗罗先生怎样继续用丰富的学识充实他的养子的头脑,随着孩子的天性不断发展,希望的种子已经破土而出,大有可能成为老先生希望看到的那种人,布朗罗先生对他的钟爱也日益加深——他又是怎样在孩子身上不断找到老朋友的特征,这些特征在他自己的心坎上唤起了久已逝去的回忆,既牵动忧伤,又带来甜蜜与温馨——两个孤儿经历了磨难,他们如何记取教训,善待他人,互敬互爱,热诚感谢庇护、保全了他俩的上帝——这一切都是毋庸赘述的事情。我已经说过了,他们确实很幸福。如果没有强烈的爱,没有仁爱之心,如果对以慈悲为信条、以博爱一切生灵为最高标志的上帝不知感恩,是绝对得不到幸福的。

在那个古老乡村的教堂墓地里,矗立着一块白色的大理石墓碑,上面直到今日还只刻着一个名字:艾格尼丝。墓穴里没有灵柩,也许要过许多年,才会有另外一个名字刻上去。然而坟墓隔不断死者生前友人对他们的爱,如果他们身后时常回返尘世,魂游一处处爱的圣地,我相信艾格尼丝的阴魂有时就在这个神圣的角落盘旋。尽管这个角落是在教堂里,柔弱的她又曾迷途忘返,我还是相信她会到这里来的。

译后记

查尔斯·狄更斯(1812—1870)生于英国朴次茅斯一个贫苦家庭,父亲是海军小职员,十岁时全家被迫迁入债务人监狱,十一岁起就开始承担繁重的家务。他在鞋油作坊当学徒时,由于包装熟练,曾被雇主放在橱窗里当众表演操作,作为广告任人围观,给狄更斯心上留下了永久的伤痕,他感到自己"成名和为人所爱"的心愿破灭了。

不过,狄更斯的第一部长篇小说《匹克威克外传》就取得了惊人的成功,书中那位可笑的胖绅士的名气比当时的英国首相名气还要大,狄更斯本人也获得很大声誉。一八三六年下半年,二十五岁的狄更斯应出版商理查德·本特里的约请,担任《本特里》杂志的主编,并且以笔名"博兹"再写两部长篇,其中一部次年二月起在《本特里》杂志连载两年,并于一八三八年十月出版单行本。这本全书五十三章的小说就是《雾都孤儿》,原名《奥立弗·退斯特历险记》,中国最早的译本是林琴南的《贼史》,我这里采用的还是更为读者熟悉的书名《雾都孤儿》。

《雾都孤儿》是狄更斯的第一部伟大的社会小说,在世界文学史上占有重要位置。小说主要反映刚刚通过了济贫法的英国社会最底层生活。作者在创作上爱憎分明,形象生动的特点也得到了很充分的体现。他笔下的人物富有鲜明的个性,整个作品有着强烈的感染力。狄更斯堪称一位杰出的语言大师,擅长运用讽刺、幽默和夸张的手法,他笔下的人物风貌和语言风格富有浓厚的浪漫主义特色。

马克思曾经写道:"现代英国产生了一批杰出的小说家, 他们通过自己描写生动的杰作向世界揭示的政治和社会真理, 比所有的职业政治家、政论家和道德家加在一起所揭示的还要多。”马克思在他的《英国资产阶级》一文中列举的英国小说家中，有《名利场》的作者萨克雷、《玛丽·巴顿》的作者盖斯凯尔夫人、《简·爱》的作者夏洛蒂·勃朗特，而狄更斯则名列这批杰出小说家的榜首。

人们经常说狄更斯是伟大的幽默家，但更重要的是，他是文学上伟大的革新家。他描写为数众多的中下层社会的小人物，这在文学作品中可以说是空前的。他以高度的艺术概括，生动的细节描写，妙趣横生的幽默和细致入微的心理分析，塑造了许多令人难忘的形象，真实地反映了英国十九世纪初叶的社会面貌，具有巨大的感染力和认识价值，并形成了他独特的风格。他反映生活广泛、多样，开掘深而有力。他不采用说教或概念化的方式表现他的倾向性，而往往以生动的艺术形象激发读者的愤慨、憎恨、同情和热爱。他笔下的人物大多有鲜明的个性。他善于运用艺术夸张的手法突出人物形象的描写特征，用他们习惯的动作、姿势和用语等揭示他们的内心生活和思想面貌。他还善于从生活中汲取生动的人民的语言，以人物特有的语言表现人物的特点和性格①。

《雾都孤儿》问世一百多年来，早已成为世界各国读者最喜爱的经典作品。小说中那个愚蠢、贪婪、冷酷的教区干事“邦布尔”在英语中已成了骄横小官吏的代名词，并由此衍生出“妄自尊大，小官吏习性”等词义。邦布尔先生婚后训斥老婆，“哭能够舒张肺部，冲洗面孔，锻炼眼睛，并且平息火气。”这句话收入了美国哥伦比亚大学出版社的新版《哥伦比亚名言辞典》。小说《雾都孤儿》后来改编成了多种电影、动画片、连环画，搬上了荧屏、舞台。在中国，《雾都孤儿》大概可以算得上一代又一代读者最熟悉的世界文学名著了。“奥立弗要求添粥”一节编入了我国出版的多种英语教科书。进入九十年代，喜爱狄更斯的广大观众又在电视屏幕上看到，在美国推出的一部动画片中，所有的人物都由小动物担任。

---

① 见《中国大百科全书》外国文学卷狄更斯条。

《雾都孤儿》在一问世即受到热烈欢迎的同时,长期以来也引起了激烈的论战。时至今日,许多争论已经随着时间的流逝而烟消云散,但正如美国著名文学评论家爱德华·勒孔特所指出的,“迄今为止,仍然使我们感到震惊的是作者的一种偏好,即对作品中的人物费金动辄使用浑名‘老犹太’。”勒孔特在一九六一年美国新文学丛书版后记中说:“小说中使用‘老犹太’差不多有三百处。”这种用法在今天看来的确十分刺眼。实际上,狄更斯早在差不多一百年前似乎就已经发现了这个问题,在出版一八六七——一八六八年版的时候,作者将大量的“老犹太”一语改为“费金”。勒孔特指出,作者频频使用这一浑名与“反犹太主义”扯不上:“‘老犹太’这一称呼连对其人极度蔑视的赛克斯都没有用过,只有作者自己才用(奥立弗)。”狄更斯在他的自传中告诉我们,小说中那个读者皆曰可杀的贼首费金得名于作者少年时代当童工的鞋油作坊里一位对他十分关照的同伴鲍勃·费金,“他比我年长好几岁,个儿也高得多。”

我与《雾都孤儿》的缘分起始于烽火连天的文化大革命。一九六八年,一个同龄的朋友借来一本早年出版的《雾都孤儿》,说这是一本讲怎样教小偷的书,不幸的是,小伙子将书名和作者名整个念反了,还错了两个字。其实,曾经留学英国的父亲早就和我讲过“雾都孤儿”的故事。这一次,我与《雾都孤儿》擦肩而过。一九七六年,一位现已移居美国的年轻朋友拿来一本《雾都孤儿》原文版,约定我们俩各译一半,哪知老兄他还没开始就打了退堂鼓。那年夏天,我感到自己真是走到了绝境:父亲头年去世,母亲顶着那个年头最畅销的产品:一顶“右派分子”帽子和三顶“反革命”帽子。暑假我只领到十二元工资,连每月接济家里的五元钱也拿不出。没有办法,只好躲进《雾都孤儿》了。接下来的十五个月,我与《雾都孤儿》独守高楼。听说这件事的人没有一个相信,与重庆大学一位同行谈起,他也认为决不可能,直到我把全部译稿送到重大才相信。我至今想起来还感到惋惜,为了《雾都孤儿》,我甚至错过了参加普天同庆粉碎“四人帮”的盛大节日。一九七八年，初稿完成，与人民文学出版社和上海译文出版社联系，编辑同志给当时还是一名自学青年的我以极大的鼓励。

此后，我与《雾都孤儿》的约会一拖就是二十年。这二十年中，和我们这个国家一样，我的境遇也发生了很大的变化，二十多年教龄，英语专业翻译教学也搞了十多年，译了二十多本书。一九九六年冬，译林出版社施梓云先生来电话，社里同意由我担任重译《雾都孤儿》的工作。能够圆青年时代的一个旧梦，此时的兴奋自不待言。另一个远非当年可比的条件是，世界进入了信息高速公路时代，我在昔日连做梦都没想到过的多媒体计算机上浏览微软公司的《书架》、《百科全书》，查阅最新版本的《韦伯斯特英语大词典》，从光盘版《圣经》中查找出处。我常有一种我自无所不能的豪情。

这次重译所持原著为一九六一年美国新文学丛书版，和我二十年前用的略有出入。在三读原稿的同时也细细拜读了《雾都孤儿》七十年代的译本《奥立弗·退斯特》，这个译本出自本人心仪多年但素未谋面的荣如德先生笔下。读荣先生的译文，深感原译为这部世界文学名著付出了极大的心血，与对照原文读其他一些名著译本时的感觉完全不一样。翻译工作，无论中外，都是一件吃力不讨好的事。如果说，任何译作都可能出现瑕疵，那么已有译本的瑕疵则只能归因于历史条件的限制。尽管现在已经到了世纪交替的时期，译者工作起来依旧极其小心，生怕留下一些不应该留下的遗憾，也就是像傅雷先生说的那样，“尽量将虱子多捉去一些”，以无愧于这一部杰作，不辜负读者和出版社的信任。

何文安

一九七七年十一月十六日初稿

一九九七年六月三读完毕

重庆西南师范大学

经典译林

Yilin Classics

书名	单价	书名	单价
癌症楼	78.00 元	艾青诗集	35.00 元
爱的教育	39.00 元	爱丽丝漫游奇境	29.00 元
安娜·卡列尼娜	65.00 元	安徒生童话选集	42.00 元
傲慢与偏见	36.00 元	奥德赛	92.00 元
八十天环游地球	32.00 元	巴黎圣母院	42.00 元
白洋淀纪事	39.00 元	百万英镑	35.00 元
包法利夫人	38.00 元	悲惨世界（上、下）	98.00 元
背影	28.00 元	被侮辱与被损害的人	39.00 元
边城	36.00 元	变色龙：契诃夫中短篇小说集	39.00 元
彼得·潘	35.00 元	变形记 城堡	38.00 元
草叶集：惠特曼诗选	39.00 元	茶馆	32.00 元
茶花女	35.00 元	查拉图斯特拉如是说	38.00 元
沉思录	29.00 元	城南旧事	29.00 元
吹牛大王历险记（插图版）	35.00 元	大卫·科波菲尔（上、下）	79.00 元
当代英雄	45.00 元	稻草人	29.00 元
地心游记	32.00 元	飞鸟集·新月集：泰戈尔诗选	39.00 元
飞向太空港	39.00 元	福尔摩斯探案集	58.00 元
复活	42.00 元	傅雷家书	49.00 元
富兰克林自传	36.00 元	钢铁是怎样炼成的	39.00 元
高老头	39.00 元	格列佛游记	35.00 元

书名	单价	书名	单价
格林童话全集	49.00 元	给青年的十二封信	38.00 元
古希腊悲剧喜剧集（上、下）	118.00 元	海底两万里	38.00 元
红楼梦	69.00 元	红与黑	49.00 元
呼兰河传	35.00 元	呼啸山庄	39.00 元
基督山伯爵（上、下）	108.00 元	纪伯伦散文诗经典	42.00 元
寂静的春天	35.00 元	假如给我三天光明	32.00 元
简·爱	39.00 元	金银岛	35.00 元
经典常谈	29.00 元	荆棘鸟	45.00 元
静静的顿河	128.00 元	镜花缘	49.00 元
局外人·鼠疫	38.00 元	菊与刀	35.00 元
克雷洛夫寓言	32.00 元	宽容	32.00 元
昆虫记	39.00 元	老人与海	32.00 元
理想国	45.00 元	聊斋志异	55.00 元
了不起的盖茨比	38.00 元	列那狐的故事	39.00 元
猎人笔记	38.00 元	林肯传	39.00 元
柳林风声	36.00 元	鲁滨逊漂流记	39.00 元
鲁迅杂文选集	36.00 元	绿野仙踪	32.00 元
绿山墙的安妮	36.00 元	论人类不平等的起源和基础	35.00 元
罗马神话	16.80 元	罗生门	39.00 元
骆驼祥子	32.00 元	美丽新世界	35.00 元
秘密花园	36.00 元	名人传	39.00 元
木偶奇遇记	35.00 元	拿破仑传	49.00 元
呐喊	29.00 元	牛虻	38.00 元
欧·亨利短篇小说选	36.00 元	欧也妮·葛朗台	32.00 元

书名	单价	书名	单价
彷徨	32.00 元	培根随笔全集	38.00 元
飘（上、下）	88.00 元	普希金诗选	42.00 元
骑鹅旅行记	36.00 元	乞力马扎罗的雪	39.80 元
热爱生命 · 海狼	38.00 元	人间草木：汪曾祺散文精选	49.00 元
伊索寓言：555 则	36.00 元	人性的弱点	39.00 元
人类群星闪耀时	36.00 元	儒林外史	42.00 元
日瓦戈医生	68.00 元	三国演义	59.00 元
三个火枪手	59.00 元	莎士比亚喜剧悲剧集	49.00 元
沙乡年鉴	42.00 元	神秘岛	48.00 元
少年维特的烦恼	28.00 元	十日谈	68.00 元
神曲（共三册）	128.00 元	双城记	45.00 元
世说新语（上、下）	89.00 元	受戒：汪曾祺小说精选	46.00 元
四世同堂（上、下）	78.00 元	水浒传	69.00 元
苔丝	39.00 元	宋词三百首	39.00 元
谈美书简	36.00 元	谈美	35.00 元
汤姆叔叔的小屋	45.00 元	汤姆 · 索亚历险记	32.00 元
堂吉诃德	78.00 元	唐诗三百首	39.00 元
童年	38.00 元	天方夜谭	42.00 元
瓦尔登湖	36.00 元	童年 · 在人间 · 我的大学	49.00 元
乌合之众	35.00 元	我是猫	39.00 元
雾都孤儿	44.00 元	物种起源	42.00 元
西游记	62.00 元	西顿野生动物故事集	38.00 元
悉达多	32.00 元	希腊古典神话	49.00 元
乡土中国	36.00 元	小妇人	45.00 元

书名	单价	书名	单价
小王子	29.00 元	星星离我们有多远	35.00 元
喧哗与骚动	58.00 元	雪国　古都	39.00 元
羊脂球	38.00 元	一九八四	36.00 元
一间自己的房间	36.00 元	伊利亚特	82.00 元
尤利西斯	58.00 元	月亮和六便士	45.00 元
约翰·克利斯朵夫（上、下）	98.00 元	朝花夕拾	22.00 元
战争论	45.00 元	战争与和平（上、下）	108.00 元
子夜	49.00 元	中国民间故事	39.00 元
罪与罚	66.00 元	最后一课	36.00 元